베이비 팜

The Farm

The Farm

베이비 팜

조앤 라모스
장편소설

김희용 옮김

Joanne Ramos

창비

나의 어머니, 엘비라 아바드 라모스에게

일러두기

1. 이 책은 Joanne Ramos, *The Farm*(Random House 2019)을 번역 저본으로 삼았다.

2. 본문 중의 각주는 옮긴이의 것이다.

3. 본문 중의 고딕체는 원서에서 이탤릭체로 강조한 부분이다.

제인

응급실은 아수라장이다. 사람이 너무 많고 와글와글한 목소리에 귀가 먹먹할 지경이다. 제인은 땀을 뻘뻘 흘리고 있다. 바깥 날씨가 더운데다가 지하철에서 걸어오는 길이 멀었기 때문이다. 그녀는 소음과 불빛과 인파에 막혀 입구에 선 채 꼼짝도 못하고 있다. 그녀의 손이 본능적으로 움직여 아말리아를 감싼다. 아이는 여전히 그녀의 품에서 자고 있다.

여기 어딘가에 아테가 있다. 제인은 혹시나 싶어 대기실로 들어가본다. 그녀의 사촌[1]과 닮은 사람이 하나 보인다.

---

[1] 필리핀에서 'cousin'은 가깝거나 먼 친척을 포괄하는 폭넓은 의미로 쓰인다. 여기서는 두 사람의 정확한 촌수는 알 수 없지만 가까운 친척이라는 의미로 '사촌'으로 옮겼다.

흰색 옷을 입은 여자다. 아테도 간호복을 입었을 것이다. 하지만 그 여자는 미국인처럼 보이는데다 너무 젊다. 앉아 있는 사람들을 대충 훑어보던 제인은, 억누르려 애를 써봐도 점점 더 커져만 가는 불안 속에서 한줄 한줄 살피며 아테를 찾기 시작한다. 아테는 늘 제인더러 무언가가 잘못되었음을 확실히 알기도 전에 너무 미리부터, 너무 많이 걱정한다고 한다. 그녀의 사촌은 튼튼하다. 여름 내내 합숙소를 휩쓴 장염에도 걸리지 않았다. 합숙소 사람들의 침대로 생강차를 가져다주고, 그들의 더러워진 옷가지를 빨며, 그들을 간호해서 회복시키는 데 앞장선 사람이 바로 아테였다. 그중 많은 이들이 그녀 나이의 절반밖에 안되는 훨씬 더 젊은 사람들이었는데도 말이다.

또다른 여자의 뒤통수가 보인다. 은발이 몇가닥 섞여 있는 검은 머리다. 제인은 희망적인 마음으로 그 여자에게 다가가지만, 완전히 확신하지는 못한다. 여자는 잠이 든 듯 머리가 비스듬히 기울어 있는데, 아테라면 이렇게 환한 불빛 아래 사방이 온통 낯선 사람투성이인 곳에서는 결코 잠들지 않을 것이기 때문이다.

제인이 맞았다. 그 사람은 아테가 아니라 멕시코인으로 보이는 여자다. 제인의 사촌처럼 키가 작은 여자가 다리를 대자로 뻗고 입을 헤벌린 채 잠들어 있다. 마치 제 안방에 혼자 있는 것처럼 구는군. 아테라면 아마 이렇게 말했으리라.

"에벌린 아로요를 찾는데요." 제인은 등록 창구에 앉은,

몹시 시달린 듯 보이는 여자에게 말한다. "전 사촌이고요."

여자는 짜증스러운 표정으로 컴퓨터에서 흘깃 눈을 들었다가, 아기 포대기에 싸여 제인의 품에 안겨 있는 아말리아를 보자 누그러진 듯 미소를 짓는다. "몇살이에요?"

"4주 됐어요." 제인이 자부심 가득한 마음으로 대답한다.

"귀여운 아기네요." 그 말이 끝나기 무섭게, 반들반들하니 머리가 벗어진 한 남자가 제인 앞으로 끼어들더니 자기 아내가 몇시간째 대기 중인데 대체 어떻게 된 거냐고 소리를 지르기 시작한다.

창구의 여자는 제인에게 환자 분류소로 가보라고 한다. 제인은 그곳이 어디인지 모르지만 물어보지 않는다. 여자가 화난 남자를 상대하느라 바쁘기 때문이다. 제인은 간이 침대가 늘어선 복도를 따라 걸어간다. 자리에 누운 남자 혹은 여자가 잠들어 있지 않고 그녀를 똑바로 쳐다볼 때마다 당황스러워하면서도, 침대를 일일이 확인하며 아테를 찾는다. 한 노인이 마치 도움을 구하듯 스페인어로 말을 걸기 시작하자, 자신은 간호사가 아니라고 사과한 후 서둘러 걸음을 옮긴다.

그녀는 복도를 한참 따라가 사촌을 찾아낸다. 아테는 시트를 덮고 있고, 부드러운 베개에 맞닿은 얼굴은 초췌하고 딱딱하게 굳어 있다. 제인은 사촌의 바로 위 2층 침대를 빌려 쓰면서도 지금껏 그녀의 잠든 모습을 한번도 본 적이 없음을 깨닫는다. 아테가 늘 분주하게 움직이거나 일하러

나가 있기 때문이다. 꼼짝도 않는 그녀의 모습에 제인은 두려워진다.

신생아 보모로 일하는 아테는 피프스 애비뉴에 있는 카터 부부의 아파트에서 아기를 돌보다가 쓰러졌다. 카터 부부네 가정부인 디나가 마침내 제인과 전화 연락이 닿아 전해준 말에 따르면 그렇다. 제인이 그 말에 그리 놀란 것만은 아니었다. 그녀의 사촌은 몇달째 현기증에 시달리고 있었다. 아테는 현기증이 혈압 약 탓이라고 하면서도 연달아 일이 잡혀 있어 병원에 갈 시간을 내지 못했다.

아테는 헨리 카터에게 트림을 시키려던 중이었어요. 디나는 마치 그 아기에게 잘못이 있다는 듯 비난조의 목소리로 말했다. 제인은 그 말에도 그리 놀라지만은 않았다. 헨리가 일반적인 자세로, 그러니까 아테의 무릎에 앉아 제대로 가누지 못하는 목을 그녀의 손아귀에 기분 좋게 내맡기고 막대기 같은 두 다리까지 전신을 축 늘어뜨리거나 마치 쌀자루처럼 그녀의 어깨 위에 몸을 걸친 채로는 절대 트림을 하지 않는다는 이야기를 들은 터였다. 헨리는 아테가 걸으면서 어르고 손바닥으로 등을 토닥여주어야만 트림을 했다. 심지어 그렇게 해도 성공하기까지 십분 혹은 이십분씩 걸릴 때도 있었다.

"아이를 좀 내려놔요. 그래야 쉴 수 있죠." 겨우 이틀 전 밤, 두 사람이 이야기를 나눌 때 제인은 아테에게 충고했다. 아테는 자기 방에서 허겁지겁 저녁을 먹는 중이었다.

"그래, 맞아. 하지만 그러면 배에 가스가 차서 아이가 깰 테고, 낮잠 시간이 너무 짧아질 거야. 한창 수면 습관을 들이는 중이란 말이야."

디나의 말에 따르면, 아테는 쓰러지기 직전 어찌어찌 헨리를 안전하게 소파에 내려놓았다. 아기 어머니는 아직도 하혈을 하는데다 헨리가 겨우 생후 3주밖에 되지 않았는데도 운동을 하러 나가고 없었다. 그래서 911에 연락하고 구급대원들이 아테를 바퀴 달린 들것에 실어 피고용인용 엘리베이터로 나르는 동안 디나가 아기를 안고 있었다. 아테의 휴대전화를 뒤져 연락할 사람을 찾다가 제인을 발견한 사람도 디나였다. 그녀는 제인의 음성사서함에 아테가 병원에 혼자 있다는 말만 남겼다.

"이제는 혼자가 아니에요." 몇 시간이 지나서야 메시지를 확인하고 디나에게 전화를 걸었다는 데 죄책감을 느끼며 제인이 사촌에게 말한다. 하지만 아말리아가 어젯밤 거의 내내 깨어 있었던데다, 오늘 아침 젖을 먹은 뒤 잠들고서야 제인 역시 마음을 놓고 쉬던 참이었다. 다들 일하러 가고 없어서 방은 두 사람 차지였다. 더러운 창문으로 햇빛이 흘러드는 가운데, 제인은 아말리아를 가슴에 올려놓은 채 아무 방해도 받지 않고 잠을 잤다.

제인은 아테 입가의 깊은 주름과 작고 퀭한 눈을 응시하며 그녀의 머리를 쓸어준다. 몹시 나이 들어 보이는 모습이다. 의사가 왔다 갔는지 궁금하지만 누구에게 물어봐야 할지 알 수가 없다. 누군가 다가가 말을 걸 만한 사람, 친절한 얼굴을 한 사람을 기다리며 색깔 있는 수술복 차림으로 성큼성큼 오가는 남자와 여자 들을 지켜보지만, 다들 딴 데 정신이 팔린 채 급히 지나쳐버린다.

아말리아가 아기 띠 안에서 뒤척이기 시작한다. 합숙소에서 나오기 전에 젖을 먹였지만, 그것도 벌써 두시간도 더 지난 일이다. 미국 여자들이 공원 벤치에 앉아 공공연하게 아기에게 젖을 물리는 모습을 본 적이 있긴 해도 그녀 자신은 결코 그렇게 할 수 없을 것 같다. 제인은 아테의 이마에 재빨리 입을 맞추고—부끄러움 많은 그녀로서는 만일 아테가 깨어 있다면 이렇게 입을 맞추지 못했을 터라 이상한 기분을 느낀다—화장실을 찾아 나선다. 깨끗해 보이는 칸 안에서 변기에 휴지를 깔고 앉은 다음 아말리아를 포대기에서 빼낸다. 딸은 축축한 입을 벌린 채 젖을 물 준비가 되어 있다. 제인은 아말리아를, 얼굴의 절반을 차지하는 밤처럼 까만 아이의 두 눈을 바라보며 엄청난 애정에 압도되어 숨이 막힐 지경이다. 젖꼭지로 이끌자 아이는 순순히 젖을 문다. 처음에는 어려웠지만 이제 그 둘은 이렇게 하는 법을 잘 안다.

"심전도에서 이상 징후가 감지됐어요. 그래서 심장초음파검사를 지시할 예정이에요." 의사가 제인에게 말한다. 적어도 한시간, 어쩌면 그 이상이 지난 후다. 그들은 아테의 간이침대 앞, 천장에서 늘어진 초록색 휘장으로 만든 임시 공간 안에 서 있다. 휘장 너머에서 스페인어로 이야기하는 소리와 삐삐거리는 기계음이 들린다.

"네." 제인이 말한다.

조금 전까지 멍한 눈으로 방 안을 물끄러미 둘러보던 아테가 갑자기 정신을 차린다.

"다른 검사는 필요 없어요." 아테가 말한다. 평소보다 힘은 없지만 날카로운 음성이다.

의사는 짐짓 상냥한 목소리를 낸다. "아로요 씨, 환자분은 일흔이 다 된데다 혈압도 높아요. 환자분 현기증은 아마ㅡ"

"난 괜찮아요."

아테를 잘 모르는 의사는 계속 논리적으로 그녀를 설득하려고 애쓴다. 하지만 제인은 그가 입만 아프게 헛수고하고 있다는 것을 잘 안다.

아테가 몇시간의 '관찰' 후 풀려날 때는 이미 한밤중이다. 간호사들이 좀더 있어보라고 설득하려 했지만, 아테는 그들이 자기 시간을 이미 하루나 허비하고도 문제가 될 만한 점을 전혀 알아내지 못했다면 자기는 집에 가서 쉬어도 충분할 만큼 건강한 것이라고 쏘아붙였다. 그러는 동안 제인은 시선을 피하고 있었다. 나중에 아테는 그녀에게 이렇게 단언했다. 나는 그들에게 호의를 베풀고 있는 거야. 난 병원비 낼 돈도 없잖아. 게다가 이렇게 됐으니 이제 그들에게는 빈 침대도 하나 생겼지.

간호사 하나가 아테를 휠체어에 태워 거리까지 데려다 주겠다고 나선다. 제인은 조금 전 아테의 무례를 부끄러워 하며, 자신이 사촌의 휠체어를 직접 밀고 갈 수 있다고 말한다. 아테는 간호사가 휠체어를 밀어주겠다고 나서는 것은 친절해서가 아니라 병원 규칙 때문이라고 큰 소리로 설명한다.

"이게 규정이야." 아테가 마지막 단어를 주의 깊게 발음하고 말을 잇는다. "만약 네가 밀어주면 내가 떨어질지도 모르고, 그러면 이 병원에 몇백만 달러짜리 소송을 제기할 수도 있거든."

하지만 아테는 이 말을 하면서 간호사에게 미소를 보내고, 제인에게는 놀랍게도 간호사 역시 따뜻한 미소를 지어 보인다.

도로변에서 제인은 돈 낭비 말고 지하철을 타자는 아테의 투덜거림을 무시한 채 택시를 불러 세운다. 간호사가 아테가 차에 타는 것을 도와준 뒤 빈 휠체어를 덜커덕거리며 가버리자마자, 아테는 제인을 닦달하기 시작한다. "카터 부인한테 아기 돌봐줄 사람이 필요할 거야. 네가 나를 대신해야 해. 잠깐이면 돼. 해줄 거지?"

당연히 제인은 아말리아를 혼자 두고 일할 수 없다. 태어난 지 겨우 한달밖에 안된 아이 아닌가. 하지만 사촌과 말다툼을 하기엔 너무 피곤하다. 한밤중이고, 그저 집에 가고 싶을 뿐이다. 그녀가 보란 듯이 안전벨트 버클을 찾아 채울 때쯤 아테는 꾸벅꾸벅 졸고 있다.

도로는 공사 중이라 바큇자국이 깊이 패어 있다. 택시가 요철에 부딪쳐 덜컹이자 아테의 머리가 흔들리더니 마치 목이 부러진 듯 보일 만큼 심하게 꺾인다. 제인은 사촌이 깨지 않도록 조심조심 그녀의 머리를 세워준다. 차가 고속도로를 향해 나아가며 계속 요동치기에 그녀는 사촌의 머리를 자기 어깨로 부드럽게 받친다. 아말리아가 아기 띠속에서 꼼지락대지만 칭얼거리지는 않는다. 오늘 병원에서 그 오랜 시간을 보내는 동안에도 배가 고플 때 딱 한번 울었을 뿐 줄곧 아주 착하게 굴었다.

늦은 시간이라 도시의 불빛이 비치는 범위를 한참 벗어난 외곽의 하늘은 칠흑같이 어둡고, 보도는 보행자들의 인적이 끊겨 텅 비어 있다. 제인은 잠을 자고 싶다. 기꺼이 두 눈을 감고 잠을 청해본다. 하지만 그녀의 눈은 계속 감겼다 뜨였다 할 뿐이다.

택시에서, 제인은 일을 쉬고 있는 에인절에게 전화를 걸어두었다. 에인절은 아테의 절친한 친구 중 하나다. 그들이 사는 납작한 갈색 합숙소 건물의 현관 계단에 그녀가 앉아 기다리고 있다. 아테가 이따금씩 로또 복권을 사는 24시간 보데가²를 제외하면 거리는 캄캄하다. 택시가 다가가자 벌떡 일어나 도로변으로 달려오는 에인절의 모습이 보인다.

"아아, 아테, 에벌린." 택시 문을 열자마자 에인절이 탄성을 지른다. 평소에는 우렁찬 그녀의 목소리가 낮게 울린다. 얼굴은 왈칵 눈물을 쏟기 직전의 애매한 미소로 일그러져 있다.

"나카포,[3] 에인절! 다 늙어서 울기는!" 아테가 손을 내저어 에인절이 내민 손을 물리친다. "나 멀쩡해." 하지만 아테는 혼자 힘으로 택시에서 내리지 못한다.

제인은 사촌이 내리기를 기다렸다가 운전사에게 요금을 지불한다. 아테가 옳았다. 엘름허스트까지 택시로 오는 건 비싸다. 아테를 합숙소로 데려가는 에인절을 지켜보며, 제인은 불현듯 그녀가 필리핀에서 간호조무사로 일했다는 사실을 떠올린다. 지금 그녀의 모습, 그러니까 데이트 전략을 세워대고 머리카락 색깔을 수시로 바꾸는 우스꽝스러운 에인절을 보고 있자니 새삼스레 어리둥절한 기분이다.

그들은 새로 온 세입자가 테이블 앞에 앉아 휴대전화로 게임을 하고 있는 부엌을 가로지르고, 2층 침대 세개가 나란히 들어찬 가운데 침대로 가려면 바깥쪽 침대를 타고 넘

---

2 히스패닉계 미국인들이 주로 이용하는 식품 잡화점. 주로 와인과 간단한 식료품을 판매한다.
3 필리핀 공용어 중 하나인 타갈로그어로 '이런' '이크' '아이고' 등을 뜻하는 감탄사. 원래 철자는 'naku po'이다.

어야 하는 침실을 지나 거실로 들어선다. 거실은 어둡고, 잠든 사람들이 새근거리는 소리로 가득하다. 3층에 아테와 제인이 빌린 2층 침대가 있지만, 아테는 지금 너무 기운이 없어 그 많은 계단을 오를 수가 없다. 밤낮으로 줄곧 신생아를 돌보느라 주말까지는 합숙소로 돌아오지 않을 한 친구가 세낸 1층 소파를 아테가 빌려 쓰도록 에인절이 부탁해두었다.

"그때쯤이면 건강해져 있을 거예요." 에인절이 아테에게 속삭이자 아테는 얼굴을 찡그리며 눈길을 돌린다.

"목말라." 아테의 말에, 제인이 아테의 구두끈을 푸는 동안 에인절이 물을 한잔 가지러 허둥지둥 부엌으로 간다.

"제인, 왜 대답 안해? 카터 부부네 집에 갈 거지?"

제인은 사촌을 올려다본다. 그렇게 나이 든 사람의 뜻을 예의 바르게 거절하기는 어렵다. "문제는 말리예요. 빌리를 믿고 말리를 맡길 수가 없어요." 제인은 남편의 이름을 말하는 것만으로도 입맛이 쓰다.

"걘 내가 돌볼게. 기꺼이 그러고말고. 카터 씨네 일을 맡은 후로는 나도 말리와 충분한 시간을 보내지 못했잖니." 어둠속에서 아테가 미소를 짓는다.

"합숙소에서 아기를 데리고 있는 게 쉽지 않을 텐데요."

건너 건너의 2층 침대에서 누군가가 콜록대며 기침을 한다. 몇십억마리 세균을 공기 중으로 방출하는 가래 섞인 기침이다. 제인은 여전히 포대기에 잠들어 있는 아말리아를 힐끗 내려다보고, 세균들이 어떻게든 딸아이를 찾아낼 것을 알면서도 기침 환자에게서 등을 돌린다.

겨우 3주 전만 해도 제인은 아직 빌리와 시부모와 함께 우드사이드와 엘름허스트의 경계에 있는 아파트 지하층에서 살고 있었다. 그에게 애인이 있고 그의 형제들과 어머니도 그 사실을 알고 있다는 걸, 그것도 여러달 동안 알고 있었다는 걸 깨달았을 때 그녀는 이 합숙소로 옮겨 왔다. 태어난 지 겨우 일주일 된 아말리아까지 데리고. 아테의 침대 위 2층 자리가 비어 있었다. 아테가 제인의 첫 석달 치 임대료를 선불로 내주었다.

빌리를 떠나기는 쉽지 않았다. 그녀가 미국에 도착하고부터 줄곧 알고 지낸 유일한 사람이었다. 하지만 아테가 예견했던 대로, 제인은 그에게서 벗어나 기쁘다. 그녀를 옥죄던 그의 두 손과 불쾌한 입김도, 밤에 외출할 때면 그녀가 절대 연락하지 못하도록 전화를 꺼놓곤 하던 그의 버릇도 그립지 않다.

쉽지 않기는 합숙소 생활도 마찬가지다. 아말리아가 볼일을 볼 때마다 다들 화장실에 줄을 이루어 늘어서는 것 같다. 또 아말리아가 아직 너무 어려 구르지 못하는데도, 제인은 둘이 함께 쓰는 비좁은 침대에서 아이가 굴러떨어지지 않을까 끊임없이 걱정한다. 밤중에 아말리아가 울면 다른 사람들이 깨지 않게끔 계단이나 부엌으로 피신해야 한다. 게다가 제인에겐 앞날에 대한 계획이 전혀 없다.

"다들 도와줄 거야." 아테가 그렇게 얘기한다. 이 말은 사실이다. 합숙소에는 늘 누군가가 있다. 야간 근무 전에 쉬고 있거나 주말 휴무 중이거나 새 직장을 기다리는 이들이다. 그들 대부분은 필리핀 사람들이고, 그중에서도 상당수는 고향에 자식을 남겨두고 온 어머니들이다. 다들 세입자 중 유일한 아기인 아말리아를 애지중지한다. 자식을 데리고 와 그들 사이에서 살 만큼 필사적인 어머니를 둔 이 유일한 아기를 말이다.

"체리가 방을 함께 쓰게 해줄지 알아볼 수도 있고."

3층 건물인 합숙소의 각 층에는 두개의 공동 침실과 한개의 거실이 있고, 두 침실에는 각각 여섯명 혹은 종종 그보다 더 많은 세입자가 머문다. 하지만 2층과 3층의 끝에는 개인실도 하나씩 있다. 3층 개인실은 트라이베카에 사는 세부섬 출신 가족의 유모로 오랫동안 일해온 체리가 빌려 쓰는 중이다. 고작해야 2층 침대 하나와 서랍장 하나로 꽉 차는 좁은 공간이지만, 그 방에는 잠글 수 있는 문이 있다. 창문도 하나 있어서, 체리는 그 옆에 바이올렛 점토 화분 하나와 요리할 때 다른 사람들과 나눠 쓰는 허브 화분 몇개를 놓아두었다. 벽에는 액자에 넣은 사진들이 걸려 있다. 교황의 필리핀 방문 당시 인산인해를 이룬 신자들을 배경으로 활짝 웃고 있는 그녀의 세 자녀, 인기 영화배우처럼 보조개가 폭 들어간 턱을 가진 막내 손주, 그리고 그녀가 아기 때부터 키웠고 이제는 다 자란 두 미국 소년의 사진들이다. 미국 소년들은 엄청나게 넓은 테라스의 대나무 벽에 기대서 있고, 그 뒤로는 프리덤 타워[4]가 보인다. 둘 중 졸업 가운 차림인 형은 주근깨가 가득한 한쪽 팔로 체리를 감싸 안은 모습이다. 반대편 손에는 '스탠퍼드'라고 적힌 주홍색 깃발이 들려 있다.

아테가 부르르 떨더니 스르르 눈을 감는다. 시트를 덮어주던 제인은 그녀가 얼마나 자그마해 보이는지 깜짝 놀란다. 몸을 움직이고 있을 때 아테는 150센티미터에 불과한 체격에 비해 훨씬 더 커 보인다. '아테.' 타갈로그어로 큰언니를 의미하는 그 호칭이 바로 합숙소에서 그녀의 역할이다. 싸움의 중재자, 곤경에 처한 누군가에게 돈을 빌려주는 사람, 식품 저장실에 쥐가 있다거나 어딘가가 또 샌다거나 하는 불평거리가 생길 때 대담하게 집주인에게 말을 꺼내는 유일한 사람. 일터에서는 아기와 있을 땐 어린아이로 변하고 마는 백만장자들에게 권위 있게 이야기하며, 갓난아기를 먹이거나 재우거나 트림시키거나 울음을 멈추게 하고자 그녀의 도움을 구하는 서투른 존재들로 그들을 전락시켜버리는 사람.

하지만 방수포처럼 펼쳐진 시트를 덮고 소파에 누워 있는 지금, 아테의 몸은 제인의 무릎 위에 뉘면 꼭 맞을 듯 작아 보인다.

---

4 예전 세계무역센터 자리에 세워진 '원 월드 트레이드 센터' 건물의 별칭.

스무해도 더 전에 처음 신생아 보모 일을 받아들일 때까지 아테는 아기, 그러니까 적어도 다른 사람의 아기를 돌보는 일을 한번도 해본 적이 없었다. 비 내리는 어느날 그녀는 프레스턴 가족이 사는 곳, 넝쿨에 뒤덮인 브라운스톤[5] 현관 계단에 모습을 드러냈다. 한 손에는 우산을, 다른 한 손에는 가방을 든 채 흰색 간호복을 입고 있었다. "갈색 피부의 메리 포핀스 같았지." 아테가 즐겨 하는 농담이었다. 하지만 이미 40대가 된 나이에 가족을 저 멀리 두고 새로운 나라에서 새로운 삶을 시작한다는 것은 아테에게조차 겁이 나는 일이 틀림없었으리라고 제인은 항상 생각했다.

아테가 그 일을 얻게 된 건 지금은 이미 필리핀으로 돌아간 지 오래인 그녀의 친구 리타를 통해서였다. 당시 리타는 프레스턴 가족의 가정부였다. 퇴근 후 그녀는 아테나 합숙소에 있는 다른 사람들과 함께 저녁을 만들며 자신의 고용주들에 대해 즐겨 이야기하곤 했다. 늘 일만 하는 프레스턴 씨는 그런대로 괜찮은 사람이지만, 프레스턴 부인은 좀 이상했다. 자신이 가진 돈을 좋아하면서도 동시에 경멸한다는 것이었다. 사교 클럽에서 "점심을 드는 여자들"에 대해 이야기할 때도 마치 자신은 그들 중 하나가 아닌 양 시큰둥한 태도였다. 그녀는 맨발로 야회복 파티를

---

5 갈색 사암으로 지은 집, 특히 부유층의 저택을 의미한다.

열곤 했다. 브루클린과 퀸스에 사는 예술가 친구들을 방문할 때는 지하철을 탔지만, 도심에서는 항상 운전사를 썼다. 그리고 아기가 태어나기 전, 리타는 그녀가 여자 친구들에게 어머니로서 해야 할 도리를 다른 사람에게 맡기는 것은 비인간적인 짓이라고 단언하는 소리를 들었다.

사내아이가 태어나고, 그녀가 그게 비인간적인 짓이 아니라고 확신하기까지는 고작 2주가 걸렸을 뿐이다. 아기는 배앓이에 시달렸으며, 누군가가 품에 안고 타운하우스 계단을 오르내리지 않으면 진정하지 못하고 밤낮으로 울어댔다. 아주 잠시라도 걸음을 멈추면 이내 다시 울음이 터졌다. 프레스턴 부인은 마침내 두 손 두 발 다 들고 리타에게 애원했다. "우리를 도와줄 사람을 좀 찾아봐요."

리타는 즉시 아테를 떠올렸다. 그녀에게 돈이 필요하다는 사실을 알던 터였다. 리타는 프레스턴 부인에게 자신의 친구가 간호사이자 특히 아기 돌보는 일에는 전문가라고 말했다. 이는 상당히 사실에 가까운 말이었다. 불라칸[6] 시절, 아테는 여름마다 교회 무료 진료소에서 일했고 거의 혼자만의 힘으로 네 아이를 키워냈으니 말이다.

아무런 기대도 없었기에 아테는 견딜 수 있었다. 그녀는 내내 보채는 아기를 안고서 울긋불긋해진 얼굴에 입을 맞추고, 자궁의 안락함을 떠올리도록 바닷소리를 속삭여주

6 필리핀 북부의 주. 루손섬의 중부에 해당한다.

었으며, 때로는 몇시간이나 계단을 오르내리는 것도 개의 치 않았다. 심지어 부슬부슬 비가 내리고 추운 날에도 아기를 데리고 센트럴파크에 나가 오랫동안 산책을 하곤 했다. 유아차에 태워 흔들면 아기는 잠잠해져 손가락을 빨면서 움직이는 하늘을 빤히 올려다보았다. 오후가 저물어갈 무렵 타운하우스로 돌아오면 아기는 등을 활처럼 휘면서 다시 울부짖기 시작했고, 그때마다 프레스턴 부인은 불안해했다. 그러면 아테는 그녀를 위층으로 보내 쉬게 한 뒤 아기를 가슴에 밀착시킨 채 다시 계단을 오르락내리락하곤 했다.

아테는 프레스턴가에 석달 동안 지내는 조건으로 고용되었지만, 프레스턴 부인은 아테의 근무 기간을 한번, 또 한번, 이어 아기가 거의 한살이 될 때까지 또 한번 연장했고, 아테는 구세주이며 절대로 그녀를 놓아주지 않을 거라고 모두에게 말하고 다녔다. 하지만 친구인 세라가 여자아이를 낳고 산후우울증을 앓자, 부인은 아테에게 그녀를 도와달라고 부탁했다. 아테는 세라의 아기가 생후 10주가 될 때까지 그녀의 집에서 일했다. 그후 세라의 여동생 캐럴라인의 펜트하우스로 옮겨 갔고, 캐럴라인은 12주 동안 아테를 데리고 있다가 남편의 대학 친구인 조너선에게 넘겨주었고, 다시 그 가족은 조너선의 은행 동료이자 아내가 쌍둥이를 임신 중인 집에 아테를 추천했으며, 다시 거기서는…… 이렇게 해서, 아테는 신생아 보모가 되었다.

배앓이와 까다로운 성미에도 불구하고 아테는 프레스턴 부부의 아기를 생후 11주 차에 밤새도록 깨지 않게 만들었고, 세라의 아기는 10주 차에, 이어 캐럴라인의 아기는 9주 차에 밤새 잠을 자도록 만들어놓았기에, 곧 아기의 수면 습관을 들이는 능력으로 유명해졌다. 그녀의 말에 따르면 바로 그것이 여러 가족들이 앞다투어 그녀를 고용하려는 이유였다. 임신 사실을 알게 되자마자, 혹은 훨씬 더 일찍, 그러니까 아직은 임신이 그저 희망 사항일 뿐일 때 연락해 오는 부부들도 있었다. 그런 부모들에게 아테는 임신 12주 차가 되기 전엔 예약을 받지 않는다고 했다. "그래야 모두에게 공평하니까요." 그녀는 그렇게 설명했지만, 제인에게는 그것이 진짜 이유가 아님을 인정했다. 임신 첫 석달 사이에는 유산할 위험이 너무 높았다. 지불해야 할 방세와 부양가족이 있는 그녀로서는 한낱 희망 사항에 불과한 일에 맞춰 일정을 잡을 수 없는 노릇 아닌가.

게다가, 모든 것을 넘치도록 가진 그런 부모들에게는 고용하기 힘들다는 점이 그녀의 가치를 더 높여준다는 사실 또한 아테는 잘 알고 있었다.

아테는 아주 이른 시기에, 그러니까 아기가 태어난 지 겨우 2주 혹은 3주 차에 수면 관리를 시작했다. 훈련을 받지 않는 경우 그 시기의 아이는 자주, 그것도 거의 매시간 젖을 먹으며 끊임없이 엄마의 가슴에서 위안을 구한다. 그렇지만 아테를 고용하면 그녀가 즉시 수유 주기를 관리해 아기는 두시간마다, 그다음에는 세시간마다, 또 그다음에는 네시간마다 젖을 먹게 된다. 그녀는 아기의 성별과 몸무게, 그리고 달을 채우고 태어났는지 여부에 따라 8주 차, 늦어도 10주 차까지는 아기를 밤새도록 자게 만든다. 그런 이유로, 밧줄처럼 호리호리한 팔과 거품을 낸 생크림 같은 피부를 가진 어머니들은 아테를 "아기에게 속삭이는 사람"이라고 불렀다. 아테가 밤새 어둠침침한 아기방의 침대 옆에 서서 아기의 입술에 고무젖꼭지를 대고 있다는 것을 그들은 알지 못했다. 아기가 칭얼대면 아테는 아기를 자신의 축 처진 가슴팍으로 안아 올려, 꾸벅꾸벅 졸기는 하지만 아직 잠들지는 않은 상태가 될 때까지 얼러준 뒤 다시 침대에 내려놓곤 했다. 아기가 낮에만 먹고 밤에 혼자 잠드는 습관에 익숙해질 때까지 매일 밤 그런 식이었다. 그렇게 하고 나면 수면 교육은 식은 죽 먹기였다.

아테는 몇년에 걸쳐 훌륭한 평판을 쌓았다. "내 일은 최고의 사람들과 함께하는 최고의 일이야." 그녀는 곧잘 그렇게 말했다. 그것은 자랑이 아니었다. 아니, 적어도 허풍은 아니었다. 아테의 의뢰인들은 그저 부유한 정도가 아니라—신생아 보모를 쓸 여유가 있는 사람이라면 누구나 부유하니까—아주, 아주 부유했다. 다른 필리핀 여자들이 아기방 구석의 매트리스나 의뢰인의 작업실에 있는 접이식 소파 겸 침대를 잠자리로 삼아야 하는 집에서 일하는 데 반해, 아테는 거의 늘 자신만의 방을 차지했고, 거기에는 보통 화장실까지 딸려 있었다. 황달에 걸린 아기들의 빌리루빈이 없어지도록 햇볕을 쬐어줄 수 있는 테라스나 마당이 있기도 했다. 대여섯개, 때로는 그보다 많은 화장실, 몇몇 경우에는 단 한가지 용도로만 쓰이는, 이를테면 장서를 위한 서재나 운동을 위한 체력단련실, 오로지 와인 보관을 위한 알코브로만 사용되는 수많은 방이 있는 그런 집이 그녀의 일터였다. 아테는 자신과 잠든 아기 단둘이서 뒤쪽 전체를 차지하는 전용기를 탄 적도 있었다. 거기서 그녀는 마치 레스토랑에 있는 양 천 냅킨과 무거운 은식기류가 놓인 테이블에서 식사를 대접받았다. "나한테 일반 여객기는 안 맞아." 아테는 그런 농담을 했는데, 아닌 게 아니라 그 말은 사실이었다. 서류가 없는 터라 그녀는 전용기밖에 탈 수 없었다. 아테는 하얀색 간호복 차림에 집채만 한 비행기를 타고 낸터킷, 애스펀, 팰로앨토, 메인까지 고용주 가족들과 함께 돌아다녔다.

아테는 일류 의뢰인들의 마음을 끌었다. 왜 그런지 몰라도, 그녀가 그들을 너무나 잘 이해했기 때문이다. 아마도 이러한 능력 때문에 아기 어머니들은 그녀를 믿고 자기들의 반지나 팔찌를 아무렇게나 주방 조리대 위에 던져두며, 친구들에게 그녀를 고용하라고 강력히 권하는 모양이라고 제인은 생각한다.

"나한테는 의뢰인만 있는 게 아니라 인간적인 유대 관계도 있어." 아테는 자주 그런 말을 했고, 이를 증명하기 위해 월세 350달러짜리 합숙소 침대 밑에서 지난 스무해에 걸쳐 모아온 명절 카드로 가득한 투명 플라스틱 통을 꺼내곤 했다. 각각의 카드에는 바닷가에서 포즈를 취하거나, 눈 덮인 산을 배경으로 스키를 신은 채 균형을 잡고 서 있거나, 광활한 아프리카 대초원을 배경으로 지프차에 걸터앉은 과거 의뢰인의 아이들이 미소 짓고 있는 모습이 들어 있었다.

체이스네. 아, 정말 순한 아기였지. 그 부모는 또 얼마나 친절했는지! 그들은 아테에게 거액의 보너스를 주었고, 심지어 몇년이 지난 후에도 아테의 생일에 돈을 보냈다. 그리고 지금 이 애가 얼마나 컸는지 봐! 게다가 의사가 되려고 공부하고 있다니, 얼마나 똑똑한지!

레비 쌍둥이. 그애들은 각각 생쥐처럼 작게, 손바닥 하나만 한 크기로 태어났다. 게다가 배에 가스가 차서 줄곧 울어댔다. 하지만 아테가 떠날 때쯤 아이들은 턱이 두겹이 될 정도로 살이 올랐다! 지금 얼마나 예쁜지 보여? 코가 오뚝해졌잖아!

믿을 만한 친구들과 함께 있을 때, 아테는 안전을 위해 별도의 통에 넣어 밀봉한 후 강력 접착테이프로 한번 더 밀봉해 보관해둔 '작별 선물'들, 즉 아테의 이니셜과 그녀가 돌본 아기의 이니셜이 새겨진 은도금 액자나 그녀가 크리스마스 미사 때만 사용하는 가죽 지갑 같은 물건을 즐겁게 꺼내보곤 했다. 일이 끝나고 작별을 고할 때면 마치 연인을 전쟁터로 떠나보내기라도 하는 듯 아기 어머니들이 어떻게 울었는지 즐겁게 묘사하기도 했다. "그러고 나서는 항상 선물을 줬어! 티파니나 삭스 백화점이나 바니스 백화점에서 산 선물들이었지. 언제나 무척 값비싼 것이었고." 그러면서 아테는 미소를 머금은 채 고개를 절레절레 흔들곤 했다.

아테는 몇집에서 당했던 무시나 모욕, 혹은 일을 하면서 뼛속 깊이 스며들었던 끝없는 피로는 좀처럼 언급하지 않았다. 한번은 제인에게 에임스 부인에 대해 들려준 적이 있는데, 아테와 함께 지내던 12주 내내 그 부인은 짜증이 났을 때(아테가 아기에게 골라 입힌 옷이나 건조기에 넣어 줄어든 캐시미어 스웨터 때문에)를 제외하고는 그녀에게 말을 걸지 않았고, 마치 아테가 유리로 만들어진 양 그녀를 투시하듯 응시했다. 또 리 부부도 있었다. 그들은 아테가 자기들 음식을 먹지 못하게 했고, 심지어 모닝커피에 넣을 우유 한방울도 못 쓰게 했으며, 가정부가 충분히 사 오지 않아 아테가 번번이 쌈짓돈으로 구입할 수밖에 없었던 몇통이나 되는 값비싼 조제분유 비용도 갚지 않았다.

이런 일들을 잊지 않고 기억하는 게 무슨 의미가 있겠니? 그녀는 제인에게 이렇게 말했다. 하지만 정작 그런 일들을 이야기하고 있는 장본인은 바로 그녀였다.

"당장 먹어요!"

에인절이 쟁반을 들고 소파 앞에 서 있다. 누군가가 블라인드를 걷어놓아 다시 밝아진 거실에서, 제인은 바로 옆의 두 침대가 지금은 이불이 급히 정돈된 모습으로 텅 비어 있는 것을 본다. 분명 깜박 잠이 들었던 모양이다.

에인절이 아테를 도와 일어나 앉게 하고 그녀의 무릎 위에 접시를 놓는다. 접시에는 엊저녁에 남은 재료들—채 썬 당근, 완두콩, 다진 쇠고기 약간—을 달걀과 부친 음식이 담겨 있다. 에인절은 냉장고 안에 있는 어떤 재료로든 오믈렛을 만들어내기로 유명하다. 뭐가 됐든 낭비라면 질색인 그녀는 종종 자기 고용주들 집의 재활용 쓰레기통에서 포장 음식 용기들을 모아 합숙소로 가져오기도 한다. 몇달에 한번씩 필리핀의 집으로 물건들을 보내기 위해 여러명의 여자가 나눠 쓰는 커다란 운송 컨테이너에는, 한때 에인절을 고용한 이들의 만찬 요리, 이를테면 데친 연어나 달걀 수프, 스파게티 알 아마트리치아나 따위를 품었다가 이제 곧 세상을 가로질러 가 교회 모임이며 학교 소풍에서 판싯[7]을 품고 높이 쌓일 빈 플라스틱 그릇과 접시와 쟁반들이 수없이 들어찬다.

아테는 에인절에게 고맙다고 말하지만 오믈렛을 먹지는 않는다. 그녀는 제인을 돌아본다. 제인은 침대 시트로

---

7 필리핀식 볶음국수의 일종. 각종 채소와 돼지고기 등을 넣어 만들며, 대개 쌀국수를 사용한다는 점을 제외하고는 우리나라의 잡채와 비슷하다.

몸을 가리고 아말리아에게 젖을 먹이기 시작한 참이다. "카터 부부는 중요한 의뢰인이야! 너한테도 좋을 거라고. 인맥을 만들어두는 거 말이야."

카터 부부는 2년 전 처음 아테를 고용했다. 카터 부인은 고작 임신 4주 차에, 아직 어린나무의 가지처럼 호리호리할 때 유산을 했다. 태동조차 느껴보지 못했다. 카터 부부가 두번째로 아테를 고용했을 때 카터 부인은 남자아이를 임신하고 있었고, 부부는 아기 친할아버지 이름을 따 이 아기를 찰스라고 부르기로 했다. 찰스는 태내에서, 37주 차에, 숨 쉴 수 있는 폐와 할퀼 수 있는 손톱이 생긴 상태로, 움직임을 멈췄다. 카터 부인은 오전이 다 지나가도록 태동을 느끼지 못하자 걱정이 되었다. 그녀는 병원에 갔고, 카터 씨가 옆에서 달음박질을 하는 가운데 급히 수술실로 옮겨졌다. 하지만 탯줄이 이미 아기 목을 칭칭 감아 심장과 뇌에 산소 공급이 되지 않는 상태였다.

카터 씨가 재차 예약을 취소하기 위해 병원에서 아테에게 전화를 걸었을 때 제인은 마침 에인절의 생일이라 합숙소를 방문 중이었다. 에인절은 판싯 국수를 떠서 그릇마다 나눠 담으며 "만수무강할 거야!"라고 노래를 부르듯 말했다. 그녀는 기분이 좋았다. 그 전날 밤 온라인에서 만난 또 다른 남자와 춤을 추러 다녀온 터라 눈가가 아직도 거무스름했다. 그녀는 자신과 결혼할 미국인을 찾으려 애쓰고 있었다. 갓 태어난 손주를 만나러 팔라완으로 돌아가려면 시민권이 필요했다. 사진을 본 그녀는 그 아기가 손주들 중 가장 하얗고, 미스 필리핀이 될 가능성이 가장 높다고 했다. 어쩌면 미스 유니버스가 될 수 있을지도 몰랐다.

"들킬 거야. 이민국은 그런 속임수에 훤하다고." 체리가 에인절에게 핀잔을 주었다. 체리는 거의 아테만큼이나 나이를 많이 먹었고, 구식이었다. 그녀에겐 에인절도, 그녀가 늙은 미국 남자들과 허다하게 데이트를 하는 것도 못마땅한 눈치였다. 또한 쉰번째 생일을 자축하고 있는 에인절이 그런 만남을 위해 옷을 입는 방식, 이를테면 짧은 치마에 무릎까지 오는 가죽 부츠 차림새도 달가워하지 않았다.

"속임수가 아니에요. 나를 사랑하는 남자가 아니면 결혼하지 않을 거니까요." 그렇게 대답한 다음 에인절은 엉큼하게 덧붙였다. "다만 내가 그에게 사랑을 되돌려주지 않을 수도 있다는 거죠!" 그러고는 고개를 홱 젖히고 입안 깊숙한 곳의 금니들을 드러내며 웃음을 터뜨렸다. 체리는 입을 일자로 굳게 다문 채 아무 말도 하지 않았고, 제인은 빙긋 웃고 싶은 충동을 간신히 억눌렀다.

"디오스 코."[8] 휴대전화를 호주머니에 밀어 넣으며 아테가 중얼거렸다. "카터 부부야."

"내가 맞혀볼게요." 에인절이 언제나처럼 자기 의견을 내놓았다. "그 사람들 또 취소했죠?"

8 타갈로그어로 '하느님 맙소사' 혹은 '세상에'라는 뜻의 감탄사.

아테가 고개를 끄덕이며 한숨을 쉬었다.

"그럴 줄 알았다니까! 그런 사람들은 다 그래!" 에인절은 마치 상한 생선을 먹기라도 한 것처럼 큰 소리로 투덜거렸다. "자기들이 다른 사람들한테 어떤 영향을 미치는지는 생각도 안하지."

"아니야." 아테가 고개를 가로저었다. "카터 부부 잘못이 아니라고." 그러고서 그녀는 아기와 병원과 올가미 같은 탯줄에 대해 들려주었다. 다른 일자리를 찾을 때까지 버틸 수 있게 그녀에게 한달 치 급료를 주겠다고 카터 씨가 고집을 부렸다는 사실도 말해주었다. 도움이 필요할지 모를 아내의 친구들에게 그녀를 소개해주겠다고도 하고, 또 며칠 동안 아파트에 와서 카터 부인의 몸조리를 도와달라고 부탁했다는 이야기도 했다.

"며칠? 웃기시네! 한달 내내 거기 있게 될걸요." 에인절이 예언했다. "그런 사람들은 돈을 거저 주는 법이 없어요. 그래서 잘사는 거라니까!"

제인이 접시를 치우는 동안 아테는 유니폼을 다림질하기 시작했다. 그녀는 유니폼을 혈압 약, 펜, 공책과 함께 작은 여행 가방에 챙겨 넣었다. 그렇게 카터 씨의 전화를 받고 한시간이 못되어 지하철 F선에 올랐고, 두시간이 채 지나기도 전에 카터 부부네 집 현관에 도착했다.

아테가 처음 디나를 만났을 때 디나는 휴지를 움켜쥔 채 흐느껴 울고 있었다. 카터 부부는 아직 병원에 있었다. 나중에 디나가 제인에게 들려준 얘기에 따르면, 당시 아테의 반응은 참으로 그녀다웠다. "그만큼 울었으면 됐어요! 할 일이 쌓여 있다고!" 이어 그녀는 디나를 지나쳐 그 아파트로 밀고 들어갔다.

아테는 아기방부터 시작했다. 모노그램을 수놓은 베개와 담요와 수건 들을 집어 기저귀 교환대 위에 쌓여 있던 신생아용 기저귀며 유아용 우주복 들과 함께 벽장에 들여놓았다. 이어 아기 어머니의 방으로 잽싸게 옮겨 가서는 수유용 브래지어들이 들어 있는 서랍을 비우고, 침대맡 테이블에서 육아 수첩이며 초음파 사진을 모두 치워버렸다. 서재에서 요람과 플러시 천으로 된 봉제 곰 인형을 내오고, 부엌 선반에서 산모용 수유 촉진 차와 임산부용 비타민을 치우고, 수유 베개와 유리 젖병과 베이비 모니터를 쇼핑백에 담은 다음, 이 모든 것을 다용도실에 넣었다.

병원에서 집으로 돌아온 카터 부인은 젖몸살로 힘들어하고 있었다. 아테는 부인이 무거운 젖가슴에 플라스틱 깔때기 붙이는 것을 돕고 유축기 사용법을 보여주었다. 카터 부인의 울긋불긋한 얼굴과 부은 눈은 오래 쳐다보려 하지 않았다. 젖이 나오는 속도가 느려지자, 아테는 튜브와 젖병과 둥근 깔때기를 분리하고 부인에게 쉬라고 말했다.

"거리에서 어떤 사람이 나한테 축하 인사를 했어요." 카터 부인이 아직도 커다랗게 튀어나와 있는 배를 한 팔로 감싸며 말했다.

아테는 고개를 숙여 인사하고 방을 나와 아직 온기가 남아 있는 젖을 스테인리스 배수구에 쏟아부었다.

"저한테 헛돈 쓰는 거예요." 나흘째 되던 날 아테가 카터 부인에게 말했다. 아테는 빈둥거리기를 싫어했는데, 거기선 할 일이 거의 없었다. 아침이면 정원사가 아래쪽 공원의 경치를 가리지 못하도록 테라스에서 나무들을 다듬는 모습을 지켜보며 시간을 때워야 했다.

하지만 카터 부인은 자신이 유축기를 쓸 때 아테의 도움이 필요하다고 주장했다. 그녀는 하루에 여섯번, 네시간마다 유축기로 젖을 짰다. 심지어 한밤중에도 젖을 짰고, 부인의 말에 따르면 남편을 깨우고 싶지 않다는 이유로 아테의 작은 방에서 그녀를 옆에 두고 그 일을 했다.

"이 아파트에는 다른 방도 많은데 말이야." 아테가 제인에게 전화로 속삭이며 털어놓았다.

며칠이 지나고 나서 아테는 다시 그만두려고 했다. 에인절이 병이 나 아테에게 자신이 하던 신생아 보모 일을 대신 맡아달라고 부탁했던 것이다. 가족들이 착하고 보수도 후한 집이었다.

카터 부인은 방금 서재에서 유축을 끝낸 참이었다. 그녀가 아테의 칭찬을 기대하며 젖병을 쳐들었다. "240밀리리터라, 나쁘지 않네. 안 그래요, 에벌린?"

"사모님, 제 생각에는 속도를 좀 늦춰야 해요." 아테가 카터 부인에게서 젖병을 받아 뚜껑을 씌우며 조심스레 말을 꺼냈다. "젖이…… 말라가도록 놔둬야죠."

카터 부인의 블라우스가 벌어진 채 늘어져 있었다. 아테는 그녀가 수유용 브래지어를 입고 있다는 걸 알아차렸다.

"젖을 모아두지 않는 건 낭비인 것 같아서." 카터 부인이 얼굴을 붉혔다. "혹시라도 아기를 낳게 될 경우에 대비하려고요."

"아기를 낳게 될 거예요, 사모님. 그러면 젖이 나올 거고요. 아주 잘 나올 거예요."

"어디선가 읽었는데, 모유를 냉동실에 보관하면 최대 1년까지 괜찮다던데요." 카터 부인은 거의 꿈을 꾸듯 말을 이었다.

아테는 카터 부인의 말이 끝나기를 기다리며 유축기 부품들을 정리하기 시작했다.

"에벌린, 당신이 우리를 도와주면 좋겠어요. 나는…… 만약 우리가 아기를 낳으면…… 당신이 우리를 도와줄 수 있으면 좋겠어요."

나중에 아테가 제인에게 들려준 말에 따르면, 말하는 내내 부인의 목소리가 너무 맥없이 스러져 아테는 기를 쓰고 귀를 기울여야 했다.

"낳게 될 거예요, 사모님. 전 그렇게 믿어요."

카터 부인이 창문 쪽으로 고개를 돌렸다. 그러곤 오랫동안, 너무 오랫동안 그 상태로 있는 바람에 아테는 다른 신

생아 보모 일 얘기를 꺼낼 용기를 잃고 단념해버렸다. 젖을
보관하러 가느라 방을 나서면서, 아테는 의뢰인을 얼어붙
은 듯 꼼짝도 못하게 만든 것이 무엇인지 확인하려고 창밖
을 내다보았다. 하지만 거기에는 아무것도 없었다. 오로지
나무 꼭대기와 텅 빈 하늘뿐이었다.

임신 초기에 제인이 아테가 필리핀으로 보낼 짐 상자들
꾸리는 것을 도우러 그녀를 찾아갔을 때였다. 아테의 침대
에는 합숙소 여자들의 의뢰인들이 기증한, 너무 작아져서
못 입게 되었거나 유행이 지난 옷들이 높이 쌓여 있었다.
전화벨이 울렸고, 곧 제인은 아테가 외치는 소리를 들었
다. "축하해요, 사모님."

카터 부인이었다. 그녀는 아기를 잃은 지 불과 몇달 만
에 다시 임신했다.

"에벌린, 우리 도와줄 거죠, 응?" 카터 부인이 물었다.
"6개월만요! 그래줄 거죠?" 아테는 옷을 사이즈별로 분류
하느라 스피커폰으로 통화 중이었다.

아테가 임신 몇개월인지 묻자, 카터 부인은 키득거리며
이제 막 아기가 들어섰다고 고백했다.

"석달 후에 전화하세요." 아테가 친절하게 말했다.

십분도 채 지나지 않아, 런던 출장 중인 카터 씨로부터
전화가 걸려 왔다. 아내가 그랬듯 그도 아테에게 아기가
태어나면 그들 집에서 일하겠다고 약속해달라면서, "보답

으로" 일당을 두배 올려주겠다고 제안했다.

"가장 중요한 건 케이트가 안심하는 거예요." 그가 말했다. "에벌린, 당신이 있어야 그녀가 안심한다고요."

나중에 아테는 제인에게 이야기하기를, 자신이 12주 규칙을 깨뜨린 게 바로 이 언급 때문이었다고 했다. 돈이 아니라 그 신뢰였다고 말이다.

하지만 거의 1년이 지나 아테는 소파에서 쉬고 아말리아는 배불리 먹은 뒤 자신의 품에 안겨 졸고 있는 지금, 제인이 곰곰이 생각하고 있는 것은 바로 그 돈이다. 일당이 두배라면, 일주일만 아테를 대신한다 해도 그녀는 몇천 달러를 벌게 된다. 두세주면 원룸아파트 보증금을 내고도 남을 것이고. 어쩌면 레고파크[9] 근처 원룸아파트로 말이다.

제인은 벌써 그 아파트를 마음속에 그려볼 수 있다. 빌리 부모님의 아파트처럼 지하가 아니라 적어도 3층에 있는 집. 그녀의 스웨터를 물어뜯어 구멍을 내는 쥐도, 곰팡이도, 옷좀나방도 없는 집. 자신의 집이라면 아말리아와 목욕을 할 때마다 배수구 덮개에서 스무명의 머리카락을 끄집어낼 필요도 없을 것이다. 에인절이 역류성식도염 때문에 옆 침대에서 기침을 해대는 동안 밤늦게까지 잠 못이룬 채 깨어 있지 않아도 될 것이다.

"대신 일할래? 내가 기운 좀 차릴 때까지?" 아테가 다시

[9] 뉴욕 퀸스의 한 구역으로, 주민의 절반 정도가 아시아계와 히스패닉계로 이루어져 있다.

깨어났다. 그녀의 목소리는 집요하다.

제인의 품 안에서 아말리아가 자세를 바꾼다. 제인은 아이를 가까이 끌어당기며 그 부드러운 뺨에 얼굴을 밀착한다. 그녀의 딸은 건강하다. 지난번 정기검진 때, 의사는 아말리아의 몸무게가 잘 늘어가고 있다고 말했다.

제인은 아테의 부담스러운 눈길을 느끼지만, 아직은 그 눈을 마주 볼 준비가 되어 있지 않다. 그녀는 아말리아만 쳐다본다.

아테

아테는 제인에게 시선을 고정한 채 소파에서 그녀를 향해 돌아누우며 한숨을 쉰다.

문제는 제인이 아직 이해를 못한다는 것이다. 그래, 제인은 어머니다. 하지만 너무 초보다. 아직 불안해하고 무서워한다. 아말리아를 마치 유리로 만들어진 양 품에 안는다. 제인은 아말리아가 울 때마다, 아무 의미 없는 짧은 울음일 때조차도 매번 달려가 안아 든다. 하지만 아기들은 사람들이 일반적으로 생각하는 것보다 튼튼하고 똑똑하다. 최고의 의뢰인들을 보유한 최고의 신생아 보모가 되려면 그 점을 아는 것이 중요하다.

에인절은 제인보다 경험이 더 많고 의리도 있다. 하지만 말이 너무 많다. 그녀는 의뢰인들에게 마치 친구 대하듯 말하는가 하면, 함께 앉아 다른 의뢰인들의 험담까지 늘어놓는다! 의뢰인들은 방정맞고 말 많은 사람을 신뢰하지 않을 거라고 아테가 경고하면, 에인절은 방어적인 태도를 보인다. 그 엄마는 나랑 치스미스[1] 하는 걸 좋아해요! 내 이야기를 좋아한다고요!

아, 에인절. 물론 그 어머니는 자기 친구들의 비밀을 들으려고 너랑 잡담을 하겠지. 그러니까, 어느 친구가 아기를 내버려둔 채 하루 종일 쇼핑을 하는지, 어느 친구가 아기에게 모유 대신 조제분유를 먹이는지, 어느 친구가 돈 문제로 남편과 싸우는지 따위를 들으려고 말이야. 하지만 그런 어머니는 에인절을 진정으로 신뢰하지 않을 것이다. 절대, 절대로. 에인절에게 자기 집에 아주 오랫동안 머물러달라고 청하지도, 친구들에게 에인절을 아주 열심히 추천하지도 않을 것이다. 에인절의 농담에 웃음을 터뜨리고 그녀의 입에서 나오는 비밀들을 귀담아듣는 바로 그 순간에도, 그녀가 염탐꾼에 수다쟁이임을 알고 있으니까.

마르타, 미르나, 베라, 버니. 아테는 그들도 모두 고려해보았다. 다들 에인절보다는 생각이 깊다. 하지만 아테는 그들을 그리 오래 혹은 그리 깊이 알지 못했다. 아테가 복귀 준비를 마쳤을 때 그들이 과연 카터 씨네만큼 좋은 일자리를, 게다가 카터 부부가 지불하는 그 모든 돈을 단념할까?

[1] 타갈로그어로 '수다를 떨다'라는 뜻.

아닌 게 아니라, 그녀는 정말로 복귀할 작정이다. 의사는 그녀에게 적어도 한달은 "편히 쉬라"고 했다. 마치 좋은 소식을 전하는 양 미소를 지으며 그렇게 말했다. 하지만 아테는 평생 결코 편히 쉬어본 적이 없다! 그동안 병이 났을 때조차도—그녀는 튼튼하기 때문에 그런 일은 드물었지만—하루 종일 침대에 드러누워 빈둥거린 적은 없었다. 어린아이들은 여전히 먹어야 했고, 옷은 여전히 빨아야 했다.

예순일곱해를 이렇게 살았는데 이제 쉬어야 한다고? 게다가 무슨 돈으로?

아니다. 아테는 가능한 한 빨리 카터 부인에게 돌아갈 생각이다. 여섯달 동안 두배의 급료를 지불할 부인에게 말이다. 그 생각을 하는 것만으로도 더 튼튼해지는 기분이다.

그때까지 아테를 대신할 사람은 제인이다. 풋내기이긴 하지만, 그녀야말로 최선의 선택이다. 공손하고 성실하니까. 다른 사람들은 몰라도, 그녀만큼은 카터 부인의 머리에 아테가 너무 늙었다거나 너무 약하다거나 너무 병들었다는 생각들을 채워 넣지 않을 것이다. 그리고 때가 되면 그 일을 그만둘 것이다.

"내가 널 훈련시키기만 하면 돼." 아테가 그렇게 말하지만, 제인은 귀담아듣지 않는다.

아테는 제인의 관심을 끌기 위해, 카터 부인이 주는 두배의 급료를 받으며 몇주만 일하면 지금처럼 양로원에서 최저임금을 받으며 여러달 일하는 것보다 더 많은 돈을 벌게 될 것을 일깨워준다. 빌리가 의지할 만한 사람이 아니라는 점과 이제는 아말리아에게 무엇이 최선인지 생각해보아야 한다는 점도 상기시킨다.

"목돈을 무시할 순 없어. 살다보면 뜻밖의 일들이 생기기 마련이거든." 아테가 자신의 막내아들 로이를 떠올리며 말한다.

제인은 대답이 없다. 표정을 보니 고민 중인 모양이다. 그녀의 어머니도 깊은 생각에 잠겨 있을 때면 마치 어딘가 먼 곳에 가 있는 것처럼 그런 표정을 짓곤 했다.

아테는 기다린다. 자신의 심장이 뛰는 소리가 들린다. "아테?" 제인이 부르는 소리에 아테의 눈이 활짝 열린다. 이어 제인이 아테의 생각대로—그녀는 착한 여자고 옳은 일을 하려고 애쓰는 사람이니까—그러겠다고 말하자, 아테는 미소를 짓는다.

그들에게 시간이 별로 없기에, 아테는 다음과 같은 것들을 다급한 목소리로 제인에게 일러준다.

반드시 유니폼을 입어야 해. 만약에 내 유니폼이 너한테 맞지 않으면, 아마 그럴 것 같지는 않지만 그래도 출산을 해서 아직 좀 살이 쪄 있으면, 퀸스 대로에 있는 유니폼 매장에 가. 돈은 내가 낼게. 어울리는 바지랑 같이 두세벌 사도록 해. 고무젖꼭지, 젖병, 콧물 흡입기 따위를 넣을 수 있는 큰 주머니가 있는 바지로 말이야.

그애는 아직 수면 훈련을 받지 않았으니 밤낮없이 일할 각오를 해둬. 너는 언제 자냐고? 당연히 아기가 잘 때지! 하지만 밤에만 자도록 해. 낮에 아기 어머니나 아버지가 같이 있을 땐, 설령 그애가 낮잠을 자고 있더라도 너는 바쁘게 일해야 해. 그러지 않으면 게을러 보일 테니까.

일요일은 쉬는 날인데, 그래도 첫주에는 쉬지 마. 카터 부인이 고집을 부리겠지만 꼭 거절해야 해. 그 집에 머물면서 "헨리를 더 잘 알고 싶다"고 말해. 부인은 그 일을 잊지 않을 거야. 카터 씨에게도 전할 테고, 그들은 날 대신하는 사람이 너라는 데 만족스러워할 거야.

말리가 그립겠지. 이해해. 사진이랑 동영상을 많이 보내줄게. 하지만 꼭 네 방에서만 확인해야 해. 섬 출신 육아도우미들이 놀이터에서 아이들은 지켜보지 않고 휴대전화만 보는 거 알지? 그런 식으로 행동하지 마. 그러라고 두배나 되는 급료를 주는 게 아니야.

디나한테 네가 갈 거라고 말해둘게. 필요한 걸 찾을 수 있도록 널 도와줄 거야. 아기 어머니의 유선이 막힐 때는 양배추 잎사귀가 좋아. 산모는 수유 촉진 차를 하루에도 여러번 마셔야 해. 종합비타민제도 매일 먹어야 하고. 기네스라는 맥주가 있는데, 젖이 잘 나오게 하는 데 좋아.

참, 디나에게 말할 때도 영어만 사용해. 부모가 다른 방에 있더라도 타갈로그어는 쓰지 마. 그들이 불편해하니까.

자기들 집에서 이방인이 된 듯한 기분이 드는 거지.

겁주려고 그러는 게 아니야, 제인! 카터 부부가 얼마나 친절한데! 단지 네가 정중한 태도를 보여야 한다는 얘기야. 아마 자기들을 "케이트와 테드"라고 부르라고 할 거야. 완전히 미국식으로 동등하게 말이지. 하지만 항상 "선생님"과 "사모님"이라고 불러야 해. 그들은 또 네게 "자기 집처럼 편히 있어요"라고 할 거야. 하지만 정말로 네가 자기 집처럼 편히 있는 걸 원하는 건 아니야! 그곳은 네 집이 아니라 그들 집이고, 그들은 네 친구가 아니니까. 그들은 네 의뢰인이야. 그뿐이야.

카터 부인은 죄책감을 느끼는 유형의 어머니야. 자기 아이와 함께 있는 걸 좋아하지만, 진짜 좋아한다기보다는 좋아한다고 생각만 하는 거지. 이해하겠니? 그래서 그녀는 죄책감에 시달려. 사랑과 시간이 비례한다고 믿거든. 하지만 그건 사실이 아니야! 나는 몇년 동안 로이나 로무엘로나 이사벨이나 엘렌을 보지 못했지만, 아이들에 대한 내 사랑은 변함이 없어. 카터 부인은 그걸 이해 못해. 그래서 양심의 가책을 느끼는 거고. 머리를 자르느라 반나절 동안 아기를 내버려둬도 죄책감을 느끼고, 친구가 자기보다 더 오래 모유 수유를 한 걸 알게 돼도 죄책감을 느껴.

부인의 죄책감을 조심해, 제인. 죄책감을 허용해선 안 돼. 이따금 카터 부인이 이렇게 말할 거야. 내가 헨리를 볼 테니 가서 눈 좀 붙여요. 밤새 깨어 있었잖아요. 하지만 부인은 분명 너에게 죄책감을 느끼고 있는 것에 불과할 거야! 그러니 그녀가 아기를 두고 갈 핑곗거리를 네가 만들어줘야 해. 일테면 이렇게 말할 수도 있겠지. 아기 목욕 시간이에요. 혹은, 엎드려서 목 가누기를 할 시간이에요.

아니면 농담조로 이렇게 말할 수도 있을 거야. 지금은 제가 이 미남과 시간을 좀 보내도 될까요?

만약 부인이 아기를 보겠다고 고집을 부리면, 그땐 괜찮아. 단, 아기가 젖을 충분히 먹어서 배가 부르고 이미 트림도 해서 만족스러운 상태여야 해. 배고프지도 않고, 피곤하지도 않고, 울음을 터뜨릴 듯한 기미도 없어야 한다고. 자기랑 같이 있을 때 아기가 칭얼거리면 부인이 질투를 할 수도 있거든. 정말로 그런 일이 일어날 수도 있어. 아기가 너를 보며 더 많이 방긋거리거나, 네가 더 빨리 아기를 달랜다거나 한다면 말이야.

아이를 맡긴 다음에도 한쪽 귀를 쫑긋 세우고 근처에 있어야 해. 그렇다고 그냥 서 있어도 안되고. 항상 바삐 움직여. 젖병을 씻거나, 옷을 개키거나 하면서. 그러지 않으면 아기 어머니는 너를 괘씸하게 생각하기 시작할 거야. 자기가 아기를 데리고 있는 동안 자리만 차지하고 있다고 말이지.

애 아버지? 그는 은행에서 일해. 아주 열심히, 아주 긴 시간 동안 일하지. 아무튼 그와는 거리를 둬, 제인. 깍듯이 대하되, 눈을 똑바로 쳐다보지는 마. 쳐다보면서 웃지도 말고. 아니, 그는 빌리랑은 영 딴판이야! 그래도 카터 부인은 아기를 낳아 아직 뚱뚱한 반면 너는 어리고 예쁘잖니.

참, 이 공책! 이거 진짜 중요한 거야! 기록용 공책이야. 알겠어? 이 공책에 아기가 무엇을 먹었는지, 그러니까 모유나 조제분유나 아니면 둘을 섞은 것을 언제, 얼마나 먹었는지 도표를 만들어 기록해둬. 의뢰인들은 도표를 좋아해. 배변에 대해서도 기록해. 쉬를 하든지 응가를 하든지. 변이 묽은지 아니면 딱딱한지.

그런 정보는 아이에게 수면 습관을 들일 때 도움이 돼. 자, 설명해줄게. 내가 카터 부부의 집에서 쓰러지기 직전에, 아기는 두시간마다 한번씩 젖을 먹고 있었어. 여기 세로로 죽 적혀 있는 거 보이지? 하지만 우리는 아기가 네시간마다 한번씩 먹게 하려고 서서히 노력하는 중이야. 낮에 충분히, 그러니까 750밀리리터나 800밀리리터쯤 먹여두면 밤에는 먹일 필요가 없게 될 거야. 그때가 수면 훈련을 시작할 시기야.

다른 예를 들어볼게. 아기가 하루 종일 울면 어떻게 될까? 카터 부인이 이유를 알고 싶어하겠지. 그때 공책을 보란 말이야! 헨리가 오줌을 충분히 쌌나? 아니야? 그럼 아마 목이 마른 걸 거야. 아기가 오늘 응가를 했나? 어제는? 둘 다 아니야? 그럼 아마 변비에 걸렸을 거야!

그리고 제인, 이런 유형의 부모들을 이해하려고 노력해야 해. 그들은 상황을 통제하는 데 익숙해. 돈 덕분이지. 하지만 갓 태어난 아기가 있으면 무슨 일이 벌어질까? 부모는 유도분만 날짜를 정하고, 아버지는 그날 하루 일을 쉬어. 차에는 새로 산 유아용 카 시트가 있고, 아주 잘 개켜진 아기 옷들도 있지. 그런데 진통이 오고, 아기가 태어나면? 흥! 통제 불능 상황이 벌어지는 거야! 아기는 울고, 부모는 까닭을 몰라. 아기가 젖을 물지 않아. 왜? 어떻게 해야 물게 만들지? 하지만 억지로 물릴 수는 없어! 아기는 토하고, 응가를 하거나 하지 않기도 하고, 발진을 일으키고, 열이 나고, 잠을 자지 않기도 하지. 까닭도 없이. 통제 불능이야!

제인, 제발 잘 들어. 중요한 얘기니까. 아마 가장 중요한 얘기일 거야. 최고의 신생아 보모가 되려면 아기 부모한테 네가 모든 것을 통제하고 있다는 걸 보여줘야 해. 아기가 울거나 토할 때, 산모가 돌처럼 딱딱한 젖가슴을 하고 너무 아파 소리를 지를 때, 너는 깜짝 놀라면 안돼. 모든 해답을 가지고 항상 통제해야 해.

이 공책은 그냥 공책이 아니야. 알아들었어? 아기 부모에게 이 공책은 질서를 의미해. 세상이 마구잡이로 돌아가지 않는다는 뜻이라고.

제인, 이 공책 덕에 그 부모가 널 믿게 될 거야.

이 가죽을 좀 만져봐. 표지가 얼마나 부드러운지 느껴져? 이런 공책은 제법 비싸. 하지만 소장용으로는 그만이지. 내 경험상, 아기 어머니들은 이런 걸 아주 좋아해.

제인

제인이 두근거리는 심장과 아말리아 때문에 아픈 가슴을 안고 카터 부인과 처음 만났을 때, 부인은 그녀를 안아주었다. 예상하지 못했던 일이었다. 양로원에서 일할 때 그곳 노인들이 때때로 제인을 포옹하기는 했지만, 그들을 찾아온 자녀들은 그녀와 거리를 유지했으니까.

카터 부인이 제인을 껴안았을 때, 그들은 현관홀의 격자무늬 대리석 바닥에 서 있었다. 제인은 여전히 두 손에 가방을 든 채였다. 카터 부인은 막 운동 수업에서 돌아온 참이라 땀 냄새와 향수 냄새를 동시에 풍겼다. 그녀는 제인의 귀에 대고 "에벌린 일은 유감이에요"라고 속삭인 다음, 디나를 시켜 그녀를 가정부 방으로 데려다주게 했다.

가정부 방은 집 안쪽 구석에 있었다. 작기는 했지만, 그때껏 제인이 혼자 써본 어떤 방보다도 더 컸다. 그녀가 나나이[1], 그러니까 그녀의 할머니와 함께 살았을 때 두 사람은 한 침대에서 잤다. 몇년 후 어머니와 함께 캘리포니아에서 살게 되었을 땐 텔레비전 옆에 붙어 있는 가족실의 소파베드에서 잤다. 가정부 방의 서랍장에서 제인은 가지런히 접혀 있는 아테의 예비 유니폼을 발견했다. 아테의 성경책, 금테 두른 그 책갈피 사이로는 태어난 날 찍은 아말리아의 스냅사진이 튀어나와 있었다.

카터 부부의 집에서 제인은 돈으로 무엇을 살 수 있는지 처음으로 깨닫게 되었다. 그녀가 그 가족과 지낸 지 일주일째 되던 날, 헨리가 열이 나며 이상한 개기침소리를 내기 시작했다. 카터 부인이 서재에서 의사에게 전화를 거는 동안 제인은 헨리를 데리고 나갈 채비를 했다. 헨리에게 파타고니아 우주복을 재빨리 입힌 뒤 여분의 기저귀를 챙기고 모유를 데웠다.

"사모님, 저흰 준비 다 됐어요. 사모님만 준비되면 언제든 나갈 수 있어요." 카터 부인이 전화를 끊었을 때 제인이 말했다.

"무슨 준비?" 카터 부인이 멍하니 물었다. 그녀는 여전히 요가 팬츠 차림으로 소파 위에 책상다리를 하고 앉아 있었다.

---

1 타갈로그어로 '어머니'라는 뜻이 있으며, 나이 든 여성에게 애정과 존경의 뜻을 담아 사용하는 호칭이기도 하다.

"병원에 안 가세요?"

"거긴 세균 배양접시나 다름없어요." 카터 부인이 코를 찡그리며 설명했다. "헨리는 너무 어려."

삼십분 후, 의사가 진찰 도구로 가득한 손가방을 들고 도착했다. 의사는 현관홀에 신발을 벗어두고 슬리퍼를 신은 채 아기방에서 가느다란 손전등을 사용해 헨리의 귀와 목구멍을 자세히 들여다보며 진찰했다. 그러는 동안 그녀의 팔에서는 푸른 보석이 박힌 가는 금팔찌들이 잘랑거렸다. 진찰을 끝낸 뒤에는 처방전을 들고 서드 애비뉴의 약국에 전화를 건 다음, 짐을 챙기며 카터 부인과 수다를 떨었다. 그들은 오래전 베일[2]에서 만난 친구 사이로 몇십년째 그곳에서 크리스마스를 보내왔다. 의사는 남편과 함께 게임 크리크 클럽[3]에 가입할까 생각 중인데 가입비 때문에 망설여진다고 말했다. 카터 부인은 그녀에게 초기 비용이 좀 들어도 그만한 가치가 있다고 장담했다. 산장들보다 음식이 훨씬 더 좋고, 줄을 서서 기다릴 필요도 없다니까. 그리고 그 슬리퍼! 그건 끝내준다고.

의사가 떠나고 헨리가 잠들자마자, 제인은 코트를 입고 카터 부인에게 헨리의 약 외에 약국에서 뭔가 사 왔으면

2 콜로라도주 이글 카운티에 위치한 소도시. 세계적인 저명인사들과 부자들이 모여드는 고급 스키장인 베일 스키 리조트로 유명하다.
3 베일 스키 리조트 내 클럽들 중 하나로, 슬로프 중간쯤에 위치한 고급 레스토랑으로 유명하다.

하는 것이 있는지 물었다. 카터 부인은 심부름 대행업체에 이미 돈을 지불했으니 수위가 곧 약을 받아 가져올 거라고 설명했다.

"좀 쉬어요. 당신도 헨리와 함께 밤새 깨어 있었잖아요." 그녀가 친절하게 말했다.

몇주 동안 제인은 그 의사가 그랬듯 세상이 카터 부부의 집으로 제 발로 오는 모습을 지켜보았다. 건면과 생아몬드, 무향 보디 크림과 아기 물티슈, 근교 농장의 신선한 채소와 고기가 가득 든 고리버들 바구니, 와인 상자, 매주 월요일과 목요일에 오는 싱싱한 꽃, 마치 선물처럼 상자에 담긴 카터 씨의 업무용 셔츠, 매디슨 애비뉴의 가게들이 패드를 댄 옷걸이에 걸고 지퍼 달린 긴 자루에 싸서 보낸 카터 부인의 새 드레스. 그 모든 것이 아파트 뒷문으로 배달되었고, 카터 부부는 전혀 눈치채지도 못하는 사이 디나의 손으로 정돈되었다. 아파트에서 나갈 일이 좀처럼 없었기에, 제인은 하루 두번 아기를 데리고 공원을 산책할 때말고는 밖으로 거의 나가지 않았다.

처음으로 제인이 카터 부인과 헨리와 함께 바깥세상으로 모험을 감행한 것은 롱아일랜드로 주말여행을 가기 위해서였다. 그곳에 카터 부부의 집이 한채 있었다. 카터 씨의 어머니가 이스트햄프턴에 있는 컨트리클럽에서 헨리를 위해 파티를 열 예정이었다. 여행 당일 아침, 카터 부인과 제인과 헨리는 아파트 건물의 중앙 엘리베이터를 타고 내려가, 대기 중이던 메르세데스 벤츠에 미끄러지듯 올라 탔다. 차 안에는 헨리의 카 시트가 벌써 장착되어 있고 가방도 모두 실려 있었다. 운전사가 그들을 이스트강의 헬기 착륙장으로 데려다주었고, 그들은 이스트햄프턴으로 삼십분 만에 날아갔다. 그곳에서 다시 또다른 차가 그들을 쓸어담듯 태우더니 지붕널이 덮인 대저택으로 향했다. 사방을 에워싼 높은 산울타리 때문에 도로에서는 전혀 보이지 않는 곳이었다. 파티 때문에 카터 부인의 컨트리클럽에서 보낸 세시간을 제외하고는, 제인은 주말 내내 그 저택에만 머물렀다.

그곳이 자급자족적인 세계라는 것을, 다시 말해 삶의 충격과 폭풍을 견뎌낼 수 있게 만들어진 세계라는 것을 제인은 몇주에 걸쳐 깨달았다. 그녀와 아말리아, 그리고 그녀가 정말로 잘 아는 모든 사람이 사는 세상과는 몹시 동떨어진 세계였다. 그리고 카터 부부가 약속대로 두배로 책정된 여섯주 치 급료를 지불할 때까지, 제인은 그런 세계는 자신 같은 사람으로선 도저히 닿을 수 없는 곳이라고만 생각하고 있었다.

하지만 은행에 돈을 예금하러 갔을 때, 그녀는 자신에게 새로운 종류의 계좌를 열 자격이 생겼다는 것을 알게 되었다. 최소 잔액 1만 5000달러에 이율 1.01퍼센트인 플러스원저축이라는 예금계좌였다. 제인은 은행 직원에게 '이율'이 무엇인지 이해가 되지 않는다고 고백했다. 그는 계산기를 꺼내더니, 그것이 그녀가 은행에 맡긴 돈이 늘어나는 비율이라고 설명해주었다.

"아무것도 하지 않아도요?" 제인은 혹시 몰라 확인차 물어보았다.

"그게 '복리법'이라는 거예요. 이제 어떻게 돌아가는지 알겠죠?"

돈이 저절로 늘어날 것이라는 사실은 제인에게 일종의 계시였다. 마치 그전까지 꼭 닫혀 있던 문이 이제는 좁은 틈이나마 열린 것 같았다. 그녀는 처음으로 그 문 안으로 들어가는 길을 그려볼 수 있었다. 만약 가만히 앉아만 있어도 돈이 늘어나는 거라면, 그녀에겐 더 많은 돈이 필요했다. 양로원에서 벌어들이던 것 같은 푼돈이 아니라 카터 부부의 집에서 번 돈처럼 큰돈이 말이다. 그녀가 조심만 한다면 그 큰돈이 차츰 저절로 불어서 일종의 요새가 되어줄 터였다.

카터 부인은 매일 아침식사로 채소 스무디를 마시곤 했다. 디나에게 냉동 블루베리와 잎채소, 그리고 계피, 강황, 치아 같은 다양한 씨앗과 향신료로 스무디를 만들게 했다. 제인이 근무한 지 이틀째인가 사흘째 되던 날, 카터 부인이 제인에게 한모금 마셔보라고 권했다. 제인은 깜짝 놀랐지만 나중에 디나가 한 말에 따르면 카터 부인은 늘 그런 식이었다. 부인은 친절했고, 자기 친구들처럼 고상한 체하지도 않았다. 이튿날 밤 카터 부인은 남편이 늦게까지 일하고 있다면서 영화 감상실에서 함께 영화를 보자고 제인을 불렀다. 그들은 헨리가 자는 동안 푹신한 가죽 의자에 나란히 앉아 같은 그릇에 손을 넣어 팝콘을 집어 먹었다.

아마 그래서 제인이 유축기를 빌려 써도 괜찮을 거라고 생각했던 건지도 모르겠다. 카터 부인과 그녀는 친구가 되어가는 중이었으니까. 하지만 아니었다. 전혀 그렇지 않았다. 제인은 카터 부인에게 아말리아에 대해 얘기한 적도 없었다. 그 얘기를 하면 부인이 죄책감을 느낄 것이라고 아테가 일러두었기 때문이다. 그리고 유축기를 빌려 쓰는 것이 일종의 규칙 위반임을 그녀는 내심으로 항상 알고 있었다.

처음 유축기를 사용한 것은 그녀가 카터 부인을 위해 일한 지 고작 엿새째 되던 날이었다. 헨리가 오후 내내 칭얼거리는 통에 제인은 이른 아침 이후로 가슴에서 젖을 짜낼 틈이 없었다. 헨리가 낮잠에 빠지자마자 그녀는 방으로 급히 달려갔다. 셔츠를 벗고서 그 방에 붙어 있는 욕실 세면대에 용기를 넣은 뒤 젖소처럼 젖을 짜낼 준비를 하며 몸을 구부렸다. 그 무렵에는 이미 카터 부인에게서 빌린 비닐 팩에 젖을 담아 식료품 저장실의 보조 냉동고, 그러니까 카터 부부가 큰 파티를 열 때만 사용하는 냉동고에 보관해두고 있었다. 그때 벌써 제인은 첫 휴무일이 오면 그 냉동 모유를 아말리아에게 가져다줄 계획이었다.

카터 부인은 운동을 하러 나가고 없었다. 부인은 젖이 조금밖에 나오지 않았는데, 제인이 보기엔 운동을 너무 많이 하는 반면 음식은 너무 조금 먹어서 그런 듯했다. 제인의 눈길이 방 책상 위에 놓인 유축기로 쏠렸다. 일반 가게에서 파는 것보다 훨씬 강력한, 병원에서 쓰는 것 같은 유축기였다. 깔때기 안쪽에서 부인의 젖꼭지가 새끼손가락처럼 길게 늘어날 정도로 세차게 젖을 짜내곤 했다. 카터 부인은 그 '장치'가 가슴을 망가뜨릴까봐 끊임없이 걱정하면서도, 여전히 헨리에게 직접 젖을 먹이기보다는 유축기를 쓰는 편을 선호했다. 헨리는 젖을 먹는 속도가 아주 느려서, 때로는 배불리 먹기까지 한시간씩 걸리기도 했기 때문이다.

제인은 자기도 모르게 결정을 내리고 문을 잠근 다음 라디오를 켰다. 베이비 모니터를 책상 쪽으로 옮긴 뒤 유축기를 몸에 부착하자 순식간에 그녀의 젖가슴이 유축기의 플라스틱 깔때기 안에서 찐득한 태피 사탕처럼 당겨지기 시작했다. 가슴 모양이 망가지는 것은 그녀에게 상관없는 일이었다. 누군가가 자신을 만지리라 기대도 않는 터였다. 심지어 빌리조차 그녀의 가슴이 너무 작아 재미가 없다고 불평하며 그녀를 별로 건드리지 않았다.

제인은 눈을 감고 아말리아를 마음속에 그려보았다. 카터 부인은 유축기로 젖을 짜면서 헨리를 생각하면 젖이 더 많이 나온다고 했는데, 그 말이 옳았다. 젖을 다 짜는 데 걸린 시간은 고작 십오분이었고, 손을 사용할 때보다 훨씬 많은 양의 젖이 나왔다. 베이비 모니터를 보니 헨리가 움직이는 기척은 전혀 없었다.

그후, 제인은 하루에 몇번씩 카터 부인의 유축기를 사용했다. 그렇게 몇주가 지나자 자신이 잘못된 일을 하고 있다는 기분도, 마치 선명하던 티셔츠의 색깔이 세탁을 거듭하며 점점 희미해지듯이 점점 사라져갔다. 그렇다고 완전히 사라진 것은 아니었지만 말이다. 이제 제인은 헨리의 젖병에도 자신의 젖을 조금씩 넣기 시작했다. 카터 부인의 젖은 양이 적은 반면 그녀는 젖이 넘쳐났기 때문이기도 했고, 또 그렇게 하면 아마도 자신이 유축기를 빌려 쓰는 것이 모두에게 좋은 일이라고 믿는 데 도움이 되었기 때문이다.

"저 멀리 필리핀에 자식들을 남겨두고 우리 가족과 지내야 한다니, 티나와 에스터가 어떤 기분일지 상상도 안 돼." 마거릿 리처즈가 말한다.

크고 파란 눈에 거의 하얀색에 가까울 정도로 옅은 빛깔의 머리카락을 가진, 카터 부인의 예쁜 대학 친구다. 그녀가 헨리를 어깨로 받쳐 안고, 헨리는 그녀의 셔츠에 침을 질질 흘리고 있다. 제인은 리처즈 부인이 알아채지 못하게 여분의 아기 트림 수건으로 헨리의 얼굴을 닦아준다.

리처즈 부인은 직접 제작 중인, 자기 어린 두 딸의 필리핀인 유모들에 관한 다큐멘터리를 설명하는 중이다. 그전까지는 다큐멘터리를 만들어본 적이 없지만, 현대미술관 별관을 위한 기금 모금 행사에서 고군분투 중인 한 영화제작자를 만났고, 그가 "신이 나서" 그녀를 돕고 있다.

"우리가 결정하는 데 애를 먹는 부분은, 아이들과 내가 여기서 어느정도의 역할을 해야 하는가야." 리처즈 부인이 말한다. 헨리가 칭얼거리기 시작했다는 건 눈치채지 못한 듯하다. 제인은 자기 손목시계를 확인하며, 헨리가 마지막으로 젖을 한병 다 먹은 지 네시간이 지났음을 알아차리고 걱정스러워한다.

리처즈 부인이 말을 이어간다. "우리가 유모들과 함께 있는 모습을, 그러니까 그들이 정말로 우리 가족의 일원이라는 걸 보여주면 공감대가 더 커질 것 같아. 유모들만이 아니라 우리까지 등장하면 관객의 관심을 끌기가 더 쉬울 수도 있고."

"아이들이 그렇게 어린데도 다시 일을 시작한다니 정말 멋지다! 나는 클레이 때문에 너무 바빠서 당분간 다시 일하는 건 상상도 못하겠어." 아이를 유모와 함께 집에 두고 온 대학 친구 에밀리 밴윅이 감탄스럽다는 듯 외친다. 제인은 밴윅 부인이 카터 부인에게 제인처럼 젊고 매력적인 사람을 집에 들이는 것은 미친 짓이라고 경고하는 말을 우연히 들은 참이었다. 뭐 하러 테드를 부추겨? 밴윅 부인은 제인이 바로 옆 서재에서 리처즈 부인의 어린 딸들이 카펫에 흘린 치리오스 시리얼을 줍고 있다는 사실을 모른 채 그렇게 물었다.

제인이 자기 주먹을 물어뜯으며 훌쩍대는 헨리를 데려가겠다고 말해보지만, 리처즈 부인은 못 들은 체한다. "물론 잰더야 두려워서 벌벌 떨고 있지. 그이는 이게 좋아 보이지 않을 거래. 알잖아, 어퍼이스트사이드에 사는 특권층 여자가 성공한 사업가와 결혼해서 자신의 육아도우미에 관한 영화를 만든다는—"

"하지만 그게 네가 일하는 방식이잖아." 카터 부인이 말을 가로챈다. "해리엇 비처 스토도 흑인은 아니었어. 예술은 감정이입의 도약대라고!"

"내 말이 그 말이야." 리처즈 부인이 맞장구친다.

헨리가 울기 시작한다. 제인은 정해진 수유 시간보다 조금 이르더라도 부인의 친구들이 도착하기 전에 미리 젖을 먹이지 않은 것을 자책하며 아이를 받아 안는다. 아테의 말에 따르면, 어머니들은 자기 아기가 친구들 앞에서 보채지 않고, "순하게" 구는 것을 좋아한다.

제인이 슬며시 자리를 피하기도 전에 리처즈 부인이 묻는다. "필리핀 사람이에요?"

"네, 사모님." 제인이 마지못해 대답한다. 헨리가 더 배고파하기 전에 젖을 먹여야 하는데, 여기서는 먹으려 하지 않을 것이 뻔하다. 사람이 너무 많으니까.

"그렇게 안 보이는데."

"아, 자기 아빠가 미국인이랬죠?" 카터 부인이 제인에게 미소를 지으며 묻는다.

"필리핀에서 태어난 거예요?" 동시에 리처즈 부인도 묻는다.

제인은 미리 데워둔 모유 젖병을 주머니에서 꺼내 헨리의 입에 갖다 대며 제발 먹으라고 기도해보지만, 아이는 미친 듯이 버둥대며 젖병을 밀쳐낸다. "네, 사모님. 아버지가 미국인이에요. 그리고, 맞아요, 사모님. 필리핀에서 태어났어요."

카터 부인이 불쑥 끼어든다. "하지만 마닐라는 아니야. 어디 다른 섬인데…… 테드가 모건 스탠리에 있을 때 거기서 스쿠버다이빙을 하곤 했어. 어디였죠, 제인?"

"불라칸 출신이에요." 순간 헨리가 지나치게 흥분하면 늘 그러듯 제 귀를 와락 움켜잡는 바람에, 제인은 안절부절못하며 대답한다.

"아, 아니구나. 아만 리조트가 있는 섬인 줄 알았는데……" 카터 부인이 고개를 절레절레 흔든다. "어쨌든 제인의 아버지는 미군 기지에 있었ㅡ"

"아마도 수비크만일 거야." 리처즈 부인이 자신감에 차서 경쾌하게 끼어든다. "우리가 벌써 조사를 엄청나게 해뒀거든. 미군 병사가 현지인과 정이 들면서 그런 식의 인종 간 결혼이 많이 이뤄져. 당신 부모님도 그렇게 만났어요, 제인? 기지 때문에?"

제인의 얼굴이 따끔거린다. 제인의 어머니는 열여섯에 그녀를 임신했고, 나나이는 제인의 어린 시절 내내 자신이 왜 엄격하게 구는지 설명하는 데 그 수치스러운 일을 전가의 보도처럼 휘둘러댔다. 제인의 아버지는 그녀가 태어난 직후 필리핀을 떠났지만, 그렇다고 그녀의 어머니가 미국인들이나 그들의 군대에 관심을 잃은 것은 아니었다. 최근 들은 소식에 의하면, 그녀의 어머니는 건설 일을 하는 전직 육군 조종사인 새 남편과 캘리포니아 사막에서 살고 있다고 했다.

"잘 모르겠어요."

"왜요?" 밴윅 부인이 묻는다.

제인은 구조를 기대하며 카터 부인을 바라보지만, 그녀는 점심식사로 무엇을 만들지 디나와 상의 중이다.

"어머니는 제가 어렸을 때 미국으로 가셨어요…… 저희 조부모님, 그분들이 저를 키워주셨고요."

"당신 아버지와 재결합하려고 여기 오신 건가요?" 리처즈 부인이 묻는다.

제인은 다시 거짓말을 한다. "아니요, 일자리를 찾으려고요."

"유모로?"

"처음에는 청소 일이었어요. 그러다가 나중에는 유모로 일했고요."

"그러니까……" 리처즈 부인이 생각에 잠겨 말을 잇는

다. "그러니까 당신 어머니는 미국에 와서 유모 일을 구했군요. 그리고 지금 당신도 여기서 유모로 일하고 있고요. 어머니가 간 길을 따라서요. 한번 상상해봐요. 만약 당신한테 딸이 있고 그애가——"

"대를 이어 범죄를 저지르는 것처럼 말이지." 밴윅 부인이 끼어든다. "흑인 남자들은 자기 아빠를 따라 대를 이어 교도소에 가잖아."

헨리가 별안간 길게 통곡하는 듯한 울음을 터뜨린다. "마거릿, 네 영화 일로 제인을 인터뷰하고 싶은 거라면 좀이따 해. 헨리가 젖을 먹어야 하니까. 제인, 그래도 되죠?" 카터 부인이 묻는다.

제인은 부리나케 방에서 뛰어나간다. 쉬지 않고 걸어서 마침내 아기방 창가의 그녀가 제일 좋아하는 곳에 무사히 자리를 잡는다. 그녀는 울음이 가라앉을 때까지 헨리를 얼러주다가 아이의 입속으로 젖병을 살며시 밀어 넣는다. 조용한 아기방에서는 헨리가 젖을 먹는다. 그녀는 헨리의 심장박동이 느려지며 꿀꺽꿀꺽 젖을 삼키는 소리에 귀를 기울인다. 아이에게 곧 나무들이 색을 바꿀 것이라고 말해준다. 그러곤 아말리아를 떠올린다. 지금 이 순간 그애는 무엇을 하고 있을지 궁금하다.

문이 벌컥 열리더니 리처즈 부부의 어린 두 딸 라일라와 룰루가 뒤뚱뒤뚱 방으로 달려 들어온다.

"쉿! 얘들아! 헨리는 지금 졸리단 말이야!"

소녀들은 잔뜩 흥분해 있다. 디나가 그애들에게 설탕이 들어간 치리오스를 주지 말았어야 했는데. 아이들은 제인의 다리에 몸을 밀어붙이며 아기를 만져보게 해달라고 시끄럽게 떼를 쓴다. 헨리가 젖을 먹다가 만다.

티나와 에스터는 어디에 있는 거야? 자기들이 부엌에서 디나와 치스미스를 하는 동안 제인이 이 애들을 돌보길 바라는 걸까?

"저리 가서 놀아! 저거 보이지?" 제인이 헨리의 장난감들로 가득 찬 선반을 가리킨다. 제인에게는 장난감이라기보다는 장식품처럼 보이는 것들이다. 나무를 장난감 모양으로 조각해놓은, 값비싸 보이는 물건들 말이다.

세살 남짓한 라일라가 공을 보더니 꽥꽥 소리를 지르며 방을 가로질러 달려간다. 아이는 선반에서 나무를 깎아 만든 공을 움켜잡고는 별안간 여동생에게 휙 던져 얼굴을 맞힌다. 룰루는 잠시 아무 말 없이 언니를 빤히 쳐다보다가 이내 얼굴을 일그러뜨리며 비명을 지르기 시작한다.

"얘가 왜 우는 거예요?" 룰루의 유모인 에스터가 블루베리 한컵을 들고 아기방 문간에 서서 묻는다.

제인은 덩달아 울기 시작한 헨리를 달래려고 안간힘을 쓰며 에스터에게 공에 대해 말해준다. 에스터는 룰루의 얼굴을 살펴보고는 다 괜찮다고 단언하더니, 룰루가 아직 흐느껴 우는데도 블루베리를 먹이기 시작한다.

"라일라! 엄마가 블루베리 먹으래!" 티나가 방으로 들어오면서 외친다.

"엄마가 그랬어!" 리처즈 부인이 딸들을 상대할 때 사용하는 경쾌한 목소리로 노래하듯 말한다. 그녀는 한 손으로 아이폰을 치켜든 채 티나의 뒤를 천천히 따라 들어온다. "블루베리는 슈퍼푸드야!"

정신을 산만하게 만드는 요소가 너무 많다. 막 아기방을 나가려는 제인을 리처즈 부인이 만류한다.

"여기서 헨리한테 젖병 물려요, 제인. 나는 신경 쓰지 말고. 그냥 영화를 찍고 있는 것뿐이니까!"

리처즈 부인은 휴대전화를 들고 라일라에게 손으로 직접 블루베리를 먹여주는 티나를 촬영하다가, 아직도 룰루를 달래려고 애쓰는 에스터 쪽으로 방향을 돌린다. 그런 다음 천천히 아기방을 빙 훑고는 헨리와 제인을 찍기 시작한다.

"제인, 창문에서 좀 비켜서볼래요? 역광 때문에 당신이 너무 어둡게 나와서요." 그녀는 그렇게 연출하더니 가만히 읊조린다. "필리핀 여자 셋. 아기 셋. 이야기 셋."

갑자기 끙끙거리는 신음에 이어 캑캑 소리가 뒤따른다.

"룰루가 숨을 못 쉬잖아!" 리처즈 부인이 소리를 지른다.

에스터가 어린 소녀의 등을 마구 두드리고, 라일라는 겁에 질려 울기 시작한다. 헨리의 통곡 소리가 점점 더 날카로워진다. 별안간 룰루의 입에서 반쯤 씹다 만 블루베리들이 연달아 쏟아져 나오기 시작한다.

"**티나! 에스터!**" 리처즈 부인이 손에 든 아이폰을 축 늘어뜨린 채 고함친다. "그거. 그 블루베리들. **얼룩이 질 거야.**"

제인은 리처즈 부인이 또다시 자신을 붙잡을세라 부리나케 문밖으로 뛰어나간다. 그러곤 자기 방으로 가서 헨리의 흐느낌이 잠잠해질 때까지 아이를 꼭 껴안는다. 그녀가 휴대전화 메시지를 확인하는 동안 아이는 그녀의 어깨에 코를 대고 훌쩍거린다. 아말리아의 병원 진찰에 관해 아테의 메시지가 하나 와 있다. 아말리아는 주사를 맞을 때 거의 울지 않았고, 나이에 비해 키가 크다고 한다. 제인은 아테가 보내준, 새 모자를 쓴 아말리아와 진찰대 위에 있는 아말리아의 사진들을 밀어 넘기며 확인한다. 휴대전화를 내려놓을 때쯤 헨리는 잠들어 있다.

제인은 스스로에게 짜증이 나 한숨을 쉰다. 전화를 그렇게 오랫동안 확인하고 있으면 안되었는데. 헨리는 젖병을 다 비우지 못했고, 이제 제인은 남은 젖을 버릴 수밖에 없다. 아테의 말에 따르면, 모유는 상온에서 최대 두시간 동안만 괜찮다. 그후에는 박테리아가 생기기 시작하기 때문이다. 제인은 모유를 좀더 해동하고 헨리를 깨워 수유 일정을 지킬까 생각해본다. 하지만 아이는 너무나 평화롭게 잠들어 있다. 게다가 그녀의 젖가슴이 이미 따끔거리기 시작했는데, 유축기로 젖을 짜낼 때가 되었다는 뜻이다. 게다가 부엌으로 가다 리처즈 부인과 마주치기라도 하면 어쩐단 말인가?

제인은 벽에 바짝 붙여놓은 자신의 침대에 헨리를 눕힌다. 그러고서 방문을 잠그러 가는데 아이가 뒤척거리기 시작한다. 그녀는 침대로 뛰어 돌아가, 벽이 없어 위험에 노출된 쪽에 베개들을 쌓아 완충장치를 만든다. 백색소음기를 켜고, 셔츠를 벗은 다음, 카터 부인의 유축기를 몸에 부착한다. 몇분 지나지 않아 젖이 흘러나오기 시작한다. 제인은 주기적으로 젖을 빨아들이는 유축기 소리에 귀를 기울인 채 아말리아를 떠올리며 긴장을 푼다.

갑작스럽게 헨리가 비명을 내지른다. 너무나 격렬한 그 소리에 방 안의 공기가 마치 둘로 찢어지는 것 같다. 트림을 하고—아이를 눕히기 전에 트림을 시켰어야 했는데 깜박하고 말았다!—다시 비명을 지르고, 이어 다시 격렬하게 흐느끼기 시작한다. 심장이 쿵쾅거리는 가운데 제인은 재빨리 유축기를 떼어내고 부리나케 헨리를 안아 든다. 아이의 손이 그녀의 피부를 할퀸다.

"쉬…… 쉬." 그녀가 다급하게 속삭인다. 제인은 헨리를 자기 가슴에 대고 누르며, 비어 있는 손으로 유축기의 젖병에서 튜브를 떼어낸다. 그사이 헨리의 입은 젖이 줄줄 흐르는 그녀의 젖꼭지 근처로 바짝 다가온다.

"안돼, 헨리." 제인이 떼어내려 해보지만, 아이는 젖꼭지를 더 세게 물고, 물에 빠져 죽어가던 사람이 구조되자마자 숨을 크게 들이마시듯 꿀꺽꿀꺽 젖을 삼킬 뿐이다.

고집 센 녀석 같으니! 제인은 새끼손가락을 헨리의 입가로 살며시 밀어 넣고 입을 비집어 벌린다. 상실감에 빠진 헨리는 고개를 뒤로 젖히더니, 울긋불긋하던 얼굴이 하얗게 질려버릴 정도로 맹렬하게 울부짖는다.

"헨리!" 제인의 가슴이 천둥 치듯 쿵쾅거린다. 울음소리를 죽이기 위해 헨리를 가슴에 바짝 밀착시키자, 아이는 다시 젖을 빨아 먹기 시작한다. 제인은 그냥 내버려둔다. 그녀가 사용하면 안되는 이 유축기를 치워버릴 때까지만 그대로 둘 생각이다. 헨리의 젖병에 든 오래된 젖을 세면대에 버리고 병을 헹궈 자신의 신선한 젖을 가득 채워 넣을 때까지만. 고무젖꼭지가 달린 젖병 뚜껑을 돌려 닫을 수 있을 때까지만 말이다. 그녀는 최대한 재빠르게 움직인다. 그녀의 한쪽 젖가슴, 즉 헨리의 굶주린 입으로부터 자유로운 젖가슴에서 젖이 흘러나와 바닥으로 뚝뚝 떨어진다.

마침내 제인이 손에 젖병을 들고 침대로 걸어가는데, 그녀의 방문이 벌컥 열린다. 문손잡이가 벽에 쾅 부딪친다.

"제인, 내가 원한 건 그저―오, 맙소사!"

리처즈 부인이 문간에 서서 휴대전화를 든 채 촬영을 하고 있다.

온갖 말이 마음속에서 어지럽게 마구 뒤섞인 가운데, 제인은 그저 멍하니 바라보기만 한다. 오직 헨리만이 돼지처럼 탐욕스러운 콧김을 내뿜고 요란한 소리를 내며 그녀의 젖을 열심히 빨고 있다.

메이

차가 늦게 도착한다는 것은 메이가 아마 약속에 늦으리라는 의미다. 게다가 교통 체증이라도 있으면—터코닉 파크웨이[1]는 지독히 좁고 구불구불한데다 최고 제한속도마저 높은 끔찍한 도로라, 사슴이며 다른 삼림지대 동물들이 도로를 횡단하다가 자동차 충돌 사고를 일으키는 지점이 곳곳에 도사리고 있다—그야말로 꼼짝없이 늦고 말 것이다. 그리고 메이는 늦는 것을 몹시 싫어한다.

"이브!" 메이가 열린 사무실 문을 통해 비서를 부른다. "차가 어디쯤 왔는지 아직 몰라요?" 메이는 신중하게 짜증을 감추고 차분하되 위엄 있는 목소리를 유지한다. 지난

1 뉴욕 맨해튼 근처에서 올버니까지 남북으로 이어지는 고속도로.

달 멕시코에서 열린 회사 단합 대회 때, 투자 홍보 팀에 새로 합류한 여자는 메이가 "결코 흐트러진 모습을 보이지 않는다"며 감탄스레 외치기도 했다. 메이는 자신의 이미지가 마음에 들어 최근 그런 모습을 더 잘 보여주려고 노력 중이다. 즉, 엄청난 혼란의 한복판에서도 침착하고, 위기에 처해서도 냉정한 이미지 말이다.

홀러웨이에서 그런 단합 대회는 처음이었다. 메이의 상사이자 회사 설립자 겸 최고 경영자인 리언이 홀러웨이의 다양한 사업 분야 책임자들을 소집해 그들의 고객들, 다시 말해 최상위 부자들을 만족시키는 최선의 방법에 관해 각자 축적한 비법을 서로 공유하는 일을 대단히 중요하게 여긴 터였다. 개회식 때, 홀러웨이의 인상적인 연간 수익 상승 곡선을 보여주는 파워포인트 슬라이드가 환히 빛나는 스크린을 배경으로 그는 "편집증적인 사람들만 살아남을 수 있다"고 단언했다.

뉴욕, 샌프란시스코, 두바이, 런던, 홍콩, 마이애미, 리우에 있는 홀러웨이 클럽의 총지배인들이 그 모임을 위해 칸쿤으로 날아왔다. 홀러웨이의 미술품 자문 회사, 요트 및 전용기 관리 회사, 부동산 관리 팀, 개인 자산 관리 자문 회사의 전무이사들, 그리고 유일한 여성 책임자인 메이도 골든 오크스를 대표해 그 무리에 합류했다. '사업 구상 단합 대회'는 홀러웨이의 매우 새롭고 과감한 시도이며, 메이의 마음속에서는 홀러웨이의 미래이기도 하다.

메이는 책상에서 반쯤 써버린 화장지 곽을 집어 들어—신년 휴가를 얻어 이선과 함께 스키를 타러 다녀온 뒤로 줄곧 고통스러운 코감기에 시달리는 참이다—등 뒤쪽 비밀 캐비닛에 넣어둔다. 책상 위에 삐딱하게 서 있던 난초—이선이 선물한 것이다—를 제대로 놓은 다음, 물러서서 자신의 업무 공간을 감탄스레 바라본다.

"무슨 소식 없어요, 이브?" 메이는 어깨를 움츠려 버그도프 굿맨 백화점에서 20퍼센트 할인가에 샀지만 **그래도 엄청나게 비싼** 캐시미어 코트를 입고 가방을 움켜잡으며 다시 한번 묻는다. 6시에 빌리지에서 레이건 매카시를 만나기로 되어 있는데, 이래가지고는 운이 좋아야 6시 30분에나 그곳에 도착하게 될 것이다. 그녀는 원래도 '호스트'[2]와의 만남에 결코 늦지 않으려 노력하지만—그렇게 함으로써 무책임은 용납되지 않음을, 억만장자의 대리모가 보여서는 **안되는** 단 한가지 모습이 있다면 그것은 바로 무책임한 태도임을 암시하는 것이다—특히 영입을 위해 적극적으로 노력 중인 상대를 만날 때는 더더욱 지각을 해서는 안되는 법이다.

이브는 아직도 운전사와 통화 중이다. 메이는 눈살이 찌푸려지는 것을 꾹 참으며 이브에게 운전사가 도착하면 문

---

2 '호스트'(host)에는 일반적인 '주인' '숙주'라는 의미 외에도, '이식받는 사람' '수용자'라는 의학적 의미가 있다. 이 소설에서는 골든 오크스에서 배아를 이식받는 대리모를 지칭하는 용어로 사용된다.

자메시지를 보내라고 말하고는 본관 정문 쪽으로 성큼성큼 걸음을 옮긴다. 제기랄. 메이는 걸어가면서 레이건에게 약속 시간을 늦춰야 할 것 같다는 메시지를 보낸다. 골든 오크스의 복도 곳곳은 너무나 익숙해 휴대전화에서 고개를 들 필요도 없다. 이제는 자기 것인 양 여겨지는 그림 앞에 이르자 습관적으로 그녀의 발걸음이 느려진다. 중앙 복도에 걸려 있는 여섯점의 풍경화 중 하나로, 크기가 작은 그림이다. 몇년 전 메이는 집에 있는 화집을 보다가 그것과 같은 그림을 발견했다. 즉시 소더비에 다니는 친구에게 전화를 걸어 그 가치를 추정해달라고 부탁했고, 경매에 내놓으면 대략 50만 달러, 어쩌면 그 이상에 이를 수도 있다는 대답을 들었다. 들은 바로, 복도에 걸려 있는 여섯점의 그림은 리언이 몇년 전 즉흥적으로 구매한 것들이라고 한다. 뉴포트로 가던 중 매사추세츠의 시골 어딘가에서 길을 잃고 먼지가 풀풀 날리는 시골길을 달리던 그가 대규모 소장품 정리 세일 중인 저택을 우연히 발견했다는 것이다. 그는 거실의 윙백 의자[3]에 들러붙다시피 앉아 있던 거동이 불편한 늙은 홀아비를 설득해 대량 구매 할인가로 여섯점의 그림을 몽땅 자신에게 팔게 했다. 어두운 흙빛, 겹겹이 두껍게 덧칠된 물감, 전원 풍경의 묘사 등 전반적으로 비슷비슷해 보이는 그림들이지만, 메이의 그림은 다른 다섯

3 높다란 등받이 양옆이 작은 날개 모양으로 앞쪽을 감싸듯 튀어나온 형태의 의자.

점을 다 합친 것의 몇배나 되는 가치가 있다. 리언이 '의뢰인들'에게 그 이야기를 할 때마다 살짝 휜 형태로 우뚝 솟아 묘한 매력을 주는 자신의 코를 비난하듯 가리키며 하는 말, "나한테 돈 냄새를 맡는 코가 있나봐요!"가 바로 그 이야기의 핵심적인 대목이다.

왜 그녀의 그림이 특히 독보적인지에 대해, 메이는 몇주마다 매번 새로운 이론을 생각해낸다. 이번 주에는 그림 속 구름 너머에 갓 생긴 멍처럼 초록빛이 감도는 검은 얼룩이 있음을 알아차렸다. 그녀는 또한 그 그림의 나무들이 다른 그림의 나무들보다 두껍게 칠해져 있다는 것, 거의 손에 만져질 듯한 농도로 그려져 있다는 것도 깨달았다. 이런 점들이 중요할까? 그림의 가치가 얼룩이며 농도와 상관이 있을까? 사실 그녀도 잘 모른다. 그래서 몇달 전에 그녀의 '긴급하지는 않지만 장기적으로 꼭 처리해야 할 중요한 일 목록'에 미술 감상 강좌 등록을 추가했다. 하지만 지금은 그것을 너무 아래쪽에 두었다는 생각이 든다. 경영 대학원 주말 골프 모임과 소득 신고서 입력 사이에 끼워 넣다니. 이선과 메이의 아파트 개조 공사가 예상보다 빨리 끝날 예정이고, 그들은 남향이라 자연광이 물밀듯 밀려드는 55제곱미터짜리 거실에서 약혼 파티를 열 작정이다. 그전에 새 미술품을 구해야 한다.

메이의 휴대전화가 삑삑거린다. 운전사가 주차 중이라고 알리는 이브의 문자메시지다. 메이는 잊지 않고 안내원에게 손을 흔들어 인사한 뒤 대기실을 거침없이 지나쳐 육중한 정문을 밀고 나간다. 그녀가 쏜살같이 차로 달려가 올라타자 운전사는 지각한 것에 대해 마치 주문을 외우듯 거듭 사과한다. "늦어서 죄송해요. 정말 죄송합니다. 정말 죄송해요."

"괜찮아요. 어서 가기나 하죠." 말투가 의도했던 것보다 신랄하게 들려, 메이는 운전석의 백미러를 향해 살짝 미소를 지어 보인다.

한겨울인데도 골든 오크스 주변의 시골 지역은 아름답다. 따뜻한 시기에는 알팔파와 옥수수와 건초용 풀이 자라는 바둑판 모양의 초지가 지금은 온통 눈가루로 뒤덮인, 수령이 몇백살도 넘는 플라타너스와 오크 나무 들에 에워싸인 채 메이의 차창을 스쳐 지나간다. 꽁꽁 얼어붙은 작은 개울이 구불구불 이어지는 돌담과 나란히 들판을 가로지르며 나아가고, 그 위로 펼쳐진 짙은 회청색 하늘은 마치 엎어놓은 웨지우드 그릇 같아 보인다. 리언과 함께 유력한 부지를 찾아 뉴욕주 북부와 인근의 코네티컷주를 돌아다니던 메이는 골든 오크스를 보는 순간 이곳이야말로 완벽한 장소임을 알아차렸다. 무성한 초목과 건강에 좋은 환경에 자연미가 전혀 훼손되지 않았으면서도, 맨해튼에 자리한 세계 최고의 병원들에서 차로 겨우 두시간 거리였다.

메이는 마음 놓고 경치를 즐기다가 차가 간선도로를 달

리기 시작하자 업무에 착수한다. 먼저 전화기 화면에 '꼭 해야 할 일 목록'을 띄운다.

#1: 덩 여사 투자 설명회 준비 마무리

이 건이라면 느낌이 좋다. 지난 몇주 내내 그녀가 찾아낼 수 있는 덩 여사에 관한 기사는 모조리 탐독했고, 심지어 몇 안되는 중국어 기사까지 읽어냈으니—메이의 아버지가 베이징시 외곽에서 태어난 중국인인데도 집에서 그녀와 영어로만 대화하려 했음을 고려하면 결코 쉬운 일이 아니었다—내일 회의 준비는 이미 95퍼센트쯤 완료된 셈이다. 메이의 완벽에 가까운 표준중국어는 대학 1학년 때부터 몇년간 지속된 헌신적인 노력의 결과다. 당시 그녀는 세계에서 가장 성장이 빠른 국가의 언어를 습득한다면 언젠가 결실을 맺으리라 확신했다. 몇년 후 백만장자들, 곧이어 억만장자들이 중국 전역에서 마치 우후죽순처럼 등장하고 메이가 경력을 쌓아가던 서구 업계의 사치품과 서비스를 갈망하기 시작하면서, 그녀가 옳았음이 입증되었다.

메이가 공들인 조사에서 힘들게 얻어낸 핵심적인 사실은 이렇다. 제지와 펄프 업계에서 덩 여사는 세상을 지배하는 여왕이나 다름없다. 그녀는 허베이 지역에 자리한 누추한 마을의 양철 지붕 오두막에서 배운 것 없는 농사꾼의 딸로 태어났다. 하지만 총명함과 노력, 그리고 집안 좋은 홍군[4] 중위와의 수지맞는 결혼을 통해 10여년 만에 전세계적인 거대 재생지 기업을 일궈냈다. 그녀의 회사인 에이트 헤븐스는 중국 연안에 공장들을 여럿 가지고 있다. 서구의 기관들로부터 톤 단위로 사들인 폐지를 약품처리하고 세척한 뒤 곤죽이 되도록 짓이겨, 날마다 중국에서 서구로 수출되는 엄청난 양의 값싼 대량생산 제품들을 싸고/상자에 넣고/포장하는 데 사용되는 골판지며 기타 재료들로 가공하는 곳이다. 소유욕이 강하면서도 갈수록 더 환경문제에 관심을 두는 서구의 소비자들이 헌 골판지/마분지/일반 종이를 밝은 파란색 재활용 쓰레기통에 던져 넣으면, 그것은 다시 에이트 헤븐스에 되팔린다. 『월 스트리트 저널』의 추정에 따르면, 이런 사용과 재활용의 순환을 통해 덩 여사는 지금껏 미화로 180억 달러가 넘는 재산을 모았다. 그녀는 중국에서 가장 부유한 여성이자, 전세계에서 가장 부유한 자수성가한 여성이다. 그리고 지금은 홀러웨이 홀딩스에 투자를 하려고 검토 중이다.

통상적인 경우라면 리언과 새로 온 투자 홍보 팀장인 개비가 뉴욕 피프스 애비뉴에 있는 홀러웨이 클럽에서 덩 여사를 접대할 것이다. 하지만 이번 투자 설명회는 경우가 다르다. 덩 여사는 홀러웨이에 투자를 고려하고 있을 뿐아니라, 골든 오크스에서 메이가 엄선한 호스트의 몸을 빌려 아기를 낳는 것도 염두에 두고 있다. 그녀가 자신의 이

---

4 중국 인민해방군을 달리 이르는 말.

름을 딴 MIT '덩 생식 건강 연구 센터'에 보관해둔 열두 개의 냉동 배아 중 하나로 말이다.

절묘하게도 리언은 처음으로 골든 오크스에서 투자 설명회를 열면 어떻겠냐고 제안했다. 그곳의 목가적인 아름다움과 깨끗하고 맑은 공기가 덩 여사에게 익숙한 베이징의 오염 물질 가득한 하늘이나 더러운 지하수와 극명하게 대비되리라는 생각이었다.

"당신도 있고 말이야, 메이. 당신은 항상 좋은 인상을 심어주잖아." 리언이 다정하게 말했다.

메이는 이 기회에 흥분해서 거의 기절할 지경이다. 이것이 그녀에게는 큰 기회가 될 수도 있다. 3년 전 힘들게 골든 오크스의 문을 연 이래 그동안의 베타테스트 단계가 기대 이상으로 성공적이었는데도 불구하고, 리언과 홀러웨이 이사진은 메이에게 고작 서른명 내외의 호스트만을 허용하며 대리모 사업을 부차적인 영역으로 유지할 것을 고집해온 터였다.

하지만 동관東館에는 먼지를 뒤집어쓴 채 주인을 간절히 기다리는 침실이 여덟개나 있다. 개인실만 없애도──이는 지금껏 메이가 몇번이나 제안한 방침인데, 왜냐하면 그녀는 호스트들이 서로를 감시할 수 있게끔 자기들끼리 짝을 지어줘야 한다고 굳게 믿는데다가, 침실당 더 많은 호스트가 머문다는 것은 그만큼 이익률이 상승함을 의미하기 때문이다──골든 오크스는 적어도 스물네명의 호스트를 더 수용할 수 있을 것이다.

하지만 제일 먼저, 덩 여사부터 낚을 필요가 있다. 그녀는 단연코 메이가 중국 본토로부터 건져 올릴 가장 큰 월척이 될 테고, 그로써 리언에게 골든 오크스의 엄청난 잠재력을 증명해 보이게 될 것이다.

메이는 가방에서 이어폰을 꺼내 휴대전화에 연결한다. "환잉 다지아! 환영합니다, 여러분. 시에시에 더광린! 와주셔서 감사합니다." 녹음된 그녀의 목소리가 울려 퍼진다. 내일 프레젠테이션은 덩 여사를 위해 중국어로 시작한 다음, 리언과 다른 사람들을 위해 자연스럽게 영어로 이어갈 계획이다. 그녀는 베이징에 거주하는 온라인 개인 교사와 함께 며칠 동안 인사말을 연습했고, 열심히 노력한 보람이 있었다. 그녀의 귓속으로 크게 울려 퍼지는 목소리가 현지 중국인의 억양을 띠고 있는 것을 보면 말이다.

메이는 녹음해둔 프레젠테이션 내용을 들리는 대로 따라 말하며, 아까 이브가 출력해준 얄팍한 호스트 지원서 뭉치를 휙휙 넘겨본다. 스테이플러로 철해놓은 각 지원서 첫 페이지의 사진들을 죽 훑어보는 그녀의 얼굴이 찌푸려진다. 지원자들 대부분이 카리브해 출신이다. 그런 사람들은 이미 충분하다. 그녀에게 부족한 호스트는 흑인이 아닌 호스트다. 그녀는 생각에 잠긴다. 사실, 필리핀 여자는 몇 명 더 쓸 수도 있다. 그들은 영어를 잘하는데다 성격이 유순하고 남을 위해 봉사하는 성향을 가지고 있어서 의뢰인들에게 인기가 있다. 메이 자신의 어린 시절 가정부였던 디비나가 필리핀 남부 산악 지대 어딘가에 있는 마을 출신이었기 때문에 그녀 또한 그들을 유달리 좋아한다. 디비나는 작은 콧구멍과 펑퍼짐한 코에, 거무스름한 피부에는 어린 시절 수두를 심하게 앓는 바람에 움푹 팬 자국이 남아 있는 친절하고 따뜻한 여자였다. 피부가 희고 아름다운 어머니는 어린 메이에게 자외선 차단제를 바르게 하려고 디비나의 외모를 들먹이곤 했지만("넌 네 아버지 같은 피부를 가졌잖니, 메이. 나중에 디비나처럼 되고 싶어?"), 적어도 그 시절에는 그런 공포 전술이 먹히지 않았다. 어린 메이는 디비나를 못생겼다고 여기지 않았으니까.

그렇지만 디비나는 못생겼고, 메이가 일을 하면서 배운 한가지 사실이 있다면, 설령 디비나가 아직 살아 있고 호스트가 될 만큼 젊다고 해도, 또 비록 그녀가 몹시 믿음직하고 단정하고 고분고분하며 골든 오크스의 다른 사람들이 그렇듯 건강한 자궁을 가지고 있다고 해도, 어떤 의뢰인도 결코 그녀를 선택하지 않으리라는 것이다. 그녀의 못생긴 얼굴 때문에 말이다. 물론 의뢰인들이 결코 그렇게 말을 할 리는 없다. 적어도 미국인 의뢰인들이라면. 하지만 반들반들 윤이 나는 메이의 사무실에서 몇십개나 되는 온라인 호스트 프로필을 휙휙 넘겨볼 때, 의뢰인들은 거의 예외 없이 디비나처럼 생긴 사람은 건너뛰고 좀더 하얀 피부의 좀더 예쁜 필리핀 여자나, 방금 박박 닦은 듯한 얼굴에 콧잔등에 주근깨가 난 폴란드 아가씨나, 반짝반짝 빛나는 눈에 보조개가 있는 날씬한 트리니다드 사람의 사진에 시선을 멈추곤 했다.

메이도 인정하는 사실이지만, 물론 모든 의뢰인이 다 그런 것은 아니다. 몇몇 의뢰인은 정말로 건강한 자궁을 가진 호스트를 선택하는 데만 초점을 맞춘다. 하지만 그런 의뢰인은 많지 않다. 대부분의 의뢰인은 자신들이 선택하는 호스트가 곧 태어날 아기를 품을 보관소인 동시에 몸속에 착상될 존재에 거는 그들의 높은 기대의 표상이라 여기기 마련이다. 그래서 자신들이 생각하기에 예뻐 보이는, 혹은 '말솜씨가 좋거나' '친절하거나' '현명하거나' 심지어 교육까지 잘 받은 듯 보이는 호스트에게 끌리고, 기꺼이 프리미엄을 지불한다.

처음에 메이는 이 마지막 조건에 깜짝 놀랐다. 마치 태아가 포도당, 단백질, 산소, 비타민뿐 아니라 값비싼 교육을 통해 획득한 지식과 하늘을 찌를 듯 높은 SAT[5] 점수를 흡수하기라도 하는 양, 프린스턴이나 스탠퍼드나 UVA[6]를 졸업한 여자의 자궁에 엄청난 프리미엄을 기꺼이 지불하려 한다니 말이다. 하지만 정말 그렇다. 메이는 해마다 그야말로 일류 대학의 학위를 가진 호스트가 아니면 만족하지 않을 소수의 의뢰인들에게 서비스를 제공한다. 레이건

5 미국의 대학 입학 자격시험(Scholastic Aptitude Test).
6 버지니아 대학(University of Virginia).

80

매카시에 대한 메이의 불안감도 이러한 상황에 기인한다. 레이건은 프리미엄 호스트 중에서도 성스러운 트라이펙터[7] 같은 사람이기 때문이다. 다시 말해 그녀는 백인이고 (메이는 면담을 통해 그녀가 아일랜드와 독일 혈통이 매력적으로 섞인 여성임을 확인했다), 예쁘며(하지만 섹시하지는 않은데, 이는 메이의 경험상 대단히 중요한 요건이다), 교육을 잘 받았다(듀크 대학의 우등 졸업생이니, 똑똑하되 위협적일 만큼 똑똑하지는 않은 셈이다).

만약 골든 오크스에서 일하도록 레이건을 설득해 덩 여사와 연결할 수만 있다면 ─ 메이가 얼마를 부르든 덩 여사에게는 지극히 하찮은 액수, 그러니까 드넓은 바다처럼 엄청난 그녀의 재산에서는 그저 한방울에 불과한 돈이리라 ─ 메이는 새해가 시작되고 고작 몇주 만에 기록적인 연말 보너스를 향해 착착 나아가게 될 것이다. 그녀는 이 뜻밖의 횡재를 이용해 이선이 그들의 "제2기" 개조 계획을 위해 남겨둬야 한다고 주장했던 욕실을 다시 꾸밀 생각이다. 그리고 어머니에게는 아주 멋진 선물을 사줘서(에르메스 가방을 사줄까? 까르띠에 시계를 사줄까? 에르메스 가방 안에 까르띠에 시계를 넣어 줄까?) 반응을 이끌어낼 것이다. 희미한 기쁨의 미소. 놀라서 부지불식간에 내

---

[7] 경마에서 내기를 거는 방식의 하나. 1, 2, 3위로 들어올 말을 모두 예측해서 맞혀야만 돈을 딸 수 있다. 본문의 'holy trifecta'는 '성 삼위일체'(Holy Trinity)에 빗댄 표현이다.

뱉는 헉 소리 같은 것 말이다.

하지만 사실상 그녀의 어머니가 그런 반응을 보일 리는 없다. 십중팔구 손목을 아무렇게나 휙 움직여 메이의 선물을 내던질 것이다. 성인이 된 이래 평생 그런 물건들을 갈망해온 사람이라기보다는, 마치 하루 종일 2만 달러짜리 시계가 가득 든 1만 5000달러짜리 가방을 들고 다니는 사람이라도 되는 양 말이다. 메이가 학교를 마치고 돌아왔을 때 서재에서 재클린 케네디 오나시스나 베이브 페일리[8], 혹은 다른 부유하고 아름다운 여자의 전기 영화를 연달아 보고 있는 어머니의 모습을 목격한 적이 몇번이었던가? 어머니가 이웃집 벼락부자의 번쩍거리는 최신형 루이비통 클러치 백이 천박하다며 통탄하다가, 결국에는 삭스피프스 애비뉴 백화점 카탈로그의 핸드백 항목을 마치 포르노라도 되는 듯 탐욕스럽게 탐독한 것은 또 얼마나 흔한 일이었던가?

아냐, 이러면 안돼! 메이는 목에서 뚜두둑 소리가 날 정도로 격렬하게 도리질을 친다. 한가하게 백일몽을 꾸고 추측이나 하고 있을 때가 아니다. 메이에겐 할 일이 있다. 앞으로 스물네시간은 대단히 중요하다.

이제 메이는 전화기에 대고 큰 소리로 활기차게 말하면서 다시 한번 프레젠테이션 예행연습을 마무리한다. 그날

---

8 Babe Paley(1915~78). 의사인 아버지와 CBS 방송국 창업주인 남편을 둔 미국 사교계의 명사이자 스타일 아이콘.

저녁 늦게 진행될 영상통화 수업 때 검토할 수 있게끔 개인 시도교사에게 녹음 내용을 이메일로 보낸 뒤, 호스트 지원서에 다시 주의를 집중한다. 차가 FDR 드라이브[9]에 도달할 때쯤, 지원서 뭉치에서 좀더 살펴볼 만한 지원자 두어 명을 선별한 메이는 신원 조사를 위해 팀원들에게 이메일로 그들의 이름을 보낸다. 이어 집게손가락을 단호하게 휘둘러, 휴대전화의 '꼭 해야 할 일 목록'에서 1번과 2번 항목을 삭제한다. 완료, 또 완료.

그러곤 3번 항목을 시작하려는데 전화기가 윙윙거린다. 메이의 대학 시절 룸메이트인 케이티의 사진 아래 익시드 아카데미라는 글자가 깜박거린다. 남편과 함께 그래피티며 총알 자국투성이에 마약 천지인 로스앤젤레스 곳곳에 설립한 네군데의 차터 스쿨[10] 중 한곳에서 빌린 책상 위로 몸을 구부리고 앉아 있는 케이티의 모습을 메이는 마음속에 그려볼 수 있다. 아마도 비행기 티켓 때문에 전화를 했을 테지만, 메이는 수다를 떨 시간도 없고 감사 인사 받는 것을, 적어도 케이티에게 받는 것은 몹시 싫어한다. 메이가 대녀에게 크리스마스 선물로 고급 유기농 아기 매트리

---

9 프랭클린 D. 루스벨트 전 대통령의 이름을 딴 도로로 맨해튼 동쪽 강변을 따라 나 있다.
10 공적 자금이 어느정도 투입되기는 하지만 교육위원회의 통제를 받지 않고 독자적으로 운영되는 공립 초·중등학교. 일종의 대안학교 성격을 가진 공립학교라고 할 수 있다.

스를 보냈을 때, 케이티와 그녀의 남편은 당황스러울 만큼 넘치도록 감사를 표했다. 대학 시절 부전공으로 시각예술을 택했던 케이티는 메이에게 손수 그린 매우 아름다운 카드를 보내주었고, 릭은 보닛과 금목걸이를 착용한 모습으로 직접 등장해 아기 침대에 자기 몸을 욱여넣은 채 감사의 말을 랩으로 읊어대는 우스꽝스러운 동영상을 연출했다.

대학 시절 어울리던 여학생 사교 클럽 친구들의 성화에 몇달 후 "어마어마한" 처녀 파티를 열기로 한 참이다. 마이애미행 비즈니스 클래스 왕복 티켓에 케이티와 릭이 어떤 반응을 보일지, 메이는 생각만 해도 몸서리쳐진다. 사실 호의를 베푼 사람은 케이티다. 그녀를 붙들어준 케이티의 존재가 없었다면 메이는 카파 카파 감마[11]의 친구들과 한나절도 함께 지내지 못했을 것이다. 게다가 메이는 케이티를 위해 무언가를 하는 것이 즐겁다. 그녀의 삶이 메이 자신의 삶에 비해 너무 재미없고 팍팍해 보이기 때문이다.

"길이 너무 막히네요." 운전사가 사과하듯 말한다. 차는 고속도로를 빠져나와 잔뜩 몰려든 오토바이와 택시, 버스, 트럭, 보행자 들을 피하느라 속도를 줄이며 도심으로 조심스럽게 진입하는 중이다.

"그쪽 잘못이 아니니 마음 쓰지 마요." 메이가 대꾸한

11 대부분의 미국 대학에 지부를 둔 여학생 사교 클럽.

다. 그녀는 케이티의 음성메시지를 확인하지 않는다. 지금은 안된다. 대신 교통 정체가 풀리기를 기다리며 귀에 다시 이어폰을 밀어 넣는다. 녹음된 그녀의 목소리가 귀에서 또렷하고 정확하게 울려, 거리에서 줄곧 터져 나오는 성난 경적 소리를 차단한다.

레스토랑의 호리호리한 여성 지배인이 상대 손님은 아직 도착 전이라고 알려준다. 메이는 코트를 맡긴 뒤 부리나케 화장실로 들어간다. 오랫동안 차를 탄 터라 매무새를 가다듬어야 한다. 그녀는 거울에 비친 몹시 흐트러진 모습을, 그러니까 헝클어진 머리카락이며 지저분하게 번진 아이라이너며 차 안에 비치되어 있던 거친 화장지 때문에 벌게진 코를 주시하며 불쾌감을 느낀다. 하지만 이내 냉정을 되찾기 시작한다. 머리를 다시 묶고, 핸드백 속 파우치에 넣어둔 면봉으로 흐트러진 눈 화장을 고친다. 화장품 가방에서 원하던 립 펜슬을 찾아 꺼내 입술에 쓱쓱 그어서 핑크빛 윤곽을 그린 다음, 화이트닝 파우더 통을 재빨리 열어 콧대를 따라 옅은 색 파우더를 바르고 경계가 두드러지지 않게끔 잘 매만진다. 아버지를 닮은 그녀의 코가 조금이라도 날렵하게 보이도록 어머니가 가르쳐주었고, 실제로, 특히 학교에서 사진을 찍는 날이면 억지로 써먹게 했던 속임수다. "이러면 더 오똑해 보여." 어머니는 여우 털로 된 화장용 브러시를 메이의 얼굴에 대고 움직여 두 눈

속으로 화이트닝 파우더 가루를 날리면서 그렇게 말하곤
했다.

메이는 레스토랑으로 돌아가 창가 테이블로 안내받는
다. 내일 회의를 위해 일련의 파워포인트 슬라이드를 검토
하고 있을 때, 여성 지배인이 이번에는 레이건과 함께 다시
나타난다. 피코트 차림에 진흙이 잔뜩 묻은 굽 낮은 부츠를
신은 레이건은, 옷차림이 훨씬 근사하긴 하지만 메이의 어
머니가 갈대처럼 호리호리하게 마른 10대 시절 말을 타고
찍은 사진 속 모습과 기분 나쁠 정도로 닮았다. 심지어 아
무렇게나 땋은 탁한 금발 머리마저도. "자주 타나봐요, 레
이건?" 메이가 일어나서 레이건의 차가운 손을 잡고 악수
를 나누며 무심코 그렇게 묻는다.

"그럼요. 여기까지도 타고 왔는걸요." 레이건이 대답하
며 손으로 이마에서 머리카락 한가닥을 걷어낸다. 화장은
하지 않았다.

"도시에서 탄다고요?" 메이가 혼란스러워하며 묻는다.

"오토바이는 밖에 두고 잠가놓기만 하면 되니까요." 레
이건은 그렇게 대답한 뒤, 안심시키려는 듯 한마디 덧붙인
다. "안면 보호구랑 장갑을 착용하면 괜찮아요. 일단 달리
기 시작하면 추위는 거의 느껴지지 않죠."

"아, 그렇군요." 메이가 중얼거린다. "멋지네요."

레이건이 아이스티 한잔을 주문한다. 그녀의 목에는 카
메라가 걸려 있다. 크리스마스 전에 현장 방문차 골든 오

크스에 왔을 때, 그녀가 창밖으로 오염되지 않은 설경을
응시하며 자기 카메라를 가져왔더라면 좋았겠다고 큰 소
리로 말했던 것이 떠오른다. 그때 메이는 눈이 녹기 시작
해 사방이 진창이고, 악취가 진동할 정도로 심하게 축축하
며, 숲에는 다시 깨어난 곤충과 갓 부화해 수많은 질병을
옮기는 진드기들이 수없이 우글거리는 초봄에 인터뷰가
잡히지 않았다는 행운에 감사했다. 그 시기였다면 아마 레
이건은 골든 오크스를 그렇게 그림처럼 아름답다고 생각
하지 않았으리라.

"지난주에 시카고에 갔을 때 카메라를 고장 냈거든요."
레이건이 카메라를 테이블에 올려놓으며 설명한다. "수리
소에서 방금 찾아왔어요."

레이건의 부모님이 여전히 시카고 외곽에 살고 있고, 어
머니는 그녀가 10대일 때 조기 치매 증상을 보이기 시작했
다는 사실을 메이는 이미 그녀에게 들어서 알고 있다. 그
러니 레이건은 분명 부모님을 방문 중이었을 것이다. 메이
는 호스트를 고용하기에 앞서 모든 후보의 가정환경에 대
해 꼼꼼히 조사한다. 가정환경은 필연적으로 각자의 세계
관과 동기를 형성하며, 그 두가지는 젊은 여성이 의뢰인의
아이를 임신하기에 적합한지를 결정하는 데 매우 중요한
요소들이다.

그녀는 레이건의 인격 형성기를, 어머니가 그렇게 망가
져가는 모습을 목격한다는 것을 상상조차 할 수 없다. 그

녀 자신의 어머니는, 엄밀히 말해 제대로 양육을 하지는 않았지만, 설사 마음을 다해서는 아닐지언정 머리로는 자리를 지켰다. 메이와 그녀의 팀원들은 어머니의 치매가 레이건의 가장 근본적인 동기부여 요소라는 점에 동의한다. 레이건이 어머니가 되고 싶어하는 것은 본질적으로 어머니 없이 성장했기 때문이다. 비극이긴 하지만, 호스트로서의 역량에는 좋은 징조다.

"지난주에 비얼음[12] 현상이 나타나길래 당신을 위해 사진을 몇장 찍어뒀어요." 메이는 테이블 위로 몸을 내밀어 레이건에게 마치 은을 두른 듯 온통 얼음에 뒤덮여 있는 나무들의 스냅사진을 보여준다. 레이건이 감탄사를 연발한다.

"그곳으로 이사 가서 그냥 언제까지나 살고 싶지 않아요? 매일 잠에서 깨어나…… 순수한 아름다움을 보면서 말이에요. 이런 거 말고요." 레이건이 창 너머 담벼락처럼 쌓인 쓰레기봉투들 바로 옆의 누렇게 변한 눈 더미를 가리킨다.

"아, 그럼요." 메이가 대답한다. 완전한 거짓말은 아니다. 그녀와 이선도 때때로 뉴욕 북부 시골에 주말 별장을 마련하면 어떨까 이야기하곤 하니까. 물론 특히 골든 오크스의 상황이 계속 잘 풀린다는 전제하에 말이다. "하지만

---

12 과냉각 상태의 빗방울 따위가 땅과 나무 등의 물체에 닿아 얼어붙어 형성되는 딱딱하고 투명한 얼음.

약혼자의 직장이 시내에 있고, 우리 생활 기반도 여기 맨해튼이라서요."

"하긴 따분해질지도 모르죠." 레이건이 수긍한다.

"사실," 메이가 끼어든다. "거긴 아주 문화적인 곳이기도 해요. 골든 오크스는 탱글우드 음악 센터[13]나 필로볼러스 무용단[14], 또 많은 갤러리가 있는 버크셔스[15]와도 꽤 가깝죠. 그 지역에 현역 예술가들이 아주 많이 살고 있기도 하고……"

"만약 호스트가 되면 갤러리들을 쏘다닐 수도 없을 텐데요 뭐."

메이는 '만약'이라는 단어에 주목하며 말을 이어간다. "그렇죠, 아마 배양 기간이 끝날 무렵까지는 안될 거예요…… 하지만 임신 1기와 2기 초반에는 관심 있는 호스트들에게 버크셔스행 여행을 지원해줘요." 말을 하는 동시에 지어낸 이야기다. 사실 그런 일은 한번도 없었지만—대부분의 호스트는 전위적인 무용 공연이나 사진 전시회에 전혀 관심이 없을 테니까—안될 건 또 뭔가? 이따금 차를 빌려 프리미엄 호스트들을 근처 마을로 데려가 약간의 문화적인 자극을 받도록 하면 어떨까? 그게 혹시 계약

13 매사추세츠주 레녹스에 위치한 곳으로 매년 음악 축제가 열린다.
14 '그림자 댄스'로 유명한 퍼포먼스 댄스 그룹.
15 매사추세츠주 서부에서 코네티컷주까지 이어지는 고지대로 음악, 미술, 여가 활동에 기반을 둔 관광산업이 활발하다.

상 무언가를 위반하는 일일까?

"어쨌든, 좀 따분해지더라도 그만한 가치는 있겠죠." 레이건이 말한다. 그녀는 사진 일을 진지하게 생각해보려 하지만 아버지가 지지하지 않는다는 얘기를 꺼낸다. "아빠는 제가 쓸모 있는 사람이 되고 진짜 일을 해야만 집세를 내줄 거예요." 레이건이 얼굴을 찌푸린다.

메이에게는 아주 좋은 소식이다. 인센티브로 장려할 수 있는 호스트야말로 최고의 호스트 아닌가. "틀림없이 그럴 테지만, 당신이 건강한 아기를 출산한다고 가정하면 집세 걱정 따위는 과거의 일이 될 거예요. 기존의 다른 모든 금전적인 걱정도 마찬가지고요."

"제가 어떤 사람을 돕는 건지도 알 수 있으면 정말 좋겠는데요." 지나치게 돈에 휘둘린다는 인상을 줄까봐 걱정되는 듯 레이건이 재빨리 덧붙인다. "제 말은, 그게 가장 중요하다는 거예요."

레이건을 골든 오크스에 소개한 것은 대학 시절 그녀의 난자를 채취한 클리닉이었다. 그녀는 아마 그때도 자신이 이타심에서 그런 행동을 한다고, 돈은 난자를 기증하기로 한 자신의 결정에 있어 부차적인 요소라고 확신했을 것이다. 메이는 왜 사람들이, 더구나 레이건이나 케이티 같은 특권층 사람들이 돈을 원하는 데 무언가 수치스러운 면이 있다고 고집하는지 전혀 이해할 수 없다. 일찍이 어떤 이민자도 더 멋진 삶을 원한다는 이유로 사과한 적은 없지 않은가.

메이는 두가지 동기가 다 중요하다며 레이건을 다독인다. "호스트가 되면 당신은 예술가로서 꿈을 이루는 동시에, 아이를 간절히 바라는 한 여성의 꿈도 이뤄줄 수 있어요. 쌍방에게 모두 이익이 되는 가장 좋은 상황인 셈이죠."

레이건이 얼굴을 찡그린다. "그렇지만 미적인 이유로 대리모를 쓰는 사람들도 있다고 얘기하신 적이 있잖아요. 저는, 전 대리모를 통해서가 아니면 아기를 가질 수 없는 사람을 위해 임신하고 싶어요. 허영심 때문에 대리모를 이용하는 의뢰인에게는 관심 없어요."

만약 레이건이 흔해빠진 지원자였다면 메이는 당장에 그녀를 쫓아 보냈을 것이다. 마치 호스트가 의뢰인을 선택할 수 있는 양 굴다니! 하지만 프리미엄 호스트는 구하기 어렵고, 그래서 메이는 꾸짖기보다 안심시키는 쪽을 택한다. "만약 우리로서는 운 좋게도 당신이 골든 오크스에 합류한다면, 당신을 위해 생각해둔 의뢰인이 한분 있어요. 극도로 가난한 환경에서 태어난 나이 많은 여성분이에요. 사회적으로는 엄청난 경력을 쌓았지만, 그 대가로 불임이 되었죠. 너무 나이가 들어 직접 아이를 낳을 수가 없어요."

레이건의 눈빛이 환해진다. "그래요, 바로 그거예요."

메이의 전화기가 윙윙거린다. 아마 이브일 것이다. 덩 여사의 비서가 메이에게 내일 점심식사 모임을 아침으로 옮겨야 할 수도 있다고 미리 언질을 주었는데, 그럴 경우

메이를 태워 갈 차는 새벽 5시가 되기도 훨씬 전에 그녀의 아파트에 도착해야 한다. 결국 그 상황에 따라서 오늘 저녁 메이의 휘트니 미술관 행사 참석 여부가 결정될 것이다. 그 행사를 위해 메이는 바니스 백화점 할인 매대에서 찾아낸 이브 생로랑의 아주 근사한 10 사이즈 드레스를 이미 구입했고, 몸에 맞춰 줄여놓기까지 했다. "실례해요, 레이건. 이브 전화를 기다리고 있었거든요."

메이는 전화기를 집어 든다. 이브가 덩 여사와의 회의가 내일 오전 7시 30분으로 옮겨졌다고 알려준다. 제기랄.

"이브는 잘 지내요?" 레이건이 묻는다.

레이건이 골든 오크스를 방문했을 때, 메이는 이브에게 그녀와 담소를 좀 나눠달라고 부탁했다. 예쁘고 파란만장한 사연까지 가진 이브라면—그녀의 어머니는 빈민가에서 어린 세 딸을 혼자 힘으로 길렀다—의미를 찾는 길 잃은 영혼인 레이건의 관심을 끌 수 있으리라는 심산이었다. 레이건의 어린 시절을 고려하면 그러고도 남았다.

"잘 지내죠. 학위를 따려고 여전히 저녁마다 공부하고 있어요."

레이건이 자기 테이블 매트 위에 마구 흩뜨려놓은 설탕 봉지들을 만지작거린다. "있잖아요, 골든 오크스에 갔을 때, 사실 그곳을 어떻게 생각해야 할지 확신이 서지 않았어요. 제가 전형적인 호스트는 아니라는 걸 알아차렸거든요."

메이가 레이건을 지그시 마주 본다. 그녀는 레이건이 솔직 담백한 태도, 그러니까 상호 단도직입적인 태도를 존중하는 유형이라고 판단한다. "골든 오크스의 다른 호스트들이 대부분 유색인종이라는 점이 마음에 걸리는 거군요. 그렇죠? 어쩌면 무언가…… 착취 비슷한 일이 벌어지고 있을까봐 걱정하는 거예요." 그녀는 마치 메뉴판을 소리 내 읽기라도 하듯 부드럽게 말한다.

레이건이 신경질적인 웃음을 터뜨린다. 메이의 직설적인 태도에 허를 찔린 것이다. 좋았어.

"글쎄요, '착취'라는 표현까지 쓰려던 건 아니고요…… 하긴, 제 룸메이트가 골든 오크스에 대해 알게 되면 그 말에 동의할 테지만요." 레이건은 잠시 말을 멈췄다가, 마치 이것이야말로 근본적인 까닭이라는 듯 덧붙인다. "그애는 아프리카계 미국인이거든요."

"대학에서 경제학을 공부해본 적 있나요?"

"부전공이었어요. 전 아주 질색이었지만. 아빠가 하라고 시켰죠. 쓸모 있다면서요."

"제대로 배우지 못하면 특별히 쓸모 있지도 않아요. 유감스럽게도, 종종 그렇고요." 메이가 미소를 지으며 말을 잇는다. "사실 경제학은 상당히 흥미로워요. 거시적 차원에서는 과학이라기보다 철학이라 할 수 있죠. 경제학의 핵심 개념 중 하나는 자유무역, 즉 자유의지에 따른 거래는 상호 간에 이익이 된다는 거예요. 교환은 쌍방에 모두 좋은 거래여야지, 그렇지 않으면 한쪽 당사자는 자리를 박차고 나가버릴 테죠."

"그래요. 하지만 한쪽 당사자한테 다른 선택의 여지가 없을 수도 있잖아요. 제 말은, 그 한쪽 당사자한테는 어쩌면 그 '교환'이 '좋은 거래'가 아니라, 그저 순…… 허섭스레기 같은 한무더기의 선택지 가운데 그나마 최선일 뿐인지도 모른다는 거예요." 레이건이 공중에서 손가락으로 따옴표를 만들어 보인다. 그녀의 목소리는 날카로워져 있다.

메이는 어렸을 때 자신이 아버지와 비슷한 논쟁을 벌이곤 했던 것을 떠올린다. 에인 랜드[16]와 월 스트리트와 노조와 공산주의에 대해 저녁을 먹으며 벌이던 토론들. 아니나 다를까, 그녀의 아버지는 늘 전가의 보도를 휘둘렀다. 공산주의국가인 중국에서 살며 그가 느꼈던 절망감, 그리고 자본주의국가인 미국으로 와서 받은 구원과 부활 말이다. 심지어 아버지의 상황이 나빠진 후에도, 다시 말해 그의 수출입 사업이 좌초되고 그녀의 어머니가 지키겠다고 고집한 맥맨션[17]의 주택 담보대출금을 갚기 위해 집에서 차로 한시간 거리에 있는 별 볼 일 없는 회사에서 서기로 일하기 시작한 후에도, 그는 미국의 미덕을 찬양했다. 자신

---

16 Ayn Rand(1905~82). 작가이자 철학자로 러시아 상트페테르부르크에서 출생했으나, 미국의 자유주의에 매료되어 1926년 미국으로 건너갔다.

17 겉만 번지르르할 뿐 구조가 부실한 현대적인 대형 주택. 맥도날드 체인처럼 주위에 흔하다는 의미에서 붙은 이름이다.

의 실패에 대해 오로지 자신만 탓할 뿐 결코 제2의 조국을 탓하지 않았다.

"맞는 말이에요." 메이가 침착하게 대답한다. "하지만 방금 당신이 인정했듯이, 그 거래는 여전히 가능한 최선의 선택이에요. 그리고 그 거래가 없다면, 그러니까 상대적으로 나은 이런 선택지마저 없다면, 그 한쪽 당사자는 형편이 더 나빠지겠죠, 안 그래요? 우리는 호스트들더러 호스트가 되라고 강요하지 않아요. 그들이 우리를 위해 일하겠다고 자유롭게 결정하는 거죠. 장담하는데, 기꺼이 말이에요. 그들은 매우 좋은 대우를 받을 뿐 아니라 수고에 대해 적절한 수준 이상으로 보상을 받아요. 이브에게도 의뢰인의 아기를 출산하고 나서 계속 남아 우리와 함께 일을 하라고 강요한 적 없었고요."

"바로 그게 제가 무척 흥미롭다고 생각하는 점이에요." 레이건이 어조를 바꾼다. 그러고는 몸을 앞으로 내밀며 빠르게 말을 잇는다. "이브가 호스트였다는 얘길 들었을 때 정말 놀랐어요. 그녀는 매우…… 직업의식이 투철해요. 당신을 위해 일하게 된 건 복권에 당첨된 거나 마찬가지라고 하더라고요."

"이브는 정말 특별하죠. 당신이 그녀와 얘기를 나눌 기회가 있었다니 반갑네요. 하지만 그녀가 보기 드문 사례는 아니에요. 상당히 많은 호스트가 우리와 함께 두번째, 심지어 세번째 아기를 낳기로 결정하죠. 몇몇은 출산 후에도 계속해서 그들의 의뢰인을 위해 일하기로 했고요. 추진력이 있는 사람에게는 정말이지 골든 오크스가 더 나은 삶에 이르는 관문이 될 수 있어요."

메이는 이브가 사무직으로 전환된 유일한 호스트라는 사실은 생략한다. 보통은 육아나 가사 도우미로 고용되기 마련이다.

레이건이 고개를 끄덕인다. "아닌 게 아니라, 그 돈이면 분명 삶이 바뀌겠죠."

물론 레이건의 예상 수입은 일반적인 호스트의 몇배에 달하며, 이는 그녀가 매우 특별한 요건을 갖추고 있기 때문이다. 기본적인 수요공급의법칙이다. 평범한 호스트들은, 정도 차는 있어도 대개 교체가 가능하다. 하지만 레이건이 이런 사실까지 알 필요는 없다.

"확실히 그들한테는 큰돈이니까요." 메이가 맞장구를 친다.

"저한테도 큰돈이에요. 그런데 사실 저는 돈이 그만큼이나 필요한 경우가 거의 없어서요." 레이건이 대꾸한다.

메이는 조사 팀과 얘기해봐야겠다고 기억해둔다. 그녀가 알기로, 조사 팀은 호스트들이 기밀 유지 협약을 잘 지키는지 확인하기 위해 출산 후에 그들의 뒤를 캔다. 그러므로 골든 오크스를 떠난 이후 어떤 호스트가 자신의 삶을 눈에 띄게 개선했는지 알아내기란 그리 어렵지 않을 것이다. 레이건의 경우가 아니더라도 그런 명단을 확보해두면 쓸모가 있으리라.

"당신이 결정을 내리는 데, 내가 뭘 어떻게 도와주면 될까요?" 메이가 묻는다.

레이건은 창밖을 응시하며 입술을 깨문다. 아마도 간병인일 건장한 아프리카계 미국 여성의 부축을 받으며 한 노인이 절뚝절뚝 지나간다. "제 생각에 전 이미……"

"할 건가요?" 속으로는 옆으로 재주넘기라도 할 만큼 몹시 흥분했지만, 메이는 침착하게 묻는다.

"하겠어요."

제인

아테가 처음 골든 오크스 얘길 꺼냈을 때, 제인은 거의 석달 동안 안정적인 일자리를 가지지 못한 상태였다. 양로원 일은 그녀가 카터 부부의 집에 있는 동안 다른 사람이 차지해버렸고, 그녀의 옛 상사는 어쩌다 생기는 대체 일거리밖에 주지 못했다. 제인은 점점 절박해지고 있었다.

"루비오 부인이 넷째를 얻으려고 골든 오크스를 이용하고 있어. 임신 때마다 너무 많은 문제를 겪었거든. 자간전증[1]에, 치질에, 절대안정까지!" 아테가 설명했다.

골든 오크스는 여성을 대리모로 고용하는 곳이었다. 호스트로 선택되면, 쉬면서 몸속의 아기를 건강하게 지키는

---

1 임신중독증의 일종으로 주로 임신 말기에 심한 부종과 급격한 혈압 상승 등이 나타난다.

것 말고는 아무 하는 일 없이 시골 한복판의 호화 저택에서 지내게 된다. 루비오 부인에 따르면, 골든 오크스의 의뢰인들은 전세계에서 가장 부유하고 중요한 사람들이며 호스트들은 그들의 아기를 임신한 대가로 많은 돈을 받는다고 했다.

"할 수만 있으면 내가 나서고 싶을 지경이야. 쉬운 일인데 많은 돈을 주잖니! 하지만 난 너무 늙었어." 아테가 한숨을 쉬며 말했다.

"돈을 얼마나 준다는데요?" 제인은 아말리아가 아테의 침대에서 굴러떨어지지 않도록 아이의 배에 한 손을 얹은 채 물었다.

"네가 카터 부인네 집에서 번 것보다도 많은 돈이야." 아테는 섣불리 액수를 부르는 대신 이렇게만 대답했다. "그리고 루비오 부인 말이, 만약 의뢰인이 널 마음에 들어 하면, 훨씬 더 많은 돈을 벌 수 있대."

아테가 옅은 회색 명함을 제인의 손에 쥐여주었다. 그 명함에는 '메이 유'라는 이름과 전화번호가 적혀 있었다. "제인, 어쩌면 이게 새로운 시작일지도 몰라."

골든 오크스에 지원하는 일은 시간이 많이 걸리긴 했지만 복잡하지는 않았다. 서명해야 할 서식이 좀 있었다. 제인은 자신의 배경 및 신용 조회에 동의하고 시민권 증명서 사본을 보내야 했다. 이스트강 근처의 한 진찰실에서 몇차례 건강검진을 받았고, 요크의 좀더 작은 진찰실에서 일련의 이상한 검사도 받았다.

놀랍게도 제인은 그 일련의 이상한 검사가 즐거웠는데, 부분적으로는 그 검사를 시행한 은발 여자가 그녀에게 틀린 답 같은 건 없다고 확실히 말해주었기 때문이었다. 처음에 그녀는 제인에게 얼룩처럼 생긴 것들을 여러개 보여주며 무엇인지 묘사해보라고 했다. 그런 다음엔 나나이의 슬하에서 자란 것이 어땠는지, 주로 무엇 때문에 화가 나는지 등등의 질문을 했다. 그후 제인은 컴퓨터로 일련의 진술문에 동의하는지 아닌지만 표시하면 되는 검사도 받았다.

당신이 겪는 모든 문제는 당신 잘못이다.

제인은 빌리를, 카터 부인을 떠올리며 매우 동의함을 클릭했다.

많은 일에 있어서, 나는 내가 아는 거의 모든 사람보다 훌륭하다.

이 문장에 제인은 크게 웃음을 터뜨렸다. 그녀는 고등학교도 마치지 못했다!

전혀 동의하지 않음.

나는 무언가를 하라는 지시를 들어도 기분 나쁘지 않다.

동의함.

몇주 후, 제인은 골든 오크스 농장의 전무이사인 메이 유로부터 "경쟁률이 매우 높은" 호스트 선정 과정의 첫 두 단계를 통과했음을 알리는 이메일을 받았다. 1월 초에 있을 최종 인터뷰를 위해 그녀를 골든 오크스로 초대한다는 것이었다.

제인은 어찌할 바를 몰랐다. 그 일을 얻을 경우에 대비해 아말리아와 아테와 함께 합숙소에서 나와 옮겨 갈 수 있도록 바삐 아파트를 찾아야 했다. 그런데 어떻게 공부할 시간을 내겠는가? 언제나처럼 아테가 나섰다. 그녀는 임신 관련 책자를 한무더기 사서 제인에게 학습 카드 만드는 법을 알려주었다. 아테는 관리비가 없는 아파트를 찾아 신문 광고란을 뒤졌고, 그런 아파트에 찾아가볼 때마다 아말리아를 데리고 갔다. 그 덕에 제인은 아무 방해도 받지 않고 인터뷰 준비를 할 수 있었다. 매일밤 아테가 제인을 간단하게 테스트했다.

"임신 시 섭취해야 할 음식은 뭐지? 태아가 똑똑해지려면 어떤 음악을 듣는 게 제일 좋지? 어떤 운동을 해야 해산이 더 수월해질까?" 아테가 합숙소 부엌 테이블에 앉아 지팡이 모양 막대사탕을 입에 문 채 질문을 던졌다.

"오메가 3를 많이 함유한 음식요. 모차르트 같은 복잡한 고전음악요. 그리고……" 바보가 된 듯한 기분에 더하여—그녀는 학창 시절에 봤던 쉬운 받아쓰기 시험조차 잘 본 적이 없었다—아말리아를 임신했을 때는 이런 것들을 몰랐다는 죄책감까지 들어, 제인은 더듬더듬 우물거렸다.

"케겔 운동이야." 아테가 말했다. 그녀가 돋보기 너머로 제인을 빤히 바라보았다. "긴장 풀어, 제인."

"뭔가를 기억하는 데는 영 재주가 없어요." 그렇게 말하며 그녀는 하마터면 눈물을 흘릴 뻔했다.

"넌 잘해낼 거야, 제인. 너를 고용하면 그 사람들이야말로 운이 좋은 셈이지."

인터뷰 날 아침, 메트로노스 철도[2]의 열차 안에서 제인은 주머니에 묵주 한뭉치가 들어 있는 걸 발견한다. 아마 아말리아에게 정신을 팔던 사이 아테가 지하철역에서 그녀의 코트 주머니에 슬쩍 집어넣은 모양이다. 나나이가 죽은 후—그리고 어머니가 자신을 미국으로 부르리라는 것을 알기 전에—제인은 할머니의 침대맡 테이블에서 집어온 묵주를 들고 천번도 넘게 기도문을 외웠다. 얼마나 썼는지, 그 묵주도 아테의 묵주처럼 반들반들했다.

너무 긴장했는지 속이 좋지 않다.

열차는 그리 빠르게 움직이는 것 같지 않지만 사실은 빠르다. 차창 밖의 높은 건물들이 흐릿해지다가 낮은 건물로, 마당이 작은 집으로, 그다음에는 마당이 큰 집으로, 그다음에는 들판, 더 넓은 들판, 삼림으로 바뀐다. 제인은 아테의 묵주를 더듬으며 기도하려 해보지만, 익숙한 기도문 때문에 졸리기만 하다. 그녀는 억지로 몸을 일으킨 뒤 흔들리는 몸을 가누며 식당차로 가면서, 불라칸 마을 아이들

2 뉴욕 지역을 기반으로 하는 일종의 통근 노선.

에게 교리문답을 가르치던 등이 굽은 사제를 떠올린다. 그 사제는 예수님이 인간의 죄를 대신 짊어지고 너무나 고통스러워서 언젠가는 푸른 동산에 선 채 피땀을 흘리신 적이 있다고 설교하곤 했다. 땀구멍에서 피가 줄줄 흐르는 예수님! 우리의 죄 때문에!

평소 소심했던 사제의 목소리는 예수님의 고뇌를 설명하는 내내 천둥소리처럼 크게 울렸다. 그후 오랫동안 제인은 접시를 깨뜨리고 쓰레기통에 파편 조각들을 숨기거나 나나이에게 방과 후 곧장 집으로 돌아왔다고 거짓말을 하는 등 나쁜 짓을 할 때마다 자신의 땀도 붉게 변할 것이라고 확신하곤 했다. 그런 날이면 조심스럽게, 최대한 몸에서 힘을 빼고 그늘에서만 놀았다. 마침내 나나이에게 그런 두려움을 고백했을 때, 제인은 신성모독죄로 엉덩이를 맞았다.

식당차에서, 제인은 특대 사이즈 커피를 주문해 재빨리 마신다. 차창 밖으로 농장들이 언뜻거리고, 목초지마다 소와 말과 양 들이 보인다. 유아용 그림책에 등장하는 동물들이다. 아말리아도 알아볼까? 제인은 카터 부인의 지시에 따라 헨리에게 해주었던 것처럼 아말리아에게도 날마다 책을 읽어준다. 카터 부인의 주장에 따르면 아기들의 뇌는 스펀지나 마찬가지다.

제인이 화장실에 있는 동안 열차가 목적지에 도착한다. 그녀는 열차에서 황급히 내리다가 하마터면 발목을 접질

릴 뻔한다. 도로변 주차 구역에 차들이 일렬로 서 있다. 그
녀는 어떤 차가 자기를 기다리는 차인지 알아낼 방법을 모
른다. 결혼식 이후 처음으로 구두를 신은 그녀는 꽉 끼는
구두로 인한 발의 통증을 애써 무시한 채, 부끄러우면서도
미안한 듯한 표정으로 차창 하나하나를 유심히 들여다보
며 죽 늘어선 차들을 따라 걸어간다.

그 줄 끝에서 누군가가 경적을 울린다. 제인은 조수석
차창에 '레예스'라고 적힌 표지가 붙어 있는 검은 메르세
데스를 알아본다. 카터 부부의 차와 같은 그 차의 선팅 된
차창이 살짝 열려 있다. 제인은 코트를 더 단단히 여미며
서둘러 그쪽으로 다가간다. 앞문이 활짝 열리더니 운전사
가 껑충 뛰어내려 그녀에게 인사를 건넨다. 그녀는 그에게
미소를 지어 보이려 하지만 그러지 못한다. 자신이 어디로
가게 될지 정확히 알지도 못한 채 차 안으로 미끄러지듯
들어가 애써 기도를 되뇐다.

"거의 다 왔어요!" 얼마 후에 운전사가 알려준다. 제인
은 멍한 상태로 잠에서 깬다. 원래는 차를 타고 오는 동안
학습 카드로 공부를 할 작정이었는데.

"멋지지 않아요?" 운전사가 물으며 백미러로 제인의 눈
을 마주 본다. 차는 나무들이 줄지어 선 언덕을 올라가는
중이다. 제인은 나중에야 그 나무들이 오크라는 것을 알게
된다. 나무들 뒤편으로 어두운 초록색 지붕널이 덮인 하얀

대저택이 얼핏 보인다. 희고 굵직한 기둥들이 넓은 포치를 지탱하고, 수많은 창문은 모두 불을 밝히고 있다. 나무 간판에 새겨진 소용돌이 형태의 초록색 글자가 보인다. '골든 오크스 농장'.

제인은 콩닥콩닥 뛰는 가슴으로 운전사에게 감사 인사를 건넨다. 그러곤 아직도 크리스마스 화환이 걸려 있는 저택 현관 앞에 잠시 서서 용기를 끌어모은다. 제인이 미처 노크를 하기도 전에 문이 벌컥 열린다.

"제인이로군요." 금발을 뒤로 땋아 넘긴 예쁜 숙녀가 미소를 짓는다. 그녀는 제인의 코트를 받아 들며 마실 것을 원하는지 물어본 다음, 버터 빛깔 벽이 온통 그림으로 뒤덮여 있는 커다란 방으로 제인을 데리고 간다. 제인은 벽난로 근처에 앉는다. 고개를 들어 마치 갈비뼈처럼 천장을 가로질러 뻗어 있는 들보들을 응시하며 요나, 그러니까 고래가 삼켜버렸다는 성경 이야기의 그 남자를 떠올린다. 하지만 이 고래는 최고급 가구로 가득 찬 최고급 고래다.

제인은 앞에 있는 테이블에 놓인 잡지 표지의 여배우를 알아본다. 『하우 투 스펜드 잇』[3]이라는 잡지다. 그녀는 잡지를 읽는 척하면서 주위의 모든 것을 몰래 관찰한다. 방 한쪽 끝에는 크리스털이 주렁주렁 매달린 샹들리에도 있다. 반짝거리는 책상 뒤쪽에서 그 예쁜 숙녀가 전화기에

---

3 『파이낸셜 타임스』에서 발행하는 럭셔리 라이프스타일 잡지.

대고 작게 말한다. 제인 레예스 씨가 도착했습니다.

"차 드세요." 난데없이 다른 여자가 나타난다. 제인이 벌떡 일어서자 무릎에 있던 잡지가 바닥으로 스르륵 떨어진다. 여자는 찻잔과 그에 어울리는 받침 접시를 테이블에 올려놓은 뒤 미소를 지으며 물러선다. "미즈 유도 금방 오실 거예요."

잡지는 활짝 펼쳐져 한가운데에 접혀 있던 광고지가 드러나 있다. 제인으로선 한번도 본 적 없는 물건처럼 생소하게 생긴 손목시계 사진이 세면에 걸쳐 실려 있다. 시계의 숫자판 한복판에는 지구가, 다시 말해 원형의 푸른 바다를 배경으로 짙은 초록색과 금색의 대륙들이 장식되어 있다. 10시 10분을 가리키는 금빛 시침과 분침이 각각 북아메리카와 제인이 생각하기에는 아시아가 시작되는 부분을 가로지르며 뻗어 있다. 1에서 24까지의 숫자들이 조금씩 간격을 두고 순서대로 지구를 에워싸고, 다시 스물네 개의 도시 이름이 숫자판 가장자리에서 이 숫자들을 둘러싼 모습이다. 뉴욕, 런던, 홍콩, 파리. 그래, 도시 이름이 맞는다. 하지만 제인이 한번도 들어본 적 없는 도시들도 있다. 다카, 미드웨이, 아조레스, 카라치.

제인은 바닥에서 잡지를 집어 든다. 살펴보니 그 시계는 300만 달러가 넘는다! 세상에 단 하나뿐인 고풍스러운 수제품이다. 그래도 이렇게 작은 물건이 어떻게 그토록 큰 값어치가 나가는지, 누가 됐든 사람이 대체 어떻게 그런

시계를 차고서 마음 편할 수 있는지 제인은 이해가 되지 않는다.

제인에게도 한동안 손목시계가 있었다. 300만 달러짜리 시계는 아니지만 아주 아름다웠다. 하트 모양 숫자판에 은색 끈을 엮어 만든 시곗줄이 달려 있었다. 아테가 예전 의뢰인 중 한 사람에게서 작별 선물로 받은 시계였는데, 제인이 카터 부부의 집에서 대신 일하는 데 동의하자 그녀에게 주었던 것이다.

"이건 내 감사 표시야." 아테는 걸쇠 잠그는 것을 거들며 그렇게 말했다. "게다가 이게 있으면 아기 젖 먹일 시간도 확인할 수 있을 거고 말이야." 해고당했을 때, 제인은 눈물을 보이지 않으려고 고개를 떨군 채 아테에게 그 시계를 돌려주었다. 아테는 그녀를 질책하지 않았다. 소리를 지르는 대신, 더 불편한 마음이 들 만큼 조용한 목소리로 이렇게 말했을 뿐이다. "말리를 위해서 간직해둘게. 아마 그애의 견진성사 때 쓸 수 있을 거야."

"안녕, 제인, 와줘서 고마워요. 메이 유라고 해요." 미즈 유는 벌써 손을 내민 채 제인의 의자 뒤에 서 있다.

제인이 벌떡 일어선다. "제인이라고 해요. 제인 레예스요."

미즈 유는 친절한 관심이 어린 눈으로 제인을 응시하지만 말을 하지는 않는다. 제인이 불쑥 먼저 입을 연다. "저희 할머니 성도 유예요."

"내 아버지는 중국인이고, 어머니는 미국인이죠." 미즈 유가 제인에게 따라오라는 몸짓을 해 보인다. "그러니 나도 혼혈이에요. 당신처럼요."

제인은 감청색 원피스를 입은 키 크고 날씬한 미즈 유를 유심히 살펴본다. 그녀가 달리듯 성큼성큼 방을 가로지르자 치마의 가느다란 주름들이 흔들리며 사각사각 소리를 낸다. 짙은 벌꿀빛 머리카락은 뒤로 당겨 느슨하게 틀어 올렸다. 미즈 유가 제인을 돌아보며 미소 짓자, 제인은 그녀의 살결이 백인처럼 희고 얼굴에 화장기라곤 없음을 알아차린다.

그녀는 제인과 비슷한 점이 전혀 없다.

제인은 갑자기 자신의 치마를 의식한다. 너무 딱 붙고 너무 짧다. 슬랙스를 입으라고 충고하던 아테의 말을 왜 귀담아듣지 않았을까? 왜 에인절이 그녀에게 색조 화장을 하도록 내버려뒀을까?

제인은 근처 벽에 걸려 있는 거울 앞에 멈춰 서서 손가락으로 두 뺨의 볼연지를 문지르기 시작한다.

"제인?" 미즈 유가 문간에서 부른다. "갈까요?"

제인은 얼굴을 붉히며 팔을 내리고, 너무 높은 구두를 신고 너무 짧은 치마를 입은 채, 종종거리며 미즈 유 쪽으로 걸음을 옮긴다.

그들은 한쪽에는 천장까지 닿는 창문들이 나 있고 다른 한쪽에는 액자에 넣은 새 그림들이 걸려 있는 복도를 따라 걸어간다. "이곳 마룻바닥은 집이 지어진 1857년 것 그대로예요. 저건 오듀본[4]의 원화들이고요." 미즈 유가 그렇게 말하고 창문을 가리킨다. "대지는 100헥타르가 넘어요. 우리 토지 경계선은 저 뒤의 너도밤나무 숲까지 뻗어 있죠. 저쪽에 있는 저 나지막한 산들은 캐츠킬산맥이고요."

그들은 미즈 유의 사무실로 들어간다. 미즈 유처럼 간소하면서도 값비싸 보이는 곳이다. 제인은 자리에 앉으며, 치마가 넓적다리 위로 손가락 한마디쯤 말려 올라가는 것을 느끼고 치맛단을 끌어 내린다.

"차 마실래요?" 미즈 유가 그들 앞의 낮은 테이블에 놓인 찻주전자로 손을 뻗으며 묻는다.

제인은 고개를 가로젓는다. 너무 긴장한 탓에 흰 카펫에 차를 흘리기라도 할까봐 두렵다.

"그럼 나만 좀 마실게요." 미즈 유가 왼손으로 차를 따른다. 그녀의 유일한 장신구인 커다란 다이아몬드가 약손가락에서 번쩍거린다. 그녀가 제인을 보고 빙긋 웃는다. "연휴는 어땠어요? 뭐 좀 신나는 일을 했나요?"

"집에 있었어요." 제인이 가까스로 대답한다. 그녀는 아말리아와 아테와 함께 크리스마스 미사에 참석했다. 에인절이 판싯과 비스테크[5]와 레체 플란[6]을 만들었고, 아말리아는 합숙소의 거의 모든 사람으로부터 선물을 받았다. 미

---

4 John James Audubon(1785~1851). 미국의 조류학자이자 새를 전문으로 그린 화가.

즈 유 같은 사람에게 별로 신날 만한 일은 아니다.

"집이야말로 내가 사랑하는 사람들이 있는 곳이죠." 미즈 유가 말한다. "자, 제인. 당신의 신체검사와 정신감정 결과는 아주 훌륭했어요. 1단계와 2단계를 통과하는 건 쉬운 일이 아니죠. 축하해요."

"고맙습니다."

"이번 인터뷰는 당신을 좀더 잘 알기 위한 과정이에요. 그리고 여기 골든 오크스의 시설을 자랑할 기회이기도 하죠!"

"네."

미즈 유가 제인의 얼굴을 유심히 본다. "왜 호스트가 되고 싶은 건가요?"

제인은 아말리아를 떠올리고, 꼭 맞잡은 자신의 두 손을 바라보며 웅얼거리듯 말한다. "저는, 전 사람들을 돕고 싶어요."

"미안하지만, 조금만 크게 말해줄래요?"

제인이 고개를 들어 바라본다. "사람들을 돕고 싶어요. 아기를 가질 수 없는 사람들을요."

미즈 유가 스타일러스 펜으로 무릎 위에 둔 태블릿에 무언가를 휘갈겨 쓴다.

"그리고—일자리도 필요하고요." 제인이 무심코 내뱉

5 일종의 소고기 스테이크.
6 달걀 푸딩에 캐러멜 소스를 얹은 필리핀의 전통적인 디저트.

는다. 아테는 이런 말을 하지 말라고 주의를 줬다. 필사적인 것처럼 들릴 테니까.

"음, 창피한 일은 전혀 아니죠. 사랑하는 사람들을 부양하려면 우리 모두 일을 해야 하니까요. 안 그래요?"

제인은 어두운색 원피스와 대비를 이루며 그녀의 손가락에서 밝게 빛나는 다이아몬드를 다시 한번 빤히 쳐다본다. 빌리는 제인에게 반지를 사주지 않았다. 그녀가 임신을 하는 바람에 두 사람은 서둘러 결혼했고, 그는 반지 따윈 아무 쓸모도 없다고 말했다.

"당신의 추천서 내용도 아주 좋더라고요. 라토야 워싱턴은……"

"예전 직장 상사세요."

"미즈 워싱턴이 무척 칭찬했어요. 당신이 성실하고 정직하다면서요. 양로원 입주자들하고도 잘 지냈다고 적었더라고요. 떠나는 걸 보게 돼서 안타까웠대요."

"미스 라토야가 무척 잘해줬어요." 제인이 허겁지겁 말한다. "뉴욕에 와서, 그곳이 제 첫 직장이기도 했고요. 심지어 제가 임신했을 때도 이해해줬―아!" 제인이 손으로 자기 입을 틀어막는다.

"사실 그게 다음 질문이었어요. 당신 아이에 대한 거요."

아테는 제인에게 아말리아 얘기를 꺼내지 말라고 했다. 늘 자기 아기를 걱정하는 사람을 그들이 고용하고 싶어하겠냐는 것이었다.

"호스트에게 아이가 있으면 안된다는 규정은 없어요. 착상 전 의학적으로 적절한 기간 동안 기다려주기만 한다면 문제 될 건 전혀 없죠. 게다가 당신이 전에도 달이 찰 때까지 무사히 아이를 품은 경험이 있다니 기쁜데요." 미즈 유가 미소를 짓는다. "아이가 몇살이죠?"

"6개월 됐어요." 제인이 낮은 목소리로 대답한다.

"한창 사랑스러울 때죠! 나한테도 그보다 겨우 두어달 전에 태어난 대녀가 있어요." 미즈 유가 쾌활하게 말한다. 대녀는 맨해튼에 산다고. 그애는 중국어 노래를 배우는 음악 수업을 듣는다고. 프랑스인 아버지와 미즈 유의 친구인 어머니는 딸이 3개 국어를 할 수 있게끔 키울 계획이라고. "아이 이름은 뭐예요?"

"아말리아요."

"아름다운 이름이네요. 필리핀에서는 어밀리아를 그렇게 부르나요?"

"저희 할머니 이름이에요."

미즈 유가 다시 태블릿에 적어둔다. "제인, 자기 아이가 있는 호스트의 경우 우리가 **정말** 걱정하는 점이 하나 있는데, 바로 스트레스예요. 수없이 많은 연구 결과에 따르면, 자궁 안에 있을 때 스트레스를 받은 모체에서 분비되는 화학물질인 코르티솔에 과도하게 노출된 아기들은 결국 나중에 살면서 좀더 쉽게 불안해하는 경향이 있다고 해요."

"저는 스트레스를 받지 않는데요." 제인이 얼른 말한다.

"아말리아가 잘 보살핌 받는다는 걸 제대로 확인해둘 필요가 있어요. 당신이 우리와 함께 골든 오크스에 있는 동안 아이에 대해 걱정할 필요가 없도록요. 우리가 당신을 호스트로 뽑는다면, 아이는 어떻게 할 계획이죠?"

제인은 레고파크에 위치한, 관리비 부담이 없는 건물의 침실 하나짜리 아파트에 대해 이야기한다. 그 아파트를 아테와 나눠 쓰고 있는데, 아테에게 돈을 지불해 아말리아를 돌보게 할 생각이라고.

"아주 좋아요. 우리가 요구하는 다른 한가지는, 당신이 여기서 지낼 동안의 집세를 미리 지불해야 한다는 거예요. 다시 말하지만, 이건 임신 기간 동안의 스트레스를 줄이기 위해서예요. 만약 뽑힌다면 당신은 임신 3주 차에 골든 오크스로 오게 될 테고, 그건 곧 약 열달 치 집세를 미리 지불해야 한다는 뜻이에요." 미즈 유가 분명히 말한다. "우리 호스트 중 상당수는 집을 비우는 기간의 집세와 아이나 노인을 돌볼 비용을 대기 위해 그들이 받을 급여에서 선금을 받아 가요."

"저는 저금이 있어요." 제인은 자랑하는 것처럼 들리지 않게 하려 애쓴다.

"그나저나, 당신 남편은 이 일에 대해 어떻게 생각하죠?"

자신에게 닿는 미즈 유의 눈길을 느끼자 제인의 볼이 뜨거워진다. "빌리요? 그는…… 우리는 더이상 함께 지내지 않아요."

"이렇게 사적인 문제들을 물어봐서 미안해요. 단지, 뭐가 됐든 스트레스의 원인을 정확히 찾아내고 그 문제를 해결하게끔 도와주려는 것뿐이에요."

"빌리는 스트레스의 원인이 아니에요. 그 무엇의 원인도 아니죠."

"남자친구는요?"

"없어요!" 제인이 당황하여 황급히 대답한다. "시간이 없어서…… 저한테는 아말리아도 있고……"

"그러면 이곳에 머무는 동안 아말리아를 떠나 있는 것에 대해서는 어떤 마음이 들어요?" 미즈 유의 시선이 제인의 눈을 뚫어져라 쏘아보는 것 같다. "의뢰인이 허락하지 않으면 오랫동안 아이를 만나지 못할 거예요. 그에 대해서 나는 어떤 약속도 해줄 수가 없고요."

마치 실제로 베이기라도 한 양 가슴에 통증이 일고 너무나 아프지만, 제인은 억지로 미즈 유의 눈을 마주 본다. 그녀는 아말리아를 위해 이 일을 하고 있다. 아테가 누누이 일깨워준 점이다. 그것은 이제 제인이 스스로를 타이르며 하는 말이기도 하다.

제인은 이렇게 대답한다. "사촌이 신생아 보모예요."

미즈 유가 다시 태블릿에 무언가를 적는다. "그럼 안심하고 아이를 맡길 수 있겠네요. 운이 좋군요. 우리 호스트들 중 몇명은 고국에 아이들을 남겨두고 떠나와서 전혀 보지 못하기도 하거든요."

미즈 유가 일어서더니 사무실 문을 열고 닫히지 않게 붙잡아둔다. "자, 이제 재미있는 부분이에요. 견학요!"

"견학요." 제인이 구두를 걱정하면서 따라 말한다.

"그래요! 거의 1년간은 이곳이 당신 집이 될 거예요. 자신이 어떤 곳에서 지내게 될지는 알아둬야죠. 우리가 늘 말하듯이, 최고의 호스트는 행복한 호스트니까요." 미즈 유가 말한다. "가볼까요?"

그들이 몸을 돌려 그 오래된 건물을 키 큰 관목들에 반쯤 가려진 새 건물과 연결하는 반대편 복도를 따라가는 동안 미즈 유의 플랫 슈즈가 소리 없이 움직이는 반면 제인의 하이힐은 줄곧 타일에 부딪쳐 소리를 낸다. "우리는 여기를 '합숙소'라고 불러요. 당신이 대부분의 시간을 보내게 될 곳이죠." 미즈 유가 설명한다. 그러곤 다른 한쌍의 문을 통과하기에 앞서 신분증을 들어 네모난 카드 판독기에 댄다. 이제 둘은 높은 금빛 나무 천장에서 빛이 쏟아지고 바람이 잘 통하는 방을 지나간다. 그곳에서 미즈 유는 안내원의 인사를 받고 카펫 깔린 복도로 제인을 안내한다. 양쪽에 문이 줄지어 늘어선 곳으로, 각 문마다 나무 명판이 걸려 있다. 그들은 '너도밤나무'와 '단풍나무'를 지나, '소나무'라는 명판이 걸린 문으로 들어간다.

그곳은 두툼한 하얀 이불이 덮여 있고 기둥 네개가 달린 매끈한 침대 둘, 언덕이 내다보이는 크고 네모난 창문 하나, 커다란 욕실 하나가 딸린 커다란 침실이다. 벽마다 눈가루가 흩뿌려진 소나무 숲 그림 액자들이 가지런히 걸려 있다. "방을 나눠 쓰는 걸 싫어하지 않았으면 좋겠네요." 미즈 유가 말한다.

"아름다운 방이에요." 제인이 나직이 중얼거린다. 퀸스의 합숙소에서라면 열두명은 되는 사람들이 함께 지낼 법한 커다란 방이다.

이어 미즈 유는 혈액을 채취하고 검사하는 연구실, 매주 초음파검사와 건강검진이 이루어질 진찰실, 호스트들이 임신 기간 중 지켜야 할 중요 수칙에 대해 배우는 학습실, 임신한 어느 호스트가 가죽 의자에 기대앉아 부어오른 발을 오토만[7]에 편히 얹은 채 쉬고 있는 도서관을 보여준다. 제인은 무례한 행동임을 알면서도 눈길을 돌리지 못하고 그 호스트를 빤히 쳐다본다. 호스트가 제인을 힐끗 올려다보자, 그녀는 심장이 두근거리는 걸 느끼며 고개를 돌린다.

"운동실이에요." 짧은 계단의 맨 아랫단에 이르자마자 미즈 유가 말한다. 제인을 위해 문을 열어 붙잡고 있다. "매일 규칙적인 운동은 호스트와 그들이 임신한 아기의 건강에 필수적인 일이에요. 아말리아에게 돌아갈 때쯤 당신은 엄청나게 건강해져 있을 거예요!"

방의 삼면에 거울이 붙어 있고, 창이 난 나머지 벽 쪽으로 운동 기구들이 비스듬히 자리하고 있다. 덤벨 선반 옆

[7] 주로 발을 올려놓는 데 쓰이는, 등받이와 팔걸이가 없는 쿠션 의자를 말한다.

에 놓인 커다란 바구니에는 갖가지 빛깔의 요가 매트가 한 무더기 들어 있다. 문 옆 긴 유리 테이블에는 접어놓은 수건 더미와 과일이 산처럼 쌓여 있는 자기 그릇 하나, 레몬과 오이 조각을 잔뜩 띄운 물주전자 하나가 놓여 있다. 호스트 두명이 작고 빨간 아령을 든 채 팔을 구부렸다 폈다하며 러닝머신 위에서 힘차게 걷고 있다.

"마리아, 타니카, 이쪽은 제인이에요."

호스트들은 제인에게 인사한 뒤 다시 고개를 돌려 벽에 설치된 평면 텔레비전을 바라본다. 미즈 유가 매일의 운동과 관련한 지침을 설명하는 동안 제인은 그들을 훔쳐본다. 이윽고 미즈 유는 제인을 데리고 대식당으로 간다. 다양한 모양의 하얀 테이블과 그에 어울리는 의자들로 가득한 쾌적한 공간이다. 각각의 의자에는 밝은 색깔의 실을 꼬아 만든 덮개를 씌운 쿠션이 놓여 있고, 식당 한가운데 천장에는 구불구불하고 휘황찬란한 대형 유리 샹들리에가 매달려 있다. 식당 안쪽의 통유리창을 통해 한 무리의 털북숭이 동물들이 풀밭에서 풀을 뜯고 있는 모습이 보인다.

"저건 뭐죠?" 제인이 휴대전화를 찾으려고 배낭을 뒤지면서 묻는다. "아말리아가 보면 좋아할 것 같아요."

"알파카예요." 미즈 유가 제인의 팔에 손을 얹으며 쾌활하게 대답한다. "미안하지만 사진은 안돼요. 사실, 휴대전화 신호와 와이파이가 잡히지 않게 해놔서 어차피 사진을 보낼 수도 없겠지만요."

제인은 뚜렷한 이유도 없이 희망에 차서 잠시 그 동물들을 지켜본다.

"혹시 아는 이들 중에 암에 걸린 사람 있어요?" 메이가 제인을 식당 입구 쪽으로 다시 데리고 가며 불쑥 묻는다.

"있어요." 제인은 베라를 떠올리며 대답한다. 베라는 퀸스의 합숙소 2층에 침대 하나를 빌려 쓰고 있다. 그녀의 딸 프린세사는 고작 서른두살에 왼쪽 가슴에서 포도 알만 한 멍울을 발견했는데, 그것이 넉달 만에 어린아이 주먹만 한 크기로 부풀어 올랐다. 베라는 마닐라 주재 미국 영사관에 있는 남동생을 통해 프린세사에게 여행 비자를 구해주었고, 이제 프린세사는 자기 어머니의 2층 침대 바로 아래 칸에서 잠을 잔다. 그녀는 밤마다 고향에 있는 남자친구와 스카이프로 통화를 하며, 무료로 치료받고 있는 엘름허스트 병원의 긴 대기 시간에 대해 불평을 늘어놓는다. 그녀의 타갈로그어 대화에는 수수께끼 같은 암 치료약의 미국식 이름과 미국 텔레비전 쇼 제목이 난무한다.

미즈 유가 테이블에 혼자 앉아 빨대로 녹즙을 마시고 있는 윤기 나는 검은 피부의 호스트를 가리킨다. "저기 저 호스트 보이죠? 그녀는 나노 입자를 이용한 암세포 검출법을 발견한 생명공학 회사 최고 경영자의 아기를 임신 중이에요." 이어 그녀의 눈길이 제인에게로 향한다. "당신은 골든 오크스에서 그런 사람들을 돕게 될 거예요. 세상을 변화시키는 사람들요."

제인은 경외감에 휩싸이지만 나노 입자가 정확히 무엇인지 몰라 미즈 유가 자신에게 다시 물어볼까봐 걱정한다. 프린세사의 팔을 뚫고 주입되는 반짝반짝 빛나는 작은 알갱이들, 어두운 고속도로 위의 자동차들처럼 그녀의 동맥 속에서 돌진하듯 세차게 흐르는 찬란한 빛줄기, 그녀의 피부와 대조적으로 환하게 빛을 발하는 혈관을 상상해본다.

"점심을 먹으면서 만나게 될 호스트는 텍사스 최고 거물급 자선사업가의 아기를 임신 중이고요." 미즈 유는 제인을 데리고 짧은 계단을 올라가 관계자가 아니면 출입할 수 없는 별도의 식당으로 간다.

"호스트를 만난다고요?" 갑작스럽게 긴장하며 제인이 묻는다. 또 하나의 테스트일까? 그녀가 다른 여자들과 잘 지낼 수 있는지 보려고?

"네! 아까도 말했지만 우리는 당신이 스스로 약속하려 하는 일이 무엇인지 완전히 이해했으면 좋겠어요. 일단 임신을 하고 나면, 그러니까 일단 당신 몸 안에 또 하나의 인간이 살게 되면, 그건 더이상 당신만의 문제가 아니니까요. 되돌리는 건 불가능하죠." 미즈 유가 제인에게 앉으라는 신호를 보낸다.

석류 씨앗과 구운 호두를 뿌린 채소 샐러드 세접시가 테이블 위에 놓여 있다. 미즈 유가 무릎 위에 냅킨을 펼친다. "우리는 자체적으로 주방장과 영양사를 두고 있어요. 그래서 음식이 맛있을 뿐 아니라, 건강에도 정말 좋아요. 여기서 일하는 이들이 누리는 특전들 가운데 하나죠."

문이 벌컥 열린다. "늦었죠. 죄송해요." 한 젊은 여자가 사과를 건네며 들어온다. 키가 작고 피부는 갈색이다. 포니테일로 묶은 검은 머리에, 튀어나온 배꼽의 벌레 모양 같은 윤곽이 다 보이도록 꼭 달라붙는 티셔츠를 입었다.

"제인, 이쪽은 알마예요. 알마, 제인이에요. 알마는 임신 24주째……"

"25주예요, 미즈 유." 알마가 제인에게 활짝 웃어 보이고는 그녀의 옆자리에 앉는다.

"최고의 의뢰인 한분을 위해 임신한 지 25주째죠. 그 부부는 3-3 프로그램, 그러니까 3년 동안 세 아이를 낳는 프로그램에 가입했어요. 알마는 전에 첫째를 낳았고, 지금은 셋째를 임신 중이에요."

제인은 시금치를 좋아하지 않지만, 영원처럼 느껴지는 시간 동안 그 껄끄러운 이파리들을 억지로 씹어 삼킨다. 아무도 말이 없다. 침묵은 비난, 다시 말해 제인이 불합격하리라는 신호다. 그녀가 불쑥 말한다. "알파카가 참 멋져요—"

"요즘 몸은 좀 어때요, 알마?" 미즈 유가 동시에 묻는다. "말을 막아서 미안해요, 제인. 무슨 말을 하려던 거죠?"

제인은 빨개진 얼굴로 고개를 가로젓는다.

"좋아요, 미즈 유. 아주 좋아요. 아기가, 이 녀석이 요새 발길질을 해대네요." 알마가 대답한다.

"우리에게 재차 일을 맡기는 의뢰인들뿐 아니라 재차 일을 맡는 호스트들도 있다는 게 정말 자랑스러워요. 알마가 또 한번 임신하기로 결정했다는 사실이 이게 얼마나 괜찮은 일인지를 말해주죠." 미즈 유가 말을 잇는다. "알마, 제인에게 골든 오크스의 일반적인 일과에 대해 얘기해줄래요?"

알마가 식사, 명상, 운동, 진찰, 임신부 태교 수업 등 그녀의 일과를 설명하는 사이 제인은 긴장을 푼다. 알마는 이런 말로 끝을 맺는다. "참 좋은 곳이에요. 아름답고요. 의사 선생님들도 좋은 분들이에요. 사람들도 다 친절하죠."

"당신이 여기서 버는 돈으로 뭘 하는지도 들려줘요, 알마."

"멕시코에 계신 아버지께 부쳐드려요. 좀 편찮으시거든요. 심장이 좋지 않아서요. 그리고 일부는 여기서 남편과 아들인 카를로스를 부양하는 데 쓰죠."

"제인에게 카를로스 얘기도 해줄래요?" 미즈 유가 다시 부드럽게 권한다.

"카를로스는 여덟 살인데, 걔한테는⋯⋯**코모 세 디세**⋯⋯ **디슬렉시아?**[8]"

---

8 'cómo se dice?'는 '뭐라고 그러죠?'라는 뜻의 스페인어. 'dislexia'는 '난독증'이라는 뜻이며, 영어로는 'dyslexia'로 철자와 발음이 거의 같다. 전체 문장은 '디슬렉시아를 (영어로는) 뭐라고 하죠?'라는 의미이다.

"같아요. 난독증요."

"**난독증**, 시[9]. 지금, 그 돈으로, 우리는 특별히 카를로스를 도와주는 선생님을 고용하고 있어요." 알마는 포크로 샐러드를 찍어 한입 먹으며 말을 맺는다. "카를로스는 잘하고 있어요!"

미즈 유가 제인에게 말한다. "당연히 우리는 유모, 노인 돌보미, 심지어 신생아 보모 같은 여타 대안적인 일보다 매력적인 금액으로 급여를 책정해요. 우리 의뢰인들은 자신들의 호스트가 좋은 대우를 받기를 원하거든요. 하지만 이 일의 동기부여 요소가 돈이 다는 아닌 것 같아요. 자질이 있어야 하죠. 소명 의식도 있어야 하고요."

"제가 그래요." 제인은 아말리아를 생각하며, 그리고 이 일을 얻을 수만 있다면 자신이 아말리아에게 해줄 수 있고 아말리아가 겪지 않게 해줄 수 있는 모든 일을 떠올리며 말한다. "저한테는 소명 의식이 있어요."

"오른쪽 손목요. 소매를 걷어주세요." '코디네이터'가 말한다.

제인의 첫날이다. 그녀가 골든 오크스에서 인터뷰를 한 것이 겨우 여섯주 전이건만, 그사이 모든 것이 바뀌었다. 누구의 아기인지 알 수 없는 아기가 그녀의 배 속에 있고,

---

9 Si. 영어의 'yes'에 해당하는, '네'라는 뜻의 스페인어.

그녀는 아말리아와 150킬로미터쯤 떨어진 곳에서 낯선 사람들에게 둘러싸여 있다. 오늘 아침 합숙소 로비에서 미소로 그녀를 맞이한 여자가 그녀의 여행 가방과 지갑뿐 아니라 휴대전화까지 가져간 터라, 제인은 골든 오크스에 한시간쯤 있었는지 아니면 일곱시간이나 있었는지 시간 감각이 전혀 없다.

제인은 소매를 걷어 올리고 팔을 내민다. 주사를 한대더 맞게 되는 걸까? 맞는다면, 이미 임신 중인데 왜 맞는걸까?

코디네이터가 고무 재질, 혹은 고무처럼 보이는 재질의 팔찌를 제인의 손목에 채우고 버튼을 눌러 납작한 직사각형 화면에 불이 들어오게 한다. "이건 '웰밴드'라는 거예요. 골든 오크스를 위해 맞춤제작된 거죠. 당신한테 빨간색을 준 건 그냥 오늘이 밸런타인데이라서고요!"

제인은 그것을 빤히 쳐다본다. 카터 부인도 비슷한 것을, 그러니까 타원형 손톱들이 반짝반짝 빛나는 손의 팔목에 끼워진 다이아몬드 테니스 팔찌[10] 옆에, 이상하게 생긴 아이들 장난감 같은 푸른색 플라스틱 밴드를 차곤 했다.

"거기 당신의 활동이 죽 기록돼요. 시험 삼아 한번 점프

---

10 균일한 형태의 작은 보석, 주로 다이아몬드를 한줄로 연결해 만든 팔찌. 1987년 US 오픈 경기 도중 크리스 에버트의 다이아몬드 팔찌가 풀리며 다이아몬드들이 코트에 흩뿌려져 경기가 중단된 일을 계기로 이런 이름이 붙었다.

해봐요."

제인은 점프하기 시작한다.

"보이죠?" 코디네이터가 팔찌의 문자판을 제인의 눈높이로 들어 올린다. 조금 전까지 화면을 가득 메우고 있던 초록색 숫자 0이, 제인이 숨이 가빠지도록 껑충껑충 뛰는 동안 오렌지색 숫자로 바뀌어 꾸준히 상승한다.

"그만." 코디네이터가 말한다. 상냥한 말투다. 그녀가 제인의 손목을 잡아 노트북에 부착된 판독기로 팔찌를 가져다 대자 판독기에서 삐 소리가 난다. "자, 이제 우리 데이터 관리 팀과 동기화가 완료됐어요. 예컨대 당신의 심장 박동 수가 치솟는다고 해보자고요. 그런 일이 종종 생기거든요. 보통은 별일 아니지만, 임신이 심장에 부담이 될 때는 그게 당신 심장의 어떤 잠재적 이상 징후일 수도 있어요." 코디네이터는——칼라라고 했나?——이런 일이 일어날 수도 있다는 것이 얼마나 심각한 일인지 각인될 시간을 주느라 잠시 말을 멈춘다. "어쨌든 그러면 우리가 즉시 알게 될 테고, 당신을 간호사에게 재빨리 데려다줄 수 있죠. 혹은 당신이 운동을 충분히 하지 않을 경우, 해나의 솜씨를 확실히 느끼도록 해줄 수도 있고요." 칼라가 씩 웃는다. "당신 온몸에 말이에요." 그녀의 주근깨투성이 볼이 접히며 보조개가 생긴다. 제인은 평생 그렇게 많은 주근깨를 본 적이 없다. 주근깨 위에 겹쳐진 주근깨가 주근깨 속으로 우묵 들어가 사라진다.

"해나요……?"

"건강 코디네이터예요. 그녀를 진짜 제대로 알게 될 거예요." 칼라는 제인에게 윙크를 보낸 뒤 웰밴드의 사용 방법을, 그러니까 다양한 데이터 감시 화면, 타이머, 알람과 취침 기능과 비상 버튼, GPS 위치 추적 장치, 달력, 알림, 공지 사항 수신 방법 등을 간략하게 죽 설명한다.

"옷은 어때요?" 칼라의 눈이 제인을 머리부터 발끝까지, 그리고 다시 죽 위로 올라가며 샅샅이 훑어본다. 제인은 얼굴이 뜨거워지는 것을 느낀다. 사실 그녀는 그렇게 얇고 부드러운 옷을 입어본 적이 없다. 오늘 아침만 해도 겨울 코트를 입고서도 추워 죽을 것 같았다. 아테까지 셋이서 함께 아파트 건물 앞 거리에서 차가 도착하기를 기다리는 동안, 제인은 모직물과 플리스 천에 겹겹이 파묻힌 아이의 얼굴조차 거의 볼 수가 없었다. 하지만 이제는 공기처럼 가벼운 옷을 입고서도 몸이 따뜻하다. 그녀가 칼라에게 그렇게 말한다.

"캐시미어예요." 칼라는 무덤덤하게 일러준다. "골든 오크스는 인색하지 않죠. 그건 확실해요."

열려 있는 문에서 노크 소리가 난다. "안녕, 제인." 미즈 유가 다가와 제인을 어색하게 포옹하며 노래하듯 말한다.

"안녕하세요, 미즈 유." 제인이 벌떡 일어선다.

"그러지 말고 앉아 있어요. 그냥 잘 적응 중인지 확인하고 싶었을 뿐이에요." 미즈 유는 제인 옆의 장의자에 앉는다. "입덧은 어때요? 방은 괜찮아요? 레이건은 만났고요?"

"조금 피곤하긴 하지만 몸 상태는 괜찮아요." 제인이 대답한다. "방이 아름다워요. 옷들도 그렇고요." 제인이 손바닥으로 넓적다리에 닿은 캐시미어를 문지른다. "룸메이트는 아직 못 만났어요."

미즈 유가 살짝 얼굴을 찌푸린다.

룸메이트를 곤경에 빠뜨릴 마음은 없기에, 제인은 얼른 말을 잇는다. "제가 간호사분과 문진을 마치고 오리엔테이션을 받느라 줄곧 바빴거든요."

미즈 유가 표정을 풀며 제인의 손에 자기 손을 얹는다. "레이건은 아마 약속에 발이 묶여 있었을 거예요. 곧 오겠죠. 이제 여기가 당신 새집이에요. 우리는 당신이 편하게 **느끼도록** 돕고 싶어요."

'집'이라는 단어에 제인은 목구멍이 조여든다. 아말리아는 무엇을 하고 있을까? 엄마가 사라져버렸다는 걸 알아차렸을까?

마치 제인의 생각을 감지라도 한 듯 미즈 유가 묻는다. "아말리아는 어때요? 작별할 때 힘들었나요?"

그렇게 바쁜 미즈 유가 아말리아의 이름을 기억하다니, 제인은 뼈가 저리도록 고맙다. 그녀는 눈물이 글썽한 자신의 눈이 보이지 않도록 시선을 벽으로 옮긴다. "괜찮았어요. 아말리아도 이제 거의 7개월째니까요. 다 컸죠 뭐. 게다가 사촌도 있고요."

126

"그래요, 사촌분이 잘 보살펴줄 거예요." 미즈 유의 목소리는 친절하다.

제인은 여전히 미즈 유를 마주 볼 자신이 없다. 칼라의 손가락이 키보드를 톡톡 두드리는 소리가 들린다.

"우리 방침을 잘 알 거예요, 제인. 방문객을 허락하지 않고, 의뢰인의 요청이 있는 경우가 아니면 호스트들이 외부로 나가는 것도 허락되지 않죠." 미즈 유가 몸을 더 가까이 숙여 소곤거린다. "하지만 당신 의뢰인을 설득해서 아말리아가 당신을 보러 오게 할 수도 있을 것 같아요."

"정말요?" 제인이 자기도 모르게 내뱉는다.

미즈 유가 쉿 하고 입에 손가락을 올리며 빙긋 웃는다. 이어 점심 먹을 준비가 되었는지 묻더니, 제인이 오늘 아침에는 너무 긴장해서 식사를 못했다고 고백하자 대식당으로 그녀를 데려간다. 제인은 안에 털가죽을 댄 새 모카신을 신고 발가락을 꼼지락거리며 몇걸음 뒤에서 천천히 따라간다. 일시적이나마 행복이 온몸을 타고 오르는 듯하다. 미즈 유는 그녀가 제일 좋아한다는 창밖의 산 전망을 가리켜 보이는가 하면, 제인에게 인근 마을들에 대한 잡다한 정보를 알려주며 쉴 새 없이 지껄인다. 그녀와 걸어가는 동안 제인은 이곳에 있는 아말리아를 상상해본다. 소파 위에 걸쳐진 부드러운 담요 밑에 파묻혀 석조 벽난로에서 탁탁 소리를 내며 타오르는 불에 넋을 잃은 모습을.

"이곳이 집처럼 편하게 느껴질 것 같나요?" 미즈 유가 물으며 식당 문을 어깨로 밀어서 연다.

"아, 그럼요." 제인은 그렇게 대답한다. 진심이다.

배식 테이블 옆에 호스트들이 짧게 늘어서 있다. 미즈 유는 제인을 두 백인 여자—키 크고 깡마른 몸에 자세가 나쁜 타샤와, 아냐라는 이름의 조금 더 작지만 풍채가 당당한 여자—에게 소개한 뒤 회의 준비를 하러 쏜살같이 가버린다. 그녀가 자리를 뜨자, 제인은 다시 온몸이 긴장된다. 줄이 빠르게 움직여 점심을 선택할 차례가 되자, 제인은 소고기 등심과 연어 사이에서, 또 물과 석류 음료 사이에서 갈팡질팡하고, 종합비타민제 지급기가 다시 채워질 때까지 몇분 동안 하릴없이 기다린다. 식사 준비를 다 마칠 때쯤 타샤는 이미 건너편 테이블에서 아냐와 함께 식사를 하는 중이다. 쟁반을 꽉 붙잡고 그들을 향해 걸어가는데 모카신의 고무 밑창이 바닥에 달라붙는 것 같다. 식당은 몹시 붐빈다. 그녀의 왼쪽 테이블에는 흑인 호스트들이 앉아 있고, 오른쪽에는 갈색 피부를 가진 여자 넷이 앉아 있다. 그녀는 비상구 근처에 필리핀 사람처럼 보이는 한 무리의 여자들이 있음을 알아차린다.

"제인, 이리 와서 식사해요." 타샤가 손짓하며 부른다.

"어떤 사람 아기를 임신한 건지 알아요?" 제인이 미처 앉기도 전에 아냐가 묻는다. 외국어 억양이 묻어 있는 말씨다. 타샤처럼 짙푸른 눈에, 아마 임신 기간이 오래되지 않았는지 얼굴은 더 말랐다.

아냐가 포크로 연어를 잔뜩 찍어 입에 밀어 넣자, 제인은 그 축축한 핑크빛 생선을 보며 구역질이 난다.

"토할 것 같아요?" 타샤가 묻는다.

"괜찮아요. 그냥 좀—" 제인은 입안에 신물이 올라오는 것을 느끼고, 이들 모두가 보는 앞에서 토하지 않기를 기도하며 배를 움켜쥔다.

"아아, 나도 심해요." 아냐가 아직도 입안 가득 생선을 문 채 불평한다. "날마다 토하는데, 아침에는 한번도 그런 적이 없어요. 하지만 그때 말고는 하루 종일 그러죠!"

타샤가 테이블 끝의 반짝반짝한 쇠로 된 디스펜서에서 종이봉투를 확 뽑아 제인에게 건네준다. "구토 봉투예요." 그러곤 안심시키려는 듯 덧붙인다. "걱정 말아요, 제인. 임신 첫 석달은 누구나 힘든 시기예요."

제인은 쟁반을 밀어낸 뒤 테이블의 서늘한 표면에 머리를 대고 누른다. 아말리아를 가졌을 때도 입덧을 했지만 지금은 그때와 상황이 다르고, 더 무섭다. 아마도 지금 품고 있는 아기가 모르는 사람의 아기, 그러니까 암 치료제를 개발하는 사람이나, 제인이 앞으로 평생 살면서 볼 수 있는 것보다도 더 많은 돈을 기부하는 사람의 아이이기 때문일 것이다.

각자 접시를 칼로 긁으며 내는 소리뿐, 아냐와 타샤는 말이 없다. 주변의 대화가 뒤섞여 분간할 수 없는 웅성거림으로 들려온다.

"리사가 살이 찌네." 아냐의 목소리가 불쑥 식당 안의 온갖 잡담을 가르며 끼어든다. 그녀와 타샤는 몇 테이블 떨어진 자리에 있는 젊은 미국 여자 둘을 빤히 쳐다보고 있다. 그들 중 하나, 그러니까 임신한 지 더 오래된 듯 보이는 여자는 잡지 표지에 실린 여배우처럼 눈에 확 띄는 미인이다.

"운동 수업을 빼먹어서 그래." 타샤가 차가운 목소리로 말한다. "2주째 빠졌어. 미즈 해나는 리사를 총애하기 때문에 보고도 안하지."

"미즈 유에게 알려야 한다니까, 정말." 아냐가 고개를 절레절레 흔들며 말하더니 제인을 돌아본다. "그러니까, 당신은 의뢰인을 못 만난 거예요?"

"네." 제인이 여전히 테이블 위로 몸을 웅크린 채 대답한다. 타샤가 아냐를 힐끗 쳐다보는 모습이 눈에 들어온다. "안 좋은 일인가요?"

"아니, 아니에요. 이따금 의뢰인이 바쁜 경우가 있거든요. 그뿐이죠. 아니면 유산의 위험이 거의 없는 임신 2기가 될 때까지 기다리고 싶어하는 경우도 가끔 있고요."

유산이라는 말에 제인은 가슴이 덜컥 내려앉은 것 같다. 그녀는 항상 긍정적으로 생각하려고 애를 쓴다. 골든 오크스의 학습 자료들에 따르면 그러는 게 아기에게 더 좋기 때문이다. 하지만 걱정이 되는 것은 어쩔 수가 없다. 선납한 아말리아의 어린이집 비용은 환불이 안된다. 아파트 월

세의 경우는 어떤지 확실하지 않다.

"유산을 하면 어떻게 되나요?" 그녀가 묻는다. "골든 오크스를 떠난다는 건 알고 있지만…… 돈은 정확히 어떻게 되는 거죠?"

"서류 안 읽어봤어요? 그냥 서명만 한 거예요?" 아냐가 비웃음을 흘린다.

골든 오크스에 고용되고 한달 반 사이, 제인은 새 아파트로 이사하고, 아말리아에게 알맞은 어린이집을 찾아내고, 임신을 하느라 줄곧 정신없이 바빴다. 아테가 골든 오크스에서 '기밀'이라고 표시된 커다란 페덱스 상자에 넣어 보낸 서류를 읽어보겠다고 하길래 제인은 고마워하며 그래달라고 했다. 그녀는 그저 아테가 서명하라고 한 곳에 서명을 했을 뿐이다.

"매달 조금씩 봉급을 받아요." 타샤가 설명한다. "하지만 보너스는, 그러니까 미즈 유가 당신한테 약속한 큰돈 있죠? 그건 마지막에만 받는 거예요. 이해했어요?"

아테가 그런 얘기를 했던 것이 기억난다. 그들은 제인의 새 부엌 조리대 앞에 앉아 있었다. 방 안에 갓 칠한 페인트 냄새가 진동해, 밖이 추운데도 창문을 살짝 열어둔 상태였다. 아테는 제인에게 골든 오크스의 휴대전화와 이메일에 관한 규칙, 사생활 관련 합의, 급여의 지급 일정과 그녀의 은행 계좌로 직접 입금된다는 내용에 대해 말해주었다. 제인은 물밀듯 쏟아지는 정보에 압도당해 뒤죽박죽 떠오르는 질문들을 곰곰이 생각해볼 시도조차 못했다.

만일 유산이 그녀의 잘못이 아니면 어떻게 되는 걸까?

또 한번 아기를 임신할 기회를 얻게 될까?

아기가 태어나긴 했지만 곧 죽는다면 어떻게 되는 걸까? 받은 돈은 안 돌려줘도 될까?

제인은 입을 열지만 말이 목구멍에 걸려버린 듯 밖으로 나오지 않는다.

"레이건 온다." 아냐가 나지막이 말한다.

젊은 미국 여자 둘 중 더 마른 여자가 그들 쪽으로 걸어오고 있다. 그녀의 큰 눈은 비 오는 날 같은 회색이고, 머리카락은 느슨하게 땋아 늘어뜨린 모습이다.

"안녕, 제인, 난 레이건이에요. 당신 룸메이트요. 당신이 오늘 온다는 걸 까맣게 잊고 있었어요. 임신을 해서 그런지 자꾸 깜박깜박하네요!"

타샤가 느닷없이 일어선다. "여기 앉아요. 난 다 먹었으니까. 게다가 미즈 유도 만나야 하고." 아냐도 핑계를 대며 자리를 뜬다. 두 사람은 제인에게 행운을 빌어준 뒤 각자 빈 쟁반을 들고 가버린다. 타샤가 친구보다 15센티미터쯤 더 크다. 그들은 몇미터 멀어지더니 날카로운 웃음을 터뜨린다.

"견딜 만해요?" 레이건은 타샤가 앉았던 의자에 자리를 잡고 앉더니, 무릎을 세워 다리를 감싸 안으며 묻는다.

제인은 압도되어 꼼짝도 못한다. 사흘 전 우편으로 룸메이트 소개서를 받은 이래 줄곧 룸메이트의 모습을 상상해온 터다. 소개서를 너무 여러번 읽어 다 외울 지경이다.

당신의 룸메이트 레이건은 듀크 대학에서 비교문학과 미술사를 복수전공하고 우등으로 졸업했습니다. 일리노이주의 하일랜드파크[11]에서 성장했으며, 뉴욕시에 거주하고 있습니다. 이번에 처음으로 호스트가 되었습니다.

제인은 하일랜드파크와 듀크 대학과 비교문학을 인터넷에 검색해보기 전부터 자신과 룸메이트 사이에 아무 공통점이 없다는 사실을 이미 알 수 있었다. 지금 그녀를 보며, 제인은 그 생각이 맞았다고 확신한다.

"다 괜찮아요." 잠시 어색한 침묵이 흐른 뒤 웅얼거리듯 대답하며, 제인은 지금껏 수없이 그랬듯 다시 한번 그녀 자신에 대한 세 문장짜리 소개서에는 무엇이라고 적혀 있었을까, 룸메이트가 그 글을 읽었을 때 그녀의 뇌리를 스쳐 지나간 것은 어떤 생각이었을까 궁금해한다.

제인은 손톱으로 테이블 표면에 딱딱하게 굳어 있는 머스터드소스를 떼어낸다. 아테는 제인에게 다른 호스트들을 예의 있게 대하되 그들과 거리를 두라고 충고했다. 왜냐하면 골든 오크스에서는 아무도 그녀의 친구가 아니기 때문이다. 그들은 그녀의 동료이며, 임신은 일이다. 새 룸메이트에게 질문할 거리를 생각해내려 애쓰며 곁눈질을

---

11 일리노이주 시카고 시내에서 북쪽으로 40킬로미터 정도 떨어진 교외 도시로, 유명한 부촌이다.

하던 제인의 시야에 레이건의 손목에 채워진 가느다란 사슬 금팔찌가 들어온다.

그녀는 마음이 괴롭다. 대학에 진학해 복수전공을 하고 아무렇지 않게 이런 팔찌를 차고 다닐 수 있는 레이건의 흥미를 끌려면 어떤 말을 해야 하는 걸까?

"처음에는 이상할 수도 있어요." 레이건은 말 없는 제인의 모습에 당황하는 기색 없이 이야기를 이어간다. "2주 동안의 내 엄청난 경험에서 보면 말이죠!" 그러면서, 제인에게 골든 오크스에 대해 조언을 건네기 시작한다. 미디어실은 붐비지 않는 저녁식사 시간에 가는 것이 가장 좋다는 둥, 체력단련실까지 갈 땐 미즈 해나의 사무실을 피해 빙 돌아가야 한다는 둥, 그러지 않으면 그녀가 불러 세워 식단에 대해 심문을 할지도 모른다는 둥, 식간과 저녁때 간식 테이블을 구성하는 음식—과일과 에너지 바, 건강에 좋은 소스를 곁들인 채소 샐러드, 허브티와 견과류와 스무디—이며, 제인의 체중이 적정 범위 안에 있는 한 마음껏 간식을 먹어도 되니 식사 시간에 식욕이 나지 않아도 걱정할 것 없다는 이야기까지.

제인은 아직도 할 말이 전혀 생각나지 않아 전전긍긍하며 말없이 귀를 기울인다.

"리사! 이리 와봐!" 레이건이 검은 머리에 초록색 눈을 가진 예쁜 미국 여자를 손짓해 부른다. 그녀의 친구는 한 요리사에게 열변을 토하고 있다가 배식 창구 근처의 커다란 그릇에서 무엇인가를 와락 집어 들고는 화가 나 투덜거리며 그들 쪽으로 성큼성큼 걸어온다.

"벳시가 뭐라고 주장한들, 밀기울 머핀은 바나나 빵이 아니잖아." 그녀는 마치 대답을 기다리듯 눈을 부릅뜨고 제인을 쳐다본다.

"그렇겠죠." 제인이 머뭇머뭇 동의한다.

레이건이 웃음을 터뜨린다. "제인, 이쪽은 리사예요. 원한다면 언제든 모른 체해도 돼요."

리사는 여전히 제인을 향해 말을 이어간다. "그리고 열 받는 건, 우리 모두 임신을 해서 식욕이 생겼는데 그들이 간식을 마련해주는 건 사실 우리의 식욕이 곧 아기의 식욕이기 때문인 듯하다는 거야. 결국 그 모든 게 다 이 아기들한테 굽실거리기 위한 거 아니겠어?"

제인이 초조하게 방을 둘러본다. 가장 가까이 있는 코디네이터는 비상구 옆에 서서 태블릿에 무언가를 입력하고 있다.

"마음먹기에 달린 문제야." 레이건이 끼어든다. "네 식욕은 그냥 호르몬일 뿐이지, 너 자신이 아니라고."

"내가 곧 내 호르몬이야." 리사는 의자에 털썩 앉아 밀기울 머핀을 마지못해 한입 베어 물며 공격적으로 말한다. 그녀는 건포도가 너무 싫다고 작은 소리로 투덜거린다.

"이쪽은 제인, 내 새 룸메이트야. 오늘이 첫날이고."

"농장에 온 걸 환영해요." 리사가 심드렁하게 말한다.

제인은 있는 힘을 다해 웃어 보이려 애쓰지만, 제대로 머금기도 전에 입가에서 미소가 사라져버린다.

"빌어먹을, 내 몸의 모든 세포가 바나나 빵을 원한다고!" 리사가 테이블 위에 밀기울 머핀을 탁 내려놓는다.

"내가…… 내가 바나나 빵을 만들어줄까요?" 두려움과 동시에 강한 호기심을 느끼면서, 제인은 리사의 잔뜩 찡그린 얼굴을 쳐다보며 쭈뼛쭈뼛 제안한다.

리사가 폭소를 터뜨린다. "맙소사, 당신이 가스레인지 근처에 가도록 절대 내버려두지 않을걸요. 어쩌면 당신이…… 태아를 불에 그슬리게 할지도 모르니까!" 하지만 그녀의 목소리는 부드러워져 있다. "자, 그래, 어떤 사람의 아기를 임신한 건지는 알아요?"

제인이 모른다고 고개를 가로젓자 리사는 레이건도 들으라는 듯, 귀엣말을 하는 척하며 큰 소리로 또박또박 말한다. "레이건도, 모르기는, 마찬가지예요."

레이건이 한숨을 쉬며 말한다. "그건 중요하지 않아!"

"당연히 중요하지!" 리사가 톡 쏘아붙인다.

"왜 다들 그걸 물어보는 거예요?" 제인은 용기를 내본다. "아냐인가, 러시아 사람 있죠?"

"폴란드 사람이에요." 리사가 참견을 한다. "그 친구한테 러시아 사람이라고 하면 안돼요. 당신을 칼로 찔러 죽일걸요."

제인은 미소를 지어도 될지 확신이 서지 않는다. "아냐도 그걸 물어보더라고요. 몇번이나요."

"그래요?" 리사가 돌연 활기를 띤다. "그렇다면 아냐도 정보를 캐내려는 모양이네. 재-미-있-군……"

"리사는 골든 오크스 초창기부터 이곳에서 아기를 낳았어요." 레이건이 끼어든다. 분명 화제를 바꾸고 싶은 눈치다. "이번이 세번째죠."

"오로지 돈 때문이죠." 리사의 얼굴 가득 미소가 스쳐 지나간다. "아이를 배 속에 품고 있다는 설렘에서는 이미 벗어났어요. 여기 있는 내 친구 레이건과는 달리—"

레이건이 눈알을 굴린다.

"—아직도 이 일에 뭔가 심오한 의미가 있다고 생각하지는 않죠."

제인은 이런 식의 대화에 익숙하지 않다. 그들이 사용하는 단어들에도, 속사포 같은 속도에도 말이다. 마치 폭격을 당하는 기분이다.

"누군가에게 삶의 의미를 안겨준다는 건 믿기 어려울 만큼 굉장한 일이야." 레이건이 말한다.

"그래. 하지만 우리 모두가 여기서 그런 일을 하고 있는 건 아니거든." 리사가 대꾸한다. "알고 보니, 내 의뢰인은 원하기만 했다면 직접 아기를 임신할 수도 있었다더라."

"하지만 많은 의뢰인이 그렇지 못하죠." 레이건이 제인에게 말한다. "의뢰인들 중 많은 사람이 나이가 많아 아이를 낳지 못해요. 아니면, 왜 그런지는 몰라도 그럴 수가 없거나—"

"그들이 하나같이 원하는 건 자기 아기가 우위를 차지하는 거라고." 제인을 쳐다보고 있기는 하지만, 그래도 제인은 그녀가 레이건에게 이야기하고 있다는 걸 알아챈다. "농장 측이 우리 태아한테 두뇌 발달 촉진제를 주사하기 시작해도 난 놀라지 않을 거야. 아니면 면역 강화제나—"

"그런 것들은 존재하지도 않아!" 레이건이 쏘아붙인다.

"만약 그런 것들이 존재한다면, 그들이 과연 그러지 않을—"

"그만 좀 해."

"넌 아니라고 하겠지만, 우리 의뢰인들은 얼마를 치르고서라도 최고의 아기를—"

제인은 속이 울렁거려 메스꺼움이 가라앉기를 바라며 다시 한번 상체를 숙인다.

"제인, 똑바로 앉아요."

제인은 당혹스러워하며 시키는 대로 한다.

리사가 말을 잇는다. "첫째, 코디네이터가 항상 당신 꽁무니를 바짝 따라다니기를 원하지 않는다면 테이블에 엎드리지 말아요. 둘째, 더 중요한 얘긴데, 당신은 이곳이 어떤 곳인지를 이해해야만 해요. 여기는 공장이고 당신은 상품이에요. 당신은 의뢰인을 당신 편으로 만들어야 해요. 코디네이터들이나 미즈 유가 아니라요. 나는 지금 그 부모들, 특히 어머니를 말하는 거예요."

"리사……" 레이건이 경고조로 부른다.

"나는……" 제인은 마른침을 삼킨다. 만약 의뢰인들이 날 좋아하지 않으면 어쩌지? 날 레이건 같은 호스트와 비교하면 어쩌지?

"나는 의뢰인을 만나보지 못─" 제인의 눈에 눈물이 가득 고인다.

"음, 모두가 그런다는 건 아니에요." 리사가 거침없이 말한다. "호스트한테 전혀 신경 쓰지 않는 의뢰인도 있긴 하거든요. 하지만 대부분은 신경을 써요. 자기 아기와 관련된 모든 것에 집착하니까요. 새로운 종류의 나르시시즘 이죠. 농장이 하는 일이 바로 그런 거예요. 그들의 나르시시즘을 충족시키고, 더 부채질하는 거."

제인은 자신이 실수를 저지른 게 아닐까 생각하며 계속 침묵을 지킨다. 심장이 쿵쾅거린다. 만약 이 일이 아테가 말한 것보다 복잡하다면, 실수를 저지른 셈이다.

"그러니까 언제고 의뢰인을 만나게 되면, 당신의 목표는, 유일한 목표는 그들이 당신을 아주 좋아하게 만드는 것이 되어야 해요. 당신도 원하는 바 아닌가요? 당신이 자기 아기를 임신했다는 사실을 아기 어머니가 기분 좋은 일로, 심지어 우쭐해할 만한 일로 여기는 것 말이에요. 그녀가 당신과 함께, 오로지 당신하고만 또 한명의 아기를 낳고 싶어하게 만들고 싶을 거예요. 그 부모가 두번째 아기를 갖기로 결정하고, 당신이 그 아기를 낳아야 한다고 고집을 부리게 되면—자, 그러면 당신은 **지렛대**를 갖게 되는 셈이죠." 리사가 잠시 멈칫한다. "'지렛대'가 무슨 뜻인지 알아요?"

제인은 어쩔 줄 몰라 고개를 절레절레 흔든다.

"미즈 메이가 굴복해야 한다는 뜻이에요. 말하자면, 당신의 뜻에 굴복하는 거죠. 농장에는 목표 수익이 있고, 고객은 항상 옳으니까요. 만약 의뢰인이 당신을 원한다? 자, 그게 바로 지렛대예요." 리사의 두 눈이 반짝거린다. "내 의뢰인들은 나를 무척 좋아해요. 그리고 그건 내가 이 세 번째 밤비노[12]를 임신한 동안 이것저것 요구할 수 있다는 뜻이죠. 예를 들면 더 많은 돈을요. 나만의 방도. 남자친구의 방문까지도요. 그리고 심지어," 이제 리사가 돌연 목소리를 높인다. "**바-나-나 빵도!**"

제인은 얼른 고개를 숙인다. 한 코디네이터가 리사에게 조용히 하라고 소리친다.

"제발 좀!" 레이건이 경멸 어린 눈빛을 리사에게 던지며 화난 어조로 낮게 말한 뒤, 어색한 미소를 머금고 제인을 돌아본다. "리사 말에 귀 기울일 것 없어요. 보통은 이렇게 미친 것처럼 굴지 않아요. 그저 호르몬 때문에 이러는 거죠."

"내가 곧 내 호르몬이랬잖아." 리사가 투덜거린다.

"앞으로 어떻게 될지는 생각하지 말아요. 아기를 위해

---

12 '갓난아기' '어린아이'라는 뜻의 이탈리아어.

건강을 유지하는 데만 집중해요. 가장 중요한 건 당신 아기니까요."

제인은 베일 듯 날카로운 갈망에 사로잡힌다. 집에 가고 싶다. 이 낯선 사람들과 너무 빠르고 재치 있는 그들의 대화에서 벗어나고 싶다. 텔레비전을 보며 아말리아와 함께 침대에 누워 있고 싶은 마음이 간절하다. 아말리아가 언제나 처럼, 마치 세상이 절대 자기를 해칠 수 없다는 듯, 아무 거리낌도 의심도 없이 머리 위쪽으로 두 팔을 치켜든 채 잠들 때까지, 아이의 볼록 튀어나온 통통한 배를 손바닥으로 쓰다듬고 싶다. 가라앉았던 욕지기가 아까보다 더 심하게 치받쳐 올라온다.

"괜찮아요?" 두 눈에 근심을 가득 담은 레이건의 얼굴이 그녀에게 다가온다.

제인은 테이블 건너편의 구토 봉투 디스펜서로 손을 뻗으며 속에 든 것을 게워낸다.

레이건

무언가를 열어젖히는 소리, 금속 고리가 금속에 스치는 소리, 이내 햇살. 어둠을 가르고 비쳐 드는 빛. 레이건이 생각한다. 또 시작이네. 감긴 눈꺼풀 안쪽에서 흩뿌려진 작은 점 같은 것들이 급격히 커져 온통 몹시 밝은 핑크색으로 물드는 바람에 머리가 쾅쾅 울린다. 빌어먹을 메이시. 더럽게 부지런한 계집애 같으니. 그녀의 룸메이트는 숙취에 시달릴 때조차도 미소를 지으며 잠에서 깨어나 운동화 끈을 발랄한 이중 매듭으로 묶고 이스트강변 콘크리트를 요란하게 걸어갈 준비가 되어 있다. 레이건은 보나 마나 "해 떴어, 기상!"이라는 말이 들리겠거니 싶어 마음의 준비를 단단히 한다.

하지만 대신 탁탁거리는 발소리만 스쳐 지나간다. 누군

가가 콧노래를 흥얼거린다. 하지만 메이시는 아니다. 왜냐하면 레이건은 맨해튼에 있는 게 아니니까.

한쪽 눈을 살짝 뜨자 늦은 아침 햇살이 그녀를 감싼다. 그녀의 귀에서 구불구불한 덩굴손이 포도 넝쿨처럼 돋아나고 야자나무 잎사귀처럼 커다란 잎이 자라기 시작하더니 머리를 감싸고 조여들어, 머리가 작은 알약만 한 크기로 오그라들고 그 속에서 쿵쾅거리는 소리가 심해진다. 빛 때문이라고 그녀는 확신한다. 이렇게 끔찍한 압박감을 일으키는 것은 바로 빛이다.

"또 편두통이에요?"

너무 눈이 부셔서, 레이건은 앞에 있는 형체를 잠시 물끄러미 쳐다보다가 잠시 후에야 그녀가 누구인지 기억해낸다. "그런가봐요."

"미안해요." 코디네이터가 커튼을 다시 닫는다. "초음파 검사를 깜박한 것 같아서요."

초음파검사? 하지만 어제 알람을 맞춰놓았는데. 그녀는 자기 손목을 힐끗 쳐다본다.

"지하 수영장가에 두고 왔더라고요." 코디네이터가 레이건에게 웰밴드를 건넨다. "알다시피 방수도 되는 거예요. 그렇게 계속 풀어놓고 다니면 아예 당신 몸에 찔꺼덕 붙여버리려고 들걸요."

레이건은 농담에 미소로 화답하며 웰밴드를 찬다.

"장난치는 거 아니에요. 늘 차고 있도록 해요." 코디네이터가 말한다. "서두르죠. 당신 의뢰인이 올 거예요."

머릿속 쿵쾅거림이 여전하지만, 레이건은 갑자기 커다란 흥분을 느끼며 벌떡 일어나 앉는다. "내 의뢰인요?"

"그런 것 같던데요. 어서 가보세요!" 코디네이터가 문을 닫으며 말한다.

레이건은 웰밴드를 확인한다. 시간이 좀 있다. 그녀는 알람을 설정한 다음 베개 위로 다시 털썩 쓰러져 방 건너편, 이미 잘 정돈돼 있는 제인의 침대를 가만히 바라본다. 이곳의 룸메이트 역시 일찍 일어나는 사람이다. 그리고 몹시 깔끔하다. 두달 반이나 제인과 함께 지내고 나서도, 레이건이 그녀에 대해 확실히 안다고 할 수 있는 것은 이 정도뿐이다.

머릿속 압박감이 갑작스럽게 더 심해진다. 그녀는 눈을 감고, 지난번에 이런 증상이 있어서 애드빌[1]을 달라고 요청했을 때 미즈 해나가 가르쳐준 대로 호흡운동을 해본다. (우리는 아기에게 약물을 투여하지 않아요. 대신 마음을 다스리는 법을 가르쳐주죠. 미즈 해나는 손가락을 흔들며 이렇게 말했다.) 레이건은 이번 초음파검사를 절대로 놓치지 않을 생각이다. 그녀의 첫 입체초음파검사가 아닌가. 리사조차도 그 영상에 대해서만큼은 믿기 힘들 정도로 굉장하다고 인정한다.

---

1 진통제의 상표명.

아기 얼굴을 볼 수 있어. 그녀는 말했다. 들어가고 나온 데가 모두 다 보인다니까.

게다가 이제 레이건도 그녀의 의뢰인을 만날 참이다.

당연한 얘기지만, 레이건은 줄곧 그 여자가 어떤 사람인지 궁금했다. 아니 그 남자일 수도 있겠지. 부모가 게이 커플일지도 모르잖아. 레이건에게는 아무런 단서도 없다. 골든 오크스에 도착한 이후 의뢰인의 신원에 대해 아주 작은 정보조차 얻지 못했기 때문이다. "극비 사항"이라는 것이 미즈 유의 변명이다. 리사는 그것이 술책, 그러니까 호스트들을 무지한 상태로 내버려둠으로써 그들을 보다 수월히 통제하려는 수단이라고 주장하지만.

발을 획 돌려 침대에서 내려오자 다시 머리가 지끈거린다. 뜨거운 물로 목욕을 하면 도움이 될 것이다. 그녀는 비틀비틀 욕실로 향하며, 방문 옆에 걸려 있는 전신 거울에 비친 자기 모습을 힐끗 본다. 잔뜩 헝클어진 채 등에 늘어져 있는 밀빛 머리카락, 골든 오크스에서 지급한 나이트가운 속의 호리호리한 몸매. 옷자락을 들어 올리자, 긴 다리와 평평한 배가 드러난다. 그녀는 몸이 부풀어 올라 헬륨처럼 쉭쉭거리는 소리를 내면서 두 발이 바닥에서 떠오르는 자신의 모습을 상상한다.

레이건은 욕조 가장자리에 걸터앉아 수도꼭지를 튼다.

이달 초에 있었던 초음파검사에서 아기의 심장박동을 처음 들었을 때, 그녀는 경이감에 압도당했다. 그녀의 몸속에서 깜박거리던 그것, 그녀가 맡은 엄청난 일. 생명이었다! 레이건은 한 생명을 품고 있었다! 그녀는 병원 침대에 누워, 눈물이 두 뺨을 타고 흘러내리는 가운데, 그 심장 박동이 온몸을 휩쓸고 지나가게 내버려두었다. 나중에 조금 민망하기는 했지만, 와일드 박사가 임신 중 "감정 격화"는 정상이라고 확인해주었다. 결국 호르몬 때문이라는 얘기였다.

하지만 골든 오크스에 도착한 이후 레이건이 그것보다 훨씬 더 자주 느끼는 것은 만족감, 심지어 의기양양한 기분이다. 뭔가 완전히 새로운 느낌. 일종의 명료함, 평생을 부유하듯 살다가 찾게 된 정착의 느낌 말이다.

얼마나 됐어요? 골든 오크스에 새로 온 사람이면 누구나 그녀에게 건네는 첫번째 질문이다. 그러면 그녀는 자신 있게 대답한다. "10주요" 아니면 "14주요". 이레 뒤면 임신 기간이 일주일 더 경과하겠구나 생각하면서. 자신이 지금 어디에 있는지, 무엇을 하고 있는지, 왜 이 일을 하는지도 그녀는 잘 알고 있다.

그러고 보면, 레이건의 룸메이트이자 대학 시절부터 가장 친한 친구인 메이시도 언제나 옳은 것은 아니다. 듀크에서 두 사람은 거의 모든 면에서 의견이 일치했다. 관심사(박물관 돌아다니기, 책, 남학생), 취미(파티, 음악, 남학생), 정치적 견해(임신중단 찬성, 환경보호) 등등. 스물다섯인 지금, 메이시는 골드먼삭스의 최연소 흑인 여성 사원이자 그 투자은행의 듀크 대학 인재 채용 팀 공동 팀장이고, 시내 모 박물관의 젊은 후원자 위원회 위원이며, 퀸스의 방황하는 청소년을 위한 방과 후 프로그램의 이사회 임원이자, 마라톤 풀코스를 세시간 이내에 완주할 수 있는 사람이다.

레이건이 메이시에게 골든 오크스에 대해 털어놓았을 때—기밀 유지 협약 위반이기는 했지만, 그래도 그녀에게 비밀 엄수를 맹세시키기는 했다—메이시는 무자비했다. 한 친구의 파티에 가기 전 둘이서 먼저 술을 마시던 참이라, 흠집 난 거실 커피 테이블 위에는 반쯤 빈 와인 잔들이 놓여 있었다. 세컨드 애비뉴에서 울리는 구급차 소리에 메이시의 목소리가 묻히긴 했지만, 그것도 아주 잠깐이었다. "그거 대리출산이잖아! 그런 식의 대리출산은 상품화고, 인간 생명의 가치를 떨어뜨리는 일이야! 신성한 모든 게 외부에 위탁되어 일괄적으로 거래되고, 결국 최고가 입찰자에게 팔려 나가는 거라고!"

"참 쉽게도 말하는구나." 레이건이 톡 쏘아붙였다. "넌 은행에서 일하잖아! 난 아빠한테 기대 사는 인생이 지긋지긋해. 누군가를 도와서 아이를 갖게 해주—"

"넌 어떤 낯선 부자가 널 이용하게 내버려두고 있는 거야. 삶의 근원적인 무언가에 가격표를 붙이고 있는 거라고."

"입주 유모, 신생아 보모, 젖어머니." 레이건은 불쑥 떠오르는 것은 무엇이든 지껄이며 읊어댔다. "혈액 기증자,

신장 기증자, 골수 기증자, 정자 기증자. 대리모. 난자 기증자…… 너 『더 크로니클』에 실린 난자 기증자 찾던 광고 기억나?"

그들의 대학 신문인 『더 크로니클』의 광고란은 개 산책시키는 사람이나 대입 시험 준비 개인 교사나 방과 후 육아도우미를 찾는 구인 목록, 명상법 수업이나 물품 보관창고 광고, 유학 프로그램이나 학자금 대출 회사나 중고차 매물 목록으로 가득 차 있었다. 그리고 거기에, 간간이 난자 기증을 간청하는 광고도 있었다. 1학년 때, 아빠와 또 한번의 신랄한 전화 통화를 마친 후 그런 광고 하나가 레이건의 눈길을 끌었다.

대학 교육을 받은 안정적인 관계의 불교 신자 부부가(둘 다 듀크 대학 졸업생. **힘내라 블루 데블스!**[2]) 난자 기증자 구함. 18세에서 24세. 듀크 대학 혹은 동등한 수준의 일류 대학 재학생이나 졸업생을 선호함. 백인. 금발이나 밝은 갈색 머리. 눈은 밝은색. 신장 168에서 175센티미터. 탄탄한 몸매. 양호한 건강 상태. 영적으로 열린 자세. 최저 학점 3.6. 가격 1만 4000달러.

그녀는 강한 호기심을 느꼈다. 그 부부는 불교 신자였고, 명백하게 A형 인간[3]인데도 기증자의 영성에 신경을 쓰

2 듀크 대학 농구 팀.
3 경쟁의식과 성취동기가 높으나 인내심이 부족하고 완벽주의 성향이

고 있었다. 대체 무슨 뜻일까? 영적인 기증자는 깨달음을 얻은 난자를 더 많이 배란하기라도 한다는 걸까? 가톨릭 냉담자도 그렇게 쳐줄까?

물론 레이건은 돈이 필요했다. 아빠에게서, 그리고 딸을 자기 머릿속 모습으로 다듬으려는 그의 시도에서 벗어나기 위해서 말이다. 아빠는 그녀에게 먼저 묻지도 않고 집이 있는 시카고 지역에 인턴 자리를 얻어주었다. 아빠가 큰 투자 펀드 회사의 전무이사인, 노터데임 대학 시절 남학생 사교 클럽 친구에게 전화 한통을 걸자 짜잔, 일사천리였다! 인터뷰나 이력서 따위는 필요 없었다. 고생스럽게 통과해야 할 성가신 관문 따위도 전혀 없었다. 베푼 만큼 돌려받는 법이야. 그래서 인맥을 계속 관리해야 하는 거란다, 레이건. 네가 무엇을 아는가만큼 중요한 게 바로 누구를 아는가야.

아빠의 그 뻔뻔한 태도가 레이건에게는 결정타였다. 그녀는 모든 과정을 혼자서 해냈다. 밤에 기숙사 욕실에 숨어서 테스토스테론 억제제인 루프론, 배란 촉진제인 폴리스팀, 그리고 HCG⁴ 주사까지 직접 놓았다. 그녀의 난소에서는 더 많은 난포가 자라기 시작했고, 난포에서는 더 많은 난포막이 자라기 시작했으며, 각각의 난포막에는 더 많

있는 사람들을 가리키는 말.

4 human chorionic gonadotropin. 태반 세포에서 만들어지는 호르몬으로, 초기에 임신 여부를 확인하는 데 사용된다.

은 난자가 득시글거렸다. 난자를 채취하던 날, 그녀가 등을 대고 눕자 의사가 바늘로 그것들을 싹 다 뽑아 가버렸다. 단 삼십분 만에. 레이건을 집까지 태워다줄 사람이 없었기 때문에 간호사들이 회복실을 내주었고, 그렇게 몇시간이 지나자 마침내 정신이 맑아졌다. 그녀는 택시를 타고 캠퍼스로 돌아와 이튿날까지 줄곧 잠만 잤다.

"그래서 내가 워싱턴에서 인턴을 할 수 있었던 거야. 그해 여름 기억하지?" 레이건은 그렇게 말을 맺으며 잔에 남아 있던 와인을 죽 들이켰다.

레이건이 말을 멈춘 뒤로도 메이시는 한참 동안 조용했다. 그녀가 몇분 이상 그렇게 조용한 것은 처음이었다. 곧 메이시가 부드럽게 물었다. "그들이…… 검사도 했어?"

보나 마나 그녀는 레이건의 유전자에 대해 생각하는 중이었을 것이다. 자신들이 유전적으로 저주를 받았다는 얘기가 그들을 하나로 묶어주는 (농담 아닌) 농담들 중 하나인 터였다. 메이시는 자신의 어린 시절에 음주 운전 사고로 죽은 어머니를 포함해 가족 중 알코올중독자 여섯쯤은 쉽게 꼽을 수 있었고, 레이건의 가족력에는 치매가 있었다. 심지어 그들은 다음 세대를 그들의 맛이 간 유전자로부터 구하기 위해 결혼과 출산을 포기하기로 장난 같은 협정을 맺기도 했다. 그러면 그들도 세상에서 엄청난 일을 할 시간적 여유를 갖게 될 것이고, 그런 다음에는 함께 늙어갈 터였다.

"직접 들은 건 없어." 레이건은 어깨를 으쓱이며 그렇게 만 말했다. 우편물 속에서 난자의 대가인 수표를 발견했을 때 자신이 얼마나 안도했는지 시인하는 것이 내키지 않았 기 때문이다. 그런 A형 부모라면 아마 모든 유전적 돌연변 이를 확인했겠지? 아니었을까?

"그냥 좀…… 허무하네. 난자를 파는 게 여느 상거래나 마찬가지라는 게. 어쨌든 그건 네 난자였잖아." 메이시는 그렇게 말했다. 은행에서 날마다 매매를, 그러니까 연달아 허무한 거래를 해대는 그녀가 말이다.

"그런 건 아무 의미도 없어." 레이건이 발끈하며 설명했 다. 난자는 몸속에서 성숙해졌다가, 결국 잘라낸 발톱이나 미용실 바닥에 떨어지는 머리카락처럼 매달 버려질 뿐이 라고. 누군가 다른 사람이 사용할 수도 있는데, 왜 쓸모없 이 낭비되게 놔둬야 하냐고.

"아니, 그거랑은 달라." 메이시는 침착하게 응수했다. "네 머리카락이나 발톱과는 전혀 다른 범주에 있는 거라 고."

레이건은 옷을 벗고 욕조 안으로 살며시 들어간다. 바닥 까지 가라앉았다가 다시 떠올라 수면에 상체를 띄운다. 소 리가 증폭되는 건 물 때문일까? 수도꼭지에서 물이 똑똑 떨어지며 울린다. 자신의 숨소리가 두 귀를 가득 채우자, 스쿠버다이빙을 배웠던 순간이 다시 떠오른다. 고등학교 때, 허리케인으로 심하게 파괴된 아시아의 어느 마을에서 집을 재건하는 자원봉사 여행을 마친 뒤였다. 그녀는 무중력상태를, 물속으로 뚫고 들어와 흔들리던 햇살의 느낌을 기억한다. 사방에서 들리는 소리라고는 그녀의 숨소리뿐이었다. 그녀가 들이쉬고 내쉬는 숨소리, 그리고 아래쪽으로 보이던 어두운 바닷물. 그것은 세상에서 가장 쓸쓸한 소리였다.

아기도 그녀의 양수 속에 잠긴 채 외로워할까?

레이건은 욕조 밖으로 나오면서 배를 조심스럽게 받쳐 안는다.

엄마라면 메이시와 달리 이런 걸 이해하겠지. 근원적인 것에 대한 이끌림. 세상살이가 잠시 멈춘 듯한 평화로움을 말이다. 언젠가 엄마가 해준 말에 따르면, 엄마는 20대 때 인도의 한 아슈람[5]에, 그러니까 조용한 피난처에 가서 몇 주 동안 말을 하지 않고 지낸 적이 있었다.

바로 그것을 레이건은 골든 오크스에서 자기만의 방식으로 발견한 참이다. 바깥세상의 아귀다툼에서 벗어나 있는, 그녀 자신도 미처 예상하지 못했던 고요한 캡슐 같은 공간 말이다. 첫날 그녀는 카메라를 압수당했다. 실망스러웠지만, 그 덕분에 다른 일들을 할 시간을 낼 수 있었다. 그녀는 이제 막 데이비드 포스터 월리스의 『무한한 흥미』[6]를

---

5 힌두교도들이 수행하며 거주하는 곳.
6 *Infinite Jest*. 현대 미국 문화의 공허한 편향을 풍자한 소설. 1000면이 넘는 본문에 엄청난 양의 주석이 달려 있어, '사람들이 읽다가 포기

읽기 시작했다. 메이시가 그 소설을 몹시 좋아한다고 했기 때문이다. 그리고 엄마가 항상 그녀와 거스에게 간곡히 타일렀던 대로 주의를 집중하고 있다. 레이건은 여기 공책을 한권 두고─말이 그녀를 대변해주는 경우는 흔치 않기에 일기를 쓰거나 하는 것은 아니다─이미지들, 그러니까 그녀가 골든 오크스를 떠나자마자 찍을 사진에 관한 아이디어를 죽 적어둔다. 메이시가 그 목록을 본다면 아마 그녀를 놀려대리라. 왜냐하면 그 내용이 마치 시처럼 쓰여 있는데, 레이건은 평소 시를 좋아하지 않기 때문이다. 심지어 메이시가 지난가을, 그녀의 스물네번째 생일에 준 디킨슨의 시집도 한번 펼쳐본 적이 없다. 가지고 오기는 했지만.

웰밴드가 있는 침실에서 삑삑 소리가 난다. 그녀가 설정한 알람 소리다. 옷을 입기 시작하자 속이 울렁거린다. 곧 의뢰인을 만날 참이니까.

삼십분 후, 레이건은 등을 대고 누워 있다. 모든 것이 윙윙거리며 진동한다. 머리 위에 매달린 콜더 모빌이 마구 떨리는 것 같다. 하얀 벽들도 뒤틀리며 빙글빙글 돈다. 레이건의 머리가 아기의 심장박동에 맞춰 지끈거린다.

"두통이 있나요?" 와일드 박사의 목소리.

하는 책 1위'에 꼽히기도 했다.

레이건은 두 눈을 감은 채 고개를 끄덕인다.

"소리를 조금만 줄여줄 수 있을까요?" 와일드 박사가 누군가에게 청한다. 부탁을 가장한 명령이다.

방 안은 조용하지만, 충분할 만큼은 아니다. 몸속에서 울리는 아기의 심장박동이 여전히 레이건의 두개골에 압박을 가하고 있는데, 그 압박감이 너무 심해 그녀는 진찰대에서 꼼짝도 할 수 없다.

쿵-쾅, 쿵-쾅, 쿵—

"애그니스, 더요, 부탁해요." 와일드 박사의 목소리에 살짝 날이 서 있다. 반갑게도 조용해진다.

쿵-쾅, 쿵-쾅, 쿵-쾅······

의뢰인은 오지 않을 것이다. 레이건에게 웰밴드를 가져다준 코디네이터가 잘못 알고 있었다. 레이건은 와일드 박사가 "의뢰인 문제는 당신이 나설 일이 아닌데" 괜한 얘기를 해서 레이건의 기대를 부풀려놓았다며 그녀를 호되게 꾸짖는 소리를 들었다.

괜찮아요. 레이건은 코디네이터에게 연민을 느끼며 웃어넘겼다. 기대가 산산조각 나는 데는 익숙하거든요.

하지만 와일드 박사는 그녀의 말을 못 들은 체했다. 오늘 와일드 박사는 다르다. 평소 친절히 대하려고 애쓰던 모습을 생각하면 쌀쌀맞을 정도다. 그녀가 레이건을 면밀히 검사하는 방식에는 거의 냉담하다고 할 만한 면이 있다.

와일드 박사가 레이건의 드러난 배 위에 젤을 짠 뒤 막

대기 모양의 초음파 탐촉기를 이리저리 움직이기 시작한다. 레이건은 볼 수 없는 스피커에서 아기의 심장박동이 빨라지는 듯한 소리가 난다.

쿵쾅쿵쾅쿵쾅쿵쾅……

녹음해놓은 소리인가?

난데없이 그런 생각이 든다. 방을 가득 채우는 그 심장박동이 미리 준비된 소리, 그러니까 아기가 활발하며 당신은 지불한 만큼의 대가를 얻고 있다고 안심하게끔 의뢰인에게 틀어주는 일종의 사운드트랙이라는 생각 말이다. 어차피 심장박동 소리야 다 거기서 거기니까. 아마 그 덕분에 농장 측은 돈을 절약할 수 있겠지.

농장. 리사가 자기 생각을 표현하려고 사용하는 단어다. 리사는 늘 골든 오크스에 대해, 그러니까 임신을 외주화한 의뢰인에게 만족을 제공하려는 골든 오크스의 기념비적인 노력에 대해 악의에 찬 농담을 해댄다. "저희의 목표는 여러분께 **기쁨을 드리는** 겁니다!" 리사는 히죽히죽 바보 같은 미소를 띤 채, 마치 견습 수녀처럼 두 손을 맞잡고 고개를 조아리는 시늉을 하며 조롱한다. **기쁘으-음을 드리는.** 그녀는 그 단어를 꼭 아이스크림 같은 느낌으로 발음한다. "왜냐하면 아기를 갖는 것은 **기쁘으-은** 일이어야 하니까요!"

레이건은 자신의 의뢰인을 상상해본다. 어딘가에서, 어쩌면 대저택이나 전용 제트기에서 영상을 연결해 보고 있을지도 모른다. 그녀 앞에는 활짝 열린 노트북이 놓여 있겠지. 그 옆에 앉은 아기 아빠는 숱 많은 머리에, 넥타이는 느슨하게 풀려 있다. 화면 속에서 와일드 박사가 고개를 까닥거리고, 노트북 스피커에서는 아기의 심장박동 소리가(다른 아기의 심장박동을 녹음한 소리가?) 쾅쾅 울린다. 엄마와 아빠는 몸을 앞으로 기울이고, 눈이 촉촉하게 젖은 채로, 그들의 기쁘으―은 미래를 잠깐이라도 보고 싶어―

아니다.

그녀는 리사가 아니다. 여기 와 있는 것, 이 아기를 품어 보살피기로 한 것은 그녀의 선택이었다.

그녀는 골든 오크스에서 보낸 시간을, 혹은 그녀 몸속에 있는 아주 작고 아직 충분히 자라지도 않은 존재를 이런 종류의 냉소주의로 더럽히지 않을 것이다. 가끔 그녀는 리사가 품고 있는 아기가 걱정된다. 심술궂은 그녀의 양수 속에서 40주 내내 마음을 졸이고 있을 테니 말이다. 어떻게 아이가 영향을 받지 않을 수 있겠는가? 레이건은 그 아기가 어쩐지 성장을 저해당한 채로 태어나는 모습을 상상해본다. 한번도 빛을 받지 못한 나무처럼 오그라든 모습을 말이다.

"자, 어머님, 아기는 오늘 14주째고, 아주 건강해 보여요!" 와일드 박사가 카메라에 얼굴을 들이밀고 말한다. 그녀는 입 바로 앞에 검정 봉오리 모양의 마이크가 연결된 헤드폰을 끼고 있다. "어머님, 지금 노트북 앞에 계시나

156

요? 이제 아기의 입체 영상을 볼 준비를 하세요!"

레이건이 목을 길게 빼보지만 초음파 화면은 보이지 않는다. 그녀가 막 간호사에게 화면을 이쪽으로 기울여달라고 부탁하려는 순간, 와일드 박사가 이렇게 말한다. "저도 같은 생각이에요, 어머님. 완전히 다른 국면이죠."

이어 그녀는 잠시 말을 멈추고 고개를 갸웃한 채 귀담아 듣다가 다시 말을 잇는다. "네, 어머님. 아기 말이에요. 오늘을 기준으로 5센티미터가 조금 넘어요. 작은 레몬 크기죠. 그리고 여기 이거, 이건 양막이에요." 와일드 박사가 손끝으로 초음파 화면에 무언가를 덧그린다. 레이건은 시야를 확보하기 위해 팔꿈치를 짚고 몸을 들어보려 애쓰지만, 간호사가 눈살을 찌푸리자 마지못해 도로 눕는다. 아기도 양막도, 아무것도 보이지 않는다. 의뢰인의 질문도 전혀 들리지 않는다. 오로지 와일드 박사의 명랑한 대답과 유쾌한 웃음소리만 들려올 뿐이다.

레이건은 묘한 무기력감을 느끼며 천장의 채광창을 빤히 올려다본다. 막대기 모양의 초음파 탐촉기가 그녀의 배를 다시 미끄러지듯 가로지른다.

"얼굴을 더 잘 보실 수 있게 아기를 움직여볼게요."

손가락 하나가 배를 쿡 찌르는 느낌에 레이건이 움찔한다. 와일드 박사가 안심시키려는 듯 그녀를 내려다보며 침착하게 미소 짓는다. 또 한번 쿡. 이번에는 손가락 여러개다. "저기요! 아기가 꼼지락거리는 거 보이세요?"

와일드 박사가 시원시원한 말투로 아기의 발달단계를 설명한다. "유전자검사 진행 여부에 대해서는 좀더 생각해보셨나요?" 와일드 박사가 양수검사의 장단점을 논평하고 유산 가능성은 희박하다며 의뢰인을 안심시킨다. 바늘이 아주 가는데다, 초음파를 사용해 바늘을 유도하거든요. 하지만 난자의 나이, 정자, 가족력을 고려하면, 문제가 발생할 확률은, 음…… 통계자료가 뒤를 잇는다. 한편으로는 이렇고, 다른 한편으로는 저렇고. 어머님, 융모막 채취법[7]은 고려해보셨나요? 어딘가 다른 곳을 향한 이런저런 단어들이 마구 뒤섞여 들리는 사이 레이건은 깜박 잠이 든다.

"네, 그녀도 여기에 있어요." 와일드 박사의 갑작스러운 말에 레이건은 잠이 확 달아난다. 두 눈이 번쩍 뜨인다.

와일드 박사와 간호사와 카메라가 마주 보인다.

"아기 엄마가 당신 상태를 알고 싶어하네요." 와일드 박사가 유달리 경쾌한 목소리로 부드럽게 속삭인다.

"아주 좋아요." 레이건이 대답한다. 의뢰인에게 직접 얘기하는 게 처음이라 신경이 곤두선다. 카메라가 그녀를 쳐다보고 있다. 레이건은 머리를 매만지며 겨우 입을 뗀다. "처음 몇주는 정말 피곤하고 입덧도 심했지만, 최근에는 훨씬 나아졌어요."

와일드 박사가 격려하듯 말한다. "이제 임신 2기니까 기

---

7 임신 중 태아의 질환 정보를 얻기 위해 복벽을 통해 자궁 내 융모 조직을 채취하는 기법.

운이 더 날 거예요."

이어 레이건이 편두통에 대해 언급한다.

와일드 박사가 미간을 살짝 찡그리는 모습이 보인다. "하지만 전보다는 빈도가 낮아요. 드문 일은 아니니 걱정할 것 전혀 없어요."

와일드 박사가 자신에게 말하고 있는지 아니면 의뢰인에게 말하고 있는지 레이건은 알 수가 없다.

"마지막으로 편두통이 있었던 게 언제죠?"

이 순간에도 머리가 지끈거리지만, 와일드 박사의 얼굴에 서린 표정 때문에 그런 말을 꺼내기가 쉽지 않다. "음…… 최근엔 없었어요."

"자주 그래요?"

"딱히 그런 건 아니에요."

"아기가 발길질을 하나요?" 와일드 박사는 그저 의뢰인의 질문을 앵무새처럼 따라 하고 있는 게 분명하다. 잠시 뜸을 들이다가 말하고 나서, 또다시 의뢰인의 다음 말을 기다리며 뜸을 들이는 식이다. 마치 독자적인 생각이라곤 전혀 없는 단순한 전달자, 의자에 앉혀놓은 꼭두각시에 불과한 것 같다.

레이건은 억지로 카메라를 쳐다본다. "아직은 안 해요."

"정상적인 거예요, 어머님." 와일드 박사는 방 안에 있는 사람에게 말하는 게 아니다. "이 호스트는 임신이 처음이라 태동을 느끼는 데 더 오래 걸릴 거예요." 박사가 고개를 갸웃한 채 잠시 말을 멈췄다가 레이건에게 묻는다. "배가 커졌나요?"

"거의 그대로예요."

와일드 박사가 레이건에게 일어나 앉아 몸을 돌리라고 지시한다. 이어 미처 제지할 새도 없이 간호사가 로브를 열어젖혀 그녀의 복부와 흉부를 드러낸다. 얼굴이 벌게진 채 신경질적으로 꼼지락거리는 레이건을 카메라와 와일드 박사와 간호사가 태연히 살펴본다.

와일드 박사는 잠시 말을 멈추고 있다가 웃음을 터뜨린다. "그러게요, 매트리스처럼 납작하네요…… 하지만 저희가 살을 찌울 거예요! 네, 그렇게 할게요. 고맙습니다, 어머님. 다음 주에 또 연락드리죠."

와일드 박사가 간호사에게 헤드셋을 건넨다. 간호사는 레이건에게 옷을 갈아입으라고 지시하며 무릎에 수건을 놓아준다. 그들은 오전 진찰 예약에 대해 이야기하며 천천히 걸어간다. 와일드 박사가 문간에서 큰 소리로 말한다. "계속 지금처럼만 하면 돼요." 그녀는 평소답지 않게 느닷없이 레이건에게 양쪽 엄지손가락을 치켜세워 보인다. 의뢰인이 박사에게 그렇게 해달라고 요청한 것이 분명하다.

"참, 임신 2기에 도달했다는 건 물론 첫번째 성과급을 받는다는 뜻이에요." 와일드 박사가 일러준다.

"고맙습니다." 레이건은 가운 윗부분을 움켜잡고 복부를 수건으로 닦는다.

그녀는 의사와 간호사가 복도를 따라 사라질 때까지 기다렸다가 운동복 바지와 티셔츠로 갈아입는다. 헤드셋이 카운터의 트레이 위에 놓여 있다. 레이건은 아주 조심스럽게 그것을 집어 들어 귀에 대본다. 정적뿐이다. 윙윙거리는 정적.

"새로운 소식이 있어."

레이건은 몸을 앞으로 숙인 채 머리를 말리는 중이다. 두 다리 사이로 발톱을 밝은 초록색으로 칠한 리사의 맨발이 사뿐히 카펫을 가로지르는 모습이 보인다.

"엄청난 뉴스야." 리사가 끙 앓는 소리와 함께 제인의 침대에 털썩 주저앉으며 거듭 말하고는 발톱의 페디큐어를 떼어내 제인의 침대보 곳곳에 초록색 조각을 흩뿌리기 시작한다.

"네가 직접 다 치워야 해." 자신이 권위적으로 굴고 있다는 건 알지만, 항상 제인의 침대를 어질러놓고 가는 리사에게 진저리가 난다. 제인이 불평을 한 적이 있는 건 아니다. 레이건은 그 점에도 짜증이 난다. 왜 제인은 그냥 참기만 할까?

레이건은 수건을 바닥에 떨구고 벽장에서 깨끗한 가운을 꺼낸다. 새로 다림질이 되어 있는 가운에서는 민트 비슷한 향이 풍긴다.

"이걸 떼어내야 해. 새 코디네이터가 이것 가지고 얼마나 호되게 질책하던지. 독소 때문에—"

"괜찮아요. 나중에 내가 치우면 돼요." 난데없이 제인이
나타나 제안한다. 당황스럽게도 그녀는 마치 고양이처럼
소리 없이 나타났다가 사라지곤 한다. 지금도 금방 복도로
다시 뛰어나갈 듯 문간 근처를 맴돌고 있다. 운동용 반바
지를 입은 그녀의 이마에서 엷게 어린 땀이 빛난다.

"고마워, 제인. 역시 최고야."

"직접 치우라니까, 리사!"

시설 관리 직원들의 방문이 예정되어 있을 때마다 방을
청소해두는 제인의 습관에 대해 리사에게 이야기한 것이
후회된다. 리사는 제인의 행동이 타고난 것이라는 이론을
제시했다. 필리핀이 워낙 오랫동안 식민지였기 때문에 필
리핀 사람들은 시중을 드는 것이 몸에 배었다고 말이다.
몇 세대가 지나고도 유전적으로 그런 성향을 타고나며, 바
로 그것이 아시아의 최고 호텔마다 필리핀인 직원들이 우
글거리는 이유라는 얘기였다.

리사가 제인의 침대에 떨어진 페디큐어 조각들을 손으
로 쓸어낸다. "자, 이제 됐니? 너 요즘 왜 이래?"

레이건은 어깨를 으쓱한다. 사실 그녀도 확실히 모른다.
어쩌면 호르몬 때문일 수도, 또 어쩌면 두통 때문일 수도
있다. 게다가 그녀는 음모론의 여왕 리사가 이번 주 초에
있었던 자신의 초음파검사를 별것 아닌 일로 치부한 데에
여전히 화가 나 있다. 와일드 박사는 고개를 갸웃하고 헤

162

드폰에서 들리는 목소리에만 귀를 쫑긋 세운 채 레이건이 마치 실험실의 표본인 양 냉정하게 그녀를 평가했다. 만약 자신에게 그런 일이 일어났다면 리사는 며칠 내내 불평을 늘어놓으며 레이건이 귀 기울이기를 바랐을 것이다. 하지만 최근 리사가 푹 빠져서 집착하는 것은 "억만장자 아기"와 누가 그 아기를 임신했는지뿐이다.

속옷을 찾아 서랍을 뒤지는 레이건은 자신의 등을 뚫어져라 바라보는 리사의 눈길을 느낀다. 그 '엄청난 뉴스'에 대해 물어봐주기를 애타게 바라고 있는 것인데, 그 지나친 열의는 오히려 레이건의 냉담한 태도만 부추길 뿐이다.

"제인." 리사가 작전을 바꾼다. "비밀 하나 알려줄게. 아무한테도 말하지 않겠다고 맹세해야 해."

레이건이 곁눈질을 한다. 그녀가 버린 수건으로 욕실 바닥의 물기를 닦고 있던 제인이 고개를 끄덕인다.

리사는 제인에게 몇주 전 건물 및 부지 관리자인 훌리오에게 들은 소문을 이야기하기 시작한다. 중국에서 가장 부유한 부부가 첫아기를 낳으려고 농장을 이용 중이라는 것이다. 그들의 정자와 난자는 늙었기 때문에, 호스트가 어떻게든 열달을 다 채우고 건강한 아기를 출산하기만 한다면 그들은 일반적인 보너스의 몇배나 되는 엄청난 돈을 지불할 것이라고. 게다가 만약 질을 통해 자연분만으로 낳으면, 호스트는 천문학적인 보너스를 받게 된다고 말이다.

"우리는 그야말로 엄청난 돈에 대해 이야기하고 있는

거야." 리사가 극적 효과를 노리고 천천히 말한다. "인생을 바꿀 만한 돈이지. 빌어, 먹을, 돈, 말이야."

"질에 대한 페티시는 또 뭐래?" 레이건이 리사의 신경을 건드리려고 일부러 퉁을 놓는다.

"그게 아기에게 더 좋으니까요." 뜻밖에 제인이 새된 목소리로 입을 연다. "아기의 면역 체계를 위해서는 자연분만이 제왕절개보다 낫거든요. 유익한 박테리아 때문이죠. 아기는 어머니의…… 그러니까…… 산도産道에서 유익한 박테리아를 얻거든요."

레이건은 깜짝 놀라 그녀를 쳐다본다. 제인이 지금껏 그녀 앞에서 말한 가장 긴 문장이다. 마치 임신 서적을 통째로 삼키기라도 한 것 같다.

"만약 그 아기가 베이징에서 살게 될 거라면, 얻을 수 있는 모든 면역력은 다 얻어야겠지." 리사가 맞장구친다. "자, 내 얘기 좀 들어봐. 난 가능성 있는 호스트의 수를 셋으로 줄였어." 그녀는 먼저 레이건을, 이어 제인을 진지하게 응시하고는, 다시 역순으로 응시한다.

맙소사. 리사는 늘 너무 지나치다.

"그 사람들이 누군데요?" 제인이 낮은 목소리로 묻는다.

"아냐, 레이건 그리고 당신이지."

"네가 그걸 어떻게 알아?" 억누를 새도 없이 레이건의 입에서 말이 튀어나온다.

리사가 자신의 최신 정보에 따르면 그 억만장자 태아

는 현재 임신 12주에서 16주 사이라고 으스대듯 설명한다. "그중 너희 셋만 아직 의뢰인을 만난 적이 없거든." 그렇게 말한 다음 이렇게 덧붙인다. "운 좋은 년들 같으니."

제인은 침대 끝에 걸터앉아 있다. 리사와 그렇게 가까이 있어서 신경이 곤두선 게 틀림없다. 한편 그녀는 아직 레이건에게도 진정한 호감을 보이지는 않고 있다.

노력이 부족했던 건 아니다. 레이건은 지난 몇달 동안 수없이 노력했지만 모조리 퇴짜를 맞았다. 심지어 제인을 위해 초콜릿 한봉지를 슬쩍하기까지 했다. 제인이 다른 호스트에게 M&Ms 땅콩 맛을 제일 좋아한다고 말하는 걸 우연히 들었던 것이다. 미즈 유가 레이건을 데리고 인근의 작은 극장으로 「햄릿」을 보러 갔던 월초에, 레이건은 극장 구내매점에서 직원이 그녀에게 줄 물을 가지러 간 사이 초콜릿을 훔쳤다. 하지만 나중에 M&Ms를 건네자 제인은 입술을 꼭 다문 채 겁에 질려 도리질을 칠 뿐이었다.

리사는 그렇게 열심히 노력할 것 없다고 말한다. 아마 그녀가 옳을 것이다. 그래도 레이건은 여전히 괴롭다. 왜 돌파구를 찾을 수 없는 걸까? 제인이 자신을 안 좋게 보는 것 같다. 아무 근거도 없이, 그저 어디에나 널려 있는 멍청하고 부유한 젊은 백인 여자의 전형이라고 생각하는 듯한 느낌이다.

그렇게 부당하게 희화화된 모습이 그녀는 속상하다. 그녀의 아버지도 마찬가지다. 아버지가 "부유한 자유주의자들"을 조롱할 때마다, 레이건은 그 말이 자신과 친구들을 겨냥한 일종의 암호임을 감지한다. 심지어 메이시조차도 그녀가 느끼는 "백인으로서의 죄책감"과 이성애 중심적인 중상류층 백인의 특권에 대해 놀리듯 얘기하곤 했다.

자신의 목걸이, 그러니까 흠집 난 진주가 한알 달린 백금 목걸이가 발에 채어 서랍장 밑에 들어가 있는 것을 발견했을 때 제인의 얼굴에 떠올랐던 표정도 기억난다. 레이건은 그때껏 목걸이가 없어진 것도 깨닫지 못하고 있었다. "사실은 그걸 잃어버리려고 노력하는 중이에요. 멍청한 예전 남자친구가 준 거라서." 자신의 농담이 얼마나 경솔했는지, 그녀는 나중에야 깨달았다.

"안전하게 치워둬요. 내일은 청소부들이 오는 날이니까요." 제인은 끈덕지게 말했다. "그 사람들이 방에 있을 땐 귀중품을 내놓으면 안돼요."

레이건은 너무 충격을 받아 아무 대꾸도 할 수 없었다.

"그럼 인종차별주의자네." 다음 날 리사는 그렇게 결론을 내렸다. 소등 전, 간식 테이블 앞에서였다. 평소와 달리 남아 있는 간식이 얼마 없었다.

"인종차별주의자?" 레이건이 메아리처럼 따라 말했다.

리사는 케일 칩 한봉지를 집어 들고 어깨를 으쓱였다. "아마 그래서 너나 청소부 아주머니들을 안 좋아하나봐."

"인종차별주의자는 아니야."

"제인은 다른 필리핀 여자들하고만 어울리잖아." 리사

가 대꾸했다. "뭐야, 백인들만 인종차별주의자가 될 수 있다고 생각하는 거니?"

믿기 어려울 정도로 고음의 목소리를 지닌 가이아나 출신의 호스트 아이샤가 간식 테이블로 쭈뼛거리며 다가왔다. "너무 배가 고파서 잠이 안 오네요." 그녀는 건강식 시리얼 바를 집어서는 그 위에 아몬드 버터를 듬뿍 바르며 리사 쪽으로 고갯짓을 했다. "리사 말이 맞아요. 우리 어머니는 흑인을 좋아하지 않죠. 중국 사람도요. 그들이 우리나라의 사업체를 모조리 차지하고 있으니까요. 모두가 조금씩은 인종차별주의자예요."

리사나 레이건이 뭐라 대답하기도 전에 한 코디네이터가 벌컥 식당으로 들어오더니, 목표 체중보다 5킬로그램이나 더 나가면서 간식을 먹는다며 아이샤를 꾸짖기 시작했다. 아이샤는 미안한 기색 하나 없이 사과를 한 뒤 먹던 간식을 쓰레기통에 던져 넣고는, 리사와 레이건에게 새된 목소리로 작별 인사를 하고 코디네이터에게 이끌려 자기 방으로 돌아갔다.

"너와 제인 사이의 어색한 분위기가 깨지도록 내가 도와줄까?" 리사가 입안 가득 케일 칩을 문 채로 물었다.

"네 말처럼 제인이 인종차별주의자라면, 너도 그리 좋아하지 않을 텐데 뭐."

"하지만 내가 너보다는 사람들과 더 잘 지내잖아!" 리사는 시리얼 바 몇개를 주머니에 쑤셔 넣으며 아이샤가 어느

방에 머무는지 아냐고 묻고는 문밖으로 어슬렁어슬렁 걸
어 나갔다.

"아직도 이해가 안돼요. 왜 어떤 의뢰인은 호스트를 만
나고 싶어하지 않을까요? 만약 내가 의뢰인이라면 제일
먼저 호스트부터 만나볼 텐데." 제인이 리사에게 말하고
있다. 레이건은 얼떨떨한 기분으로 주위를 둘러보며 눈을
깜박거린다. 잠깐 잠이 들었었나? 리사가 어떻게 했기에
제인이 저런 말을 하고 있는 거지?
　레이건은 아닌 척 리사의 말에 귀를 기울이면서 옷을 마
저 입는다. 그러곤 방 끝에 있는 흔들의자 쪽으로 가, 공연
히 창턱에서 공책을 집어 든다. 리사는 수완을 자랑하는
중이다. 어떻게 코디네이터들을 속여서 그 중요한 정보를
넘기게 만들었는지 설명하는가 하면, 또 주방에 있는 자
기 친구들은 사람들이 생각하는 것보다 더 많은 것을 알고
있는데 그건 미즈 유가 중요한 의뢰인들에게 대접하는 점
심식사 시중을 들기 때문이라는 둥 이런저런 얘기를 늘어
놓는다. 제인은 열심히 듣는다. 창밖에서는 새빨간 날개를
가진 새 한마리가 하늘에서 원을 그리며 날고 있다. 그 모
습이 특별히 시선을 사로잡는 것도 아닌데, 레이건은 공책
에 검은 새/빨간 날개/희끄무레한 하늘이라고 휘갈겨 쓴다. 그
러면서 보니, 이제 제인은 더이상 불편한 기색 없이 리사
와 나란히 앉아 있다.

레이건은 가슴에 찌릿한 통증을 느낀다. 리사 말이 맞는다. 그녀가 레이건보다 사람들과 더 잘 지낸다. 레이건은 함께 술 마시는 것 말고는 낯선 사람과 쉽게 친해지는 법을 전혀 모른다. 메이시가 그립다. 메이시가 출장 중이라 둘은 몇주째 대화를 못했다.

"만약 그게 너라면 어떻게 할 거야?" 리사가 레이건에게 묻는다. 그녀를 끼워주려는 생각이거나, 아니면 그저 자신의 청중을 늘리려는 속셈이리라.

레이건은 멍하니 그녀를 바라본다. 나라면 어떻게 할까? 억만장자를 배 속에 넣고 다닌다면?

"나는…… 난 정확히는 모르겠어." 그녀는 더듬더듬 대답한다. 그녀가 호스트가 되기로 결정한 것은 이 일이 갤러리에서 하는 시시한 일에서, 또 아빠에게서 벗어나는 도피 수단이었기 때문이다. 하지만 이제 이 일은 더 많은 의미를 가지게 되었다. 골든 오크스에서 그녀는 **현실성**에 대한, 혹은 우편물 중 아빠가 보낸 이달 치 집세 수표가 있는지에 대한 걱정 없이 자신이 하고 싶은 일을 한다는 것이 어떤 의미인지, 자신이 그것을 얼마나 원하는지를 깨달았다. 다시 말해, 대학 시절 이후로는 경험하지 못했던 방식으로 사진에 대한 흥분을 불러일으키는 감정, 자유의 기분을 미리 맛보게 된 것이다. 돈이 아니라 자유. 중요한 건 바로 그것이다. 무언가 참되고 가치 있는 일을 할 수 있는 자유 말이다.

"물론 자유에는 돈이 **필요하지**." 레이건이 말한다. 거의 애원하는 듯한 말투다. "그런데 이상한 건 **지나치게 많은 돈**은 그 정반대라는 거야. 본질적으로 돈 자체가 새장이라고, 알지? 결국 우리 아빠처럼 점점 더 많이 원하게 되고, 그러다가 모든 중요한 것을 망각하게 되니까……"

그녀가 주의를 기울이도록 북돋워준 사람은 엄마였다. 엄마는 항상 레이건과 남동생 거스에게 온갖 것을 가리켜보이곤 했다. 늙어서 허리가 잔뜩 꼬부라져 발을 질질 끌며 길을 건너는 내내 자기 발만 쳐다보는 노파, '발견하면 연락 주세요'라는 문장을 스텐실로 찍어 여섯번이나 밑줄을 그은 뒤 가로등 기둥에 테이프로 붙여놓은, 잃어버린 고양이를 찾는 전단지 등등.

엄마에겐 예술적인 감각이 있었다. 그러니까, 아빠가 나타나기 전까지는. 아빠는 엄마의 예술적인 감각 때문에 엄마에게 반했다고 했다. 엄마가 세상을 바라보는 방식과 세상을 자신의 것으로 만드는 방식 때문에. 네 엄마는 판에 박힌 사업가의 아내가 아니야. 당시 아빠는 자랑스럽게 얘기했고, 그것은 사실이었다. 엄마는 그들 무리의 다른 아내들보다 더 재미있고 더 생기가 넘쳤다.

레이건이 읽는 법 배우는 것을 힘들어하던 초등학교 1학년 때, 엄마가 그녀에게 첫 카메라를 주었다. 앞쪽의 가늘고 긴 구멍으로 즉석에서 사진을 뱉어내는 폴라로이드 카메라였다. 엄마는 말했다. 말은 이 세상을 표현하는 방법들 중 하나에 불과하단다, 아가. 그러면서 사람들이 세상을 새롭게 볼 수 있도록 도와준 사진작가들에 대해 이야기해주었다. 예를 들자면 풍경 사진을 찍은 앤설 애덤스에 대해, 또 워커 에번스와 시골 빈민들을 찍은 그의 사진들에 대해서 말이다.

주의를 기울이지 않으면 관심을 가질 수 없고, 그러면 중요한 일은 아무것도 할 수 없겠지. 엄마는 그렇게 말하곤 했다. 지금 생각해보면 어쩌면 그 말로 아빠한테 한방 먹인 게 아니었던가 싶다.

레이건이 그 폴라로이드 카메라로 처음 찍은 것은 엄마의 얼굴이었다. 프레임 맞추는 법을 몰라서, 뜻하지 않게 얼굴 아랫부분이 사진에서 잘려버렸다. 하얗게 텅 비어 있던 네모난 인화지에 형상이 나타나기 시작했을 때 모습을 드러낸 건 엄마의 두 눈이었다. 밑도 끝도 없이, 두 눈뿐이었다.

"내가 다 망쳐버렸어." 레이건은 실망해서 이렇게 말했던 것이 기억난다.

"하지만 이게 나인걸." 엄마는 흐뭇하게 사진을 바라보았다. "넌 나를 정확하게 포착했어."

"트로이가 곧 올 거야. 제인 당신도 그를 만나면 아주 좋아하게 될걸."

리사는 마치 레이건이 방금 아무 말도 하지 않은 듯 군다. 레이건은 무시당했다고 느끼지 않으려 애쓴다. 전에도 리사가 이런 짓을 하는 걸, 그러니까 자신의 매력에 빠질 만한 사람을 골라 자기 편으로 끌어들이고 자기만의 수집 목록에 추가하는 걸 본 적이 있다. 하지만 평소 레이건을 제물 삼는 일은 없다.

리사가 예술가이자 **혁명가**인 자기 남자친구 자랑을 시작한다. 그녀는 남자친구의 작품이 훌륭하다고 확고하게 믿기 때문에 그의 작업 공간 임대료를 대준다. 문제는 그가 애틀랜타의 한 갤러리에서 열릴 전시회를 준비하느라 너무 바빠 그녀의 이메일에 답장을 하지 않는다는 것이다. 그녀는 성적으로 흥분한 상태고—이건 임신 2기에 일어나는 일이야, 조금만 기다려봐, 제인. 마치 가려움증처럼 끊이질 않는다니까—트로이가 할 수 있는 최소한의 일은 그녀가 이 상황을 헤쳐나가도록 무언가 외설적인 말을 적어서 그녀의 이메일에 답장을 하는 것인데 말이다.

"계획을 세워야겠어." 리사가 말을 이어간다. "우리가 **재결합**하려면 우리끼리만 있을 필요가 있거든." 그녀가 무언가를 암시하듯 제인을 보며 눈썹을 씰룩거리지만 제인은 마비된 사람처럼 굳어 있다.

레이건은 웃음을 터뜨리는 스스로에게 깜짝 놀란다. 웃을 만한 일이 아닌데. 하지만 **웃기잖아**. 모든 게 그야말로 어처구니가 없다. 다른 사람들의 아기를 임신한 세 여자가 임신 2기의 성적 갈망에 대해 이야기하며 그들 중 누가 억만장자의 태아를 품고 있을지 열심히 추측하는 꼴이라니.

"복도에는 도처에 카메라가 있잖아. 어쩌면 트로이가 창문으로 들어올 수도 있지 않을까?" 레이건이 리사의 눈길을 끌려고 애쓰며 제안한다.

"우리 이런 얘기를 하고 있으면 안될 것 같아요." 제인은 초조하게 방 안을 둘러본다.

"방에는 감시 시스템 같은 거 없어요." 레이건이 그녀를 안심시킨다.

"제이니 제인, 같이 산책 가자!" 리사가 갑작스럽게 말한다. "산책로가 드디어 개방됐어. 어느새 봄이 왔다고!"

"나요?" 제인이 확인을 구하듯 레이건을 바라본다.

"그래, 당신. 레이건은 '무한한 고투苦鬪'를 읽고 있을 때 가장 행복하니까." 리사가 상대의 기를 죽이는 눈초리로 레이건 옆에 있는 두꺼운 책을 힐끗 쳐다본다. "당신이랑 나랑 둘이서 따로 어울려본 적도 아직 없는 것 같고 말이야!"

레이건의 얼굴이 달아오른다. 리사는 레이건에게 눈길도 주지 않은 채 일어나 기지개를 켜고 웰밴드로 날씨를 확인한다. 제인은 리사의 초대에 으쓱해서는, 적당한 부츠 한켤레를 찾아 벽장을 뒤지며 콧노래를 흥얼거린다.

"준비됐어요." 제인이 말한다. "레이건, 정말로 같이 안 나갈래요?"

제인이 처음으로 보여주는 노력이다. 동정심에서 그러

는 것이리라.

"고맙지만, 됐어요." 레이건은 『무한한 흥미』를 집어 들고 읽는 시늉을 한다.

리사가 하늘을 유심히 살핀다. "출발하자, 제인. 지금은 화창하지만, 곧 폭풍우가 몰아칠 거래."

제인

바닥에 쌓여 있는 한무더기의 옷 옆에 레이건의 나이트 가운이 떨어져 있다. 제인은 그것을 집어서 빨래 통에 넣는다. 내팽개쳐져 있는 잠옷 한벌을 코에 바짝 대본다. 이건 깨끗하다. 여러번 탁탁 털어서 네모나게 개킨 다음, 레이건의 화장대 겸 서랍장 위의 분홍색 브래지어 옆에 놓는다.

침대에는 시트가 헝클어져 있다. 오늘 아침 레이건은 지각을 했다. 시간에 엄격한 미즈 해나와의 약속을 까먹고 있다가 세수도, 심지어 양치질도 못한 채 옷만 갈아입고 비틀거리며 방문을 나섰다.

그렇다고 레이건이 한번이라도 자기 잠자리를 정리한 적이 있는 건 아니다. 모든 호스트가 제인 같다면 시설 관리 직원들은 다 일자리를 잃을 거라며 그녀는 제인을 놀리곤 한다. 하지만 제인은 난장판을 보는 것이 너무 싫다. 게다가 만약 그녀가 함께 사용하는 방이 엉망진창이라면 청소하는 사람들이 어떻게 생각하겠는가? 그녀가 게으르거나 더럽다고 생각하지 않겠는가. 양말을 침대 밑에 차 넣어 그들이 줍게 만들고, 세면대에 들러붙은 치약을 그대로 둬서 그들이 닦아내게 하다니, 그녀가 그들보다 더 잘난 줄 안다고 여기지 않겠는가.

제인은 먼저 침대 시트를 반듯하게 편 뒤 날랜 손놀림으로 매트리스 밑에 쿡 밀어 넣는다. 재빨리 몸을 놀리던 그녀는 베개 밑에서 팔찌를 발견하고는 고개를 절레절레 흔들며 룸메이트의 침대맡 테이블 서랍 속 종이 밑에 넣어둔다. 레이건은 자기 물건 치워두는 것을 항상 잊어버린다. 제인은 그녀에게 부주의로 인해 문제가 생길 수 있으니 조심해야 한다고 말한 적이 있다. 양로원에서 일할 때 입주자가 반지나 시계를 찾지 못할 때마다 몇번이나 제인이 의심을 받았고, 그녀는 그게 사실이 아니라는 걸 알면서도 마치 가시에 찔린 듯 가슴이 따끔따끔 아팠다. 다행스럽게도 그녀는 사라진 물건들—샤워를 하다가 깜박하고 놓고 나왔거나 실수로 쓰레기통에 버린 것들—을 매번 찾아냈지만, 그때까지는 줄곧 두려움과 수치심으로 속이 마구 울렁거렸다.

열린 창문 밖에서 새 한마리가 지저귄다. 제인은 고개를 들어 바라보며 미소 짓는다. 어떻게 그녀가 행복하지 않을 수 있을까!

어제 제인의 웰밴드가 미즈 유의 메시지를 알리며 삑삑거렸을 때, 그녀는 즉시 겁을 집어먹었다. 아기가 아픈 걸까? 기형일까? 죽어가고 있는 걸까? 이미 임신 2기에 들어섰지만 끔찍한 일이 일어날 가능성은 여전히 있었다. 몇 년 동안 그녀는 사산되거나, 팔이나 턱 없이 태어나거나, 폐가 약하고 머리가 수축되고 심장에 구멍이 나고 뇌가 성장을 멈춘 채 태어난 아기들에 대해 수많은 이야기를 아테에게서 들어왔다.

하지만 아니었다. 행복하고 기쁘게도 그녀가 틀렸다. 미즈 유는 제인에게 잘 왔다고 말하며 사무실 문을 닫고 이렇게 발표했다. 아말리아의 방문이 허용될 거예요! 제인은 왈칵 눈물을 쏟았고, 침을 튀겨가며 연신 감사 인사를 하는 동안에도 울음을 멈추지 못했다.

계획은 이렇다. 고작 여드레 앞으로 다가온 다음 금요일에 아테가 아말리아와 함께 메트로노스 열차를 타고 골든 오크스로 올 것이다. 미즈 유의 말에 따르면 제인은 차를 타고 가서 기차역에서 그들을 만날 것이며, 운전사가 하루 종일 그들을 태우고 그들이 원하는 곳이면 근처 어디든, 이를테면 낙농장 너머 담수호나 주변의 아주 매력적인 작은 마을들 중 어느 곳이든 데려다줄 것이다. 골든 오크스만 제외하고 말이다. 왜냐하면 처음 호스트가 된 제인이 방문객을 허락받았다는 사실을 알면 다른 호스트들이 질투를 할 수도 있기 때문이다.

미즈 유는 몇번이나 이 점을 분명히 했다. 이건 내가 당신한테만 예외적으로 허용하는 거예요.

또한 미즈 유는 제인의 의뢰인이 차량과 운전사 비용, 심지어 ("합당한 범위 내에서") 점심식사 비용까지 지불하기로 했다고 전했다. 만약 모든 일이 순조롭게 풀려서 두번째 방문이 진행된다면, 의뢰인들은 아말리아와 아테가 하룻밤을 묵을 수 있도록 호텔 숙박비까지 지불하는 것도 고려할 터다. 미즈 유의 사무실에 앉아 아직 만나본 적도 없는 완벽한 타인인 의뢰인들의 관대함에 대해 알게 되었을 때 제인은 사랑 비슷한 어떤 감정에 사로잡혔고, 깨닫고 보니 어느새 묵묵히 이런 다짐을 하고 있었다. 온 마음을 다해 이 아기를 보살피겠어.

물론 그 계획은 비밀이었다. 하지만 제인은 어제 미즈 유의 사무실에서 나오고부터 가슴이 터질 것만 같았고, 희망에 벅차 몹시 들떠 있었다. 방에서는 레이건이 흔들의자에 앉아 침대맡 테이블에 보관하는 작은 공책에 무언가를 적고 있었다. 제인은 생각해볼 겨를도 없이 모든 것을 털어놓았다. 그녀가 이야기를 하는 동안, 레이건은 침실 문을 닫고 바싹 다가앉아 귀를 기울였다. 레이건은 비밀을 지키겠다고 약속했고, 제인은 그녀를 믿었다.

난 그녀를 믿어! 제인은 이 낯설고 놀라운 사실에 경탄을 금치 못하며 룸메이트의 베개에서 긴 금발 한가닥을 떼어내 쓰레기통에 버린다. 머리카락은 천천히 떨어져 내리며 한순간 빛을 받아 반짝했다가 이내 자취를 감춘다. 제인의 침대맡 테이블에는 머리핀 여럿이 흩어져 있고 로션 한통과 레이건이 다 읽고 준 책 몇권이 다소 지저분하게 놓여 있다. 제인은 잡동사니를 서랍에 쓸어 넣고 책은 모두 침대 옆 선반으로 옮겨놓는다. 글을 읽는 것을 좋아하지 않지만, 그녀는 이 책들이 몹시 마음에 든다. 레이건이 그녀가 그 책들을 읽을 것이라 믿는 게 좋다.

처음부터 이렇지는 않았다. 여러주 동안 제인은 레이건 때문에 조마조마했다. 그녀는 제인의 어린 시절이며 가족, 직업에 대해 너무 많은 질문을 해댔다. 하지만 대부분 필리핀에 대한 질문들이었다. 레이건이 10대였을 때 그곳에서 여름을 보낸 적이 있었기 때문이다. 그녀는 집과 학교 짓는 일을 도왔고, 바고옹[1]은 물론 빌리는 몹시 좋아하지만 제인은 구역질이 나 견딜 수 없는 삭힌 오리알 발롯[2]까지도 먹어보았다.

두 사람은 너무 달랐다. 그게 다였다. 차이는 문제를 일으킬 뿐인데, 제인은 어떤 문제도 필요치 않았다.

그러다 몇주 전 어느날 오후에 그들 사이의 모든 것이 바뀌었다. 제인은 몸이 좋지 않았다. 속이 울렁거리고 기운이 하나도 없어서 오후 내내 낮잠을 잤다. 그녀에게는 거

---

1 작은 새우나 물고기를 염장 후 발효해 만드는 필리핀식 젓갈의 일종.
2 부화 직전의 오리알을 삶아 만드는 필리핀의 보양식.

의 없는 일이었다. 룸메이트든, 견학을 하는 의뢰인이든, 그 누구든 자신이 잠든 모습을 본다는 생각이 마음에 안 들었다.

웰밴드가 울리기 시작했을 때, 처음에 제인은 그 소리를 알아듣지 못했다. 마치 곤충이나 몇킬로미터쯤 떨어진 먼 곳에서 들려오는 제트기처럼 작게 윙윙대는 소리였다. 심지어 그것이 알람 소리라는 사실, 그것도 그녀 자신이 설정해놓은 것이라는 사실을 깨달았을 때조차도 정신을 차리기까지 시간이 좀 걸렸다. 완전히 깨어났을 땐 거의 4시, 그러니까 그녀가 아테에게 영상전화를 걸겠다고 말해둔 시간이 다 되어 있었다. 제인은 방에 있는 작은 냉장고에서 황급히 물 한병을 꺼낸 뒤 비몽사몽간에 멍한 상태에서 미디어 센터로 달려갔다.

미디어 센터는 골든 오크스에서 호스트들이 이메일을 주고받고, 영상통화를 하고, 인터넷을 확인할 수 있는 유일한 장소였다. 개방형 칸이나 밀폐형 유리 칸 안쪽마다 매끈한 컴퓨터들이 놓여 있는 크고 환한 그 방에는 제인이 들어가자 손을 흔들어 인사한 레이건을 빼면 아무도 없었다. 제인은 평소와 같은 선의의 공격을 예상하며 긴장했다. 하지만 고맙게도 레이건은 컴퓨터 화면 속 뭔지 모를 무언가에 몰두한 채 의자에 그대로 앉아 있었다. 제인은 서둘러 칸막이 안으로 들어가 아테에게 전화를 걸었다.

"여보세요? 여보세요?" 아테의 주름진 이마가 화면을

가득 채웠다. "여보세요, 제인?"

"저예요, 아테. 저 보여요? 전 아테 이마밖에 안 보여요."

아테가 카메라를 조정하자 화면이 휙 움직여 아말리아의 하반신과 아테의 무릎 일부가 보이기 시작했다. "웃어, 말리. 엄마한테 방긋 웃어봐." 아테의 얼굴은 보이지 않고 재촉하는 목소리만 들렸다. 아테가 아말리아의 한쪽 팔을 들더니 좌우로 흔들어 인사를 시켰다.

"아테, 실은 아말리아가 제대로 안 보여요. 카메라를 조금만 더 위로 들어줘요……"

만지작대는 소리와 함께 영상이 살짝 흔들리더니 아말리아의 얼굴이 보이기 시작했다. 아이는 미소를 띤 채 전화기를 잡으려고 손을 뻗치고 있었다. "안돼, 말리. 만지면 안돼." 아테가 아말리아의 손을 밀어내며 타일렀다. 아말리아의 검은 눈이 환히 빛났다. 아이 오른쪽 눈가의 부드러운 피부가 옅은 남보라색으로 얼룩져 있었다.

"애 눈이 어떻게 된 거예요, 아테?"제인은 정신이 번쩍 들어 몸을 앞으로 숙였다.

아말리아가 전화기를 향해 달려들자 한껏 뻗은 아이의 손이 제인의 컴퓨터 화면에서 느닷없이 커졌다. 아테가 아이의 손을 찰싹 쳐서 떼어냈다. "중이염 때문에 말리를 의사한테 데려갔어. 병원에서 점이액을 주더라고. 큰 문제는 아니래."

"그런데 눈에 멍은 왜 들었어요?"제인이 집요하게 물

었다. 아말리아는 이제 고분고분하게 아테의 무릎 위에 앉아 손가락을 빨고 있었다.

"눈? 사고가 있었어. 얘가 진찰대에서 굴러떨어져서—"

"진찰대에서 떨어져요?" 목소리를 높일 작정은 아니었다. 그녀는 레이건이 칸막이 유리 너머에서 자신을 쳐다보고 있는 것을 알아차렸다. "아말리아가 진찰대에서 떨어졌다고요?"

아테가 아말리아를 어르자 아이가 소리 내 웃기 시작했다. 평소 그런 모습을 보면 제인은 미소를 짓곤 했다. 아테가 달래는 듯한 목소리로 말했다. "괜찮아, 제인. 말리는 괜찮아. 그냥 잠깐 울기만 했어."

제인은 아테의 그런 목소리를 잘 알고 있었다. 부족한 모유에 조제분유를 보태서 섞어 먹여야 할 때 눈물을 흘리는 아기 어머니들, 아기가 책 속의 발달 예정표에 적힌 시기에 일어나 앉지 않을 때 걱정하는 어머니들에게 사용하는 바로 그 목소리였다.

"애를 지켜보고 있지 않았던 거예요?" 자신이 듣기에도 면도날처럼 날카롭고 지나치게 높은, 불평하는 듯한 목소리였다. 하지만 그녀에게 항상 아기를 지켜보고 있는 것이 중요하다고 가르친 사람이 바로 아테 아닌가. 아기들은 구르는 법이고, 그러다보면 떨어질 수도 있으니까. 항상 아기를 데리고 다녀. 제인이 카터 부인의 집으로 떠나기 전에 아테는 그렇게 지시했었다.

"사고였어." 아테가 침착하게 한번 더 말했다. "그냥 작은 사고였을 뿐이라니까. 아기들은 튼튼해. 네가 걱정이 지나친 거야, 임신 중이라서. 예전에 내가 로이를 임신했을 때 한번은——"

낯선 감각이 그녀 안에서 요동쳤다. 몸속에서 솟구쳐 두 귀로 올라와 빠르게 지껄이는 아테의 말을 막아버리는, 무언가 뜨거운 수증기 같은 것이었다. 한번도 아테에게 목소리를 높인 적 없는 그녀가, 이번에는 갑자기 소리를 질렀다. "제가 과잉 반응을 보이는 거예요? 아테가 가족보다 의뢰인들의 아기를 더 세심하게 돌본다고요?"

제인은 부들부들 떨면서 겨우 말을 멈췄다. 입을 다물고, 아테에게 대답할 시간을 주어야 했다. 하지만 컴퓨터 스피커에서는 아무 소리도 들리지 않았다. "대답해봐요, 아테!" 그렇게 따졌지만 분노는 이미 사그라지는 중이었고, 대신 그 자리에 벌써부터 수치심이 파도처럼 밀려들고 있었다. 그녀의 컴퓨터 화면 속 영상은 멈춰 있었다. 아말리아가 한 손으로 자기 머리카락 한뭉치를 잡아당긴 채로 말이다. 제인은 책상 위에서 마우스를 이리저리 빠르게 움직이고 키보드를 탁탁 치며 컴퓨터를 다시 작동시키려고 안간힘을 썼다. 하지만 연결은 끊겼다. 제인은 키보드를 밀쳐 마지막으로 분통을 터뜨리고는 눈물로 옷소매를 적시며 책상에 엎드려버렸다.

대체 어떤 인간이 그렇게 나이 든 사람, 그것도 유일하게 자신을 도와주는 사람에게 소리를 지른단 말인가?

"제인?" 레이건이었다.

그녀는 책상 위에 화장지 곽을 놓고 제인 뒤에 보초처럼 말없이 믿음직하게 서 있었다. 제인은 이제 자신이 왜 울었는지도 잊은 채 몸을 덜덜 떨면서 그대로 엎드려 있었다. 잠시 후, 그녀는 레이건이 한 손을 자신의 등에 얹고 있음을 알아차렸다. 쓰다듬지는 않았지만, 그렇다고 그냥 손을 올린 채로만 있는 것도 아니었다. 그 손에서 온기가 전해졌다.

레이건이 그녀에게 화장지를 건넸다. 제인은 그것을 받아 코를 풀었다.

"아이가 아주 예쁘네요." 레이건이 컴퓨터 화면을 응시하며 말했다. "당신을 꼭 닮았어요."

제인은 방 정리를 마무리한다. 운동 수업은 거의 한시간 뒤에나 시작될 테니 아테에게 영상전화를 걸어 그 방문 일정에 대해 전할 시간이 있다. 그들이 다툰 이후, 아테는 주로 아말리아의 얼굴을 가까이에서 찍은 수많은 사진과 동영상을 이메일로 보내고 있다. 아무래도 아말리아의 멍든 눈이 빨리 나았으며 제인이 과잉 반응을 보였다는 점을 입증하고 싶어하는 것 같다. 제인은 사촌에 대한 분노의 흔적이 드러나리라는 생각에 지금껏 영상통화는 피해왔다. 하지만 오늘 그녀는 아테의 눈을 똑바로 바라보며 미안하다고 말할 생각이다. 그렇게 무례하게 굴지 말았어야 했다.

미디어 센터에서 제인은 레이건이 밀폐형 칸 중 한곳에서 동영상 화면을 응시하고 있는 모습을 본다. 제인이 손을 흔들어 인사하자 레이건 역시 손을 흔들지만 미소를 짓지는 않는다. 아마 어머니와 영상통화를 하는 중일 것이다. 레이건은 매주 어머니와 통화를 하는데, 그러고 나면 종종 기분이 언짢아 보인다.

제인은 칸막이 안으로 살며시 들어가 전화기를 든다. 대화가 녹음될 거라고 알리는 자동 음성이 흘러나온다. 9번을 눌러 동의하고 번호를 입력하지만, 아테는 전화를 받지 않는다. 제인은 웃음을 억누르지 못해 실실거리며 아말리아의 방문 일정에 관해 음성메시지를 남긴다.

"우리 아빠 정말 싫어." 레이건이 힘주어 말한다. 그녀는 칸막이벽에 기댄 채 가슴팍 위로 단단히 팔짱을 끼고 있다.

"무슨 일이야?"

"내가 너무 오랫동안 엄마를 찾아가지 않았다며 미친 듯이 화를 내잖아. 내게서 죄책감이란 죄책감은 다 끄집어내고……" 좁은 우리에 갇힌 커다란 짐승이 그러듯, 레이건은 안절부절못하며 비좁은 칸 안에서 서성거리기 시작한다.

레이건이 제인에게 들려준 바로는, 열쇠 꾸러미나 개,

차 같은 것들을 어디에 두었는지 잊어버리기 시작했을 때 그녀의 어머니는 겨우 40대였다고 한다. 레이건은 어머니가 더이상 자기 이름이나 자식들의 이름을 기억하지 못한다는 사실도 이야기해주었다.

"어머니한테 다녀오는 건 미즈 유도 허락해주지 않을까?" 제인이 제안한다.

"아빠는 나 여기 있는 거 몰라. 내가 임신했다는 걸 모른다고." 레이건이 잠긴 목소리로 말한다. "절대 이해하려 하지도 않을 거고."

아이샤가 지나가다가 묻는다. "리사를 찾고 있는데. 난 아직도 스낵바 출입금지거든요. 리사라면 또 한번 뭔가 구해다줄 수 있지 않을까요?"

레이건은 가타부타 말이 없다. 마치 금방이라도 울 것처럼 눈시울이 붉다. 그녀가 우는 모습을 제인은 한번도 본 적이 없다. 제인은 아이샤에게 도서관을 확인해보라고 말한 뒤, 레이건을 데리고 방으로 돌아간다.

문이 닫히자마자 레이건은 부모님을 만나러 가는 것이 얼마나 싫은지 이야기하기 시작한다. 아버지는 어머니를 요양원에 보내는 걸 거부하면서도, 모든 "진짜 일"을 처리할 고용 간호사를 대동한 채 오페라나 해외 휴가에 무리하게 끌고 가는 경우를 제외하면 어머니와 함께 시간을 보내는 일이 거의 없다. 때로는 여전히 아름답지만 자기 몫의 음식에 손도 대지 않은 채 테이블 상석에 앉아만 있는 어머니를 데리고 동료들을 위한 디너파티까지 열기도 한다.

제인으로서는 놀라운 일이다. 대체 어떤 남자가 그렇게 큰 사랑의 감정을 가질 수 있는 걸까?

"아빠한테 엄마는 한낱 소품에 불과한 거야." 레이건이 반박한다.

"하지만 그분은 남아 있잖아. 남자라면 대부분 떠날 텐데 말이야." 제인은 빌리를 떠올리고, 이어 자신의 어머니를 떠올린다. "여자들도 일부는 그렇고."

레이건은 병에 걸리기 전의 어머니에 대해 이야기하기 시작한다. 그녀는 "끝내주는" 엄마였다. 레이건의 친구들은 모두 그녀에게 홀딱 반해 그 머리 모양이며 "파격적이고 멋진" 차림새를 감탄하며 바라보곤 했다. 어머니는 레이건과 친구들이 10대가 되기도 전에 R등급[3] 영화들을 보게 해줬다. 그들에게도 할 말이 있다고 믿었기에 정치와 예술에 관해 의견을 묻기도 했다. 한번은 차고 위에 있는 방을 더이상 작업실로 사용하지 않는다며 스프레이 페인트를 뿌리게 해준 일도 있었다. 아버지가 퇴근하고 집에 돌아와 노발대발했지만 어머니는 그저 깔깔 웃기만 했다.

"엄마는 거리 미술이야말로 진정한 미술이라고 했어. **불쾌한 현실을 있는 그대로 보여주니까.** 인생처럼 말이야." 레이건이 덤덤한 목소리로 말한다.

---

3 17세 미만은 부모나 성인 보호자를 동반해야 관람이 가능한 등급.

하지만 고등학교에 올라갈 무렵, 레이건은 어머니에 대해 다른 생각을 갖게 되었다. 그녀의 "괴짜 같은 면"은 코미디언의 상투적인 유머 같은 것이었고, 어머니에 대한 아버지의 자부심은 소유 의식에 가득 차 있었다. 그는 아내의 독창적이고 재미있고 똑똑한 모습을 좋아했지만, 결코 선을 넘지 않는 한에서만 그랬다. 레이건은 그것을, 그러니까 어머니의 끊임없는 연기를 경멸하기 시작했다. 그녀는 칙칙한 빛깔의 무리 속에서 가장 눈부신 깃털을 가진 새였다. 하지만 직접 고른 새장에 계속 갇혀 있는데 누가 관심이나 갖겠는가?

"아마 그분들은 네가 이해하지 못하는 방식으로 서로를 사랑했을 거야. 그분들 역시 자신들의 사랑을 이해하지 못했을 거고." 제인은 엄격하고 무서우며 좀처럼 애정 표현을 하지 않던 나나이를 떠올리며 말한다.

그러곤 약간 소심하게 덧붙인다. "더구나 지금 네 아버지는 어머니를 위해 모든 걸 희생하고 있잖아."

"아빠는 아무것도 희생하지 않았어! 그건 사랑이 아니라 자기만족이라고."

레이건이 자기 아버지의―도처에 널려 있고, 결코 오래가지 않는―애인들에 대해 이야기하는 동안 제인은 조용히 귀를 기울인다. 레이건과 거스도 어린 시절 내내 온갖 소문을 들었는데, 어떻게 어머니가 모를 수 있었겠는가? 그리고 알고 있었다면, 그 일은 그녀에게 어떤 영향을 미쳤을까?

정신을 차려보니 제인도 어느새 레이건에게 빌리 얘기를 하고 있다. 그들이 뉴욕으로 옮겨 왔을 때, 제인은 양로원에 취직했고 빌리는 지역 전문대학에 재입학했다. 그것이 제인과 그를 공짜로 함께 살게 해준 그의 부모님이 내건 조건이었다. 빌리는 거의 매일 수업이 끝난 후 친구들과 나돌아 다녔지만 제인을 불러낸 적은 결코 없었고, 그녀는 그에게 끼워달라고 부탁하기가 쑥스러웠다. 그는 이미 그녀가 너무 의존적이라고 생각하고 있었다.

어느날 밤, 빌리가 깜박하고 아파트에 전화기를 두고 나갔는데 누군가가 계속 문자메시지를 보냈다. 화면에서 잇따라 깜박거리는 메시지가 보였다.

나 바에 있어. 자기랑 하고 싶어 죽겠어. 나 팬티도 안 입었단 말야. 멍청한 마누라 때문에 꼼짝도 못해?

빌리는 비밀번호를 바꾸는 법이 없었다. 제인이 알고 있던 비밀번호로 전화기를 뒤지자 그 여자가 보낸 몇백통의 문자메시지가 발견되었다. 그의 애인이었다. 그와 함께 학교에 다니는 여자로, 벌써 몇달째 그와 만나고 있었다. 둘이 함께 그녀의 고향인 푸에르토리코에서 휴가를 보낼 방법을 의논한 대화도 있었다. 빌리는 제인이 푸에르토리코가 어디 있는지도 모를 거라고 썼다.

고등학교 중퇴거든. 완전 멍청이야.

"넌 똑똑해, 제인. 그저 졸업을 하지 못했을 뿐이야!" 레이건이 말한다.

제인은 고개를 가로젓는다. 빌리의 말이 아직도 그녀를 수치스럽게 하는 까닭이다.

"내 말 잘 들어." 레이건의 눈이 이글거린다. "우리 가족과 내 친구들은 모두 대학에 다녔어. 그렇지만 그들은 네가 알고 있는 것, 네가 가지고 있는 것 같은 그런 양식은 **결코** 배우지 못할 거야."

그 말이 제인의 마음을 울린다. 그녀의 친구는 아주 확신에 차 있는 것 같다.

"게다가 넌 용감해." 레이건이 계속 말한다. "우리 엄마는 너보다 상황이 훨씬 더 유리했는데도 계속 아빠랑 살았지. 하지만 너한텐 떠날 배짱이 있었잖아."

제인은 고개를 가로젓는다. "아테가 다그쳐서 빌리를 떠났을 뿐이야."

"난 그렇게 생각 안해."

"내 생각에는 아마…… 한가지 방식만 있는 건 아니지 싶어. 어쩌면 상대방의 모든 걸 사랑하지 않는다 해도 누군가를 사랑할 수 있는 걸지 몰라." 제인은 천천히 말한다. 왜냐하면 이것은 처음 해본 생각이고, 지금까지는 혼잣말로라도 해본 적이 없는 말이기 때문이다.

"엄마가 규칙을 따르는 한 아빠는 엄마를 사랑했어. 그게 아빠가 알고 있는 유일한 사랑법이지." 그렇게 말하는 레이건의 목소리에는 제인의 가슴이 아파질 정도로 모진

구석이 있다.

"사랑은 그런 게 아니야. 내 생각에 네 아버지는——"

"모든 건 조건부야. 모든 것에 조건이 붙어 있다고."

"절대로 그렇지 않아!" 본의 아니게 사납게 말이 튀어나오자 제인은 당황해서 눈길을 딴 데로 돌리고 목소리를 낮추어 말을 잇는다. "나는 아말리아를 그런 식으로 사랑하지 않아. 가족끼리는 아무 조건도 없어."

레이건은 말이 없다. 제인이 고개를 들어 바라보자, 친구가 울고 있는 모습이 보인다.

"내 생각엔 그래. 네 이야기를 들어보니, 네 어머니도 너를 그렇게 사랑했다는 생각이 들어."

오후 늦게 운동 수업을 마친 뒤 제인이 막 샤워를 하려는데 리사가 방으로 쏜살같이 달려 들어온다.

"트로이가 방금 떠났어. 우리 둘만의 은밀한 시간도 없이. 코디네이터가——그 여자 이름이 뭐더라, 그 빨간 머리 말이야——내 방문을 계속 열어놓고 있게 했거든. 우리가 열네살짜리 애들이라도 되는 것처럼." 리사가 제인의 침대에 털썩 주저앉으면서 콧방귀를 뀐다. "산책 갈래?"

제인이 얼굴을 찡그린다. 몇주 전 그들이 마지막으로 산책을 할 때는 한동안 비가 온 뒤 산책로가 다시 개방된 참이라 땅바닥이 축축했다. 어느 지점에선가 진창이 너무 뻑뻑하고 깊어서 리사는 꼼짝할 수 없게 되었다. 제인이 사실상 리사를 부츠에서 꺼내다시피 해야 했고, 리사는 산책로에 처박힌 부츠를 그냥 내버려두고 왔다.

근무 중이던 코디네이터, 그러니까 그 빨간 머리 미아가 리사를 질책했다. 합숙소에 돌아올 때쯤 리사는 추위에 벌벌 떨고 있었으니까. 부츠를 신지 않은 그녀의 발에는 진흙이 잔뜩 들러붙고, 발가락 사이마다 풀잎이 잔뜩 끼어 있었다. 미아는 제인에게도 잔소리를 했다. "그래서 짝꿍 제도가 있는 거라고요. 서로를 돌봐줘야죠."

미아는 복도를 따라 급히 리사를 데리고 가며, 제인에게는 의료실에 붙어 있는 욕실 중 한곳으로 가 따뜻한 물로 샤워를 하라고 했다. 나중에는 미아와 또 한명의 코디네이터가 제인에게 차 한잔을 주고는 머리카락을 말리고 확대경으로 두피를 샅샅이 살폈다. 미아는 그녀의 목과 가슴과 배를 세밀히 조사하면서 진드기가 유발하는 갖가지 질병에 대해 일장 연설을 늘어놓았고, 다른 코디네이터는 제인의 몸 뒤쪽을 자세히 관찰했다. 그녀는 불빛 아래 누워 가랑이를 벌려달라는 요구까지 받았다.

"그런 진드기들이 어디까지 침투할 수 있는지 알면 깜짝 놀랄걸요." 미아가 농담을 했다.

제인은 리사에게 말한다. "미안하지만 조금 이따가 델리아랑 만나기로 해서." 새빨간 거짓말은 아니다. 며칠 동안 필리핀 친구와 만날 시간이 없었던 터라 그녀를 찾아가 봐야 한다.

"하지만 너랑 산책하고 싶은데!" 리사가 그렇게 외치며 두 손을 꼭 맞잡는다. "부탁이야, 제이니 제인. 예쁜아, 제발, 응?"

제인은 얼굴을 붉히면서도 저도 모르게 우쭐한 마음이 든다. 유치하다는 것은 알지만, 리사가 붙여주는 별명들이 마음에 든다. 처음에는 레이건의 친구였던 리사가 이제 자신을 친구로 여기는 것도 마음에 든다. 리사는 다른 사람들 앞에서 두번이나 제인과 레이건을 얼싸안으며 **제일 친한 친구들**이라고 불렀다. 필리핀 친구들은 제인더러 ("겉은 노랗고, 속은 하얀") 바나나[4]가 되어간다고 얘기하는가 하면, 그녀가 뽐내며 다닌다고 놀린다. 하지만 그것은 사실이 아니다. 그녀는 자신이 이 새 친구들과 전혀 다르다는 것을 잘 안다. 그저 그들 곁에 있는 게 좋을 뿐이다. 그녀는 리사와 레이건의 말투가, 마치 무슨 일이든 다 가능하다는 듯 말하는 방식이 좋다.

제인은 창 너머 여전히 하늘 높이 떠 있는 태양을 힐끗 쳐다본다. 며칠째 날씨가 따뜻하다. 지금쯤이면 산책로는 분명 다 말라 있을 것이다.

"좋아." 제인은 그렇게 양보하고, 리사가 와 함성을 지르자 미소를 짓는다.

"네가 **최고**야, 제이니 제인. 옷 입고 수건 가지고 와. 피

---

4 백인 행세를 하거나 백인에게 알랑거리는 동양인을 가리키는 경멸적인 의미의 속어.

크닉 해야지. 내 방에서 보자, 알았지?"

제인은 이번에는 규정에 맞춰 옷을 입으려고 신경을 기울인다. 밝은색 바지를 입은 다리를 긴 부츠에 쑤셔 넣고, 소매가 긴 셔츠를 고르고, 머리에는 야구 모자를 쓴다. 배낭에 물 한병과 커다란 수영 타월을 넣은 뒤 다른 복도에 있는 리사의 방으로 걸어간다. 리사는 벌써 문간에 나와 기다리고 있다. 리사 너머 책상 위 꽃병에 꽂힌 오렌지색 꽃다발이 시선을 끈다. 꽃대가 길고 부리처럼 생긴 꽃이 활짝 피어 있다. 열대지방 꽃, 그러니까 필리핀에서 자생할 법한 꽃 같아 보인다.

"극락조화라는 꽃이야." 리사가 설명한다. "트로이는 나더러 자신의 이국적인 새라고 하거든. 그러니 농장은 극락이 되는 셈이지." 그녀가 얼굴을 찌푸린다.

코디네이터 데스크에서 그슬린 것처럼 보이는 갈색 머리의 중년 여자가 그들의 웰밴드를 판독기에 대고 스캔하며, 반드시 함께 붙어 다녀야 한다고 다시 한번 다짐을 받는다. "즐거운 시간 보내요, 숙녀분들."

리사와 제인은 뒷문을 통해 청석이 깔린 파티오로 나간다. 기물들은 아직도 커다란 비닐 방수포에 덮여 있다. 그들은 부츠로 자박자박 자갈을 밟으며 나무들이 있는 쪽으로 걸어간다.

"별일 없죠, 데이비드!" 리사가 손을 들더니, 골든 오크스의 모든 산책로가 표시된 대형 지도판에 부착돼 있는 카메라를 손보던 한 일꾼과 손바닥을 마주친다. 리사는 웃음을 터뜨리며 그와 이야기를 나눈다. 기다리는 동안 제인은 눈을 감고 얼굴에 내리쬐는 햇볕을 즐긴다.

"계획을 바꾸자. 파란 산책로로 해서 초록 산책로까지 가는 거야." 리사의 제안에 어느 길이든 상관없는 제인은 그저 어깨만 으쓱인다.

산책로가 넓어지고, 자갈길이 단단하게 다져진 흙길로 바뀌고, 키 큰 나무들이 드리우는 그림자가 더 길어지는 동안, 그들은 줄곧 편안한 침묵에 잠겨 걷는다. 새들이 지저귀고 나뭇잎 사이로 산들바람이 불어온다. 제인은 아테에게 아기 포대기를 가져오라고 일러둬야겠다고 다짐한다. 아말리아를 어딘가 공원에 데리고 가서 숲속을 걷는다면 멋질 것이다.

산책로가 그들 앞쪽에서 작은 잡목림을 끼고 돌며 두갈래로 나뉜다. 그쪽으로 다가가던 중, 제인은 키가 크고 마른 한 남자가 거대한 오크 나무 뒤에서 살짝 얼굴을 내민 채 훔쳐보고 있음을 알아차리고 흠칫 놀란다. 그녀는 숨을 헉하고 들이쉬며 리사의 팔을 와락 움켜잡는다. 그런 뒤 얼른 웰밴드의 비상 버튼을 누르려는데, 리사가 두 팔을 활짝 벌리고 그를 향해 서둘러 간다.

"자기야!" 리사가 소리친다. 남자가 그녀 쪽으로 걸음을 옮긴다. 리사는 팔을 뻗어 두 손으로 남자의 얼굴을 잡고 힘껏 키스를 한다. 제인은 너무 놀라 꼼짝도 못한 채 산책로에 그대로 서 있는다.

"이리 와!" 리사가 제인을 향해 손짓하며 낮은 목소리로 말한다. "걱정 마. 이쪽 구간에는 카메라가 없으니까. 데이비드가 말해줬어!"

제인은 머뭇거린다. 남자가 갑자기 그녀에게 느긋하고 관능적인 미소를 지어 보인다. 그러곤 문신을 새긴 한쪽 손으로 머리에서 후드를 밀어내더니 긴 손가락으로 헝클어진 머리카락을 빗질한다. "분명 당신이 제인이겠군요. 얘기 많이 들었어요. 마간당 하폰." 오후에 사용하는 타갈로그어 인사말이다. 그가 그녀에게 윙크를 한다.

리사가 킥킥 웃는다. 그녀가 어린 소녀처럼 키득거리는 소리는 처음 들어본다. "제인, 이쪽은 트로이야. 필리핀어를 배우고 있는 모양이네!"

걱정스러운 마음에도 불구하고, 제인은 리사가 남자친구에게 자기 얘기를 했다는 사실에 일말의 기쁨을 느낀다. 제인은 땀에 젖은 손바닥을 바지에 닦은 뒤 트로이에게 같은 말로 인사를 건넨다. "마간당 하폰."

리사가 손목에서 웰밴드를 풀어낸다. "제이니, 이거 가지고 산책 좀 할래? 한 삼십분만. 그렇게 트로이와 내가 둘만의 시간을 좀 가질 수 있을까?" 그녀는 손끝으로 웰밴드를 달랑달랑 흔들어 보이며 제인에게 환한 미소를 던지고는 말을 이어간다. "개울에 닿을 때까지 줄곧 중앙 순환로로만 가. 그 구간에는 카메라를 부착해놓은 산책로 지도판이 하나밖에 없거든. 네 몸이 카메라를 가리도록 바짝 붙어서 천천히 지나가면 돼. 그러고 나면 완전히 자유야. 개울둑 옆에서 잠깐 쉬어도 되고. 거긴 길도 평탄하니까."

제인이 리사의 웰밴드를 빤히 쳐다본다. 그녀는 이미 도리질을 치고 있다. 아니, 안돼.

"부탁이야 제이니 제인, 응? 몇달 만에 트로이가 찾아왔는데, 아직까지 단둘이 있을 시간이 **전혀** 없었단 말이야." 리사가 한 팔로 제인의 어깨를 휘감으며 구슬린다.

제인은 가슴을 졸이며 침묵을 지킨다.

"다른 사람은 아무도 못 믿겠어서 그래. 고작해야 삼십분이야. 정신 차리고 보면 우린 벌써 합숙소에 돌아가 있을 거라고. 알았지?" 리사가 그녀의 커다란 초록색 눈을 제인의 눈에서 떼지 않은 채 손바닥으로 슬며시 웰밴드를 밀어 넣는다.

"네가 **최고**야, 제이니!" 리사는 벌써 나무들 쪽으로 뛰어 돌아가고 있다. "신세 좀 질게! 삼십분 후에 여기서 만나!" 그녀가 트로이에게 다가붙자 그가 그녀의 궁둥이를 찰싹 치고, 리사는 킥킥거린다. 그는 입 모양으로만 제인에게 고**마워요** 하고 인사를 전한다. 두 사람은 제인을 홀로 산책로에 남겨둔 채, 살짝 경사진 **빽빽한** 숲속으로 내려가 사라져버린다.

잠깐! 제인은 소리치고 싶지만 그러지 않는다. 그들을 따라가야 할까? 제인은 숲으로 한걸음 내딛다가 마비된 듯 멈춰 선다. 따라갔다가 그들을 찾지 못하고 숲에서 길을 잃으면 어쩌지? 그녀는 손에 들린 리사의 웰밴드를 바라본다. 이걸 숲에 던져버리고 합숙소로 돌아가 다 털어놔야 할까? 하지만 리사를 곤경에 빠뜨리고 싶지는 않다. 게다가 그들은 짝지어 돌아다니기로 되어 있지 않은가. 코디네이터들이 제인을 비난할지도 모른다.

제인의 눈에 눈물이 핑 돈다. 그녀는 숲속을 유심히 들여다보며 낮은 목소리로 리사를 불러본다. 그 둘은 어떻게 그렇게 빨리 사라져버렸을까? 그들이 사라져버린 지금, 그녀는 어떻게 해야 할까? 무언가 계획을 생각해내려고 애써보지만 정신이 멍하다. 개울을 향해 걸어가는데 발밑에서 땅이 마치 살얼음판처럼 쩍 갈라질 것만 같다. 그녀는 무방비상태가 된 기분으로 개울둑에 선다. 이런 산책에 나서다니 얼마나 어리석은가! 소리를 질렀어야 했는데. 비상 버튼을 눌렀어야 했는데.

제인은 웅크리고 앉아 무릎을 끌어안은 채 눈앞의 흙탕물을 빤히 쳐다본다. 생각을 해야 하는데 정신이 하나도 없다. 물방울 튀기는 소리가 난다. 이런 작고 보잘것없는 개울에도 물고기가 있을까? 구름처럼 하얀 나비 두 마리가 그녀의 머리 옆에서 춤을 춘다. 그때 두런두런하는 목소리가 들려온다. 산책로 저 멀리, 아직 누군지 알아보기는 힘들지만, 낙낙한 블라우스의 긴 소매 밖으로 살짝 나온 검은 피부에 야구 모자를 쓴 호스트 둘이 보인다. 그녀는 공포에 사로잡혀 벌떡 일어나 누군가에게 쫓기듯 움직이며 온 길을 되짚어간다.

"리사?" 갈림길에서 리사의 이름을 불러보지만, 다른 호스트들이 들을지 모르니 큰 소리는 낼 수 없다. 제인은 숲 바닥을 발끝으로 살금살금 걸으며 다시 한번 리사의 이름을 부른다. 거의 삼십분이 다 지났는데 왜 돌아오지 않는 걸까? 리사와 트로이가 숲에서 나올 때 다른 호스트들이 도착하면 어쩌지? 만약 그들이 제인 혼자 있는 걸 발견하면 뭐라고 해야 할까? 그녀는 생각할 겨를도 없이 숲으로 뛰어든다. 나지막한 나뭇가지며 낙엽들이 서로 어둡게 얽혀 있는 곳이라 즉시 서늘함이 느껴진다. 그녀는 숨을 헐떡거리며 가파른 언덕길을 반쯤 미끄러지듯이 비틀비틀 내려간다. 땅바닥이 평평해지는 순간, 이끼 낀 바위를 짚고 멈춰 선다. 크리스마스트리들이, 그러니까 크리스마스트리처럼 생긴 나무들이 눈앞에 울창하게 서 있다. 그녀는 얽혀 있는 나뭇가지들을 헤치고 나아간다.

리사는 제인을 보지도 못한다. 무릎을 꿇고 엎드린 그녀의 얼굴 주변으로 머리카락은 산발이 되어 있고, 셔츠는 목 주위로 돌돌 말려 올라가 가슴이 축 늘어져 흔들리고 있다. 바지는 벗겨져 배가 훤히 드러난 모습이다. 마치 발굽처럼 흙 속에 단단히 박힌 두 손으로 땅바닥을 짚고 있다. 트로이는 셔츠를 벗은 채 가슴 전체가 파란색과 초록색과 보라색 깃털로 뒤덮인 거대한 새—매? 불사조?—

처럼 그녀 뒤에서 몸을 구부리고 있다. 그가 눈을 감고, 고통스러워서인지 입을 일그러뜨리며 몸을 밀어 넣는다. 두 손으로 그녀의 엉덩이를 단단히 붙잡아 몇번이고 거칠게 자기 쪽으로 끌어당긴다. 그가 그녀의 가슴을 세게 움켜쥐자 리사는 꺅 비명을 지르더니 끙끙거리며 온몸을 비틀고 그가 더욱 깊숙이 들어오도록 몸을 밀어붙인다. 그는 인간이라기보다는 짐승의 소리에 가까운 으르렁거리는 신음을 낸다.

제인은 너무나 당황스러워 잔가지들을 툭툭 부러뜨리며 소나무들 뒤로, 크리스마스트리들 뒤로 뒷걸음쳐 이끼 낀 바위까지 되돌아간다. 몇미터나 떨어져 있지만 그녀의 머릿속에서는 여전히 선명하고 축축한 그들의 숨소리가 울리는 것 같다. 트로이의 손톱 밑에 낀 때와 리사의 살갗에 난 핑크빛 긁힌 자국도 보이는 듯하다. 그녀는 산책로로 기어 올라가기 시작한다. 온갖 생각이 휙휙 스쳐 지나가며 흐릿해진다. 더이상 다른 호스트들이 보든 말든 아랑곳없이, 그녀는 갈림길 공터 바닥에 주저앉아버린다. 그 호스트들은 오지 않는다. 분명 그녀가 숲에 있는 동안 지나간 모양이다.

리사는 그로부터 이십분도 더 지나서야 나타난다. 거의 조증 환자처럼 생기 가득한 모습으로 다가와 먼저 제이니 제인을 사랑한다고 선언한 다음, 트로이에게 그를 골든 오크스에서 몰래 내보내줄 훌리오와 만날 장소를 아주 자세히 설명해준다. 그녀와 트로이가 작별 인사를 하기 위해 서로 가까이 다가서자 제인은 눈길을 돌린다. 그녀가 다시 그쪽을 쳐다볼 때쯤, 그는 이미 가고 없다.

리사는 쉴 새 없이 수다를 떨며 자기 배낭에서 꺼낸 아기용 물티슈로 손을 문지르고, 이어 얼굴과 가랑이를 닦는다. 그런 다음엔 머리카락을 다시 땋고 셔츠를 갈아입는다. 지름길을 이용해 농장으로 걸어 돌아가는 내내 리사는 트로이와의 섹스에 대해, 타샤에 대해, 제인이 어떻게 자기주장을 고수하고 더 내세워야 하는지에 대해 이야기한다.

제인은 한 귀로 듣고 한 귀로 흘린다.

이번에도 코디네이터인 미아가 근무 중이다. 제인은 알아서 뜨거운 물로 샤워를 한다. 그녀는 몸에 닿는 코디네이터의 손길도 거의 느끼지 못한다. 뒤에서 등 윗부분을 아주 살짝 긁는 느낌이 든다. 코디네이터들이 숨죽인 목소리로 이야기를 나누고, 서랍이 열렸다가 닫힌다. 미아가 제인에게 비닐봉투에 밀봉한 진드기를 보여준다. 실험실로 보내질 그것은 양귀비 씨앗만 하다. 전혀 해로워 보이지 않는다.

메이

이브가 서류함에 갖다 넣은 우편물 더미가 탁 소리를 내며 떨어진다. 메이는 손가락을 쓱 움직여 노트북 화면을 바꾼다. 미처 노크 소리를 듣지 못한 터다. 이브가 그 자리에 오래 서 있었던 게 아니었으면 싶다.

"고마워요." 이브가 메이의 새 자개 화장지 곽 옆에 김이 모락모락 나는 찻잔을 내려놓는 동안, 메이는 노트북 화면에 떠 있는 스프레드시트를 검토하는 척한다. 이브가 사무실을 나가자 메이는 서류함을 힐끗 쳐다본다. 메이가 가르친 대로 이브는 우편물을 고무줄로 묶어 분야별로, 즉 초대장, 기부 요청 편지, 청구서, 상품 안내서, 잡지 등으로 분류해놓았다. 메이는 우선 초대장에 관심을 쏟는다. 가치 있는(잠재적 의뢰인을 만날 수 있는 좋은 수단, 즉 센트럴파크 관리 위원회 자선 행사와 세인트레지스 호텔이 최근 개장한 고급 콘도의 펜트하우스에서 호텔 측 후원으로 열릴 격조 높은 파티) 초대장들은 책상 위에 따로 모아놓고, 그보다 중요도가 떨어지는 초대장들은 각종 비영리단체가 보낸 한다발의 기부 요청 편지들과 함께 쓰레기통에 버린다. 모교인 트리니티 대학의 기부금 요청서만 빼고. 이선과 그녀의 목표가 장차 자녀를 모두 아이비리그 학교에 보내는 것이긴 하지만, 대안이 있다는 것은 항상 좋은 일이니까. 대부분 실내장식가나 웨딩 플래너가 보냈을 청구서들은 고통스러워 보일 만큼 두둑한 청구서 더미 속으로 넣어버린다. 상품 안내서는 전부 책상 밑 재활용 쓰레기통에 버린 뒤, 그녀는 자신이 대학을 졸업한 이래 어머니가 줄곧 쟁여놓은 웨딩 잡지에서 골라 모은 신부 부케 사진들을 훑어보고, 이어『비즈니스 월드』최신 호 표지에 주목하며 눈살을 찌푸린다. '30세 미만 톱 리더 30인'.

웩.

채 서른도 되지 않은 나이에 승진을 해서—최고로 부유하고 최고의 인맥을 가진 사람들을 위한 회원제 클럽이자 홀러웨이 홀딩스의 최초 사업 분야인—뉴욕의 홀러웨이 클럽을 운영하게 되었을 때, 메이는『비즈니스 월드』의 명단에 들어가려고 머리를 짜냈다. 홀러웨이에 아직 홍보 부서가 없던 터라, 그녀는 클럽을 통해 친분을 쌓은 억만장자 고객 몇명을 부추겨 잡지 편집장에게 그녀의 이름을 강력히 추천하게 할 생각이었다. 낌새를 알아차린 리언이 홀러웨이에서 식당으로 사용하는 높은 층의 햇살 가득한 방으로 그녀를 불러, 홀러웨이의 의뢰인들은——그리고 부자들은 대체로——진중한 태도를 무엇보다 가치 있게 여긴다고 설명하며 계획을 무산시켜버렸지만 말이다.

메이가 30대 중반을 넘어선 지금 리언의 기조는 바뀌어 있다. 미국은 성공한 사람들을 축하하고, 성공한 미국인들은 각광 받기를 꺼리지 않는 법이라고. 오늘날 부자들은 최고의 축하 행사에서 사진이 찍히고, 아파트 한동 면적만 한 요트에서 호화 파티를 열며, 마음에 드는 정치인에게 보란 듯이 자금을 지원하고, 공원을 아름답게 가꾸도록 산더미 같은 돈을 기부하면서…… 학령기 자녀의 이름을 따 공원 이름을 짓는다! 그 모든 것이 인터넷에, 셀 수 없이 많은 잡지와 텔레비전 쇼에 지겹도록 상세히 보도된다.

이제 리언은 이렇게 선언한다. 진중한 태도는 퇴출이야 (마치 그것이 언제 '받아들여진' 적이라도 있었던 것처럼).

리언은 많은 이유, 특히 태아 보호 같은 이유를 들어 암암리에 활약 중인 골든 오크스를 널리 알리는 것은 여전히 꺼려하는 반면, 최근 들어 홀러웨이의 다른 사업 부문들은 기꺼이 홍보하고 있다. 이번 가을, 그는 채 서른도 되지 않은 홀러웨이의 신임 투자 홍보 팀 팀장 개비를 '30세 미만 30인' 명단에 올리는 것이 사업상 유리하리라 판단했다. 만약 개비가 이번 호에 실려 있다면 메이는 먹은 걸 다 토해버리리라.

메이는 책상 위의 우편물을 열려 있는 서류 가방 속으로 거칠게 밀어 넣는다. 그저 멍청한 잡지에 불과해. 그녀는 눈을 감고 심호흡을 하며, 바로 **그녀가** 그녀 자신의 하루를 통제하고, 어떤 부분을 강조하고 어떤 부분을 무시할 것인지도 **그녀** 자신이 선택할 수 있음을 다시 한번 떠올린다. 그러고는 온 얼굴에 미소를 머금고—**열정적으로 행동하면 열정적인 사람이 될 것이다!** 열한살 때 아빠한테서 10달러를 받고 데일 카네기의 책을 읽은 뒤로 줄곧 그녀의 만트라로 삼아온 말이다—이브가 우편물을 가지고 오기 전까지 작업 중이던 프레젠테이션용 파워포인트 자료 창을 다시 연다.

맥도날드 프로젝트.

프레젠테이션 자료의 제목을 보는 것만으로도 맥박이 빨라진다. 그녀는 지난 반년 동안 비밀리에 이 사업 계획서를 작성했다. 연말 보너스 산정에 앞서 그녀의 모든 시간 외 노동을 고려할 시간을 충분히 줄 겸, 계획서는 다음 달에 리언에게 제출할 작정이다. 그와의 회의는 이미 잡아두었는데, 표면적으로는 골든 오크스의 수익 전망치 검토를 위한 자리가 될 것이다.

맥도날드 프로젝트가 위험 요소라는 것은 그녀도 잘 알고 있다. 리언과 이사회는 골든 오크스가 시대를 지나치게 앞서가는 것 아닌지 걱정한다. 고수익을 내는 사업이기는 하지만, 특히 부의 불평등을 두고 벌어지는 그 모든 소동과 상위 '1퍼센트'에 대한 적대감을 고려해볼 때 세상이 받아들이기에는 너무 비약적인 변화라고 말이다. 리언과 이사회는 언론의 조리돌림은 물론 오해와 이어지는 규제를 몹시 경계하고, 따라서 메이의 영업 활동을 계속 소규모로 제한하고 있다.

하지만 그들이 뭘 모르는 것이다! 사람들이 그 상위 1퍼센트에 분개하는 것은 그들에게 공감할 만한 속사정이 없을 때, 샴페인 욕조에서 헤엄치는 정체 모를 뚱보 고양이로 희화화될 때만이다. 하지만 어떤 억만장자에게 그럴듯한 정보를 가미하면? 그러면 미국인들은 황홀해한다! 어린 시절 마음의 상처를 입었고 다이어트 요요 현상까지 겪은 오프라, 혹은 불운과 비극미로 점철된 케네디가※, 혹은 부끄러움 많은 매력꾼 워런 버핏을 생각해보라. 인기 영화배우, 사교계 명사, 프로 운동선수, 첨단기술 업계의 거물들을 생각해보라. 성공에 공감할 수 있을 때, 미국인들은 그 성공을 사랑한다.

그리고 그들은 가족을 사랑한다.

바로 그래서 맥도날드 프로젝트의 성공은 따놓은 당상이라는 얘기다.

메이의 계획에 따라 골든 오크스는 자랑스럽고 당당하게 골든 오크스의 본질, 다시 말해 세상을 변화시키는 남성과 여성 들—세상을 움직이는 거물, 판을 뒤흔드는 실력자, 리더, 인습 타파주의자 들—의 출산을 위한 최고급 원스톱 숍이라는 본질을 아우르게 될 것이다!

예를 들어, 골든 오크스가 자신들의 힘으로 생명을 만들어내는 데 어려움을 겪는 의뢰인들을 위해 난자와 정자 은행을 설립하면 왜 안되는가? 여성들이 자신들의 생체 시계에 대해 아무 걱정 없이 꿈을 추구할 수 있도록 배아 보관소를 제공하면 왜 안되는가? 항생물질을 함유하고 알레르기 유발 성분을 제거한 모유의 주문 제작이나, 심지어는 젖어머니 서비스 같은 산후 관리들은 어떤가? 왜 갓난아기를 돌보는 일을 프리랜서들에게 맡기는가?

확실히, 골든 오크스는 확장되어야만 한다. 서부해안에 전초기지를 두는 것은 고민할 것도 없는 문제다…… 아마 남아메리카에 한곳 더 가능할 것이다. 왜냐하면 그곳은 심미적 측면에 있어 아주 거대한 시장일 테니까……

자신의 프레젠테이션 자료를 획획 넘겨보면서 그녀는 자부심으로 가슴이 벅차오른다. 하나하나의 문장이 몇시간에 걸친 연구 조사와 수많은 데이터로 뒷받침되어 있다. 얼마나 설득력 있는 자료인지, 그녀 자신과 이선도 언제든 아이를 가질 준비가 되면 반드시 골든 오크스를 이용해야겠다는 생각을 하기 시작한 참이다. 그녀는 더이상 청춘이 아니고, 만약 맥도날드 프로젝트가 출범하면 임신을 위해 여유를 가지는 호사는 꿈도 꿀 수 없을 것이다. 그들의 첫 아이가 태아로서의 잠재력을 극대화하도록 **확실하게 조정**

된 환경에서 삶을 시작하도록 하면 어떨까?

메이는 다시 기운을 차리고, 서류 가방에서 잡지를 꺼낸다. 맥도날드 프로젝트라면 조만간 그녀를 어떤 멍청한 명단 정도가 아니라, 이 잡지 **표지**에 올려놓을 수도 있으리라.

그녀는 페이지를 획획 넘겨 '30세 미만 30인' 기사를 펼친다. 1위는 대학을 중퇴한 첨단기술의 귀재로, 현재 가치 몇십억 달러로 평가되는 소셜 미디어 가상현실 데이트 애플리케이션 회사의 창립자다. 인정. 2위부터 7위까지도 그럴 만하다. 메이는 셔츠를 걸치지 않은 8위(신병 훈련소에 착안해 전문적인 헬스클럽 체인점을 설립한 전직 해군 특수부대원)의 사진을 한동안 바라보고, 9위부터 12위까지는 마지못해 인정하다가, 13위에서 갑자기 멈칫한다.

장난해?

메이는 13위의 인물 소개를 읽는다. 전국 곳곳의 거래소에서 피땀 흘려 일하는 몇백 아니 어쩌면 몇천 명의 이름 없는 금융 인재들과 다를 바 없는, 지극히 평범한 투자은행의 지극히 평범한 트레이더다. 물론 그녀의 뒷이야기는 근사하다. 볼티모어의 거친 교외 지역에서 할머니 손에 자라 백인 남성의 전문 분야에서 일하는 흑인 여성. 하지만 그 삶의 궤적이 아무리 희망을 안겨주는 것이라 해도, 그렇다고 해서 그녀가, 가령 똑같은 일을 하지만 웨스트체스터에서 백인으로 성장한 이선보다 나은 '비즈니스 리더'가 될 수 있다는 것인가?

메이는 비웃듯이 코웃음을 친다. 그녀는 출세를 위해서 정체성 정치를, 그러니까 요샛말로 하자면 타자성을 이용하는 짓을 결코 용납해본 적이 없다. 대학 시절 다양한 아시아계 미국인 무리들이 그녀를 자기들 친목회/모임/항의 집회에 끼워 넣으려 애쓸 때마다, 그녀는 자기와 비슷하게 생긴 눈을 가진 잡다한 사람들보다는 비아시아인에 무작위로 배정되었더라도 같은 관심사와 같은 옷 사이즈를 지닌 룸메이트인 케이티와 공통점이 더 많다고 공공연히 말하곤 했다.

메이는 홀러웨이나 개비에 대한 언급이 눈에 띄지 않는 명단을 전부 읽고는, 마치 승리한 듯 양손을 맞잡아 들어 올린다.

사무실 문을 두드리는 소리가 나더니 이브가 안으로 고개를 쑥 들이민다. "레이건 매카시 양이 만나 뵙고 싶다는데요."

메이는 오분만 달라고 말한 뒤 노트북에서 호스트 기록 일지를 연다. 코디네이터 책임자인 제리의 근황 보고에 따르면 레이건은 최근까지 모범적인 구성원이었다. 하지만 지난 몇주간 코디네이터들의 보고를 보니 행동에 약간의 변화가 있었다. 몇차례의 지각과 선을 넘는 질문들(자기 의뢰인의 신원과 골든 오크스의 갖가지 정책 이면에 숨겨진 이유들에 대한 내용이었다). 제리는 레이건이 리사 레인스와의 관계로 인해 악영향을 받고 있는 것이 아닐까 싶다고 기록해두었다. 그녀에 따르면 두 사람은 "아주 친하다".

메이는 두통이 시작되는 것을 느낀다. 리사를 떠올릴 때면 흔히 있는 일이다. 선동가에 별것 아닌 일도 부풀려 얘기하는 리사는 메이가 호스트들로 인해 겪어온 거의 모든 문제의 화근이자 다른 이들에 비해 무려 다섯배나 되는 돈을 벌어들이는, 그녀가 지금껏 고용했던 가장 수익성 높은 호스트이기도 하다. 그렇다 해도, 만약 그럴 힘만 있었다면 메이는 리사가 골든 오크스의 베타테스트 기간 중 첫번째 아기를 출산한 즉시 이 갑갑하고 의존적인 관계를 끊어버렸을 것이다. 하지만 거의 늘 맨해튼 중심가에서 생활하는 부자면서도 가끔씩 지하철을 타고 찢어진 청바지를 입는 것으로 "현실을 직시하려고" 노력하는 부류인 리사의 의뢰인들은 주위의 불행한 사람들을 지원함으로써 자신들의 행운에 보답할 필요가 있다고 여기는 이들에 속한다. 그들은 가난한 남부 백인이라는 리사의 상투적인 연기를 곧이곧대로 믿었고, 그녀가 무료로 학업을 마치고도 특유의 배은망덕한 태도로 소리 높여 혐오하는 모교인 버지니아 대학에 그녀를 기리는(비록 자기 아들들의 이름을 따명명하기는 했지만) 장학금을 신설하기까지 했다.

메이는 제리에게 메시지를 보내, 레이건에게 정신과 상담을 받아보게 하면 어떨지 묻는다. 그런 다음엔 이브에게 준비됐다고 메시지를 보낸다.

몇초 만에 문이 벌컥 열린다. "어떻게 아말리아의 방문을 취소할 수가 있죠?"

싸우고 싶어 안달인 기색이 역력하다. 그녀는 몸무게가 조금 늘어서 보기 좋아진 모습이지만, 메이는 지금이 그런 칭찬을 할 적기는 아니라고 판단한다. "자리에 앉아요, 레이건."

하지만 레이건은 그대로 선 채 비난 섞인 눈길로 메이를 노려본다.

"제발요. 그래야 제대로 대화를 나누죠. 나도 당황스러워요. 당신 의견도 듣고 싶고요."

레이건은 깜짝 놀란 듯하다. 문득 자신의 입장을 파악한 듯, 메이의 책상과 마주 놓인 1950년대 스타일의 곡선형 의자 두개 중 하나로 천천히 몸을 낮춘다. "제인은 몇달이나 자기 아이를 보지 못했어요. 그런 그녀에게 이런 일은 가당치 않아요."

그 방문은 극비 사항이었다고 지적하며 맞받아칠까도 싶지만, 그러면 사태만 악화될 것이 뻔하다. 친절과 이해심으로 레이건을 제압하는 편이 낫다.

메이는 간단히 대답한다. "그래요, 가당치 않은 일이죠."

"그러면 왜 그랬어요? 제인은 지금 엄청난 충격에 빠졌다고요." 레이건의 목소리는 돌처럼 차갑다.

메이는 신중하게 말을 이어간다. "이제부터 할 얘기는 모두 기밀이에요. 당신을 믿을 수 있으면 좋겠네요, 레이건."

레이건이 팔짱을 풀고 의자에 앉은 채 몸을 살짝 앞으로 내민다.

"당신도 짐작하겠지만, 라임병[1]이 호스트와 아기 모두에게 현실적으로 매우 위험하다는 점을 고려할 때, 우리에게는 따라야 할 규정들이 있어요." 그러고서 레이건을 바라보자, 그녀는 퉁명스럽게 고개를 까딱해 보인다. "당신들의 웰밴드에는 GPS 위치 추적 장치가 설치되어 있어서, 호스트들이 부지불식간에 경로를 벗어났을 때 유용하게 쓰이죠. 제인과 리사 둘 다 웰밴드의 위치 기능을 이용해서 산책로를 선택했다고 하더군요."

레이건의 얼굴은 여전히 무표정하다.

"제인의 진드기에서 라임병 병원균이 검출됐는데, 이런 경우는 우리도 이번이 처음이라 상황을 심각하게 받아들이고 있어요. 리사와 제인이 어디로 걸어갔는지, 우리가 어느 곳을 특정해 소독약을 뿌려야 할지 알아내기 위해 GPS 데이터를 거꾸로 추적해 분석했죠. 두 사람은 산책로에만 머물러 있지 않았어요. 둘 중 어느 쪽도 제대로 설명하지 못하는 모종의 이유로 규칙을 무시한 채 숲속으로 꽤 깊숙이 걸어 들어갔는데, 거긴 진드기 천지죠."

레이건이 막 무슨 말을 하려는 듯하다가, 이내 마음을 고쳐먹는다. 메이는 말을 이어간다. "제인은 항생제 투여

1 진드기에 의해 전염되며 피부에 빨간 반점이 생기는 피부병의 일종.

를 위해 정맥주사를 맞아야 할 거예요. 라임병이 태내의 아기에게 감염될 수 있다는 몇몇 증거가 있어요. 이게 전혀 제인답지 않은 일이라는 건 나도 알아요. 하지만 무슨 일이 있었는지 도무지 설명해주려 하지 않으니 징계 조치를 진행해야만 했죠. 최대한 관대하게 했어요. 규정대로 그녀의 급여를 깎으려 하지도 않았고요. 그 방문을 취소한 건……" 메이는 어쩔 수 없다는 뜻으로 두 손을 들어 보인다. "난 그게 그나마 덜 심한 징계라고 생각했어요."

의자에 앉아 안절부절못하는 레이건의 모습을 지켜보며, 메이는 차를 한모금 마신다. 코디네이터들이 리사의 젖가슴과 등에 생긴 긁힌 자국과 무릎의 가벼운 타박상을 발견했지만, 그녀의 질에서 정액은 나오지 않았다. 리사의 항문을 검사한 건 그로부터 며칠이 지나서였다. 리사의 남자친구가 문제의 그날 오전 그녀를 방문하기는 했지만, 카메라 영상을 보면 두 사람은 오랜 시간 단둘이 남겨진 적이 없고 남자친구는 점심식사 직후 골든 오크스를 떠났다. 그가 몰래 다시 돌아왔을지 모른다고 한 코디네이터가 주장하긴 했다. 하지만 어떻게 카메라에 잡히지도, 건물 구내를 둘러싼 전기 울타리에 걸려 넘어지지도 않고 그럴 수 있었을까?

"분명히 해명할 만한 이유가, 어떤 참작 요소가 있을 텐데…… 하지만 제인이 협조하려고 하질 않아요."

들으려고 안간힘을 써야 할 만큼 몹시 낮은 목소리로 레이건이 묻는다. "리사하고는 얘기해봤어요?"

"리사요?" 마치 리사는 유력 용의자가 아니라는 듯 메이가 되묻는다. "네, 그랬죠. 리사가 제인의 이야기를 뒷받침해줬어요. 제인이 볼일을 봐야 했는데, 너무 부끄러워서 산책로에서 그럴 수가 없었다고요. 그렇지만 두 사람은 합숙소에서 그리 멀리 있지 않았어요. 볼일을 보기에는 합숙소 화장실이 야외보다야 확실히 낫죠. 하여간 의뢰인들은 그 해명에 만족하지 않았고, 그래서 현재로서는 제인을 골든 오크스 밖으로 내보내는 걸 불편해해요. 정말 안타까운 일이죠."

메이는 노트북으로 고개를 돌려 스프레드시트에 아무 숫자나 톡톡 두드려 넣는다. 밖에서 새 한마리가 날카롭게 우짖는다. 메이는 때를 기다린다.

"리사도 벌을 받았나요?" 레이건이 마침내 묻는다.

"그건 알려줄 수 없다는 거 알잖아요, 레이건."

"본인은 벌을 받지 않았다고 말하지만, 틀림없이 리사도 벌을 받았겠죠. 왜냐하면 리사는…… 리사도 숲속으로 들어갔으니까요."

"우리한테 규정이 있기는 하지만…… 그 규정들은 의뢰인의 요구와 균형을 이뤄야 하죠. 그리고 리사의 의뢰인은 그녀에게 아주…… 너그럽고요. 규칙이 리사에게도 무턱대고 같은 방식으로 적용되는 건 아니에요."

"그러면 아무 벌도 받지 않았다는 건가요?" 레이건이

믿을 수 없다는 듯 묻는다.

"당신에게 리사에 대해 말할 수는 없어요. 그녀에게 공정하지 않은 일일 테니까요."

"아, 그럼 제인한테는 공정한 일이고요?"

"내가 할 수 있는 일에도 한계가 있어요." 메이가 부드럽게 대답한다. "숲에서 무슨 일이 있었는지 설명하는 건 제인이나 리사에게 달린 일이죠."

이제 레이건은 일어서 있다. "다 말도 안되는 소리예요."

메이는 레이건이 완전히 나갈 때까지 기다렸다가 팬옵티콘[2]에서 근무 중인 코디네이터에게 전화를 걸어 82번 호스트만 비추는 자료 화면을 요구한다. 그런 다음 노트북에 설치된 원격 애플리케이션에 로그인해 레이건이 복도를 따라 빠르게 걸어가는 모습을 실시간으로 지켜본다. 화면이 다른 카메라로 바뀌면서 영상이 잠시 끊긴다. 레이건은 이제 리사의 방 문간에 서 있다. 요란한 몸짓으로 보아 분명 한창 얘기 중인 모양이다. 리사는 티셔츠만 입은 채 양치질을 하는 중인데, 그녀의 얼굴 표정은 헤아리기 힘들다.

리언이 웰밴드에 마이크로폰 기능을 추가하도록 허락해줬더라면 좋았으리라는 생각이 다시금 메이의 머릿속

2 1791년 영국의 철학자이자 법학자 제러미 벤담이 죄수를 효과적으로 감시하기 위해 고안한 원형 감옥. 본문에서는 CCTV 등을 통해 한눈에 모두를 감시할 수 있는 일종의 중앙 감시실을 의미한다.

에 떠오른다. 하지만 그는 거부했다. 마이크를 둘러싼 '여론'에 대한 그의 끊임없는 걱정(만약 우리가 모든 호스트를 도청했다는 게 밝혀진다면, 그 일이 『뉴욕 타임스』 1면에 대체 어떤 식으로 실리겠어?)도 사실 메이에겐 순전히 편집증으로만 보인다. 메이는 코디네이터 한 사람에게 문자를 보내 슬쩍 그들 옆을 지나가보라고 지시한다. 그녀가 뭔가 흥미로운 내용을 엿들었으면 싶다.

또 한번 문 두드리는 소리가 나더니 이브가 문을 살짝 연다. "와일드 박사님이 찾아오셨는데요."

오늘은 온종일 불이나 끄는 날이 되려나보다. 맥도날드 프로젝트는 조금도 진척하지 못할 것 같다. 6시에는 라켓볼 및 테니스 클럽에서 이선과 만나 결혼 피로연 메뉴 선택을 위해 다양한 음식을 시식해볼 예정이니 더더욱 그렇다.

"꽃이 멋지네요." 와일드 박사가 방으로 성큼성큼 걸어 들어오며 말한다. 지난 시즌의 샤넬 트위드 시프트 드레스로 보이는 옷 위에 하얀 실험실 가운을 걸치고 있다. 그녀가 메이의 책상 위에 놓인 꽃꽂이를 더 자세히 살펴본다. "안개꽃을 그리 좋아하진 않지만요."

"어머니가 보낸 거예요. 결혼식 꽃 장식을 맡고 싶어 안달이신데, 취향이 좀…… 촌스럽죠."

와일드 박사의 표정이 심각해진다. "80번 호스트의 검사 결과가 도착했어요."

"그래서요?"

216

"태아에게 21번 세염색체증[3]이 있어요."

메이는 머리를 맑게 하려고 숨을 들이마신다. "계속해요." 고맙게도 목소리에는 지금 그녀의 가슴에 고여 드는 실망감이 전혀 드러나지 않는다.

"태아에게는 소위 모자이크형 다운증후군[4]이 있어요. 태아의 모든 세포에 여분의 염색체가 있는 건 아니죠. 좋은 소식은 태아의 이상 세포 비율이 낮다는 거예요. 나쁜 소식은 산전 기형아 선별검사로는 모자이크형 다운증후군을 정확하게 찾아낼 수 없다는 거고요."

"아기한테는 그게 무슨 의미죠?"

"세포 중 일부는 정상일 테니까, 다운증후군의 특징이 덜 심각하거나 비교적 적게 나타날 수도 있고……"

"그럼 그 아기가 대체로는 정상적일 수도 있다는 말인가요?" 메이는 그 소식을 의뢰인들에게 어떻게 전달할까 마음속으로 궁리하며 박사의 말을 가로챈다. 그들은 돈이 산더미처럼 많으니 미약한 장애를 가진 아이를 돌보는 데 필요한 사람들 정도는 수월하게 감당할 수 있으리라.

"그럴 수도 있고…… 아닐 수도 있어요. 모자이크형 다운증후군의 경우, 어떤 아이들에겐 아주 가벼운 특징만 나

---

3 세포 안의 한 상동염색체 쌍에 비정상적으로 한개의 염색체가 더 들어 있어서 생기는 병으로, 이렇게 태어난 아이는 다운증후군이 된다.
4 21번 세염색체를 가진 세포군과 정상 세포군이 혼재하는 유형으로, 임상적 특징과 예후가 비교적 양호한 편이다.

타나는 반면 다른 아이들에겐 심한 경우 세엽색체증의 거의 모든 특징이 나타나거든요."

메이는 가까스로 차분한 표정을 유지한다. "고마워요, 메러디스. 의뢰인들에게 어떤 식으로 알리는 게 최선인지 생각할 시간을 좀 줘요. 의뢰인들이 질문할 경우에 대비해서 당신이 언제라도 전화 받을 준비를 해주면 도움이 될 것 같네요."

"물론 그래야죠." 와일드 박사가 몸을 일으켜 치마를 매만지고는 자리를 뜬다.

빌어먹을, 빌어먹을, 빌어먹을! 골든 오크스를 운영한 3년 동안, 베타테스트 기간까지 포함한다면 5년 동안, 이렇게 엄청난 불운이 연달아 이어진 적은 없다. 80번 호스트는 벌써 임신 16주째다. 의뢰인들은 심한 충격을 받을 것이다.

메이는 눈앞의 업무, 즉 정보 확보에 집중하도록 자신을 다잡는다. 정보에 근거한 결정만이 최선이다. 그녀는 와일드 박사에게 문자메시지를 보내 모자이크형 다운증후군으로 인해 발생할 수 있는 다양한 결과들에 대한 상세한 보고서를 가능한 한 빨리 보내달라고 한다. 법무 팀 담당자인 피오나에게는 80번 호스트와의 계약에 장애아일 경우 수수료 환급이 포함되어 있는지, 그리고 '장애'가 어떻게 규정되어 있는지 확인해줄 것을 요청한다.

그런 다음 동원할 만한 호스트 연결책을 훑어본다. 만

약 의뢰인들이 중절하기로 결정한다면, 곧바로 다른 태아를 착상시키고 싶어할지 모른다. 문제는 지금 당장 메이가 선택할 수 있는 호스트가 제한적이라는 것이다. 흑인이나 히스패닉계 호스트는 그 의뢰인들의 고려 대상이 아니며, 백인 혹은 아시아인 호스트는 대부분 이미 임신 중이거나 의무적인 산후 휴식기라 한동안은 몸의 회복을 위해 수정란 착상이 금지되어 있다. 새로운 호스트를 찾는 것은, 수없이 신원 조사를 하고 후보자들이 신중한지, 만약 그들이 기밀 유지 협약을 무시할 경우 억지로라도 신중해지게 만들 수 있을지 확인하기 위해 사설탐정까지 동원해야 하는 시간 소모적인 일이다.

다행스럽게도 메이는 몹시 믿을 만한 소수의 스카우터들을 양성해놓았다. 그녀는 그들 중 몇몇에게 문자메시지를 보내 평소 수수료 이상의 근사한 보너스를 받고 싶다면 48시간 이내에 적어도 한명의 영입 가능한 백인이나 아시아인 호스트 후보를 제시하라고 요청한다. 잠시 고민한 뒤에는 와일드 박사와 피오나에게 다시 문자메시지를 보내, 이번에는 전에 리사의 경우 두차례 그랬듯 백인 호스트들 가운데 누군가의 휴식기를 단축하는 것이 가능할지 문의한다. 호스트가 건강 포기 각서에 서명만 한다면 골든 오크스에 법적인 책임은 없다. 그리고 특별 단축에는 엄청난 수수료가 붙는다…… 하지만 이번 경우, 메이는 그 수수료를 받는 것은 포기해야 할 터다. 그 세염색체증 때문에 말이다.

리언의 관심이 수익에 쏠리리라는 것을 잘 알기에 메이 또한 수익으로 관심을 돌린다. 그녀는 가장 가능성 높은 두가지 결과와 그 순열을 하나의 세로 열에, 그리고 각각 의 예상 수익 흐름을 그다음 세로 열에 정리해 간단한 스 프레드시트를 작성한다.

임신중절, 시나리오 1 (재착상 실비實費 처리/추가 이윤 없음)

임신중절, 시나리오 2 (재착상 거부/의뢰인 유출)

임신 유지, 시나리오 3 (최소 세염색체증/환급 미발생)

임신 유지, 시나리오 4 (최소 세염색체증/환급 발생)

메이는 리언에게 보내는 메모에, 손익의 관점에서 볼 때 3번 시나리오가 단연코 최선의 결과이며 1, 4, 2번 시나리 오가 순서대로 그 뒤를 잇는다고 적어둔다. 물론 최우선으 로 중요한 것은 의뢰인들이 스스로를 위해 올바른 결정을 내리도록 돕는 것이라고 키보드를 톡톡 두드려 덧붙인다. 이상적인 세상에서라면 그렇게 하는 것이 골든 오크스를 위한 올바른 일과도 정확히 일치할 것이다. 메이는 업무 내용을 저장하고 조금 전 레이건이 터뜨렸던 울화가 가라앉았는지 확인해보기로 마음먹는다.

팬옵티콘 자료 화면을 보니 레이건은 체력단련실에 있다. 아령을 든 채 경사로로 설정해놓은 러닝머신 위를 걷는 중이다. 다른 호스트 셋이 그녀 옆에서 운동을 하고 있지만 그중에 리사는 없다. 둘이 싸운 걸까? 메이는 이전 영상을 보려 하지만 무슨 까닭인지 되감기 기능이 작동하지 않는다. 그녀는 팬옵티콘 업무 지원 센터에 오류를 고치라고 메시지를 보낸다. 기다리는 틈에, 어머니의 주장에 따르면 결혼식에서 신부 아버지로서 춤추는 시간에 대비해 당장 시작해야 할 댄스 수업에 등록하기를 망설이는 아버지의 전화 한통을 포함해 여섯통의 전화에 회신 전화를 건다. 새 코디네이터 자리에 지원한 사람들의 이력서 한묶음을 검토하고, 브롱크스의 지역 야간 전문대학 2학년 과정을 밟는 이브를 위해 책을 한권 주문한다. 메이가 경영 대학원 시절에 그랬듯이 그녀도 회계 수업에 어려움을 겪고 있는데, 이 교과서가 도움이 될 것이다. 메이는 선물용 메시지 창에 이렇게 입력한다. 충분히 노력하고 있으니 무엇이든 해낼 수 있을 거야. 목표를 높게 잡고, 절대 포기하지 마.

임신도 하지 마. 메이는 생각한다.

바로 오늘 아침 『더 타임스』에서 읽은 통계자료가 어땠더라? 그녀는 그 자료를 이브와 공유하고 싶었다. 도시에 사는 10대 청소년들이 일반적인 백인 10대 청소년들에 비해 임신 가능성이 훨씬 더 높다는 ──두배였나?──내용이었다. 겨우 성인이 될 무렵 아기를 낳으면 궤도를 이탈하게 된다. 이브는 매력적이고──메이는 그녀를 볼 때마다 키만 좀 작은 1990년대의 유명 흑인 슈퍼모델 같다고 생각한다──갓 사귄 남자친구가 있다. 학교교육을 마치기 전에 임신하는 상황이야말로 그녀가 절대로 피해야 할 일이다.

또다시 문 두드리는 소리가 난다. 이브가 방으로 걸어들어와 메이의 서류함에 소포를 놓는다. "33번 의뢰인이 전화 대기 중이에요."

"피곤한 사람한테 일이 몰리는 법이지." 메이가 밝게 말한다. "연결해줘요."

아테

계단 맨 아래 닿는 순간 똥 냄새가 풍긴다.

"아아, 말리! 지금 웅가 눈 거야?"

아말리아가 제 주먹을 물어뜯는다. 이가 나기 시작하는 참이다. 요전날 아테가 점심을 만들고 있을 땐 텔레비전 리모컨을 씹으려고 했다. 리모컨 뒤쪽 덮개가 깨졌고, 아테가 아이의 입에서 홱 끄집어낸 건전지는 침으로 미끈거렸다.

아테는 소매로 아말리아의 턱에 말라붙은 우유를 톡톡 눌러 닦아주고, 접혀 있는 유아차를 로비의 잔뜩 마모된 회반죽벽에 기대어놓는다. 아말리아를 포대기에서 꺼내 공중으로 들어 올리고 기저귀 냄새를 맡는다. 아테가 얼굴을 찌푸린다. "나카포, 말리! 큰 거네!"

아말리아는 마치 둘만의 농담을 알아듣기라도 한 양 방긋 웃는다.

아파트까지 세층이나 다시 걸어 올라갈 엄두가 나지 않는다. 오늘은 피곤한데다가 이미 늦기까지 했다. 에인절에게 점심 전에 합숙소에 도착할 거라고 이야기해놓았는데 벌써 12시가 한참 지났고, 걸어가는 데 거의 삼십분은 걸린다. 평소 다른 필리핀 친구들과 달리 시간을 잘 지키는 것을 자랑스럽게 생각해왔건만.

아테는 쪼그리고 앉아 아말리아를 무릎으로 떠받치고 어깨를 움츠려 배낭을 벗어 내린다. 기저귀 교환용 깔개를 펼치고 물티슈와 여분의 기저귀를 꺼낸 다음 아말리아를 눕힌다. 아말리아는 입가에 침을 질질 흘리고 방긋거리면서 다리를 찬다. 이 아이는 행복한 아기다. 꼭 로이 같다.

"말리, 말리, 말리. 우리는 이미 늦었어, 늦었어, 늦었어." 아테가 노래하듯 말한다. 한 손으로 아말리아의 다리를 든 뒤 다른 손으로 더러워진 기저귀를 접고, 아말리아를 깨끗이 닦고, 엉덩이에 크림을 듬뿍 발라준 다음 새 기저귀를 채운다. 손에 쥐여준 딸랑이에 아말리아가 정신을 빼앗긴 사이 퓨렐 손소독제로 자신의 튼 손을 닦고, 배낭에 물건을 전부 다시 챙겨 넣은 다음, 안전을 위해 가슴에 두른 포대기에 아말리아를 다시 밀어 넣는다. 접힌 유아차를 들고 밖으로 나가 계단을 내려가는 동안, 그녀는 비어 있는 손으로 난간을 잡고 한걸음 한걸음 걸을 때마다 수를 센다.

하나, 둘, 셋, 넷, 다섯. 다시는 발을 헛디뎌 넘어지고 싶지 않다. 할 일이 너무 많다.

그녀가 아말리아를 유아차에 앉히자마자 아이는 울부짖기 시작한다.

"말리, 말리, 왜 울어?" 아테는 아말리아를 웃기려고 볼풍선을 만든다. 버둥대는 다리에 유아차 띠를 채우려 애써보지만, 아이는 등을 활처럼 구부리며 의자를 타고 미끄러져 내려간다.

"안돼, 말리. 아테는 피곤해. 아테는 말리 안고 갈 수가 없어." 아테의 주머니 속 휴대전화가 딩동 울린다. 신부의 어머니인 에레라 부인이 보낸 문자메시지로, 내일 결혼식 브런치에 예상보다 사람이 스무명이나 더 올 거라는 내용이다. 아테는 혼자 실실 웃는다. 좋아, 좋아.

지금껏 에레라 가족은 소규모 파티를 열 때만 아테를 고용해 요리를 맡겼고, 그나마도 아테가 만드는 음식은 많은 음식들 중 하나, 그러니까 미국식 고기 요리며 샐러드로 가득한 테이블 한구석에 놓이는 이국적인 룸피아[1] 혹은 아도보[2]가 고작이었다. 하지만 이번 주말, 에레라 부부의 사랑하는 외동딸과 미국인의 결혼식 날은 다르다. 아테는 퀸스에 있는 에레라 가족의 테니스 클럽에서 열릴 결혼식 브

---

[1] 필리핀식 만두 튀김.
[2] 돼지고기나 닭고기에 식초, 마늘, 간장, 설탕 등의 양념을 가미해서 끓인 음식. 서양식 스튜에 가깝다.

런치의 필리핀식 디저트 담당으로 고용되었다. 몇백명의 손님 중 많은 수가 필리핀인 의사들과 변호사들이고, 그들 하나하나가 이제 막 시작한 아테의 출장 요리 사업의 잠재적인 고객이다. 그녀에겐 엄청난 기회다!

아테는 에인절이 금붙이를—그러니까 주로 금목걸이지만 가끔은 금반지며 팔찌도—사고파는 가게를 지나간다. 그녀는 고개를 절레절레 흔든다. 에인절은 합리적이지 못한 것이 문제다. 그녀는 미국에서 여러해를 살면서 내내 열심히 일했다. 자신의 수입으로 바탕가스[3]에 있는 집과 아이들의 컴퓨터며 나이키 운동화 값도 지불했다. 그런데 대체 무엇을 위해서였단 말인가? 딸들은 지나치게 어린 나이에 직업도 변변찮은 게으른 남자들과 결혼했다. 그들은, 그러니까 세 딸과 사위들과 손주들은 에인절의 비좁은 고향집에서 다 함께 공짜로 살고 있다. 심지어 공과금 한푼도 보태지 않는다. 이제 에인절의 유일한 희망은 잘생기고, 피부색이 옅고, 코가 펑퍼짐하지 않은 손주들이 패션모델로 자라는 것뿐이다! 그것이 에인절의 대안이다.

에인절의 딸들은 응석받이다. 이것도 문제다. 그들은 그녀에게 돈을 달라 애원하고, 그녀는 딸들이 이미 성인인데도 돈을 보낸다! 돈을 보내지 않으면 그들이 전화를 하지 않기 때문이다. 에인절이 전화를 걸 때도 그들은 벨

3 필리핀 북부 루손섬에 있는 항구도시.

이 계속 울리게 내버려두다가 마침내 통화를 하게 되면 악어의 눈물을 흘리며 자기들이 어렸을 때 엄마가 함께 있어주지 않았다며 비난을 늘어놓는 식이다.

마치 에인절에게 선택권이 있기라도 했던 것처럼. 세상에 자기 자식들을 두고 떠나고 싶어하는 엄마가 있기라도 한 것처럼 말이다.

아테는 안다. 딸들이 계속 의지하도록 내버려두지 않으면 늙었을 때 그들이 자신을 돌보지 않을까봐 에인절은 걱정하는 것이다. 사진과 화상채팅을 통해서만 알고 지내는 손주들의 고른 치아와 아이폰을 위해 돈을 보내지 않으면 그들이 자신을 사랑하지 않을까봐 두려운 것이다. 상상해보라. 부모를 나 몰라라 하는 자식들이라니? 그 모든 희생을 치렀는데도? 자기들이 미국인이라도 되는 줄 아는 거야?

또 에인절은 은행을 두려워한다. 만약 체류 증명 서류가 없다는 것이 밝혀지면 은행이 자신의 돈을 훔쳐 갈까봐 두려워한다. 아테는 말했다. 은행이 그럴 리가 없어. 하지만 에인절은 귀담아듣지 않는다. 에인절은 조금만 여윳돈이 생기면 보석을 산다. 그리고 그것들을 P. C. 리처드 전자제품 매장에서 할인가 109.99달러에 산, 스파이 영화에 나오는 것 같은 지문 인식 금고에 보관한다. 돈이 필요할 땐 목걸이나 팔찌를 판다.

"나한텐 값을 잘 쳐줘요. 토니가 날 잘 아니까." 그녀는 자랑하듯 말한다.

하지만 무슨 놈의 저축을 그 모양으로 한단 말인가? 그
들은 자기들이 판 값보다 싼값에 그것들을 사들일 텐데.
두말하면 잔소리 아닌가. 그게 비즈니스라는 거다!

아테는 에인절에게 이렇게 충고한다. 딸들이나 금팔찌
따위에 돈 낭비하지 마. 땅을 사, 집을 한채 더 사든가! 늙
으면 스스로를 돌볼 수 있게 투자를 좀 하라고!

하지만 에인절은 고집이 세다. 게다가 예쁜 것을 지나치
게 좋아한다. 늙은 미국인들과 데이트를 하러 나갈 때마다
그녀의 귓불에서는 빛이 반짝거린다. 어리석은 미국인 남
편감과 위장 결혼을 하고 그런 식으로 영주권을 얻어내기
를 아직도 꿈꾸는 것이다. 그러면 응석받이 딸들을 찾아가
모든 것을 바로잡을 수 있을 테니까.

아테는 다르다. 그녀는 필리핀에 건물 세채를 소유하고
있다. 첫번째 건물은 아테가 상당한 돈을 주고 고용한 야
야[4]와 로이가 함께 살고 있는 곳이고, 두번째 건물은 아테
가 세를 받고 임대하는 작은 집, 마지막은 역시 불라칸에
지금 짓고 있는 건물로, 나중에 작은 집 두세채는 더 지을
수 있을 만큼 큰 부지 위에 올라가는 중이다. 아테는 로이
와 자신이 안채에, 좀더 작은 별채들에는 이사벨과 엘렌
과 어쩌면 심지어 로무엘로까지 모두 자동문이 달린 커다

---

4 타갈로그어로 '간호사' '보모' 등을 이르는 말.

란 울타리 안에 함께 모여 살 수 있는 일종의 가족 단지를 꿈꾸고 있다.

심장병이 발병하기 전 아직 카터 부인의 집에서 일하고 있었을 때, 아테는 불라칸 토지의 최종 대금을 지불했다. 어느날 아침 그녀가 디나에게 휴대전화에 저장해놓은 그 땅의 사진을 보여주고 있는데 카터 부인이 들어오더니 무엇이 그렇게 재밌냐며 몸을 가까이 숙였다. 그저 철조망으로 둘러싸인 공터를 찍은 별것 없는 사진에 불과했지만 카터 부인은 곧바로 이해했다. 건물이 세채라니! 에벌린, 당신 진짜 부동산 부자군요!

그러더니 곧 얼굴을 찌푸리며 이렇게 말했다. 하지만 당신과 로이는 미국에서 지내는 편이 낫지 않아요?

그녀가 그렇게 생각한 이유는 뻔하다. 카터 부인은 신문과 인터넷을 통해서만 필리핀을 알고 있었다. 마을을 휩쓸고 지나간 쓰나미, 옛날 영화배우들과 권투 챔피언들, 너무도 큰 탐욕으로 가득 찬 정부, 눈이 크고 배가 불룩한 아이들, 민다나오[5]에서 사람들의 머리를 톱으로 잘라내는 미친 이슬람교도들. 카터 부인에게 필리핀은 모든 것이 무너져내릴 수 있고, 실제로도 그런 일이 자주 일어나는, 부패와 위험으로 가득 찬 곳이었다.

하지만 미국도 모든 사람에게 믿음직한 곳은 아니다. 카

5 필리핀제도 남쪽에 있는, 필리핀에서 두번째로 큰 섬.

터 부인은 이 사실을 몰랐다. 그녀가 어떻게 알 수 있겠는가? 미국에서는 부자가 아니라면 튼튼하거나 젊어야만 한다는 것을 그녀는 이해하지 못한다. 늙고 병약한 사람들은 제인이 전에 일했던 곳 같은 시설에 숨겨져 있다. '에지힐 가든'에는 정원이 없었다. 물을 줄 필요가 없는 플라스틱 식물들과 하루 종일 텔레비전 앞에 앉아 있는 노인들뿐이다. 아무도 찾아오지 않고, 채널을 돌리는 이도 없다. 건장한 팔을 가진 땅딸막한 여자들이, 한 사람은 다리를 들고 한 사람은 겨드랑이 밑을 움켜잡은 채, 노인들을 들어 욕실로 데려가며 자기들끼리만 대화를 나눌 뿐이다. 그래도 이런 노인들은 운이 좋은 편이다. 적어도 그들을 돌봐주는 사람이 있기는 하니까.

필리핀에서는 노인들한테서 땀띠분이나 비누 같은 좋은 냄새가 난다. 누구든 가족이 돌봐주고, 가족이 아니면 야야가 돌봐준다. 이것이 아테가 때가 되면 고향의 새 땅에 지은 커다란 집으로 돌아가 로이와 함께, 어쩌면 로무엘로까지 함께 살려는 이유다. 그리고 물론 그녀의 딸들도. 그녀의 착한 딸들 말이다.

아테는 딸들이 자랑스럽지만 결코 그런 말을 입 밖에 내지는 않는다. 말로라도 자식을 응석받이로 만들어선 안되는 법이다. 어린 양처럼 지나치게 연약하게 키우면 안된다. 작은 양들, 어린 양들은 최고의 고기를 만들어내고, 그래서 항상 누군가가 그들을 먹어치운다. 아테가 생각하기에는, 바로 이 지점에서 그녀는 로무엘로를 잘못 키웠다.

그녀는 고개를 절레절레 흔든다.

바로 어제 맏딸 이사벨에게서 소포가 도착했다. 그 작은 상자에는 이사벨이 보낸 혈압 약 몇 병과—그녀는 간호사다—그녀의 생일 파티 때 찍은 아이들, 그러니까 아테에겐 유일한 손주들의 사진이 한장 들어 있었다. 손자는 아테가 좋아하는 저녁 뉴스의 기상 캐스터처럼 키가 크고 잘생겼다. 어느 미국 신용카드 회사의 콜 센터 부매니저로 일하고 있으니 직업도 좋다. 손녀는 아테와 이름이 같고, **포브레,**[6] 피부가 거무스름하다. 아테처럼! 하지만 충분히 예쁘다. 게다가 머리도 좋아 의사가 되려고 공부하는 중이다.

이사벨도 의사가 될 수 있었다. 자신을 눈여겨본 첫번째 청년과 사랑에 빠졌을 때 그녀는 의학을 공부하고 있었다. 이사벨은 당장 결혼하고 싶어했다. 지구 반대편에 떨어져 있던 아테가 뭘 어떻게 할 수 있었겠는가? 하지만 적어도 이사벨은 간호사가 되었다. 그 아이는 착하다. 아주 부지런하다.

엘렌은 다르다. 아테는 엘렌이 걱정스럽다. 그녀는 마닐라에 있는 어느 5성급 호텔의 루프톱 레스토랑에서 안내원으로 일한다. (엘렌은 늘 "수석 안내원"이라고 바로잡는

---

6 '가난한 사람' '불쌍한 사람'이라는 뜻의 스페인어 명사 pobre에서 유래한 표현으로, 필리핀에서 주로 '불쌍한 것'이나 '가엾은 것' 정도의 의미로 사용된다.

다. 하지만 수석이건 말건 안내원은 안내원이다!) 그녀가 자기 팬들을 만나는 곳이 바로 거기다. 비록 그렇게 젊지는 않지만 여전히 예쁘기 때문이다. 겨우 두살이었을 때, 존슨즈 베이비파우더 광고 모델에 지원한 몇백장의 사진 가운데 엘렌의 사진이 뽑혔다. 아테는 기념품 상자에 아직도 그 사진 한장을 간직하고 있다. 광고는 당시 모든 잡지에 실렸다.

아테를 닮은 이사벨이 여동생이 가진 미모의 그늘 속에서 성장하기란 쉽지 않은 일이었다. 엘렌이 구혼자들과 데이트를 하는 동안, 이사벨은 집에 앉아 공부를 했다. 매주 일요일 미사가 끝난 후 다들 엘렌 주위에 몰려들어 그녀의 머리 모양과 딱 맞는 원피스를 칭찬하는 동안, 그녀는 무시당한 채 서 있었다.

하지만 지금 모습을 보라. 남편과 아이들, 좋은 직업이 있는 사람이 누구인가? 아름다운 외모에 너무 많은 생각으로 머릿속이 가득 차 있는 것보다는 수수하고 성실한 편이 낫다. 엘렌은 아직도 결혼하지 않았고, 마흔이 다 되어간다. 그녀는 몇주에 한번씩 아테에게 전화를 걸어 자기 연인들에 대해 이야기한다. 그들이 자기를 데리고 다니는 레스토랑, 그들이 한다는 대단한 일들에 대해서 말이다. 아테는 결국 전화기에 대고 이렇게 소리치고 만다. 나만,[7] 엘렌! 이제 그만하면 됐어! 한놈만 골라, 지금 당장!

엘렌은 대학을 마치지 못했고, 아테는 그 엄청난 거물들

232

이 엘렌과의 관계를 진지하게 여기지 않을까봐 걱정한다. 그들이 실컷 재미만 본 뒤 엘렌을 다 쓴 크리넥스처럼 내던져버릴 테고, 결국 엘렌은 홀로 남겨질 거라고.

바로 며칠 전에는 에인절도 그 가능성을 인정했다. 그들은 제인의 부엌에서 엠파나다[8]를 먹고 있었다. 아테가 또다시 엘렌에 대해 불평을 늘어놓자 에인절은 말했다. "하지만 아테를 위해서는 그애가 결국 혼자인 게 나아요."

아테가 너무 놀라 입을 떼지 못하자 에인절은 말을 이어갔다. "신랑감을 찾지 못하면 엘렌이 로이를 돌볼 테니까요. 아테가 영원히 로이 곁에 있을 수는 없잖아요."

에인절이 합숙소 앞에서 그들을 기다리고 있다. 두꺼운 투명 뒷굽이 달린 빨간 샌들을 신었고, 머리 모양은 지난주에 또 바꾼 모양이다. 빛바랜 오렌지색 머리가 마치 푸들처럼 엄청 곱슬곱슬하다. 에인절이 아테의 표정을 보며 웃음을 터뜨린다. "아테, 그런 눈으로 보지 마요! 금발이 재미를 더 많이 본다고요! 하하하하하!" 그녀는 아말리아가 타고 있는 유아차를 그대로 들어 합숙소 현관까지 몇 계단 걸어 올라간다.

유아차를 침실에 밀어 넣고 아말리아가 아직 잠들어 있

---

7 타갈로그어에서 다양한 의미로 쓰이는 단어로, 여기서는 영어의 please('제발' 혹은 '부탁이야')와 비슷한 뉘앙스로 사용되었다.

8 스페인과 남미에서 즐겨 먹는 파이류의 음식. 튀긴 만두와 비슷하다.

는지 확인한 후, 아테는 에인절이 준비해놓은 것들을 살피러 부엌으로 간다. 레인지 위에서 거대한 냄비 두개가 부글부글 끓고 있다. 아테는 서랍에서 나무 숟가락을 꺼내 맛을 본 다음 부코 파이[9]용 소에 잘게 채 썬 코코넛 한줌을 추가하고 연유를 한참 붓는다. 에인절이 방 한가운데 있는 직사각형 테이블 위에 작업 공간을 마련해놓았다. 한쪽 끝에는 갓 만든 파이 껍질들과 나란히 파이 틀이 잔뜩 쌓여 있다. 반대편 끝에는 신부가 요청한 비빙카[10] 케이크의 재료가 있다. 에인절은 지금 그 케이크를 만들어야 한다고 의견을 내놓는다. 내일 아침엔 정신없이 바쁠 테니까. 하지만 에레라 가족은 중요한 고객이다. 그들은 포리스트힐스의 거대한 튜더 양식 저택에 살고, 에레라 박사는 외과의사다. 아테는 에인절에게 오늘 소를 만들고, 신선하게 내갈 수 있게끔 케이크는 내일 아침 일찍 구우라고 지시한다.

이어 그녀는 폴보론[11], 그러니까 이사벨과 엘렌과 로이와 로무엘로가 속이 뒤집혀 그 작은 얼굴들이 분을 바른 양 새하얘질 때까지 먹곤 했던 바삭바삭한 쇼트브레드 쿠

---

9 코코넛을 넣고 구운 빵에 커스터드를 넣어 만든 필리핀 전통 파이. '부코'는 코코넛을 뜻한다.
10 쌀가루, 코코넛 밀크, 버터, 달걀 등을 섞어 만든 반죽을 바나나 잎에 구워내는 필리핀 전통 간식.
11 밀가루, 우유, 설탕 등으로 만든 스페인식 버터 쿠키.

키로 관심을 돌린다. 에인절이 접이식 테이블에 구운 밀가루와 설탕과 버터와 분유와 빻은 캐슈너트 등 폴보론 재료가 높이 쌓인 거대한 그릇 세개를 미리 올려놓았다. 에레라 부인은 쿠키를 하트 모양 틀로 눌러 만들어 하나하나 색종이에 싸주기를 원한다. 결혼식 하객들이 집으로 가져갈 답례품으로 말이다.

"폴보론 만드는 건 누가 돕는 거지?" 아테가 묻는다.

에인절이 부리나케 부엌 입구로 가더니 계단 위쪽을 향해 소리친다.

20대 초반의 여자 하나와 서른에 가까워 보이는 다른 한 여자가 눈을 내리깔고 종종거리며 부엌으로 온다. 어린 여자는 입구 근처에 남아 있고, 나이 많은 쪽이 타갈로그어로 아테에게 인사를 하더니 살짝 몸을 굽혀 전통적인 존경의 표시로 아테의 손에 대고 자기 이마를 누른다.

"나그 마노!"¹² 아테가 화들짝 놀란다. 벌써 이런 식으로 인사를 받을 만큼 나이가 들었나? 그것은 그녀가 조부모님을 뵐 때마다 인사하던 방식이고, 그녀 또한 어른들에게 똑같이 하도록 자식들을 키웠다. 하지만 미국에서는 그 몸짓이 이상하게 느껴진다.

아테는 성호를 긋고 젊은 여자를 축복한다. 여자가 디아

---

12 'mano'는 고개를 숙이고 상대의 손을 자신의 이마에 가볍게 맞대는 필리핀의 전통 인사법을 뜻한다. 'nag mano!'는 '마노를 하다니!' 정도의 뜻이다.

나, 줄여서 디디라며 자신을 소개하고, 친구는 세군디나라고 말한다.

"자매 사인가?" 아테가 어린 여자 쪽으로 눈짓을 하며 묻는다.

"아니요, 포[13]. 저희는 위층에서 2층 침대를 나눠 쓰고 있어요."

그렇다면 둘 다 돈이 필요하겠군. 그렇게 생각하며 아테는 그들에게 폴보론 만드는 일을 도와주면 대가로 각각 30달러씩 받게 될 거라고 말한다. 에인절이 두 여자에게 하트 모양 쿠키 틀을 하나씩 건넨 뒤 옅은 푸른색의 커다란 종이 여러장을 사각형으로 자르기 시작한다. 아테는 아말리아가 여전히 잠들어 있는지 확인한 다음, 조리 기구들이 어지럽게 널려 있는 선반에서 큰 가위 한자루를 가져다가 에인절 옆에 앉아 일을 돕는다.

"제인은 어떻게 지내요? 아직도 캘리포니아에 있어요?" 에인절이 싹둑싹둑 가위질을 하면서 묻는다.

"잘 지내. 아기가 순하다네." 아테가 거짓말을 한다. 다른 사람들에게 제인의 부재에 대해 설명해야 할 땐 이렇게 이야기하기로 둘이서 합의를 본 터다. 즉 제인은 캘리포니아의 팰로앨토에 신생아 보모 자리를 구했고, 거리가 너무 멀어 합숙소에 다녀갈 수가 없다고 말이다. "그애는 큰돈

13 타갈로그어에서 연장자와 이야기할 때 존칭의 의미로 붙이는 단어.

을 벌게 될 거야."

"제인이 아기 보는 일을 하게 돼서 다행이에요. 양로원
은 봉급이 충분치 않잖아요." 아테가 얻어준 야간 간호 일
을 마치고 집에 돌아와 있는 에이절은 늘 돈을 더 벌고 싶
은 생각이 간절하다. 음식 준비를 도와주는 대가로, 아테
는 그녀에게 수익의 20퍼센트를 지불하기로 했다.

"이 둘 말이에요." 에인절이 말한다. "두 사람도 일자리
가 필요해요."

젊은 여자들은 고개를 들지 않는다. 계속해서 폴보론을
하트 모양 틀로 누르고만 있다.

"어떤 일을 해봤지? 서류는 있어? 영어는 좀 하고?" 아
테가 디디에게 묻는다.

떨리긴 하지만 말을 할수록 점점 더 안정을 찾아가는 목
소리로, 디디는 2년 전 육촌의 부유한 친구를 통해 여행 비
자를 받아 미국에 오게 된 경위를 설명한다. 그녀의 신원
보증인이 되어준 필리핀인 부부는 둘 다 의사로, 뒷마당에
콩 모양의 수영장이 있는 뉴저지의 커다란 집에서 살았다.
디디는 청소와 요리를 하고, 부부의 6개월 된 쌍둥이를 돌
봤다. 부모가 아기들을 교회에 데려가거나 친척들을 방문
하는 일요일을 제외하고는 매일 일했다.

"하지만 그들은 제게 급여를 주지 않았어요, 포. 푼돈만
쥐여줬죠. 저는 휴대전화가 없었어요. 운전도 하지 않았고
요. 떠날 수가 없었어요." 디디가 말한다. "여러달이 지난

뒤에 제가 불만을 얘기하자 그들은 경찰을 부르겠다고 했어요. 제 비자는 고작 여행 비자일 뿐이고, 만기가 지나 있었으니까요."

아테가 그런 이야기를 듣는 것은 이번이 처음이 아니다. 합숙소 2층에 침대를 빌렸던 한 여자도 토론토에서 똑같은 상황에 놓였다가 탈출했는데, 적어도 당시 고용주들은—이런 사람들을 '고용주'라고 부를 수 있다면 말이지만—필리핀인이 아니라 인도네시아인이었다. "그럼 어떻게 그들에게서 벗어났지?"

"아이들 아버지를 유심히 봤어요, 포. 그의 사무실을 청소하면서 그가 컴퓨터에 비밀번호 입력하는 걸 눈여겨봤죠. 나중에 그 컴퓨터를 써서 팔라완에 있는 여동생에게 연락했어요. 그애가 어느날 아침 그 집으로 차를 보내줬어요. 너무 일러서 다들 아직 잠들어 있었죠. 한달도 더 지난 일이지만, 동생 말로는 경찰이 아직도 절 찾고 있는 것 같대요."

아테가 큰 가위를 손에 쥔 채 말도 안된다는 듯한 몸짓을 한다. "그 사람들은 경찰 안 불렀어! 디디를 마치 노예처럼 여기로 데려온 게 밝혀지면 자기들 역시 곤경에 처하게 될 테니까."

디디는 아무 말도 하지 않는다. 아테는 잠시 그녀를 유심히 살핀 뒤 좀더 친절하게 다시 말을 건넨다. "어떤 일을 원하지?"

"아무거나 다 좋아요, 포." 디디가 재빨리 대답한다.

"내가 도와줄게. 우선 청소 일부터 해봐. 열심히 일 잘하고 영어 실력을 키워. 그러면 더 좋은 직업을 찾아줄 수 있어."

"고맙습니다, 포."

그들은 종이 부스럭대는 소리, 쿠키 틀이 나무 테이블에 탁탁 부딪치는 소리만 내며 묵묵히 일한다. 세군디나는 지금껏 한마디도 하지 않았다. 아테는 더러운 창문을 빤히 노려보며—내가 여기 살지 않으니 아무도 청소를 하지 않는 건가?—단언한다. "미국인들하고 일하는 자리만 주선해줄 거야. 그들 마음씨가 더 부드럽거든."

아말리아는 자고 있다. 오늘밤 그애는 수월하게 잠들었는데, 하루 종일 더운 부엌에 앉아 그곳을 거쳐 지나가는 모든 사람과 놀았던 덕이다. 목욕을 시킬 때, 아테는 아말리아의 분홍빛 잇몸에서 하얗고 뾰족한 이가 솟아나고 있다는 걸 알아차렸다. 아테가 제인도 이 기념비적인 일을 놓치지 않게끔 아말리아의 첫 유치 사진을 찍어 제인에게 이메일로 보냈다.

아테는 제인이 걱정스럽다. 그애는 착한 아이지만, 너무 감정적이다. 그 방문이 취소되기 전에도, 그녀는 아말리아가 진찰실에서 떨어졌다는 이유만으로 지나치게 감정에 북받쳐 영상통화를 하면서 아테에게 소리를 지르기도 했다. 하지만 아기들은 늘 떨어지지 않는가! 그들은 평생 몇 번이고 거듭 떨어질 것이고, 언제나 그 즉시 받아낼 수는 없는 법이다. 아테는 로무엘로를 떠올리며 그애가 어디에 있을지, 그녀가 돈을 보내주지 않는 지금 어떻게 돈을 벌지 생각한다. 그러곤 곧 그런 생각을 떨쳐버린다.

아테도 방문이 취소된 것이 실망스러웠다. 골든 오크스 방문을 가벼운 휴가로 여기며 고대하고 있었던 것이다. 마지막으로 뉴욕시를 떠났던 게 언제인지 기억도 나지 않을 지경이다. 틀림없이 4년 전, 코네티컷주 그리니치에서 신생아 보모 일을 맡았을 때였을 것이다. 그 집은 성처럼 컸다.

그 방문은 제인에게도 도움이 되었을 것이다. 제인은 아말리아를 보고, 직접 품에 안고, 아이가 얼마나 튼튼하게 자랐는지 느낄 필요가 있다. 아마 그러면 아말리아가 괜찮다는 걸 믿을 수 있을 텐데. 성경에 나오는 도마가 믿기 위해 직접 만져보아야 했듯이 말이다.

아테는 살균하기 위해 스펀지 수세미를 전자레인지에 넣는다. 파란색 직사각형 물체가 비누 거품을 내며 기계 안에서 빙빙 도는 모습을 지켜본다.

도대체 무슨 일이 있었던 것인지 아직도 알 수가 없다. 아테는 뜨거운 스펀지로 레인지 윗면을 닦으면서 제인이 한 말을 다시 정확히 기억해내려 애쓴다. 제인이 방문이 취소됐다는 소식을 알리기 위해 아테에게 영상전화를 걸 있을 때, 아테는 이미 짐을 다 싸놓고 차를 마중하기 위해 오전 6시에 알람을 맞춰놓은 상태였다. 제인은 그저 울기만 했다. 울음소리 때문에 숨이 어쨌다느니, 어떤 젊은 미국 여자와 함께 규칙을 어겼다느니 하는 설명을 이해하기가 힘들었다. 도무지 말이 되지 않았다. 제인이 왜 그런 짓을 했겠는가? 그리고 지금 와서 우는 게 무슨 소용이란 말인가?

아테는 제인이 좀더 알아듣기 쉽게 얘기하도록 유도해보았다. 하지만 질문을 할 때마다ㅡ왜 산책로에서 벗어났어? 그 리사라는 사람은 대체 누구야?ㅡ제인은 마치 딱정벌레가 옆으로 잽싸게 달려가듯 재빨리 곁눈질을 했다. 아테는 그런 눈을 알고 있었다. 그것은 무언가를 숨기고 있는 사람의 눈이었다. 로무엘로가 아테에게 영상전화를 걸어 돈이 필요하다고, 그러니까 그의 말로는 수업료며 책값이 필요하다고 애원할 때 그의 눈이 그런 식으로 곤충처럼 잽싸게 움직이곤 했다. 그는 어쨌든 해마다 돈을 받으면서도 그녀 모르게 대학을 중퇴해버렸다.

거짓말에 거짓말이 더해졌고, 그사이 몇천 달러가 헛되이 날아갔다.

물론 제인이 마약처럼 심각한 일에 대해 거짓말을 하고 있을 리는 없다! 제인은 로무엘로와 다르니까. 하지만 그녀가 형편없는 판단력으로 고생하고 있는 것만은 사실이다. 난데없이ㅡ애! 그녀는 잘못된 선택을 할 것이다. 누구도 예상하지도, 대비하지도, 그녀에게 사전에 조심하라고 일러주지도 못한 어리석은 선택 말이다.

제인은 미국에서 학교를 다니고, 성적도 꽤 괜찮은 편이다. 그러다가 야! 가출하고 임신하고 결혼한다! 빌리 같은 변변찮은 놈팡이와!

제인은 카터 부인을 위해 열심히 일한다, 돈도 두배나 받는다. 카터 부인은 그녀를 마음에 들어한다. 그러다가 야! 다시 합숙소로 돌아온다. 해고당했다!

영상통화를 하며 아테는 제인에게 조언을 건네려고 애썼다. 아닌 게 아니라, 그녀에게 조언을 할 사람이 달리 누가 있겠는가? 조심해야 해. 더이상 실수하면 안돼.

하지만 제인은 대답하려 하지 않았다. 쇠고집이 따로 없다! 마치 토라진 아이처럼. 그녀의 어머니처럼!

아테는 화를 내지 말았어야 했다. 소리를 지르지 말았어야 했다. 하지만 제인은 도통 생각이란 걸 하지 않는다! 삶은 힘든 것이고 이 일은 쉬운 것이라는 걸 모른다. 자신이 벌어들일 큰돈이 아말리아의 삶을 변화시키리라는 걸 모른다.

"나라면 그런 기회를 얻기 위해 무슨 짓이라도 했을 거다. 로이를 위해서라면! 왜 그런 기회를 내팽개치려는 거야?" 아테는 목소리를 높이며 따지듯 물었다.

제인이 아테의 얼굴을 똑바로 응시했다. 그녀의 눈은 슬퍼 보였고, 겁에 질려 있었다. 이내 기운이 다 빠져나간 듯 그녀는 의자에 털썩 주저앉았다.

아테는 제인에게 골든 오크스에 대해 이야기하지 말았어야 했는지도 모른다고 또 한번 생각하며 한숨을 쉰다. 제인은 돈이 필요하다. 하지만 그렇다고 아말리아와 떨어져 있는 것은 아무래도 무리인 것 같다.

수도꼭지 밑에 대고 스펀지를 헹군 뒤 조리대를 닦기 시작하면서, 아테는 사촌을 비난하고 싶은 욕구와 싸운다. 체리, 에인절, 미르나, 베라, 그리고 아테가 아는 대부분의 여자들이 자식들을 부양하기 위해 그들을 남겨두고 떠나왔다. 그리고 지금껏 아테는 아기가 고작 생후 10주 되었을 때 직장에 복귀해 다음 날 아침까지 자기 아이를 보지 못할 정도로 늦도록 사무실에 남아 일하는 은행가, 변호사, 대학교수 등 중요한 직업을 가진 미국 여성 의뢰인들을 봐왔다.

제인은 희생하는 사람이 자기 하나뿐이라고 생각하는 걸까? 자기 아기에게만 엄마가 필요하다고 생각하는 걸까? 아테 자신은 20년 동안이나 집을 비웠다. 로이라고 아테가 필요하지 않았겠는가.

그녀는 조리대의 끈적끈적한 부분을 맹렬히 문질러 닦는다. 그러다가 억지로 멈추며 공정해지려고 애쓴다. 제인의 어머니가 그녀를 떠났을 때, 그녀는 어렸다. 어쩌면 그것이 문제의 일부일지도 모른다. 더구나 아말리아도 어리다. 아테는 자식들이 훨씬 더 큰 뒤에 떠나왔다. 맏이인 이사벨은 의대에 입학해 있었고, 막내인 로이는 이미 열여덟이었다. 보트 사고 이후 로이의 상태가 호전되지 않으리라는 것, 그에게는 대신 음식을 잘라주고 셔츠 단추를 채워줄 누군가가 항상 필요하리라는, 그러니까 자신이 죽을 때까지, 심지어 죽고 나서도 그를 돌봐야 하리라는 사실이 분명해졌을 때에야 아테는 비로소 미국으로 올 계획을 세웠다.

아테는 싱크대에서 손을 씻은 뒤 현관 벽의 고리에 걸어놨던 배낭을 다시 가져온다. 친구 미르나가 마침 잠시 일을 쉬고 있어서 아테가 에레라 가족의 파티에 가 있는 동안 아말리아를 봐주기로 했다. 그녀는 내일 아말리아에게 필요할 모든 짐을 챙긴 다음, 혈압 약과 가장 좋은 앞치마 그리고 새 명함이 들어 있는 기름한 직사각형 상자를 따로 가방에 담아 준비한다.

아테는 '에벌린의 출장 요리 서비스'에 큰 기대를 걸고 있다. 그녀는 항상 요리하는 것을 즐겼지만, 갓난아기를 돌보는 일이 더 벌이가 좋았기에 그 일을 택했다. 물론 지금은 제인을 돕기 위해 아말리아와 함께 있어야 한다. 그리고 사실, 비록 스스로는 절대 인정하지 않겠지만, 아테는—설사 신생아 보모 일로 돌아간다 해도—그게 언제가 될지 확신하지 못한다. 최근에는 너무나 갑작스럽게 피곤해지고, 때로는 더럭 겁이 날 정도로 숨이 찬다. 하지만 아직은 일을 그만둘 수 없다. 불라칸에 있는 집이 완공되지 않은데다가, 로이까지 있지 않은가. 하느님께 감사하게도 그녀에게는 몇몇 대안이 있다.

첫째, 소개 일이다. 지금 아테는 거의 소개소나 다름없다. 몇년간 업타운, 다운타운, 미드타운에서 일했기 때문에 많은 중요 인사들을 알고 있고, 그들은 그녀를 신뢰한다. 그녀는 과거의 의뢰인들에게 청소부나 가정부, 유모나 신생아 보모를 찾아주고 아주 많지는 않지만 제법 쏠쏠한 소개료를 받는다.

하지만 그건 푼돈인데다 드문드문 있는 일이라, 제인이 아기를 출산할 때까지는 거의 모든 희망을 요리에 걸고 있다. 완전히 새로운 일도 아니다. 수년간 아테는 매년 플러싱에서 열리는 아시안 축제 기간에 가판을 운영했다. 그녀는 필리핀 요리, 그러니까 룸피아 같은 짭짤한 요리와 할로할로[14] 같은 달콤한 음식들을 팔았다. 아테가 에레라 가족의 가정부를 만난 것도 이 가판에서였다. 어느 해인가 그녀가 아테의 판싯 럭럭[15] 작은 컵 하나를 샀다. 그러더니 그것을 얼마나 마음에 들어했는지 커다란 스티로폼 용기로 하나 가득 사서 포리스트힐스로 돌아갔고, 에레라 부인 역시 한입 베어 먹자마자 자신이 그때껏 맛본 것 중 최고라는 데 동의했다. 아테는 가끔씩 그들을 위해 요리를 하기 시작했다. 그들의 파티를 위해 음식을 접시에 담아 배달하고, 때로는 남아서 치우는 일을 돕기도 했다.

14 우리나라의 빙수와 비슷한 필리핀식 디저트.
15 새우 껍질로 맛을 낸 소스에 쌀국수를 버무려 먹는 필리핀의 면 요리.

하지만 이제는 그 사업을 본격적으로 키울 작정이다. 에인절이야 거의 매일 일할 수 있고, 합숙소는 부엌일에 밝고 돈을 더 벌 길을 찾는 필리핀 여자들로 가득하다. 아테는 고객 확보와 영업 전략을 담당한다.

아아, 미국에서 태어났더라면 얼마나 좋았을까! 가끔씩 아테는 그런 생각을 한다. 그녀는 사업에 재능이 있다. 사람들이 늘 그녀에게 그렇게 말해왔다. 게다가 힘든 일을 두려워하지 않는다. 지금쯤이면 그녀는 부자가 되어 있었을 것이다. 아마 피프스 애비뉴에 살 만큼 부자는 아니어도, 그 근처에 살 정도는 됐을 것이다. 서드 애비뉴, 아니면 요크, 심지어 포리스트힐스 정도까지는 말이다. 로무엘로는 정신을 차렸을 것이다. 이사벨은 마침내 쉴 수 있었을 것이고. 엘렌은 결혼을 했으리라. 그리고 로이에게는 최고의 의사들, 심지어 보험 처리도 안되는 전문의들이 붙었을 것이다. 능력 있는 전문의 팀 말이다.

미국에서는 돈 버는 방법만 알면 되니까. 돈만 있으면 모든 것을 다 살 수 있다.

레이건

"아냐가 유산했다는 건 사실이 아니야. 그들이 낙태를 시킨 거라고." 타샤가 말한다.

"아냐는 괜찮아?" 리사가 계속 부자연스러울 정도로 낮은 목소리를 낸다.

그들은 본능적으로 식당 안을 둘러본다. 가장 가까이 있는 코디네이터도 스무걸음쯤 떨어져 있다. 새로 온 호스트들 중 한 사람에게 무어라 이야기하는 중이다. 그 호스트는 가슴께에 구토 봉투를 꽉 움켜잡고, 마치 목에 걸린 걸쇠가 풀리기라도 한 듯 머리를 앞뒤로 꾸벅거리고 있다.

"아냐는 가톨릭 신자야." 타샤가 무덤덤하게 말을 잇는다. "그들이 아냐를 잠재웠어. 마취 가스로. 흥분해서 난리 칠까봐 그랬겠지."

리샤가 타샤 바로 옆에 놓인 의자에 털썩 주저앉는다. 레이건은 손에 든 쟁반이 점점 무거워지는데도, 그리고 리샤의 바로 옆자리가 비어 있는데도 계속 서 있는다. 레이건은 걱정스럽다. 마지막 초음파검사 결과는 괜찮았지만, 만약 아기의 몸속 아무도 볼 수 없는 어딘가에 이상이 있다면 어떡하지?

타샤가 느닷없이 얼굴 가득 화사한 미소를 짓는다. "코디네이터가 주시하고 있어. 나를 수상쩍게 생각하는 것 같은데."

"아냐는 지금 어디 있어?" 리샤도 활짝 웃으며 묻는다. 리샤의 과장스러운 미소와 대비되는 그녀의 염려스러운 목소리가 불협화음을 빚어낸다.

레이건은 구역질이 나서 테이블 위에 쟁반을 놓는다. 리샤가 자리를 내주려고 조금 물러난다. 리샤의 의자 다리 밑에 붙어 있던 고무 패드가 다 닳아버렸는지 원목 마룻바닥에 가느다란 자국 두개가 생긴다.

"안 물어봤어. 위험을 감수할 수는 없지." 타샤가 한 손으로 냅킨을 구겨 쥐며 일어선다. "할 얘긴 이미 다 했어. 제발 계속 웃어. 그래야 저들이 나를 의심하지 않을 테니까."

레이건은 타샤가 근처 테이블에 들러 그녀와 마찬가지로 폴란드 출신인 새 호스트와 이야기하는 모습을 지켜본다. 타샤의 얼굴은 마치 램프처럼 밝게 빛나고, 꾸며낸 웃음으로 일그러져 있다. 설령 홀로코스트나 50중 추돌 사고에 대해 말하고 있다 해도, 누구도 짐작조차 못하리라. 아니, 어쩌면 지금 저 미소는 진심인지도 모른다. 친구 아냐에게 일어난 모든 일에도 불구하고 타샤의 내면에서는 실제로 환희가 솟아날지 누가 알랴.

타샤는 허벅지 사이에 농구공을 끼운 사람처럼 뒤뚱거리며 쓰레기통 쪽으로 걸음을 옮긴다. 그러다 필리핀 여자들이 앉아 있는 테이블에서 누군가가 그녀를 부르자 또 한 번 멈춰 선다. 전구처럼 환한 미소, 거리낌 없이 깔깔대는 소리. 지나치다. 타샤의 연기를 지켜보는 내내 약간 놀란 듯한 표정인 걸 보니 제인도 같은 생각을 하는 모양이다.

요즘 제인이 무슨 생각을 하는지 짐작할 수 있다는 뜻은 아니다. 진드기 사태 이후 그녀는 줄곧 레이건을 피하고 있다. 마치 자기가 곤란해진 것이 레이건 때문이라고 비난하는 것 같다.

"그냥 앉아, 레이그. 나한테 쌀쌀맞게 구는 거 지겹지도 않아?" 리사의 입에는 아보카도가 가득하다.

"너한테 쌀쌀맞게 구는 거 아니야. 그냥 예전만큼 너를 좋아하지 않을 뿐이지." 유치한 소리라는 걸 알면서도 레이건은 그렇게 대답한다. 어쨌든 그녀는 자리에 앉는다. 쟁반을 너무 오래 들고 있어서 허리가 아프기도 하고, 또 그녀가 달리 어디로 가겠는가?

"아냐가 안됐어." 리사가 잠시 후 말한다.

레이건이 경계 어린 눈길로 힐끗 그녀를 쳐다본다. 하지만 리사는 진지하다.

"안됐지." 레이건은 금속 수술대와 바스락거리는 종이 소리를 상상하며 동조를 표현한다. 아냐의 벌어진 다부진 두 다리, 얼굴에 씌워진 마스크, 무시무시한 정적 속에서 천천히 온몸에 퍼지는 마취 가스. 얼마 후 어딘가 전혀 다른 곳에서 깨어나면, 마치 멜론처럼 속이 후벼 파여 있다.

"아냐는 입덧이 말도 안되게 심했어, 기억나? 하루 스물네시간, 일주일 내내 구역질을 해댔잖아. 그런데 이젠 보너스도 못 받겠지." 리사가 고개를 절레절레 흔든다. "더구나 그녀가 그 억만장자 아기를 임신하고 있었다면……"

"그만 좀 해!" 거리를 둘 작정이었지만, 레이건은 결국 폭발해버린다. "그 빌어먹을 아기 따위 알 게 뭐야! 모르겠어? 그들이 아냐를 **강제로** 낙태시켰다고! 마치 여기가 중국이나 뭐 그런 곳이라도 되는 것처럼. 그건 완전히 위반—"

"계약 위반은 아니야." 리사가 대번에 대꾸한다. "무슨 말인지는 알아, 레이건, 하지만 우리 모두 서명을 했잖아. 그것도 자진해서. 난 그저 그들이 그 문제를 더 일찍 발견해서 아냐의 심적 고통을 덜어주지 못한 게 짜증 날 뿐이야."

레이건은 마른침을 꿀꺽 삼킨다. 그녀는 리사의 토끼굴로[1] 끌려 내려가지 않을 작정이다.

---

[1] 루이스 캐럴의 『이상한 나라의 앨리스』에서 유래한 표현. 무언가에 현혹되거나, 혼란 혹은 혼돈의 시기로 접어드는 것을 의미한다.

"재착상 여부가 궁금해." 리사가 생각에 잠겨 말한다. "아냐는 그 돈이 절실하거든."

레이건은 아냐의 처지에 대해 아무것도 모른다는 사실을 인정하는 게 내키지 않아 잠자코 있는다. 물어보려고도 하지 않는다. 그녀가 아는 것이라고는, 마치 아말리아의 방문이 취소된 게 리사 탓이 아니라는 듯 여기 앉아 그녀와 식사를 하고 싶지 않다는 것뿐이다.

레이건은 그저 아기에게 영양분을 공급하기 위해 포크 한가득 생선을 떠서 입안으로 밀어 넣는다. 배가 고프지는 않다. 구운 호박이 목에 걸리자, 평소보다 쓴 녹즙을 마셔서 넘긴다.

리사는 무신경하게 자기 의뢰인들에 대해 계속 지껄인다. 순 사기꾼들이라는 둥, 자기들이 무척 절제하는 사람들인 양 군다는 둥——햄프턴에서 여름을 보내는 친구들을 비웃거나 10년이나 된 낡아빠진 스테이션왜건을 몰고 다니는 식으로——말이다. 하지만 그들도 태아를 농장에 처박아놓는 다른 모든 부자들과 하나도 다를 게 없다. 얼마 전엔 이 지역에 거대한 시골 땅도 샀다. 레이건, 너 아침식사 때 내가 없었다는 거 알고 있었어? 아침에 리사의 의뢰인들은 그녀를 자기들 농장으로 호출해 그 아이들, 그러니까 그녀가 낳은 남자아이들과 함께 시간을 보내게 했다. 그녀는 그중 형이 소젖 짜는 것을 도와줘야 했다. 닭 몇마리, 염소 여러마리, 상주하는 관리인 한 사람과 함께 소들도 새로

들인 터였다. 그저 주말만이라 해도, 실제로 운영되는 농장에서 살아보는 게 아이들에게 좋으리라는 게 그들의 생각이었다. 아이들에게 책임감을 가르치고 면역 체계도 강화해줄 거라고 말이다. 게다가 세금 감면 혜택까지 있다.

"하지만 애가 너무 겁을 먹어서 소젖을 못 짜더라고. 그래서 내가 짜는 동안 갠 내 무릎에 앉아 있었지." 리사가 히죽히죽 웃었다. "그리고 나중에는 우유가 너무 따뜻하다고 불평을 하더라니까. 도대체 소가 냉장 보관이라도 돼 있어야 했단 말야?"

레이건은 웃어야 한다는 걸 안다. 몇주 전만 해도 그녀는 웃었을 것이다.

"한때 내가 그들은 다르다고 생각했다는 걸 믿을 수가 없어." 리사의 말투에는 비아냥이라기보다 지난날에 대한 회한이 담겨 있다. "그들이 내게 세번째 아기의 젖어머니 일을 할지 생각해보라고 했던 거 얘기했었나?"

맞은편에서 제인이 자기 쟁반을 치우고 있다. 레이건은 그녀를 따라가려고 테이블에서 일어난다.

"나한테 화 그만 내. 그저 트로이가 그리워서 그랬어." 리사가 애원한다. "난 제인을 정말 좋아한다고."

"그런데 왜 그런 식으로 그녀를 이용했어? 설마 제인의 환심을 산 게 계산된 행동이 아니었다고는 말 못하겠지. 트로이랑 섹스를 하려고 경로를 이탈해 있는 동안 널 대신할 사람이 필요해서 그녀를 이용한 거잖아. 너무 겁이 많아 안된다는 말도 못할 사람이 필요해서."

"제인을 도와주려고 한 거야! 숲에서 똥을 눴다느니 하는 얘기들은 다 제인 생각이었어. 그녀를 더 곤란하게 만들기 싫어서 그녀 장단에 맞춰준 거라고!"

"넌 제인을 이용했어."

"마침 네가 근처에 없었을 뿐이야. 난 너라도 이용했을 거라고!"

"감히 그러지 못했을걸. 정말 끔찍한 건 바로 그거야." 레이건은 자리를 뜨면서 굳이 뒤돌아보지 않는다. 복도에서 그녀는 제인에게 달려가 소매를 건드린다.

"응?" 제인은 벌써부터 뒷걸음질을 치고 있다.

레이건이 허겁지겁 입을 뗀다. "들었어? 아냐 얘기?"

제인의 눈이 휘둥그레지더니, 위쪽 벽에 부착된 카메라로 휙 움직인다. 그녀는 거의 알아차릴 수 없을 정도로 미세하게 고개를 흔들며 중얼중얼 핑계를 대고는 서둘러 복도를 따라가버린다.

레이건은 곤혹스러워하며 눈을 깜박거린다. 사방에 사람들이 잔뜩 있는 이곳에서 울고 싶지는 않다. 그녀는 마음의 평정을 유지한 채 재빨리 방으로 걸어가 마침내 안전하게 침대에 눕는다. 그러고 나서야 긴장이 풀린다. 오랜만에 처음으로 거스가 그립다. 어린 시절 그녀가 울 때마다 그는 동물 봉제 인형을 건네주곤 했다. 심지어 더 나이를 먹어 열한살이나 열두살쯤 되었을 때도, 그녀가 아빠와 싸우고 화가 나 있을 때마다 그녀의 옆에 앉아 있곤 했다. 그녀가 울음을 그칠 때까지 거스는 꼼짝도 하려 하지 않았다.

모두 그녀가 고등학교 졸업반 때 거스의 가장 친한 친구와 그 짓을 하기 전의 일이다. 그러지 말았어야 했는데. 이제는 알고 있다. 하지만 남학생의 눈길이 자신을 졸졸 따라다니는데 으쓱해지지 않을 도리가 없었다. 그녀가 가까이 갈 때마다 그가 얼굴을 붉히는 모습도 감미롭기 그지없었다. 그는 떠벌릴 아이 같지도 않았고, 기특하게도 몇달 동안 비밀을 지켰다.

"누나는 그저 자기를 잡아줄 무언가를 찾고 있을 뿐이야." 어느날 밤, 아빠가 저녁식사를 하면서 거스에게 설명했다. 그 무렵 거스는 누나가 자신의 가장 친한 친구랑 잤다는 사실을 알고 그녀를 미워하고 있었다.

레이건은 헤드폰을 끼기는 했지만 두 사람의 말을 좀더 잘 듣기 위해 음소거로 해놓은 채 부엌 테이블 너머 소파에 벌렁 드러누워 있었다. 그녀는 그들을, 아니 테이블 위의 죽은 동물을 쳐다보지 않으려 애썼다. 빌²은 아기 소라는 뜻이에요, 알고 있었어요? 일찍이 그렇게 따져 물은 적도 있었다.

거스는 레이건이 학교에서 열린 콘테스트에 출품했던 사진, 그녀의 단순한 나체에는 아무런 외설스러운 점이 없

---

2 veal. 생후 12개월에 도달하기 전 도축된 송아지 고기.

는데도 무식한 교장이 "외설스럽다"고 여겨 즉석에서 불합격시킨 그 사진 이야기를 꺼냈다. 심지어 잘 찍은 사진이었는데도 거부당하자 그녀는 화가 나서 사진을 온라인에 올렸고—졸업반인데 알 게 뭔가?—그것은 널리 퍼져 나갔다.

거스는 입을 벌린 채 음식을 씹었다. 그의 옆에 놓인 엄마의 의자는 비어 있었다. 엄마는 방에서 쉬는 중이었다. 월마트에 갔다가 또다시 차의 위치를 잊어버리고 주차장이 텅 빌 때까지 땡볕 아래서 몇시간을 줄곧 기다렸던 것이다.

"아니에요, 아빠." 거스가 결론적으로 말했다. 레이건은 거스의 시선을 느낄 수 있었다. "누나가 잡년이라 그런 거예요."

그는 "실례할게요"라는 말도 없이 아빠 옆에 놓인 송아지 고기로 손을 뻗더니 한번 더 덜어 갔다.

파리가 방충망에 세차게 몸을 부딪친다. 삑삑 소리가 나고, 곧이어 한번 더 삑삑 소리가 난다. 레이건은 부어오른 눈으로 일어나 앉아 웰밴드를 확인한다. 하나는 두시간 후 주간 초음파검사가 있음을 알리는 소리고, 다른 하나는 유터로사운즈[3] 시간이 지나가버렸음을 알리는 소리다.

3 UteroSoundz. 자궁(utero) 근처 복부에 전용 플레이어를 부착해 태아의 태교를 위해 들려주는 각종 음악이나 오디오북 따위, 혹은 그런 것

적어도 유터로사운즈는 꼭 해야 하는데. 할 수 없이 레이건은 복도를 따라 코디네이터 데스크로 간다. 장치를 건네는 생기발랄한 여자에게 최대한 미소를 지어 보이고 도서관으로 천천히 걸어 들어가보니 다행스럽게도 텅 비어 있다. 그녀는 도서관 입구 근처의 책꽂이에 놓인 양장본들을 훑어보며 시간을 때우는 데 도움이 될 만한 것을 찾는다. 그녀와 제인과 리사는 각자의 유터로사운즈 시간을 채우면서, 복부에 끈으로 채워져 있는 장치는 전혀 의식하지 않은 채 함께 어울려 잡담을 나누거나 영화를 보곤 했다.

낯익은 푸른색 책등과 은빛 글자가 금방 그녀의 눈에 띈다. 윌리엄 블레이크의 『순수와 경험의 노래』다. 레이건이 어렸을 때 엄마가 이것과 똑같은 판본으로 시를 읽어주곤 했다. 아빠는 그녀에게 「길을 잃은 어린 소녀」를 억지로 외우게 했고, 만찬 자리에 잠옷 바람으로 내보내 자기 친구들 앞에서 그 시를 암송하게 하곤 했다. 그녀는 서커스의 개처럼 공연을 하면서 이목을 끄는 게 몹시 싫었다. 암송이 끝난 뒤 화끈 달아오른 얼굴로 빗발치는 칭찬을 피해 아빠의 품속으로 숨으면, 아빠는 그녀의 주머니에 1달러짜리 지폐를 슬그머니 밀어 넣곤 했다.

레이건은 도서관 뒷벽 부근의 푹신푹신한 의자에 털썩 주저앉는다. 복부에 유터로사운즈 스피커를 부착하고 개

들을 재생하기 위한 전용 플레이어를 지칭하는 용어로 사용되었다.

인 코드를 입력한다. 이번 주의 재생 목록이 화면에 나타난다. 평소와 마찬가지로 바닐라⁴다. 바닐라 향이 가미된 흰 빵과 향을 첨가하지 않은 아이스티. 모차르트의 음악은 당연히 있고, 윈스턴 처칠의 연설과 스티브 잡스의 유명한 졸업식 연설, 그리고 아마도 태아의 다중 언어능력 활성화를 돕기 위해서인 듯 유명 배우들이 원어로 읽은 시를 모은 것도 있다. 셰익스피어, 릴케, 보들레르와 프로스트. 그런 다음 이백李白.

이백?

그의 이름이 무엇 때문에 서양 고전문학계의 죽은 백인 남자들의 이름과 나란히 여기 있는 것일까?

혹시 레이건의 의뢰인이 중국인인가? 그녀가 배 속에 품고 있는 게 그 아기일 가능성이—

그녀는 스스로에게 넌더리를 내며 재생 버튼을 누른다. 리사 같은 생각을 하다니 혐오스럽다.

그녀는 고개를 젖혀 천장을 빤히 쳐다보며, 얼마 전까지 어떤 기분이었는지 기억해내려 애쓴다. 그때 그녀는 이곳에서 행복했다. 모든 음을 소거해버리는 농장의 고요, 은둔처 같은 평온에 만족하고 있었다. 하지만 입체초음파검사 이후, 제인의 진드기와 그녀에 대한 비열한 처벌, 아냐의 강제 낙태 수술 이후 무언가가 변했다. 농장이 와일드

---

4 '평범한' '특별한 것 없는'이라는 뜻도 있다.

박사의 통화 상대인 의뢰인을 위해 만들어진 별도의 무대 세트이고, 그 매력적인 외관 뒤에 진실이 감춰져 있다는 불안감. 감춰진 진실이 무엇인지 그녀가 아직 확신하지 못할 뿐이다.

왜 그런지 몰라도 테이트 모던 미술관에서 보낸 한때가 떠오른다. 엄마와 아빠가 그녀의 졸업을 기념해 유럽 일주 배낭여행을 보내주었다. 레이건이 파리행 고속열차를 타기 전, 뉴욕의 은행 연수 프로그램을 앞둔 메이시가 런던으로 찾아와 두 사람은 흥청망청 주말을 보냈다. 그들은 메이페어의 한 상류층 회원 전용 클럽 테이블에 올라가 밤새 춤을 춘 뒤 테이트로 갔다. 그들의 속눈썹에는 마스카라가 뭉쳐 있었고, 가방 안에 든 에비앙 병 속에서는 생수가 출렁거렸다. 우연히 측면 전시실로 들어갔는데, 그곳에 캔버스들이 걸려 있었다. 아무것도 그려져 있지 않은 평범한 캔버스였지만 액자에 완벽하게 자리 잡은 상태였다. 그리고 한가운데가 세로로 잘려 있었다. 단 한번의 칼질로. 레이건의 두 눈이 그 갈라진 틈으로 끌려들었다. 폰타나[5]는 틀림없이 가장 날카로운 칼날을 썼을 것이다. 잘린 자국이 몹시 깨끗했다.

5 Lucio Fontana(1899~1968). '공간주의'를 표방한 이탈리아 작가로, 테이트 미술관에 그의 공간주의 작품 여러점이 소장돼 있다. 그중에서도 세로로 길게 베인 캔버스로 표현한 「기다림」(Waiting)이 특히 유명하다.

이게 예술이라고? 메이시가 농담조로 물었다.

하지만 레이건은 해방감을 느꼈다.

레이건은 도서관의 프랑스식 여닫이 유리문 너머로 관리인이 파티오의 의자며 테이블에서 방수포를 벗겨내는 모습을 지켜본다. 파란 작업용 셔츠의 소매가 돌돌 말려 올라가 있다. 그의 큰 손마디들은 마치 울퉁불퉁한 돌 같다. 불현듯 그 문을 활짝 열어젖히고 나가 그를 지나쳐 급히 떠나버리고 싶다는, 압도적이리만치 강렬한 충동에 사로잡힌다. 종아리가 아프고 폐가 타들어갈 듯하고 두피에서 땀이 비 오듯 쏟아지도록, 맨발로 푹신푹신한 풀밭을 쿵쿵 달리는 것이다. 아마 그가 쫓아오겠지. 그녀는 잎사귀들을 걷어차며 전속력으로 달릴 것이다. 그러다가 결국 출발점으로 돌아오며 끝나리라. 그래도 상관없다. 근육이 당기는 느낌, 눈에 흘러드는 땀, 폐가 불타는 것 같은 느낌으로 모든 것을 망각할 수만 있다면. 하지만 농장에서 호스트들은 지나치게 힘을 쓰는 것이 금지되어 있다. 게다가 신발 없이 달리는 것도 결코 허락받지 못할 것이다. 그다음으로는, 짝꿍 문제도 있다.

짝을 짓지 않고는 산책할 수가 없다. 그런데 누가 그녀의 짝꿍이 되어주겠는가?

레이건은 가슴속에서 부풀어 오르는 외로움을 애써 무시하고, 유터로사운즈를 배에 붙인 채 창가로 걸음을 옮긴다. 더 멀리 떨어진 곳에서 다른 일꾼 두 사람이 수영장의 덮개를 제거하고 있다. 곧, 어쩌면 오늘 늦게라도 수영장에 물을 채울 모양이다. 잠깐 몸을 담글 수도 있으리라. 어쩌면 도움이 될지도 모른다. 그러니까, 그 차가운 물이 주는 충격과 무중력의 느낌이 말이다.

무중력상태, 엄마가 바로 그런 상태에 있을 것 같다. 칠흑같이 까만 어둠속에서 조금씩 오르락내리락 움직이는 엄마. 더없이 가느다란 실로 현실에 묶여 있는 엄마. 레이건이 매주 거는 전화는 엄마가 완전히 떠내려가지 못하게 붙잡기 위한 방편이다. 엄마는 아무 대답도 하지 않는다. 그래서 레이건은 질문을 그만둬버렸다. 자신의 목소리가 도움이 되기를 바라면서, 그저 말하고 또 말할 뿐이다. 어쩌면 약간의 반응이라도 끌어낼 수 있지 않을까.

최근 들어 레이건은 엄마가 아직도 존재하는지 잘 모르겠다. 명령대로 아빠를 위해 연기를 하는 엄마 말고, 진짜 엄마 말이다. 레이건의 자궁 안에 있는 아기가 비록 손이 닿지 않는 곳에 있을지언정 존재하는 방식으로라도. 엄마는 어떤 곳에 갇혀 있어도 그 안에서 여전히 보름달의 대칭성을 보며 감탄할 사람이다─엄마는 레이건과 거스를 침대에서 끌어내 보름달의 완벽하게 둥근 모양을 응시하게 하곤 했다. 어쩌면 엄마는 사람들로 가득 차 있지만 모두가─유모 옆에 앉아 있는 세살짜리 남자아이에 이르기까지─휴대전화를 응시하고 있는 탓에 열차 바퀴가 끼익거리는 소리를 제외하고는 고요하기 짝이 없는 지하철 객

차를 여전히 우스꽝스럽게 여길지도 모른다.

그 안에 있다면, 엄마는 행복할까?

비록 레이건의 이름을 말하지는 못해도, 목소리는 알아들을까?

몇시간 후 레이건은 미디어실의 워크스테이션에 있다. 메일 수신함에는 아버지가 보낸 기사 두개가 들어와 있다. 하나는 단일 세율에 관한 것, 또 하나는 친환경 기술에 투자한 어느 여성에 관한 것이다("좋은 일을 해서 성공할 수도 있단다, 얘야"). 이것이 그가 손을 내미는 방식이다. 엄마를 방문하는 일로 싸운 이후로 두 사람은 줄곧 이야기를 나누지 않은 터다. 엄마의 간호사를 통해, 레이건은 거스가 그뒤로 벌써 두번이나 엄마를 만나러 왔었다는 걸 알고 있다. 하지만 그는 시카고에 산다. 둘을 비교하는 것이 공정하지 않은데도 아버지는 항상 비교한다. 게다가 거스는 심지어 어렸을 때도 아빠의 위선을 전혀 불쾌하게 여기지 않았다. 레이건이 아빠의 애인들에 대한 최신 소문을 꺼낼 때마다 그는 귀를 막은 채 자리를 뜨곤 했다.

레이건은 글쓰기 버튼을 클릭한다. 화면에 창이 하나 열리더니, 여러 나라 말로 적힌 난해한 법률 용어가 그녀가 이제 작성하려는 내용이 감시될 것이며 기밀 유지 협약의 적용 대상임을 일깨워준다. 즉, '아가리 닥치고 있어'라는 말이 영어, 스페인어, 타갈로그어, 폴란드어, 프랑스어, 중국어, 러시아어, 포르투갈어로 쓰여 있는 셈이다.

레이건은 '동의'를 클릭한다. 하지만 아빠에게 보낼 이메일을 입력하기 전에 새 메일이 도착한다. 메이시가 보낸 메일이다. 메시지 없이 달랑 동영상 파일 하나뿐이고, 제목에는 대문자로 이렇게 적혀 있다. **축하 행사 장난 아니었어. 전화해줘!**

메이시가 유명인, 아니 준準유명인이 된 이후로 레이건은 지금껏 그녀와 이야기를 나누지 못했다. 아빠가 몇십년 동안 구독했지만 레이건은 한번도 읽은 적 없는 잡지인 『비즈니스 월드』에 메이시가 실린 것이다. 그 잡지에 따르면, 메이시는 30세 미만 톱 비즈니스 리더 30인 중 한명이다. 전세계에서.

레이건에게는 약간 바보 같아 보인다. '톱 리더'라니, 대체 무슨 뜻일까? 누가 결정하는 걸까? 하지만 아빠는 그 말에 아주 강한 인상을 받은 모양이었다. 그녀는 그 소식을 아빠가 보낸 이메일을 통해 알게 되었는데, 『비즈니스 월드』 기사가 첨부된 이메일 제목에는 이런 말이 요란스럽게 적혀 있었다. **네 단짝 정말 굉장하구나.**

그 첫번째 메일 이후로 이메일이 줄줄이 쏟아졌다. 『하버드 비즈니스 리뷰』의 기사, 영감을 주는 인용구, "열정이 현실(수익성이라는 뜻일까?)과 교차하는 지점을 찾기만 하면" 레이건 "역시 성공할" 수 있다는 훈계 등등.

레이건은 전화기를 집어 든다. 메이시의 전화를 대신 받은 여자가 그녀더러 기다리라고 한다. 레이건은 시간을 때우려고 메이시의 이메일에 첨부된 동영상을 클릭해 연다. 머리가 희끗희끗한 한 남자가 마이크 앞에 서 있다. 그는 커다란 동굴 같은 방에서 울림이 큰 목소리로 메이시에 대해 이야기하고 있다. 메이시가 어쩌고저쩌고한 파생 상품들을 판매하는 고되기 짝이 없는 직업의 최정상에 있으면서도 어떻게 은행의 다양성 위원회와 몇몇 비영리단체 이사회의 일원으로 활동하는지, 고학생이었는데도 불구하고 어떻게 듀크 대학을 최우등으로 졸업했는지, 볼티모어에서 할머니 손에 어쩌고저쩌고하게 자라며 힘든 어린 시절을 보내고도 어떻게 땀과 투지와 신앙을 통해 자수성가했는지…… 그렇지만, 으흠, 그녀는 이제 워크 부츠를 팔아 치우고 지미 추 구두를 산 지 오래다. (때마침 메이시가 감사의 표시로 깔깔 웃으며, 스포트라이트를 받아 반짝이는 끈 달린 황금빛 하이힐을 신은 발을 부드럽게 내밀어 보인다.)

레이건은 속이 뒤틀리고 짜증이, 아니 어쩌면 질투가 솟구치는 것을 느낀다.

이 자기만족에 빠진 얼간이의 입에서 나오는 말은 죄다 헛소리다. 그가 하는 모든 이야기는 사실이지만 동시에 터무니없는 거짓이기도 하다. 그곳에 자리한 명사들을 행복하게 하고, 이런 최고의 세상도 존재한다는 그들의 신념을 지켜줄 의도로 쓰인 동화다.

이웃에 살던 흑인 소녀가 바르게 처신하고, 열심히 노력하고, 규칙을 따른다. 성공한다.

능력주의가 이런 것 아니겠어?

하지만 메이시의 할머니는 매우 똑똑한데다 많이 배운 사람이다. 아무리 보잘것없다 해도 예전부터 트리니다드에 집을 소유한 중학교 수학 교사였고, 메이시는 거의 매년 여름 그곳을 방문한다. 물론 어머니의 요절은 비극이었지만, 메이시의 삶은, 가령 제인의 삶에 비하면 식은 죽 먹기였다. 제인은 정말로 가난했고—미국 빈민도 아닌 개발도상국 빈민이다—아빠와 엄마에게 버림받았으며, 할머니는 결국 눈앞에서 돌아가셨다. 제인은 최소한 메이시 못지않게 뼈 빠지게 일하지만, 그녀가 상을 받는 모습은 볼 수 없으리라.

레이건은 다시 동영상을 본다. 우아하게 늘어진 빨간 드레스, 흔들림 없이 반짝이는 미소. 네모난 컴퓨터 화면 속에서 메이시는 아주 친숙한 동시에 완전히 낯설어 보인다. 자기 접시에 올라온 모든 음식에 케첩을 끼얹는 여자인 동시에, 터무니없을 정도로 탄탄한 팔이 돋보이도록 재단된 고가의 드레스를 입고도 편안해 보이는 생경한 메이시. 10센티미터짜리 하이힐을 신고도 수월하게 걷는 유연한 미녀인 동시에, 1학년 때 레이건이 보았던 촌스럽고 순진하며 머리카락을 치렁치렁 늘어뜨린 마리화나 중독자. 그땐 (특정 동부해안 사람들 사이에서 과분한 아씨 대접과 인기는 물론 세인트폴 성당[6]에 들어갈 기회를 보장해주는 저 유서 깊은 가문들 중 하나라는) 혈통을 제외하고는 모든 면에서 전혀 흥미로운 점이 없는 아이였는데.

"어이." 마침내 전화를 받은 메이시의 느릿한 목소리가 들리자, 모든 것이 다시 괜찮아진다. 얘가 메이시야. 화면에 나오는 저 마네킹이 아니라.

그들은 두 사람 다 아는 한 친구의 이별과 뒤이은 그의 우울증, 그리고 핫요가를 통한 부활에 대해 수다를 떤다. 이어 메이시는 자신의 새 남자친구, 그러니까 대학 입학 이후 처음으로 사귀는 흑인 남자에 대한 이야기를 마구 쏟아낸다. 그는 엑서터[7]와 하버드에 다녔다.

"그가 바로 내 반쪽일지도 몰라." 그녀가 달콤하게 속삭이는 순간, 무슨 까닭인지 레이건의 가슴이 철렁 내려앉는다.

"네가 정말 자랑스러워!" 레이건은 화제를 바꾸려고 그렇게 말한다. "우리 아빠가 자랑스러워하는 만큼은 아니겠지만."

이건 농담이자 시험이다. 메이시는 레이건의 아빠를 잘 안다.

"**그 정도로** 대단한 일은 아니야, 레이그." 메이시가 수화

---

6 뉴욕에 위치한 성공회 성당. 맨해튼에서 가장 오래된 교회로, 조지 워싱턴의 대통령 취임식이 열리기도 한 역사적인 장소다.
7 뉴햄프셔의 명문 사립 고등학교 필립스 엑서터 아카데미.

기 너머에서 짐짓 겸손한 척 대꾸한다.

그리고 이어서 나오는 말. "빌어먹을, 후딱 가봐야 해."

그녀는 나중에 "그 축하 행사에 대해 전부 자세히" 적은 이메일을 보내겠다고 약속한다.

레이건은 여전히 수화기를 든 채로 컴퓨터 화면을 응시한다. 메이시는 이런 헛소리를 믿지 않는다. 적어도 전에는 결코 믿은 적이 없다. 레이건은 그 짧은 동영상을 되감아 한번 더 보고, 그러고는 세번째로 다시 보며 마치 뭔가 단서라도 찾듯이 유심히 살핀다. 화면에 등장한 메이시. 검붉은색 드레스, 하얀 리넨 테이블보 위에 놓인 난초와 절꺼덕거리는 나이프며 포크 들, 정장이나 세련된 드레스를 입은 초대 손님들. 십중팔구 모두 톱 리더 자신이거나 그 톱 리더의 할머니일 것이다. 레이건은 동영상을 잠시 정지하고 사람들을 훑어보며 메이시의 할머니를 찾는다. 이어 재생 버튼을 눌러 다시 살펴본다.

그 정도로 대단한 일은 아니야, 레이그.

무언가가 레이건의 배를 스친다. 마치 새의 날갯짓 같은 파닥거림. 아기일까? 레이건의 심장이 펄떡거린다. 그녀는 의자 등받이에 몸을 기대고 볼록 튀어나온 배에 살짝 손을 얹은 채 기다린다. 자신의 맥박을 늦춰 아기의 맥박도 늦추려고 심호흡을 하면서, 집게손가락으로 피부를 톡톡 두드려본다. 똑똑, 거기 누구 있니?

몇분이 흐르고, 다시 몇분이 더 흐른다. 지극히 미세한 그 움직임은 그녀의 상상이었던 걸까?

그녀는 배를 받친 채, 컴퓨터에서 여전히 재생되고 있는 동영상을 본다. 메이시는 무대를 떠났다. 이제는 또다른 톱 리더, 분홍빛 피부에 탄탄한 몸을 가진 아일랜드계로 보이는 남자가 거들먹거리며 기념패를 받는 중이다. 그는 마치 그 모든 것이, 그러니까 은이며 유리가 잔뜩 놓인 테이블들과 순종적인 차렷 자세로 행사장 곳곳을 재빨리 돌아다니는 웨이터들과 찬사와 박수갈채가 당연한 것인 양 감격스러운 기색도 없이 태연하다. 당연한 결과지. **그 정도로 대단한 일은 아니야.**

너도 이 젠체하는 재수 없는 놈처럼 톱 리더가 될 거니? 레이건은 배 속 남자 아기에게 갑작스레 화가 치밀어 무언의 질문을 던진다. 이 아기도 남자니까. 최근에 초음파검사를 했을 때 와일드 박사가 레이건은 거들떠보지도 않은 채 카메라에 대고 그 소식을 발표했다. 박사는 손사래를 치며 의뢰인들의 감사 인사를 사양했지만, 레이건은 그녀의 자기만족적인 눈빛을 볼 수 있었다. 마치 박사가 직접 태아의 페니스를 꿰매 붙이기라도 한 것 같았다.

하지만 넌 이미 톱이지, 안 그래?

레이건은 배 속의 태아에 대해 생각한다. 유기농 식품으로 살찌고, 주문 생산 종합비타민으로 더 튼튼해지고, 유터로사운즈에 녹음돼 있는 다중 언어 재생 목록을 고려하건대 아마도 현시점에 3개 국어는 할 아기. 게다가 남자다.

더욱이 부유하기까지 하다.

어떻게 이 아이가 언젠가 세상을 지배하지 않을 수 있겠는가?

레이건은 충동적으로 『비즈니스 월드』에 보낼 '30주 미만 톱 거물 태아 30인!'이라는 특별 호 제안서를 작성하기 시작한다. 잡지 한가운데 초음파 사진을 접어서 넣고 태아의 사이즈, 태아의 식단 및 취미에 관한 논평을 싣는 것이다. 호화 부동산 목록과 비슷한, 최상위 태아들이 머무는 자궁에 대한 묘사도 함께. 키보드를 두드리던 레이건은 다시 약간의 움직임을 느낀다. 아기일까? 아기도 흥분한 걸까? 기대감에 차서, 이제 막 생긴 손가락으로 그녀의 자궁벽을 연신 두드리는 걸까? 깡충깡충 뛰어다닐 준비 다 됐어요—

그 프로젝트에 너무 몰두한 나머지 레이건은 유리 칸막이의 문이 열린 것을 알아차리지 못한다. 임신 3개월을 채워가는 콜롬비아인 호스트 베아트리스가 헛기침을 한다. "다 썼어요, 레이건?"

레이건은 오래 걸려 미안하다고 사과한 뒤 작업물을 저장하고 로그아웃한다. 불현듯 리사가 보고 싶다. 자신이 조금 전 점심시간에 심하게 면박을 주기는 했지만, 리사라면 그 모든 것이, 그러니까 『비즈니스 월드』의 멍청한 명단도, 그 명단에 대한 아빠의 부끄러운 줄도 모르는 감탄과 그 자기만족적인 축하 행사도 모두 헛소리라는 것을 이곳의 그 누구보다 더 잘 이해하리라.

"워 조심!" 레이건은 하마터면 복도에서 미즈 유와 부딪칠 뻔한다. 그녀는 검은색 슬랙스 차림에 운동화를 신은 키 작은 아시아 여성과 함께 있다.

"죄송해요, 미즈 유. 못 봤어요."

"괜찮아요. 레이건, 세군디나와 인사해요. 막 인터뷰를 마쳤어요. 여기 시설을 구경시켜주는 중이죠."

레이건이 손을 내밀자 바닥을 보고 있던 세군디나는 고개를 들지만 그녀를 쳐다보지는 않은 채 그 손을 잡는다.

"레이건은 임신 2기예요." 미즈 유가 목에 건 긴 두줄짜리 진주 목걸이를 고쳐 걸며 말한다. "레이건의 의뢰인은 그녀를 무척 좋아하죠."

"글쎄요, 실제로 저를 만난 적은 없지만요." 레이건이 세군디나를 향해 대답하지만, 세군디나는 부동자세로 주눅든 인상만을 간신히 전달할 뿐이다.

"아직은 못 만났죠. 하지만 그녀는 모든 진척 상황을 지켜보고 있고, 당신에게 매우 만족하고 있어요." 미즈 유가 자신 있게 말하고는 세군디나에게 이렇게 덧붙인다. "골든 오크스에도 만족하고 있고요. 레이건의 의뢰인은 진정한 세계적 리더예요. 그녀가 우리 운영 방식을 그토록 마음에 들어한다는 건 우리에게 진정한 찬사가 아닐 수 없죠."

"어머, 제 의뢰인이 이곳을 방문한 적이 있나요?" 레이건이 짐짓 쾌활하게 묻는다.

미즈 유는 방긋 웃는다. "즐거운 시간 보내요, 레이건."

레이건은 자신도 모르게 언젠가 의뢰인을 지나친 적이 있을까 생각하면서 리사의 방으로 걸어가 문도 두드리지 않고 들어간다. 방은 엉망진창이다—리사는 청소부들을 방에 들이지 않는다—흔들의자 위에 옷이 산더미처럼 쌓여 있고, 카펫에는 잡지가 잔뜩 깔려 있다. 차가 반쯤 남아 있는 머그잔 여섯개가 트로이의 도자기 조각품들, 그러니까 반들반들 윤이 나는 재질에 사탕처럼 밝고 유혹적인 형상을 한 통통한 여자 조각상들과 함께 창턱에 놓여 있다.

레이건이 리사의 흐트러진 침대에 털썩 주저앉아 오래된 『아트포럼』[8] 한권을 집어 읽고 있을 때, 방문이 쾅 하고 열린다. 리사는 그녀를 보고 놀라지 않는다. 리사의 포니테일은 삐뚤어지고, 셔츠는 뒤집어 입었다. 구깃구깃 뭉친 스웨터를 배에 바싹 끌어안은 모습이다.

"미안해, 난—" 레이건이 말문을 연다.

"됐어." 리사가 말한다. "나도 욕먹을 짓 했지 뭐. 참, 화해의 선물이 있어. 우리 좀 걸을까?"

리사가 스웨터를 배낭에 쑤셔 넣는다. 그들은 말없이 가장 가까운 코디네이터 데스크로 걸어가 웰밴드를 판독기에 인식시킨다. 코디네이터가 노트북 화면을 힐끗 쳐다보고는 리사를 유심히 살핀다. "오늘은 산책로를 벗어나지

8 1962년 미국 샌프란시스코에서 창간된 세계적인 미술 잡지.

맙시다, 알겠어요, 숙녀분들? 그리고 금방 다녀오도록 해요. 비가 올 테니까."

"걱정 마세요!" 리사가 속눈썹을 파닥거리며 노래하듯 대답한다.

밖에 나오니 코발트색 하늘이 맑다. "비가 올 것 같진 않은데." 레이건이 숨을 깊이 들이쉬고 말한다.

"틀림없이 나를 실시간으로 추적할 거야. 그러니까 우리는 계속 걸어야 해." 리사가 레이건보다 앞서 성큼성큼 숲으로 걸어 들어가며 중얼거린다.

"천천히 가!" 레이건도 리사를 따라잡으려고 속도를 높인다. 리사는 길을 따라 행진하듯 걸어가며, 마치 미리 경로를 정해두기라도 한 듯 이리저리 방향을 튼다.

"참도 재미있다." 리사가 마침내 멈춰 서자 레이건이 말한다. 그녀는 가쁜 숨을 몰아쉰다. "뭐가 그리 급해?"

리사는 허벅지에 손을 얹고 몸을 앞으로 숙인 채 헐떡거리다가 갑작스럽게 방긋 웃는다. "이 구간에는 아직 카메라가 없어. 홀리오 말로는 이번 주 후반에나 설치할 거라더라."

그들이 서 있는 곳은 나무 그늘이 진 짧은 길로, 더 멀리 앞쪽에는 평평한 빈터로 이어지는 비탈이 보인다. "누가 다가오든 상대가 우리를 보기 한참 전에 우리가 먼저 그 사람을 보게 될 거야."

"혹시 트로이가 여기 있는 거야?" 레이건이 화가 나서 묻는다. "만약 그렇다면 난 빠질래." 그녀는 농장이 있는 방향으로 한걸음 물러난다.

"아니, 트로이는 여기 없어. 불행하게도." 리사가 과장스럽게 참는 시늉을 해 보인다. "대신 네게 줄 선물이 있지. 그리고 제인에게 줄 선물도. 제인이 나랑 다시 말을 한다면 말이지만." 리사가 배낭의 지퍼를 열고 내용물을 땅바닥에 쏟아낸다. 그녀의 구겨진 스웨터와 물병 두어개와 함께, 다이어트 콜라 두캔과 큰 스니커즈 초콜릿 바 여러개가 나온다. "짜잔!"

레이건은 잠시 그 탄산음료와 초콜릿을 응시하다가 폭소를 터뜨린다. 몸이 반으로 접힐 정도의 포복절도다. 그녀는 리사를 참을 수가 없지만 동시에 리사가 너무나 좋다. 그녀의 온몸이 바보 같은 환희로 가득 찬다. 아직 차가운 콜라 캔을 움켜잡고 뚜껑을 따자, 딸깍 쉭 하는 소리가 몸이 움찔할 정도로 몹시 크게 울린다. 리사도 자기 몫의 캔을 따고, 둘은 얼간이들처럼 킥킥거리며 캔을 부딪혀 축배를 든다.

"네 건강을 위해." 리사가 캔을 높이 들고 말한다.

"네 건강을 위해."

레이건이 캔을 기울여 탄산음료를 입안으로 쏟아붓는다. 화학물질의 달콤한 맛. 목구멍에 닿는 탄산 거품과 자극적인 카페인. 그녀는 아빠가 질 좋은 와인으로 그러듯이 콜라를 한모금 머금어 입안에서 이리저리 굴려본다. 꿀꺽꿀꺽 들이켜다가 마침내 더이상 남은 것이 없자, 캔을 뒤

집어 입 위에서 흔들며 마지막 한방울까지 다 마셨는지 확인한다.

너도 흥분되니? 넘치는 활력을 느끼며, 그녀는 배 속의 '거물'에게 말없이 소리친다.

레이건은 자기처럼 콜라를 다 마셔버린 리사를 힐끗 쳐다본 뒤 또다시 웃음을 터뜨린다. 웃는 도중에 축축하고 지나치게 꾸며낸 듯한 트림이 입에서 삼십초쯤 터져 나온다.

"그 원시인 소리 네가 낸 거야?" 리사가 간신히 말을 입 밖으로 내뱉는다. 소리 없이 웃으며 온몸을 들썩이는 그녀의 얼굴을 타고 눈물이 방울져 흘러내린다.

레이건은 캔을 우그러뜨린 뒤 스니커즈 바를 집어 이로 포장지를 찢는다.

준비해, 거물 양반. 넌 이걸 아주 좋아하게 될 거야.

한입 베어 문 뒤 곧바로 초콜릿 바의 절반을 입속으로 쑤셔 넣자, 잠시간 달콤함에 온 세상이 싹 다 잊힐 지경이다. 그 달콤함을 뚫고, 어렴풋이 알림음이 들린다. 그녀의 웰밴드가 초음파검사 시간을 알린다. 늦으면 안되지만 지금은 멈출 수가 없다. 그녀는 한입 더 베어 문다. 그런 다음 또 한입 더.

제인

레이건과 리사가 천천히 걸어 지나가는 동안 제인은 델리아 쪽으로 몸을 비스듬히 기울이고 그녀의 머리카락에 얼굴이 가려지도록 고개를 떨군다. 안전하게 몸을 숨긴 그녀는 델리아의 입술에 초점을 맞춘다. 무슨 말을 하고 있는 거지? 무언가 미즈 유에 대한 것이다. 미즈 유가 델리아에게 오늘 새로 온 필리핀 호스트와 함께 점심을 먹어달라고 부탁해서 그 여자의 방에 가봤지만—그 여자는 새로 온 젊은 폴란드 여자, 그러니까 가끔 타샤나 네 친구 레이건(델리아는 네 친구 레이건이라는 말을 약간 헐뜯는 투로 하는데, 왜냐하면 제인이 이제는 누가 봐도 레이건과 친구 사이가 아니기 때문이다)이랑 함께 앉는 그 창백한 젊은 여자와 방을 함께 써—어디에서도 그녀를 찾을 수가 없

274

었다는 것이다. 델리아는 기다리고 또 기다리다가 결국 포기했다. 그녀는 자기 입장이 곤란해질까 걱정하고 있다.

"코디네이터들한테 물어보지 그랬어? 그들은 웰밴드로 찾을 수가 있잖아." 제인은 그 사실을 너무나 잘 안다.

그녀는 비트 샐러드를 억지로 한입 베어 문다. 미끈거리고 축축하며, 아주 물렁물렁하지는 않지만 그렇다고 단단하지도 않은 비트의 식감이 정말 싫다. 하지만 지금은 근신 중이고, 리사에게 가끔씩 몰래 디저트를 주는 요리사인 벳시의 말마따나 비트는 슈퍼푸드다.

"어쨌든 이십 분이나 기다렸으니 미즈 유가 나한테 화낼 리는 없겠지? 게다가 난 배가 고프면 혈당 때문에 현기증이 난단 말이야. 그건 아기한테 좋지 않잖아. 그렇지?"

델리아의 걱정스러운 눈길에, 제인은 미즈 유도 델리아가 최선을 다했다는 걸 알 거라며 그녀를 안심시킨다. 제인은 식당을 슬쩍 둘러보다가 레이건과 리사가 창가의 2인용 테이블에 함께 웅크리고 앉아 있음을 알아차린다. 아, 역시 그랬다. 그들은 다시 친구 사이다. 물론 당연한 일이다. 제인이 더 이상 그들과 함께 있지 않는 게 당연한 것과 꼭 마찬가지로 말이다. 레이건과 리사는 같은 세상 사람이고, 제인은 그렇지 않으며, 그녀는 늘 그 사실을 알고 있었다.

그런데도 제인은 마치 무언가를 빼앗긴 것처럼 허전한 기분이 든다.

제인이 벌을 받게 되었다는 걸 처음 알았을 때 레이건은 몹시 화를 냈다. 그녀가 미즈 유에게 두번째 심문을 당한 뒤 기진맥진해서 침대에 누워 있는데 레이건이 들이닥쳐 캐물었다. 처음에는 룸메이트가 느끼는 분노의 깊이와 그 근원을 알아차리지 못했다. 그녀가 알아차린 것이라고는 레이건이 낮고 진지한 목소리로 무척 많은 질문을 했다는 것뿐이었다.

　정말 무슨 일이 있었던 거야? 산책로를 벗어났다니 너답지 않아. 누구 생각이었어?

　질문 하나하나가 더이상 들어갈 수 없을 때까지 제인을 점점 더 깊이 자기 속으로 침잠하게 만들었고, 이윽고 그녀는 대답하기를 그만둬버렸다. 그녀는 울지 않았다. 비참한 기분이 겹겹이 스스로를 뒤덮도록 내버려둔 채 무기력하게 누워 있을 뿐이었다. 아말리아의 방문이 취소되었다. 의뢰인들은 화가 났다. 그들의 아기가 아플 수도 있다. 그것은 그녀의 잘못이었다.

　그리고 무엇보다도 더 불길한 것은 자신이 미즈 유에게 거짓말을 했고, 미즈 유는 그 사실을 잘 알고 있으므로 이제 제인의 다른 고용주들이 했던 식으로 그녀를 보리라는 점이었다.

　사람들이 자신을 어떤 식으로 보는지 알게 된 것은 카터 부인의 집에서 일할 때였다. 그 전까지는 자신이 고용주들에게 그리 눈에 띄는 존재가 아닐 거라고만 짐작하고 있었다. 그날은 빗방울이 연신 서재 창문을 두드리는 궂은 날이었다. 그녀가 소파에서 토사물을 닦고 있는데 단언하듯 이렇게 말하는 한 목소리가 들렸다. "아주 괜찮은 사람들 같아. 영어도 할 줄 알고, 부지런하고, 뭐 그런 점들이 말이야. 하지만 거짓말을 하지."

카터 부인의 대학 친구인 밴윅 부인의 목소리였다. 카터 부인의 부드러운 항변이 들렸고(어떻게 그렇게 심한 일반화를 할 수가 있어?), 이내 밴윅 부인이 자신과 같은 건물에 사는 한 가족에 대한 이야기를 시작했다. 그 가족은 10층에 살고 있는데, 삼면에서 조망이 가능하도록 두채의 아파트를 터서 합쳐놓았다. 남편은 부동산 거물이고 아내는 의사라 돈더미에서 뒹굴 정도로 엄청난 부자였다. 필리핀인 유모가 두 아들 키우는 것을 도와주면서 6년째 그들과 함께 살고 있었다. 그 이웃은 종종 밴윅 부인에게 유모 덕에 먹고사는 필리핀의 게으름뱅이 남편과 자식들에 대해 들려주곤 했다. 이웃은 유모를 가족의 일원으로 여기며, 매년 4주에 가까운 유급휴가에 생일 및 크리스마스 보너스까지 후하게 챙겨주었다. 그래서 유모의 딸들 중 하나가 발에서 시작해 계속 번져가는 일종의 포도상구균 감염증에 걸렸을 때, 밴윅 부인의 이웃은 먼저 나서서 유모에게 그녀를 필요로 하는 고향으로 돌아가보라고 권했다. 이웃은 필리핀행 비행기표 값을 내주었고, 병원비를 도와주겠다고 고집했으며, 몇주 뒤 유모가 전화해서 체류 기간을 연장해달라고 요청했을 때도 불평하지 않았다.

밴윅 부인이 카터 부인에게 단언한 바에 따르면, 알고 보니 그 유모는 거짓말을 하고 있었다. 청소부가 유모의 비밀을 폭로했고, 유모는 눈물을 흘리며 고백했다. 딸이 포도상구균에 감염되었던 것은 사실이지만 결코 위독한 수준은 아니었다. 유모가 필리핀으로 돌아갔던 것은 딸이 나쁜 남자와, 그러니까 도박꾼에 백수인 놈팡이와 금방이라도 결혼을 하려던 참이어서 정신을 차리게 타일러야 했기 때문이었다. 일단 고향집에 돌아가자, 유모는 다른 자식들과 가족들을 괴롭히는 온갖 위기에 휘말리게 되었다. 유모는 고용주가 병원비로 준 돈을 한푼도 남김없이 다 돌려주겠다고 약속했다(그녀는 그 돈을 쓰지 않았다, 도둑은 아니었으니까). 그리고 다시는 그런 일이 없을 거라고 약속했다.

제인은 더러워진 수건을 든 채 서서 카터 부인의 대답을 기다렸다.

"하긴, 우리 어머니도 늘 나한테 몇년마다 도우미를 바꿔야 한다고 그랬어. 안 그러면 그들이 너무 허물없이 군다고 말이야." 카터 부인이 마침내 그렇게 말하자 제인의 가슴은 철렁 내려앉았다. "어머니 말이 맞았던 것 같네."

"아, 그런 사례를 열두개는 더 들려줄 수도 있어." 밴윅 부인이 맞받았다. "없어진 보석이며 현금, 상을 당했으니 장례비를 도와달라는 거짓 간청……"

"어떻게 보면 사실 그들을 탓할 수만도 없어. 그들에겐 우리 삶이 얼마나 쉬워 보이겠니?" 카터 부인이 말했다.

"바로 그래서 그들을 **믿**으면 안된다는 거야."

제인은 델리아의 고민에 귀를 기울이는 척하지만, 사실 레이건과 리사를 지켜보고 있다. 두번째 심문 때 미즈 유는 그 둘을 말썽꾼이라고 불렀다. 말썽 일으키기를 좋아하지만, 그 말썽을 직접 해결할 필요는 없는 특권을 가진 아가씨들이라고 말이다. 그러고는 진지하게 물었다. 실생활로 돌아가는 즉시 당신 이름도 잊어버릴 친구들을 위해 정말로 모든 위험을 감수하고 싶어요?

그녀가 맞았다. 제인은 더이상 위험을 감수할 수 없다.

"리사는 점점 뚱뚱해지고 있어." 이제 델리아는 닭고기를 자르면서 키득거린다. "너한텐 틀림없이 기분 좋은 일이겠지?"

제인은 대답하지 않는다. 며칠 동안 고민을 "전부 까발리라고" 그녀를 들볶더니, 델리아는 이제 이따금 제인의 예전 친구들을 헐뜯는 말을 하며 만족스러워한다. 제인이 그들을 원망한다고 짐작하는 것이다. 무슨 일로 절교를 했든, 모두 레이건과 리사의 잘못이었다고 말이다.

하지만 이런 짐작 모두 전혀 사실이 아니다. 제인은 그녀 자신 말고는 아무도 탓하지 않는다.

확실히, 미즈 유는 아무 잘못이 없다. 그녀는 자기 일을 하고 있을 뿐이다. 그리고 리사는 탐욕스러운 사랑이 스스로를 집어삼키게 내버려둔 죄밖에 없다. 제인 역시 한때 빌리에게 그것과 똑같이 격렬한 감정을 느낀 적이 있었다. 그러니 어떻게 리사에게 화를 낼 수 있겠는가? 자신도 그 감정 때문에 어리석은 선택을 하곤 했는데? 어린 시절 로스앤젤레스의 어머니 집에서 지낼 때, 그녀는 생선 튀김과 라이솔 소독제의 고약한 냄새에서 벗어나려고, 또 등교하기 전 시리얼을 먹는 동안 사각팬티 차림으로 발소리도 없이 다가와 벌건 얼굴로 그녀의 가슴을 곁눈질하던 어머니의 미국인 애인들을 피하려고 가능한 한 자주 몰래 집을 빠져나가곤 했다. 또 어머니가 상심해 부엌에서 울고 있을 때도 그녀의 머릿속엔 오로지 빌리 생각뿐이었다. 그가 함께 뉴욕으로 가자고 청했을 때 그녀는 망설이지 않았다.

물론 제인은 레이건도 탓하지 않는다. 레이건과의 관계가 어그러진 것이 가장 힘들 뿐이다. 친하게 지내던 몇주 동안, 두 사람은 밤마다 몇시간씩 대화를 나누었다. 때때로 레이건은 자기 가족에 대해 이야기하곤 했다. 남동생이 얼마나 똑똑한지, 대학을 졸업하자마자 얼마나 좋은 직장에 일자리를 얻었는지. (레이건은 그 사실을 아버지에게 들어서 알고 있을 뿐이다. 그녀와 남동생은 연락하지 않기 때문이다.) 어머니가 레이건의 어린 시절 침실을 그녀가 무척 좋아하는 동화들의 수채화로 가득 채웠던 일도 들려주었다. 그녀의 어머니는 재능이 대단했고, 무엇이든 다

그릴 수 있었다.

그런 어머니가 지금 기억하는 건 레이건의 아버지 이름 뿐이다. 레이건은 아버지가 그 사실에 비뚤어진 자부심을 가지고 있다고 믿는다. 그것이 아내의 사랑과 그 자신의 중요성을 증명한다는 이유로 말이다.

어느날 밤, 레이건은 제인에게 치매 유전자검사를 받기로 했다고 말했다. 그녀의 어머니와 남동생은 그때껏 확인을 거부해왔다. 만약 나쁜 결과를 듣는다면 레이건은 어떻게 해야 할까? 그것이 그녀가 결코 아이를 낳을 수 없다는, 낳으면 안된다는 뜻이 될까?

어둠속에서 레이건의 목소리는 아주 작게 들려왔다. 제인은 어렵사리 적절한 말을 찾아냈다. 그녀는 매일 새로운 약이 개발되고 있다며 친구를 안심시켰다. 레이건에게도—만약 그녀가 아이를 낳기로 결정한다면—아기에게도 정해진 운명 따위는 없다고. 상황은 바뀔 수 있다고 말이다.

제인은 가슴이 찢어지는 듯한 아픔을 느끼며 자신의 말이 사실이기를 기도했다. 왜냐하면 제인에게는 아테가 있고, 언제나 아말리아가 있을 테지만, 레이건은, 그녀는 혼자이니까.

제인은 게걸스럽게 닭고기를 삼키는 델리아의 모습을 지켜본다. 속이 약간 울렁거린다. 델리아는 위산 역류에 대해 불평하고, 보너스가 이 모든 고통을 감수할 가치가 있기를 바란다며 이야기를 늘어놓기 시작한다. 그러다가 느닷없이 그녀가 벌떡 일어선다. "세군디나!"

땅딸막한 필리핀 여자 하나가 테이블로 다가온다. 코디네이터 한명이 뒤따르고 있다. 그 필리핀 여자의 눈길은 자기 손에 들린 퀴노아 그릇에만 못 박혀 있다. 마치 그릇이 쟁반에서 튕겨 나가 바닥으로 떨어지기라도 할까봐 두려워하는 듯한 모습이다.

"세군디나는ㅡ내가 이름을 제대로 발음하고 있는 건가요?ㅡ상태가 그리 좋지 않았어요. 하지만 이제 점심을 토하지 않고 약간은 먹을 수 있게 된 것 같네요." 코디네이터가 새된 목소리로 말한다. "델리아, 들었죠?"

델리아는 격렬하게 고개를 끄덕이며 거의 삼십분이나 세군디나를 기다렸다고 설명하기 시작하지만, 코디네이터가 손을 내저어 그녀의 말을 일축한다. "별일 아니에요. 세군디나는 미즈 해나의 화장실에서 볼일을 보느라 꼼짝도 못하고 있었거든요."

세군디나가 얼굴을 붉힌다.

"자, 그럼 세군디나를 부탁해요, 델리아. 세군디나는 2시까지 와일드 박사님 진찰실에 가야 해요. 절대 잊지 마요."

델리아는 세군디나를 위해 의자를 당겨 빼더니 티끌 하나 없는 의자를 보란 듯이 쓸며 빵 부스러기 털어내는 시늉을 한다. "앉아요, 앉아. 어서 먹어요."

제인과 다른 필리핀 여자들이 저마다 큰 소리로 인사말을 건넨다. 세군디나는 머리가 목에 끈으로 매달려 있기라도 한 양 고개를 낮게 늘어뜨린 채 수줍게 대답한다. 제인은 자신이 그녀와 같은 처지였던 시기를, 그러니까 배 속에 모르는 사람의 아기를 품은 채 처음 골든 오크스에 와서 모든 것이 너무도 생소하고 비현실적이었던 나날들을 떠올린다. 테이블에 앉아 있던 몇몇 여자들이 세군디나에게 질문을 퍼붓기 시작하고, 델리아가 마치 세군디나의 지정 면담자라도 되는 듯 그 질문들을 한번씩 되풀이한다. 어느 지방 출신이에요? 임신한 지 얼마나 됐어요? 의뢰인은 누구예요?

대답하는 세군디나의 두 눈이 델리아와 자신의 쟁반 사이를 획획 오간다. 그녀는 머뭇머뭇 이야기한다. 제인은 그녀에게 미소를 지어 보이려 하지만 그녀의 눈길을 끌지 못한다. 그때 누군가가 황급히 식당으로 들어오더니 좀 떨어진 테이블에 쟁반을 쾅 내려놓고는 숨죽인 목소리로 아냐에게 무슨 일이 일어났는지 알았다고 알린다. 호스트들의 관심이 쏠린다. 세군디나도 겁먹은 표정으로 잠자코 귀를 기울인다.

"저 사람들 말 귀담아듣지 말아요. 아이한테 그런 결함이 생기는 건 아주 드문 일이니까." 제인이 그녀를 안심시킨다. 물론 걱정스럽기는 제인도 마찬가지지만 말이다.

세군디나는 애매한 미소를 지어 보이더니 포크를 집어

퀴노아를 접시 둘레로 밀어놓는다.

"몸이 안 좋으면 억지로 먹지 마요. 아기는 괜찮을 거예요. 임신 첫 석달 동안은 많은 호스트들이 몸무게가 줄어요."

"고마워요." 세군디나가 말한다.

이제 다른 필리핀 여자들은 다운증후군과 유산과 그밖의 다른 운 없는 경우들에 대해 이야기를 주고받는다. 제인은 잠자코 음식을 마저 먹는다. 그녀는 아테가 어제 이메일로 보내준 동영상에 대해 생각하는 중이다. 그 동영상에서 아말리아는 아테의 손을 놓고 처음으로 혼자서 뒤뚱뒤뚱 걸음마를 뗐다.

이제 막 한살을 넘긴 딸을 생각할 때마다, 제인은 어떤 통증 같은 것에 가슴이 미어진다. 어쩌면 그렇게 빨리, 그렇게까지 커버렸을까? 아말리아가 손뼉 치는 법을 배우고, 시키는 대로 자기 눈이나 배를 가리키고, 그리고 이제는 막 걷는 것까지 제인은 동영상으로만 지켜봤다. 그 모든 것을 놓치고 말았다. 2주 전, 아테가 아파트 근처의 공원에서 아말리아를 위해 생일 파티를 열었다. 에인절과 체리, 아말리아의 어린이집 친구들 몇몇과 그들의 부모가 참석했다. 아테는 아말리아가 알록달록한 가방에서 제인이 보낸 장난감 키보드를 꺼내는 모습을 촬영했다. 아말리아가 건반을 쾅쾅 두드리자 노래가 흘러나오기 시작했고, 아이는 발을 버둥거리며 얼굴에 함박웃음을 띤 채 음악에 맞춰 덩실거렸다. 파티에 참석한 사람들 모두 웃음을 터뜨렸다. 하지만 제인은 멀리서 모르는 사람의 아이를 임신한 채 혼자 그 모습을 지켜보면서 흐느껴 울었다.

"당신은 얼마나 됐어요?" 세군디나가 수줍게 묻는다.

"지금 임신 2기예요."

"운이 좋네요. 유산 걱정은 없겠어요."

이해심 많은 제인은 그녀에게 너무 걱정하지 말라고 말해준다. 만약 미즈 유가 세군디나의 임신에 위험 요소가 조금이라도 있다고 생각했다면 그녀를 골든 오크스로 오게 하지도 않았을 거라고. 그것은 말이 되지 않는다고. 그럴 경우 골든 오크스는 그저 손해만 볼 테니까. 당신도 알다시피, 이건 사업이니까요. 제인은 자신이 리사의 말과 그녀의 다 안다는 듯한 말투를 빌려서, 마치 리사처럼 말하고 있음을 깨닫는다.

그녀의 배 속에서 아기가 움직인다. 이 아기의 경우 아말리아 때보다 훨씬 더 일찍 태동을 느꼈다. 와일드 박사는 자연스러운 일이라고 했다. 두번째 임신 땐 누구나 자기 몸에 훨씬 더 잘 적응하기 마련이라고. 하지만 제인은 이 아기가 더 튼튼하기 때문이라고 믿는다. 아말리아를 임신했을 때는 빅맥 버거며 그 많은 치차론[1]을 먹어대는 등 별로 조심하지 않았다.

1 스페인어로 '돼지비계'를 뜻하며, 여기서는 돼지 껍데기를 기름에 튀겨 스낵처럼 가공한 간식거리를 의미한다.

세군디나가 머리카락 한가닥을 비비 꼬더니 그 끝을 입술로 물고 뾰족해지도록 빨아댄다. 제인은 그것이 나쁜 습관, 다시 말해 아기에게 세균을 전달하기 딱 좋은 방법이라고 이야기한다. 세군디나가 얼굴을 붉히자 제인은 엄격하게 말한 것을 후회하며, 레이건이 누군가를 편안하게 해주려 할 때 하듯이 허물없는 말투로 묻는다. "당신 이름 들으니까 알겠던데. 둘째죠?[2] 형제자매가 많아요?"

세군디나는 동기가 일곱이라고 대답한다.

대답을 예상하고 있었으면서도 제인은 짐짓 깜짝 놀라는 표정을 지어 보인다. 농사를 짓는 집안은 항상 대가족이다. "그리고 모두 이름에 숫자가 들어가고요?"

"우리 아테는 프리마예요. 나는 둘째고요. 제일 어린 남동생들은 셉티모와 옥타비오죠."[3] 세군디나가 배시시 미소를 짓는다.

"부모님이 머리가 좋으시네요. 숫자가 이름보다 더 기억하기 쉬운 법이죠!" 제인은 농담을 하고, 세군디나가 웃음을 터뜨리자 기뻐한다. "그런데 당신은 여기 어떻게 오게 됐어요?"

미국 얘기다. 그러니까 그녀는 세군디나에게 어떻게 미

---

2 세군디나(Segundina)는 스페인어로 '두번째'를 의미하는 세군도(segundo)에서 유래한 이름이다.
3 프리마(prima)는 '첫번째', 셉티모(septimo)는 '일곱번째'라는 뜻이며, 옥타비오는 '여덟번째'를 뜻하는 옥타보(octavo)에서 온 이름이다.

국으로 오게 되었는지 물은 것인데, 세군디나는 골든 오크스에 대한 질문이라고 생각한다. 그들은 이 일에 대해, 즉 골든 오크스와 골든 오크스의 업무 방식에 대해 이야기하면 안된다. 그런 내용이 계약서에 들어 있다. 하지만 세군디나는 긴장해 정신이 없는 상태로 이미 설명을 시작했다. "여기 오기 전에 요리 업체에서 일했어요. 우리 사장님이 골든 오크스에 대해서, 내가 얼마나 많은 돈을 벌 수 있는지에 대해서 말해줬죠. 처음에는 관심이 없었어요. 사실 이걸, 그러니까 내가 아기를 낳을 거라는 걸 가족한테 대체 어떻게 설명하겠어요? 아마 그들은 이게 직업이라는 내 말을 믿지 않을 거예요. 어쩌면 무언가…… 수치스러운 일을 떠올릴지도 몰라요."

제인은 10미터쯤 떨어진 곳에 있는 코디네이터를 주시하며 공감의 미소를 짓는다.

"날 인도해달라고 기도드렸어요. 그리고 있는데 우리 사장님이 그러더라고요. 가족을 돕고 싶다면, 방법이 있어. 사장님이 가족에게 들려줄 얘기를 꾸며내도록 도와줬죠. 물론 거짓말이지만, 선의의 **거짓말**일 뿐이에요."

제인은 때때로 선의의 거짓말이 필요한 법이라고 그녀를 안심시킨다. 제인 역시 에인절과 퀸스 합숙소의 다른 사람들에게 왜 그렇게 오랫동안 떠나 있을 예정인지에 대해 거짓말을 하지 않았는가. 왜 아말리아를 두고 떠나는지에 대해서 말이다.

"착상 주사를 맞는 동안 몹시 아팠어요. 합숙소에서 지내던 터라—퀸스 알아요?—쉽지 않았죠. 아테 에벌린이—그분이 우리 사장님이에요—날 레고파크의 자기 아파트에 머물게 해줬어요. 그분은 친척 아기와 단둘이 사는데, 아기가 아주 순해요. 말리는 기저귀 발진이 있을 때만 울거든요…… 아테는 밤이면 그애가 울다 잠들게 내버려두었어요."

세군디나는 충격을 받은 듯한 제인의 얼굴을 보더니 얼른 안심시킨다. "그분 말씀이 그게 수면 훈련법이래요. 저기, 아테는 아기에 관해서는 전문가거든요."

식당 안의 소음, 그러니까 포크며 나이프 따위가 쨍그랑거리는 소리, 와자지껄 떠드는 소리가 갑자기 사라진다. 제인은 그 여자를 빤히 쳐다보고 있다. 그녀의 입에서는 여전히 그 사장이 판싯 럭럭을 배달하러 간 사이 자기가 말리를 데리고 쇼핑을 하러 간 일, 아테 에벌린이 골든 오크스에 대해 이야기해주고 아테의 친구인 에인절이 인터뷰를 위해 옷을 빌려준 일 따위가 흘러나오고 있는데, 마치 그 말이 몇킬로미터쯤 떨어진 곳에서 들리는 것만 같다.

이 여자가 지금 아테 얘기를 하고 있는 건가? 아말리아 얘기를 하고 있는 거야?

제인이 떨리는 목소리로 묻는다. "어디에 있는 아파트예요?"

세군디나가 늘어놓는 주소는 제인의 주소고, 세군디나가 말한 아기, 아테가 밤에 울다가 잠들게 내버려둔다는 아기는 말리다.

압박감이 쌓여가며 제인의 머릿속은 눈보라처럼 새하얘진다. 세군디나가 계속 말을 이어가지만, 제인은 그 말에 전혀 집중하지 못한다. 무언가가—비명? 흐느낌?—그녀의 목구멍을 가득 메우고 있다.

잠시 후 정신을 차려보니, 타샤가 마치 열에 들뜬 듯 눈을 반짝이며 그녀 옆에 우뚝 서 있다. 다른 필리핀 여자들은 수다를 멈추고, 몇몇은 입을 딱 벌린 채 타샤와 제인을 응시하고 있다.

"제인, 내 말 못 들었어?" 타샤가 묻는다. 아까부터 계속 제인에게 무어라 얘기하고 있었던 모양이다.

제인이 중얼거린다. "모르겠어."

"한번 더 말해줄게. 레이건의 의뢰인은 중국인이 아니야. 미즈 유가 스피커폰에 대고 말하는 걸 들었어. 그 아기 어머니는 미국인이래, 제인!"

제인은 세군디나의 어리둥절한 눈길을 피하며 타샤를 올려다본다.

"아직도 모르겠어?" 타샤의 눈은 이제 더 밝게 빛나고 있다. "그렇다면 그 중국인 아기를 임신하고 있는 사람이 너라는 뜻이잖아. 남은 사람은 너밖에 없다고. 넌 부자가 될 거야!"

제인은 쟁반을 엎을 기세로 벌떡 일어선다. 머릿속이 새하얘지고 정신이 하나도 없다. 모든 게 너무 어수선하다. 생각을 해야 한다. 여기서는 생각할 수가 없다.

델리아가 제인의 소매를 잡아당긴다. 그녀의 얼굴에는 욕심 사나운 미소가 떠 있다. 타샤가 그녀에게 흥분되냐고 묻는다. 다른 필리핀 여자들도 제인에게, 타샤에게, 서로에게 말하기 시작한다. 너무 많은 입이 움직이고 있다. 제인은 테이블 위에 쟁반을 그대로 둔 채 문 쪽으로 황급히 뛰어간다.

그녀는 복도 벽에 기대며 털썩 주저앉는다. 지나가던 코디네이터가 괜찮냐고 물어본다. 제인은 고개를 끄덕이고 괜찮다는 것을 증명하기 위해 똑바로 선다. 그저 혼자 있고 싶을 뿐이다. 방에 가고 싶은 마음이 간절하다. 하지만 레이건이 방에 있으면 어쩌지? 지금은 룸메이트를 마주할 자신이 없다.

제인은 코디네이터 데스크 쪽으로 멍하니 걸어간다. 밖으로 나가게 해달라고 요청할 생각이다. 짝꿍은 코디네이터에게 배정해달라고 하면 된다. 하지만 데스크는 호스트들로 북적인다. 몇몇은 유터로사운즈 기기를 반납 중이고, 다른 사람들은 산책 확인을 받느라 줄을 서서 기다리고 있다. 몇몇은 수영복 차림인데, 청록색 나일론이 그들의 둥글게 부푼 배를 팽팽하게 감싸고 있다. 6월 초순치고는 덥고 아름다운 날이라 산책로와 수영장은 붐빌 것이다.

제인은 체력단련실이 있는 별관을 향해 걸음을 재촉한다. 운동실과 지하 수영장으로 통하는 계단을 지나, 호스트들이 좌골신경통 혹은 다른 통증들 때문에 산전 마사지를 받거나 침을 맞는 치료실 쪽으로 복도를 따라간다. 불빛이 희미하고, 숨겨놓은 스피커에서는 부드럽게 흐르는 강물 소리가 흘러나온다. 제인은 금방이라도 눈물이 터질 것 같은 상태로, 건강관리 담당자에게 그냥 어둠속에 누워만 있게 해달라고 간청할 마음을 먹으며 문을 벌컥 열어젖힌다.

방은 어둡다. 복도의 불빛이 마사지 테이블에 뻣뻣하게 기대 있는 훌리오를 비춘다. 몹시 괴로워하는 모습이다. 테이블의 금속 테두리를 마치 생명 줄인 양 꼭 움켜잡고 있다.

심장마비다!

그녀의 나나이가 심장마비로 돌아가셨다. 할머니는 빗속에서 급사했다.

"훌리오!" 제인은 비명을 지르지만, 너무나 겁에 질린 나머지 그의 이름은 속삭임이 되어 나온다.

이내 리사의 모습이 보인다. 훌리오의 아래쪽에 웅크리고 앉아 있는데, 얼굴은 그의 두 다리 사이에 파묻고 있어서 거의 보이지 않을 지경이다. 그녀는 허기진 듯 격렬하게 그를 삼키며, 그의 살덩어리를 마음껏 즐기고 있다.

훌리오의 두 눈이 깜박거리며 열린다. 그는 불빛 때문에 눈을 가늘게 뜨고 제인을 보지만, 리사는 아직 알아차리지 못한다. 홀리오가 머리 위에 커다란 한 손을 얹어 중단시킬 때까지 그녀는 계속 덤벼든다.

"제인?" 리사가 부르지만 제인은 이미 발길을 돌렸다. 그녀는 벌써 걷고 있다. 리사가 다시 부르는 것 같지만 이제 그녀는 뛰고 있고, 딱딱한 원목 마룻바닥에 닿는 구두 소리가 귀청이 터질 듯 시끄러워 그 목소리가 잘 들리지 않는다.

제인은 델리아와 또다른 호스트를 지나친다. 그들은 마치 유령을 보듯 그녀를 묘하게 쳐다본다. 이어 그녀는 복도에서 미즈 해나와 함께 웃고 있는 한 코디네이터를 지나쳐 달려간다. 그들이 웃음을 멈추고 큰 소리로 뭐라 질문을 하지만 그녀는 이미 사라져버렸기에 대답할 수 없다. 그녀는 식당을 지나치고, 발그레해진 볼로 마룻바닥에 꼬리를 물고 이어지는 흙덩어리들을 남기며 돌아오는 호스트 무리를 지나쳐 달려간다.

"제인, 괜찮아?" 레이건이 책을 든 채 바로 앞에 서서 마치 무언가 잘못되기라도 한 듯 걱정스러운 눈으로 묻는다. 마치 제인이 곤경에 빠지기라도 한 것처럼.

하지만 나는 괜찮다.

"괜찮아." 제인은 그렇게 말한 뒤 더욱더 빨리 달리고, 점점 더 숨이 가빠진다. 미즈 유의 비서인 이브가 책상에 앉아 있는 모습을 보고서야 그녀는 비로소 멈춰 선다. 이브는 노트북으로 타이핑을 하고 있다가 제인이 다가오는 소리에 고개를 든다. 그녀의 검은 피부와 대조를 이루며 하얗게 빛나던 미소가 점점 희미해진다.

"미즈 유를 만나게 해줘요." 제인이 헐떡이며 말한다. 그녀는 상체를 숙이고 손으로 무릎을 짚은 채 몸을 들썩인다.

"용건이 뭐죠?" 이브가 차분한 목소리로, 하지만 이맛살을 찌푸리며 묻는다.

"전부 다요."

아테

아테는 포대기 끈을 어깨에 다 묶은 뒤, 유아차에 똑바로 앉아 장난감 문어를 깨물고 있는 아말리아를 힐끗 쳐다본다. "준비됐니, 말리?"

사실 아테가 품에 안고 다니기에는 아말리아가 너무 커졌다. 그렇다고 이제 기어다니는 아이를 에레라 부부의 집에서 마음대로 돌아다니게 내버려둘 수는 없다. 부인의 디너파티를 위해 음식을 배달할 때마다 깨지기 쉬운 귀한 물건들, 예를 들어 푸른색 무늬가 있는 중국 꽃병이며 성인聖人을 섬세하게 새긴 조각 작품, 에레라 부부가 사들여 부유한 피서객들에게 빌려주는 집이 있는 보라카이에서 가져온, 분홍색과 흰색 돌로 가득한 얇은 카피스 조개껍데기¹ 그릇 등이 잔뜩 놓인 수많은 테이블을 눈여겨본 터다.

사진도 있다. 에레라 부부의 집 구석구석을 빈틈없이 덮고 있는 사진들. 모두 은이나 금으로 된 액자에 들어 있다. 그랜드피아노 위에만 해도 열두어점의 사진이, 이를테면 온갖 파티에 가끔은 필리핀 전통 의상을 입고 참석한 에레라 박사와 부인, 유명한 환자들(아테는 누군지 모르는 프로 운동선수들)과 함께 있는 에레라 박사의 사진이 있다. 피아노 옆 벽면은 거실의 흰색과 금색으로 된 화려한 의자에 걸터앉은 가족들의 모습을 담은 거대한 사진으로 거의 뒤덮여 있다. 에레라 박사와 두 아들은 턱시도를 입었고, 에레라 부인과 딸은 길게 흘러내리는 드레스 차림이다. 아말리아가 사진 속 에레라 부인이 신은 구두의 에메랄드그린색에 홀려 끈적거리는 손가락으로 사진을 짚으며 기어오르는 모습이 눈에 선하다.

아테는 아말리아를 유아차에서 들어 올려 꺅꺅대는 불만의 소리를 무시한 채 포대기에 밀어 넣는다. "그래, 말리, 너무 좁지. 하지만 아주 잠깐만이야."

이어 현관까지 돌계단 세단을 올라간 다음 유아차를 힐끗 되돌아본다. 유아차는 에레라 부부 집 앞마당의 잘 손질된 잔디밭 사이 오솔길을 따라 굴러가 한쪽 구석에 서 있다. 누가 저걸 가져가겠어?

그녀는 조용한 거리를 살펴본다. 밖에는 아무도 없다.

---

1 필리핀에서 나는 크고 납작한 반투명 조개의 껍데기. 이 껍데기로 만든 다양한 공예품이 특산품으로 팔린다.

아마 외부인 출입이 허용되지 않는 곳이기 때문이리라. 이 사실을 그녀는 에인절의 최근 남자친구, 델타 항공 조종사로 머리숱이 줄어들고 있는 미국인 덕분에 알게 되었다. 몇주 전 에레라 부부 딸의 결혼식 날 아침에, 그가 아테와 폴보론과 부코 파이를 에레라 부부의 집까지 차로 실어다주겠다고 제안했다. 그는 그 집 앞에 차를 대놓고 아테와 세군디나와 디디와 에인절이 근처 테니스 클럽으로 음식 나르는 것을 도와주었다. 그리고 돌아가보니 그의 SUV 한쪽 뒷바퀴에 쇠가 채워져 있었다. 차의 와이퍼 아래 끼워져 있던 주차 위반 딱지에 적힌 바에 따르면, 그 거리는 오로지 주민들만을 위한 사유지였다. 아테는 에인절 남자친구의 주차 위반 벌금을 자기 수익에서 떼어줘야 했다.

어떻게 거리가 사유지일 수 있대요? 에인절이 조롱하듯 말했다.

하지만 아테는 이 사유지 도로변에서 가장 큰 부지에 살고 있는 이들이 다름 아닌 필리핀인 가족이라는 사실이 마음에 들었다.

아테는 다시 에레라 부부의 집 현관으로 돌아서서 놋쇠 노커를 들어 올렸다가 탁 소리가 나게 떨어뜨린다. 대답이 없자 초인종을 누른다. 집 안에서 발소리가 난다. 그녀는 얼굴에 미소를 머금는다.

아직 고등학생인 에레라 씨의 아들이 문을 연다. 그는 밝은 파란색 헤드폰을 꼈고, 흑인들이 그러듯 찢어진 청바지를 잔뜩 내려 입어 속옷이 드러나 있다. "안녕, 아줌마."

아테는 루이사가 나오리라 생각하던 참이다. 아테가 몇 년 전 그녀에게 에레라 부부 집 일자리를 구해주었고, 에레라 부인은 루이사의 근면함에 매우 만족스러워하며 아테에게 추가로 100달러의 소개비를 얹어주었다.

"어머님을 뵈러 왔어." 아테가 그렇게 알린다. 소년의 귀에서 음악 소리가 흘러나오기에 목소리를 높인다.

"엄마! 에벌린 아줌마가 엄마 만나러 왔어!" 소년이 계단 위를 향해 소리치고는 대충 손을 흔들더니 구부정한 자세로 어둑한 집 안으로 들어간다.

아테는 아말리아의 무게에 체중을 이쪽 발에서 저쪽 발로 자꾸 바꿔 실으며 그대로 돌계단 위에 서 있다. 아말리아가 포대기의 파란색 테두리를 씹으며 아테의 넓적다리에 대고 발을 버둥거린다.

"에벌린! 왜 문이 열려 있죠? 파리 들어오잖아!" 에레라 부인이 나이에 어울리지 않게 어린 소녀처럼 계단을 깡충깡충 뛰어 내려오며 타갈로그어로 외친다. 아주 짧은 하얀 치마와 하얀 칼라가 달린 셔츠를 입고 하얀 새 운동화를 신은 모습이다. "들어와요, 나만! 설마 지하철을 탄 건 아니겠지? 그랬어요? 그럼 뒷문으로 들어와요. 루이사가 방금 바닥을 닦았거든."

아테는 이미 집 안에 들어서 있지만, 이제 다시 밖으로 나가 돌계단을 내려간 다음 타원형 돌이 죽 깔린 좁은 길을 밟아 집 뒤쪽 머드룸²으로 간다. 머드룸에서 그녀는 털이 짧고 빳빳한 매트에 신발을 꼼꼼히 닦는다. 부엌 창가 화분에 열린 노란 칼라만시 열매를 따고 있는 루이사가 보인다.

"그건 아직 익지도 않았는데?" 아테가 놀리듯 말한다.

"아테!" 루이사가 벌떡 일어나 친구를 포옹하며 외친다. "이 집 아들애한테 이미 그렇게 말했는데, 그래도 주스를 만들어달라네요. 설탕을 넣어서 신맛을 줄이려고요."

에레라 부인이 염색한 머리카락을 뒤로 너무 힘껏 잡아당겨 포니테일로 꽉 묶은 탓에 두 눈이 살짝 불거진 채 나타난다. "내 테니스 라켓 어디 있지?"

그녀는 루이사에게 위층에 있는 스포츠 용품 벽장을 뒤져보라고 지시하며 한숨을 쉬고, 아테에게 큰 목소리로 루이사가 아직도 자신의 스케줄을 기억하지 못하다니 놀랍다고 말한다. 에레라 부인은 몇달째 매주 화요일 아침마다 테니스를 친다. 그녀의 눈길이 아말리아에게 쏠린다.

"이애는 누구 아기죠?" 아테가 제인에 대해 얘기하는 동안 에레라 부인은 아말리아를 자세히 살펴본다. 아말리아가 에레라 부인의 뺨을 만지려고 손끝을 쭉 펴며 까르륵거린다.

"예쁘네! 아주 하얗고! 우리 조세피나가 생각나네요.

---

2 젖거나 더러워진 겉옷이나 신발 등을 벗어놓을 수 있는 공간으로, 보통 집 뒤편이나 부엌 근처에 있다.

298

조시도 늘 사람들한테 메스티소[3]처럼 보인다는 말을 들었거든."

아테는 입술을 지그시 깨물며 동의하는 척한다. 조세피나 에레라는 자기 어머니를 쏙 빼닮았다. 만약 조세피나가 궁둥이를 깔고 웅크려 앉아 있으면, 설사 그 1만 8000달러짜리 웨딩드레스에 몸을 쑤셔 넣은 상태라 해도, 루손섬의 산에서 내려와 미국인이 기부한 옷을 걸친 채 도로에 쪼그리고 있는 이고로트족[4]과 똑같아 보일 것이다. 진흙 같은 갈색 피부도 그렇고 말이다.

아말리아가 에레라 부인에게 아무 의미도 없는 말을 옹알거리자, 부인은 아이의 관심에 기뻐하는 기색이 역력하다. "예쁜 아기네. 애 좀 포대기에서 내려줘요, 에벌린. 그건 애한테 너무 작네!"

아테는 주저한다. 오래 머무르고 싶지는 않다. 그저 수표만 받아서 가고 싶을 뿐이다. 하지만 에레라 부인이 벌써 포대기 끈 하나를 짤깍하고 끌렀다. 그녀는 아말리아를 들어 올려 목에 입을 맞춘 다음 배에 코를 비빈다. "예뻐라! 정말 예뻐! 너 정말 예쁘구나!"

아말리아가 신이 나서 까르륵거리자 에레라 부인은 아기의 머리에 입을 맞춘다. "아, 조시가 빨리 아이를 낳았으

---

3 원래는 라틴아메리카의 백인과 인디오 혼혈을 이르는 말이지만, 여기서는 백인과의 혼혈을 가리키는 더 넓은 의미로 쓰였다.
4 필리핀 루손섬 북부 산악 지대에 사는 소수 종족.

면 좋겠어요! 어차피 조시는 일할 필요도 없거든. 걔 남편이 구글에서 일하니까! 구글 알아요?"

아테가 눈썹을 치세워 깊은 인상을 받았음을 드러낸다. "사모님," 그녀가 말을 꺼낸다. "결혼식 디저트 잔금을 받으러 왔습니다만……"

에레라 부인은 아말리아를 데리고 왔다 갔다 춤을 추며 노래를 부르고 있다. 아말리아도 신이 나 까르륵거리다가 킥킥거리기를 반복한다. 에레라 부인이 너무 오랫동안 대답하지 않아서 아테는 자신이 너무 작게 말했나 생각한다. 그 순간 에레라 부인이 여전히 아말리아를 데리고 춤을 추면서 돌아서서 이렇게 말한다. "폴보론 쿠키가 꽤 많이 바스러졌다는 거 알죠? 하객들이 쿠키를 가지고 집으로 돌아갈 때쯤에는 마치 모래 같았다고."

아테는 사과하기 시작한다. 일부 쿠키에 그런 일이 생기리라고 미리 경고하며 그녀 자신이 다른 답례품을 추천했었지만 말이다.

에레라 부인은 고개를 절레절레 흔든다. "폴보론이 깨지기 쉽다는 건 이해해. 하지만 그럼 왜 다른 디저트를 권하지 않았어요? 전문가잖아, 에벌린. 머리를 써야죠."

아테는 입 밖으로 튀어나오려는 대꾸를 꿀꺽 삼킨다. 에레라 부인이 아말리아를 그녀에게 다시 건네준다. 아말리아는 에레라 부인의 목에 걸린 체인 금목걸이를 꼭 붙잡고 있다가, 부인이 주먹을 억지로 벌리자 울기 시작한다. "수

표가 다 떨어졌네. 이번 토요일에 판싯 배달하러 오면 줄게요. 그래도 되죠?"

"그럼요, 물론이죠." 아테가 에레라 부인의 시선을 피하며 말한다.

"음식 양을 두배로 늘려야 할 거예요. 사람들이 더 올 것 같거든. 추가된 음식에 대해서는 따로 비용을 지불하지 않겠어요. 그러면 폴보론 문제로 우리가 서로 주고받을 게 없어질 테지. 동의해요?"

"네, 사모님." 아테가 대답한다. 달리 무슨 말을 할 수 있겠는가? 그녀는 여전히 에레라 부인을 찾으며 훌쩍거리는 아말리아의 몸 위로 포대기 끈을 당겨 올린다.

루이사가 테니스 라켓 두개를 들고 부엌으로 돌아온다. 에레라 부인이 그것은 아들들 거라며 그녀를 책망한다. 에레라 부인의 새 라켓은 손잡이에 파란색 테이프가 감겨 있다. 그녀가 루이사를 위층으로 돌려보낸다.

"토요일 5시에 판싯을 가져올게요." 머드룸에 있던 아테가 끼어들며 작별 인사 삼아 말한다.

"4시 30분이 좋을 것 같네요." 에레라 부인은 그녀를 쳐다보지도 않은 채 대꾸한다.

마치 삼십분이면 뭐가 크게 달라지기라도 한다는 듯.

우유를 배불리 먹은 아말리아가 유아차에서 잠들어 있다. 이 상태가 아테에게는 더 수월하기도 하고 더 힘들기도 하다. 아말리아가 보채지 않으니 볼일에 집중할 수 있다는 점에서 보면 더 수월하다. 가게에 도착해 유아차를 안으로 들여가야 한다는 점에서 보면 더 힘들다. 만약 계단이 있으면 유아차를 들어 올려야 하고, 좁은 통로를 따라 길을 막고 서 있다가 유아차 손잡이에 걸린 부피 큰 가방들에 우연히 부딪히기라도 하면 짜증스럽게 한숨을 내쉴 주변 사람들을 헤치며 유아차를 조심스레 밀고 가야 할 것이다.

운 좋게도 '뮤직새크'의 입구는 계단이 한단뿐이라 수월하다. 아테는 유아차를 젖혀서 앞바퀴를 문턱 위로 올린 다음 가게로 밀고 들어간다. 음악이 쾅쾅 울리는데다 한쪽 벽면에 걸려 있는 평면 텔레비전들이 각기 다른 채널에 맞춰져 있는 탓에 가게는 시끄럽다. 아테는 가슴에 이름표를 단 빨간 셔츠 차림의 젊은 남자에게로 걸어간다. 그는 키 큰 스피커에 기댄 채 엄지손가락으로 휴대전화에 뭔가를 입력하는 중이다.

"뮤직 플레이어를 찾는데요. 그리고 이어폰도요." 아테가 말한다.

남자가 전화기에서 고개를 들고 바라보더니, 말없이 어슬렁어슬렁 걸어간다. 아테는 그를 따라간다. 그들은 텔레비전과 컴퓨터 코너를 지나, 스테레오 장비로 가득 찬 구역으로 간다.

"좀 작은 게 필요해요. 워크맨처럼." 아테가 사방에 놓인 커다란 기계들을 미심쩍어하는 눈길로 응시하며 말한다.

"휴대전화에 음악을 내려받을 수 있다는 건 아시죠?" 젊은 남자는 마치 아테가 늙어서 말귀를 못 알아듣기라도 하는 양 느릿느릿 말한다.

아테는 고개를 가로젓는다. 로이한테는 휴대전화가 없다. 설사 휴대전화가 있다 해도 통화할 수 없을 것이다. 물론 그의 야야에게는 휴대전화가 있지만, 아테가 생각하기에 로이에게 필요한 건 음악을 틀 수 있는 단순한 기계와 에레라 씨의 아들이 가지고 있는 것처럼 훌륭한 헤드폰인 것 같다. 그러면 야야가 그를 데려가는 곳 어디에서든 음악을 들을 수 있으리라.

아테는 로이의 이름은 언급하지 않은 채 청년에게 그런 조건을 말하고, 측면에 소문자 b가 아로새겨진 에레라 씨 아들의 파란색 헤드폰을 묘사한다. "아주 기본적인 기기라야 해요." 그녀가 말한다. "단순할수록 더 좋아요."

아테는 카터 부인을 통해 음악 치료에 대해 알게 되었다. 제인을 소개한 일이 그렇게 안 좋게 끝났는데도 불구하고, 그들은 계속 연락하며 지낸다. 최근 카터 부인의 청소부가 인후암에 걸린 뒤에는 아테가 새 청소부 찾는 것을 도와주기도 했다. 카터 부인은 청소 세제에서 나오는 유독성 기체를 너무 많이 들이마셔서 인후암이 생긴 거라고 걱정하면서, 독성 물질을 사용하지 않되 깨끗이 청소하는 법을 아는 사람을 추천해달라고 부탁했다. 아테는 소개비를 받았을 뿐 아니라, '친환경 주택 청소'라는 새로운 사업 아이디어도 얻었다. 식료품점에서 유기농 바나나에 그러듯이 그런 청소 서비스에는 추가 요금을 붙일 수도 있을 것이다.

카터 부인은 신문에서 '신경학적 음악 치료'에 대한 기사를 읽고 아테에게 이메일로 보내주었다. 몇몇 연구에 따르면 그런 치료가 뇌 손상을 입거나 뇌 질환을 앓는 사람들을 도울 수 있다는 내용이었다. 매사추세츠주에 이 치료법을 사용하여 뇌 손상을 입은 남자가 지팡이 없이 걷는법을 배우도록 도와준 회사가 있었다. 또한 뇌를 다친 후말을 하지 못하던 한 젊은 여자가 음악 치료의 도움을 받아 노래를 통해 의사소통하는 법을 배우기도 했다.

기사를 읽은 뒤로 아테는 로이의 꿈을 자주 꾼다. 꿈속에서 그는 그녀에게 노래를 불러준다. 한번은 꿈에서 미국에 오고 싶다고 노래를 하기도 했다.

그 의사들에게 당신 아들에 대해 편지를 써 보내는 거예요. 카터 부인은 이메일에서 그렇게 제안했다. 설명하기를, 의사들이 이따금 환자들을 무료로 치료하기도 한다는 것이었다. 기업들도 마찬가지인데, 왜냐하면 좋은 홍보가 되기때문이라고 했다.

하지만 아테가 어떻게 로이에게 비자를 얻어주겠는가? 그가 어떻게 이 멀리까지 혼자 여행을 하겠는가? 온다 해도 어디에서 살겠는가?

현재로서는 아테가 직접 조치를 취하고 있다. 그녀는 에인절에게 부탁해 할 수 있는 한 많은 신경학적 음악 치료 기사들을 모아 출력했고, 일단 모두 끝까지 읽은 다음 로이의 야야에게 영상전화를 걸어 계획을 말해주었다.

"하지만 어떻게 제가 이걸 해요, 포?" 야야가 물었다. 그녀는 새로 왔다. 아테는 이사벨의 면접을 거친 열두어명의 여자들 가운데 그녀를 선택했는데, 왜냐하면 나이가 너무 많고 너무 못생겨서 문제를 일으킬 것 같지 않았기 때문이다. 그녀는 로이의 침대에서 팬티 바람으로 자기 남자친구와 키스를 하다가 이사벨에게 발각되었던 지난번 야야와는 다르다.

"가능할 때마다 로이에게 음악을 틀어주는 거죠. 그애한테 매일 노래를 불러주고. 노래의 박자에 맞춰 손뼉을 치면서, 그애가 당신과 함께 노래를 하게, 흥얼거리기라도 하게 노력해야 해요."

휴대전화 화면에서 야야가 미심쩍다는 표정을 짓자, 아테는 재빨리 이렇게 덧붙인다. "추가 업무에 대해서는 추가로 조금 더 지급할게요. 그리고 걔가 나아지면, 더 많이 줄 거예요."

최고의 헤드폰은 몇백 달러나 한다. 아테는 깜짝 놀란다. 그게 제일 싼 헤드폰보다 훨씬 더 좋을까? 제일 싼 것도 로고만 없을 뿐 거의 완전히 똑같아 보이는데?

아테가 이미 재생 장치를 골라두었기 때문인지 이제는 더 친절해진 빨간 셔츠 청년이 싸구려 헤드폰은 정말로 질이 낮다고 설명한다. 덜 편안하다고. 자기 친구들 몇몇은 싸구려 헤드폰 때문에 "끔찍한 두통"에 시달린다고. 음질이 조잡하다고. "고화질 텔레비전을 구식 텔레비전이랑 비교하는 거나 마찬가지예요." 비싼 헤드폰은 그야말로 **충실도**가 더 높다.

아테는 '**충실도**'라는 말에 넘어간다. 어떤 물건 중 가장 비싼 것을 사는 건 그녀답지 않은 일이다. 그녀는 반짝이는 물건에 끌리는 에인절과 다르며, 또 입에 발린 말에 속아 넘어가는 제인과도 다르다. 하지만 **충실도**는 다른 문제다. '충실도'는 믿을 만하다는 의미이고, 아테는 로이를 위해 믿을 만한 것을 원한다. 그녀는 그의 귀로 스며들어 망가진 뇌에 울려 퍼지는 음악이 이 세상의 소리를 믿을 만하게 전달하기를 바란다.

아테는 초록색 헤드폰을 선택한다. 초록색은 로이가 어렸을 때 가장 좋아하던 색깔이다.

빨간 셔츠 청년이 아테의 돈을 헤아리고는 거스름돈을 건넨다. 이어 비닐봉투 가득 상자들을 넣고, 아테에게 품질보증 등록 카드를 작성하라고 다시 한번 일러준다. 그러는 내내 아말리아는 잠들어 있다.

부슬부슬 비가 내리기 시작할 때도 아이는 여전히 잠들어 있다. 집까지는 아직 반밖에 못 왔다. 아테는 어느 은행의 튀어나온 지붕 아래 멈춰 서서 아말리아의 유아차 위로 투명한 플라스틱 덮개를 펼쳐 틈새를 막는다. 유아차 밑에 있는 보관함을 뒤져보지만 우산은 보이지 않는다. 아테는 다시 걷기 시작하고, 가랑비가 그녀의 머리카락을 스르르 타고 흘러 처음에는 셔츠에 방울방울 떨어지다가 이내 옷을 거무스름하게 흠뻑 적셔버린다. 그녀는 손수레에 값싼 검정 우산을 담아 파는 노점상들을 지나친다. 빗줄기가 굵어지며 꾸준히 내리는데도 비를 피할 곳을 찾아 멈추지 않는다.

아파트로 돌아온 아테는 텔레비전 앞에 아말리아를 둔 뒤 언젠가 예전 의뢰인에게 받았던 최고급 호텔 가운을 입고 수건으로 몸의 물기를 닦는다. 그녀의 전화기가 부엌 테이블 위에서 윙윙거린다. 화면에 제인이 보이는데, 그녀의 눈언저리가 벌겋다.

그들이 매주 영상통화를 하기로 정해놓은 시간은 아니다. 아테는 제인이 또다시 문제에 휘말린 것은 아니기를 재빨리 기도한다.

"제인?" 아테가 전화기를 입가로 들어 올리며 묻는다. "너 괜찮아?"

"왜 그 여자를 내 아파트에 묵게 했어요?"

"어떤 여자?" 아테가 시간을 버느라 되묻는다.

"세군디나요."

"아아, 그래." 아테는 잠시 말을 멈추고 어떤 선택을 할지 고민하다가, 다 털어놓기로 마음먹는다. "그냥 잠깐이었어."

"하지만 내 아파트라고요! 나는 그 여자를 모르는데, 아테는 나한테 물어보지도 않고 내 집에 그녀를 머물게 했잖아요!"

아테는 세군디나가 어느정도나 얘기했을지 가늠해보며 잠자코 있는다. 입이 가벼운 사람 같지는 않았다.

"말리를 그 여자에게 맡기기까지 했고요." 제인이 비난한다.

"음식 배달하러 갈 때만 그랬어. 오래는 아니야. 말리가 밖에서 놀아야 할 수도 있는데, 그런 집들로 개를 데리고 가고 싶지는 않았다고. 아, 제인, 그런 의뢰인들 집이 어떤지 넌 못 믿을 거야! 라모스 집안 사람들 말이야. 내가 그들에 대해 너한테도 말했잖니. 예전 대통령[5]과 아무 관계도 없으면서 집안 곳곳에 그의 사진 액자를 두는 게 마치—"

"하지만 저는 말리를 돌보는 대가로 아테한테 돈을 주고 있잖아요. 그애를 낯선 사람한테 맡기지 말라고 말이에요!" 제인이 소리친다. 영상 속의 그녀는 헐떡이고 있다. 이윽고 그녀가 정신을 가다듬더니 냉랭한 목소리로 묻는다. "몇번이에요?"

5 군인 출신으로 1992~98년 필리핀의 제12대 대통령을 지낸 피델 라모스를 말한다.

"무슨 말인지 모르겠어." 무슨 말인지 알지만 아테는 그렇게 대답한다.

"몇번이에요? 말리를 몇번이나 그 여자한테 맡겼어요?"

"제인. 세어보지 않았어. 절대로 긴 시간 동안 그런 적은 없어. 난—"

"다섯번이 넘나요? 스무번도 넘어요? 사업 때문에 말리를 몇번이나 내팽개쳐둔 거예요?"

제인의 목소리에는 가까스로 억누르고 있는 사나운 분노가 담겨 있다. 아테는 그것을 간파하고, 상황이 완전히 수습 불가능해지기 전에 사과를 하기로 마음먹는다.

"네 말이 맞아. 미안해."

제인은 대답하지 않는다. 무언가가 거듭 찢어지는 듯 고르지 못한 그녀의 숨소리만 들릴 뿐이다.

"지난 주말에 네가 부탁한 대로 말리를 음악 수업에 데려갔어." 마침내 아테가 말한다. 그녀는 그 수업을 돈만 낭비하는 일이라고 생각했다. 코에 피어싱을 하고 다리털은 밀지도 않은 여자 선생이 기타로 동요를 연주하는 동안, 아말리아는 꼬박 한시간 동안 장난감 탬버린만 썼다. 하지만 그 털 많은 여자의 사업 아이디어가 꽤 괜찮다는 것은 아테도 인정한다. 그녀는 아기 한명당 25달러를 받았는데, 그 반에는 적어도 열명의 아기가 있었다.

"아말리아가 좋아하던가요?" 제인은 한참이나 말이 없다가 마침내 묻는다.

"「버스 바퀴」노래에 맞춰서 덩실거리더라고. 동영상 보내줄게."

또다시 아무 말이 없다. 아테는 다른 접근법을 써본다. "다음 주에 진찰 예약이 있어. 약을 바꾸려고 해. 약이 내 두통의 원인인 것 같아서. 에인절이 나 대신 말리랑 함께 있어도 되겠니?"

"그건 괜찮아요, 에인절은 제가 아는 사람이니까." 제인이 차갑게 말한다.

"그래. 알았다."

"다시는 그러지 마요, 아테."

"다시는 안 그럴게."

제인이 불규칙하게 숨을 내쉰다. "낯선 사람이 제 아파트에 머무는 거 싫어요."

"합숙소에서 세군디나를 만났는데, 운이 아주 나빴더라고. 그래서 내가 도와주려다가—"

"그건 제 아파트예요."

"그래그래. 네 말이 맞아, 먼저 너한테 물어봤어야 했어. 네 집이지 내 집이 아닌데."

평소 제인은 그 아파트가 아테의 집이기도 하다고 힘주어 말하곤 한다. 그들은 가족이니까 두 사람 모두의 집이라고. 하지만 지금 그녀는 침묵을 지킨다.

아테는 조심스럽게 아말리아가 최근 겪은 중요한 발달 단계들에 대해 이야기를 꺼낸다. 그애가 이제는 훨씬 더 빨리 걷는다고. 으깬 완두콩을 자꾸 뱉어내지만 버터넛 스쿼시[6]는 없어서 못 먹는다고.

"내일은 어린이 박물관에 데리고 갈 거야. 전시품을 보면 좋아할 테지. 애가 참 똑똑해, 제인." 아테가 말한다. "알 만한 사람들에게 퀸스에서 제일 좋은 유치원이 어딘지 물어보는 중이야."

"걔가 좋은 유치원에 갔으면 좋겠어요."

"그래. 좋은 유치원에 다녀야지." 아테는 대화가 풀려가는 것에 안도하며 맞장구친다. "지금 말리 데려올게."

그녀는 전화기를 내려놓고 아말리아를 바닥에서 들어올린다. 오늘이 아말리아가 "엄마"라고 말하는 날이었으면 싶다. 아말리아가 기저귀를 더럽힐 때마다, 아테는 기저귀 교환대 위쪽에 테이프로 붙여놓은 제인의 사진을 가리키고 입 모양으로는 엄마, 엄마 말하면서 아이와 함께 연습한다.

"말리! 우리 딸 다 컸네!" 제인이 즉시 눈을 빛내며 소리친다. 그녀가 볼을 불룩하게 부풀리며 우스꽝스러운 표정을 짓지만, 아말리아는 마치 최면에라도 걸린 양 잠자코 화면을 응시할 뿐이다.

"엄마. 엄마. 엄마." 아테는 입술이 움직이는 것을 제인

---

6 호박의 한 종류로 땅콩을 연상시키는 형태라 우리나라에서는 땅콩호박이라고 부르기도 한다. 단단한 질감에 달콤하고 버터처럼 고소한 맛이 나 구이나 수프용으로 쓰인다.

이 보지 못하도록 고개를 숙이며 아말리아의 귀에 대고 속삭인다.

"동물 좋아하니, 말리?" 제인이 묻는다. 그녀가 소 울음소리를 내기 시작한다. 지금은 돼지처럼 꿀꿀거리고 있다.

아테가 아말리아의 넓적다리를 간지럽히자, 마침내 아이가 웃음을 터뜨린다.

"말리, 이거 재밌어?" 제인도 소리 내 웃으면서 묻는다. 이번에는 더욱 생동감 있게 다시 꿀꿀거리기 시작한다.

아테가 아말리아를 다시 간지럽힌다. 아이가 웃음을 터뜨리지 않자 옆구리를 간질인다. 아말리아가 버둥댄다. "아냐!"

"아냐? 이제 돼지 싫어? 아, 말리, 정말 똑똑하구나. 벌써 말을 다 하고. 겨우 한살인데 벌써 말을 하다니 정말 똑똑해!" 제인은 감격에 겨워 울상이 된 얼굴을 하고는 양손을 화면 쪽으로 뻗는다.

영상통화가 끝나자마자 아테는 미즈 유에게 전화를 건다. 세군디나가 이런저런 얘기를 떠벌리는 바람에 제인이 불안해한다고 알린다. 미즈 유는 상황을 주시하겠다고 약속한다. 그러곤 세군디나에 대한 중개 수수료가 아테의 은행 계좌로 송금되었음을 알리며, 제인과 관련해서는 성공적인 출산 시 아테에게 지급될 보너스에 더하여 임신 기간에도 정기적으로 약간의 돈이 지급될 것을 확인해준다.

"내 요구는 당신 쪽 상황을 내게 계속 알려달라는 것뿐이에요. 당신이 주는 정보가 **그들을** 돕는 데 유용하게 쓰이니까요." 미즈 유가 설명한다.

아말리아가 아테의 가운을 세게 잡아당기고 있다. 아테는 전화기를 내려놓고 아이를 들어 올려 기저귀가 따뜻하고 묵직해진 것을 확인한다. 그녀는 아말리아를 기저귀 교환대로 데려가며 달콤한 냄새를 풍기는 접힌 목살에 입을 맞춘다.

아테는 이 아기를 사랑한다.

그녀는 아말리아를 교환대 위에 대자로 눕히고 손에 장난감을 쥐여준 다음, 벽에 붙은 제인의 사진을 가리킨다.

"엄마." 아테가 흠뻑 젖은 기저귀를 벗겨내며 말한다. 가슴에 돌덩이가 얹힌 듯 아직도 속이 답답하다. 머지않아 풀릴 것을 그녀는 알고 있다.

그녀는 아말리아의 엉덩이를 닦고, 크림을 바르고——약국에 들러야 한다, 크림이 거의 바닥났다——새 기저귀를 아말리아의 허리에 딱 맞게 채워준다. 셔츠를 내리기 전에 아이의 배에 코를 파묻고 얼굴을 좌우로 비비자 아이가 신나서 꺅꺅거린다.

사실 아테가 제인에게 거짓말한 것은 하나도 없다. 이 점에 있어서는 신경을 썼다. 아테는 골든 오크스가 **정말로** 좋은 기회라고 믿는다. **정말로** 세군디가가 불운했기 때문에 그녀를 도왔다. 물론 그런 것들은 단지 정황의 일부일 뿐이다. 호스트 발굴을 도운 대가로 미즈 유가 자신에게 돈을 지불한다는 사실을 말하지 않은 것은 그녀가 서명한 기밀 유지 협약서 때문이기도 하지만, 제인이 그 사실을 이해하지 못할 것이기 때문이기도 하다. 제인은 단순하다. 모든 일에는 양면이 있는 법인데 한쪽 면밖에 보지 못한 다. 제인은 아테의 선한 행동이—그것은 진짜로 선한 행동이다, 골든 오크스는 그녀의 삶과 세군디나의 삶을 바꿀테니까—그녀가 돈을 번다는 이유로 더럽혀졌다고 생각할 것이다. 하지만 그게 왜 더럽다는 것인가? 선한 행동이, 단지 아테가 이득을 본다는 이유만으로 덜 선한 행동이 되는 걸까?

"아니, 아니, 아니." 아테가 아말리아에게 노래하듯 말하자, 지루해하던 아이는 이제 안아달라고 두 팔을 들어 올린다. "누이 좋고 매부 좋고, 정말-정말-정말 좋은 일이니까."

아테는 아말리아를 들어 부엌으로 데리고 간다. 식기 건조대에 있던 깨끗한 젖병 중 하나에 우유를 붓고, 부엌 테이블 앞에 자리 잡아 아말리아를 무릎 위에 똑바로 앉힌다. 그녀는 아말리아에게 젖병을 쥐여준다. 아이가 잡아 입으로 올리지만 젖병이 아래로 기울며 흔들린다. 아테는 웃음을 터뜨린다. "도와줄게, 말리." 그녀는 아말리아의 옅고 보드라운 손을 자신의 핏줄 불거진 갈색 손으로 감싼 뒤, 젖병을 아말리아의 입으로 함께 올려준다.

아테의 휴대전화가 윙윙거린다. 화면에는 포리스트힐스 가정부 중 한 사람의 딸인 젊은 필리핀 여자의 사진이 떠 있다. 아테가 미즈 유를 위한 적임자로 염두에 두고 있는 여자다. 정확히 판단하기는 어렵다. 제인 이전에도 미즈 유에게 몇몇 여자들을 보냈지만 모두 거절당했다. 이유는 듣지 못했다. 사실 제인이 카터 부부의 집에서 해고되며 절망적인 상황에 처하기 전까지, 아테는 제인을 골든 오크스에 소개할 생각이 전혀 없었다. 하지만 추천장도 없는 제인이 무슨 수로 다른 신생아 보모 자리를 얻을 수 있었겠는가? 그녀의 쥐꼬리만 한 최저임금으로 어떻게 아말리아를 부양할 수 있었겠는가?

아테의 소개가 성공을 거둔 첫 사례가 제인이라는 사실은 최선의 상황으로 이어졌다. 아테가 그녀를 예의 주시해 모든 일이 순조롭게 진행되도록 이런저런 정보를 미즈 유에게 줄 수 있게 되었으니 말이다. 미즈 유가 세군디나를 받아들인 것 역시 그녀가 이렇게 믿을 만하기 때문일 것이다. 만약 미즈 유에게 능력을 증명해 보인다면, 제인과 세군디나가 건강한 아기를 출산한다면, 이것은 시작에 불과할 것이다. 수입이 안정될 테고, 그녀는 로이에게 집중할 수 있으리라.

아테는 찌르는 듯한 죄책감을 느끼며 전화를 받는다. 여자의 어머니는 자기 딸이 대학에 가기를 꿈꾸고 있다. 하지만 이 딸은 게으르고, 책이 아니라 옷과 젊은 남자들에만 관심이 있다. 몇주 내내 아테는 미사가 끝난 뒤 그녀에게 비밀을 잘 지키면 큰돈을 벌 수 있는 일자리에 대해 넌지시 말해온 참이다. 그녀가 적합한 사람인지 서서히 확인하고 있다.

그녀는 나중에 언제든 대학에 갈 수 있다. 게다가 그때는 학비를 직접 낼 수 있을 것이다.

메이

  메이의 두 눈은 감겨 있다. 자신이 리언을 설득하는 모습을 마음속에 그려보는 중이다. 삼십분 후 맥도날드 프로젝트를 발표할 것이다. 가능성이 차고 넘치는 새로운 날이건만, 벌써부터 개판이 돼버렸다. 하지만 아마도 아예 돌이킬 수 없을 정도는 아닐 것이다. 뒤돌아보지 말고 목표를 향해 계속 정진해야 한다.

  당연히 그녀는 자신에게 아주 중요한 이날을 마음속에 다른 모습으로 그려온 터다. 일찍 일어나 저수지 둘레를 재빨리 한바퀴 달리고, 가벼운 아침식사(블랙커피와 수란) 후 센트럴파크를 거쳐서 홀러웨이 클럽까지 활기차게 걸어갈 생각이었다. 하지만 그 대신 그녀는 외부 방문객을 맞이할 때 애용하는 숙소, 그러니까 골든 오크스 근처의 지나치게 비싼 민박집에 있는 지나치게 푹신한 침대에서 빌린 잠옷을 입은 채 하룻밤을 보냈다. 어제 점심식사 후 터진 그 혼란스럽고 끔찍한 난장판이 밤까지 길게 이어진 탓이다. 훌리오가 검은 옷을 입은 경비원들에게 에워싸인 채 개인 사물함에서 짐을 꾸리는 동안 호스트들은 말없이 복도에 늘어서 있었고, 리사는 내내 굳은 얼굴을 한 채 탈지면으로 소독을 받고 표본을 채취당했다.

리사의 의뢰인들이 맨해튼에서 헬리콥터를 타고 날아왔다. 떼 지어 몰려다니는 의사들, 옹기종기 모여 선 변호사들. 코디네이터들은 둘씩 짝을 지어 속삭이다가 메이가 성큼성큼 지나갈 때면 자세를 고쳤다.

도착 당시에는 당연히 제정신이 아니던 그 의뢰인들이, 리사와 오랫동안 대화를 나눈 후 이상하게도 입장을 백팔십도 바꾸었다. 그들의 대화가 닫힌 문 너머 리사의 침실에서 이루어졌기에, 메이는 그녀가 대체 어떤 종류의 흑마술을 부려 자신의 영혼과 급료를 구해냈는지 전혀 알지 못한다(알아내고 싶어 죽을 지경이지만 말이다).

심지어 골든 오크스의 관리 부실이 '명백'한데도, 의뢰인들은 계약상의 환수권을 행사하지 않을 것이다. (메이는 리사의 의뢰인들이 그 결정에 반응하여 자신의 눈 속에서 번쩍거리는 안도감을 보지 못하도록 고개를 숙였다.) 만일 리사가 아기에게 해가 될 수 있는 성병에 걸린 것으로 드러나면 그때 배상을 요구할 생각이라고 그들은 말했다. 하지만 그럴 가능성은 낮다는 게 그들의 추측이다. 왜냐하면 리사가 자신과 홀리오는 구강성교만 했고, 그에게 사전 검사도 받게 했다고 맹세했기 때문이다. (각각 예일 대학과 브라운 대학 졸업생에 최첨단기술 업계와 패션 업계에서 엄청난 중책을 맡고 있는 의뢰인들이 아직도 저 독사 같은 인간을 믿는다는 사실이 메이로서는 도저히 이해가 안된다.) 그들은 리사가 벌을 받기를 원하지 않았다.

메이가 초조한 심정을 감추고 미처 명확히 대답하기도 전에, 아기 아버지는 이렇게 말을 이어갔다.

본질적으로 이 불행한 사건의 책임은 골든 오크스의 지나치게 엄격한 정책에 있다. 젊은 여성들, 특히 임신한 여성들에게는 충동과 욕구가 있다. 그러니 그 사실을 받아들이는 게 낫지 않을까? 성적인 접촉을 범죄시해서 비밀리에 할 수밖에 없게끔 몰아가다가 결국 아기를 위험에 빠뜨리기보다는, 남성 방문객들의 성병 여부를 사전에 검사하고 규정에 따라 성관계를 허용하는 편이 낫지 않을까?

"지금 이건 '마약과의 전쟁'[1]이나 마찬가지예요. 그 논쟁에 귀를 기울여보면 알 수 있을 겁니다." 아기 아버지는 설명했다. 그는 모자가 달린 캐시미어 운동복 차림에 끈이

---

1 닉슨 대통령이 마약을 공공의 적으로 선포하면서 사용한 표현. 이후 미국의 모든 대통령이 이런 정책적 기조를 유지했지만, 결과적으로 마약 이용자를 줄이지 못했을 뿐 아니라 많은 전과자를 양산하는 등 역효과를 초래했다.

풀린 아디다스 운동화를 신고 있었다. 그리고 메이가 알기로, 그의 자산은 (현재 그의 회사 주가에 따르면) 대략 3억 달러에 달한다. 그의 한쪽 손은 아내의 늘씬한 넓적다리에 얹혀 있었다.

"우리는 자유의지론자예요." 그의 아내가 스웨이드 타이츠 스치는 소리가 나게 다리를 바꿔 꼬면서 말을 보탰다.

울어서 빨개진 리사의 얼굴 위로 스쳐 지나가던 의기양양한 미소를 떠올리며, 지금 메이는 목구멍에 쓰디쓴 분노가 치밀어 오르는 것을 느낀다. 그녀는 고개를 절레절레 흔들고 부정적인 기운을 몰아내느라 억지로 차창 밖을 내다본다. 수많은 연구에 따르면 물을 응시하는 것이 심장박동을 늦춘다고 한다. 초목 역시 진정 효과가 있다. 적당한 크기의 숲을 찾아내지 못하자, 메이는 바다를 향해 정신없이 빠르게 흘러가는 잿빛 이스트강에 시선을 고정한다.

보통은 뱀이 똬리를 틀듯 맨해튼을 감싸고 있는 강들의 정경에 기분이 고양되곤 한다. 그동안 수도 없이 FDR 드라이브를 타고 올라오거나 웨스트사이드 하이웨이를 따라 급히 이동해왔고, 그러는 동안 한쪽의 반짝이는 강물과 다른 한쪽의 맨해튼 고층 건물들을 바라보며 육체적인 흥분을 느끼곤 했다. 강을 가로지르는 다리들, 장난감만 한 녹회색 자유의 여신상, 요트와 예인선과 수상 택시와 가끔 보이는 소방선. 그리고 고작 하이웨이 하나를 사이에 두고 떨어져 요란하게 경적을 울려대는 시내버스들, 보행자로 들끓는 보도들, 꼼짝도 않는 차량 사이로 자전거를 타고 요리조리 빠져나가는 배달원들.

그럴 때면, 메이는 그녀의 도시인 뉴욕에 대한, 그 차고 넘치는 가능성에 대한 에인 랜드적인 사랑에 사로잡힌다. 그곳의 악취와 먼지와 풍요로움에 말이다. 그녀는 이 자신 만만하고 거대한 짐승 같은 도시가 실제로는 거대한 실체 가 아니라 그저 미국의 나머지 지역과 동떨어진 가늘고 기 다란 땅뙈기에 불과하다는 것이 몹시 마음에 든다.

하지만 오늘은 아니다. 오늘은 그 마법이 사라졌다. 메 이는 그 강에 숨이 막힐 것만 같다. (낮고 우중충하며 어쩐 지 위협적인) 하늘도 마찬가지다. 이 도시의 고층 건물들 조차 장막처럼 낮게 깔린 안개에 가려 작아지는 바람에 그 찬란한 아름다움을 상실했다.

메이는 느닷없이 두려움을 느낀다. 그녀의 팔을 따라 오 돌토돌 소름이 돋는다. 이것은 전조일까? 리언과의 일을 다 망치게 될까?

차가 홀러웨이 클럽 앞에 멈춰 선다. 이미 비가 내리기 시작했다. 클럽의 오래된 도어맨인 카를로스가 차 문을 열 고, 그녀의 정장에 빗방울 하나 떨어지지 않도록 우산을 씌워준다. 그에게 따뜻하게 인사를 건네는 순간—그녀가 클럽을 운영할 때 직접 그를 고용했다, 퇴직할 때가 다 된 나이에도 희미하게 남아 있는 그의 우아한 몸가짐이 마음 에 들었기 때문이다—즉시 기분이 좋아진다. 외투 보관소의 직원 역시 자신이 고용한 사람이라는 사실을 알게 되자 기분이 훨씬 더 나아진다. 그녀와 포옹을 하며 아이들(그녀가 첫 결혼에서 얻은 아들 쌍둥이와 딸 하나)의 안부를 묻자, 외투 보관소 직원은 메이가 자기 가족을 기억한다는 사실에 감동한 기색이 역력하다. 여자는 패드를 댄 옷걸이에 메이의 버버리 트렌치코트를 걸며, 그녀가 없으니 클럽이 예전 같지 않다고 조용히 말한다.

클럽의 펜트하우스 식당에서 메이를 맞이하는 지배인이 신참인데다 지나치게 굽실거리기는 하지만, 그밖에는 모든 것이 친숙하다. 녹회색 벽을 따라 액자에 줄줄이 걸려 있는 위대하고 덕망 있는 인물들의 스케치들, 높게 솟은 싱싱한 꽃들, 평소 이 식당을 가득 채우는 명성 높은 사람들의 눈부신 모습이 더 잘 비치도록 바 바로 위에 비스듬히 자리 잡은 고풍스러운 거울들. 종종 까다로운 클럽 회원들의 요구를 들어주며 긴 하루를 마친 그녀가 바에 놓인 이 가죽 스툴 중 하나에 주저앉으면, 따로 요청할 필요도 없이 티토가 올리브를 몇알 더 띄운 드라이 마티니 한잔을 부리나케 내려놓곤 한 것이 대체 몇번이었는지 셀 수도 없을 지경이다. 이따금씩 그녀는 바에서 저녁을 주문하곤 했고, 그러면 티토는 그녀의 바로 옆 스툴에 몸을 수그리고 앉아 있는 사람을 그녀에게 소개했다. 어떤 이유에서인지—24캐럿 금박으로 뒤덮인 천장에서 반사되는 따뜻한 빛, 함께 둘러앉은 타인들을 한데 모아주는 듯한 오

크 나무 바의 아늑한 곡선 때문이었을까?──그녀는 상대
가(거의 늘 남자였다) 누구든, 평범해 보이지만 알고 보면
뉴욕 도심에서 일하는 부유하고 씀씀이 헤픈 싱가포르 출
신의 금융업자든, 할리우드 거물이든, 사우디 왕자든 상관
없이, 즉석에서 만난 이런 저녁식사 친구들에게 즉각적으
로 친밀감을 느꼈다. 그들 중 일부와는 정말 친구가 되기
도 했다. 최소한 페이스북에서는 말이다.

그녀는 갑자기 가슴이 에는 듯한 아픔을 느끼지만 코웃
음을 쳐버린다. 과거에 대한 그리움은 비생산적이다. 홀러
웨이 클럽이 아니라 골든 오크스가 미래다. 게다가 골든
오크스는 자랑스럽게도 그녀가 만든 곳 아닌가. 리언은 절
대로 인정하지 않을 테지만, 메이는 그가 상류층을 대상으
로 한 최고급 대리모 사업을 구상하게 된 것이 자신의 즉
흥적인 한마디 때문이라고 믿는다.

하버드 경영 대학원을 나온 지 불과 2년여 만에 홀러웨
이의 관리직 순환 근무 프로그램의 일환으로 뉴욕 클럽에
서 업무를 시작했을 때, 메이는 자신이 클럽 회원들의 출
장에 동행한 주요 동반자들의 긴급한 문제를 해결하는 데
엄청난 시간을 쓰고 있음을 깨달았다. 곧 리언과 점심식사
를 하면서 그녀는 개인 쇼핑과 문화 관람 프로그램을 짜
고, 아이돌봄 서비스를 주선하고, 오찬 강연을 조직하는
등 회원들의 배우자가 체류 기간 내내 바쁘고 행복한 시간
을 보내는 데 필요한 모든 편의를 제공하는 업무를 맡을

새로운 팀, 즉 '배우자 전담 부서'에 대한 아이디어를 건의했다.

"정말 멋져, 메이!" 리언은 환성을 지르더니 이렇게 덧붙였다. "알다시피 이런 말이 있지. 아내가 행복해야 삶이 행복하다."

"회원의 배우자가 모두 여자는 아닌데요." 메이는 상사가 그 말에 어떻게 반응할지 잘 알면서도 말대꾸를 했다.

"내가 마지막으로 세어봤을 땐 두 명 빼고는 다 여자였어. 그게 그렇게 거슬려?"

"만약 다른 사람에게 임신을 맡길 수만 있다면, 여자들이 주도권을 쥐는 장본인이 될걸요."

"가능한 일이지. 하버드씩이나 나온 당신이 대리모에 대해 못 들어본 건 아니겠지?"

"당신이 아는 여자 중 난데없이 나타난 어중이떠중이를 믿고 자기 아기를 임신하게 할 사람이 있나요?" 메이가 받아넘기며 반문했다. "능력 있는 여자, 예컨대 저 같은 여자라면, 아마 '홀러웨이 탁아소'를 원할걸요. 제가 세상을 정복하러 나가 있는 동안 안심할 수 있게 아기는 홀러웨이의 특별 서비스를 받는 거죠." 메이는 샤르도네 와인을 벌컥벌컥 마시고, 리언의 감탄 섞인 눈길을 느끼며 그에게 생긋 웃어 보였다.

지나치게 저자세인 지배인이 메이를 세심하게 고른 창

324

가 테이블에 앉힌다. 그녀가 총책임자로 승진한 직후 어머니를 클럽으로 초대했을 때 앉았던 바로 그 테이블이다. 과거 그녀의 부모님은 연회비가 너무 비싸 집 근처 컨트리클럽에서 결국 탈퇴할 수밖에 없었고, 그래서 메이는 어머니가 클럽의 호화로운 식당과 발밑에 펼쳐진 센트럴파크의 경치에서 짜릿한 흥분을 맛보리라 생각했다. 하지만 그러는 대신 어머니는 점심시간 내내 아버지의 지지부진한 경력에 대해 불평했는데, 한순간은 인종차별을 탓했다가, 이내 아버지 본인을 탓했다가("중국인들은 대체로 사업을 아주 잘하지만, 네 아빠는 그 유전자를 못 타고난 게 틀림없어") 하는 식이었다.

메이는 손목시계를 힐끗 쳐다본다. 자신감 있는 표정을 지어야 할 시간이다. 서류 가방을 열어 갖가지 프레젠테이션용 자료 묶음과 행운의 펜(골든 오크스로 승진했을 때 이선에게 선물받은 한정판 몽블랑)을 꺼낸다. 지나가던 웨이터에게 녹차를 주문하고, 전화를 무음으로 설정한 다음, 머릿속으로 프레젠테이션 예행연습을 하면서 창밖을 멍하니 내다본다.

엘리베이터에서 웅성대는 소리가 나는가 싶더니 지배인이 부산스럽게 누군가를 맞이한다. 메이는 고개를 들어, 성큼성큼 안으로 걸어 들어와 여기저기서 아침식사 중인 회원들과 사교적인 인사를 주고받으며 지그재그로 그녀를 향해 다가오는 리언을 바라본다. 맞춤 양복 차림에 넥

타이는 매지 않았고, 머리털은 조금 텁수룩하다. 살짝 분방해 보이는 태도에, 큰 꿈을 꾸며 성공의 냄새를 풍기는 그런 남자다. 메이의 어머니는 몇년 전 점심식사 때 그를 만난 후 들떠서 어쩔 줄 몰라했다. 하지만 메이는 어리석지 않다. 그것이 그녀는 지금껏 결코 실망한 적이 없고, 그녀의 어머니는 항상 실망하는 이유다.

"메이! 언제나처럼 멋지군." 리언이 몸을 굽혀 그녀의 뺨에 입을 맞추는 시늉을 하며 인사한다. 그가 이선의 안부와 결혼식 준비에 대해 묻는다. 메이가 그의 그을린 피부를 칭찬하자, 방금 하와이에서 돌아왔다고, 파도타기가 굉장했다고 얘기한다.

웨이터가 테이블에 메이의 차를 살며시 내려놓고, 리언 앞에는 에스프레소 더블 한잔과 달걀흰자가 담긴 접시를 놓는다. 메이는 상사에게 프레젠테이션 자료 묶음 하나를 건넨 뒤 골든 오크스의 현재 실적부터 보고하기 시작한다.

"프리미엄 호스트들에게 상당한 추가 금액을 지불하는데도 그들 덕분에 거두는 수익이 훨씬 더 크다는 사실이 흥미롭군." 리언이 말허리를 자르고 끼어든다. 프레젠테이션 자료는 그의 커피 옆에 펼쳐지지 않은 채 놓여 있다.

"그러게요. 처음엔 저도 그들에 대한 비탄력적 수요[2]가 얼마나 될지 과소평가했어요. 하지만 그들에게 기꺼이 돈

2 가격 변동에 큰 영향을 받지 않는 수요.

을 지불하려는 의뢰인들은 구체적인 액수에 거의 무관심한 것 같더라고요. 올가을에는 가격을 인상할 생각이에요."

리언이 창밖을 빤히 내다본다. 그의 이마에 주름이 깊게 잡힌다. "요즘 불평등에 대한 분노에 관해 줄곧 생각 중이야. 무기력한 중산층, 사라져가는 생산직…… 인공지능은 이런 흐름을 강화할 뿐이고." 그가 잠시 말을 멈추고 메이를 쳐다본다.

메이는 그와 눈을 마주친다. 그녀는 갑작스럽게 방향을 틀거나 내용을 되짚는 리언과의 대화에, 그리고 사업을 거시적인 사회문제(지구온난화, 정치적 양극화, 부의 불평등)와 결합하곤 하는 그의 성향에 익숙하다. 리언은 전통적인 부자다. 시장과 그 시장이 주는 보상의 정당성을 믿지만, 동시에 노블레스 오블리주의 가치도 믿는다. 억만장자나 다름없는 그의 친구들 중 많은 사람들과 달리, 리언은 정부가 자본주의의 혹독한 위기에 대처하는 불가피한 임시방편으로서 역할을 수행한다고 믿는다. 하지만 정부가 민간 부문을, 혹은 민간 부문을 활성화하는 시장을 결코 억압해서는 안되며, 시장이야말로 그 불완전성에도 불구하고 여전히 경제를 움직이는 가장 효율적이며 부패의 가능성이 가장 적은 수단이라는 그의 신념은 확고하다. 그리고 그는 자신과 같은 사람들, 다시 말해 관대한 마음과 자본주의의 무의식적이지만 실제적인 결함들을 파악하고 완화하는 데 도움이 되는 예리한 통찰력을 지닌 자본주의의 승리자들이야말로 세상을 이끌어갈(단, 고객이나 투자자나 친구 들을 멀리할 필요 없이, 옆에서 지켜보며 조용히 이끌어갈) 사람들이라고 믿는다.

메이는 그를 존경한다.

그녀는 차를 홀짝거리며 리언이 자기 생각을 자세히 설명하기를 기다린다. 그녀의 배에서 꼬르륵 소리가 난다. 아침을 먹은 지 너무 오래됐다. 그녀는 아직도 리언의 금테 접시 위에서 김을 모락모락 풍기는, 그가 손도 대지 않은 달걀을 흘끔거린다.

"당신 호스트들은 대부분 이민자 가정 출신이지?"

"맞아요. 대부분이 라틴아메리카나 다양한 카리브해 섬, 필리핀 태생이에요. 동유럽이나 다른 동남아시아 출신들도 조금 있기는 하지만요. 물론 프리미엄 호스트들도 있고요."

"이 시점에 우리 회사의 영업권에 이익이 되는 동시에 어려움을 겪는 우리의 중산층을 도울 기회가 없을까 생각 중이야." 리언이 눈썹을 아주 살짝 치올리며 잠시 다시 말을 멈춘다. 그가 즐기는 일이다. 그러니까 아이디어를 내놓고는 마치 줄에 매단 미끼처럼 달랑대는 것 말이다.

"굉장히 흥미롭네요. 어떻게요?"

리언이 의자 등받이에 몸을 기대더니 근육질의 몸통을 길게 펴고, 커다란 두 손을 뒷머리에 대고 깍지를 끼며 팔꿈치를 마치 비행기의 날개처럼 옆으로 내민다. 이것은 파워 포즈다. 더 많은 공간을 차지하는 리더가 더 강력한 지도자로 인식된다는 내용을 메이는 경영 대학원 동창회보에서 읽은 적이 있다. 그녀는 팔짱을 푼다.

"우리 호스트를 중하층 백인들 중에서 좀더 찾아보면 어떨까?" 리언이 처음에는 온화하게, 이어 점점 더 열의를 띠며 제안을 이어간다. "그들은 몇십년 동안 줄곧 이래저래 치이며 살았어. 임금은 오르지 않고, 노조는 무력화되고, 로봇한테 일자리를 빼앗기고, 그 로봇들이 가져간 일자리마저 멕시코나 중국으로 넘어가고 있지. 장담하는데, 이민자 출신 호스트들한테 지불하는 것보다 돈을 훨씬 많이 줄 필요도 없어. 하지만─그리고 이게 핵심인데─의뢰인들에게는 프리미엄을 부과할 수 있지."

메이는 반응을 가늠하듯 자신을 바라보는 리언의 눈길을 느낀다. 그녀는 생각을 정리할 시간을 버느라 브레인스토밍 시간에 리언이 습관적으로 사용하는 문구를 앵무새처럼 흉내 낸다. "장점이 있는 아이디어네요……"

"장점 정도가 아니야, 메이! 양쪽 다 득을 보는 거라고. 우리는 더 큰 이익을 얻고, 잊혔던 미국인 육체노동자들은 좋은 일자리, 그러니까 끝내주는 일자리를 얻는 거니까. 공장 일이나 트럭 운전 일은 다시 돌아오지 않아. 우리는 후기산업사회를 살고 있다고, 메이. 서비스업종, 대부분 형편없는 그런 일자리가 미래지. 햄버거를 굽고, 노인들을 돌보고. 우리 일자리는 그들의 삶에 실질적인 변화를 가져다줄 거야. 한자리 차지하려고 다들 앞다퉈 난리를 칠걸."

메이는 조심스럽게 입을 뗀다. "문제는, 의뢰인들한테 그렇게 많은 프리미엄을 부과할 수 없을지도 모른다는 거예요. 프리미엄 호스트를 원하는 의뢰인은 대개 모든 방면에서 뛰어난 사람에게 끌린다는 걸 알게 됐거든요. 그러니까 단지…… 피부색만이 아니라, 혈통이라든가 시험 점수, 운동 능력……"

"내가 지금 백인 쓰레기 얘기를 하고 있는 게 아니잖아, 메이." 리언이 약간 조바심을 내며 대꾸한다. "아무튼 중하층 백인 아가씨들이 존재하는 건 분명하다고. 건전한 중서부 사람들을 생각해봐. 주립 대학 졸업생들을 생각해보라고. 건강해 보이지만 직장에서 성공할 가능성이 높지는 않은, 그런 사람들이 있단 말이야."

메이는 곰곰이 생각한다. 리언이 뭔가 알고 있는 걸까? 그녀는 과감하게 떠오르는 대로 말해본다. "제 생각에는, 별도의 가격 체계를 도입할 수도 있을 것 같은데요. 아주 최상위 프리미엄급은 아니지만…… **합리적인 가격의 프리미엄** 같은?"

"합리적인 가격의 프리미엄이라! 그거야!" 리언이 구릿빛으로 그을린 주먹을 들더니 테이블을 탕 내리치며 날카롭게 외친다. "그거랑 유사한 게 바로 디퓨전 라인[3]이지. 고급 의류 브랜드들을 생각해봐. 거의 모두 적당한 가격대의, 그러면서도 여전히 비싸고 매우 탐나는 브랜드를 통해 최상급 부자들 너머로 고객층을 확장했잖아. 캘빈클라인에 CK가 있다는 걸 생각해봐. 돌체 앤드 가바나에는 D&G가 있고. 아르마니에는……"

"아르마니 익스체인지가 있고요!" 메이가 노래하듯 말을 맺는다.

메이가 자신의 생각에 동조를 표하자 그는 만족스러운 기색으로 활짝 웃는다. 이어 그녀에게 이 개념을 보다 심도 있게 파고들어보라고 지시하고, 일주일 후에 브레인스토밍 시간을 갖자며 다시 클럽으로 오라고 요구한다. 뒤늦게야 아침식사로 눈길을 돌린 그는 미지근한 달걀을 한입 베어 물더니 얼굴을 찡그리며 웨이터에게 치우라는 신호를 보낸다. 웨이터는 몹시 당황한다.

"골든 오스크에 내가 알아둬야 할 새로운 일은 없고?" 리언이 에스프레소를 죽 들이켜며 묻는다.

아냐의 임신중절. 홀리오와 리사. 제인과 진드기.

"다 잘 관리되고 있어요." 메이가 재잘거리듯 말한다.

리언이 팔꿈치를 괴고 몸을 내밀어 메이의 눈을 강렬하게 응시한다. "메이, 홀러웨이는 아주 순조롭게 운영되고 있어. 하지만 나는 무엇보다 골든 오크스의 성장 잠재력에 제일 신이 나."

---

3 디자이너 브랜드에서 보급용으로 제작·판매하는 비교적 저렴한 상표를 가리킨다.

메이는 솟구치는 에너지에 몸이 떨리는 것을 느낀다.

"부자들은—요즘에는 우리 같은 사람들이 훨씬 더 많은데—이전 세대들과는 완전히 다른 방식으로 자식들에게 집착하지. 사실 우리 어머니만 해도 임신 기간 내내 담배를 피우셨거든, 맙소사! 하지만 이젠 그저 3000달러짜리 유아차나 유명 브랜드 기저귀 정도로 끝이 아니야. 명품 시장 연령대가 신생아와 임신 상태의 태아로 내려가고 있다고. 우리는 선발 주자로서 유리한 위치를 차지한 셈이지. 이사회에서 아시아와 중동 시장을 겨냥하고 최첨단기술 업계의 몇몇 부자들을 공략하기 위해 서부해안에 두번째 부지 매입을 검토 중이야. 개인적으로 '레드우드⁴ 농장'이라는 어감이 마음에 들더라고. 당신은 전문가야. 그러니까 우리가 원하는 건 당신이 의견을 좀……"

메이가 직접 썼다 해도 이보다 더 완벽한 대본은 되지 못했을 것이다. 그녀의 허락만 떨어지면 심장이 곧장 입 밖으로 튀어나가 날아오를 기세다! 식당 안이 밝아지고, 바깥은 잿빛에서 금빛으로 변했다. 메이는 살짝 고개를 숙이며 프로젝트 이야기에 돌입할 준비를 한다.

그녀는 다시 고개를 들고 리언에게 눈부신 미소를 활짝 지어 보이며 맥도날드 프로젝트 제안서를 테이블 너머로 밀어 보낸다. 그가 의아하다는 듯 그것을 힐끗 쳐다본다.

---

4 캘리포니아가 원산지인 적갈색 침엽수로 삼나무의 일종.

그에 응해, 메이는 언젠가 읽은 글에 따라 또 하나의 파워 포즈를 취한다. 어깨를 젖히고 테이블을 두 손으로 단단히 짚으며 몸을 쭉 펴는 동작. 실제로 좀더 강해진 기분이다.

"먼저 얘기를 꺼내시다니 재미있네요, 리언." 그녀가 말을 시작한다. "왜냐하면 사실은 저한테 **정말로** 아이디어가 몇개 있어서……"

메이는 한 손으로 마구간 벽을 짚어 균형을 잡은 뒤 왼쪽 부츠를 벗고 조약돌을 털어낸다. 이내 자세를 가다듬고 주변을 유심히 훑어본다. 골든 오크스의 먼젓번 소유주는 마장마술경기 챔피언인 딸을 위해 말 스무마리가 들어가는 마구간과 승마장을 만들어놓았다. 결정이 나기도 전에 이미 다 된 일처럼 굴고 있다는 건 스스로도 알지만, 어제 리언은 맥도날드 프로젝트에 **정말로** 엄청나게 푹 빠진 것처럼 보였다. 그리고 이 부속 건물은 두번째 합숙소로 안성맞춤일 터다.

"미즈 유?"

레이건이 햇빛을 받으며 마구간 바로 앞에 서 있다. 여름용 흰색 면 원피스 차림에 부츠를 신은 모습이다. "방해해서 미안해요. 여기 오면 당신을 찾을 수 있을 거라고 이브가 얘기해줬어요. 몇분만 시간 좀 내줄 수 있을까요?"

"당신을 위해서라면 그래야죠." 메이는 레이건을 마구간에서 조금 떨어진 퍼걸러[5] 아래 앉을 수 있는 곳으로 데리고 간다. "좋아 보이네요, 레이건. 임신 3기로 들어서는 문턱에 있는 기분은 어때요?"

레이건이 연철 의자에 걸터앉아 최근 초음파검사에 대해 몇마디 한다. 메이는 그녀 옆에서 느긋이 쉰다. 더 가까이 마주하고 있자니 레이건의 눈 밑 다크서클이 보인다.

"하고 싶다는 얘기는 뭐죠?" 메이가 상냥하게 묻는다.

"출산 보너스에 대해 쭉 생각해온 참이에요. 이제 이곳에서 보내야 할 시간도 절반 이상 지났으니까요." 레이건이 대답한다. "제 보너스를 제인 레예스에게 주는 걸 도와줬으면 좋겠어요. 익명으로 할 거라서요."

이런 일은 처음이다. 메이는 조심스럽게 입을 연다. "아주 따뜻한 태도네요…… 하지만 생각은 충분히 해봤나요? 훗날 그 돈이 필요할지도 몰라요. 아마 미술 석사를 취득하려면요. 사진 찍는 일에 대해서 진지하게 생각해보고 싶다고 했잖아요."

메이는 시간을 버는 중이다. 레이건 스스로도 알아차리지 못했을 수 있는 진정한 동기를 입 밖으로 끄집어내야 한다. 레이건은 옳은 일을 하고자 하는 마음이 절실한 사람이지만, 동시에 스스로는 인정하고 싶지 않을지라도 자기 이익에 따라 움직이는 사람이기도 하다. 접근 방식에 있어 적절히 균형을 맞출 필요가 있다.

---

5 정원에 덩굴식물이 타고 올라가게 지어놓은 정자나 구조물.

"계산을 해봤어요. 매달 급여만 받아도 가장 큰 지출이 될 대학원 입학 등록금은 낼 수 있어요. 나머지는 대출을 받으면 되고요. 사실 저는 보너스가 필요 없어요. 제인한테 필요한 정도는 아니죠."

오늘 호스트 일지를 검토할 시간이 있었더라면 좋았을 걸. 어제 아침에 훑어봤을 땐 제인이 여전히 리사나 레이건과 거리를 두고 있다는 기록이 있었는데, 그녀가 이 일에 전부를 걸고 있음을 고려하면 현명한 행동이었다. 레이건과 거리를 두는 건 아마 그녀와 리사의 우정 때문이리라는 게 메이의 짐작이었다. 하지만 뭔가가 더 있는 걸까? 레이건이 그 진드기 사건에 관여한 걸까?

"당신과 제인의…… 사이가 소원해진 것과 관계있는 일인가요?"

레이건이 얼굴을 붉힌다. "그런 건 아니에요. 제인이 왜 그러는지는 잘 모르지만…… 어쨌든, 그건 중요하지 않아요. 중요한 건 저한테는 정말이지 그 돈이 필요 없고, 그녀한테는 필요하다는 거죠. 제인이 자기 딸이랑 사촌까지 함께 좁아터진 침실 하나짜리 집에 사는 거 알아요? 그 전에는 여기 우리 침실의 절반만 한 방에서 아기를 데리고 다른 여섯 사람과 살았다는 것도요?"

여섯 명의 룸메이트에 대한 부분은 모르고 있던 사실이지만 메이는 그리 놀라지 않는다. 오히려 레이건이 놀랐다는 사실이 더 놀랍다. 그런 상황에 그토록 충격을 받다니,

결국 그녀가 물거품 같은 환상 속에 살고 있음이 드러나는 셈이다. 골든 오크스에는 더 열악한 환경 출신의 호스트도 몇 명 있다. "저기, 제인은 상황이 나쁘지 않아요. 배 속 아기만 건강하다면, 당신 도움이 없어도 잘해낼 거예요. 아주 잘요."

"하지만 그녀가 달수를 다 못 채우면 어쩌죠? 라임병에 걸리면 어떡해요? 아니면, 아냐한테 일어난 것 같은 일이 일어나면요?"

그러니까 그거였군. 레이건은 아냐의 임신중절에 대해 알고 있다. 틀림없이 훌리오가 리사에게 말했을 테고, 십중팔구 리사는 사방에 떠벌리고 있겠지. 가톨릭 신자 호스트들이 겁에 질려 우왕좌왕하는 일이 벌어지기 전에 가급적 신속하게 제리에게 알려야 한다.

메이가 갑자기 태도를 바꾼다. "하지만 당신 목표는 어쩌고요? 빚을 져가며 미술 석사를 따는 게 정말 당신이 원하는 거예요? 생활비는 또 어떡하고요? 대학원 졸업 후에 그 돈이 쓸모가 있지 않을까요? 사진 찍는 일로는 돈을 많이 벌지 못해요. 주목받는 경우를 제외하고는 말이죠."

"미술 석사를 꼭 따고 싶은 건지 잘 모르겠어요. 제 말은, 뛰어들어 배울 수도 있다는 거예요. 아니, 어쩌면 저희 아빠 말이 맞을지도 모르죠. 대안이나 뭐 그런 걸로 미술 마케팅을 배우러 경영 대학원에 가야 할 수도 있어요. 그 비용은 아빠가 내줄 거고요."

불현듯 메이는 너무나 젊고 아무 확신도 없지만 이 세상에서 자신이 나아갈 길을 찾는 **동시에**, 자신뿐 아니라 다른 사람들을 위해서도 옳은 일을 하려고 노력하는 레이건에 대한 애정이 솟구치는 것을 느낀다. 그녀의 나이였을 때, 메이는 학자금 대출을 갚느라 너무 바빠 이런 생각은 해볼 수도 없었다.

"나도 경영 대학원에 다녔어요. 정말이지 당신이 거기 있는 모습은 상상이 안 가네요." 자신의 말이 레이건의 마음을 두고두고 괴롭힐지 모른다는 생각에 그녀는 계속 밝은 어조를 유지하며 의견을 내놓는다. "당신은 예술가예요. 당신한테는 통찰력이 있죠."

무슨 까닭인지 레이건이 눈물을 글썽거린다. "그러려고 노력해요. 통찰력을 가지려고 정말로 노력해요."

이유는 잘 알 수 없지만, 메이는 이러한 일련의 대화가 몹시 중요하다는 것을 감지한다. "당신은 **정말로** 통찰력이 있고, 그건 당신에 대해 많은 걸 말해줘요. 당신이 배려하는 사람이라는 걸 말해주죠. 많은 사람이 자기 주변에 누가 있는지 보지 않아요. 자기한테 점심을 가져다주는 웨이트리스나 가방을 들어주는 도어맨 같은 사람들을요."

레이건은 무릎을 쳐다보고 있다. 화가 난 건지 아닌지 알 수가 없다. 혹시 몰라 메이는 목소리를 최대한 부드럽게 낸다. "하나 물어볼게요. 내가 자주 생각해보는 문제예요. 돈이 필요한 사람에게 돈을 거저 주면, 그게 도움이 될까요? 아니면 그저 우리의 죄책감만 무마하는—"

문장을 채 끝맺기도 전에 레이건이 맞장구를 친다. "저도 바로 그게 궁금해요. 뉴욕에는 도움이 절실한 사람이 정말 많아요. 거리에서 매일 그들을 지나치죠. 그리고 그들을 알아차리기는 하지만 사실 딱히 하는 일은 아무것도 없기 때문에 저도 공범인 것 같은 기분이 드는 거예요. 틀림없이 2달러 정도라도 없는 것보다는 낫겠거니 싶으면서도……"

"그 사람이 그 돈을 마약이나 술에 쓰지 않는다면 말이죠." 메이가 지적한다. "모든 노숙자를 폄하하려는 건 아니지만…… 그들 중 많은 사람이 정신 질환을 앓고 있어요. 아니면 중독자들이고요. 자기 삶을 바꾸고 싶어하지 않는 이들이죠."

"그렇지만 일반화를 할 수는 없어요. 모두 각자의 사정이 있다고요." 그렇게 끼어들기는 하지만, 레이건의 얼굴에는 동요의 빛이 어려 있다.

"나한테 대학 시절부터 알고 지내는 친구가 하나 있는데, 엄청나게 부유해요." 메이가 화제를 바꾸며 응수한다. 그동안 리언을 지켜보면서 터득한 사실이다. 즉, 지금까지의 화제와는 관계없는 듯 여겨지는 이야기를 끼워 넣으면 상대방을 주제에서 벗어나게 할 수 있고, 그로써 대화를 통제하게 된다. 그녀는 레이건에게 친구의 최근 자선사업, 그러니까 브롱크스 출신의 불우한 고등학생들을 여름 동안 햄프턴에서 지내게 하는 '문화 교류' 프로그램에 대해 들려준다. 메이의 친구는 이런 선도적 조치가 양쪽 모두 득을 보는 일이라고 믿는다. 즉, 매우 많은 특권을 누리는 그녀의 아들과 마찬가지로 많은 특권을 누리는 그의 친구들은 또래의 가난한 아이들을 접하며 감사의 마음을 배우게 될 것이고, 브롱크스 출신의 10대들은 각자 머무는 집의 가족들과 잘 지낸다면 장래에 도움이 될 인맥뿐만 아니라 '포부'까지 얻게 될 것이라고 말이다.

"끔찍한데요."

"그렇지만 그 친구는 좋은 의도에서 하는 일이에요. 그 애는 그저, 당신 말마따나 공범이 되지 않으려고 노력할 뿐이에요. 당신의 2달러를 자기 식으로 바꾼 거죠."

"아마 자기 아들의 대학 지원서 에세이 주제를 마련해 주려고 그런 일을 하고 있을걸요!"

줄곧 똑같이 생각해온 터라, 메이는 빙긋 웃으며 이렇게 말한다. "친구에게 열여섯살짜리 아이를 대도시 빈민가에서 데려다가 이스트햄프턴에 툭 떨어뜨려놓는 게 가장 좋은 아이디어는 아닐지도 모른다고 얘기하긴 했어요. 그 차이가 너무 크니까요. 아마 친구의 인맥을 이용해 그 아이들에게 여름 동안 일자리를 찾아주는 게 더 좋을 거라고도 말해줬죠. 진짜 일자리를 얻어서, 진짜 돈을 벌고, 진짜 기술을 배우도록요."

레이건도 동의하며 물고기 낚는 법을 가르칠 것인지 아

니면 물고기를 줄 것인지에 관한 상투적인 말을 그대로 입에 올린다. 썩 들어맞는 얘긴 아니지만, 메이는 마치 레이건이 무슨 현명한 말이라도 한 듯 반응한다. 사람들, 특히 젊은 사람들은 그저 자기들이 진지하게 받아들여진다고 느끼고 싶어할 뿐임을 터득해온 터다.

"골든 오크스를 나간 뒤에, 제인에겐 돈 이상의 선택권이 주어질 거예요. 이브를 봐요. 있잖아요, 그녀는 자기 집안 최초의 대학 졸업자가 될 거예요. 현실에서 자선이 많은 보탬은 되겠죠. 하지만 자선은 절대로 일자리가, 특히 이 일자리가 그럴 수 있는 것처럼 삶을 바꾸지 못해요. 자선은 대개 자선을 베푸는 사람들 자신에게 만족감을 줄 뿐이죠. 아니면 적어도 죄책감을 덜어줄 뿐이거나."

"하지만 그 두가지가 상호 배타적인 건 아니잖아요. 제가 제인을 돕는 동시에 그녀는 여전히 선택권을 가지고—"

"맞아요. 하지만 당신이 당신 보너스를 예술에 정말로 집중하기 위해 쓴다고 가정해보자고요. 당신은 유명한 사진작가가 돼요. 돈, 영향력, 힘이 있어요. 그러면 제인이나 제인 같은 다른 사람들을 훨씬 더 많이 도울 수 있지 않을까요? 당장 돈을 줘버리는 것보다는요. 돈을 주고 나면, 그다음엔 뭘 할 거죠?"

레이건이 침묵한다.

"아마도 스스로의 목표를 추구하는 게 당신이 할 수 있는 최선의 일일 거예요. 어느 누구를 위해서나요."

"무슨 말씀을 하려는 건지는 잘 알아요. 단지 그 말을 믿지 않을 뿐이죠. 보이지 않는 손이 늘 제대로 작동하는 건 아니니까요." 그러고서 레이건은 한참을 머뭇거리다가 말을 잇는다. "어쨌든, 저한테 이건 추상적인 얘기가 아니에요. 제인 얘기라고요."

메이는 터져 나오려는 한숨을 억누른다. 그 돈이 레이건에게 좀더 동기를 부여해서 그녀의 이해관계와 의뢰인들의 이해관계가 완전히 일치하게 되면 좋을 텐데.

레이건이 합숙소 쪽을 응시한다. 뒷마당 잔디밭을 가로질러 난 길로 한 사람이 그들을 향해 빠르게 걸어오는 중이다. 와일드 박사다. 퍼걸러에 도착할 때쯤, 그녀는 숨을 헐떡이고 있다.

"신발을 바꿔 신었어야 했는데." 그녀가 의자에 스르륵 주저앉고는 키튼힐[6]을 차서 벗어버리며 탄식하듯 말한다.

"전화를 하지 그랬어요." 메이가 잔소리를 한다.

"어차피 신선한 공기가 필요하긴 했어요. 게다가 오늘은 날씨가 너무 근사하잖아요!"

레이건이 메이의 눈길을 피하며 일어서더니 미즈 해나를 만나러 가야겠다고 말한다.

"레이건, 결정을 서두를 필요는 없어요. 어느 쪽을 선택

6 짧고 가느다란 굽이 달린 여성용 구두.

하든 난 당신 편이에요!" 레이건을 속상한 상태로 내버려
두고 싶지는 않다. 그녀가 제인을 돕고 싶어하는 것은 정말
이지 훌륭한 일이다. 메이는 레이건을 안심시키기 위해 미
소를 지어 보이려 하지만, 레이건은 이미 돌아서서 합숙소
로 가는 중이다.

"좋은 소식과 나쁜 소식이 있어요." 와일드 박사가 자리
를 잡고는 앞에 놓인 테이블의 유리 덮개 위에 맨발을 얹
는다.

"좋은 소식부터 말해줘요."

"33번 호스트의 성병 검사 결과는 깨끗해요. 홀리오도
마찬가지고요. 둘 다 아주 깨끗해요."

"잘됐군요!" 메이가 내심 갈등을 느끼면서도 그렇게 외
친다. 마음 한구석으로는 리사가 임질이나 헤르페스나 적
어도 생식기 사마귀 같은 진단이라도 받았으면 싶던 터다.
태아에게 해를 끼치지는 않되 치료 가능하지만 불편한 어
떤 병에 걸렸기를 말이다. 이번 생에서 그토록 많은 행운
을 누리는 것을 보면, 리사는 전생에 성인聖人이었던 게 분
명하다.

와일드 박사는 레이건이 확실히 가고 없는지 확인한다.
"하지만 82번에게 새로 문제가 생겼어요. 이상 소견이에
요. 최근 검사를 하다가 발견했죠."

땅이 기운다. 메이는 안간힘을 쓰며 버틴다. "설마 또 세
염색체증이라는 건 아니겠죠."

"네. 이번엔 멍울이에요. 쇄골 바로 위에요."

세상이 다시 한번, 이번에는 더욱 위태롭게 기운다. 메이는 풍경을 향해 가만히 있으라고 명령하듯 눈을 감는다. 이어 그녀가 다시 눈을 뜨며 단호한 목소리로 묻는다. "지금 정말로 하려는 얘기가 뭐죠, 메러디스?"

"그 멍울은 양성일 수도 있고, 악성일 수도 있어요. 82번의 나이를 고려할 때 악성일 가능성은 적죠. 하지만 임신부가 암에 걸리는 게 전례 없는 일은 아니에요. 예를 들어, 뉴욕 장로교 병원의 내 동료는 호지킨 림프종을 앓고 있는 28세 임신부를 치료 중이에요. 어려운 선택을 해야 하죠."

메러디스는 근엄하다. 마치 그 순간의 드라마와 그 드라마에서 자신이 맡은 배역을 거의 즐기는 듯 보일 지경이다. 지나칠 정도로 말이다. 리언이 의료 서비스 팀장으로 승진시킨 후 메러디스는 줄곧 거슬리게 굴고 있다. 메이는 메러디스가 혹시 자신의 자리를 노리고 있는 것 아닌가 의심을 품는다.

"그래서 어떻게 해야 한다는 거죠?"

"그 종양의 조직검사를 해야 해요. 우리가 검사에 대해 82번에게 뭐라고 말할지도 결정해야 하고요. 내 생각에, 의뢰인에게 이야기하는 건 당분간 보류하는 게 좋을 것 같아요."

메이의 가슴에서 짜증이 치솟는다. 호스트 정책에 관한 전략적 결정에 있어서 '우리'란 없으며, 메러디스는 의뢰인을 상대하는 일에 참견할 권리가 없다. 메이가 차갑게 미소를 지으며 말한다. "조직검사 일정을 가능한 한 빨리 잡아줘요."

"아마 법무 팀에 연락해서 계약서에 뭐라고 명시되어 있는지 확인해봐야 할 거예요. 우리가 이 시점에 82번에게 무언가를 알려줄 필요가 있을까요? 그녀에게 치료에 대한 발언권이 있나요? 내 견해로는—"

"그건 나한테 맡겨둬요, 메러디스." 메이가 말을 자른다. 자신이 통명스럽게 굴고 있음을 알지만, 월권이 지나쳐도 너무 지나쳐 더이상은 참을 수가 없다. "내가 다 알아서 해왔으니까요."

레이건

"좋은 아침이에요!" 노래하는 듯한 목소리와 함께 주변이 느닷없이 환해진다. 담요가 벗겨지며 공기가 몸에 가벼운 충격을 준다.

레이건은 팔꿈치로 침대를 짚어 몸을 일으킨다. 빨갛게 염색한 머리를 아프로 스타일[1]로 다듬은 코디네이터가 벽장에서 여름용 원피스 하나를 꺼내 침대 위에 걸쳐놓고는 놀라운 일이 생겼다며 서두르라고 재촉한다. 레이건은 잠에 취해 어리둥절한 상태로 제인 쪽을 힐끗 보지만, 그녀는 이미 나가버렸는지 깨끗한 침대와 빵빵하게 부푼 베개만 눈에 들어온다.

---

1 흑인 특유의 곱슬머리를 크고 둥글게 부풀린 머리 모양.

"몇시죠?" 레이건이 잠긴 목소리로 묻는다. 목이 칼칼하다. "무슨 일이에요?"

코디네이터는 그녀를 부드럽게 일으켜 세워 재촉하듯 욕실로 밀어 넣더니 여름용 원피스를 건네고 문을 닫는다. "당신을 보러 누가 와 있어요. 어서 움직여요, 자기."

자기라니. 그런 말은 농장 규정에 없다. 레이건은 변기에 앉는다. 피곤하다. 어젯밤 잠들지 못한 채 마음속으로 미즈 유와의 대화를 곰곰이 떠올려보았다. 불완전한 생각들과 재구성된 반응들이 어지럽게 이어졌다. 레이건은 제대로 말하지 못했다. 마치 공부만 하는 얼간이 같았다. 손에 클립보드를 든 채 벌 떼를 구하겠다는 둥 비닐봉투 사용을 금지해야 한다는 둥 학생회관 앞에서 와글와글 떠들어대던 대학의 공상적 박애주의자들 말이다.

미즈 유에게 더 자세히 말했어야 했는데. 제인이 샴푸를 아끼려고 물을 타서 쓴다는 얘기라든가. 할머니가 눈앞에서 쓰러지는 순간 그녀의 온 세상이 순식간에 팽그르르 돌아버렸다는 얘기도. 그때 그녀는 겨우 열다섯이었다.

"안에 별문제 없는 거죠?" 코디네이터가 문을 똑똑 두드리며 외친다.

"샤워할 시간 있나요?"

"아니요. 미안해요, 레이건." 코디네이터는 어서 서두르라고 잔소리를 한다.

레이건은 세수하고 머리를 빗고 옷의 단추를 잠근 뒤,

아직도 비몽사몽인 채로, 그동안 한번도 발을 들여놓은 적 없는 복도를 따라 농장의 행정동을 향해 휩쓸리듯 간다. 코디네이터의 신분증을 인식시켜야 들어갈 수 있는 곳이다. 그녀는 커튼이 드리워 있고 식탁이 벌써 차려진 별도의 작은 식당으로 안내된다.

키 큰 흑인 여자가, 색이 옅은 원피스 차림에 머리에는 스카프를 두른 채 루이 15세풍 의자에 당당하게 다리를 꼬고 앉아 있다. 그녀가 손을 내밀며 일어난다. "캘리라고 해요."

"레이건이에요."

변호사일까? 제인에게 보너스 넘기는 절차를 도와주러 온 걸까?

"앉으세요." 여자가 자신의 옆에 있는 의자를 가리키며 말한다. "차 마실래요?"

여자는 꽃무늬가 아로새겨진 찻주전자를 들어 도자기 잔에 차를 따르다가 조금 흘린다. "이런 고급 찻잔은 대체 왜 이렇게 작게 만드는지 모르겠다니까요!"

그녀가 레이건에게 미소를 지어 보이고, 레이건도 부지불식간에 마주 보며 미소 짓는다.

"내가 누군지 모르겠죠?"

레이건이 고개를 끄덕인다.

"난 당신 배 속에 있는 아기의 어머니예요. 당신이 내 아들을 임신하고 있죠."

모든 것이 멈춘다. 레이건의 심장. 그녀의 호흡. 우주의 모든 것이.

"당신이—" 말문이 막혀버린다.

여자가 나직하게 울리는 다정한 웃음을 터뜨린다. "알아요. 예상 밖이죠?"

레이건은 고개를 가로젓는다. 그녀는 트로피 와이프[2]를 예상했다. 신흥 재벌이나 업계의 거물과 결혼한, 실패한 모델 말이다. 어쩌면 중국인 억만장자일지 모른다고 예상하기도 했다. 하지만 이런 경우는 상상 밖이다. 이 여자는 아니었다.

"전—전 기뻐요. 제 말은, 당신이 예상 밖이라서 기쁘다는 거예요." 아닌 게 아니라, 피부색 때문에 그 여자가 꺼려지기는커녕 정반대인데도 혹시나 그녀가 오해하지는 않을까 싶어 레이건은 다급하게 더듬더듬 말한다.

여자가 다시 웃음을 터뜨리고 말한다. "여기 오는 데 너무 오래 걸려서 미안해요. 여행 중이었거든요."

이어 그녀는 자신에 대해 이야기하기 시작한다. 에티오피아에서 세 남매 중 막내로 태어났다는 것. 아버지는 아프리카의 큰 석유 회사 기술자였지만, 자녀들이 미국에서 더 나은 삶을 살게끔 메릴랜드에 있는 한 백화점에서 양복 파는 일을 했다는 것. 자신은 대학 시절부터 어느 대기업

2 능력과 재력을 갖춘 나이 많은 남성의 젊고 아름다운 아내를 가리키는 말.

의 보조 사원으로 일을 시작해 판매원, 영업 사원, 과장, 부장, 부사장, 그리고 더 높은 직급에 이르기까지 줄곧 한 회사에서 일해왔다는 것. 워싱턴에서 덴버, 시카고, 댈러스로 옮겨 다니다가, 다시 워싱턴으로 돌아왔다는 것. 걸음마 단계부터 시작해서 점점 더 큰 걸음으로 발전해나갔으며, 도처에 존재하는 유리 천장을 깨부쉈다는 것. 그녀는 30대 중반에 난자를 냉동해두었지만, 10년도 더 지나 여전히 독신인 상태에서야 비로소 정말로 자신에게 시간이 얼마 없다는 사실을 깨달았다. 정자 기증자를 찾는 것은 쉬운 일이었다. 문제는 그녀의 자궁이었다. 직접 아기를 임신하려고 몇번이나 시도해봤다. 얼마나 유산을 했는지, 횟수를 헤아릴 수가 없을 지경이다.

"당신은 내가 가족을 가질 마지막 기회예요. 가족을 이룰 기회요." 아기 어머니, 그러니까 캘리가 이런 말을 하며 눈을 내리깐다. 레이건은 그녀의 손을 잡고 싶은 충동을 억누른다.

두 사람의 눈이 마주치자 레이건이 수줍게 미소 짓는다.

식당 문이 활짝 열린다. "안녕하세요, 숙녀분들!"

"안녕하세요, 메이." 캘리가 화장지로 조심스럽게 눈가를 톡톡 찍어 눈물을 닦는다.

"이분이 그 깜짝 소식은 아직 얘기하지 않은 거죠?" 미즈 유가 미소 가득한 얼굴로 레이건의 옆자리에 앉으며 그녀에게 묻는다.

"이분 자체가 깜짝 소식인 줄 알았는데요."

캘리와 미즈 유가 웃음을 터뜨린다.

웨이터들이 과일, 달걀, 요구르트 그릇을 가지고 줄줄이 들어온다. 미즈 유와 캘리가 최근 본 브로드웨이 연극에 대해 담소를 나누는 동안, 레이건은 지체 없이 메이시를 떠올린다. 메이시에게 이 소식을 알리고 싶어 못 견딜 지경이다. 그러니까 그녀의 의뢰인이 흑인이고, 밑바닥부터 시작해서, 아이가 없다는 단 한가지를 제외하고는 굉장한 삶을 일궈냈다는 것을 말이다. 레이건 없이는, 그녀는 결코 아이를 가질 수 없을 것이다.

메이시는 뭐라고 할까?

그 정도로 대단한 일은 아니야, 레이그.

아니면 좀처럼 수긍한 적은 없지만, 그래도 삶이 때로는 쉽게 단정할 수 없을 만큼 복잡하다는 사실을 인정할까? 때로는 어쩌면 누군가가 아무것도 하지 않는 듯 보일 때, 사실은 가장 큰 선행을 베풀고 있는 것일 수 있다는 사실을 인정할까?

"……다이앤 아버스[3] 말이에요." 캘리가 한번 더 말한다.

레이건이 재빨리 주의를 기울인다. "뭐라고 하셨죠, 미즈……"

[3] Diane Arbus(1923~71). 미국의 사진작가. 다양한 사람들의 초상 사진을 통해 다큐멘터리 사진의 새로운 지평을 제시했다는 평가를 받는다.

"캘리요. 제발 그냥 캘리라고 불러줘요."

"당신이 아직도 다이앤 아버스를 좋아하는지 묻던 중이었어요." 미즈 유가 불쑥 끼어든다. "내가 캘리한테 당신이 사진을 찍는다고 얘기했거든요."

캘리는 레이건에게 미소를 지어 보이며 잠시 말을 멈췄다가, 마침내 깜짝 소식을 밝힌다. 그녀의 친구 중 하나가 맨해튼 메트로폴리탄미술관의 이사다. 그 친구가 연줄을 좀 동원해서, 둘만을 위해 얼마 후로 예정된 다이앤 아버스 전시회의 비공개 관람을 주선했다. "물론, 당신 마음이 동한다면요." 그녀가 덧붙인다.

"다이앤 아버스 진짜 좋아해요."

캘리가 환하게 미소를 짓는다.

미즈 유가 레이건에게 일정을 차근차근 설명한다. 두 사람은 하루 일정으로 맨해튼으로 날아갈 것이다. 전시회를 본다. 그후, 점심식사를 한다. 만약 레이건이 생선을 싫어하지만 않는다면 르베르나르댕[4]에서 먹을 예정이다. 좀 딱딱한 분위기이긴 해도 해산물은 일품이다. 이어 눈 깜짝할 새 끝나는 간단한 시술 후 귀가한다.

"시술이라니요?" 레이건이 손을 배로 옮기며 묻는다. "무슨 문제라도 있나요?"

"다 괜찮을 거예요." 미즈 유가 사무적이면서도 활기찬

---

4 1972년 파리에서 시작해 1986년 뉴욕에 문을 연 해산물 전문 고급 프렌치 레스토랑.

목소리로 그녀를 안심시킨다. "와일드 박사가 지난번 양수검사 중 이상 소견을 하나 발견했어요. 두어가지 검사를 더 하려고 해요. 그냥 예방 차원에서요. 그리고 캘리는 당신이 그 검사를 도시에서 받았으면 하고요."

미즈 유가 웨이터에게 신호를 보내 차에 넣을 우유를 조금 가져오라고 청한다.

"보나 마나 불필요한 일일 거예요." 캘리가 사과하듯 말한다. "그저 내가 걱정을 그만둘 수가 없을 뿐이에요. 여기 가엾은 메이에게 물어봐요. 난 검사란 검사는 다 요구하거든요. 수많은 의사의 2차, 3차 소견도 요구하고요. 당신이 이해해주길 바라요……"

"벌써 헬리콥터 부모[5]가 돼버렸네요. 아기는 아직 태어나지도 않았는데." 미즈 유는 웃음을 터뜨리지만, 어색한 말투다. 그녀가 창문 밖 저 멀리 들판에서 잠자리처럼 초록색으로 반짝거리고 있는 헬리콥터를 가리키며 농담을 되풀이한다. "말 그대로 이미 헬리콥터 부모죠!"

레이건은 민망스럽다. 미즈 유는 농담할 생각을 않는 게 좋을 텐데. 슬쩍 훔쳐보니, 캘리는 언짢은 표정이다.

"불행을 가져올지 모르는 언급은 자제해줘요, 메이. 결과가 어떻게 될지는 아무도 모르는 거니까요. 난 아직 부모가 아니에요."

5 자식이 성장해 대학에 들어가거나 사회생활을 하게 되어도 헬리콥터처럼 자식 주변을 맴돌며 온갖 일에 참견하는 부모를 가리킨다.

캘리가 접시에 놓인 캔털루프멜론을 자른다. 무신경한 미즈 유가 캘리의 과보호에 대해 경솔하게 재잘거리는 바로 그 순간에도, 캘리는 평정을 유지하기 위해 마음을 다잡고 있다는 걸 레이건은 안다.

레이건은 순식간에 이해한다. 마치 캘리의 마음속에 들어갔다 나오기라도 한 것처럼, 그녀를 이해한다.

미즈 유의 어설픈 농담, 그것은 캘리에게 마음을 찢는 이야기요, 느닷없이 덮쳐온 슬픔이다. 그 순간이 다 지나갈 때까지 격렬하게 눈을 깜박거리며 억지로 수다를 떨 수밖에 없는 것이다.

레이건은 스스로도 어리둥절할 만큼 즉각적으로 캘리의 거대한 희망을 깨닫는다. 그리고 처음으로, 배 속의 아기 때문에 겁을 먹는다.

"아버스 전시회가 보고 싶어 죽겠어요. 하루를 보내기에 그보다 더 좋은 방법은 떠오르지 않네요." 레이건이 진심으로 캘리에게 말한다.

캘리는 고마워하며 미소를 짓는다.

춥다. 레이건은 지시받은 대로 가운의 열린 앞섶을 더 단단히 여민다. 띠는 없다. 농장의 가운에는 띠가 있는데.

이곳은 인테리어디자인 잡지에 나올 법한 대기실과 싱싱한 꽃이 비치된 화장실을 갖춘 개인 병원이다. 진찰실 벽에는 잔잔한 수면을, 그러니까 한줄로 죽 늘어선 나무들이 비치는 가을의 호수, 굽이치는 넓은 초록빛 강 등을 찍은 사진들이 걸려 있다. 레이건은 사진들을 자세히 보고 싶어 의자에서 벌떡 일어선다. 그동안은 풍경 사진에 한번도 끌린 적 없이, 오로지 사람들을 찍는 작업에만 매력을 느꼈다. 그녀는 이러한 변화가 무슨 의미일까 생각해본다.

왜 이곳에 와 있는지 레이건은 아직도 확실히 알지 못한다. 캘리는 몇번이나 미즈 유의 공허한 설명("이상 소견" "만전을 기하기 위한 조치")을 그대로 되풀이했고, 그래서 그녀에게 물어보는 것을 포기해버렸다. 레이건이 불안해하지 않는 유일한 이유는 점심식사 후 그녀를 병원 로비에 내려주었을 때 캘리 자신이 침착하고 심지어 쾌활한 듯 보이기까지 했기 때문이다.

레이건은 진찰대로 껑충 뛰어올라 두 다리를 대롱대롱 흔든다. 손으로 둥근 복부를 죽 쓰다듬는다. 그녀는 이제 그애를, 자신이 품고 있는 아기를 마음속으로 그려볼 수 있다. 정수리의 검은색 머리카락, 코코아빛 피부. 자기 어머니의 것처럼 검은 눈.

넌 운이 좋은 아이야. 그녀가 아기에게 다정하게 말한다.

알고 보니 캘리에게는 짓궂은 유머 감각이 있다. 점심식사를 하면서, 레이건은 레스토랑 안의 다른 손님들에 대한 캘리의 신랄한 논평(서로에게 깊은 인상을 주려는 것 말고는 달리 아무 이유도 없이 대단히 우아하게 차려입고 명품 핸드백을 든 숙녀들, 그들 뒤쪽 테이블에서 가슴 풍만

한 동반자──다정한 조카딸일까? 친절한 간병인일까? 남자한테서 돈을 우려내려는 우편주문 신부일까?──와 손을 맞잡고 있는 늙다리 등등) 때문에 생선을 먹다가 사레가 들려 캑캑거리기까지 했다.

전시회에서는 아버스에 대한 캘리의 심도 있는 지식에 깜짝 놀랐다. 두 사람은 같은 사진들을 마음에 들어했다. 캘리는 다음 달에 레이건을 워커 에번스 전시회에 데려가고 싶어한다.

캘리와 함께 병원에 도착했을 때 로비에서 기다리고 있다가 맞아주었던 코디네이터가, 이제는 옅은 초록색 수술복을 입은 아시아인 간호사를 뒤에 대동하고 진찰실로 들어온다. 농장 측에서 코디네이터까지 보냈다니, 레이건은 믿을 수가 없을 지경이다. 그녀가 캘리의 아들을 배 속에 넣고 도망치기라도 하리라 생각하는 건가? 박물관에서도 그 코디네이터가 조각품 뒤에 몰래 숨어 있었을까? 레스토랑에서는 화분 뒤에?

"이쪽은 낸시예요." 코디네이터가 소개한다. "오늘 우리를 도와줄 거예요."

레이건은 자신을 지켜보는 코디네이터를 무시한 채 간호사에게 인사를 건넨다.

간호사가 활력징후를 측정하겠다고 하더니, 레이건의 혀 밑에 체온계를 꽂고 팔뚝을 혈압 측정기로 감싼다. 코디네이터는 팔짱을 낀 채 닫힌 문에 기대서 있다. 레이건은 자신의 가운을 잡아 찢어버리고 그녀 앞에서 한바탕 쇼를 펼쳐 보이고 싶은 충동과 싸운다.

윙 하는 낮은 진동음이 들린다. 코디네이터가 주머니에서 휴대전화를 꺼낸다. "꼭 받아야 하는 전화라서요. 밖에 있을 테니 필요하면 불러요."

레이건은 못 들은 척, 간호사의 친절한 얼굴과 그녀의 코에 박힌 작은 블랙헤드들만 바라본다. 간호사는 어느 팝송 곡조를 흥얼거리고 있다.

"임신한 모습이 너무 귀여워요!" 그녀가 레이건의 입에서 체온계를 꺼내며 이만하면 괜찮다는 듯 혀로 똑딱 소리를 낸다. "이번이 첫 임신인가요?"

레이건은 잠시 머뭇거린다. "네."

"남자아이예요, 여자아이예요?"

"남자아이를 임신 중이에요."

"혈압은 좋아요." 그러고서 간호사는 이렇게 덧붙인다. "아빠만 잘생겼으면 아기 외모도 훌륭하겠네요. 일단 당신은 예쁘니까요."

그녀에게 감사를 표하며, 레이건은 처음으로 캘리의 정자 기증자가 어떻게 생겼을지 궁금해한다. 그녀는 어떤 사람을 찾았을까. 흑인? 똑똑한 사람? 아니면 키가 큰 사람을 원했을까?

"나한테는 아들도 딸도 다 있는데, 여자애들은 나중에 애를 먹여요! 남자애들은 엄마를 사랑하죠." 간호사가 말한다.

레이건은 동감이라는 듯 미소를 짓지만, 당연히 아무것도 모른다. 어쩌면 자신의 아이는 결코 낳지 못할 수도 있다. 배 속의 이 아이는 캘리가 머지않은 미래의 어느날 데려갈 것이다. 레이건은 늘 이런 것들이 궁금했다. 그러니까 분만 후 어떤 기분일지, 또 그렇게 오랫동안 아이를 품고 있으면―아이가 발길질을 하거나 돌아눕는 것을 느끼고, 아이의 심장박동을 셀 수 없을 만큼 많이 들으면―헤어지기가 어려울지 말이다. 하지만 이제는 그 일이 그리 어렵지 않을 것을 안다. 캘리는 좋은 사람, 매우 드문 일이지만 정말로 좋은 사람이니까. 그녀는 아이를 잘 키울 것이다. 그리고 그들의 이야기, 그러니까 캘리가 아들에게 들려줄 이야기는 바로 레이건에서부터 시작될 것이다.

레이건이 쇄골에 감겨 있는 붕대를 손가락으로 만지작거리며 코디네이터를 따라 잔디밭을 가로지른다. 뒤에서 헬리콥터가 날아오른다. 뜨거운 바람이 그녀의 등을 때리고 머리카락을 휘날린다.

그녀는 새 옷을 입고 있다. 시술이 예상보다 오래 걸렸고 밤에 헬리콥터로 귀가하는 건 캘리가 원하지 않았기 때문에, 결국 뉴욕에서 하룻밤을 보낸 참이다.

"메이의 말이 맞네요. 나는 정말 헬리콥터 부모인가봐요." 시술 후 병원 로비에서, 캘리가 유감스럽다는 듯 말했다.

여전히 그 자리에 있던 코디네이터는 농담을 했다. 오히려 헬리콥터를 싫어하는 부모에 더 가까워 보이는데요.

캘리는 레이건을 미드타운의 고급 호텔에 내려주며 함께 있어주지 못해 미안하다고 거듭 사과했다. 들어줄 가방도 없는데 벨보이는 레이건을 방까지 안내하면서 그 호텔이 폭탄에 맞아도 끄떡없도록 설계되었다는 이야기를 늘어놓았다. 레이건은 시술에, 목 아래 깊이 베인 상처에 신경을 쏟지 않으려고 공포영화를 연달아 보면서 밤을 거의 지새우다시피 했다

"몸은 좀 괜찮아요?" 코디네이터가 합숙소 뒷문에서 몇 미터 떨어진 곳에 멈춰 서며 묻는다. 그녀는 아침식사 때 호텔 레스토랑에 나타나 레이건이 주문한 커피를 취소해버렸고, 이후 두 사람은 헬리콥터를 타고 오는 내내 한마디도 나누지 않았다.

레이건은 옷깃을 자꾸 잡아당기며 고개를 끄덕인다.

"그 붕대 갖고 요란 좀 떨지 마요." 코디네이터는 그렇게 말하고서 레이건이 손을 옆구리로 내릴 때까지 그녀를 빤히 쳐다본다.

그들은 도서관을 통해 농장으로 들어간다. 밝은 파란색 유니폼을 입고 구석에 쪼그려 앉아 책꽂이의 먼지를 털고 있는 시설 관리 직원을 제외하면 도서관은 텅 비어 있다. 레이건이 제일 좋아하는 코디네이터 중 하나인 도나가 데스크에 있다가 그녀를 반긴다.

"어서 와요!" 그녀가 레이건의 손목을 부드럽게 잡아 웰밴드를 판독기에 읽히고 동료에게 말한다. "고마워요. 여기서부터 이 일은 내가 맡을게요."

레이건은 고마운 마음에 도나에게 미소를 지어 보이다가, 자신이 그 문장의 '이 일'이라는 사실을 깨닫는다.

"자, 어서요, 누워서 좀 쉬어야죠." 도나는 레이건이 하루 떠나 있었다고 농장의 길을 잊어버리기라도 한 양 그녀를 방으로 데리고 간다. "몸은 좀 어때요?"

"괜찮아요, 고마워요."

"뭐 필요한 거 있어요? 간식? 주스?"

레이건은 도나가 가주기를 바라며 고개를 가로젓는다.

침실 문이 조금 열려 있다. 레이건은 안으로 들어서며 숨을 헉 들이쉰다. 제인의 침대 시트가 모두 벗겨져 줄무늬 매트리스가 왠지 꼴사납게 드러나 있다. 침대 위 선반에 있던 소지품도 책 몇권을 제외하고는 모두 사라졌고, 그녀의 벽장도 텅 비어 있다.

세상에, 제인에게 무슨 일이 있었던 거지?

"제인은 이제 개인실을 쓰게 됐어요." 도나가 설명한다. "그건 당신도 마찬가지라는 소리죠!"

안도감이 물밀듯 밀려들었다가—제인은 괜찮아, 그녀의 아기는 괜찮아—이내 당혹감이 찾아든다. "왜요?"

도나가 벽장의 미닫이문을 닫고 레이건의 두툼한 이불을 젖히며 누우라고 재촉한다. "글쎄요, 제인이 줄곧 잠을 잘 못 잤어요. 밤중에 자꾸 깨는 게 자기 방광 때문이 아니라면, 소변을 보는 당신 때문이었겠죠." 도나가 쾌활하게 말한다. 레이건은 흠칫 놀란다. 밤에 변기를 사용하며 제인을 성가시게 할 생각은 없었다. 그녀는 항상 불을 켜지 않은 채 어둠속에서 더듬더듬 휴지를 찾았다.

레이건은 왈칵 솟구치는 눈물을 막으려고 두 눈을 감는다. 도나가 시트를 레이건의 다리 위로 끌어당기고 커튼을 친다. 그러곤 오늘 반드시 해야 할 일은 아무것도 없으니 잠을 좀 자라고 말한다.

레이건은 도나 앞에서 흐느껴 울게 될까 싶어 여전히 조마조마한 마음으로 계속 침묵을 지킨다. 레이건이 눈물을 쏟았다는 보고가 미즈 유에게 들어가기라도 하면, 미즈 유는 레이건에게 정신과 의사를 보낼 테니까.

그러니까, 제인이 옮겨달라고 요청했던 것이다. 그녀를 위해서는 잘된 일이다. 틀림없이 몹시 기뻐하고 있으리라. 한번도 자기 방을 가져본 적이 없지 않은가. 그녀는 엄마와 함께 살던 고등학교 시절에도 텔레비전을 두는 방에서 잠을 잤다.

"좀 자둬요." 도나가 문을 닫기 전 강요하듯 말한다.

레이건은 어둠속에서 혼자 눈물을 흘린다. 얼굴을 닦을 생각도 없이 꼼짝하지 않는다. 그녀는 혼자 있고, 전에 멍울이 있던 자리에는 구멍이 생겨 있다. 언제 처음 멍울이 느껴졌죠? 병원에서 의사가 물었을 때 레이건은 혼란스러워하며 그를 쳐다보았다. **무슨 멍울요?** 그녀는 얼마나 이상하게 들릴지 알면서도, 지금까지 전혀 눈치채지 못했다고 고백했다. 하지만 멍울은 그렇게 크지 않았다. 의사가 조직검사를 준비하는 동안 그녀는 마치 자신의 피부를 만지는 게 어떤 금기를 깨는 일이기라도 한 듯 그 멍울의 윤곽을 몰래 더듬어보았다.

대체 어떻게 그녀가 자기 몸에서 갖가지 방식으로 일어나는 변화를 모조리 추적하고 관찰할 수 있었겠는가? 그녀의 배는 부풀어가고, 젖꼭지는 거무스름해지고, 혈관은 피부에 비해 두드러지게 새파랗고, 젖가슴에서는 분비물이 나오고, 팬티에는 길고 하얀 자국들이 남는다. 한번은 그녀가 무언가를, 그러니까 왼쪽 젖꼭지 옆에 난, 만지면 아픈 핑크빛 멍울을 알아차린 적이 있는데, 간호사는 관이 막힌 것일 뿐 별일 아니라고, 따뜻한 샤워를 하라고 했다.

"걱정거리가 전혀 없을 가능성이 높아요." 의사가 우렁찬 목소리로 말했다.

레이건은 점점 더 겁을 집어먹으며 그에게 물었다. 걱정거리가 있다면 그게 뭔데요?

그 순간 간호사와 코디네이터가 둘 다 레이건 쪽으로 다가왔지만, 이렇게 말한 사람은 간호사였다. "당신은 젊고 건강해요. 우린 단지 아기 때문에 각별히 조심하는 것뿐이에요."

의사가 활짝 웃었다. "자, 긴장 풀어요. 아직 걱정할 일은 정말 아무것도 없어요."

그는 미소 띤 얼굴로 그녀를 내려다보았다. 그의 치아는 흰 나무 울타리처럼 고르고, 그보다 더 하얬다. 눈을 감은 그녀의 머릿속에서는 '아직'이라는 단어가 메아리치고 있었다. 그녀는 자신이 무너지지 않게 해달라고 기도하기 시작했다. 시술이 끝날 때까지 기도를 멈추지 않았다.

이제 개인실이 된 그녀의 방문 밖에서 사람들이 이동하는 소리가 들린다. 아침식사가 끝난 모양이다. 날카로운 웃음소리, 조용히 하라고 크게 쉿 하는 소리. 레이건은 일어나 앉는다. 제인의 버려진 침대를 유심히 본다. 텅 비다시피 한 선반 위에 책이 몇권 있다. 좀더 자세히 살펴본다. 그녀가 제인에게 주었던 책들이다. 즉흥적인 선물. 그녀가 그 책들을 좋아할지도 모른다고 생각했는데.

그녀는 가슴이 조여드는 느낌을 무시한 채 모카신 속으로 거칠게 발을 밀어 넣는다. 이 거부당한 책들이 있는 이 거부당한 방에 홀로 머무르고 싶지 않다. 무작정 복도를 따라 걸어가다가, 깨닫고 보니 어느새 미디어실 앞에 서 있다.

왜냐하면 그녀는 알아야 하니까.

그녀는 워크스테이션을 찾아내 로그인을 하고 이렇게 입력한다.

쇄골 부근 멍울

순식간에 화면이 정보로 가득 찬다.

이 검색어와 연관된 질환으로는 다음과 같은 것들이 있습니다.

림프종
호지킨 림프종
비호지킨 림프종

속이 울렁거린다.

그녀는 간신히 읽어나간다. 림프종과 비호지킨 림프종은 대개 나이 든 환자들에게서 발생한다. 하지만 호지킨 림프종은 청소년과 성인을 공격한다.

공격한다.

겁을 먹고 꽁무니를 빼기 전에, 레이건은 링크를 클릭하며 맹공에 대비해 마음을 다잡는다.

하지만 화면이 바뀌지 않는다.

레이건은 마우스를 움직여 호지킨 림프종 링크를 다시 한번 클릭한 다음, 연달아 한번 더 클릭한다. 세번째로 클릭한다. 클릭, 클릭, 클릭. 시험 삼아 열어본 『비즈니스 월드』의 웹사이트는 아무 문제 없이 열리지만, 검색 엔진에 **호지킨 림프종**을 입력하자 화면이 다시 먹통이 된다.

레이건은 이웃한 칸으로 걸어간다. 남아메리카인 호스트 아나 마리아가 키보드 위로 몸을 구부린 채 스페인어로 이메일을 입력하고 있다.

"귀찮게 해서 미안하지만, 당신 컴퓨터는 멀쩡해요?"

"괜찮은데요." 아나 마리아가 말한다.

"잠깐만 뭐 좀 검색해봐도 될까요? 내 건 갑자기 문제가 좀 생겨서."

그래요. 아나 마리아가 대답한다. 그녀가 의자를 약간 뒤로 굴려 레이건에게 자리를 내준다. 하지만 여기서도 호지킨 림프종의 링크는 꼼짝도 않는다.

접속이 끊겼다.

온몸이 쿵쿵 울리는 가운데, 레이건은 그녀에게 고맙다고 인사를 한다.

왜 그녀를 막는 걸까? 뭘 숨기는 걸까?

"안녕, 아나 마리아!" 도나다. "레이건, 당신을 찾고 있었어요."

레이건은 마른침을 삼키며 빤히 쳐다본다.

"어제 여기 없었으니 유터로사운즈 시간을 보충하고 싶어할지도 모르겠다고 생각했거든요." 도나가 고개를 갸웃하더니, 이미 레이건의 재생 목록이 업로드되어 있는 기기를 들어 올리며 돌연 만면에 미소를 짓는다.

레이건은 잠자코 그것을 받는다.

"어쨌든 여기 틀어박혀 있기에는 지나치게 좋은 날씨이

기도 하고요!" 도나가 레이건의 어깨에 한 손을 얹고 아나 마리아의 칸에서 데리고 나가며 재잘거린다. "수영장 옆에서 타샤를 봤어요. 그녀랑 어울리지 그래요?"

"엄마한테 전화해야 해요!" 레이건이 불쑥 내뱉는다. "매주 엄마한테 전화를 하는데⋯⋯"

도나는 얼굴을 살짝 찡그렸다가 이내 다시 활짝 펴며 웃는다. "당연히 그래야죠! 그럼 당신 워크스테이션으로 돌아갑시다. 아직 로그인이 돼 있나요?"

레이건은 그렇다고 대답한다. 그녀는 수화기를 들어 발신음이 나도록 9번을 누른 뒤 엄마의 간호사에게 전화를 건다. 도나는 조용하지만, 레이건은 그녀가 뒤에서 지켜보고 있음을 느낄 수 있다.

"안녕, 캐시. 엄마랑 얘기 좀 할 수 있을까요?"

엄마가 전화를 받자―간호사가 그렇다고 하니 그렇게 알고 있을 뿐이다, 왜냐하면 엄마는 이제 말을 거의 하지 않기 때문이다―레이건은 말을 쏟아내기 시작한다. 뉴욕 여행, 다이앤 아버스, 한 손에 장난감 수류탄을 들고 있는 소년의 사진[6]과 그 소년의 다른 손, 갈고리발톱처럼 팽팽하게 힘이 들어간 손에 대해 이야기한다. 『무한한 흥미』와 최근의 보름달에 대해, 그 보름달을 찬찬히 바라보려고 한밤중에 창가에 서 있었던 일에 대해서도 이야기한다.

---

6 흔히 「장난감 수류탄을 든 아이」라고 불리며, 베트남전이 한창이던 1962년 뉴욕 센트럴파크에서 노는 아이를 담은 사진이다.

"엄마도 마음에 들어했을 거야. 아주 환했어."

뒤에서 도나가 헛기침을 한다.

"엄마, 보고 싶어." 레이건은 도나가 듣는 게 싫어서 소곤거린다. 몇년 동안 하지 않은 얘기지만, 그 말이 사실임을 자각한다.

"엄마…… 무슨 말이든 좀 해주면 안돼?"

엄마가 무슨 말이든 하면, 그건 내가 괜찮을 거라는 뜻이야.

그녀는 소리를 감지하려고 안간힘을 쓰면서, 수화기를 귀에 더 바짝 대고 누른다.

"케일라 기억해, 엄마? 기억나는 거 같아?"

케일라 소렌슨은 레이건의 초등학교 시절 친구 중 하나다. 당근 같은 밝은 오렌지색 머리에 동그란 얼굴은 주근깨로 뒤덮여 있었고, 큰 소리로 웃을 때면 마치 말 울음 같은 소리를 냈다. 4학년이 되기 전 여름에 그애는 뇌종양이라는 진단을 받았다. 레이건은 엄마가 아빠에게 악성 교모세포종이라고 속삭이는 소리를 들었다. 아빠는 부엌에서 울고 있었다. 왜냐하면 소렌슨 씨는 아빠의 절친한 친구 중 하나였기 때문이다. 레이건은 매번 병문안을 다녀오고 나면 악몽을 꾸었다. 그녀는 교모세포종이 케일라의 뇌와 그 둥근 얼굴과 미소를 먹어치우는, 아무것도 없는 깜깜한 허공이라고 상상했다.

어느날 밤 레이건이 잠에서 깨어보니, 엄마가 침대맡에서 그녀를 흔들고 있었다. "악몽을 꾸더구나, 아가. 잠결에 소리를 질러댔어.”

“케일라는 어떻게 되는 거야? 그애가 죽으면 어떻게 돼? 걘 어디로 가는 거야?” 레이건은 엄마의 가슴에 얼굴을 파묻고 흐느껴 울었다.

엄마는 레이건의 이마에 입을 맞추고 창가로 걸어가더니 커튼을 벌려 두꺼운 커튼 주름 뒤에 섰다. 레이건은 엄마의 형체를 분간하려 애써봤지만 그럴 수가 없었다.

“내가 보이니, 아가?”

“아니요-오!” 레이건이 외쳤다.

“그럼 내가 여기 있니?”

“응, 하지만 안 보여!”

엄마가 노래를 부르기 시작했다. 「마법의 용 퍼프」.[7] 레이건이 기억하는 한, 잠자리에 들 때마다 엄마는 그 노래를 불러주었다. 레이건의 흐느낌이 가라앉을 때까지 몇번이고 노래가 계속되었다. 마침내 엄마가 노래를 멈추자 방안의 침묵이 다른 색을 띠었다. 혼자지만 혼자가 아닌 상태로 그 어둠속에서 얼마 동안이나 누워 있었는지, 레이건은 아직도 알지 못한다. 얼마 후 엄마가 커튼 뒤에서 나와 레이건의 침대로 미끄러져 들어왔다. 엄마의 몸은 매우 따뜻했다. “넌 케일라를 볼 수 없을 거고, 그애 말을 들을 수도 없을 거야. 하지만 그애는 거기에 있을 거란다.”

[7] Puff, the Magic Dragon. 미국의 포크 그룹 ‘피터, 폴 앤드 메리’가 1963년에 발표한 히트곡.

전화를 끊고 보니 도나는 가버리고 없다. 레이건은 벽에 설치된 받침대에서 자신을 겨냥하고 있는 카메라들을 의식하며 후들거리는 다리로 방에 돌아온다. 미끄러지듯 안으로 들어간 그녀는 닫힌 문에 기대어 털썩 주저앉는다.

"미안!"

제인이 두고 간 책 중 한권을 든 채 화장대 겸 서랍장 앞에 서 있다. 죄지은 듯한 표정이다.

하지만 그 책들은 제인의 것이다. 레이건이 그러길 원했으니까.

"내 주소록을 깜박해서 가지러 왔는데 이 책들이 보이길래. 하지만 난 그저 보기만—"

"그거 다 네 거야, 제인. 내가 너한테 줬잖아." 레이건이 말한다.

"미안…… 여기는 이제 네 방인데—"

레이건은 서랍장으로 성큼성큼 세걸음 만에 다가가 재빨리 책들을 집어 들고는, 의도와는 달리 공격적인 몸짓으로 제인에게 냅다 들이민다. "가져가. 제발, 가져가."

제인이 재빨리 문 쪽으로 움직이며 고개를 가로젓는다.

"가져가." 레이건의 목소리가 갈라진다.

"난 약속이 있어서—"

"그들은 내가 암에 걸렸다고 생각해."

그녀의 머릿속에서 빠져나와 세상을 활보하는 그 말은

무시무시하다.

"멍울이 있어. 그들이 조직검사를 했지. 그래서 뉴욕에 있었던 거야. 내 의뢰인이 나를 데려갔고, 코디네이터 하나가 따라다녔어. 그 여자가 하루 종일 나를 따라다녔고, 지금은 도나가 따라다니고——"

레이건은 쓰러질 것 같다. 완전히 무너져 내릴 지경이지만, 제인이 그 자리에 있다. 제인은 레이건이 마치 무언가자그마한 존재인 양, 두 팔로 그녀를 감싸 안는다. 레이건이 넘어지지 않게 받쳐주면서 동시에 보호하고 있다. 제인의 말이 마치 눈송이처럼 레이건 주위로 내린다.

메이

메이가 손목시계를 확인한다. 거의 9시다. 그녀는 목청을 가다듬고 모여 있는 여자들에게—방 안에 있는 사람들은 모두 여자다—한시간 후면 리언이 도착할 텐데 다들 아직 갈 길이 멀다고 이야기한다. 호스트 관리 팀 사원인 베카가 급히 잔에 커피를 채운 뒤 다과 테이블에서 작은 키시 하나와 과일 약간을 담아 자리에 앉는다.

메이는 잠깐의 틈을 타 창밖의 센트럴파크를 힐끗 본다. 정말이지, 구태여 주 북부로 가지 않아도 된 것이 너무나 기쁘다! 오늘 아침 그녀는 집에서 한시간 반이나 더 빈둥거리는 것이 너무 좋아, 심지어 샤워를 한 다음이었는데도 이선이 달려들어 재빨리 일을 치르도록 내버려뒀다.

그녀는 새침하게 다리를 꼬며 회의실 테이블에 둘러앉

은 여섯 여자를 응시한다. 그녀의 팀. 그녀의 측근이다.

"홀러웨이 클럽에 처음 와본 분들도 있죠? 이 클럽이 여러분 눈에 차면 좋겠네요." 메이가 농담조로 말한다. 두런두런 감탄하는 소리, 실내장식과 실내장식을 지휘한 유명 장식가에 대한 평가가 들린다.

메이가 말을 끊어버린다. "우리가 여기 온 이유는, 가장 중요한 의뢰인 한분과 관련해서 내가 리언에게 가능한 한 가장 확실한 최신 정보를 제공하기 위해서예요. 그녀는 우리 사업에 상당한 투자를 하기 직전이죠."

모두가 귀담아듣고 있는지 확인하느라 메이는 테이블을 휙 둘러본다. "이번 투자를 통해 우리는 골든 오크스의, 그야말로 대대적인 확장에 필요한 자금을 조달할 수 있을 거예요. 하지만 그렇게 되느냐 아니냐는 우리한테 달렸어요."

메이는 이 말의 의미가 충분히 스며들도록─직원들 못지않게 자기 자신에게도─잠시 입을 닫는다. 아직도 이 일이 좀처럼 믿기지 않는다. 그녀의 전화기가 윙윙거리며 낮은 진동음을 냈을 때, 그녀는 매디슨 애비뉴에 있는 카롤리나 에레라 숍의 삼면 거울 앞에 놓인 낮은 단 위에 서서 어깨끈이 없고 풍성하게 주름을 잡은 상아색 실크 가자르[1]에 휘감긴 채 한창 웨딩드레스를 가봉하는 중이었다.

1 얇지만 빳빳하고 매끄러운 견직물.

종업원 중 한명이 메이의 가방에서 전화기를 찾아 화면에 반짝이는 리언의 번호를 불러주었다. 받을 거예요! 그렇게 소리치고 어깨를 맞댄 채 작업 중이던 재봉사들을 다짜고짜 밀어젖히며 돌진하는 바람에, 하마터면 고풍스러운 레이스 자락을 찢어버릴 뻔했다.

"맥도날드 프로젝트 때문에 나 완전히 흥분했어!" 리언의 고함 소리에, 상아색 드레스 차림으로 전화기를 애무하듯 뺨에 대고 있던 메이의 얼굴이 발개졌다.

메이가 말을 이어간다. "놀랄 일도 아니지만, 우리 의뢰인이 투자를 할지 말지는 그녀가 의뢰한 임신의 성공 여부에 달려 있어요. 그러니 우선 84번에 대한 검토에서 시작하도록 합시다. 모두 알다시피, 안정적이고 행복한 호스트가 건강한 아기를 낳고, 또 그 건강한 아기가—"

"만족한 의뢰인을 낳죠." 베카가 노래하듯 말한다.

베카는 열정적인 사람이다. 그녀의 야심이 몇몇 다른 사람의 신경을 건드리기도 하지만, 건전한 경쟁은 모든 사람을 자극해 더 나아지게 하는 법이다. 게다가 메이는 베카의 갈망을 존중한다. 그런 갈망이야말로 성공의 핵심이며, 보통 사람과 위대한 사람을 구분 짓는 요소 아닌가. 메이의 많은 친구들은 그녀가 대학 졸업 후 처음으로 찾은 직업인 버그도프 백화점의 퍼스널 쇼퍼 일을 일종의 책략, 그러니까 남편을 꾀찰 때까지 유명 디자이너들의 옷을 대폭 할인된 가격에 사기 위한 방편으로 치부했다. 하지만 그녀의 친구들은 모두 일을 해야 했던 적이 없는 이들이었다. 그들이 간과한 것은, 유능한 퍼스널 쇼퍼라면 큰돈을 벌 수 있다는 점이었다. 그리고 메이는 유능했다. 그녀는 사람을 사귀는 일에, 무엇이든 누구든 상대가 요구하는 존재가 되는 일에 재주가 있었다. 아시아계 혼혈에 부잣집 아이들이 다니는 사립 고등학교에서 학자금 지원을 받아 끊임없이 두 세계 사이에 양다리를 걸치고 지내온 덕이었다.

메이의 친구들은 또한 최고의 퍼스널 쇼퍼에게는 단골 고객들이 있고, 이 고객들은 부자이며, 그들 중 일부는 힘 있는 사람들이라는 점을 간과했다. 메이의 가장 큰 고객 두 사람, 그러니까 엄청나게 큰 투자은행의 (펜슬 스커트와 보석 빛깔 옷을 매우 좋아하며, 엉덩이가 펑퍼짐해 6 사이즈를 입는) 재무 담당 최고 책임자와, 깜짝 놀랄 만한 부동산 거물의 (날염과 페플럼[2]에 미쳐 있고, 가슴골을 슬쩍 보여주기를 몹시 즐기며 4 사이즈를 입는) 아내가 그녀의 친구가 되었다. 두 사람 모두 하버드 경영 대학원에 그녀를 극찬하는 추천서를 써주었다.

베카에게도 같은 종류의 상업적인 재능이 있다. 예를 들어, 아버스 전시회가 바로 그녀의 머리에서 나온 생각이었다. 그녀는 어느 대형 경매 전문 회사의 사진 부서에서 일한 적이 있다. 괴짜나 이단아 들을 찍은 아버스의 사진이

2 웃옷이나 블라우스 등의 허리 아랫부분에 부착된 짧은 스커트 모양의 천.

레이건의 관심을 끌 것을 직감했고, 그녀가 옳았다.

"베카, 당신부터 시작해보는 게 어떨까요?" 메이가 제안한다.

"기꺼이요! 자, 우리는 얼마 전 의뢰인이 84번을 위해 고가의 개인실 비용을 지불하게 만들었어요. 물론 우리 입장에서야 호스트들이 방을 함께 쓰는 게 더 좋지만, 84번이 최근 진드기로 인해 겪은 문제들을 고려할 때 그녀를 격리하는 게 최선이라고 생각한 거죠. 이는 이제 82번 역시 개인실을 쓴다는 의미이므로, 우리는 두 사람 모두의 방문객들과 그들의 방문 빈도를 더욱 쉽게 감시할 수 있게 됐어요."

"개인실을 내준 것에 대해서는, 84번이 홀리오와 33번 사이의 사건에 협력해준 것에 대한 보답으로 얘기를 짜 맞춥시다." 메이가 말한다.

"좋은 생각이에요!" 베카가 탄성을 지르며 태블릿에 메모를 입력한다.

"현재 84번의 상태는 어떻죠? 제리, 한마디 하겠어요?" 메이가 오른편에 있는 골격이 큰 여자를 돌아본다.

코디네이터들의 책임자인 제리는 정신건강의학과에서 일한 이력이 있다. 그녀가 의자 등받이에 몸을 기댄다. "직원들과 이야기를 해보고 동영상 자료도 검토해봤어요. 84번은 괜찮은 것 같아요. 진드기 사건 직후보다는 훨씬 더 기운차 보여요. 다른 필리핀 출신 호스트들과 많은 시간을 보내고 있고요."

베카가 말참견을 한다. "사실 84번 호스트는 최근 들어 82번과 다시 시간을 보내기 시작했어요. 침실 방문 횟수가 증가했고, 자주 함께 점심을 먹죠."

"82번은 문제가 안돼요." 제리가 비난하듯 말한다. "33번이 말썽꾼이죠. 우리가 지켜봐야 할 건 바로 33번과의 교류라고요."

"96번도." 급여를 삭감당한 후 한바탕 심하게 흐느끼는 바람에 얼룩덜룩 부어올랐던 세군디나의 얼굴이 다시 떠올라, 메이는 고개를 절레절레 흔들며 덧붙인다. 그녀는 호스트들, 특히 세군디나 같은 사람들을 벌주는 것이 달갑지 않다. 바깥세상에서 이미 몹시 힘들게 살던 이들이니까. 하지만 그 문제에 있어서는 선택의 여지가 없었다. 행동에는 반드시 결과가 따르는 법이고, 세군디나는 계약상 그 누구에게도 자신의 채용 과정에 대해 이야기하는 게 금지되어 있음을 알고 있었다. "그나저나 96번과 84번을 떨어뜨려놓는 문제는 어떻게 돼가고 있죠?"

제리가 제인과 세군디나의 새로운 스케줄에 따르면 둘은 어쩌다가 식사 때 마주치는 것을 제외하면 만날 일이 없을 거라고 보고한다. "더욱이 96번은 전무님과 이야기를 나눈 후 잔뜩 겁을 먹고 있어요. 웬만하면 84번의 반경 3미터 안으로는 들어가려고도 하지 않을걸요."

메이가 태블릿으로 안건을 확인한다. "다음 질문은, 어떻게 84번을 임신 기간 동안 말썽에 휘말리지 않게 할 것인가예요. 우리는 더이상의 혼란을 감당할 여력이 없어요."

"한 사람이 정기적으로 84번의 동영상 자료를 감시하게 해뒀어요." 제리가 말한다. "하지만 소리가 들리지 않는 한, 100퍼센트 완벽한 건 아니죠."

베카가 새된 목소리로 끼어든다. "전담 코디네이터를 배정할 수도 있지 않을까요?"

"가능은 하죠." 메이가 대답한다. "하지만 그러자면 비용이 너무 많이 들어요. 내가 보기에는 84번이 말을 잘 듣게 할 좀더 효율적인 방법이 있을 것 같은데."

메이는 테이블을 죽 둘러보며 자신과 생각이 통하는 사람이 있는지 살핀다. 베카는 어리둥절한 표정이고, 다른 사람들은 메이에게 지명당할까 두려운 듯 시선을 피한다.

"자, 여러분." 메이는 팀원들에게 배움의 기회를 제공할 때 사용하는, 어쩐지 조금 교수 같은 말투를 택해 입을 연다. "잘 관리되는 조직의 핵심은, 그 조직이 『포천』 선정 500대 기업이든 벤처기업이든, 난민 수용소든 병원 시스템이든, 적절한 동기부여 정책을 갖추는 거예요. 사람들은 그런 인센티브에 반응해요. 그거면 더이상 말이 필요 없죠."

테이블에 둘러앉은 사람들이 고개를 끄덕인다. 몇몇은 각자의 태블릿을 톡톡 두드려 메모를 하고 있다.

"문제는 '어떻게 해야 84번을 더 효과적으로 감시할 수 있을까'보다는 바로 이거예요. 어떻게 해야 84번이 알아서 최적의 처신을 하게끔 동기를 부여할 수 있을까?" 메이는 팀원들과 눈길을 마주치려 하지만 그들 대부분은 여전히 자기 태블릿만 응시하고 있다. 그녀는 느닷없이 상대방을 최대한 무장해제시키는 미소를 짓는다. "여러분, 망설이지 말아요. 틀린 답은 없으니까. 우린 그저 브레인스토밍을 하고 있을 뿐이에요."

좀더 재촉한 끝에 몇몇 여자가 허공으로 손을 든다.

"84번의 현금 보너스를 인상하는 건 어떨까요?"

"가장 싫어하는 운동 수업을 빠지게 해주는 건요?"

"마사지를 무제한으로 받게 해줄까요?"

"다 좋은 생각이에요." 메이가 말한다. "하지만 나로서는 여러분이 여러분의 관점에서 인센티브를 고려한다고 생각할 수밖에 없겠네요. 맨 처음 해야 할 일은, **그녀에게 동기를 부여하는 건 무엇일까 자문해보는 거예요.**"

베카가 팔을 번쩍 치켜든다. "아말리아요!"

"바로 그거예요." 메이가 대답한다. "84번의 주된 동기부여 요소는 바로 딸이에요. 우리가 목표로 삼아야 할 대상이죠."

"방문 일정을 다시 잡아야 한다는 말씀이군요." 제리가 명확하게 정리한다.

"당근은 채찍만큼 효과적일 수 있어요." 메이는 제리에게 그런 방문에 무엇이 필요할지에 대한 제안서를 작성해달라고 요구하면서, 일정은 적어도 서너주 뒤로 잡으라고 조언한다. 그렇게 하면 84번의 신중한 처신에 대한 동기부여 기간을 최대한 늘릴 수 있으니까.

이어서 메이는 최근 검진 결과를 확인한다. 보통은 메러디스가 관여하는 부분이지만, 메이는 오늘 회의에 그녀를 배제했다. 메러디스가 새롭게 확장된 역할에 적응하느라 바쁘기도 하고, 솔직히 말하자면 그녀가 승진 이후 보여준 주제넘은 태도에 여전히 화가 나 있는 터다. 5년 전 홀러웨이에 합류하도록 그녀를 영입한 사람이 바로 자신이었기에 더욱 그랬다!

메이는 부정적인 기운을 없애기 위해 세게 숨을 내쉬고 84번의 진료 기록을 줄줄 읽어 내린다.

"82번에 관해 얘기할 수 있을까요? 그 멍울은……" 베카의 목소리가 차츰 잦아든다.

모든 사람의 눈길이 메이에게 쏠린다.

"알아요. 여러분 모두 걱정이 크죠. 곧장 본론으로 들어갈게요." 메이가 말한다. "멍울은 양성이에요. 의사들 말로는, 종양은 출산 후 제거하면 된다더군요."

긴장감이 깨지며 돌연 와자지껄해진다.

"의사가 오늘 아침에야 문자메시지를 보냈기 때문에 82번한테는 아직 이 좋은 소식을 알리지 못했어요." 메이의 목소리가 시끄럽게 떠드는 소리를 뚫고 울린다.

"그녀에게 알리지 말아야 할 이유는 없을까요?" 베카가 불쑥 끼어든다. "그러니까 제 말은, 그래야 82번이 말썽 없이 지낼 테니까요. 82번은 33번과 친하잖아요. 게다가 그녀의 아기는 너무 중요하고요."

메이는 깜짝 놀라 베카를 바라본다.

제리는 코웃음을 친다. 코디네이터 중 한 사람은 호스트의 코르티솔 수치 증가가 장기적으로 영향을 미친다는 점을 지적한다. 법률 팀의 피오나는 골든 오크스가 법적으로 82번에게 그녀의 상태를 알려야 할 의무가 있을 수 있다고 상정한다.

"어쨌든, 암에 걸렸다고 계속 믿게 하는 건 매우 잔인한 짓 같은데요." 제리가 비난하듯 말한다.

베카는 얼굴을 붉힌다. 메이가 중재에 나선다. "이 자리에서는 어떤 아이디어를 내놔도 좋아요. 부탁이니, 판단은 자제해줘요."

문 두드리는 소리에 토론이 중단된다. 접객 담당자가 손님의 도착을 알린다. 메이가 토론을 미루고, 몇 분 후 트레이시가 성큼성큼 회의실로 들어온다. 검은 진에 줄무늬 셔츠를 입었고, 긴 생머리였던 머리카락은 이제 풍성하게 흐트러져 있다. 커다란 초승달 모양의 귀걸이가 귓불에 묵직하게 매달려 있다. 배역에 몰입하고 있을 때보다 훨씬 더 젊어 보이는 모습이다.

"늘 그렇듯, 타이밍이 흠잡을 데가 없군요." 메이가 일어나 그녀를 맞이한다. 그들은 서로의 뺨에 입맞추는 시늉을 하며 인사를 나눈다.

"레이건에 관해서는 무슨 소식 없어요?" 트레이시가 묻는다.

"다 좋아요. 멍울은 양성이래요."

"하느님 감사합니다!" 트레이시는 베카가 빼준 의자에 풀썩 주저앉는다.

"아직 이분과 인사하는 기쁨을 누리지 못한 사람들을 위해 얘기하자면, 이쪽은 트레이시 워싱턴 씨예요. 시애틀 지역 연극계에서 전설적인 인물이죠." 메이가 소개한다.

트레이시가 너털웃음을 터뜨린다. "그 지역에만 알려져 있어도 전설적인 인물인가요?"

"트레이시는 또 시애틀-터코마 지역의 공립 고등학교에서 연극을 가르치고, 도심 빈민가 청소년들을 위한 방과 후 프로그램도 운영하고 있어요."

트레이시가 덧붙인다. "혹시 메이가 말하지 않았을까봐 하는 얘긴데, 홀러웨이에서 우리 프로그램에 거액을 기부했어요. 정말 고마워요."

감탄의 속삭임이 테이블 둘레에 잔물결처럼 퍼진다. 마치 심장에 버팀목이 필요하다는 듯 한 손을 가슴에 탁 얹는 베카의 모습이 메이의 눈에 들어온다. 오로지 제리만 냉정해 보인다.

"물론, 트레이시는 82번 의뢰인의 대역이기도 해요." 메이가 말한다. "이런 계획이 제리를 제외한 여러분 모두에게 생소하다는 거 알고 있어요. 생소하긴 우리도 마찬가지고요. 한동안 아이디어를 발전시켜오긴 했지만, 실제로 대역을 활용한 적은 한번도 없었거든요. 나는 트레이시가 비행기를 타고 와 우리 팀을 만나는 게 충분히 가치 있는 일이라고 생각했어요. 어떤 점이 효과적이었는지, 어떤 점이 효과가 없었는지를 분석하고, 다음에는 훨씬 더 잘할 수 있도록요. 우리가 이런 일을 하는 근본적인 이유를 모두 이해했으면 좋겠네요."

"카이젠[3]이군요." 베카가 메이의 만트라, 그러니까 매번 회의를 할 때마다 팀원들의 머릿속에 주입시켰던 단어를 언급하며 새된 목소리를 낸다. "지속적인 학습!"

제리가 다시 눈알을 굴린다.

"우리가 대역을 서부해안에서 선택한 건 호스트들 중 누군가가 과거에 그녀와 마주쳤을 위험성을 최소화하기 위해서였어요." 메이가 말한다. "참, 내가 마음이 좀 급했네요. 대역은 제리의 생각이었어요. 제리, 그 이면에 있는 당신의 사고 과정에 대해서 이야기해주겠어요?"

"네. 음. 82번은 내가 '추구자'라고 부르는 유형의 사람이에요. 그녀는 목적을 찾고 있죠. '진지하게' 사진 찍는 일에 대해 막연한 야망을 품고 있지만, 지금껏 그 생각에

---

3 '개선(改善)'이라는 한자의 일본어 표현. 경영학에서는 현장 실무자들이 중심이 되어 진행하는 전반적이고 지속적인 경영 방식의 개선을 의미한다.

완전히 몰두한 적은 없어요. 내 직감에 82번은 실패를 두려워해요. 그녀가 누린 편안한 삶은 지금껏 무언가를 성취하기 위해 진정으로 열심히 일해본 적이 한번도 없다는 의미거든요."

"크리스티[4]에서 일할 때, 신탁자금으로 빈둥거리며 사는 젊은 사람들에게서 그런 경우를 많이 봤죠." 베카가 불쑥 끼어든다. "그들은 정말 불안정해요."

제리는 노골적으로 베카를 무시한다. "82번을 관찰하면서, 현재의 의뢰인을 위해 아기를 임신하고 있는 것만으로는 의미를 추구하는 그녀의 욕구가 충족되지 못할 거라는 생각이 들었어요. 그래서 전무님에게 대역을 사용하자고 제안했죠. 82번의 '꿈의 의뢰인'이 될 만한 사람으로요. 그 아기를 임신하고 있는 자체가 그녀에게 의미 있는 경험일, 그런 사람 말이에요."

메이가 끼어든다. "분명 대부분의 호스트에게는 대역이 필요하지 않아요. 하지만 82번이 임신한 아기의 중요성과 82번의 '추구적' 성향을 고려할 때, 해볼 만한 일 같더군요. 대역에 대한 별도 비용을 청구할 수 있으니 우리에겐 새로운 수익원이 되기도 하고요."

"처음부터 트레이시가 절대적으로 필요하다고 확신했던 건 아니에요. 그녀는, 말하자면 그저 일종의 보험이었

---

[4] 소더비와 함께 양대 산맥을 이루는 세계적인 미술품 경매 회사.

죠."제리가 말한다.

트레이시가 깔깔거린다. "난 더 불쾌한 표현으로도 불려본 적 있어요!"

"그러다 지난 몇주 사이, 대역의 필요성이 분명해진 거예요."메이가 말을 이어간다. 그녀는 82번의 온라인 파일에서 발견된 '30주 미만 톱 거물 태아 30인'이라는 풍자적인 글과 보너스를 84번에게 기부해달라던 요청에 대해 설명한다.

"내게는 보너스를 포기하겠다는 제안이 결정적이었어요."제리가 설명한다. "바로 82번이 신원이 불분명한 아기를 임신하는 일 자체로는 충분히 의미 있다고 느끼지 못한다는 사실을 암시하는 요소였죠."

"그래서 우리는 그녀에게 의미를 부여해줬어요. 아니, 트레이시가 그랬죠. 그것도 상당히 능수능란하게요. 트레이시, 질문 공세를 받기에 앞서 먼저 간단하게 이 일에 대해 이야기해보겠어요?"메이가 손목시계를 흘끗 보며 묻는다.

"좋고말고요."트레이시는 이야기를 하며 테이블에 둘러앉은 사람들의 눈을 하나하나 똑바로 바라본다. "자 그러니까, 먼저 제리가 내게 레이건에 관한 자료를 보내줬어요. 아, 미안해요. 82번 말이에요. 그녀가 무언가를 찾고 있다는 내용이었죠. 그래서 난 그 무언가를 연기했고요. 약자인 존재, 자수성가한 존재를요. 제리와 내가 사전 준비를 하면서 생각해낸 좋은 건 모조리 말이죠."

"그러자 그녀가 어떻게 반응했죠?" 메이가 재촉한다.

"홀딱 빠졌죠. 정말로요. 그 전시회 있죠? 그건 정말 끝내주는 생각이었어요."

베카가 환하게 웃으며 몸을 똑바로 펴고 앉는다.

"그 사진들 덕분에 82번은 정말이지 온갖 것에 대해서 얘기를 하게 됐어요." 트레이시가 고개를 흔든다. "착한 사람이에요. 정말로요."

"이 모든 게 중요해요. 깨끗한 조직검사 결과만큼이나요. 82번이 아기의 어머니에게, 그리고 결과적으로 아기에게 유대감만이 아니라 애정까지 느낄 때 우리에게 진정 도움이 되니까요."

테이블 곳곳에서 사람들이 고개를 까닥거린다.

"82번이 그냥 진짜 의뢰인을 만날 수는 없었을까요? 내 말은, 그 의뢰인에게도 그렇게 감동적인 인생 이야기가 있지 않냐는 거예요." 또다시 베카다. 반대자의 역할을 수행하는 것이다. 메이로서는 반갑다. 여자들은 좀처럼 평지풍파를 일으키지 않으려는 경향이 있다.

"의뢰인은 자신이 알려지길 원하지 않아요." 제리가 태블릿에서 고개도 들지 않은 채 톡 쏘아붙인다.

베카가 잘못을 깨닫고 고개를 떨군다. 메이는 부드럽게 덧붙인다. "하지만 설사 의뢰인이 82번과의 만남에 마음을 열었다 해도, 여전히 대역을 선택했을지 몰라요. 그 의

뢰인은 대인 관계에 재능이 없거든요. 좀…… 차갑다는 인
상을 줄 수 있죠. 그녀와 82번 사이에서는 라포르⁵가 형성
되지 않았을 거예요. 대역 전략으로 우리는 제리의 연구를
이용해 82번과 진정한 유대 관계를 구축할 가능성이 가장
높은…… 즉 82번이 자신의 자유의지로 그 아이를 위해 올
바른 선택을 하고 싶어하게끔 도와줄 가능성이 가장 높은
가짜 의뢰인을 만들어낼 수 있었죠."

테이블 곳곳에서 사람들이 다시 고개를 끄덕거린다. 베
카의 고갯짓이 가장 맹렬하다.

메이가 트레이시에게 질문할 시간을 준다. 여럿이 손을
들고 흔든다. 트레이시는 각각의 의문에 침착하게 대응한
다. 정말이지 전문가다. 메이는 진심으로 그녀를 다시 쓰고
싶다. 대역 전략은 성공이다. 리언에게 전달할 최신 정보에
포함할 만한 또 한번의 긍정적인 진전이다.

"실례해요!" 아까부터 질문을 하려고 기다리던 베카가
말한다. "미즈 워싱턴, 갤러리에 갔을 때―그건 내 생각이
었어요. 홀러웨이에서 일하기 전에 미술계에서 일한 적이
있거든요―아버스의 사진들이 유대감 형성에 구체적으
로 어떤 도움이 되었나요?"

자기 잇속만 차리는 질문이지만 회의를 끝맺기에는 적
당하다.

---

5 두 사람, 흔히 의사와 환자 사이의 상호 공감적인 관계, 또는 그 친밀
   도를 말한다.

트레이시가 잠시 생각을 가다듬는다. "음…… 이미 말했듯이, 그 전시회에서 82번은 정말로 내게 마음을 활짝 열었어요. 그중에서도 열쇠가 된 사진이 한장 있었죠. 나는 그 사진이 거기 있다는 걸 알고 있었어요. 제리와 함께 사전 준비를 하면서 사진을 전부 검토했거든요. 작은 챙이 달린 모자를 쓰고 침대에 앉아 있는 난쟁이의 사진이었죠. 82번 옆에 서서, 내가 이렇게 말해요. 이 남자 좀 봐요. 그는 어떤 기준으로 봐도 별종이죠. 그런데도 세상만사에 참 확신이 있어 보이네요.

그런 다음 그 말이 충분히 스며들게 잠시 내버려두죠. 그녀는 골똘히 생각에 잠겨요. 그러면 곧이어 내가 이렇게 말하는 거예요. 난 이 나라에서 별종 같다는 기분을 느끼지 않게 되기까지 오랜 시간이 걸렸고, 아직도 그런 확신을 얻기 위해 노력하고 있어요."

여기서 트레이시는 말을 멈추고 방 안의 침묵이 무르익도록 잠시 기다린다.

"그러자 그녀가 뭐라고 하던가요?" 베카가 완전히 몰입해서 끼어든다.

"음, 그녀는 나를 돌아보면서, 마치 안심시키려고 애쓰듯 이렇게 말하죠. 당신이 옳은 일을 하려고 노력하고 있기만 하다면, 확신이 없다 해도 괜찮다고 생각해요…… 곧이어 내가 그녀에게 물어요. 당신은 자신이 옳은 일을 하고 있다고 생각하나요, 레이건?"

386

트레이시는 테이블을 위아래로 죽 훑어보며 청중이 자신의 이야기를 이해하고 있는지 확인한다. 베카는 다시 한 번 한 손으로 가슴을 꼭 누른다. 제리조차 넋을 빼앗긴 듯, 아니, 적어도 관심은 있는 듯 보인다.

"그리고 그녀는 아주 진지하게 대답하죠. 네, 그래요."

트레이시의 얼굴에 돌연 미소가 번진다. "바로 그때 우리가 그녀를 손에 넣었다는 걸 알았어요."

아테

"엘렌, 고맙다."

엘렌은 콤팩트의 거울을 들여다보며 이마에 파우더를
바르는 중이다.

"너 바쁘다는 거 알아."

엘렌이 카메라를 바라보며, 아테의 휴대전화 화면을 그
큰 눈으로 가득 채운다. "애 야야는 언제 와요?"

"금방. 이미 병원에서 돌아오는 길이야. 아버지가 안정
이 됐대. 가벼운 심장마비였다더라고."

엘렌이 징징거리는 목소리를 내기 시작한다. 그애는 넷
중 항상 가장 징징거리는 아이였다. 쿠키를 더 달라는 둥,
가게 진열창에 있는 신발을 사달라는 둥. "엄마, 나 한스
랑 만나서 점심 먹기로 돼 있어요. 한스는 덴마크 사람이

에요! 덴마크 알아요? 그 사람은 몇시간 후면 비행기를 타러 가야 한다고요!"

"로이는 네 동생이잖니." 아테가 짜증을 감추려고 안간힘을 쓴다. 엘렌은 결코 로이를 보러 오는 법이 없다. 오로지 이사벨만 로이를 찾아가지만, 이사벨은 일하는 중이고 엘렌은 낮 동안에 한가하다. 전에는 이렇게까지 이기적이지 않았는데. 이끌어줄 어머니가 곁에 없는데다, 아테가 돈까지 계속 보내주는 바람에 엘렌이 제멋대로가 돼버린 것 같아 걱정이다.

"설사 내가 애 야야가 돌아오기 전에 나가더라도 로이는 괜찮아요. 그냥 저기 앉아만 있는데 문제 생길 게 뭐가 있어요?" 엘렌은 아테를 시험하며 투덜거리지만, 눈길을 돌리는 정도의 예의는 있다.

"로이는 헤드폰 끼고 있니?" 비록 가슴속에서 부아가 뜨거운 석탄처럼 이글이글 타오르고 있기는 하지만, 아테는 딸과 싸우지 말자고 생각하며 물어본다. "그거 비싼 거야. 야야 말로는 걔가 그걸 안 끼려고 한다던데."

엘렌이 옆을, 아마도 로이를 힐끗 쳐다보더니 고개를 가로젓는다.

"음악이 걔한테 도움이 될 수 있대." 아테가 설명한다. "기사에서 읽었어. 걔를 여기로 데려오려고 열심히 일하며 돈을 모으는 중이야. 그 치료를 받게 해주려고."

"나도 가고 싶어요! 내가 갈 돈도 좀 모아줘요! 내가 애를 뉴욕으로 데리고 갈게요!" 엘렌이 카메라를 보며, 도저히 마주 웃지 않을 수 없는 미소를 지어 보인다. 분명히 자기 남자친구들에게도 그런 미소를 보여주리라.

문제는 그녀가 지나치게 예쁘다는 것이다. 지나치게 예쁘면, 다른 면들이 강해지지 않는다.

문이 닫히는 소리가 나더니, 엘렌이 신이 나서 로이의 야야가 도착했다고 알린다. 그녀는 아테에게 키스를 날리고 사라진다. 야야가 화면에 등장해 갑작스럽게 자리를 비운 것을 사과한다. 아테는 그녀에게 로이의 휠체어를 노트북 쪽으로 옮겨 자신이 그를 볼 수 있게 카메라를 조절한 다음 그애에게 점심을 만들어주라고 부탁한다. 배가 고플지 모른다. 엘렌은 요리하는 법을 모르니 십중팔구 동생에게 밥을 주지 않았을 터다.

"로이, 엄마가 눈 볼 수 있게 카메라 좀 봐."

그녀의 아들은 아무 반응 없이, 계속 똑바로 앞만 응시하고 있다.

"과포[1] 나 과포! 정말 잘생겼어! 하지만 머리는 좀 깎아야겠다. 야야에게 말해둘게."

"로이, 엘렌 누나 온 거 봤니?" 아테가 묻는다. "누나는 널 보고 아주 행복해했어. 누나가 자주 오지 못하는 건 바쁘기 때문이야. 더 자주 오려고 노력할 거야."

---

1 타갈로그어로 '잘생겼다'는 뜻.

"그리고 이호[2], 그 이어폰은 반드시 꺼야 해. 내가 널 여기로 데려와서 의사들에게 보여줄 때까지만이야. 그렇게 하려고 아주 열심히 일하고 있어. 하지만 요리 사업이 생각보다 어렵구나."

벌레 한마리가 로이 주위를 윙윙거린다. 쫓아 보내고 싶어 손가락이 근질거리지만, 아테가 뭘 할 수 있겠는가?

"에인절한테 좋은 생각이 있어. 내가 에인절에 대해 얘기했던 거 기억하니? 미국인 남자친구들이 있고 머리카락이 오렌지색인 사람 말이야. 에인절한테 의뢰인이 한 사람 있어. 그 의뢰인이 크리스마스 휴가에 디즈니에 갈 거래. 디즈니 기억나? 미키 마우스, 백설공주, 다 기억해?

크리스마스 때 디즈니는 무척 붐벼. 줄이 길어질 텐데, 그 의뢰인의 아이들은 아직 어리지. 디즈니에서는 긴 줄을 그냥 통과하게 해주는 특별한 팔찌를 판매하지만, 그건 무척 비싸. 에인절의 의뢰인은 영리해. 머리를 써서 안내인을, 그러니까 너처럼 특별한 사람을 찾아냈지. 아마도 휠체어를 타거나 이해력이 좀 떨어지는 사람일 거야. 디즈니가 특별한 사람들한테는 긴 줄을 그냥 통과하게 해주거든. 이런 사람을 고용하는 게 있잖니, 그게 디즈니 팔찌보다 더 싸."

아테는 희망에 차서 아들을 바라본다. 그는 지금 옆을,

---

2 스페인어로 '아들'이라는 뜻. 필리핀은 스페인의 오랜 식민지였기에 스페인어 단어를 많이 사용한다.

문이 있는 방향을 응시하고 있다. 아마 엘렌이 어디로 갔는지 궁금해하는 것이리라. 그녀를 그리워하고 있을 것이다. 어렸을 때 그 둘은 몹시 친했다.

"에인절이 자기 의뢰인한테 이런 특별 안내인 소개소가 있는지 물어본대. 아마 그런 소개소에서 네가 비자 받는 걸 도와줄 수 있을 거야. 너를 미국으로 데려오면, 그들이 너를 고용하겠지. 디즈니는 너무 멀어. 음악 치료 의사들은 매사추세츠에 있는데 말이야. 하지만 식스 플래그스에서도 일을 구할 수 있을 거야. 식스 플래그스는 디즈니랑 비슷하지만 더 가깝거든. 일은 좋은 거야. 목적을 갖게 해주니까."

로이가 트림을 한다.

"로이! 그렇게 트림을 할 때는 꼭 '실례합니다' 해야지. 그게 예의야."

아테는 침묵에 잠긴다. 만일 소개소에서 도와주지 못하면, 어떻게 로이의 비자를 구해야 할까? 그녀는 몇년 전 퀸스의 합숙소에 살았던 신티아를 떠올린다. 지난주에 애틀랜틱 애비뉴에서 우연히 그녀를 만났다. 그녀는 아테에게 멜로니 부부가—이렇게 오랜 세월이 흘렀는데도 신티아는 여전히 그들을 위해 일하고 있다—자기 큰아들의 신원보증인이 되어주기로 했다고 말했다. 그들의 변호사는 아이가 열여덟이 되기 전에 영주권 신청을 마무리 짓느라 서두르고 있다. 그래야 이민국을 통과하기가 더 수월하기 때문이다.

아테에게는 그녀를 존중하는 의뢰인들이 많다. 그녀에게 크리스마스카드를 보내고, 새 유모 찾는 일을 도와달라고 부탁하고, 이메일로 신문 기사도 보내주는 이들. 하지만 멀로니 부부 같은 의뢰인은 없다. 그녀는 의뢰인들에게 그런 종류의 사랑을 받을 만큼, 그녀의 아이들까지 포함할 정도로 커다란 사랑을 받을 만큼 한집에서 오랫동안 일한 적이 없다.

사실, 아테는 신티아에게 멀로니 부부의 집에 계속 있지 말라고 조언했었다. 11년 전의 일이다. 그때 신티아는 다바오에 두고 온 아들들을 부양해야 했다. 멀로니 부부는 아테의 의뢰인 중 한 사람의 친구였는데, 신생아 보모가 필요하다기에 아테가 신티아를 추천했다. 넉달 동안 그 일을 한 후 멀로니 부부가 그녀에게 계속 남아 유모가 되어달라고 요청했을 때──부모가 둘 다 일을 하고, 아이 어머니가 아버지보다 돈을 더 많이 벌었다──아테는 그녀에게 거절하라고 했다.

"신생아 보모가 유모보다 돈을 더 많이 벌어!"

하지만 신티아는 한 가족, 한 직장에서 쭉 지내는 편이 더 좋다고 했다. 그때 그녀는 아테의 말을 귀담아듣지 않았고, 이젠 아들과 재회하게 될 것이다. 아파트도, 그러니까 멀로니 부부의 도움으로 구입한 플러싱의 침실 한개짜리 아파트도 소유하게 될 것이다. 처음에는 신티아의 말이 믿기지 않았다. 대체 어떤 의뢰인이 그 모든 일을 해주겠는가? 하지만 신티아가 돌보는 아이의 어머니는 굉장한 직장을 잡았고, 지금은 월 스트리트에 있는 은행에서 큰 성공을 거두었다. 그녀는 신티아에게 이렇게 말했다. 매일 아침 출근하고 매번 늦게까지 사무실에 머물 때도, 난 우리 아이들에 대해 걱정하지 않을 수 있었죠. 내 성공은 바로 당신 때문에 가능했어요.

디오스 코. 난 모르겠어.

"내가 올바른 선택을 했는지 잘 모르겠어." 아테가 무심코 큰 소리로 말한다. 로이를 보니, 그는 그녀의 말이 들리지 않는 듯 허공만 빤히 쳐다보고 있다. 그녀가 설명한다. "하지만 멜로니 부부 같은 사람들은 드물어. 내 친구 마할리아 얘기 기억하지? 7년 내내 한 가족의 유모 일을 했는데, 그들은 이사를 하면서 퇴직수당도 주지 않았다잖니!"

로이 주위에서 윙윙거리던 벌레가 그의 뺨에 앉는다. 아테는 그것이 분명히 파리일 거라고 생각한다. 모기라면 한참 전에 그를 물었을 테니까. 하지만 파리가 마치 음식이 담겨 있는 접시인 양 아들의 얼굴 위에 머물러 있는 모습도 보고 싶지 않기는 마찬가지다.

"이호, 파리가 있잖니……" 아테의 목소리가 떨린다.

로이. 뭐라도 좀 해봐.

제인

　제인은 일요일마다 미사가 열리는 회의실 쪽으로 걸어
간다. 문에 달린 식각 유리창 너머로 안을 유심히 들여다
본다. 평소에는 업무 회의용으로 쓰이는 타원형 탁자 뒤쪽
에 크루스 신부가 서 있다. 그를 에워싸고 여러줄로 놓인
회의실 의자에 열두어명의 호스트가 고개를 숙인 채 앉아
있다. 카르멘이 창가 전자 키보드 앞에 거만하게 앉아 신
부의 찬송가 연주 시작 신호를 기다리고 있다.
　그때까지 가톨릭 신자인 호스트들은 일요일마다 영화
감상실에 모여 텔레비전으로 미사를 지켜보곤 했다. 레이
건이 제안할 때까지는 그들 중 누구도 골든 오크스에서 진
짜 미사를 드릴 수 있는지 미즈 유에게 물어볼 생각조차
못했다. 제인이 미즈 유에게 이야기하는 것을 불편해하는

바람에 레이건이 대신 했고, 미즈 유는 동의했다.

제인은 서둘러 식당으로 간다. 미사는 빼먹을 작정이다.
어차피 오늘은 참석한다 해도 끝까지 미사를 드리지 못할
것이다.

복도에서 청소부 한 사람이 진공청소기로 카펫의 먼지
를 빨아들이고 있다. 제인이 다가가자 그녀가 기계를 끈
다. 제인 역시 양로원에서 그렇게 하도록 훈련을 받았다.
방문객이 지나갈 땐 청소기를 끌 것.

아침 일찍 일어나는 몇 안되는 사람들만 비몽사몽 카페
인 없는 음료를 홀짝일 뿐, 식당은 거의 비어 있다. 일요일
은 오전 9시 무렵까지 아무 활동 없이 늦잠을 자는 날이
다. 보나 마나 레이건은 침대에 있을 것이다. 그녀는 아침
형 인간이 아니기 때문이다. 그녀가 항상 제인에게 얘기하
는 바로는 그렇다. 레이건은 마치 그것이 혈액형이나 피부
색처럼 천성적으로 타고나 변치 않는 무언가인 양 그렇게
이야기하곤 한다. 양로원에서 제인은 보통 7시 전에 일을
시작했다. 헨리 카터의 신생아 보모로 일했을 때는, 헨리
가 깰 때면 밤 몇시가 되었든 그녀도 깼다. 만일 레이건이
아침형 인간이라면 제인은 종일형 인간일 수밖에 없고, 그
게 레이건보다 더 인간적이다. 레이건의 말을 믿는다면 그
렇다.

제인은 웃음을 터뜨린다. 행복한 기분이다.

"안녕, 제인." 한 코디네이터가 인사를 건네고는 담소를

나누려고 걸음을 늦춘다. 제인에게 몸은 좀 어떠냐고 묻더니 지난주에 있었던 자기 딸의 생일 파티에 대해 이야기한다. 독립기념일인 7월 4일이 지난 지 며칠 안된 터라 그들은 불꽃놀이를 했다고 한다. 그녀의 딸은 그 소리에 겁을 집어먹었다. 코디네이터가 제인의 팔을 꽉 잡고 몸을 바짝 붙인다. "당신 딸이 방문한다는 얘기 들었어요!"

제인이 머뭇거린다. 그 스스럼없는 말투, 그 호의는 그녀에게 아직 낯설다. 그녀가 배 속에 어떤 아기를 품고 있는지 모두에게 알려진 뒤로, 그리고 그녀가 미즈 유에게 리사와 훌리오에 대해 이야기한 뒤로 그녀를 대하는 코디네이터들의 태도가 달라졌다.

아니, 어쩌면 달라진 사람은 제인 자신인지도 모른다.

"그래요, 기다리기가 힘드네요." 그렇게 인정하자, 무한한 기쁨이 그녀를 가득 채운다.

"딸과 즐거운 시간 보내길 바라요!"

제인이 배식대로 다가간다. 너무 이른 시간이라 차려져 있는 음식이라고는 과일과 요구르트뿐이다. 그녀는 머핀을 기다리며 몽상에 잠긴다.

요전날 미즈 유가 제인을 자기 사무실로 불렀을 때, 제인에게 즉각 떠오른 생각은 약물 치료에도 불구하고 아기가 라임병에 걸렸으리라는 것이었다. 하지만 그 대신 미즈 유는 자신이 의뢰인을 "간신히 설득해서" 한달 지나서나마 아말리아의 첫번째 생일 기념 방문을 허락받았다고 알렸다. 게다가 아말리아는 제인과 **하룻밤**을 함께 지낼 수도 있게 되었다.

"그 진드기 사건은 일시적 일탈일 뿐이었다고 의뢰인에게 계속 얘기했어요. 당신은 모범적인 호스트잖아요. 당신 자신만을 위해서가 아니라, 골든 오크스 가족 전체를 위해 최선의 것을 원하죠." 미즈 유가 환하게 웃으며 설명했다.

제인은 미즈 유가 리사와 훌리오 사건을 언급하고 있다는 걸 알았다. 그녀가 그들을 어떻게 '배신했는지'를 말이다. 얼마 전 점심시간에 타샤가 다른 호스트에게 그렇게 속삭이는 소리를 우연히 들은 터였다. 아말리아의 방문은 보상 혹은 뇌물, 아니면 둘 다였다.

그렇다 해도, 제인은 딸을 볼 수 있다.

방문은 아직 몇주나 남았지만, 두 사람은 세부적인 계획에 대해 이야기를 나눴다. 미즈 유는 근처 마을의 민박과 제인이 아말리아에게 선물을 사줄 만한 장난감 가게를 추천했다. "사촌이―이름이 에벌린이던가요?―당신 딸을 데려오겠죠?"

아테 얘기가 나오자 가슴속에서 열불이 치솟았다. 아테를 용서해야 한다는 것을 알지만―그녀는 나이도 많고 많은 짐을 지고 있으니까―그럴 수가 없다. 아직은 아니다. 세군디나와 단둘이 있는 딸을, 아말리아가 틀림없이 느꼈을 혼란과 다시 한번 버림받았다는 감각을 떠올릴 때마다 그녀의 몸속에서 분노가 폭발한다. 아말리아는 자기가 낯선 여자와 함께 어딘가의 공원에서 유아차에 앉아 있는 동안 엄마도 아테도 줄곧 돌아오지 않았다고 생각할 것이다.

2주도 더 전에 그들이 싸운 이후로, 제인은 사촌과 이야기를 나누지 않았다. 처음에는 제인이 영상통화를 피했지만, 이제는 아테도 그녀를 피하는 것 같다. 지난주에 여러번 전화를 했지만 음성메시지만 받았을 뿐이다. 아테는 완고한 사람이다. 잘못을 저지르는 것에 익숙하지 않다.

"제인!" 요리사인 벳시가 앞치마에 두툼한 손을 닦으며 주방 출입구에 나타난다. 열린 문 너머에서 냄비들이 쨍그랑거리는 소리와 흐르는 물소리가 들려온다. "뭐 필요한 거 있어, 자기?"

'사랑하는 자기'의 '자기'다. 이 호칭 역시 낯설다.

"그냥 머핀을 기다려요……"

"방금 오븐에서 나왔어. 뛰어가서 하나 가져다줄게. 어떤 걸로 줄까?"

제인이 괜찮다고 한다. 그녀는 급하지 않다. 기꺼이 기다릴 생각이다. 하지만 벳시는 고집을 부리더니 잠시 후 머핀을 담은 작은 접시를 갖고 돌아온다. 블루베리 밀기울 머핀과 바나나 치아 씨앗 머핀에다, "우리끼리 비밀"이라면서 이따금 리사를 위해 만들어주는 초콜릿 칩 바나나 머핀까지 있다. 제인은 바나나 머핀 위에 왕관처럼 녹아 있는 초콜릿을 한참 쳐다보다가, 결국 고개를 흔들며 벳시에게 돌려준다.

"미즈 유도 이번 한번은 그냥 넘어갈 거야." 벳시가 윙크를 한다.

하지만 제인은 약간의 단맛 때문에 아말리아의 방문을 위태롭게 할 생각이 없다.

그녀는 아직도 따뜻한 머핀 접시를 받아 들고 식당 뒤쪽에 있는 테이블로 간다. 이 자리에서는 바닥부터 천장까지 탁 트인 창문을 통해 근처 들판에서 풀을 뜯는 알파카들을 지켜볼 수 있다. 그녀는 털에 뒤덮인 머리를 땅바닥으로 수그리고 있는 알파카들을 찾아낸다. 무리의 가장자리 쯤에 있는, 하얗고 뼈만 앙상한 목에 막대기 같은 다리를 가진 아주 작은 알파카 한마리를 주목한다. 녀석이 고개를 들더니 들판을 가로질러 그녀를 빤히 쳐다보는 것 같다. 새끼다. 둘의 눈이 마주친다. 아니, 마주친 기분이다.

아름답다. 때로는 세상이 아름다울 수도 있다.

제인은 냅킨을 구깃구깃 뭉친다. 이렇게 아름다운 날 레이건이 종일 자도록 내버려둘 수는 없다.

"안녕, 제인." 복도를 지나가던 코디네이터가 그녀에게 반갑게 인사를 한다.

"안녕하세요!" 제인은 코디네이터의 눈을 똑바로 쳐다본다.

레이건의 방은 아직도 커튼이 쳐져 있어서 어둡다. 그녀는 마치 위쪽 어딘가 높은 곳에서 떨어지기라도 한 듯 침대에 등을 대고 몸을 쭉 뻗은 채 한 팔은 침대 바깥으로 늘어뜨리고 있다. 이런 식으로 자면 안된다. 수업 시간에 그렇게 배웠다. 등을 대고 자면 아기에게 충분한 양의 피가 도달하지 못할 수 있다. 게다가 편안하지도 않다. 밤중에 무심코 등이 바닥에 닿게 돌아누울 때마다, 제인은 곧바로 숨이 막히는 것을 느끼곤 한다.

"일어나!" 제인이 다시 한번 노래하듯, 하지만 좀더 상냥하게 말한다. 레이건이 늘 들고 다니는 커다란 파란색 책 위에 머핀 접시를 놓은 뒤 친구의 어깨를 팔꿈치로 쿡 찌른다.

"싫어-어." 레이건이 모로 돌아누우며 웅얼거린다.

제인은 친구의 잠든 모습을 응시한다. 레이건이 자신에게 병이 있다고 믿기 시작한 것은 그리 오래전 일이 아니다. 그녀는 겁을 집어먹었고, 제인도 마찬가지였다. 하지만 내색을 할 수는 없었다. 조직검사 결과가 나왔을 때, 제인은 미즈 유의 사무실에서 친구 옆에 앉아 있었다. 그녀가 꼭 잡고 있던 친구의 손은 마치 어린아이의 것처럼 뜨겁고 축축했다.

제인으로 하여금 다시 리사를 찾아가게 만든 것 역시 이 공포였다. 하지만 레이건의 간청이 없었다면 그러지 않았을 것이다. 레이건의 편두통이 도지자 코디네이터들은 그녀를 침대에서 일어나지도 못하게 했다. 그녀는 미즈 유가 자신에게 모든 사실을 솔직히 털어놓지 않을지도 모른다고 걱정하면서, 리사가 할 수 있는 한 무엇이라도 알아내 주기를 원했다.

리사, 날카로운 혀와 비열한 입을 가진 리사, 자신이 배신했던 리사와 대면하는 것은 제인이 절대로 하고 싶지 않은 일이었다. 하지만 어떻게 거절할 수 있었겠는가?

"넌 다시 보게 될 줄은 몰랐는데." 방문 앞에서 제인을 보자 리사가 말했다. 그녀는 머리카락을 수건으로 휘감아 틀어 올리고 있었다. 제인의 배 속이 갓 잡혀 올라온 물고기처럼 요동쳤다.

"레이건에 관한 일이야." 제인이 눈으로 코디네이터들이 있는지 복도를 확인하며 속삭였다.

리사는 제인을 방으로 끌어들이고, 그녀가 종양과 조직 검사 결과에 대해 설명하는 내내 주의 깊게 귀를 기울였다.

"일단 그 얘기가 전부인지 확인해야 해." 리사가 말했다. "레이건이 치료를 받아야 할 경우, 그들이 치료해줄 건지도."

"당연히 치료해주겠지." 제인이 퀸스 합숙소의 암에 걸린 필리핀 여자, 프린세사를 떠올리며 과감히 말했다. 돈도 없고, 미국인도 아니었지만, 그녀조차도 치료를 받고 있지 않은가.

"꼭 그렇지도 않아. 치료 때문에 태아가 위험에 처하게 된다면 치료 안해줄걸. 레이건의 계약서에 뭐라고 적혀 있는지 확인할 필요가 있어. 어느 쪽 목숨에 우선권이 있는

지 말이야."

"하지만 미즈 유는 암이 없다고 했는데." 제인이 쭈뼛쭈뼛 의견을 내놓았다.

"미즈 유는 거짓말쟁이야, 제인. 그걸 모르겠어? 우리는 만약을 대비해둬야만 해."

그러고서 더이상 전할 말이 없었기에 제인은 그냥 서 있었다. 리사의 방에 너무 오래 머물면 코디네이터들이 의심할까봐 걱정스러웠다. 게다가 리사도 두려웠다. 그녀가 문 쪽으로 움직이는데, 리사가 팔을 움켜잡았다. 그녀는 빌리처럼 손아귀 힘이 셌다.

"나 그만 피해." 리사가 차분한 목소리로 말했다. "넌 해야 할 일을 했어. 다 이해해. 알겠어?"

제인은 고개를 끄덕였다. 심장이 몹시 빠르게 뛰고 있었다. 복도로 나갔을 때, 그녀는 뛰지 않으려고 안간힘을 써야 했다.

레이건이 드디어 일어났다. 그녀와 제인은 식당에 앉아 머핀을 먹으며 알파카를 지켜보는 중이다. 킥킥거리는 소리가 시끄럽게 울린다. 한 무리의 필리핀 여자들이 식당에 들어왔다. 델리아가 거기 있다. 카르멘도 있다. 쌍둥이를 임신한 호스트 말이다. 그리고 세군디나가 그 무리를 뒤따르고 있다.

"그 여자야." 제인이 레이건에게 나직한 목소리로 말한다. 제인의 심장이 점점 더 빨리 뛴다.

식당 건너편에서 그들의 말을 듣기라도 한 듯, 델리아가 팔을 흔들기 시작한다. "제인! 제인!"

제인이 중얼거린다. "나보다 세군디나가 올해 아말리아를 더 많이 봤어."

입안이 온통 쓰다. 아말리아가 세군디나 옆에서 흠뻑 젖은 기저귀를 찬 채 칭얼거리고, 그동안 세군디나는 필리핀에 있는 친구들에게 문자메시지를 보내고 있는 모습을 상상해본다. 그래서 아말리아에게 기저귀발진이 생겼다. 둘이 처음 이야기했을 때 세군디나가 그것까지 시인했다. 제인은 지금 그 사실을 떠올리고 있다.

"세군디나는 잘못한 게 없어. 아무것도 몰랐잖아."

레이건이 그녀를 진정시키려 한다. 물론, 그 말이 맞는다. 잘못한 사람은 세군디나가 아니다. 아테다. 두 얼굴을 가진 아테. 제인이 그렇게 말하지만, 레이건은 유보적인 태도를 취한다.

"그렇지만 네 사촌도 어려운 처지에 놓인 사람을 도우려고 했을 뿐이잖아." 그러더니 재빨리 이렇게 덧붙인다. "네 사촌의 행동을 변명하자는 건 아니고."

"아테에게 전화할 때마다 음성메시지로 넘어가. 나를 피하고 있어."

"아마 그냥 좀 바쁜 걸 거야." 레이건은 어제 본 동영상, 그러니까 라디오에서 나오는 노래에 맞춰 춤을 추는 아말리아의 모습이 담긴 동영상 얘기를 다시 꺼낸다. 제인은 친구가 자신의 주의를 딴 데로 돌리려는 것을 알아차린다.

제인은 세군디나가 빈 쟁반을 들고 선 배식 줄을 응시한다. 그건 그렇고, 아테는 그녀를 어떻게 알게 되었을까? 퀸스의 합숙소를 드나드는 신세가 된 불행한 사연을 가진 그 모든 여자들 가운데서도, 왜 하필 **그녀를** 도와주기로 결정한 걸까?

제인은 자신이 아무것도 모르고 있다는 사실을 깨닫는다. 아테의 기만을 두고 그녀와 맞섰을 때 충분히 물어보지 못했다. 너무 화가 나고 정신이 멍해서 아테에게 소리를 지르고 더 많이 지르는 데만 정신이 팔려 있다가 결국 내면의 격렬한 분노는 가라앉아버렸고, 늘 침착하고 정확한 아테의 목소리에 수치심을 느끼기에 이르렀던 것이다.

제인이 일어나 치마에서 부스러기를 털어낸다. "그녀와 얘기를 해봐야겠어."

"제인, 그러지 마──"

제인은 레이건이 미처 일어나기도 전에 가버린다. 쟁반마저 그녀가 치우도록 테이블 위에 내버려두었다. 제인의 귀에 쿵쾅거리는 심장 소리가 들린다. 앞쪽에 세군디나가 앉은 테이블이, 세군디나와 델리아와 다른 사람들이, 그리고 그녀가 몹시 좋아하는 샹들리에가 그들 머리 위쪽에서 눈부시게 빛나는 모습이 보인다. 세군디나는 마치 여물통에 담긴 음식을 먹는 양 접시 위로 등을 구부리고 있다.

"세군디나." 제인이 그녀 옆에 우뚝 서서 말한다. 돌아서서 가버려야 한다는 것을 알지만, 움직일 수가 없다. 테이블의 소음이 갑자기 멎는다. 몇몇 호스트는 자기 할 일을 하는 시늉조차 하지 않고 보란 듯이 제인을 응시한다.

세군디나가 올려다보자, 제인은 두려움으로 가득한 그녀의 모습에 깜짝 놀란다.

"앉아, 제인!" 델리아가 자신과 세군디나 사이에 제인이 앉을 수 있도록 엉덩이를 슬며시 움직이며 재촉한다. "코디네이터들이 보기 전에 어서."

"아기는 어때, 제인?" 카르멘이 묻는다. 제인은 한번도 그녀가 마음에 들었던 적이 없다. 카르멘이 그녀에게까지 들릴 만큼 큰 소리로, 제인이 마치 미국인들의 애완동물처럼 그들을 졸래졸래 따라다닌다고, 배 속의 아기 때문에 다른 사람들보다 자기가 우월하다고 생각하면서 거드름을 피우는 것 같다고 귓속말을 하는 걸 들은 적이 있다.

"아기는 괜찮아." 제인이 딱딱한 목소리로 대답한다. 이어지는 이야기를 기다리는 듯 아무도 말이 없다.

"임신 3기 보너스는 받았어? 내 보너스는 얼마 안되더라. 네 건 틀림없이 아주 두둑하겠지?" 델리아가 열성적으로 묻는다. 델리아는 언젠가 동경에 찬 목소리로 제인에게 그 억만장자 아기를 임신하다니 얼마나 운이 좋은지 모르겠다고 말한 적이 있다.

제인은 질문 공세에 당황해 고개를 가로젓는다. 다른 호스트들은 그녀에게 잘 들리지 않는 조용한 목소리로 이야기를 나누며 그녀를 흘끔대고 서로 눈길을 주고받는다.

"어느 지방 출신이에요?" 고개를 돌려 세군디나를 바라보며 제인이 묻는다.

세군디나가 두 손으로 냅킨을 비튼다. "비사야제도[1] 출신이에요. 보홀[2]……"

"비사야제도요? 그렇군요. 그러면 아테 에벌린은 어떻게 아는 거죠?"

세군디나가 머뭇거리며 테이블 주위를 두리번거린다.

"나도 아테를 알아요. 내 사촌이죠." 제인이 목소리에 초조한 기색을 드러내지 않으려 애쓰며 설명한다. "그런데 당신은 그녀를 어떻게 아는 거예요?"

세군디나의 목소리가 낮아져 속삭임이 된다. "퀸스의 합숙소에서 아테 에벌린을 알게 됐어요."

"아테가 얼마나 자주 그 아기를 당신에게 맡기고—"

"그만 좀 해!" 카르멘이 화난 어조로 낮게 말한다. "이러면 안돼. 너도 알잖아, 제인."

"난 그저 대화를 하고 있을 뿐이야." 제인은 그렇게 받아치고 지지를 바라며 테이블을 둘러보지만, 아무도 그녀와 눈을 마주치지 않는다. 델리아조차.

---

1 필리핀의 중부, 북부의 루손섬과 남부의 민다나오섬 사이에 위치한 제도.
2 비사야제도 남부에 위치한 섬으로, 관광지로 유명하다.

"또 뭐라도 일러바치려고 대화를 하는 거겠지!" 카르멘이 그 벌름대는 콧구멍과 얼굴의 마맛자국이 다 보일 만큼 테이블 너머로 몸을 한껏 내민다.

제인이 깜짝 놀라 세군디나를 바라보니, 그녀는 두 손으로 얼굴을 가리고 있다.

"곤란한 일을 겪은 거예요?" 제인이 그녀에게 묻는다. "나 때문에?"

"대답하지 마, 세군디나! 돈만 더 잃게 될 테니까. 제인은 어차피 곧 부자가 될 거라 규칙 따위는 신경도 안 써!" 카르멘은 이제 타갈로그어로 속사포처럼 떠들어댄다.

"난 일러바친 적 없어!" 그렇게 대꾸하지만, 제인은 놀라기만 했을 뿐 화는 내지 않는다.

"그럼 누가 그랬을까?" 카르멘이 톡 쏴붙인다.

제인의 머리가 빠르게 돌아간다. 레이건이 리사에게 말한 건가? 리사가 미즈 유에게 말하고?

"언제 혼났어요?" 제인은 타갈로그어로 바꿔 세군디나에게 묻는다.

세군디나가 두 손에 묻었던 고개를 든다. "우리가 이야기를 나눈 다음 날이었어요. 미즈 유가 나를 사무실로 불러서—"

"실례해요, 숙녀 여러분!" 아까 제인과 이야기를 나눴던 코디네이터가 그들 뒤에 서 있다. 불꽃놀이로 생일을 기념한 여자아이의 엄마라는 그 코디네이터다. 테이블에 둘러

앉은 사람들은 일제히 입을 다문다. "골든 오크스에서는 영어만 써야 한다는 거 잊었어요?"

세군디나와 제인이 죄를 지은 것처럼 서로를 쳐다본다. 카르멘이 다급하게 말한다. "부인, 우린 그냥……"

"어머, 안녕, 제인. 거기 있는 걸 못 봤네요." 코디네이터가 인사를 건넨다. 제인은 그녀의 호의에 수치심을 느낀다.

코디네이터는 이제 좀더 부드러운 목소리로, 그들에게 모국어가 위안이 될 거라고, 아직 새내기인 세군디나에게는 특히 더 그렇다는 것을 이해한다고 이야기한다. "하지만 영어를 사용해야 해요, 숙녀분들. 안 그러면 나머지 사람들이 소외감을 느끼잖아요!"

코디네이터는 자리를 비켜주지만 말소리가 들리고도 남을 만한 곳에 멈춰 선다.

"이제 가자." 카르멘이 과장된 미국식 억양으로 선언하듯 말한다. 그녀는 눈을 부릅뜨고 세군디나를 바라보며 서 있다. 세군디나가 은식기와 냅킨을 쟁반 위에 차곡차곡 포갠 뒤 비틀거리며 일어선다. 제인과는 눈을 마주치려 하지 않는다. 다른 호스트들은 그들이 떠나는 모습을 지켜보며 조용히 앉아 있다. 마침내 대화가 다시 시작되고, 사람들이 음식을 먹는다. 제인은 흘깃흘깃 자신을 훔쳐보는 눈길들을 알아차리지만 무시한다.

세군디나의 두려움. 그녀가 받은 처벌.

누가 미즈 유에게 말했을까?

레이건은 절대로 미즈 유에게 비밀을 털어놓지 않았을 것이다. 리사는 미즈 유를 미워한다.

그날 코디네이터들 중 한 사람이 그녀와 세군디나의 대화를 엿들었을 수도 있을까? 하지만 그들 근처에 코디네이터는 아무도 없었다. 그건 거의 확실하다. 그녀는 늘 몹시 조심하니까.

하지만 만약—

제인은 테이블을 둘러본다. 호스트들이 각자 달걀을 깨지락거리거나 녹즙을 홀짝거리고 있다. 잡담을 하고, 깔깔거리고, 살금살금 그녀를 훔쳐본다. 그들 중 많은 이가 그날 그녀와 세군디나 옆에 앉아 있었다. 그들 모두 귀가 있고 입이 있다.

그들 모두 돈이 필요하다.

제인은 숨을 들이쉰다. 눈을 감고 정신을 가다듬는다.

"제인!" 델리아가 몹시 다급하게 속삭이는 소리에 제인은 눈꺼풀을 씰룩이며 눈을 뜬다.

"응?"

델리아가 자기 입술이 제인의 귀에서 몇센티미터 떨어진 곳에 이르도록 몸을 바싹 붙인다. "제인! 말해봐. 부자가 되면, 그 돈으로 뭘 할 거야?"

레이건

레이건은 뜨거운 아지랑이에 휩싸인 채 잠을 깬다. 타는 듯이 덥다. 잠들어 있는 사이 태양이 이동해, 그녀는 이제 수영장 파라솔 그늘을 벗어나 있다. 피부에 수영복이 착 달라붙어 있다. 그녀는 근처 테이블을 더듬어 잔을 찾고, 햇빛에 미지근해진 물을 꿀꺽꿀꺽 마신다. 기지개를 켠다. 근육이 당기고 기분 좋게 께느른하다.

그녀는 불현듯 자신이 콧노래를 흥얼거리고 있음을 알아차린다. 머리 위 끝도 없이 파란 하늘에 넋을 잃을 지경이다. 배 속에서 캘리의 아들이 꿈틀거린다. 아기는 레이건이 가만히 있을 때 움직이고, 움직일 때는 가만히 누워 있기를 좋아한다. 그녀가 마음속으로 인사를 건넨다. 피부에 와 닿는 햇빛, 만삭의 몸을 만끽한다. 암도 없고, 두려움이나 (골든 오크스가 그녀에게 해코지를 하며, 미즈 유가 거짓말을 하고 있다는) 피해망상도 더는 없다.

그런 건 다 끝났다.

이 순간, 배 속에 캘리의 아이를 품은 채 더위에 무거워진 몸을 의자에 쭉 펴고 누워 있는 이곳보다 더 가고 싶은 곳은 달리 어디에도 없다. 게다가 그녀의 몸은 건강하고 튼튼하다.

요전날, 조직검사 결과가 깨끗하다는 희소식을 뒤늦게나마 축하하려고 무알코올 샴페인 한병을 들고 찾아온 캘리가 자신과 남자 형제들의 어린 시절 사진 한장을 보여주었다. 사진 속에서 캘리는 맨발에 땋은 머리를 하고는, 카메라를 향해 분홍색 혀를 쏙 내민 마른 얼굴의 형제들 사이에 끼어 있었다. 레이건은 그중 제일 잘생긴 소년의 아기 때 모습을 상상해보려 했다. 캘리 말로는 고집이 세고 똑똑하며 약간 엉뚱한 형제라고 했다.

레이건은 캘리의 아기가 배 속에서 이리저리 뒹구는 모습을 떠올린다. 오로지 그녀가 그를 품고 있기에 세상에서 빛을 보게 될, 고집 세고 똑똑하며 조금은 엉뚱한 소년. 결국 산업계의 거물이나 하늘을 나는 무연료 전기 자동차의 발명가가 될지도 모를 소년. 혹은 상원 의원. 주지사. 어쩌면 대통령! 강인하고 올바른 신념을 가진 어머니처럼 강인하고 올바른 신념을 가진 흑인 남성으로 성장할 소년을 떠올려본다.

소름이 돋는다. 어쩔 수가 없다. 그런 말을 할 때마다 리사가 비웃는다 해도 말이다. ("신탁자금으로 빈둥거리며 사는 젊은 애는 이러나저러나 신탁자금으로 사는 젊은 애일 뿐이야.")

하지만 지금 레이건에겐 만사가 달리 보인다. 리사를 비난하는 건 아니다. 리사는 그저 이런 마음을 이해하려 하지 않—이해하지 못할—뿐이다. 리사는 나락의 언저리로 조금씩 다가가 죽음을 정면으로 응시해본 적이 한번도 없다. 삶이, 살아간다는 행위 자체가 얼마나 눈부시리만치 용감한 것인지, 그러면서도 얼마나 중단되기 쉬운 것인지 알지 못한다. 숲에서 갈라져 나온 잔가지 하나면 충분하다. 돌연변이 세포 하나면 충분하다.

요전날 점심시간에 레이건은 유체 이탈을 경험했다. 마치 영화에서처럼 모든 것이 축소되며 발아래로 조감하듯 보였다. 떠들썩한 식당도, 한낮의 빛에 휩싸인 여자들이 모여 있는 테이블도. 각 테이블에 앉아 재잘거리고, 씹고, 키득거리고, 토라지고, 놀리고, 웃음을 터뜨리는 검은색, 갈색, 구리색, 분홍색, 복숭아색, 크림색의 생명체들까지 모두.

순식간에 식당이 성당보다도 신성한 공간으로 변모했다. 물론 혓바닥에서 잘 녹지도 않는 마분지 같은 제병[1]은

---

1 가톨릭교의 성찬식에서 예수의 살을 상징하는 얇은 과자.

없었다. 단조롭게 웅얼거리는 기도문 소리가 나지도, 공기 중에 숨이 막힐 만큼 짙은 향내가 배어 있지도 않았다. 그런데도 그 식당의 풍요로움 속에는 신성함이 있었다.

"더이상 신성함 따위는 없다는 뉴스 속보도 못 봤어? 팔 수 없는 건 없어. 이 아기 공장에 있는 모두를 포함해서 말이야." 리사는 입가에 묻은 케일 페스토 소스를 닦아내며 이렇게 응수했다. "내 생각에, 너는 단지 생존자의 도취감에 빠져 있을 뿐인 것 같아. 네가 겪은 일을 고려하면 그럴 법도 하지."

그러고서 리사는 조금 심술궂게 이런 말을 덧붙였다. "아니면, 세뇌가 된 거야. 농장은 그런 일을 잘하거든."

레이건은 그 빈정거림을 한 귀로 듣고 한 귀로 흘렸다. 리사의 말이 틀린 것은 아니었다. 골든 오크스는 임신 사업으로 돈을, 십중팔구 정말로 많은 돈을 벌었다. 몇몇 의뢰인들은 아기를 직접 낳을 수 있으면서도 정말이지 레이건은 존중할 수 없는 허영심 때문에, 혹은 알려진 대로라면 빈틈없이 꽉 찬 스케줄 같은 구실을 들어 직접 낳지 않기로 결정했다. 게다가 리사의 의뢰인들은 아기 어머니가 자궁내막증 때문에 아기를 가질 수 없게 되었다고 해서는 안될 거짓말까지 했다. 아기 어머니가 모델 일을 다시 시작했는데 자신의 몸매를 망가뜨릴 위험을 감수하고 싶어하지 않았다는 진실을 리사는 세번째 아이를 임신한 뒤에야 비로소 알게 되었다. 리사는 당연히 분노하고 있다.

하지만 골든 오크스의 더 많은 의뢰인들은 간절히 아이를 원하는, 그러나 임신이 불가능한 사람들이다. 캘리처럼 말이다. 레이건은 자신의 느낌, 캘리의 아이를 임신한 것이 옳은 일이라는 느낌이 거짓일 수 없음을 알고 있다. 자신이 이토록 논란의 여지 없이 가치 있는 일을 하고 있다는 깨달음은 아마 살면서 처음 느껴보는 것 같다.

　바로 그것이 리사가 보지 못하는 점이다. 아빠가 절대로 이해하지 못할 사실이다. 아빠는 레이건보다 그리 많지 않은 나이에 엄청난 업적을 달성한 사람들(스탠퍼드 대학에서 에볼라 치료제 개발에 온 힘을 쏟고 있는 이란계 미국인 여성, 미술 석사와 경영학 석사 학위를 딴 뒤 되살아난 디트로이트 지역에서 공예가들이 만든 가정용품과 장신구 가게들을 연달아 차린 어떤 오하이오주 사람 등)에 대한 기사를 계속 보내온다. 성공의 '열쇠'란 어떤 일을 일만 시간 동안 끈기 있게 하는 것이라는 게 아빠의 주장이다(빌 게이츠! 요요 마!).

　하지만 톱 리더가 되거나, 베스트셀러 작가가 되거나, 이름을 날리는 예술계의 총아가 될 필요는 없다. 단순히 더 빨리 달리기 위해 달리는 것은 무의미하다. 정말이지, 도대체 무엇을 얻으려고 끊임없이 노력한단 말인가? 모르는 사람들한테 아첨이나 받으려고? 인스타그램 팔로워를 늘리려고? 시시한 잡지에 실린 비위나 맞추는 기사 같은 것은 본질적으로 공허하다.

평소보다 더 강한 발길질에 레이건은 정신이 번쩍 든다. 그녀는 배에 두 손을 얹고 미소 짓는다. 다음번 발길질이 그녀의 손바닥에 닿는다.

잡았다, 요 녀석. 그녀가 캘리의 아들에게 말한다.

얼굴에 그림자가 드리운다. 제인이 불쑥 나타난 참이다. 그녀가 레이건에게 비타민이 첨가된 물을 한병 건네준다.

"고마워." 레이건이 목구멍에 물병을 바짝 대고 누른다. 물방울 하나가 그녀의 목과 가슴을 따라 차가운 흔적을 남기며 흘러내린다.

바로 옆에서 제인이 등받이가 달린 긴 의자를 그늘로 밀어 넣고 자리를 잡는다. 유터로사운즈를 배에 부착하고 모자를 벗는다. 그녀의 머리카락은 떡이 져 있다. "아직도 사촌과 연락이 안돼."

"전화기 충전하는 걸 깜박했을 거야. 우리 할아버지도 종종 그러시거든." 레이건이 일어나 앉으며 말한다. 동영상을 매일 받고는 있지만, 제인은 지금껏 3주가 넘도록 사촌이나 아말리아와 직접 통화하지 못했다. "어제 받은 영상 좀 다시 보여줄래? 아말리아가 동물 울음소리 내는 거 있잖아."

"아테는 자기가 보낸 동영상에 전혀 나오질 않아. 내가 전부 확인해봤어." 제인이 말한다. 신경질적인 목소리다. "아테가 거기 없어서 그런 거라는 생각이 들어. 낯선 사람

416

들에게 말리를 맡겼고, 내 딸을 촬영하는 건 바로 그 사람들인 거야. 그래서 아테가 전화를 안하려는 거고. 그러면 내가 진실을 알게 될 테니까!"

"네 사촌이 동영상에 등장하지 않는 건 바로 사촌이 그걸 촬영하는 사람이라서야, 바보야!" 레이건이 근심을 덜어주려 해보지만, 제인은 도리질을 칠 뿐이다. 그녀의 눈밑에 푸르스름한 다크서클이 자리하고 있다. 그녀는 잠을 통 못 잔다고 했다.

"더이상 사촌을 못 믿겠어. 내 사촌은 야심가야. 우리 나나이도 그렇게 말씀하곤 했지. 이미 필리핀에 건물을 여럿 가지고 있는데도, 아테는 여전히 돈만 생각해."

"제인." 레이건이 단호하게 말한다. "노인들은 휴대전화를 잘 못 다룬다니까. 휴대전화 충전하는 것도 잘 까먹고. 네 사촌은 아말리아를 사랑하고, 아기들을 잘 돌봐. 네가 그렇다고 했잖아!"

"의뢰인들의 아기만!" 제인이 쓸쓸하게 말한다. "자기 의뢰인의 아기를 낯선 사람에게 맡기지는 않겠지."

제인은 더듬더듬 음료수를 찾아내 뚜껑을 돌리려고 애를 쓴다. 레이건이 살던 뉴욕의 건물 앞에서 어슬렁거리는 노숙자처럼, 하룻밤 내내 그 건물 현관에서 꼼짝도 하려 하지 않아 다음 날 레이건이 경찰에 신고할 수밖에 없었던 그 노숙자처럼 낮은 목소리로 투덜거리면서.

"아말리아를 만날 때까지는 걱정하지 않으려고 해보는

게 어떨까? 그애는 다음 주면 여기 올 테니까—"

"아테가 말리를 데리고 올지조차 잘 모르겠어! 내가 전화한 걸 알고도 다시 연락을 않잖아. 동영상만 보낸다고. 그 방문에 대해 문자메시지조차 없어. 오고 싶지 않은 거야!"

"아니 왜—"

"너무 바쁘니까! 요리도 하고 돈도 버느라……"

"그건 모르는 거야, 제인. 너 지금 근거도 없이—"

"아니면 나한테서 아말리아를 숨기려 하거나!"

"대체 왜 그러겠어?" 레이건은 목소리에 분노가 깃들지 않게끔 신경을 쓴다.

"아테가 아말리아를 한번 떨어뜨린 적이 있어. 내가 말 안했어? 영상통화를 하다가 아말리아 얼굴에 생긴 멍을 보고서야 겨우 알았어. 아마 그때도 아말리아를 떨어뜨린 건 아테가 아니라 다른 사람이었을 거야. 어쩌면 세군디나였는지도 모르지!"

제인의 목소리가 날카롭다. 그녀는 음료수 병을 허벅지 사이에 끼운 채 금속 뚜껑을 돌리느라 얼굴이 빨개지도록 용을 쓴다. 그러다 문득, 예고도 없이 의자에 대고 병을 내리친다. 유리가 산산조각 나 사방으로 튀는 바람에 바닥이 온통 반짝거린다.

"제인!"

안전 요원이 높은 곳에 설치된 의자에서 기어 내려오면

서 큰 소리로 이것저것 묻는다. 코디네이터 한 사람이 돌돌 말린 잡지를 손에 들고 수영장 옆 별채에서 나온다.

"문제가 생겼나요?" 코디네이터가 그들 옆에서 지켜보며 묻는다.

안전 요원이 이따금씩 제인을 가리키며 자기 입장에서 이야기를 들려준다. 제인은 멍한 표정으로 깨진 병을 여전히 움켜쥔 채 먼 곳을 응시한다. 그녀의 팔에는 피 한방울이 맺혀 있다.

"그냥 이 바보 같은 음료수가 문제예요. 열기가 너무 힘들다고요." 레이건이 끼어들어 코디네이터의 관심을 제인에게서 떼어내려 애쓴다. 그녀는 뚜껑을 열지 않은 자신의 음료수 병을 들어 올리고는 골든 오크스에서 주문했으면 싶은 음료수들에 대해 재잘거리며 카페인 함유 음료에 대한 규정을 가끔만이라도 완화해줄 수는 없겠냐고 묻는다.

"정책을 결정하는 건 우리 소관이 아니에요." 코디네이터가 말한다. 이어 제인에게 손을 내밀지만, 제인은 알아차리지 못한 것 같다. "어디 그 병 좀 봐요."

레이건이 대신 자기 음료수를 불쑥 내밀고는, 코디네이터가 수상쩍게 생각해 정신과 의사에게 연락하고 아말리아의 방문을 다시 한번 취소하기 전에 제인이 입을 열기를, 무슨 말이라도 하기를 바라며 장기간의 불볕더위에 대해 재잘거린다.

"이건 심지어 돌려 여는 뚜껑도 아니잖아!" 코디네이터가 외친다. 그녀는 두 병을 모두 가져가더니 안전 요원에게 청소 부서에 연락해 깨진 유리를 치우게 하라고 지시한다. "어떤 멍청이가 이런 걸 주문했는지 모르겠네요."

어디에선가 별안간 다른 코디네이터가 플라스틱 병에 담긴 새 음료수들을 얹은 쟁반을 가지고 도착한다. 마침내 제인이 무감각 상태에서 벗어난다. 팔에 생긴 깊은 상처를 알아차리고 겸연쩍은 듯 레이건을 힐끗 쳐다보더니 수건을 어깨에 둘러 상처를 감춘다. 청소부가 도착해 타일 위의 깨진 유리를 쓸기 시작한다. 제인은 죄책감을 느끼며 그녀를 지켜본다. 하지만 제인이 도와주려고 일어서자, 코디네이터가 고개를 가로젓는다.

"다시 앉아요, 제인. 유리에 베일 수도 있으니까."

둘만 있게 되자마자, 레이건은 제인의 음료수를 움켜잡고 뚜껑을 홱 잡아당겨 연 다음 테이블 위에 쾅 하고 내려놓는다. "자."

"미안해, 레이건."

"제발 미친 사람처럼 구는 것 좀 그만둬!" 레이건이 톡 쏘아붙인다. "정말로 딸을 안 보고 싶은 게 아니라면."

심술궂은 말이지만, 지금 레이건의 기분이 그렇다. 제인과 그녀의 눈물 젖은 슬픈 눈을 못 본 척하며, 레이건은 제인이 왜 그야말로 부적절한 시기에 그야말로 부적절한 행동을 하겠다고 고집을 부리는지 생각하지 않으려 애쓴다.

두 눈을 감고 잠을 청해보지만, 제인의 팔에 있던 빨간

핏방울의 이미지가 눈꺼풀 안쪽에 박혀 있다가 줄줄 흐르는 핏줄기로 바뀐다. 작은 유리 조각 하나 때문에 그런 일이 생길 수 있다는 건 놀라운 일이다. 골든 오크스에서는 모든 고기가 미리 잘려 나온다. 호스트들은 칼을 쓰는 게 금지되어 있기 때문이다. 하지만 레이건이 유리 조각으로 그 코디네이터의 얼굴을 그어버릴 수도 있었으리라.

그녀는 수영장과 안전 요원과 제인으로부터 고개를 돌린다.

하루를 망쳐버렸다. 이렇게 아름다운 날을 말이다.

"어떻게 해야 할지 모르겠어." 제인이 말한다. 그녀의 목소리가 너무 쓸쓸하게 들려서 레이건은 어쩔 수 없이 다시 일어나 앉는다. 코디네이터 쪽을 살펴보니, 그녀는 수영장 옆 별채로 들어가는 중이다.

"자, 내가 제안 하나 할게. 만일 네가 **별나게** 구는 걸 그만두면, 리사한테 도움을 구해볼게."

제인이 거의 알아보기 힘들 정도로 미세하게 고개를 끄덕인다.

"좋아. 난 이제 낮잠 잘 거야. 너도 그래야 해. 너한텐 확실히 잠이 필요하다고."

잠들지 못할 걸 알면서도, 레이건은 두 팔로 배를 감싸 안고 다시 한번 눈을 감는다. 마음이 몹시 뒤숭숭하다. 마치 영화관의 맨 앞줄에 앉아 있는 것처럼 모든 것이 너무 가깝다. 제트기의 굉음도, 닫힌 눈꺼풀 너머에서 빠르게 움직이는 제인의 안구도, 태양 아래 다시 나타나 수건 통 근처에 서서 돌돌 말린 잡지로 자기 넓적다리를 찰싹 때리는 저 코디네이터도 말이다.

모든 것이 얼마 안되는 거리에 있다. 너무 또렷하고 너무 거대하다.

"다 괜찮아." 친구에게는 그렇게 말하지만, 레이건은 마음이 심란하다. 머리 위의 하늘은 맑고 투명한 파란색인데도 날이 갑자기 어둡게 느껴진다. 레이건은 수영장을 둘러본다. 제인을, 뜨겁고 눈부신 태양 아래 땀을 흘리는 다른 호스트들을 바라본다. 배가 터질 듯 부푼 이 모든 보잘것없는 몸뚱이들과, 깔아뭉갤 듯 압도적인 머리 위 저 하늘과, 눈에 띄지 않은 채 아직도 바닥에 남아 있을지 모를 유리 파편들을.

리사는 방에 없다. 레이건은 침대 위에 쌓여 있는 옷더미를 옆으로 밀어내고 드러누워 기다린다. 리사에게 제인의 딸에 대한 정보를 얻게 도와달라고 부탁한 지 일주일째다. 그 이후로 제인은 훨씬 더 미친 사람 같아졌다. 오늘 아침만 해도 그녀는 아말리아에 대해 캐물으려고 세군디나를 따라 운동 수업에 들어가려고 했다. 레이건이 간신히 그녀를 말렸다.

레이건은 리사의 창턱이 깨끗하다는 것을 알아차린다. 트로이의 조각품들을 이미 다 챙겨 가방에 넣은 모양이다.

어제 리사는 의뢰인들이 그녀가 당장 뉴욕으로 와줬으면 한다는 얘기를 들었다. 그들은 용케 유명한 패션 사진작가의 사진 촬영을 예약했고, 그 작가가 리사의 아무것도 걸치지 않은 볼록한 배와 (키스하고, 껴안고, 쓰다듬으면서) 교감하는 아들들의 모습을 찍을 예정이다.

"네 계약에 나체 사진도 들어 있어?" 스물네시간 안에 떠날 예정이라는 리사에게 레이건은 그렇게 농담을 했다. 속으로는 엄청나게 충격을 받았지만 말이다.

"사실 내 의뢰인들이 트로이보다도 내 몸을 훨씬 더 자세히 봤을걸. 분만에 얼마나 밀접하게 참여하는지 몰라." 리사가 말했다. "아기 아빠와 엄마가 내 무릎 옆에 서 있다니까. 진짜 이상하지 않니? 너한테 거짓말은 못하겠다. 다행히 난 너무 아파서 아기 아빠가 내 거기에 줌렌즈를 갖다 대고 촬영하는 걸 거의 알아차리지도 못할 지경이지."

그녀가 키득거렸다. "너도 곧 알게 될 거야."

레이건의 가슴이 조여들었다. 그 일에 대해 생각할 준비가 되어 있지 않은 터였다. 분만, 분만 말이다. 지금껏 수업 시간에 셀 수 없이 많은 정상 분만 동영상을 보았지만, 그녀 자신이 그 장면의 주인공이 되는 것은 상상할 수가 없었다. 비명을 지르게 될까, 아니면 이를 악물고 묵묵히 견뎌낼까? 봉합이 필요할까? 언젠가 타샤가 아기의 머리가 너무 커서 거의 둘로 찢어질 뻔했던 호스트에 대해 얘기해준 적이 있다.

캘리가 분만실에 들어올까?

레이건은 리사에게 사진 촬영 후 농장으로 돌아올지 물어보았다. 어쨌든 그녀는 아직 임신 35주밖에 되지 않았으니까. 하지만 리사는 아기 어머니가 "극단적인" A형 인간이고, 리사가 두번째 아기를 낳을 때 그랬던 것처럼 조산을 할지 몰라 걱정한다고 대답했다. 그들은 유도분만이 가능해질 때까지 그녀를 뉴욕에 머물게 할 예정이었다.

"적어도 호화로운 호텔을 잡아주기는 해. 대통령마다 머문다는, 폭탄에도 끄떡없는 호텔 말이야. 세번째 아기가 폭격을 당하는 건 싫다 이거지." 그녀는 하품을 하면서 레이건 옆에 털썩 주저앉더니, 뜻밖에도 레이건의 어깨에 머리를 기댔다. 둘이 말없이 앉아 있는 동안, 친구에게 의지한 채로 리사의 숨결은 점점 더 고르게 변해갔다. 레이건은 가능한 한 움직이지 않으려고 애썼지만, 배 속에서 발길질을 하는 캘리의 아들을 통제할 수는 없었다. 가슴을 옥죄던 느낌은 통증이 되었다. 리사는 아직 떠나지도 않았는데, 벌써부터 그녀가 그리웠다.

잠에서 깨어보니 친구가 침대 발치에 앉아 있다.

"제인이 걱정돼." 레이건이 졸린 듯 중얼거린다.

리사는 대답하지 않는다. 걱정스러운 표정이다.

"뭐가 잘못됐어?" 레이건이 일어나 앉는다. "아말리아에 대해 뭔가 알아낸 거야?"

리사가 서성거리기 시작한다. "에벌린 아로요. 그 여자는 농장에 고용돼 있어."

레이건은 그동안 제인이 자기 사촌에 대해 했던 말들을 돌이켜본다. "말도 안돼. 절대로 호스트일 리가 없잖아. 그녀는 나이가 많아. 뭐랄까, 할머니라고."

"호스트가 아니라, 스카우터야."

레이건이 멍하니 리사를 바라본다.

"스카우터들은 호스트를 찾아내. 헤드헌터 같은 사람들이지. 농장에는 그런 고용인들이 한무더기쯤 있어. 지역마다 담당 스카우터가 있는 거지. 필리핀, 동유럽, 남아시아, 남태평양의 섬들……"

레이건의 머리가 빠르게 돌아간다. 세군디나는 필리핀 출신이고, 퀸스의 합숙소에서 살았으며, 제인의 사촌을 위해 일했다.

"제인이 좀더 안정될 때까지는 얘기하지 마. 뭔가 미친 짓을 해서 아말리아의 방문이 취소될 테니까…… 하긴, 넌 제인이 틀렸다고 생각하지? 에벌린이 아말리아를 제인한테서 숨기려고 한다는 얘기 말이야."

두려움이 레이건을 엄습한다. 죄책감도. 그녀는 지난 몇 주 내내 사촌에 대한 제인의 걱정을 묵살해버렸다.

"나는 그들이 능히 그럴 수 있다고 봐. 이곳이 썩었다는 건 알고 있었지만, 솔직히 이 정도일 줄은 전혀 몰랐어." 리사의 목소리가 잠긴다. 그녀가 레이건 옆에 앉아 심호흡을 한다.

"또 뭐가 있는 거야?" 레이건이 묻는다. "리사, 너 때문에 무섭잖아."

"캘리는—"

레이건의 손이 배로 움직인다. 아기. 캘리의 아들.

"그녀는 네 의뢰인이 아니야. 내가 얘기를 나눠본 사람 중에 네 의뢰인이 누구인지 아는 사람은 하나도 없더라."

"이해가 안돼……" 레이건은 정신이 하나도 없다. 왜냐하면 그녀는 캘리를 알기 때문이다. 그들은 처음 만난 순간부터 서로를 이해했다.

"이해가 안되긴 나도 마찬가지야."

메이

"내 선글라스 좀 가져다줄래?" 메이가 목쉰 소리로 말한다. 머리가 지끈거린다.

케이티가 헐렁한 티셔츠 차림에 플립플롭을 신고 발코니로 터벅터벅 걸어온다. 그녀는 메이에게 선글라스를 건넨 뒤 맞은편 의자에 털썩 주저앉는다. "맙소사, 우리 어젯밤에 술을 얼마나 마신 거야?"

메이는 꼭두새벽에 호텔 냉장고를 뒤져 찾아낸 터무니없이 비싼 특대 사이즈 에비앙 병을 들어 물을 꿀꺽 삼키고 고개를 절레절레 흔든다. 이어 페니스 모양의 **빨대**를 집어 수평선을 배경으로 들어 올린다.

"대충 이 정도?" 메이가 멀리 보이는 길고 가느다란 하얀 모래사장과 푸른 바다를 배경으로 실루엣을 드러낸 그 커다란 핑크빛 플라스틱 페니스에 시선을 고정한 채 말하고는 고개를 절레절레 흔든다. "내가 이런 사람들하고 친구 사이였다니 믿을 수가 없네."

"착한 애들이야." 케이티가 다정하게 대꾸한다. 이어 그녀는 테이블 위에 있는 약병을 흔들어 아스피린 두알을 꺼내더니 물 없이 삼킨다.

"대학 때가 걔들 전성기였지."

"대학 시절에는 우리도 그런 거 좋아했어. 나보다도 네가 더했다고." 케이티가 물을 마시다가 사례들려 컥컥대며 웃는다. "카파 카파 감마 포스터 모델이었잖아!"

"알았어, 알았다고……" 메이의 모교 여학생 사교 클럽 회원들 중 하나가, 16년 전 클럽에서 스무살이던 메이 유를 표지 모델로 내세워 발행한 팸플릿을 찾아내 마이애미로 가지고 왔다. 메이도 잘 아는 물건이다. 그녀의 어머니는 래미네이트 코팅이 된 그 팸플릿을 자신의 모든 친구에게 한부씩 보냈고, 한부는 액자에 넣어 집 현관 통로에 걸어놓았다. 엄마에게 메이는 본래 자신의 것으로 예정되어 있던 삶을 손에 넣을 마지막 희망이었던 것이다.

"그 부분염색하며!" 케이티가 다시 깔깔거리기 시작한다. "네가 나보다도 더 밝은 금발이었잖아!"

"안 그러면 너희 같은 바비 인형들하고 어떻게 어울릴 수 있었겠어?" 메이는 반박하면서도 친구와 함께 깔깔거리기 시작한다. 웃음소리가 발작적인 기침으로 변하자, 그녀는 쌕쌕거리면서 어젯밤 담배를 한갑이나(아니 두갑 이었나? 아니면 세갑?) 피운 것에 대한 후회에 휩싸인다. 20대 초반 이후로 담배를 피운 적이 없는데 오늘은 폐가 납으로 만들어진 것 같은 느낌이다. 그녀는 또 10년 동안 테킬라를 마신 적이 없고, 심지어 20대 때도 새벽 2시까지 싸구려 댄스 클럽에서 셔츠도 없이 금목걸이만 걸친 까까 머리 사내 녀석들과 달라붙어 몸을 비비는 습관만큼은 없 었다.

"솔직히 이제는 아무도 일을 안하잖아. 다들 아이는 하 루 종일 유모한테 맡겨놓고, 글쎄, 아마 운동이나 하겠지." 메이가 투덜거린다.

"나도 아이를 하루 종일 두고 나가는걸……" 케이티가 미소를 지으며 말한다.

"넌 일을 하잖아. 나도 그래. 설사 아이가 있어도 그런 식 으로 일 없이 집에 있지는 못할걸. 너라면 그렇게 네 독립 을 포기할 수 있겠니? 남편에게 말 그대로 모든 걸, 그러니 까 단지 돈만이 아니라 네 모든 주체성까지 믿고 맡길 수 있겠어?"

케이티가 깊은 생각에 잠긴다. 그녀의 어머니 역시 메이 의 어머니처럼 전업주부였지만, 정말로 자기 선택에 만족 하는 것 같았다. 메이는 대학 시절 딱 한번만 제외하고 매 해 추수감사절을 버몬트에 있는 쇼 가족의 별장에서 그들 과 함께 보냈다. 대학 2학년 때, 때 이른 눈보라 속에서 스키를 처음 배운 곳도 바로 거기였다. 메이는 저녁식사 후 가족들끼리 영화를 보는 내내 쇼 부부가 손을 잡고 있는 모습에 감탄하곤 했지만, 결혼이 위험하고 예측 불가능한 도박이라는 사실도 알고 있었다. 케이티의 부모는 운이 좋았다는 걸 말이다. 모든 부부가 서로를 완성해주는 완벽한 한쌍은 아니다.

"만약 익시드 아카데미를 시작하지 않았다면, 만약 진정으로 가치 있다고 믿는 일이 없다면, 난 로자와 함께 집에서 지내는 데 만족하며 살 것 같아." 마침내 케이티가 말한다. "확실히 돈 때문에 일할 필요가 없는 경우라면 말이지."

"음, 난 그렇게는 못해." 메이가 단호하게 말한다. "이선을 사랑하지만, 절대로 그런 처지가 되지는 않을 거야. 만약 혼자서 세상을 헤쳐나갈 힘만 있었다면 우리 엄마도 벌써 몇년 전에 아빠를 떠났을걸."

노크 소리가 난다. 나지막한 목소리가 룸서비스라고 알린다.

"네가 자는 사이에 베이컨 에그 샌드위치를 시켰어. 커피도." 케이티가 말한다. "물론 계산은 몽땅 네 앞으로 달아놨지."

"너는 **천재**야." 메이는 케이티를 따라 느릿느릿 침실로 들어간다.

검은 재킷에 넥타이를 맨 검은 머리의 젊은 남자가 이동식 테이블을 굴리며 방으로 들어온다.

"발코니가 좋겠어요." 메이가 가방을 집어 들고 팁으로 줄 돈을 찾아 안쪽을 뒤진다.

웨이터는 이동식 테이블을 발코니에 최대한 가깝게 밀어놓은 뒤 뚜껑 덮인 은쟁반들과 크리스털 잔들과 샴페인 병 하나를 바깥에 있는 연철 테이블로 옮긴다. 메이가 그에게 50달러짜리 지폐 한장을 건넨다.

"거슬러드릴까요, 손님?"

"아니, 됐어요." 메이가 샴페인 병의 목 부분을 잡고 라벨을 유심히 살펴본다. 수금水金 빛깔의 호화스러운 아르망 드 브리냐크다. 아직 뉴욕의 홀러웨이 클럽을 운영하던 시절, 딱 한번 어느 의뢰인과 함께 마셔본 적이 있다.

"케이티, 이거 끝내준다. 네가 주문한 거야?"

"아닙니다, 손님." 웨이터가 끼어든다. "엊저녁에 손님들께서 외출하셨을 때 호텔로 배달됐습니다. 이 카드와 함께요."

그가 메이에게 작은 우윳빛 봉투를 건넨다. 봉투를 뜯는 손놀림이 기대감에 서툴러지는 바람에 카드까지 찢어버린다. 그녀는 두조각 난 카드를 붙여 들고 리언이 손으로 휘갈겨 쓴 메시지를 읽는다.

축하해, 메이. 아기들이 다 무사히 태어난다는 전제하에 그녀가 투자하기로 결정했어. 다음 차례는 맥도닐드 프로젝트야. 주말 잘 보내. 당신은 그럴 자격 충분해.

흥분이 물밀듯 밀려든다. 그녀가 덩 여사를 낚은 것이다!

"이거 따자!" 메이가 웨이터에게 샴페인 병을 건네며 외친다.

"진심이야?" 케이티가 손목시계를 힐끗 쳐다보며 묻는다. "정오도 안됐는데……"

"중국은 정오 지났어!" 메이가 리언의 카드를 가슴에 대고 누른 채 한 발을 축으로 삼아 빙글빙글 돌며 카펫을 가로지른다. 너무 벅차서 터질 것 같은 가슴을 안고, 케이티를 발코니로 끌어당긴다. 케이티는 큰 소리로 웃고 있다. 메이는 바다와 늠름한 야자나무들과 가없는 하늘을 마주 본다. 케이티에게 한 팔을 두르고, 다른 한 팔은 마치 아름다운 온 세상을 끌어안으려는 듯 활짝 펼친다.

펑 소리와 함께 코르크 마개가 그들의 어깨를 쌩하고 스쳐 지나간다. 쉭 거품이 일며 샴페인이 흘러나와 발코니 바닥으로 떨어진다. 메이는 탄성을 지르며 샴페인을 채워 달라고 잔을 들어 올린다. 첫번째 잔은 케이티를, 그녀의 가장 소중하고 가장 의리 있고 가장 아름다운 친구를 위한 것이다. 그녀는 두번째 잔을 받고서 웨이터의 손에 50달러짜리를 한장 더 쥐여준 뒤, 탁 트인 바다를 마주 보며 이렇게 소리친다. "건배!"

"너와 이선을 위하여." 케이티가 메이의 팔을 꼭 쥔다.

"영원한 전성기를 위하여!"

"좋은 친구들을 위하여."

"미래를 위하여!"

잔을 쨍그랑 부딪자, 메이의 계산대로라면 아마 몇백달러 치는 될 샴페인이 발코니 바닥 곳곳에 튄다.

그들은 함께 술을 죽 들이켠다.

한 뚱뚱한 남자가 쿵쾅쿵쾅 메이를 지나쳐 가면서 바퀴 달린 가방으로 그녀의 쭉 뻗은 두 발을 건드린다. 그녀는 다리를 당기며 그를 차갑게 노려본다. 오늘 아침 케이티와 함께 순식간에 해치운 샴페인 때문에 결국 숙취에 시달리는 중이고, 기분도 언짢다.

"내가 사준 표를 왜 교환했는지 아직도 이해가 안 가." 그녀가 투덜댄다. 그 표가 없으면 케이티는 베스트제트의 프리미엄 라운지에 출입할 수가 없다. 메이는 케이티 혼자 메인 터미널에서 비행기를 기다리게 내버려둔 철부지가 된 기분이다.

"나는 너보다 체격이 작잖아. 비즈니스 클래스는 나한테 돈 낭비야." 케이티가 휴대전화를 무릎 위에 내려놓더니 이어폰을 찾으려고 소형 여행 가방 옆주머니로 손을 넣는다.

"어쩌면 내가 너한테 돈을 낭비하고 싶었는지도 모르지."

케이티는 어깨만 으쓱일 뿐이다. 막 걸음마를 뗀 어린아이가 메이의 옆자리에 올라가 서 있다가 소리를 지르기 시작하자, 메이가 못마땅한 얼굴을 한다. 케이티가 그런 그녀를 보며 활짝 웃는다. "나랑 같이 기다릴 필요 없어."

"당연히 너랑 같이 기다릴 거야." 메이가 말한다. 그녀의 뉴욕행 비행기는 케이티의 로스앤젤레스행 비행기가 떠나고 두시간 후에 이륙한다. 그녀는 케이티가 탑승하는 즉시 프리미엄 라운지로 갈 생각이다.

케이티의 휴대전화가 윙윙거린다. "미안. 우리 교장 선생님 중 한분이야. 꼭 받아야 하는 전화라서." 그녀는 이어폰을 귓속으로 밀어 넣으며 일어나더니 입을 움직이며 걸어간다.

메이는 길게 늘어선 의자들 주변을 서성거리는 친구를 잠시 지켜보다가 그녀의 닳아빠진 단화와 한쪽 어깨에 걸쳐 멘 흔해빠진 가죽 배낭에 시선을 둔다. 대학 시절 메이는 케이티의 캐시미어 스웨터와 질 좋은 청바지를 노리고 그녀의 옷장을 습격하곤 했다. 케이티의 부모님은 아직도 그녀의 집세를 내주고 있을까?

메이는 마음이 괴롭다. 차터 스쿨을 운영하면서 재산을 모을 수는 없다. 게다가 이제 케이티와 릭은 로자를 키워야 한다. 정기적으로 아이를 봐주는 도우미도 없이! 그녀는 매일 아침 7시 전, 출근길에 로자를 어린이집에 데려다준다. 주말에도 릭이 석사 학위 때문에 학교에 가 있는 내내 일을 한다. 케이티는 좀처럼 불평하지 않지만, 틀림없이 몹시 고단할 것이다.

딱한 건 케이티가 무엇이든 할 수 있었다는 점이다. 케이티는 트리니티 대학을 최우등으로 졸업했고, 대학 시절에는 의회와 J. P. 모건의 인턴 실습 자격을 거머쥐었다. 하지만 그녀는 항상 세상을 구하려는 부류였다. 고집도 세다. 4학년 때 메이가 일단 돈부터 벌고 그다음에 짓밟힌 대중을 구하라고 조언했을 때―케이티는 최고의 컨설팅 회사 두군데서 제의를 받은 상태였다―그녀는 아, 메이라고만 했다. 마치 메이야말로 비현실적인 사람이라는 듯이.

메이는 로자를 위해 대학 학자금 계좌를 개설할 생각이다. 케이티와 릭이 주말 휴가를, 그들의 삶 그 자체인 단조로운 노동에서 잠시 벗어날 휴가를 떠나게 해줄 생각이다. 그들의 노동의 결실이 그렇게 보잘것없다는 것은 온당하지 않다. 둘 다 열심히 일하지만, 둘이 벌 돈을 합쳐도 기껏해야 올해 메이가 벌 돈의 절반 정도에 불과할 것이다. 아니, 만일 그녀의 예감이 맞아서 덩 여사와의 거래로 인한 보너스가 기대만큼 크다면 10분의 1에 불과할 수도 있다.

메이의 전화가 울린다. 현재 제인과 관련해서는 모든 것이 만족스럽게 진행되고 있다는 제리의 근황 보고다. 주말에 벌어진 사건은 사소한 일, 그러니까 물병과 관련된 작은 사고에 불과했다. 제리는 혹시 모르니 예방 차원에서 골든 오크스의 모든 음료수 병을 플라스틱 병으로 교체하자고 건의한다. 그러곤 이렇게 덧붙인다. 제인은 지난 며칠 동안 세군디나에게 접근하지 않았습니다.

사실 그다지 걱정스럽지는 않다. 왜냐하면 제인에게는

문제를 일으킬 만한 동기가 없기 때문이다. 그녀는 보너스가 필요하고 딸을 사랑한다. 그 두가지 때문에 규칙을 지킬 것이다. 게다가 자기 입장을 분명히 하고 거의 친구나 다름없던 리사의 잘못을 폭로했다는 사실은 제인이 굉장히 분별력 있는 사람임을 보여준다. 은혜를 원수로 갚을 사람은 아닐 것이다.

"미안해." 케이티가 자리로 돌아와 슬며시 앉으면서 한숨을 쉰다.

"아무 문제 없는 거지?"

"응. 젠장, 아니." 케이티가 손가락빗으로 머리카락을 쓸어 넘긴다. "우리가 최근 문을 연 학교가 '장소를 공유하는' 형태거든. 그러니까 기존의 공립학교와 공간을 함께 쓴다는 의미지. 그 학교는 완전히 중퇴자 양산 공장이라 전교생 수가 5년 전에 비해 거의 절반으로 줄어 있고."

"저런, 그 사람들 머리 좀 쓰는데. 십중팔구 시설이 남아돌았겠네."

"하지만 정치적인 문제도 얽혀 있어. 기존 학교의 학부모들은 우리랑 같이 그곳을 쓴다는 사실에 화가 나 있어. 우리가 자기들 몫의 지원금을 빼돌린다고 생각하지. 그건 사실이 아니지만, 도무지 믿질 않아. 뜻밖에 우리가 그들을 등쳐먹으러 온 압제자가 돼버린 거야." 케이티가 씁쓸한 웃음을 터뜨린다.

"그렇지만 그쪽 아이들도 너희 덕에 형편이 나아진 거

아니야? 그러느라 돈을 쓴 줄 알았는데." 메이는 2년 전 익시드에 거액을 기부했다. 정부 지원을 받지 못하는 특별활동에, 근본적으로는 어떤 용도에든 쓰일 수 있으리라는 생각이었다.

"그렇지. 내 말은, 우리 생각이 그렇다는 거야. 우리는 믿기 힘들 만큼 굉장한 미술실을 만들었어. 두 학교 모두 그곳을 사용하지. 학교 체육관도 개선하는 중이고……"

"그 사람들은 네가 거기 있는 걸 고마워해야 해!" 메이가 감정을 터뜨린다. 배은망덕한 태도는 결코 용납할 수 없다.

"그러기가 힘든가 봐." 케이티는 생각에 잠겨 말을 잇는다. "우리 아이들은 노트북도 있고, 현장학습도 다니고, 정말로 관심을 가져주는 선생님들도 있는 반면에, 그들의……"

"그건 시기심이지, 합리적인 사고가 아니야."

"나도 잘 모르겠어. 삶은 공평하지 않아. 하지만 늘 그걸 받아들이면서 살 수는 없는 노릇이잖아. 그리고 부모로서……"

"내 대녀에게 선물을 주고 싶어." 불평등에 대한 토론에는 관심도 없이, 메이가 다짜고짜 선언한다. 불평등이라니, 유행어처럼 다들 너무 많이 떠들어대 의미가 퇴색되다시피 한 말 아닌가. "원래 생각했던 건 일반적인 학자금 계좌였어. 그런데 이선 말로는 529 플랜[1]이 더 좋다더라고. 그건 로자가 대학에 입학하기 전에도 사용할 수 있거든. 일테면, 유치원에 보낼 때도 말이지."

"아, 메이!" 케이티가 가장 예쁜 미소를 짓는다. "너무 고마운 일이야! 하지만 우리 부모님이 이미 로자를 위해 대학 학자금 계좌를 개설하셨어. 게다가 때가 되면 우리는 아마 그애를 익시드에 보내게 될 거고."

메이는 기절할 듯 놀란다.

"케이티! 로자를 네 학교들 중 한곳에 보낸다니, **그럴 수는 없어!**" 이어 말이 심했는지 확인하려고 친구를 힐끗 쳐다보지만, 케이티는 평온해 보인다. "내 말 무슨 뜻인지 알 거야. 너희 학교의 아이들은 그애랑 **같지** 않아. 그건 정신 나간 생각이야."

"아직은 릭과 상의 중이야."

"말도 안된다고!" 메이가 외친다. 자식에게 할 수 있는 최선을 다하는 것이 부모의 의무 아닌가.

"우리 학교들도 꽤 훌륭하다고 생각하는데."

"내가 너랑 릭이 하는 일이 중요하다고 생각하는 거 알 거야." 메이가 말한다. "하지만 관념적인 이상을 위해서 로자의 미래를 위태롭게 하면 안—"

"우리에게 학교들은 관념적인 게 아니야."

"무언가가 옳다고 믿는다고 해서, 꼭 그대로 **행동할** 필요

---

1 지정된 수익 대상자의 미래 교육 경비 마련을 위한 금융 상품의 일종으로 1996년 도입된 연방 세법 529조에서 이름을 따왔다.

는 없잖아!"

케이티가 눈썹을 치켜세운다.

"우리 모두 날마다 그러잖아." 메이가 날카롭게 말한다. "얼마나 많은 사람들이…… 글쎄, 잘은 모르지만…… 테러리즘과 싸우는 것이 옳은 일이라고 믿니? 하지만 그러면서도 입대는 하지 않지. 아니면, 지하철에서 노숙자를 보면 안됐다고 생각하다가도, 59번가에서 내려 밖으로 나온 다음에는 자선단체에 기부하기는커녕 터무니없이 비싼 핸드백을 사고……"

"아직 결정된 건 아무것도 없어. 그애를 익시드에 보내는 쪽으로 생각이 기울고 있긴 하지만." 케이티는 단호한 태도로 대화의 종료를 알린다. 메이는 왈칵 화가 치민다.

공항의 왁자지껄한 소음을 뚫고 케이티의 로스앤젤레스행 비행기 탑승이 곧 시작된다고 알리는 여자 목소리가 들려온다. 케이티는 커피가 필요하다고 말한다. 메이는 친구가 공항의 인파를 헤치며 탑승구 반대 방향으로 나아가는 모습을 지켜본다. 가장 가까운 커피 판매점은 터미널 중간 지점에 있다. 만약 그녀가 비행기를 놓친다면, 메이는 강제로라도 캘리포니아로 돌아가는 비즈니스 클래스 표를 쥐여줄 생각이다. 그리고 공기 중에 맥도날드 냄새가 떠돌지 않고 유기농 커피가 무료로 제공되는 프리미엄 라운지에서 함께 대기할 것이다.

누구의 것인지 알 수 없는 목소리가 사전 탑승을 안내

한다. 메이는 무리 지어 대기 중인 승객들을 헤치며 어린 아이들을 끌고 가는 젊은 부부들의 모습을 지켜본다. 그녀의 전화기에서 핑 하는 알림 소리가 난다. 이선이 자기 상사와 함께하는 저녁식사 시간에 맞춰 돌아올 수 있는지 묻는다. 그가 일하는 은행은 도처에서 트레이더들을 정리해고하는 중이고—다른 모든 사람처럼, 그들도 인공지능에 돈을 쏟아붓고 있다—이선은 메이의 도움을 받아 상사의 환심을 사고 싶어한다. 그녀는 엄지손가락을 치켜든 이모지를 보내며, 부자들이 실제 인간들에게 대접받기를 좋아한다는 사실이 자신에겐 정말 다행이라고 생각한다. 로봇은 결코 골든 오크스를 운영하지 못할 것이다.

베스트제트의 플래티넘 회원 탑승이 곧 시작된다는 또 다른 안내 방송이 나온다. 메이는 케이티에게 서두르라고 문자메시지를 보낸다. 그런 다음 휴대전화 화면을 쓱 밀어서 버그도프 백화점의 웹사이트를 연다. 그녀는 베이지색 하이힐을 찾는 중이다. 결혼식 전날 만찬용 드레스가 선명한 주홍색이라 다른 색은 다 안 어울릴 것 같다. 단, 지금 생각해보니 금색은 예외다. 광택이 돌지 않는 금색. 조금도 반짝거리지 않는 금색 말이다.

사람들이 항공사 탑승구의 직원들 주변에 모여 있다. 맨 앞이 베스트제트의 일등석 승객들이고, 그 뒤로 골드 등급 회원들, 비즈니스 클래스 탑승객들, 실버 등급 회원들, 마지막으로 엘리트 등급 회원들이 줄을 잇는다. 매번 탑승

안내 방송이 나올 때마다, 메이는 구두 검색을 잠시 멈추고 케이티를 찾아 터미널을 훑어본다.

마침내 그녀가 탑승구로 돌아오자, 메이는 너무 아슬아슬했다고 잔소리를 한다.

"이코노미석에 탑승하는 데 시간이 얼마나 오래 걸리는지 까먹었나보구나." 케이티가 그녀에게 스티로폼 컵을 건네며 놀리듯 말한다.

메이는 친구를 부둥켜안는다. "차 고마워. 여기까지 와준 것도 고마웠고."

"무슨 일이 있어도 놓칠 수 없는 용건이었잖아." 케이티가 몸을 빼고 메이의 눈을 바라보며 대답한다. "네가 결혼에 대해 생각을 바꾸기까지 시간이 좀 걸렸다는 거 알아. 결혼 생활이 항상 쉽지는 않지만, 가치 있는 일은 결코 쉽지 않은 법이지. 게다가 이선은 정말 훌륭한 사람이고."

"그래." 메이도 그 말이 사실임을 알기에 맞장구를 친다. 이선은 친절하고 착하며 한결같다. 하버드 경영 대학원에서 만난 이후 지금껏 한번도 그녀를 실망시킨 적이 없다.

"누군가에게 의지하는 건 상당히 기분 좋은 일이기도 해." 케이티가 덧붙인다.

메이는 친구가 긴 줄의 끄트머리로 걸어가는 모습을 지켜본다. 케이티는 쫓기는 듯한 표정으로 줄 끝에 서 있던 여자와 담소를 나누기 시작한다. 여자는 칭얼대는 아기를 태운 싸구려 유아차를 밀고, 그 양옆에서는 이제 막 걸음마를 땐 아이 둘이 농구 유니폼을 맞춰 입은 채 그녀의 셔츠를 잡아당기려 안간힘을 쓰고 있다.

맙소사. 왜 부모들은 자식들이 저렇게 미친 듯 날뛰게 내버려두는 걸까? 만약 아이가 생기면, 이선과 메이는 옛날 방식으로 키울 생각이다.

케이티가 몸을 숙여 어린아이들에게 이야기를 건넨다. 두 아이는 마지못해 어머니의 셔츠를 놓는다. 곧이어 케이티가 아이들을 양손에 하나씩 붙잡고 아이들 어머니보다 앞장서서 줄 앞쪽으로 데리고 가는 모습이 보인다. 그녀가 항공사 승무원에게 몇마디를 건네자, 곧 그 승무원이 그들의 표를 받는다.

케이티가 돌아서서 메이에게 손을 흔든다.

"대단해!" 공항의 소음 속에서 메이는 그녀를 향해 목청을 높이며 엄지손가락을 휙 치켜든다.

케이티가 도리질을 친다. 아, 메이 하고 말하는 친구의 모습이 눈에 선하다. 순식간에 줄 앞쪽으로 갈 방법을 찾아낸 방금 전 일이 마치 일어나지 않았던 것처럼 말이다.

"사랑해!" 메이가 소리를 지른다. 친구가 울음을 터뜨린 두 아이 중 하나를 품에 안아 들며 손을 흔들자 흑흑 흐느끼던 아이도 그녀를 따라 손을 흔들고, 이내 그들은 탑승교를 따라 사라져버린다.

제인

"여보세요?"

누군가가 전화를 받으리라고는 기대하지 않았다. 자신의 아파트로 다시 전화를 걸어본 건, 지금 알고 있는 모든 사실에도 불구하고 그냥 가만히 앉아만 있을 수는 없기 때문이었다.

"여보세요?" 그 목소리가 다시 묻는다.

"누구시죠?" 제인이 반문한다. 아테의 목소리는 아니다. 미즈 유에게 보내기 전에 제인의 아파트에서 지내게 해준 필리핀 여자들 중 하나일까? 어쩌면 아테가 그들에게 숙박비를 청구할지도 모르지만, 실제로는 침대 하나까지 제인의 것이다. 아테는 할 수 있는 모든 방법으로 돈을 벌려는 것이다.

"나 에인절이야!"

"에인절!" 순식간에 마음이 놓인다.

"제인이지? 아직도 캘리포니아에 있어?"

"네. 전—"

"그 아기는 순하니?" 그렇게 묻기는 하지만, 에인절은 온통 딴 데 정신이 팔려 있는 것 같다.

"네, 아주 순해요." 제인이 거짓말을 한다. "에인절, 아테랑 할 얘기가 있는데요."

"아테는 지금 없어." 에인절이 잠시 사이를 두고 대답한다. "볼일이 좀 있어서, 내가 잠깐 아말리아를 보는 중이야."

"무슨 일인데요?" 제인은 따져 묻기는 하지만 화를 참으려 안간힘을 쓴다. 아테가 다시 아말리아를 두고 나간 것이 에인절의 잘못은 아니니까.

"아, 아테가 어떤지 알잖아. 항상 바빠! 요리 일이 많이 들어오거든." 에인절이 억지스러운 웃음소리를 낸다.

"그럼, 말리는 항상 에인절한테 맡기는 거예요?" 제인의 내면에서 온통 하얗게 불타오르는 분노가 폭발한다. 미즈 유가 아테에게 급료를 지불하고 있다면, 아테는 왜 아직도 아말리아를 방치한 채 다른 일을 하는 걸까? 돈 말고는 이 세상 그 무엇도 안중에 없는 걸까?

"아니, 항상 그런 건 아니야, 제인! 오늘만 바쁜 거야!"

어린아이가 꽥꽥거리는 소리가 들리자 제인의 가슴이 요동친다. "그 소리, 말리예요?"

"응, 낮잠 자다 방금 깼어. 아테가 수면 습관을 들여놨거든. 지금은 「세서미 스트리트」를 조금 보여주고 있어. 엘모를 제일 좋아하더라."

"말리는 어때요, 에인절? 난 걔를 동영상으로만 봐요. 아테가 통 전화를 안해서요."

"건강해. 고집불통이고!" 에인절이 낄낄 웃자 제인은 약간 마음을 놓는다.

그녀는 에인절에게 영상통화를 할 수 있는지 묻는다. 자신의 눈으로 직접 아말리아를 보고 싶다고. 에인절은 미안해한다. 요금을 또 연체하는 바람에 휴대전화가 끊겼다는 것이다.

"하지만 아말리아가 지금 너한테 말을 좀 하는지 한번 보자."

부스럭거리는 소리, 텔레비전에서 나는 자그마한 목소리들, 아말리아를 달래 말을 시키려 애쓰는 에인절의 나지막한 목소리가 들린다. 제인은 전화기를 귀에 바짝 대고 누른다. 아말리아의 숨소리가 들리자, 아니, 들린다는 생각이 들자 그녀의 눈에 눈물이 맺힌다. "말리, 엄마야."

에인절이 아이를 구슬리고 있다. "엄-마. 엄-마. 같이 연습한 것처럼 좀 해봐!"

"엄마는 널 사랑해, 말리." 제인은 가슴속에 북받치는 벅찬 감정을 주체하지 못해 속삭인다.

부스럭거리는 소리, 숨죽인 목소리가 좀더 이어진다. 마치 에인절이 방 안에 있는 다른 누군가와 이야기를 나누고 있는 것 아닌가 싶을 지경이다.

"텔레비전은 이제 그만. 엄마한테 말 좀 해보자." 에인절이 느닷없이 선언한다. 와글와글 배경음으로 들리던 텔레비전 소리가 그친다.

"아니야-아!" 아말리아가 불평을 터뜨린다. 에인절은 아말리아에게 전화기를 쥐여주려 애쓰는 중이다.

"아니야!" 아말리아가 다시 한번 소리치고, 뒤이어 이렇게 외친다. "에-모! 에-모!"

"엄마랑 이야기하기 전에는 엘모 안돼." 에인절이 타이른다. 아말리아가 울기 시작하고, 쿵 소리에 이어 덜커덕거리는 소음이 들려온다. 에인절이 전화기를 방 건너편으로 던졌다며 아말리아를 나무란다.

"하마터면 아테한테 맞을 뻔했잖아!" 제인의 귀에 그런 말이 꽂힌다.

아테?

"미안해, 제인," 에인절이 살짝 헐떡거리며 전화기에 대고 말한다. "아말리아가 짜증을 내네."

뒤쪽에서 아말리아가 울부짖는다.

"에인절, 아테가 거기 있어요?"

"아테?" 에인절이 마치 그 이름을 들어본 적도 없다는 듯 메아리처럼 따라 한다. 이어 잠시 머뭇거리던 그녀는 다급하게 말을 쏟아낸다. "아니야, 제인! 아까 말했잖아.

아테는 요리 일로 바쁘다니까! 여기 없어!"

"방금 하마터면 아테한테 맞을 뻔했다고 하지 않았어 요?"

"아니야!" 대답이 지나치게 빠르다. "전화기를 그런 식 으로 내던지지 말라고 말해주고 있었어. 얘가 물건을 잘 던지네. 성격이 불같아, 제인! 항상 흥분한다니까. 졸릴 때 면 특히 그래!"

"방금까지 낮잠을 잤다면서 왜 졸린 거죠?" 제인이 묻 는다. 에인절이 조금 전 틀림없이 그렇게 말하지 않았던 가. 아말리아가 방금 낮잠을 자고 일어났다고. 수면 습관 이 잡혔다고.

"그─으래…… 낮잠을 잤지." 에인절이 허둥지둥 대답한 다. "하지만 그게…… 어…… 푹 잔 건 아니라서. 아말리아 가 감기에 걸렸거든. 코가 막혔어…… 아기가 코가 막히면 잠을 자기가 힘들잖아."

"하지만 아깐 아말리아가 건강하다면서요?" 제인은 감 정을 주체하지 못하고 외친다.

"중이염에 걸렸어." 에인절이 시인한다.

"또요! 네번째로?" 제인이 골든 오크스로 떠나온 이후 로 아말리아는 적어도 세번 중이염을 앓았다.

"지난번에 걸렸던 건 난 몰라." 무심한 목소리다.

"하지만 조금 전에는 아이가 안 아프다면서요!" 제인은 화가 나서 펄펄 뛴다. 도대체 왜 이랬다저랬다 하는 거야?

"말리는 건강한 아이야!"

"중이염에 걸렸다고 방금 말했잖아요!"

제인은 침묵에 부딪친다. 잠시 에인절이 전화를 끊은 걸까 걱정이 된다.

"에인절, 내 말 들려요? 에인절! 아말리아 체온은 재봤어요?"

"아기들은 중이염에 잘 걸려!" 몹시 화가 난 목소리다. 에인절이 마치 구멍이라도 파는 듯 뒤적거리는 소리가 들린다. 아말리아는 뒤쪽에서 여전히 울부짖고 있다.

"에인절?"

하지만 에인절은 대답하지 않는다. 그녀는 제인의 말을 듣고 있지 않다. 알아들을 수 없는 웅얼거림만 커졌다 작아졌다 하며 들려올 뿐이다.

"말리?"

"아말리아는 놀이용 울타리 안에 넣어뒀어." 에인절이 딱딱한 목소리로 대답한다.

"누구랑 얘기했어요? 방금?"

"아무하고도 안했어!" 에인절이 쏘아붙인다.

"방금 누군가랑 얘기하고 있었—"

"그냥 텔레비전 소리였어!"

하지만 조금 전에 텔레비전을 끄지 않았던가?

"아말리아 기저귀 갈아줘야겠다. 푹 젖었네. 나중에 전화해, 알았지? 우리가 나중에 전화할게!"

제인이 작별 인사를 할 틈도 없다.

그리고 전화번호도 모르면서 에인절이 어떻게 그녀에게 전화를 할 수 있겠는가?

제인은 다시 한번 아파트에 전화를 걸어 통화 연결음에 귀를 기울인다. 전화벨이 열번 울릴 때까지. 스무번. 서른번까지.

하지만 에인절은 고집이 세다.

제인은 담요 밑에 몸을 파묻고, 마치 몸을 오그라뜨리면 내면의 공포가 줄어들기라도 하리라는 듯 무릎을 가슴에 대고 더욱더 힘주어 끌어안는다. 오늘 아침 에인절과 통화한 후 아파트로 두번 더 전화를 걸어봤지만 아무도 받지 않았다.

일주일 전 제인에게 아테에 관한 진실을 말해주기에 앞서, 리사와 레이건은 먼저 그녀에게 앉으라고 요구했다. 레이건은 그녀의 손을 잡았고, 리사는 제인이 달아나려 할지도 모른다는 듯 문 옆에 서 있었다. 하지만 설사 그녀가 뛰어나간다 한들, 뭘 어쩔 수 있었겠는가?

"스카우터들은 규칙을 따를 만한 사람, 비밀을 지킬 만한 사람, 말썽을 일으키지 않을 만한 사람 같은 유력 후보들을 찾아내는 일에 탁월해." 리사가 말했다.

리사가 이야기하는 동안, 그러니까 사촌의 배신에 대해 듣는 동안, 제인은 이상한 감각에 당황스러웠다. 마치 자신을 보호해주던 모든 것이 떨어져 나가 맨몸으로 남겨진 기분이었다. 잔인한 폭로였지만, 오히려 그로써 그녀의 정신은 맑아졌다. 일리가 있는 얘기였으니까. 아테는 돈 때문이라면 무슨 짓이든 할 것이다.

"네 말이 맞아." 그녀가 레이건에게 말했다. "모든 일이 서로 연결돼 있어."

이제 제인은 상황이 생각보다 더 좋지 않다는 것을 알고 있다. 아말리아가 아프다. 오늘 아침 에인절과 통화한 후 그녀는 미디어실로 부리나케 달려가 인터넷에서 만성 중이염을 검색했다. 치료하지 않고 방치하면 안면 마비를 초래하고, 이내 뇌로 번질 수 있다고 했다! 제인은 즉시 아테가 몇주에 걸쳐 보낸 사진과 동영상 들을 불러내 열어보았다. 수없이 여러번, 모조리 살펴보다가, 최근 사진들에서 아말리아의 안색이 창백해 보인다는 것을 알아차렸다. 동영상에서 아이의 얼굴은 경직돼 보였고 기분도 지나치게 가라앉아 있었다.

다 아테 때문이다. 그동안 사업 계획으로 너무 바빠서 아말리아에게 주의를 기울이지 못한 것이다. 자기 조카딸을 낯선 사람들, 그러니까 미국에 갓 도착해 뭘 해야 하는지도 모르고, 그들 자신이 병에 걸렸는지조차 알지 못하는 필리핀 여자들에게 맡겼다.

하지만 제인 때문이기도 하다. 만성 중이염을 예방하려면 생후 1년 동안 모유 수유를 하는 것이 가장 좋다는 사실을 그녀는 인터넷을 보고서야 알게 되었다. 제인은 그렇게 하지 않았다. 아말리아를 남겨두고 카터 부인에게 갔고, 곧이어 다시 한번 그애를 남겨두고 골든 오크스로 왔다.

제인은 마음속으로 아말리아를 그려본다. 그녀의 상상 속에서 딸아이는 자그마하다. 호스트들이 수업 시간에 억지로 시청하는 동영상에 등장하는 쪼글쪼글한 존재들처럼. 집중 치료실에서 촬영된 존재들, 즉 체온을 유지해주고 자라다 만 폐에 공기를 주입해주는 속이 다 비치는 인큐베이터에 들어 있는 갓난아기들처럼 말이다. 그런 동영상은 호스트들이 배 속의 아기를 돌보지 않을 경우 무슨 일이 일어날 수 있는지에 대한 일종의 경고인 셈이다.

제인은 아말리아를 찾아야만 한다. 배 속에 있는 이 아기뿐 아니라, 자기 딸도 돌봐야 한다. 그녀가 아니면 대체 누가 돌보겠는가?

이브가 콧노래를 흥얼거리며 크림색 카드를 분류해 종류별로 쌓고 있다.

"미즈 유가 절 보자고 하는데요?" 제인은 손목을 젖혀 이브에게 웰밴드 화면에 뜬 미즈 유의 메시지를 보여준다.

"들어가 계세요. 다른 호스트랑 볼일이 끝나가니까 곧 오실 거예요."

제인은 미즈 유의 사무실로 들어가지만 앉지는 않는다. 그녀는 자신이 왜 불려 왔는지 모른다. 혹시 지난주에 레이건과 리사와 나눈 대화에 대해 미즈 유가 알게 된 것은 아닌지 걱정스럽다. 어쩌면 의리라고는 없는 아테가 제인이 불안정하다고, 오늘 아침 에인절에게 소리를 질렀으니 그녀를 잘 살펴야 한다고 보고한 것인지도 모른다.

"마실 것 좀 드릴까요?" 이브가 문간에서 새된 목소리로 묻는다.

제인은 정중하게 거절한다. 그녀는 앞에 놓인 커피 테이블 위에서 작은 돔 모양의 유리 문진을 발견하고 집어 들어, 이브가 자신을 혼자 내버려두고 나가기를 바라며 유심히 살피는 척한다. 유리 안에 갇혀 있는 것은 뉴욕시의 일부분이다. 건물들이 아주 세밀하게 표현되어 있어서, 가슴이 방망이질을 치는데도 제인은 그 솜씨에 감탄하지 않을 수가 없다. 아주 작게 축소된 고층 건물에 뚫려 있는 조그마한 창문들이며, 은빛으로 빛나는 크라이슬러 빌딩의 비늘[1]까지 보인다.

"미즈 유의 결혼식을 위한 거예요. 하객 답례품을 고르시는 중이거든요. 그거랑 티파니 제품 중에서 결정하실 거예요." 이브가 대수롭지 않다는 듯 말한다.

미즈 유가 방으로 들이닥친다. 언제나처럼 머리칼은 목덜미 부근에 느슨하게 틀어 올렸고, 오늘도 안경을 썼다.

"안녕, 제인." 미즈 유가 이브에게 나가보라고 손짓한

1 크라이슬러 빌딩의 독특한 첨탑 부분을 가리킨다.

다. "늦어서 미안해요. 사실은 다른 호스트…… 다른 두 호스트에게 문제가 좀 생겨서요. 모두가 당신처럼 무던한 건 아니네요!"

제인은 문진을 테이블에 다시 올려놓는다.

"그거 어때요?" 미즈 유가 묻는다. 제인이 대답하지 않자, 그녀는 명랑하게 말을 이어간다. "자세히 보면 약혼자와 내가 결혼할 건물도 보여요."

제인은 자세히 보기는커녕 문진 쪽에 아예 눈길도 주지 않는다.

"제발 앉아요, 제인. 내 옆에요." 미즈 유가 옆에 놓인 의자를 툭툭 친다. "몸은 좀 어때요?"

제인은 흔들림 없는 목소리를 유지하려고 안간힘을 쓴다. "좋아요. 아기도 건강하고요."

"그래요, 당신은 정말 잘해내고 있어요." 미즈 유가 말한다. 그녀의 따뜻한 미소는 제인에게 아무 영향도 미치지 않는다. "제인, 내가 당신의 태도와 협조를 얼마나 고맙게 여기는지 알아줬으면 좋겠어요. 리사와 홀리오 일을 알려준 것에 대해 당신에게 분명하게 감사를 표한 적이 없는 것 같더라고요."

제인은 눈을 내리깔고 메이의 손을 바라본다. 그녀의 손가락에는 새 반지가 끼워져 있다. 10센트짜리 동전만 한 푸른색 보석이 박힌 반지다.

"그래서 지금 이 말을 꺼내기가 더더욱 고통스럽네요."

미즈 유가 말을 잇는다. "아말리아의 방문은 취소해야겠어요. 의뢰인이 겁을 먹었어요. 난…… 정말 미안해요, 제인."

제인은 자기 손의 거스러미와 튼 살갗을 유심히 살피며 미즈 유의 눈길을 피한다. 그녀가 자신의 눈 속에서 공포를 볼까 두렵다. 왜냐하면 이 상황은 아말리아가 제인이 걱정했던 것보다 훨씬 더 아프다는 것을 의미할 뿐이니까. 아이는 너무 아파서 여행을 할 수 없고, 그들은 절대로 제인을 아이에게 보내주지 않을 것이다. 그 억만장자 아기가 최우선 고려 사항인데, 병원에는 아픈 사람들과 치료제 없는 온갖 바이러스가 득시글거리니 말이다.

"아─알겠어요." 제인이 속삭인다. 정말로 다 알고 있으니까.

"물론 그렇겠죠. 당신은 정말 직업의식이 투철해요. 호스트들이 다 당신 같으면 얼마나 좋을까요! 내 일이 훨씬 수월할 텐데!"

"고마워요." 제인은 일어선다. 더이상 이 여자와 함께 이 사무실에 있을 수가 없다. "얘기 끝난 거죠?"

"네, 그래요." 제인이 떠나려고 돌아서는 순간, 미즈 유가 제인의 손을 잡는다. 그녀의 눈이 희미하게 빛난다. "아말리아가 당신을 방문할 수 있도록 계속 최선을 다해볼게요. 약속해요. 희망을 버리지 마요."

제인의 목소리는 돌처럼 차갑다. "나는 희망을 버린 적이 없어요."

메이

근황 공지

참조: 베카, 제리, 피오나, 매디, 애나

오늘 아침(동부 시간 오전 4시 30분 ─ 커피가 한잔 더 필요해!) 덩 여사와 근황 전달 통화 완료. 여사는 82번과 84번의 결과에 만족스러워함.

덩 여사 팀이 발의한 의제: 덩 여사의 배아들 중 생존율이 떨어지는 배아들을 더 많이 착상시켜보자고. 96번을 시험 사례로. 하지만 기다려볼 것인지 진행할 것인지에 대해서는 월요일에 모여서 토의합시다. 장점/단점, 각자 의견

제시 준비 요망.

개인적인 생각: 장점은 수익 상승, 의뢰인 만족. 단점은 '착상 성공' 실적 저하가 예상되는데 이는 마케팅과 미래의 의뢰인들에 영향을 줌. 하지만 우리 쪽에서 실적을 '생존율이 높은 배아 착상'과 '제2등급 배아 착상'으로 나누어 정리한다면 어떨지? 아울러, 잠재적인 윤리적 고려 사항들까지 토의 준비 요망.

간략 전달 사항: 84번은 방문 취소 소식을 순순히 받아들임. 병 때문에 취소 불가피.

84번에게 (방문 취소 및 '진드기 사건' 이후의 바른 품행을) 보상해줄 '당근'을 찾아내야 함. 외출 고려 중. 몇가지 아이디어: 콘서트(그녀가 음악을 좋아할지?), 고급 레스토랑(태국 음식을 좋아할지, 중국 음식을 좋아할지?), 연극? 82번을 함께 데려가야 할까? '여자들끼리의 밤나들이'는 어떨지? 동료가 함께 있으면 84번이 더 편안해할 가능성 있음. 관계자들은 그녀를 눈에 띄게 긴장하게 만드니까.

계속 지금처럼 열심히 해줘요.

행운을 빌며,

메이

추신: 월요일의 또다른 안건. 첨부된 연구 논문들을 검
토해보세요. 우리는 지난달 '거시적 관점'에 관한 회의에
서 다음과 같은 추세에 대해 토의한 바 있습니다. 부와 공
감 능력은 서로 반비례한다. 즉 부자일수록 공감 능력은
더 떨어진다. 스탠퍼드와 시카고 대학에서 나온 새로운 연
구 논문들에 의하면 그렇죠. 그런 연구 결과를 우리의 운
영 방식에, 특히 호스트에 따라 의뢰인을 설정하는 방식에
어떻게 반영할지에 관한 브레인스토밍 시간을 가질 테니
준비하세요. 결국 라포르를 형성하기 위해 의뢰인의 대역
을 더 많이 활용하는 게 좋을지 등등.

레이건

"산책 전에 준비운동 하는 거예요?" 데스크 너머의 코디네이터가 묻는다.

레이건이 어리둥절한 듯 그녀를 올려다본다.

"그러다 양탄자에 길 생기겠어요."

그제야 레이건은 자신이 내내 서성거리고 있었음을 알아차린다. 억지로 미소를 짓지만, 그녀의 마음은 캘리에게 가 있다. 그녀가 누구인지, 무엇을 감추고 있는지. **누구를 감추고 있는지**에 말이다.

왜 그녀의 의뢰인은 정체를 감추려고 그렇게 공을 들이는 걸까? 그건 무슨 의미일까?

한 호스트가 데스크로 다가간다. 검은색 머리, 황갈색 피부, 평퍼짐한 얼굴. 그녀를 본 기억이 있지만, 그녀와 아는 사이는 아니다.

"아, 아미타. 잘됐네요. 레이건이랑 짝꿍이 돼도 괜찮
죠?" 코디네이터가 재잘거린다. 그녀는 아미타의 손목을
잡아 웰밴드를 판독기에 대면서, 신선한 공기가 입덧에는
가장 좋은 치료제라는 둥 떠들어댄다.

"머리를 묶고 싶어질 거예요." 코디네이터가 아미타에
게 머리끈을 건네주며 말한다. "포니테일은 재킷 속으로
집어넣고요…… 당신한테 진드기가 달라붙으면 피부색
때문에 찾기가 더 힘들거든요."

코디네이터가 만족을 표하자 레이건과 아미타는 밖으
로 걸어 나온다. 때아닌 추운 날씨다. 아침 내내 비가 내렸
는데, 잠시 한바탕 쏟아지고 나서는 한참 동안 소강상태가
이어지고 있다. 아미타는 방수 재킷의 모자를 끌어당겨 머
리를 더 꼭 감싸지만, 레이건은 얼굴에 느껴지는 습기를
반기며 모자를 휙 벗어버린다.

"이번이 첫 임신이에요?" 캘리가 누구든 간에, 어쨌든
그녀에 대한 생각을 떨쳐버리려고 레이건이 묻는다.

"네." 아미타가 대답한다. 그녀는 자신이 임신 7주째이
며 줄곧 입덧이 심했다고 말한 뒤, 그런 불편이야 굉장히
후한 보수를 주는 굉장히 좋은 일자리를 위해 치러야 할
작은 대가가 아니겠냐고 재빨리 덧붙인다.

"당신은요?" 아미타가 묻는다. 그들은 이제 오솔길을
걸으며 성긴 자갈을 저벅저벅 밟고 있다. 주변의 나무들에

서 물이 방울방울 떨어진다.

레이건은 자신 또한 이번이 첫 임신이고 이미 임신 3기 라고 대답한다. 이야기를 이어가는 동안, 그녀의 배 속이 요동친다.

"당신 배 속의 아기는 어떤 애죠?" 그러면서 아미타가 조심조심 물웅덩이를 피해 돌아간다.

레이건은 그 물웅덩이를 철벅거리며 밟고 지나간다. "이 아기는—"

그녀가 멈칫한다.

그녀의 배 속 아기는 어떤 애일까?

불과 일주일 전만 해도 레이건은 그 답을 알고 있었고, 자랑스럽게 알려줬을 것이다. 내 배 속에는 캘리의 아들이 있어요. 그애는 똑똑하고, 고집 세고, 약간 엉뚱하죠. 매일 나는 그애가 잘되기를, 그러니까 건강하고 정직하고 강인 하기를, 골칫거리와 추악한 일들과 인종차별주의적인 경 찰들을 피할 수 있기를, 세상을 바로잡는 데 자신의 많은 재산을 사용하기를 각양각색의 수많은 방법으로 수없이 빌어요. 일테면, 산허리의 돌무더기 같은 소원의 탑에 대 고 말이죠.

하지만 레이건이 정말로 알고 있는 게 뭐라도 있기는 있 는 걸까? 그녀는 자신이 어떤 아기를 배 속에 품고 있는 지, 심지어 남자아이인지 여자아이인지조차 장담할 수 없 다. 피부색이 검은지 하얀지 푸르스름한지. 고집이 센지

460

유순한지, 똑똑한지 멍청한지. 자수성가한 백만장자의 자식인지 몹시 잔인한 독재자의 자식인지. 아니면 폭탄 제조로 부유해진 억만장자나, 몇백만명이 병을 앓고 있는데도 전용 제트기를 사려고 생명을 구할 의약품 가격을 대폭 인상한 번지르르한 제약 회사 사장의 자식인지. 아니면 자기 딸들을 학교에 보내지 않으려 하고, 말랄라[1]가 머리에 총을 맞았을 때 크게 기뻐한 중동의 전제군주인지. 아니면 무지한 플로리다주 주민들에게 불량 주택 저당채권을 팔고 그들이 집을 압류당할 때 자신은 카리브해의 섬을 산, 정치자금을 많이 내는 금융업자인지 말이다.

그녀는 아기의 어머니가 '캘리'가 아니라는 사실만 알고 있을 뿐, 더이상은 알아낼 방도가 없다. 왜냐하면 리사는 떠났고, 레이건은 제인 외에는 농장의 어느 누구도 믿지 않기 때문이다.

웃음소리가 호탕하고 레이건이 심하게 웃다가 눈물을 흘릴 정도로 저속한 농담을 쏟아내던 '캘리'. 어렵사리 엄마에게 미국 최고의 알츠하이머 전문의의 진찰 예약을 잡아주고, 아버스 사진집을 사서 사랑과 감사를 담아라고 적어 레이건에게 건네던 '캘리'.

그것이 과연 그녀의 친필이기는 했을까?

---

1 Malala Yousafzai(1997~). 2014년 역대 최연소 노벨 평화상 수상자. 여성이 학교교육을 받을 권리를 주장하다가 2012년 10월 탈레반에게 피격되어 머리에 총상을 입고 사경을 헤맨 바 있다.

대체 어떤 부류의 인간이 그런 걸 속인단 말인가?

아미타는 여전히 레이건의 대답을 기다리고 있다. 다람쥐 한마리가 그들이 걷는 오솔길을 쏜살같이 가로질러 나무 위로 올라간다. "당신 의뢰인이 아기 성별을 깜짝 선물로 남겨둔 건가요?"

"그래요." 레이건은 속이 메스꺼워지는 것을 느끼며 말한다. "내 의뢰인은 깜짝 선물을 좋아해요."

아미타와 레이건이 농장에서 200미터쯤 떨어진 곳까지 갔을 때 비가 오기 시작한다. 부슬비였다가 곧 폭우가 되고, 멀쩡던 하늘이 더러운 흰색으로 변한다.

"돌아가도 될까요?" 아미타가 갑자기 세차게 불기 시작한 바람에 맞서 힘을 주고 버티며 묻는다.

"그럼요."

아미타는 자갈길과 잔디밭을 쏜살같이 가로질러 진찰실에서 가장 가까운 뒷문으로 달려간다. 문간에 이른 그녀가 레이건에게 서두르라고 외친다.

빗줄기가 더 거세지지만 레이건은 걸음을 재촉하지 않는다. 모자를 벗은 채 재킷이 바람에 날리도록 지퍼를 열어둔다. 세상이 굵은 빗줄기 사이로 흐릿해 보이고, 물줄기들이 그녀의 목을 타고 빠르게 흘러내린다. 고무줄을 풀어버리자 머리카락이 마치 해초처럼 흠뻑 젖어 뒤엉킨 채 길게 늘어진다.

한 코디네이터가 안절부절 어쩔 줄 몰라하며 처마 밑에서 레이건을 기다리고 있다. 문을 열어 잡고 있다가 레이건을 안으로 밀어 넣으며 꽥꽥거린다(서둘러요! 아기는 어쩌라고! 흠뻑 젖었잖아요!). 마치 약간만 젖어도 아기에게 해가 된다는 듯. 아기는 이미 양수에 잠겨 조금씩 떴다 잠겼다 하고 있는데 말이다. 코디네이터는 요란하게 한숨을 쉬며 레이건에게 수건과 가운을 건넨다. 레이건의 웰밴드를 판독기에 대고, 몸을 말리라며 그녀를 진찰실 중 한 곳으로 보낸다.

진찰실은 바깥보다 훨씬 더 춥다. 레이건은 흠뻑 젖은 옷을 바닥 위에 한데 뭉쳐 놔둔다. 가운은 걸치지 않는다. 젖은 잎사귀에서 빗방울이 떨어지듯, 그녀의 번들거리는 몸에서 물이 똑똑 방울져 떨어진다. 몸을 쭉 펴고 드러눕자 진찰대의 뻣뻣한 가죽 위에 물이 고인다.

그녀는 머리 위에 매달린 모빌을 빤히 쳐다본다. 빨간색 타원형 장식과 검은색 소용돌이 장식 들. 배 속에서 아기가 움직이고, 그녀는 캘리를 만난 후 처음으로 그 남자아이에게 애정을 느끼지 못한다.

이것에게.

아기가 정말 남자아이일까? 아니면 초음파검사마저도 연출된 것이었을까?

앤 누구의 아기일까?

그리고 만일 그것이, 그 모든 것이 가짜라면, 그녀가 느긴 구역질, 편두통, 요통, 부어오른 발, 아기의 심장박동 소리를 처음 들었을 때 흘린 눈물이나 발길질이 강해졌을 때 차오르던 자부심의 의미는 무엇일까?

판단을 내리는 동안 레이건의 심장박동이 점점 빨라진다. 기대감이 둥둥 울려 퍼지는 소리다. 왜냐하면 그녀는 이제 무엇이 옳은 일인지 알고 있기 때문이다.

그녀는 제인을 도울 것이다. 제인이 자기 딸을 찾는 일을 도울 것이다.

계약을 위반해 소송을 당하고 보너스를 한푼도 남김없이 잃게 된다 해도 상관없다. 그녀는 농장이나 미즈 유나 제인의 억만장자 의뢰인이 그저 어린아이에 불과한 아말리아를 인질로, 혹은 지렛대로 이용하게 내버려두지 않을 것이다. 처벌이나 보상으로 이용하게 두지 않을 것이다.

"몸은 좀 어때요, 레이건?" 간호사가 묻는다. 조수가 그 뒤를 천천히 따라 들어오며 문을 닫는다.

레이건은 대뜸 다리를 벌린다. "춥고 젖었지만, 아주 좋아요. 고마워요."

레이건은 평온하게 미소 짓는다. 그녀도 이렇게 할 수 있다.

"바로 그거예요!" 간호사도 미소를 지어 보인다. 그녀가 레이건의 발목에 손을 얹지만, 레이건은 움찔하지 않는다. 간호사가 레이건 쪽으로 몸을 숙여 색이 옅은 눈으로 그녀의 차가운 피부를 재빨리 훑어보는 동안, 그녀는 다리를 더욱 활짝 벌린다.

도서관은 따뜻하고, 추수감사절을 상기시키는 장작 타는 소리와 매캐한 연기 냄새가 난다. 그녀는 손목시계를 확인한다. 아미타와의 산책과 그 끔찍한 진드기 검사가 끝나고, 레이건은 제인을 찾아갔다. 당장 작전을 세우고 싶었지만 제인은 매주 한번씩 받는 산전 마사지에 늦은 참이었다. 레이건은 아말리아가 많이 아프고, 그들에게 시간이 많지 않다는 말만 간신히 들을 수 있었을 뿐이다.

"하루빨리 내 딸을 찾아내야 해." 제인이 그렇게 속삭이자마자 한 코디네이터가 나타나더니 마사지사를 기다리게 했다며 그녀를 몹시 나무랐다.

레이건은 불을 빤히 쳐다본다. 가장자리가 붉게 소용돌이치며 타오르는 불길.

어떻게 해야 제인을 최대한 빨리 농장에서 내보낼 수 있을까? 돈도 없고, 교통수단도 없는데? 게다가 웰밴드가 일거수일투족을 추적하고 있는데?

그녀는 외부에 있는 누군가의 도움 없이 그 일을 해낼 방법을 알지 못한다. 메이시라면 안성맞춤일 것이다. 그녀라면 이 기회를 덥석 잡고도 남는다. 하지만 어떻게 미즈 유의 귀에 들어가지 않게 메이시와 연락할 수 있을까? 미디어실에서 거는 전화와 발송하는 이메일은 모두 기록으로 남는다. 외부로 메시지를 보낼 다른 방법은 없다(정말 다른 수가 없을까?).

　유일한 답은 농장 내부에서 그들을 도와줄 사람을 찾아
내는 것이다. 레이건은 가능성이 있을 법한 사람들을 하나
하나 손꼽아본다. 코디네이터, 간호사, 주방 직원, 청소부,
부지 관리인, 경비원, 간호조무사, 안내원. 수많은 사람들
이 있지만 그녀는 그들 중 어느 누구도 알지 못한다. 도움
을 요청할 만큼 확실히 잘 알지는 못한다.

　그렇게 오랫동안 농장에서 지냈는데, 어떻게 호스트가
아니되 그녀를 조금이라도 알고 그녀에게 따뜻한 마음을
느끼는 유일한 사람이 미즈 유일 수 있는 걸까?

　게다가 미즈 유는 거짓말쟁이인데.

　불현듯 레이건은 리사가 몹시 그립다. 그녀의 거친 입담
과 불손한 언행이 그립다. 기분 나쁘게 굴고, 인정머리 없
고, 무례하며, 농장에 있는 수많은 사람들의 심기를 건드
리는 리사. 하지만 이곳에 친구가 있는, 그녀를 위해 위험
을 무릅쓸 진짜 친구들이 있는 리사. 호스트가 아닌 다른
친구 말이다. 단지 섹스 공세를 통해서만 얻은 친구는 아
니다. 물론 그런 일이 있었던 게 사실이기는 하지만.

　리사라면 누구를 믿어야 할지 알 것이다. 하지만 그녀는
가고 없다. 사흘 전 레이건이 운동 수업을 듣는 사이 리사
의 거짓말쟁이 의뢰인이 그녀를 갑자기 뉴욕으로 데려가
버렸다. 레이건은 작별 인사도 하지 못했다. 리사가 이미
예견했던 일이다. 농장은 작별 인사 시간을 싫어하니까.

감정에 휘둘리기 십상인 호스트들 때문에 지나치게 일이 커지고 복잡해진다는 것이다.

레이건은 계시가 내리길 바라며 손으로 얼굴을 감싼다. 머리가 아플 정도로 열심히 고민하면서, 아빠가 옳은 게 아닐까, 그러니까 자신이 추상적인 의미에서 인류애를 들먹일 뿐 실재하는 개인들에게는 별로 관심이 없는 유형의 사람은 아닐까 생각해본다. 아빠는 항상 그녀에게 사람들을 불쌍하게 여기는 것은 그들을 사랑하는 것과 같은 것이 아니며, 그들을 돕는 것과는 더더욱 다른 얘기라고 말한다.

하지만 적어도 그녀는 노력한다. 적어도 신경을 쓰기는 한다.

레이건은 도망치듯 방으로 간다. 실현 가능성이 있는 안들을 적어둘 필요가 있다. 그녀는 지면에 적힌 것을 볼 때 더 생각을 잘한다. 엄마가 학교 시험에 대비해 학습 카드 만드는 법을 가르치면서 말하곤 했듯이, 그녀는 시각형 학습자다.

레이건의 침대 위에 이 지역 극장의 광고지와 함께 쪽지 하나가 놓여 있다. 미즈 유가 보낸 그 쪽지에는 캘리가 레이건과의 외출에 대해 "정신없이 떠들었으며", 레이건을 또다른 외출에 초대한다고 적혀 있다. 며칠 후 그레이트 배링턴[2]에서 상연될 연극 「마이 페어 레이디」다.

갈래요? 그렇게 적혀 있긴 하지만, 그것은 초대가 아니라 명령이다.

레이건은 쪽지를 내던지고 침대에 앉는다.

극심한 공포가 밀려들기 시작하고, 검은 새가 날개를 펄럭인다.

그녀는 침대맡 테이블 서랍을 홱 잡아당겨 흐트러진 종이며 나뒹구는 펜들 사이를 샅샅이 뒤져 공책을 찾아낸다. 자신이 최근 정리한 목록들로 뒤덮여 있는 페이지들을 획획 넘겨본다. 앞부분은 아빠 말에 따르면 "미술 시장 및 문화 경영" 분야에 강하다는 경영 대학원들의 목록이고, 그다음은 사진학 분야에 강하다는 미술 석사 프로그램들에 관한 메모다.

그녀는 공책의 비어 있는 첫 페이지로, 아니 비어 있어야 할 첫 페이지로 되돌아간다. 하지만 첫 페이지는 비어 있지 않다.

그녀의 필체가 아닌 글씨다. 파란색 잉크로 이렇게 휘갈겨져 있다.

무한한 고투 40

리사의 필체, 리사의 농담. 레이건은 농장에 있는 내내 그 책을 마저 다 읽으려고 애쓰는 중이다.

"진정한 나르시시스트만이 자신에게 흥미로운 이야깃거리가 그렇게 많다고 생각하는 법이야." 리사는 그런 말

---

2 미국 매사추세츠주 버크셔 카운티에 위치한 마을.

468

로 그녀를 약 올리곤 했다.

레이건은 콩닥거리는 가슴으로 창가로 걸어가 커튼을 친다. 책꽂이에서 『무한한 흥미』를 집어 든다. 잠시 동안 그저 손바닥을 구겨진 파란색 표지에 가만히 대고만 있는다.

그녀는 심호흡을 하며 40면을 펼친다. 리사가 여백에 연필로 웹사이트 주소를 하나 적어놓았다. 그 옆에는 이렇게 적혀 있다. 댓글들? 41면에는 또다른 웹사이트 주소가 있다. 사진 촬영에 관한 웹사이트. 조기 발병 치매에 관한 웹사이트. 레이건이 자세히 읽어볼 법하고, 어느 누구의 주의도 끌지 않고 댓글을 달 수 있는 웹사이트들이다.

레이건은 책을 덮어 가슴에 끌어안고는 그 연극을 떠올린다. 이게 통할까? 그녀는 오늘 하루 처음으로 미소를 짓는다.

제인

　미즈 유가 제인에게 「마이 페어 레이디」에 대해 이야기하고 있다. 연극이기는 하지만 뮤지컬로 유명해졌다고. 정확히는 미즈 유가 제일 좋아하는 여배우가 주연을 맡은 할리우드 전성기의 뮤지컬 영화로 말이다. 오드리 누구라나. 그녀는 우아미의 전형이었다고. 하지만 그러다가 다른 이야기로 빠진다! 미즈 유는 골든 오크스에서 멀지 않은 버크셔스에 있는 한 소극장의 지역 제작 연극에 대해 이야기하고 싶어한다……

　내키지 않아도 미즈 유가 하는 말을 놓치지 않으려 애쓰고는 있지만, 오늘 제인의 마음은 마치 한마리 파리 같다. 허공을 획획 맴돌다 내려앉았다가도 결국 윙윙거리며 다시 날아오르고 만다. 그녀는 자신이 미즈 유의 사무실로 불려 온 이유를 알지 못한다. 조심스럽게, 아무것도 예상하지 않지만, 동시에 무슨 일이든 일어날 수 있다고 예상한다. 제인은 미즈 유가 어떻게 해서든 자신의 변화를 감지해낼까봐 두렵다. 자신이 내면적으로 완전히 다른 사람이라는 것을 알아차릴 것만 같다.

움찔하며 제인은 주의를 기울이라고 했던 레이건의 말을 떠올린다. 미즈 유가 말하는 내용이 중요할지도 모른다. 어째서 그렇다는 것인지 그녀로선 알 수 없지만, 친구를 믿고 억지로 귀를 기울인다. 미즈 유는 이제 그 지역의 온갖 극단들에 대해 이야기하는 중이다. 셰익스피어의 작품에 주력하는, 믿기 어려울 만큼 굉장한 어느 극단을 포함해서 말이다. 하지만 셰익스피어의 작품은 고어古語로 되어 있기 때문에 제인이 이해하기에는 너무 어려울지 모르겠다고 그녀는 덧붙인다.

제인은 아테와 에인절에 대해 생각하지 않으려고 노력한다. 만약 괴로워하는 모습을 보이면 의심을 살 수도 있다고 레이건이 경고했기 때문이다. 하지만 그러기가 쉽지 않다. 에인절이 골든 오크스에 대해, 골든 오크스와 아테의 관계에 대해 얼마나 많이 아는지, 그리고 에인절 역시 제인을 끌려다니는 양처럼 순종적인 사람이라고 생각하는지, 궁금증을 억누를 수가 없다.

무엇보다도 제인은 아테가 언제 자신을 거래 상품으로 결정했는지가 궁금하다. 신생아 보모 일을 어쩔 수 없이 그만둔 후 몇달이 지나서였을까? 아니면 그보다 전이었을까? 제인에게 빌리를 떠나라고 충고하고, 심지어 제인의 숙박비까지 지불하면서 퀸스의 합숙소로 이사하는 것을 도와줬을 때, 아테의 행동은 선의에서 나온 것이었을까? 아니면 더 큰 계획의 일부였을까?

제인은 자제력을 잃는 것이 두렵다. 한밤중이면 그녀는 공기청정기의 윙윙거리는 소리 외에는 모든 것이 고요한 방에서 베개에 얼굴을 깊숙이 파묻은 채 추한 모습으로 격렬하게 울부짖는다. 때로는 공포가 너무 커서 눈물도 흘리지 못한다. 생명을 유지하는 데 꼭 필요한 무언가가 몸에서 뜯겨 나간 양 몸을 바짝 웅크린 채 괴로워하며 조용히 흐느낄 뿐이다.

이럴 때면 눈앞에 아말리아가 보인다. 아이 위쪽에 우뚝 서서 서성거리는 간호사들도. 그들은 저마다 아테의 얼굴을 하고 있다. 아이를 돌봐주는 사람들이 아니라 아테의 얼굴을 한 감시원들이다.

어리고 불안정하며 사랑에 빠져 멍청했던 제인이 캘리포니아를 떠나 빌리와 함께 라과디아 공항에 도착했을 때 그녀를 맞아주었던 아테. 고등학교를 마치지 않았다고 꾸짖고, 그녀가 더 잘할 수 있을 거라 믿었던 아테.

"내 생각엔, 당신이 그걸 정말 마음에 들어할 거 같아요." 미즈 유가 말한다.

제인의 눈길이 미즈 유에게 휙 쏠린다. 무엇을 정말 마음에 들어할 거라는 얘기일까? 그리고 미즈 유가 그런 걸 어떻게 알지?

"그 이야기에 공감하게 될 거예요." 미즈 유가 말을 잇는다. "주인공인 일라이자 둘리틀은—정말 멋진 이름 아닌가요?—자기 힘으로 세상을 헤쳐나가거든요. 앞날이 어두운 삶에서 밝은 삶으로 나아가죠. 당신이 하고 있는 그대로요." 미즈 유는 찻잔을 입으로 가져가며 마치 대답을 기다리고 있다는 듯 눈썹을 치세운 채 제인을 쳐다본다.

제인은 적절한 반응인지 확신하지 못한 채—왜 주의를 기울이지 않았을까?—이렇게 말한다. "흥미로운 이야기인 것 같네요."

"그럼 당신도 내일 함께 갈 거죠?"

제인은 망설인다.

"레이건도 자기 의뢰인과 함께 그 공연에 갈 거예요. 대단할 건 없어도 재미있겠죠. 여자들끼리의 외출이니까요."

제인은 호기심이 동한다. 미즈 유가 무언가 도움이 될 만한 말을 할지도 모른다고 했을 때, 레이건은 이런 걸 의미했던 걸까? 이게 레이건 계획의 일부인가?

그녀는 자기 눈 속에 비친 혼란스러운 마음을, 두려움과 아주 순식간에 스쳐 지나가는 반항 섞인 희망을 감추려고 눈을 내리깐다. "감사해요, 미즈 유. 저한텐 처음 보는 연극이 되겠네요."

"내가 좋아서 하는 일인데요 뭐." 미즈 유가 말한다. 그녀의 목소리가 부드러워진다. "제인, 우리가 아말리아의 방문을 연기해야만 했던 일이 난 아직도 너무나 속상해요. 그 무엇으로도 그애에 대한 애타는 그리움을 보상해줄 수는 없다는 걸 알지만, 이 외출로 당신이 하룻밤만이라도 만사 다 잊고 한시름 놓기를 바라요."

제인은 아직도 눈길을 돌리고 있다. 마치 그 연극이 딸을 지워버리기라도 할 것처럼.

그녀가 조용한 목소리로 대답한다. "아말리아에 대해서는 걱정하지 않아요. 사촌인 에벌린이 돌봐주고 있으니까요. 사촌은 최고의 신생아 보모예요. 에벌린 아로요요."

제인은 아테의 이름을 말하면서 미즈 유의 눈을 들여다본다.

미즈 유는 눈 한번 깜박이지 않고 태연하게 제인을 응시한다. 얼굴 가득 미소가 번지더니 곧 그녀가 이렇게 외친다. "아말리아의 방문 일정이 다시 잡혀서 마침내 그분을 만나게 될 날이 몹시 기대되네요!"

제인은 믿을 수 없다는 표정으로 미즈 유를 응시한다. 그 환한 미소, 그 사악한 입에서 연이어 흘러나오는 자연스러운 거짓말들. 이런 사람이 제인에게 딸을 보여줄 리가 없다. 그 억만장자의 아기를 안전하게 출산하고 나서야 허락하리라. 그리고 그때쯤이면 너무 늦어버렸을지도 모른다.

나중에 레이건은 냉정을 잃지 않았다며 제인을 칭찬한다. 그녀는 거의 현기증이 날 만큼 들떠서 목욕 가운 차림으로 자기 방을 겅중겅중 뛰어 돌아다니며 제인에게 그 연극이 바로 자신의 생각이었다고 설명한다. 자기 계획의 일부라고 말이다. 어떻게든 제인을 농장 밖으로 빼내야 했던 것이다. 어제 미즈 유에게 제인을 초대하자고 제안했을 땐 과연 미즈 유가 미끼를 물지 알 수 없었다.

"그런데 그녀가 덥석 문 거야!" 레이건이 환성을 지르며 열광적으로 껑충껑충 지그 춤¹을 추다가, 마침내 창가의 흔들의자에 앉는다.

"너도 같이 있는 거지?" 제인이 부르르 몸을 떨며 말한다. 더운 날씨에도 불구하고, 그녀는 미즈 유의 사무실을 떠난 이후로 줄곧 추위를 느낀다.

"내 가짜 의뢰인이랑 함께."

"그러고 나서는……?"

"글쎄, 그건 아직 결정을 못 내렸어. 하지만 널 농장 밖으로 빼내는 게 1단계야. 가장 어려운 단계지." 레이건이 선언하듯 말한다.

제인은 심장이 곤두박질치는 것 같다. 이게 계획이라고? 연극을 보러 가는 게?

---

1 18세기 이후 아일랜드에서 유행한 민속춤. 상체는 꼿꼿이 세운 채 발을 재빨리 놀려 즉흥적으로 경쾌하게 춘다.

레이건이 제인의 표정을 보고 급히 옆으로 달려온다. "걱정 마, 제인. 내가 지금 미디어실로 가서 리사에게 연락할 거야. 시간이 많지는 않지만, 리사는 우리보다 훨씬 앞서 있어. 캘리와 네 사촌에 대해 알아낸 이후로 줄곧 일종의 탈출을 위한 토대를 마련해왔다고. 걔 편집증적인 거 알잖아. 게다가 이곳을 몹시 싫어하고."

제인은 낙관하는 척 레이건과 함께 미소를 짓는다. 그러곤 점점 더 커져가는 절망과 함께 친구가 옷을 입는 모습을 지켜본다. 물론 자신을 도우려는 친구가 고맙긴 하다. 하지만 양말을 신으며 콧노래를 부르는 그녀의 모습을 지켜보자니, 레이건이 지나치게 낙관적인 건 아닌지, 모든 일이 결국 다 잘 풀릴 거라고 지나치게 믿는 건 아닌지 걱정스럽다. 또한 이제 의뢰인들로부터 해방되고 출산으로 보너스를 받아 부유해진 리사도 걱정스럽다. 미즈 유가 아주 똑똑하다는 것, 모든 것을 알아차린다는 것을 이미 잊어버린 게 아닐까?

제인이 도망치면, 그들이 그녀를 잡지 못할까?

그리고 만약 그들에게 잡히면, 그다음엔 어떻게 되는 걸까?

"이제 가볼게." 레이건이 의기양양하게 말한다.

"명심해. 그들은 네가 보내는 이메일을 다 읽을 수 있어." 제인이 경고한다.

"그냥 인터넷 검색만 할 건데 뭐. 몇몇 웹사이트에 댓글이나 조금 달고⋯⋯" 레이건이 문손잡이에 한 손을 얹고 제인을 돌아본다. "이 일은 잘될 거야. 딱 느낌이 와. 넌 곧 아말리아를 만나게 될 거야."

제인은 배 부위의 단추가 가까스로 잠겨 있는 스웨터를 끌어 내린다. 그녀는 원피스를 입었다. 레이건이 그것을 입게 했다.

"제인, 신이 난 것처럼 보여야 해. 네가 이걸⋯⋯ 이 '특별 선물'을 잔뜩 기대하고 있다고 미즈 유가 믿어야 한단 말이야." 레이건이 립스틱을 들고 제인 쪽으로 몸을 수그리며 주의를 준다.

레이건이 그녀의 입술을 칠하기 시작했기 때문에 제인은 대답을 할 수가 없다.

"미즈 유를 방심하게 만들어야 해. 연극 보는 게 처음이랬지? 그 점에 몹시 흥분한 것처럼 굴어. 안 그러면, 이 일은 다 망하는 거야. 이런, 젠장." 레이건이 립스틱을 떨어뜨린다. 그녀의 손이 덜덜 떨린다. 그녀 역시 신경이 곤두서 있는 것이다.

"그렇게. 잔뜩 기대하는 척할게." 립스틱을 줍는 레이건의 모습에 애정이 솟구치는 것을 느끼며 제인은 힘주어 대답한다.

"그리고 고마워하는 척해. 미즈 유는 감사받는 걸 엄청 좋아해." 레이건이 제인의 얼굴을 찬찬히 살핀다. 제인은 어색해서 꼼지락거린다.

"예쁘다." 레이건이 결론짓듯 말하고는 화장품 가방에서 옅은 색 크림 한통과 옅은 색 파우더 한통을 꺼낸다. "하지만 좀 피곤해 보이네. 가만히 있어봐. 눈이 더 환해 보이도록 해줄게."

레이건이 새끼손가락으로 그녀의 눈 밑에 크림을 톡톡 두드려 바르며 다크서클을 지우려 애쓰는 동안 제인은 꼼짝도 않는다. 제인은 밤새도록 그 계획을 이모저모 생각해보았다. 자신에게 정말 그런 위험을 감수할 용기가 있을까? 그게 정말 잘될까? 하지만 이내 아말리아가 떠오르고 자신에 대한 걱정이 딸의 안위에 대한 공포로 확대되었다. 시간이 점점 촉박해지는 탓이었다.

그녀가 이 사실을 아는 건, 어제저녁 마지막으로 한번 더 아테에게 연락을 시도해봤기 때문이다. 레이건과 오랫동안 밀담을 나누고 필리핀인 호스트들과 함께 앉아 겨우겨우 목구멍으로 저녁식사를 넘긴 뒤 초저녁 때였다. 그녀는 후식을 먹기 전 슬그머니 자리를 떠 미디어실로 갔다. 대부분의 호스트들이 아직 식사 중이거나 할리우드의 유명 배우 두명이 출연하는 로맨틱코미디가 상영되는 영화 감상실로 가는 중이라 미디어실은 비어 있다시피 했다.

한 칸으로 가 아테의 번호로 전화를 걸었지만, 전화는 음성사서함으로 넘어가버렸다. 에인절에게 걸어봐도 결과는 마찬가지였다. 그 순간 퀸스의 합숙소로 연락해봐야겠다는 생각이 떠올랐다. 왜 진작 이 생각을 못했지? 그녀는 침실로 달려가 침대맡 테이블에 보관해둔 수첩에서 그곳 전화번호를 찾았다.

고작 두번 벨이 울리고 나서 누군지 알 수 없는 한 남자가 전화를 받았다.

"마닐라에서 걸려 올 전화를 기다리는 중인데." 그가 조바심을 내며 말했다.

"에인절이랑 일분만 통화하면 돼요. 에인절 칼라파티아요. 그 사람 아세요? 그러니까—"

제인이 미처 말을 끝내기도 전에 남자가 끼어들었다. "에인절은 퀸스 병원에 갔어요."

"에인절이 아픈 거예요?" 제인은 심장이 멎는 느낌이었다.

"아니, 아니." 남자는 몹시 짜증을 내며 대답했다. "아기를 데리고 갔어요. 그 어린 여자아이—아아, 전화가 왔어요. 내 사촌이—"

어떻게 전화를 끊었는지는 기억나지 않는다. 레이건의 방에 어떻게 갔는지도 기억나지 않는다. 그녀는 불쑥 그 방에 들어가 레이건에게 무턱대고 물었다. "이게 정말 잘될 거라고 믿어?"

레이건은 그렇다고 대답했다. 그것으로 충분했다.

극장은 작지만 아름답다. 그들은 두번째 줄 중간에 앉는다. 통로와 가장 가까운 자리에 미즈 유, 그 옆에 제인, 그리고 레이건의 의뢰인과 레이건 순서다. 그들 앞쪽 한단 낮은 작은 단상에는 한 무리의 음악가들이 자리 잡고 있다. 그들은 마치 빵 껍질을 옹기종기 둘러싼 새들처럼 반원형으로 모여 있다. 거대한 진홍색 막이 무대 전면에 묵직하게 펼쳐져 있다. 제인은 그 막 뒤의 야단법석을 상상해본다. 배우들이 살금살금 발끝으로 걸어 각자의 자리로 가고, 도우미들은 소품을 들고 이리저리 뛰어다닐 것이다.

제인은 덥지도 않은데 공연 안내지로 부채질을 한다. 덕분에 무언가 손으로 할 일이 생긴다. 천장을 힐끗 올려다보니 복잡한 무늬가 새겨진 흰색과 금색의 벽면에 커다란 상들리에 세개가 마치 별처럼 매달려 있다.

"설레요?" 미즈 유가 제인의 팔을 꽉 잡으며 묻는다.

"네. 고마워요, 미즈 유." 제인은 애써 활기찬 목소리를 낸다.

"당신에게 처음으로 연극 구경을 시켜주게 되다니 정말 기뻐요. 참, 당신 정말 멋져 보이네요!"

한 코디네이터가 나타나—코디네이터 두명이 별도의 차를 타고 이 극장에 와 있다—미즈 유의 귀에 대고 무언가를 속삭인다. 제인은 엿들을 의도가 없음을 분명히 하려고 고개를 돌린다. 옆에서는 레이건의 의뢰인이 레이건에게 숨죽인 목소리로 무어라 말하고 있다. 제인에게 자신을 캘리라고 부르라고 한 그 의뢰인이 갑자기 낮고 목쉰 듯한 소리로 웃음을 터뜨리고, 제인은 다시 한번 리사의 정보에 일말의 의혹을 느낀다. 너무나 착하고, 다른 사람까지 웃고 싶게 하는 웃음소리를 내는 이런 여자가 가짜일 수 있을까?

불빛이 희미해지기 시작한다. 누군가가 기침을 한다. 그들 앞쪽의 움푹 팬 오케스트라석에서 한줄기 음악 소리가, 처음에는 바이올린 독주로, 이내 합주로 두둥실 흘러나온다. 막이 열린다. 제인은 미즈 유의 눈길을 느끼고 얼굴에 살짝 미소를 짓는다.

가슴이 철렁 내려앉는다. 이제 시작이다.

무대는 꽃으로 가득하다. 손수레 속의 꽃, 통 속의 꽃. 흩뿌려져 있는 꽃. 꽃 파는 가판대 뒤편에는 석조 건물들이 있는데, 보나 마나 그림이지만 꼭 진짜 같고, 그 뒤에는 하늘이 있다. 먹물이 번진 듯한 회색 하늘이다. 한 여자가 소리치며 꽃을 팔고 있다. 정장 차림에 실크해트를 쓴 남자가 우연히 그녀를 만나고, 둘이 이야기를 나누기 시작한다. 제인은 기이하게도 그 모든 것에, 무대 위의 환한 세상을 바라보며 어둠속에 앉아 있다는 사실에 충격을 받는다. 그리고 그 모든 꽃에도.

갑작스럽게 엄청난 불안이 그녀를 사로잡는다. 마치 무대 위에서 자기들의 일을 하는 배우들이 아닌 그녀 자신이 비현실적인 존재이기라도 한 것 같다. 레이건의 이 은밀한 계획도 연기의 일부인 것만 같다. 모든 것이 비현실적이고 믿기 힘들다.

한시간 뒤 그녀가 과연 극장 문을 열고 나가 사라져버릴 엄두를 낼 수 있을까?

"줄거리를 따라가고 있는 거예요?" 미즈 유가 몸을 바짝 기대며 속삭인다.

제인은 자신이 내내 얼굴을 찡그리고 있었음을 깨닫는다. 그녀는 인상을 펴고 미즈 유를 돌아보며 혼란스러운 척한다. "저 남자들이 누군지 잘 모르겠어요."

미즈 유가 무대 위에서 일어나고 있는 일을 낮은 목소리로 설명한다. 남자들은 부유하고 많이 배웠으며, 꽃 파는 아가씨는 가난하고 무식하다. 남자들이 그녀를 나아지게 하려고 노력할 것이다.

제인은 미즈 유에게 감사를 표하고 앞을 똑바로 주시한다. 집중하려고 노력해보지만 한마디도 귀에 들어오지 않는다. 배 속의 태동과 함께 두려움만 커져갈 뿐이다.

관객들이 킥킥거리면, 제인도 킥킥거린다.

관객들이 황홀해하면, 제인도 황홀해한다.

몇분이 흐르고, 다시 몇분이 더 흐른다. 제인의 심장이 더 빨리 뛴다. 틀림없이 중간 휴식 시간이 얼마 남지 않았다. 그녀는 마치 꿈속에 갇힌 것 같은 기분이다. 손바닥에 손톱을 박아 넣고, 이어 찌르는 듯한 세찬 고통이 느껴지도록 훨씬 더 힘껏 박아 넣는다.

갑작스럽게 깜깜해지더니 주변에서 박수가 터진다. 잠시 후 불이 켜지자 모든 것이 달라져 있다. 음악가들이 있던 오케스트라석 바닥에는 악보 한장이 펼쳐진 채 버려져 있고, 통로는 이미 사람들로 가득 차 있다. 길고 빨간 막이 하나의 세상을 삼켜버린 것이 놀랄 일도 아니라는 듯, 부드럽게 웅성대는 일상적인 대화 소리가 들린다.

제인은 레이건의 시선을 끌려고 해보지만, 친구는 캘리와 이야기를 나누는 중이다. 제인은 그녀의 말이 지나치게 빠르다는 것을 알아차린다. 레이건은 불안할 때면 늘 그러듯 머리카락 한가닥을 비비 꼬고 있다.

"그래, 어땠어요?" 미즈 유가 묻는다.

"정말 좋네요. 데려와줘서 고마워요." 그렇게 말하지만 목소리가 덜덜 떨린다. 자신이 벌써부터 계획을 망치는 것 같아 그녀는 겁을 먹으며 눈을 내리깐다.

다행스럽게도 미즈 유는 오해를 한다. 그녀가 제인의 어깨에 한 팔을 두르고 살짝 끌어당기며 부드럽게 말한다. "나한테 고마워할 필요 없어요, 제인. 당신은 이럴 자격 있어요. 오늘밤만큼은 걱정거리들은 다 잊어버려요."

제인은 자기 무릎만 물끄러미 내려다본다.

"레이건은 화장실에 가야 해요!" 캘리가 미즈 유에게 임신 3기의 방광 문제에 대해 농담을 던지며 그렇게 말한다.

"저도요." 제인이 말한다. 그녀의 목소리는 단호하다.

미즈 유는 코디네이터들을 기다려달라고 부탁한다. 캘리는 일라이자를 연기한 배우가 브로드웨이에서 떠오르는 스타라고 설명한다. 지역 극장에서 처음 경험을 쌓았고, 그래서 매년 8월을 버크셔스에서 보낸다고. 두 코디네이터가 인파를 헤치고 나타나 미즈 유에게 생수병을 건넨다. 미즈 유는 그들에게 제인과 레이건을 화장실로 데려다주라고, 그리고 너무 번거롭지만 않다면 그 생수 대신 펠레그리노 한병을 새로 가져다달라고 부탁한다. 일반 정제수보다 탄산수가 더 좋다면서.

제인과 레이건은 코디네이터들을 따라 붐비는 통로를 올라가 로비로 들어선다. 계단까지 요리조리 누비며 나아간 뒤 인파의 흐름을 따라 아래층으로 가보니, 그곳 여자화장실 대기 줄에는 열다섯명이나 주르르 서 있다.

빨간 머리 코디네이터가 제인과 레이건과 함께 줄 맨 뒤에서 기다리는 동안, 검은 피부의 코디네이터는 화장실 안내원과 이야기하러 앞쪽으로 행진하듯 걸어간다. 빨간 머리 코디네이터가 그들에게 연극에 대해 물어본다. 그녀와 동료는 연극을 볼 수 없었기 때문이다. 레이건은 공연에 대해 코디네이터와 담소를 나누며 제인을 대화에 끌어들이려 노력한다.

줄 앞쪽에서 코디네이터가 신호를 보낸다.

"어서 가요." 빨간 머리 코디네이터가 말하고는 화장실 입구로 나아가는 두 사람을 천천히 따라온다. 제인은 앞쪽으로 걸어가며 다른 여자들의 눈을 피한다.

화장실은 비좁다. 칸 다섯개, 그리고 그 맞은편의 세면대는 고작 세개뿐이다. 몇몇 여자들이 팔짱을 끼고, 혹은 휴대전화를 흘끔거리면서 차례를 기다린다. 다른 여자들은 손을 씻고, 젊은 여자 둘은 세면대 위에 걸려 있는 거울을 유심히 들여다보며 얼굴을 매만진다. 변기 물 내리는 소리가 나더니 술 장식이 달린 숄을 두른 중년 여자가 나오며 레이건의 둥그런 배를 보고 미소 짓는다. 화장실 안내원이 레이건에게 손짓을 하자 그녀가 빈 화장실 칸으로 들어간다. 문 잠그는 소리가 난다. 어디에선가 한 아이가 자기 어머니에게 휴지를 더 달라고 부탁한다.

제인은 몇걸음 앞으로 나선다. 두명의 코디네이터가 그녀 바로 뒤에 있다.

이 일이 잘될 리가 없다.

"연극은 재미있어요?" 검은 피부의 코디네이터가 묻는다. 제인은 그녀에게서 미세하게 느껴지는 특유의 억양을 알아차린다. 레이건에게 시간을 벌어주기 위해 그녀는 억지로 이야기를 늘어놓는다. 이번에 극장에 처음 와봤다는 둥, 처음에는 연극을 이해하기가 어려웠다는 둥, 무대는 너무 아름다웠고 꽃들이 아주 많았는데 다 진짜인지 궁금하다는 둥.

바로 그 순간 왝왝 구역질하는 소리가 난다. 거칠고 맹렬하다.

"레이건, 괜찮아요?" 제인과 이야기를 나누던 코디네이터가 묻는다.

레이건이 헐떡이고 다시 구역질하는 소리를 내며 신음

하자, 코디네이터들이 그 칸으로 다가간다.

"문 열어요, 레이건." 빨간 머리 코디네이터가 지시한다. 심각한 표정이다.

"피가 났어요." 가냘프고 작은 목소리가 들려온다. 제인은 그녀가 꾀병을 부리고 있다는 것을, 그녀의 말이 빨간막 뒤의 마법 세계처럼 거짓이라는 것을 알면서도 걱정이된다.

"하느님 맙소사……"

누가 이 말을 하고 있는 거지?

코디네이터들이 행동에 돌입한다. 한 사람은 레이건이들어가 있는 칸의 손잡이를 잡아당기고, 다른 한 사람은무릎을 꿇고 문 밑으로 들여다보려 한다. 안에서 먹은 것을 게우는 소리, 육체가 저항하는 소리가 난다.

제인은 손바닥에 손톱을 박아 넣는다. 바로 지금이 시작이기 때문이다. 그녀와 레이건이 이야기했던 순간이다.

그녀는 한걸음, 곧이어 또 한걸음 뒤로 물러서며 그 소동에서 조금씩 멀어진다. 몇몇 여자들을 완충 장치처럼 자기 앞에 둘 때까지. 그렇게 계속 뒷걸음치던 제인은 앞으로 밀려드는 여자들, 호기심 많고 걱정 가득한 정체불명의무리에 섞여든다.

한 아이가——틀림없이 레이건의 옆 칸에 있는 아이다——비명을 지르기 시작한다. 아이의 비명 소리가 들리자, 제인 주변에서 부대끼는 사람들 사이에 극심한 혼란과 공포가 퍼지기 시작한다. 한 여자가 큰 목소리로 외친다. "저 여자 쓰러졌어요! 911에 신고해요!"

주변에서 소곤거리는 소리가 들린다. 임신부가…… 쓰러졌어…… 하혈을 한 걸까?…… 하느님 맙소사……

몇몇 여자들이 휴대전화로 도움을 요청한다. 한 남자가 의사라고 소리를 지르며 앞으로 뛰어간다.

제인은 난간을 잡고서 몸을 힘껏 끌어당기며 가능한 한 빨리 계단을 올라간다. 시간이 많지 않다. 레이건이 몇번이나 얘기했다. 일단 움직이기 시작한 다음에는 계속 움직여야 해. 만약 극장 안에서 붙잡히면, 도움을 구하러 가던 중이었다고 말해. 만약 밖에서 붙잡히면, 기절할 것 같아서 바람을 쐬러 나왔다고 말하고. 하지만 계속 움직여, 움직여, 움직여.

목이 마르다. 그녀는 붐비는 로비를 헤치고 나아가면서 주머니에서 진한 무늬가 날염된 연노란색 스카프를 꺼내 그것으로 머리와 어깨를 감싼다.

움직여, 움직여, 움직여.

유리문은 보기보다 가볍다. 그녀는 뒤를 돌아보고 싶은 충동, 누가 쫓아오고 있는지 확인하고 싶은 충동을 억누른다. 어떤 손이 자신의 어깨를 움켜잡아 뒤로 잡아당기기를 기다려보지만, 그녀는 이제 밖에 나와 있고—공기가 무겁고, 하늘이 어두워지는 중이다—문은 등 뒤에서 닫힌다. 보도를 따라 걸어가는 사람들, 극장 문 근처에서 담배를 피우는 사람들이 보인다. 저 멀리 어딘가에서 구급차의 사이렌 소리가 울린다.

제인은 웰밴드를 이리저리 더듬어 풀어낸다. 레이건이 조언해준 대로 보도 위의 보행자들을 정신없이 훑어보다가, 마침내 한 여자가 다가오는 것을 발견한다. 그녀는 작은 회색 개를 산책시키는 중이고, 한쪽 어깨에는 사람들이 식료품을 담을 때 사용하는 캔버스 가방을 멨다. 가방 밖으로 삐죽 튀어나온 빵 한덩어리와 양상추의 구불구불한 초록색 이파리가 보인다.

자신감이 없어지기 전에, 제인은 레이건이 지시한 대로 그 여자에게 시간을 묻는다. 여자가 시간을 확인하려고 휴대전화를 꺼내는 순간, 제인은 자신의 웰밴드를 여자의 캔버스 가방 속으로 떨어뜨린다. 웰밴드가 떨어지는 소리는 들리지 않는다.

제인이 여자에게 감사를 표하고, 그녀는 제인의 행운을 빌어준다.

제인은 재빨리 반대 방향으로 걸음을 옮기며 마치 맞바람을 맞으며 걷는 듯 몸을 웅크린다. 하지만 바람 한점 없는 밤이고, 구름 한점 없이 맑다. 하늘 위의 별들은 깨진 유리처럼 선명하다.

극장에서 왼쪽으로 돌아가고, 그런 다음 한번 더 왼쪽으로 돌아. 레이건은 그렇게 말했다. 왼쪽, 그리고 한번 더 왼쪽. 자신에게 쏟아지는 수많은 시선을 느끼며 제인은 마음속으로 중얼거린다.

모퉁이를 돌자, 그것이 거기에 있다. 조수석 창문에 무지개 스티커가 붙은 검은색 해치백 차량. 레이건이 묘사한 그대로다.

그녀는 그 차를 향해 전력으로 질주하고 싶은 충동과 싸우며 마른침을 꿀꺽 삼킨다. 차 문을 열고 안으로 미끄러져 들어가 차의 통풍구에서 쉭 하고 나오는 시원한 공기 소리를 느끼고 나서야 비로소 마음속에서 솟구치는 안도감에 젖어든다. 스카프가 눈 위로 흘러내려 있지만, 그녀는 고쳐 매지 않는다. 잠시 자리에 푹 파묻힌 채 심장박동이 느려지고 근육의 긴장이 풀리는 것을 느낀다. 감긴 눈꺼풀 안쪽, 그녀의 두 눈이 촉촉하다.

"마간당 가비."[2] 어떤 목소리, 한 남자의 목소리가 들린다. 귀에 익은 목소리다.

도로변에 서 있던 차가 움직이기 시작한다.

제인이 자세를 바로잡고는 얼굴에서 스카프를 젖히며 돌아본다. 리사가 오는 줄 알았는데.

트로이가 그녀를 보며 활짝 웃는다. "이봐요, 귀여운 제인. 우리 어디로 갈까요?"

2 타갈로그어 저녁 인사.

메이

잠시 동안, 메이는 호흡에만 집중한다. 사방의 아우성을
차단한다. 내면의 불협화음도 무시한다. 전심전력을 다해
숨을 들이쉬고, 혼란과 극심한 공포와 스트레스와 분노를
몰아내며 숨을 내쉰다.

"레이건과 함께 구급차를 타고 가시겠어요?" 코디네이
터가 머뭇거리는 목소리로 묻는다. 메이의 눈이 번쩍 뜨인
다. 코디네이터의 빨간 머리카락이 흐트러져 있다. 그녀는
당황해 어쩔 줄을 모른다. 당연히 그럴 만하다.

골든 오크스에서 온 다양한 직원들이—그들은 여러대
의 차를 타고 신속하게 도착했다—주변에서 한바탕 회오
리를 일으키는 동안 메이는 로비 한복판에 서 있다. 극
장 문은 닫혀 있다. 그 소동으로 지연되었던 2막은 이미 시

490

작되었고──어쨌든 쇼는 계속되어야 하니까──그로 인해 모든 일이 더 어려워진다. 제인이 어둠을 틈타 극장 안에 숨어 있거나, 변장을 하려고 무대 옆에서 의상 선반을 샅샅이 뒤지고 있을 수도 있다.

메이는 도리질을 치며 그 이미지들을 떨쳐버린다. 모두 쓸데없는 생각이다.

"82번은 십중팔구 괜찮을 거야. 지금 진짜 문제는 당신들이 84번을 놓쳤다는 거지." 메이가 차갑게 말한다. 그녀는 핸드백에서 태블릿을 꺼내 화면을 휙 밀어 연다. 코디네이터는 계속 있어야 할지 가봐야 할지 몰라 한쪽 발에서 다른 쪽 발로 체중을 옮겨 싣는다. 그녀는 골든 오크스에서 최고 등급의 평가를 받은 코디네이터들 중 하나이고, 그것이 메이가 그녀에게 덩 여사의 호스트들을 맡긴 이유다. 확실히, 기술 팀의 알고리즘을 재고할 필요가 있다.

코디네이터가 헛기침을 한다. "제가…… 제가 그녀와 함께 가야 할까요?"

메이는 몇초 동안 코디네이터를 거북하게 응시한다. 사람의 실체는 위기가 닥쳤을 때 드러나는 법이다. 이 코디네이터는 완전한 무능력자임이 드러난다. "그래야지. 오늘밤 또 한명의 호스트를 놓치지 않으려면, 당신들 중 하나는 줄곧 82번과 함께 있어야 할 것 같은데."

코디네이터가 얼굴이 빨개져서 잽싸게 도망간다. 메이는 분노를 삼키며 태블릿에 수신된 메시지들을 홀홀 넘겨본다. 팬옵티콘 팀은 제인의 웰밴드에 탑재된 위치 추적 장치가 극장 주변에서 50미터 이상 이동한 시점에 코디네이터들에게 경계경보를 보냈다고 주장한다. 보안 팀에서는 웰밴드의 이동 경로를 보여주는 지도와 함께 메시지를 하나 보냈다. 그 경로가 마을에서 십분 거리에 있는 식민지 시대풍 하얀 농가 주택 부엌에서 끝났고, 웰밴드는 그 집 가정부의 식료품 가방 바닥에서 발견되었다는 것.

골든 오크스의 보안 팀장인 핼이 다가온다. 인상적일 정도로 덩치가 큰 남자다. 리언은 월급을 네배나 올려주며 특수부대에서 그를 데려왔다.

그는 보안 팀이 가정부에 대한 심문을 끝마쳤다고 보고한다. 그가 확인해준 내용에 따르면, 그녀는 저녁식사 때 갓 구운 빵을 먹기를 간절히 바라며 맨해튼에서 주말을 보내러 온 집주인을 위해 초저녁 심부름을 다녀오다가 극장 앞에서 84번의 인상착의에 딱 들어맞는 임신한 아시아 여자와 이야기를 나눴다. 가정부가 마지막으로 흘끗 보았을 때, 84번은 마을 중심가로, 그러니까 정동향으로 걸어가는 중이었다. 이제 보안 팀은 거리 곳곳에 퍼져서 다른 목격자들을 찾고 있다. 다른 한 팀은 극장 안을 차근차근 둘러보는 중이다. 84번이 옆문으로 되돌아와, 잠잠해진 뒤 도망칠 생각으로 건물 어딘가에 숨어 있을 경우에 대비해서다. 극장 측 보안 카메라 영상 확보는 아직 기다리는 중이다.

헬의 보고가 삑삑거리는 소리에 중단된다. 메이는 집게 손가락을 치켜세우며 입 모양으로 **잠깐만요**라고 말한 뒤 휴대전화 화면을 휙 밀어서 열어본다. 이브의 보고에 따르면, 에벌린 아로요의 휴대전화로 몇번이나 전화를 걸어봤지만 운이 따르지 않았다. 제인의 집 전화 역시 아무도 받지 않는다. 이브가 방금 막 서핑 여행차 필리핀에 도착한 리언에게 전화를 연결할지 묻는다.

신경질적인 떨림이 메이의 온몸을 관통한다. 리언은 그냥 격분하는 정도에 그치지 않을 것이다. 덩 여사와 체결한 계약서의 잉크가 채 마르지도 않았다. 그녀가 모든 걸 취소해버리면 어떻게 될까?

메이는 이렇게 입력한다. 아직은 아니야.

몇초 안에 다시 이브의 문자메시지가 도착한다. 덩 여사는요?

메이는 손가락을 휘둘러 전화기 화면을 꺼버린다. 그녀가 법무 팀에서 전적으로 신뢰하는 유일한 직원인 피오나와 이야기할 때까지는 위험을 감수할 수 없다. 계약상 덩 여사에게 알려야 할 의무가 메이 자신에게 얼마나 되는지, 언제 알려야 하는지, 그리고 빠져나갈 구멍이 조금이라도 있는지 알아야만 한다.

또 한명의 코디네이터가 다가와 메이에게 펠레그리노가 담긴 잔을 건넨다. "메건이 82번과 함께 병원으로 갔어요. 82번을 뉴욕으로 보내야 할 경우에 대비해서 헬리콥터를 대기시켜놓았고요."

메이는 탄산수를 한모금 마시며 목구멍을 시원하게 자극하는 거품을 음미한다. 천천히 한모금 더 마시고, 마저 마시는 내내 코디네이터가 어쩔 수 없이 기다리며 자신의 실수에 끌탕을 하게 내버려둔다. 메이는 그녀에게 빈 잔을 건넨다.

"보안 팀에도 동행해달라고 요청했어요."코디네이터가 말한다. "오늘밤 우리 실수를 고려할 때, 각별히 주의를 기울여야 할 것 같아서요."

메이는 마지못해 인정하며 코디네이터를 힐끗 쳐다본다. 적어도 이 코디네이터는 자신의 실수를 시인한다. 메이는 그녀에게 다소나마 실수를 만회할 기회를 주기로 결정한다. "팬옵티콘 팀에서 84번과 82번이 지난 한달간 외부와 연락한 내역을 샅샅이 뒤지고 있어. 그 내용을 모두 파악해두도록 해요. 그리고 모든 팀장들에게는 오직 필요한 경우에만 해당 팀원들과 정보를 공유하라고 다시 한번 일러주고. 너무 민감한 사안이니까."

코디네이터가 입술을 꼭 깨물며 서둘러 자리를 뜬다. 메이는 핼에게 신호를 보낸다.

"전무님."핼이 주변을 죽 둘러보며 아무도 그들의 말을 엿듣지 못하는지 확인한 후 말하기 시작한다. "이 시점에 태아 납치 상황이 발생했을 가능성을 제기하지 않을 수 없겠습니다."

메이는 틀렸다는 것을 알면서도 그가 자기 생각을 간추려 설명하도록 허락한다. 그는 제인을 전혀 모른다. 이것은 그녀의 성격에 부합하느냐 아니냐의 문제다. 제인은 결코 아기를 다치게 하지 않을 것이고, 심지어 그렇게 하겠다고 위협조차 하지 않을 것이다. 우선 한가지 이유는, 그녀가 죄책감에 찌들고 천벌을 두려워하는 가톨릭교도라는 점이다. 더구나 그녀는 규칙을 잘 지키는 사람이다. 평지풍파를 일으킬 성격도 아니고, 그럴 말한 상상력도 없다. 바로 그렇기 때문에 메이는 이 모든 일을 하도록 누군가가 그녀를 부추겼음을 알고 있다. 십중팔구 레이건일 것이다. 일지에 따르면 두 사람은 최근 상당히 많은 시간을 함께 보냈다. 비록 당시에는 그것이 적신호가 켜진 상황으로 보이지 않았지만 말이다. 지금 와서 생각해보니, 제인을 극장에 초대하자는 얘기를 꺼낸 사람도 바로 레이건이었다.

하지만 이유가 뭘까? 무슨 목적일까? 레이건은 의미를 찾아 헤매는 길 잃은 영혼이다. 일부러 제인을 잘못된 길로 인도하지는 않았을 것이다.

"따라서 우리는 그녀의 딸을 찾아야 합니다. 결과적으로 이런 종류의 상황에서는 영향력 있는 수단이 필요하거든요." 헬이 결론을 내린다. "팀 하나를 헬기로 맨해튼에 보내 한시간 안에 그 아이를 격리할 수 있습니다."

메이는 헬을 빤히 쳐다보지만 머리로는 아말리아를 생

각하고 있다. 제인의 아이. 그 아이가 이 일의 원인일까?
제인이—방문이 연달아 취소되면서 딸을 본다는 희망이
거듭 산산조각 나고, 임신으로 인한 불가피한 상황 때문에
호르몬의 균형이 걷잡을 수 없이 깨지면서—단순히 딸을
보려고 이 모든 위험을 무릅썼을 수도 있는 걸까?

바보 같은 짓이다. 완전히 비이성적이다. 어쩌면 범죄일
수도 있고.

하지만 그것이 진실이라는 느낌이 든다.

제인에 대한 연민이 봇물 터지듯 갑작스럽게 밀려들어,
메이는 눈시울을 적시며 씁쓸한 웃음을 터뜨린다.

아, 제인. 이 어리석고 멍청하고 감상적인 아가씨야. 무슨 짓을
한 거야?

"미즈 유?" 헬이 묻는다.

"나한테 짚이는 데가……" 메이는 문장을 끝맺지 않는
다. "아말리아를 찾아내는 건 결과적으로 우리 목표에 도
움이 될 거예요. 당신 생각에 동의해요. 하지만 섬세하게
접근할 필요가 있어요. 나도 함께 가는 걸로 하죠."

"교통 체증을 피할 방법이 없을까요?" 메이가 헬에게
묻는다. 그는 조수석에 용케 몸을 욱여넣고 있다. 까까머
리가 거의 자동차 천장에 닿을 지경이다.

"지금은 어디나 혼잡합니다, 손님. BQE[1]는 금요일이면
항상 정체가 심각해요." 운전사가 고개를 절레절레 흔든다.

메이는 짜증이 나서 몸을 뒤로 기댄다. 밖에서는 빵빵거리는 경적 소리가 터진다. 대형 승합차가 교차로를 막는다. 보행자들이 물밀듯 쏟아져 나와 거리를 가로지르며 그들의 차를 에워싼다. 메이는 육체의 바다에 버려진 듯한 기분이다. 그녀는 불안감, 그러니까 금방이라도 그 인파가 폭도로 변해 주먹으로 차창을 두들기고, 차창에 돌팔매질을 하기 시작할 것이라는 불길한 생각에 사로잡힌다.

승합차가 방향을 튼다. 메이가 탄 차의 운전사는 차를 조금씩 전진시키기 시작하지만, 보행자들이 보닛 앞을 물밀듯이 계속 지나가는 바람에 어쩔 수 없이 갑작스럽게 브레이크를 밟는다.

"우리가 갈 차례라고!" 메이가 화가 나서 외친다.

운전사가 백미러를 통해 사과하듯 살짝 미소 짓는다. 메이도 마주 웃어 보인다.

이 남자는 어떻게 날이면 날마다 이걸 견디는 걸까? 끝없는 차량 행렬, 마구 밀어붙이는 운전자들, 무분별한 보행자들, 조급한 승객들, 형편없는 보수, 안 좋은 공기, 주차위반 딱지, 청구서, 자식들, 그의 외모로 미루어 어쩌면 손주들까지도.

어떻게 폭발하지 않는 거지?

"팬옵티콘 팀이 방금 브리핑을 보냈어요." 메이의 옆에

---

1 브루클린-퀸스 고속도로(The Brooklyn-Queens Expressway).

앉은 코디네이터가 알린다. 보고에 따르면 레이건은 몇달 동안 그녀의 어머니, 아버지, 뉴욕의 룸메이트를 제외하고는 골든 오크스 외부의 어느 누구와도 연락하지 않았다. "아버지와는 이메일만 주고받아요. 어머니는 전혀 말을 하지 않고요. 룸메이트와의 대화에도 아무 문제 없대요."

메이는 얼굴을 찡그린다. 그렇다면 대체 누가 이런 짓을 하도록 제인을 부추길 수 있었을까? 아니면, 메이가 자신이 제일 좋아하는 호스트를 완전히 잘못 이해했을 수도 있을까? 소심하고 겁먹은 표정 이면의 제인이 사실은 모사꾼일 수도 있는 걸까?

그녀가 더 생각해보기도 전에, 코디네이터가 말을 이어간다. "84번도 아무 이상 없어요. 그녀는 지난 한달 동안 에벌린 아로요와 연락하려고 몇백번이나 시도했지만 한번도 연결되지 않았어요."

"몇백번이나?" 메이가 믿을 수 없다는 듯 되묻는다.

코디네이터가 태블릿 화면을 획획 밀어 넘기며 자신의 말을 바로잡는다. "백번 이상이네요. 108차례 시도했어요. 이메일과 전화 다 합해서요."

"하루에는?"

"시간이 지나면서 빈도가 증가했어요. 예를 들어 지난 화요일에 84번은 미즈 아로요에게 이메일 여섯통을 보내고, 전화는 다섯번 걸었어요." 코디네이터가 메이에게 자신의 태블릿을 건넨다.

메이는 제인이 사촌에게 연락을 시도한 횟수의 분포 상태를 자세히 검토한다. 점점 고조되는 흥분이 자료에 분명히 드러나 있다.

"어떻게 자료 분석 팀이 이걸 간파하지 못한 거지?" 메이는 노기 띤 목소리를 내지 않으려고 안간힘을 쓴다.

"이메일 내용에 문제가 없어서 위험이 감지되지 않았어요. 84번은 미즈 아로요에게 전화해달라는 요청만 했어요."

메이는 어지러움을 느끼며 두 눈을 감는다. 그녀는 이제 제인이 자기 딸을 찾기 위해 도망쳤음을 확신한다. 자신의 사촌, 그리고 아말리아와 연락이 두절됐던 몇주간 그녀에게 일종의 정신적 파열이 일어났던 것이다. 그럴 수 있다. 뉴스에도 나오는 얘기 아닌가. 마지막 지푸라기.[2] 점점 더 참기 힘들어지는 이 세상의 압력. 그렇게 많이 구부리다보면 결국 부러질 수밖에.

그녀는 자신의 생각을 설명하는 문자메시지에 극비 표시를 붙여 제리에게 보낸다.

대처 방안 및 그녀가 자신이나 태아에게 위험 요소인지의 여부, 즉시 응답 바람.

그녀는 초조한 마음으로 깊숙이 기대앉는다. 휴대전화가 삑삑 하고 울린다. 제리는 일종의 '붕괴'가 일어났다는

---

2 '마지막 지푸라기 하나가 낙타 등을 부러뜨린다'라는 속담을 차용한 것으로, '최후의 결정타'라는 의미이다.

점에는 메이와 같은 의견이지만 제인이 아기에게 어떤 위협도 되지 않는다고 확신한다. 그녀는 또한 제인이 자신의 힘을 믿는 유형이 아니라는 점, 다시 말해 다른 누군가가 탈출 계획을 짰다는 점에도 동의한다.

하지만 누가?

그리고 메이는 어쩌다가 그것을 놓친 걸까? 바다처럼 끝없는 제인의 절망감을 말이다.

메이는 마른침을 삼키고 창밖을, 차창에 비친 자신의 모습을 바라본다. 그녀의 잘못이다. 그녀는 가장 중요한 것에서 눈을 떼고 있었다. 결혼식과 맥도날드 프로젝트에 지나치게 정신이 팔려 있었다.

운전사가 승객을 태우느라 그들의 차선으로 갑자기 끼어든 택시와의 추돌을 피하려고 다시 한번 급브레이크를 밟는 바람에, 메이의 몸이 와락 앞으로 쏠린다.

"재수 없는 놈 같으니!" 메이가 소리친다.

운전사가 거울을 들여다보며 아까처럼 부드러운 미소를 살짝 지어 보인다.

차가 움직이기 시작한다. 코디네이터가 앞쪽으로 몸을 기울여 핼에게 무언가를 나직이 말한다. 누가 탈출 계획을 짰는지에 대한 의문이 계속 신경을 건드리자, 메이는 느닷없이 레이건에게 화가 난다. 우리에게 털어놓는 내용보다 더 많은 것을 알고 있겠지. 메이는 제리에게 전화를 걸어 압박을 더 강화할 필요가 있다고 말한다. "코디네이터들을 참여시켜요. 트레이시도요."

메이의 전화가 다시 삑삑 하고 울린다. 법률 팀의 피오
나다. 그녀가 조사 중인 것은 뉴욕주에서 태아가 법률적
의미에서 하나의 '인간'으로 간주되는지의 여부다. 만약
그렇게 간주되지 않는다면, 제인이 (그리고 골든 오크스
가) '납치'에 대해 유죄판결을 받을 가능성은 없다.

그게 경감 사유가 될 수도 있습니다.

메이는 짜증이 나서 한숨을 쉰다. 변호사들이란. 경감
사유가 되는 상황이든 아니든, 최대한 빨리 제인을 찾아내
지 못하면 그들은 덩 여사의 투자금을 놓치게 될 것이다.

"거의 다 왔습니다!" 운전사가 의기양양한 어조로 선언
하듯 말한다.

아무 특징도 없는 구역이다. 실용적인 저층 건물들에,
보데가와 빨래방, 수표 현금화 가게[3] 같은 온갖 점포들이
1층을 차지하고 있다. 초록색 네온사인을 깜빡이며 분주
하게 영업 중인 닭 날개 튀김 가게를 제외하고는 모두 불
이 꺼진 창문마다 격자무늬 금속 방범창이 달려 있다.

차가 도로변에 선다. 메이는 핼에게 밖에서 대기하되 제
인이 겁먹을 수 있으니 지원 팀이 절대로 눈에 띄지 않게
해달라고 요청한다. 만약을 위해 코디네이터에게는 자신

---

3 은행 계좌가 없는 체류자나 은행 거래에 익숙지 않은 외국 이주민들
은 일정 수수료를 받고 수표를 현금으로 바꿔주는 가게를 이용하는
경우가 많다.

을 따라와 모든 것을 기록하라고 말한다. 정보는 항상 지나치게 적은 것보다는 지나치게 많은 것이 나은 법이다.

한 가족이 지나간다. 여자는 유아차를 밀고, 남자는 수영복 차림의 작은 아이를 등에 업었다. 홀터 톱 차림에 밝은 립스틱을 바른 여자 둘이 휴대전화 하나를 들여다보고 있다.

메이는 제인의 집이 있는 건물로 성큼성큼 걸어가 계단을 올라간 다음 그녀의 아파트 초인종을 누른다. 그녀는 자신이 제인의 상사라고 알린다. 한 여자가 외국인 억양이 두드러지는 목소리로 "알았어요"라고 중얼거리더니 곧 딸깍 소리와 함께 건물 정문이 열린다.

로비는 먼지투성이에 덥고 퀴퀴한 음식 냄새가 난다. 술 장식이 달린 분홍색 어린이용 햇빛 차단 모자가 떨어져 있고, 메이는 어쩌면 아말리아의 것일지도 모른다는 생각에 모자를 주머니에 집어넣는다. 적어도 딱딱한 분위기를 풀기에는 좋은 수단이다.

코디네이터가 그녀 바로 뒤에 있다. 그녀가 메이를 보며 활짝 웃는다. "수월했네요!"

메이는 주머니 속의 분홍색 모자를 만지작거린다.

불쌍한 제인.

그녀는 계단 쪽으로 몸을 돌려 올라가기 시작한다.

레이건

레이건의 팔에 정맥주사가 꽂혀 있다. 그녀는 눈을 감은 채 두 여자가 제인에 대해 나누는 이야기에 귀를 기울인다. 보안 팀이 웰밴드를 찾아냈지만 84번 호스트는 아직도 실종 상태래. 대체 어디에 있을까?

레이건은 온 얼굴에 번질 것만 같은 미소를 억지로 참는다. 그녀는 의식을 잃은 것으로 되어 있다. 병원 시트 안쪽에서 그녀는 가운뎃손가락을 집게손가락에 포개고 행운을 빈다.

가, 제인. 어서 가!

문이 열린다. 복도의 소음이 크게 들렸다가 이내 잠잠해진다. 발소리가 다가온다. 누군가가 그녀 근처에서 서성거리고 있다. 레이건은 꼼짝도 않는다. 발소리가 차츰 멀어지고, 여자들이 다시 이야기를 나누기 시작한다. 그들 중 한명이 또렷하고 확신에 찬 목소리로, 그건 납치 사건이라고, 그러니 경찰을 부를 거라고 말한다. 제인 레예스는 그 억만장자의 아기를 납치한 거야.

레이건은 눈꺼풀을 파르르 떨며 눈을 뜬다. 잠시 아무것도 보이지 않는다. 불빛 때문이다. 얼굴을 보이지 않으려고 고개를 돌려보지만, 동작이 너무 갑작스럽다. 눈을 질끈 감지만, 너무 늦었다.

"레이건?" 부싯돌처럼 냉혹한 목소리와 함께 무언가가 그녀의 팔을 스치고 지나간다.

리사는 그들이 절대 경찰을 부르지 않을 거라고 했는데.

"레이건, 정신을 차려서 다행이에요."

리사는 농장이 외부에 알려지기를 꺼려한다고도 했다. 그 동영상이면 제인을 안전하게 지키기에 충분하다고.

"눈 뜨는 거 봤어요. 일어나 똑바로 앉아요. 지금 당장요." 목소리가 이어지며 누군가의 두 손이 끈질기게 앞으로, 또 위로 레이건을 잡아당긴다. 필요 이상으로 거칠게.

그들이 제인을 체포할까?

"물 좀 마셔요. 옳지, 잘한다. 이 정맥주사는 더 필요 없겠죠? 괜찮죠?"

레이건은 이제 눈을 뜨고 있다. 코디네이터 유니폼 차림이긴 하지만, 레이건의 눈앞에 있는 여자는 그동안 한번도 본 적 없는 사람이다. 곱슬머리에 평범한 얼굴. 그러나 한번 보면 잊을 수 없을 눈—냉정하고, 작은, 회색 눈이다. 레이건이 한때 호숫가 집에서 새들에게 던지곤 했던 조약돌 같다. 엄마는 날씨가 좋을 때면 언제나 집 앞 호숫가의 티크 테이블에 점심을 차렸다. 새들이 거스의 음식을 훔쳤지만 거스는 결코 새들을 쫓는 법이 없어 레이건이 대신 쫓아주어야 했다.

"몸은 좀 어때요?"

"좋아졌어요." 레이건이 조용히 대답한다. 왜냐하면 그 호된 시련 후 쇠약해진 것으로 되어 있을 테니까. 그녀는 대화를 나누던 나머지 한명을 찾아 방 안을 이리저리 두리번거린다.

"무척 무서웠겠어요."

레이건은 대답하지 않는다. 이 여자에게는 무언가 마음에 들지 않는 구석이 있다.

"의사들은 당신한테서 아무 이상도 발견하지 못했어요. 틀림없이 저녁식사로 뭔가 상한 걸 먹었나봐요." 여자가 유들유들하고도 음산한 목소리로 말한다. 레이건의 정맥주사는 이미 빼냈고 지금은 침대 시트를 잡아당겨 정리하고 있는데, 레이건이 떼밀릴 정도로 그 손길이 거칠다.

"오늘 당신이 뭘 먹었는지 알아보려고 식사 기록을 확인하는 중이에요. 다른 호스트들까지 탈이 나면 안되잖아요." 그렇게 말하며 시트 가장자리를 매트리스 밑에 어찌나 단단히 밀어 넣는지, 레이건은 덫에라도 걸린 기분이

든다. "당신도 그렇게 되는 건 싫겠죠, 레이건? 다른 호스트가 곤경에 처하는 것 말이에요."

레이건이 그녀를 빤히 쳐다본다. "물론이죠."

태블릿에서 삑삑 소리가 난다. 여자가 손가락으로 태블릿을 휙 밀어 열더니 얼굴을 찡그린다. 곧 레이건은 그것이 미소를 지으려는 표정이라는 걸 깨닫는다.

"좋은 소식이에요. 당신 의뢰인이 여기 와 있대요. 캘리가 당신 걱정을 많이 했어요."

레이건은 실수라도 할까봐 아무 말도 하지 않는다.

문이 벌컥 열린다. "하느님 맙소사, 레이건. 정말 걱정했어요!"

캘리가 레이건을 폭 감싸 안고 거짓 애정을 담아 안도하는 척하며 기운이 빠진 듯 몸을 기대 오자, 그녀의 향수 냄새에 레이건은 구역질이 난다.

"좀 어때요?" 캘리가 뒤로 한걸음 물러나 레이건의 얼굴을 살피며 묻는다.

걱정스러운 마음을 드러내려는 듯, 그녀의 이마는 잔뜩 찌푸려져 있다. 두 손을 덜덜 떠는 척하며 손마디가 하얘지도록 꽉 틀어쥔다.

두려움이 차가운 물벼락처럼 레이건을 덮친다. 하얗게 질린 손마디, 살짝 떨리는 손. 만약 레이건이 아무것도 모른다면 그 모습이 진짜라고 맹세할 것이다.

이 여자는 누구지? 우린 대체 어떤 문제에 직면한 걸까?

리사와 내가 제인에게 무슨 짓을 한 거지?

마치 충동을 이기지 못한 양, 캘리가 레이건에게 불쑥 다가선다. 또 한번, 처음보다 더 꼭 그녀를 감싸 안는다. "걱정스러운 표정은 지워버려요. 당신은 이제 괜찮아요. 괜찮아."

등을 문지르는 캘리의 손길과 머리카락에 닿아 있는 캘리의 뺨에 어린 열기가 느껴지지만, 레이건은 의식하지 않으려고 애쓰며 두 눈을 감는다. 그녀는 자신이 얼마나 경직되어 있는지 알고 있다. 경계심이 줄줄 흐를 정도다. 레이건은 억지로 마음을 누그러뜨린다. 빙하가 녹는다. 봄이 온다.

"아, 우리 레이건." 캘리가 속삭인다.

그 목소리에 담긴 친밀감은 일종의 반칙이다.

"당신 몸이 좋아져서 다행이에요." 잠시 후 캘리가 다시 입을 열며 의자를 침대 가까이 끌어당긴다. 그러곤 애정의 표시로 레이건의 손에 자신의 손을 포갠다. 아니, 소유권의 표시로. "의사들 말로는, 아마 일종의 식중독일 거래요."

레이건은 물을 한모금 마시고, 이어 한모금 더 마신다.

"많이 무서웠죠?"

레이건은 대답하지 않는다.

"하지만 이제 당신은 여기 있고 회복 중이에요. 내 아기도 괜찮고. 중요한 건 그거예요. 당신과 내 아기가 괜찮다는 거." 캘리가 레이건의 손을 꼭 쥔다.

내 아기.

누구의 아기일까?

그리고 제인은 어디에 있을까?

"당신 친구 제인 말이에요," 마치 레이건의 생각에 대답이라도 하듯 캘리가 말을 꺼낸다. "아직도 실종 상태예요. 가여운 사람 같으니. 틀림없이 그녀도 무섭겠죠."

레이건은 잔을 더 꽉 움켜쥔다. 그러곤 지나가는 말인양 애써 이렇게 묻는다. "그녀가 어디 있는지 아무도 모르는 거예요?"

"아, 걱정 말아요. 찾을 거예요." 캘리가 대답한다. "보안팀을 몽땅 동원했어요. 지금쯤은 아마 경찰도요. 아니, FBI였나? 납치는 연방 범죄로 간주된다나봐요. 제인이 아기를 해칠 사람 같아 보이지는 않았지만요."

"그런 사람 아니에요!" 레이건이 불쑥 내뱉는다. "제인은 파리 한마리도 해치지 못할─"

"그렇다면 왜 도망쳤을까요? 자기 의뢰인이 애가 타 죽을 지경일 거란 걸 틀림없이 알 텐데요."

레이건은 필사적으로 적당한 단어들을 고른다. 딱 알맞은 단어들이, 딱 맞는 조합이 필요하다. 그녀는 '캘리'를 이해시켜야 한다. 그들을 대신해서 미즈 유에게 말하게 해야 한다.

"─바로 그게 제인의 심정이에요." 레이건이 캘리의 손을 감싸 쥐며 절박하게 말한다. "제인은 자기 아이 걱정으로 애가 타 죽을 지경이라고요. 당신도 제인이 아이 엄마라는 걸 아나요?"

목소리가 갈라진다. 캘리의 모습이 흐릿해지자 레이건은 눈물을 쓱 훔친다.

"그녀가 자기 딸을 찾으러 갔다고 생각해요?"

"전—저도 모르겠어요." 레이건이 천천히 대답한다.

제인의 아이가 여자아이라는 걸 캘리가 어떻게 알지?

"당신들 둘이 친하다는 거 알아요. 만약 당신이 꼭 추측해봐야 한다면 말이에요—그녀는 어디로 갔을까요?"

캘리는 재킷의 보풀을 잡아 뜯고 있다. 레이건이 대답하든 말든 크게 신경 쓰지 않는다는 듯한 행동이다. 하지만 사실은 몹시 신경 쓰고 있다. 마치 곤충이 더듬이를 세우듯, 온 신경을 곤두세운 채 가볍게 떨고 있다.

"제 생각에 제인은 아마 지금 전혀 논리적으로 생각하지 못하는 것 같아요. 딸을 오랫동안 못 본데다가, 아이에게 걱정스러운 일까지 생겼으니까요. 아말리아는 줄곧 많이 아팠어요." 레이건이 조심스럽게 말한다. 제인이 제정신이 아니라는 생각은 깔아둘 만한 복선이다. 그녀의 불안정한 호르몬, 임신 말기의 스트레스, 아이로 인한 두려움.

그거면 그녀를 구하기에 충분할까?

"무슨 병인데요?" 캘리가 묻는다.

"중이염요. 무척 자주 앓았어요. 아시다시피, 가끔은 그게 뇌까지 퍼질 수도 있잖아요." 레이건은 짐짓 확신하는 척 말을 잇는다. "자식에 대한 그런 종류의 걱정이 사람을 얼마나 미치게 만드는지 당신도 틀림없이 잘 알 거예요. 그게 얼마나 사람의 신경을 갉아먹는 일인지를요. 당신도 어머니니까요."

그녀의 눈길이 쏠리자 캘리가 시선을 돌린다. 그러더니 잠시 후, 이내 다시 역할에 몰입하며 레이건의 눈을 차분하고 따뜻하게 마주 본다.

"물론이죠. 잘 알고말고요."

"그래서 논리적으로 생각하지 못하는 거예요." 레이건이 더욱 자신 있게 말을 이어간다. "어쩌면 제인도 식중독에 걸렸을지 몰라요. 나처럼요. 극장 근처 어딘가에서 탈이 나 아파하고 있을지도 모르죠. 그 지역은 다 확인해본 거예요?"

캘리가 입술을 오므리며, 마치 무언가 새로운 면을 발견한 양 레이건을 자세히 살핀다. "확인했어요."

"음, 어쩌면 속이 메스꺼워서 바깥바람을 쐬러 잠시 나갔는지도 몰라요. 그러고 나서 저처럼 토하기 시작했겠죠. 그랬다면 누군가가 제인을 데리고 가서 도와줬을 거예요. 그녀는 임신 중이니까요. 틀림없이 조만간 나타날 거예요." 레이건의 목소리는 이제 활기를 띤다. "그런데 경찰을 개입시키다니, 얼마나 창피한 일이에요. 그 모든 관심이며, 언론의 주목이며."

캘리의 얼굴에 설핏 미소가 스친다. "난 당신 편이에요, 레이건. 그거 모르겠어요?"

엿이나 먹어, 캘리.

"난 당신 편이에요." 그녀가 거듭 말한다. "제인 편이기도 하고요. 그녀는 당신 친구고, 따라서 내 친구기도 하죠. 난 그저 돕고 싶을 뿐이에요."

나도 마찬가지야. 레이건은 그렇게 생각하지만, 말로 옮기지는 않는다. 갑자기 온몸의 힘이 다 빠져버린다. 그리고 슬프다. 슬픔이 너무 커서 그 슬픔에 빠져 죽어가고 있는 듯한 기분이다. 그녀는 슬프다. 제인과 아말리아 때문에, 아냐와 타샤와 세군디나 때문에, 또 제인의 사촌과 그녀의 자식들 때문에, 그리고 엄마, 그렇게 기억이 지워지고 외로운 가엾은 엄마 때문에.

아무것도 변하지 않을 것이기 때문에.

레이건은 눈시울이 젖어드는 것을 느끼고, 목이 마르다고 중얼거리며 바로 옆 테이블에 놓인 물주전자를 움켜잡는다. 하지만 주전자가 무거워서 반쯤 빈 잔을 채우려다가 자신의 몸 곳곳에 후드득 물을 튀긴다.

캘리가 벌떡 일어나 화장지 뭉치로 레이건의 배를 훔쳐낸다. 부싯돌처럼 냉혹한 눈을 가진 여자가 수건과 산뜻한 새 환자복을 가지고 불쑥 나타난다.

"괜찮아요." 레이건이 제지하지만, 여자는 그 말을 무시한 채 그녀가 입은 가운의 여밈 끈을 홱 잡아당겨 푼다.

레이건이 몸을 가리려고 재빨리 팔짱을 껴보지만 여자
는 억지로 레이건의 팔을 벌려 새 가운의 소매에 꿰어 넣
고 마치 어린아이에게 해주듯 매듭을 묶어준다.

캘리가 한숨을 쉬며 말한다. "내가 당신을 돕게 해주면
좋겠어요. 제인도요. 특히 제인을요. 왜냐하면 당신은 난
관을 겪어도 결국 극복하고 다시 일어설 테지만, 그녀 같
은 사람은…… 그녀는 두번 다시 기회를 얻지 못해요. 이
건 그녀가 할 만한 게임이 아니에요."

"전 한번도 이걸 게임이라고 생각한 적 없어요." 레이건
이 대답한다.

제인

병원 회전문 밖에 사람이 몇 보인다. 새하얀 팔에 턱수염을 기른 한 남자가 담배를 피우며 하늘을 물끄러미 쳐다본다. 더 나이 든 남자 하나는 휴대전화에 대고 웃음을 터뜨리며 기둥에 몸을 기댄다. 그들 뒤쪽에는 한 여자가 휠체어에 앉아 있다. 더이상 임신 상태가 아닌데도 임신한 것처럼 보인다. 여자는 몇초마다 자기 발치에 있는 유아용 카 시트를 걱정스럽게 흘낏거린다. 그 안에 안전띠를 매고 누워 있는 갓난아기가 자칫 다치기라도 할 것처럼 말이다. 제인은 이 여자처럼 물렁하게 꺼진 배를 하고는 똑같은 자리에서 빌리를 기다리던 일이 떠오른다.

"난 여기서 기다릴게요." 트로이가 제인에게 말한다. 그가 엔진을 끄자 새삼 부각되는 침묵 속으로 지나가는 승합

차의 열린 차창에서 쿵쾅거리며 흘러나오는 음악이며 이
구역 위쪽 어딘가에서 주고받는 성난 경적 소리 같은 거리
의 소음들이 밀려 들어온다.

"그애가 여기 없으면 어쩌죠?" 제인이 자신의 손을 보
며 말한다. 그러곤 트로이를 올려다본다. 그와 눈길을 마
주치는 것은 몇시간 전 극장 밖에서 그의 차에 올라탄 이
후로 처음이다. 차로 이동하는 동안, 그녀는 그의 쏟아지
는 질문에 가급적 단답형으로 대답할 뿐 거의 말을 하지
않았다. 나무 아래 회녹색 황혼 속에서 그를, 그의 모든 부
분을 보았다는 사실을 잊으려 애쓰면서 말이다.

물론 그녀의 수줍은 태도가 과속으로 차를 몰며 연신 쏟
아내는 트로이의 이야기를 막지는 못했다. 그는 사막의 한
축제에서 모닥불 불빛 속에 상반신을 드러내고 있던 리사
를 만났다는 얘기며, 자신이 몇번 골든 오크스를 방문하는
사이 몰래 가져다준 초소형 카메라로 리사가 농장에서 벌
어지는 일들을 몰래 촬영한 동영상들에 대한 얘기 따위를
끝없이 늘어놓았다.

"그 동영상들로 몽타주를 만들었죠. 조각 작품도 만들
고. 지금 열심히 준비 중인 굉장한 일에 쓸 예정이었어요.
전시회이긴 한데, 사실은 그 이상이죠. 일종의 고발장이랄
까. 그런데 리사가 당신한테 그 동영상들이 필요하다는 거
예요. 멋진 일에 쓰인다고요." 그런 다음, 트로이는 소비
지상주의와 예술의 상업화와 작은 비너스 조각상들에 대

해 장황하게 지껄였다. 최근 발굴된 조각상 하나는 적어도 3만 5000년 전 것인데, 몇천년이 지나고도 여전히 강렬한 느낌을 준다고 했다. "와, 그 임신한 여자의 모습을 보면 그저 경외심밖에 느낄 수가 없다니까요."

이제 트로이의 이야깃거리는 동이 났고, 그는 제인이 어색해 어쩔 줄을 모를 만큼 강렬한 눈빛으로 그녀를 응시한다. 밖에서는 사이렌 소리가 점점 더 가까워지고 있다. 극심한 공포가 내면을 덮쳐 오는 것을 느끼며 제인은 다시 한번 묻는다. "그애가 여기 없으면 어쩌죠?"

트로이가 버튼을 눌러 잠금장치를 풀자 제인 옆의 문이 딸깍하고 열린다. "가서 확인해봐요. 만약 아이가 여기 없으면, 당신 아파트에서 찾을 수 있을 거예요."

제인은 하릴없이 차에서 내린다. 차에 있는 동안 더 친절하게 대하지 않은 것이 겸연쩍어서 트로이에게 고맙다는 말을 하려고 돌아서다가, 그가 자신을 향해 휴대전화를 비스듬히 쳐들고 있다는 걸 깨닫는다. 촬영을 하고 있는 것이다.

그가 미소를 짓는다. 숲에서 만났을 때 보았던, 느릿느릿 번지는 미소다. "후세를 위한 거예요." 이제는 대놓고 휴대전화 카메라의 초점을 그녀의 얼굴에 맞추며, 그가 조금도 당황하는 기색 없이 설명한다.

밤더위에도 불구하고 제인은 살짝 몸을 떨면서 병원의 유리문을 향해 걸어간다. 그녀는 뒤에서 자신의 뒤뚱대는 어색한 걸음을 포착하며 여전히 촬영 중일 트로이를 의식한다. 아마 임신한 여성의 모습에 대한 의견을 재고하고 있으리라.

제인은 아무것도 생각하지 않고 아무것도 느끼지 않으려 애쓰며 회전문을 통해 병원 로비로 들어선다. 경비원이 힐끗 쳐다보자 몸이 마비되는 것 같지만, 그는 곧 하품을 하면서 손에 든 휴대전화로 눈길을 돌린다.

"산과產科는 7층이에요." 제인의 차례가 되자 안내 데스크의 남자가 그녀에게 말한다.

"그게 아니라, 저—전 딸을 찾고 있는데요……" 제인이 사과하듯 말한다.

"이름은요?"

"전 제인 레예스예요."

남자가 제인에게 몹시 익숙한(시부모가, 또 양로원에서 그녀가 제일 좋아하던 환자의 거만한 딸이 보내곤 하던) 눈초리를 던진다. "당신 딸 이름요."

"아." 제인이 얼굴을 붉힌다. "아말리아요. 아말리아 레예스."

키보드를 두드리는 그의 안경에 컴퓨터 화면의 불빛이 청록색으로 반사된다. 곧 그가 고개를 가로젓는다. "등록되어 있지 않은데요."

"하지만 그애는 여기 있어요. 어젯밤부터요!" 제인이 카운터를 양쪽 손바닥으로 짚는다.

남자의 얼굴에 짜증스러운 표정이 스쳐 지나간다. "내가 뭘 어쩌겠어요? 그애 이름이 시스템에 없는데." 그가 어깨를 으쓱이고는, 제인과는 볼일이 끝났다는 듯 그녀 너머로 비스듬히 고개를 빼 뒤에 서 있던 여자에게 무슨 일을 도와주면 되는지 묻는다.

제인은 화가 나서 다그친다. "에인절 칼라파티아요! 그 이름을 확인해주세요. 에벌린 아로요도요. 내 사촌이에요—"

남자는 고개를 절레절레 흔들면서도 그녀가 시키는 대로 한다. 제인에게 그 이름들의 철자를 물어보고, 마지못해 키보드를 타닥타닥 두드린다. 제인 뒤에서 작게 퍽 소리가 들리는가 싶더니 대기 중이던 여자가 주스 컵을 떨어뜨렸다며 자기 아들을 야단치기 시작한다. 새로 산 셔츠가 얼룩투성이잖아.

"10층요." 남자가 제인 너머 화난 어머니와 끈적거리는 셔츠를 입은 채 울고 있는 소년을 빤히 쳐다보며 퉁명스럽게 말한다.

엘리베이터 문이 닫히고 그 네모난 금속 덩어리가 올라가기 시작하자, 마치 공기가 희박해지기라도 한 듯 숨 쉬기가 힘들어진다. 제인은 차가운 금속 엘리베이터 벽에 기대어 몸을 추스른다.

공황 발작이 일어난 거야.

제인은 양로원에서 심리학자가 그런 발작을 일으킨 환

자들을 어떻게 다뤘는지 생각해낸다. 그녀는 그들에게 천천히 숨을 쉬면서 한 손의 집게손가락으로 다른 한 손의 골격을 더듬어가라고 했었다. 제인은 쓰레기통을 비우며, 노인들이 자기 몸의 골격을 더듬어 그것이 어디서 끝나고 어디서 다시 시작되는지 따라가는 모습을 지켜보았다.

제인은 지금 그 정신과 의사의 목소리를 떠올리면서 그때 배운 방법을 써본다. 언젠가 의사의 사무실을 청소할 때 그녀가 말하기를, 그렇게 해서 노인들이 진정되는 것은 자신들에게 통제력이 있다는 느낌을 받기 때문이라고 했다. 의사는 제인이 자신의 책상을 더 말끔히 잘 닦을 수 있도록 커피 머그잔을 들어 올리면서 이렇게 덧붙였다. 사실 삶의 변수에 대처하는 방식을 제외하면, 우리 인간이 진정으로 통제하는 게 뭐가 있겠어요?

그러고서 그녀는 제인에게 윙크를 했다. 비록 제인은 그 이유를 이해하지 못했고, 아직도 이해하지 못하지만 말이다.

엘리베이터 문이 열린다. 제인은 여전히 손의 골격을 더듬으면서 데스크 안쪽의 여자를 본다. 여자의 둥근 얼굴을 제외하고는 모든 것이 흐릿하다. 여자는 컴퓨터에서 아말리아의 이름을 찾지 못했는데도 화를 내지 않는다. 그저 고양이 눈처럼 생긴 구식 안경 너머로 실눈을 뜬 채 제인을 보며 다른 이름으로 확인해봐야 할지 물을 뿐이다.

"에벌린 아로요요." 제인이 말한다. "제가 그 사람 사촌이에요."

"아, 있네요. 10-11호예요." 여자가 복도를 가리킨다.

제인은 걸어가기 시작한다. 겨드랑이에 커다란 땀자국이 생겨서는 우울한 얼굴로 10-02호 앞에 서 있는 한 남자를 지나친다. 10-05호에서는 숨죽인 몇몇 목소리와 큰 웃음소리가 들린다. 병실 몇개를 더 지나자, 분홍색 수술복을 입은 한 여자가 침대에서 시트를 벗겨내는 모습이 언뜻 보인다.

아, 하느님, 제발. 안돼요.

제인은 10-11호 앞에서 멈춰 선다. 병실 문은 닫혀 있다. 눈높이에 가늘고 기다란 젖빛 유리 조각이 끼워져 있고 하얗게 칠이 된 별 특징 없는 문이다. 그녀는 문손잡이에 손을 얹기는 하지만, 어찌할 바를 몰라 고개를 돌린다. 부지불식간에 어느새 복도 끝, 커튼 없는 창문 앞에 서 있다. 바깥 하늘은 회색이고 도시의 불빛으로 어스름하다. 창유리 아래쪽에는 어린아이의 손바닥 자국이 묻어 있다. 틀림없이 아이가 몸을 길게 뻗으며 남긴 자국일 것이다. 바깥에 볼만한 것이라고는 아무것도 없고, 오로지 더러운 하늘 아래 더러운 도시뿐이라는 것을 그 아이는 몰랐으리라.

제인은 고개를 떨구고 기도한다. 이번만큼은 아말리아를 위한 기도가 아니라 그녀 자신을 위한 기도. 어떤 일이 닥치든, 아말리아의 상태가 얼마나 안 좋든, 견딜 힘을 달라고 말이다. 아울러 자제할 힘을 달라고. 마침내 아테를—무지하고 의심할 줄 모르는 필리핀 여자들을 어머니처럼 보살피는 바로 그 순간에도 농장을 위해 가임기의 호스트들을 꾀어 들이는 그녀를—마주하더라도, 아말리아가 안전하다는 것을 확신할 때까지는 혀를 깨물어서라도 하고 싶은 말을 참을 수 있도록 말이다.

그녀가 문을 밀어젖힌다.

하얗고 작은 병실은 금속 봉에 걸린 파란색 커튼으로 반으로 나뉘어 있다. 앞쪽 절반은 비어 있다. 제인은 커튼 틈으로 침대와 우중충한 초록색 담요에 덮인, 아말리아라고 하기에는 너무 큰 덩어리를 본다.

제인은 얼어붙는다. "아테?"

"손님이 또 왔네요, 에벌린." 사촌 곁을 지키는 전담 간호사가 이런저런 것들을 정돈하면서 알린다. 아테는 반응하지 않는다. 눈을 감은 채 꼼짝 않는 그녀의 모습에는 무언가 부자연스러운 구석이 있다.

제인은 말문이 막혀 그 모습을 빤히 바라본다. 머리가 빙빙 돈다. 아니, 어쩌면 빙빙 도는 것은 병실인지도 모른다.

간호사가 제인의 혼란을 알아차리고 설명한다. "수술 이후로 정신이 들락날락해요."

"수술요?" 제인이 단번에 병실을 가로질러 간다. 그녀는 할 말을 잃은 채 사촌 옆에 바싹 다가선다.

"에벌린의 친척인가요?"

"사촌이에요." 제인이 대답한다. "뭐가 잘못된 거죠?"

"승모판[1] 교체 수술을 받았어요. 방금 중환자실에서 나왔고요. 감염 때문에 거기서 예정보다 며칠 더 있었어요."

제인은 병원 침대에 비해서도 훨씬 더 자그마한 사촌을 향해 몸을 숙인다. 그녀의 손을 만져본다. 낯선 물체 같다.

그러니까 이것이 지금껏 아테가 제인의 전화에 답을 하지 않은 이유다.

간호사가 제인이 앉을 수 있도록 의자를 질질 끌어 온다. 제인은 사촌의 얼굴에서 눈을 떼지 않은 채 그녀에게 고맙다고 말한다.

제인은 하루 종일, 그리고 전날 밤 오랜 시간 동안 줄곧 이런 순간을 상상했다. 사촌을 마주하고 배신행위에 대해 따지는 순간을 말이다. 왜죠? 왜 가족보다 자기 잇속을 먼저 챙기는 거예요?

그녀는 피를 흘리게 할 수 있을 만큼 몹시 날카로운 목소리로 그 말을 뱉어보곤 했다.

그런데, 지금 이건.

이런 모습이라니.

제인은 아테를 뚫어져라 바라보며 그녀가 입을 열기를, 단 한 단어, 한 문장만이라도 말하기를 간절히 바라고 있다. 아테가 괜찮다는 어떤 조짐이라도 보였으면 싶다. 카

---

1 좌심방과 좌심실 사이에 있는 판막.

터 부부의 집에서 쓰러진 뒤로 쇠약해지긴 했지만, 그녀는 여전히 그녀다웠다. 에인절에게 딱딱거리고, 자기 대신 일을 하라고 제인을 꼬드겼다.

그런데 이 순간 아테의 얼굴은 너무 퀭하다.

이 순간 그녀의 두 뺨은 푹 꺼져 있다.

그녀의 입, 항상 움직이던 그 입은 꼼짝도 하지 않는다. 깊게 주름진 얼굴에 깊은 주름이 하나 더 패었다.

용기를 내 아테의 손을 다시 만져보지만 미동도 없자 제인은 오열을 삼킨다.

"에인절이 말한 줄 알았는데." 간호사가 변명조로 설명한다.

"에인절을 아세요?" 제인이 손등으로 눈물을 닦으며 묻는다.

"매일 찾아와요. 어제는 에벌린의 조카딸을 데리고 왔어요. 정말 귀여운 아이죠."

제인은 심장이 멎을 정도로 놀란다. "아말리아가 여기 왔었나요?"

"엄밀히 따지면 허용되는 일은 아니지만, 우리 생각엔 그 아기가 에벌린이 병과 싸울 의지를 북돋아줄 수도 있을 것 같아서……"

"그애는 어때요?" 제인이 불쑥 묻고, 몸을 가누려 한 손으로 침대를 짚는다.

"아기요? 아, 활발한 아이예요. 에인절에게 잠자코 안겨 있지를 않죠! 계속 꿈틀거리면서 빠져나오고, 병실이 제 집 안방인 양 휘젓고 돌아다니고요. 에인절이 그러는데 그 애는……"

제인의 귀에 윙윙거리는 굉음이 들린다. 너무 시끄러워서 간호사의 말을 알아들을 수가 없다. 말들이 한데 뒤섞여 폭포처럼 제인을 에워싸고, 소용돌이치며 들어 올린다.

아말리아는 건강하다.

제인은 넘쳐흐를 듯한 눈물을 참으려고 두 눈을 질끈 감는다. 그녀는 덜덜 떨고 있다. 간호사가 또다른 이야기를, 그러니까 아테에게 작별 인사를 하라고 침대 위에 올려주자 아말리아가 그 나이 든 여자의 얼굴을 두 손으로 잡고 키스했다는 이야기를 하기 시작하고, 제인은 마치 둔기 같은 간호사의 말에 얻어맞아 훨씬 더 높이, 아찔할 만큼 높이 들려 올라가, 지구의 중력에서 벗어난 어딘가로 붕 떠간다.

아말리아는 건강하다.

제인은 이제 얼굴도 닦지 않고 보란 듯이 울고 있다. 눈물이 쏟아지고, 마음이 녹아내리고, 한없는 감사가 차고 넘친다.

간호사가 제인의 손에 화장지 곽을 쥐여주며 아마도 셀 수 없을 만큼 반복했을 위로의 말을 내어놓는다. "에벌린은 지금 통증을 느끼지 않아요. 당신이 여기 있다는 것도 알고요."

제인이 갑자기 몸을 똑바로 세운다. 아직 아테가 있다. 침대 위에 몸을 뻗고 누운 채 꼼작도 않는 아테가 말이다.

"사촌의 상태는 얼마나 심각한가요?"

간호사가 얼버무리고는, 변명하듯 말한다. "의사 선생님과 직접 얘기해보는 게 나을 거예요. 하지만 내 생각에는, 에벌린의 자녀들이 최대한 빨리 어머니를 보러 오는 게 좋을 것 같아요."

제인은 딱 한번 주먹으로 세게 맞아본 적이 있는데—발목 둘레에 뱀 문신을 한 어머니의 남자친구한테 맞았다—그 느낌이 꼭 이랬다. 불시의 충격, 별안간 허파에서 공기가 다 빠져나가는 느낌 말이다.

"……에인절 말로는, 에벌린의 자녀들에게 상황의 심각성을 알렸대요. 그들이 여기 올 준비를 할 수 있도록요."

"하지만 어떻게요?" 제인이 따지듯 묻는다. 이 간호사는 이해하지 못한다. 그것은 그렇게 쉬운 일이 아니다. 그들에겐 비자가 필요할 것이다. 돈도. 게다가 로이는 어쩌고?

"장애가 있는 아들 말인가요? 에인절이 얘기하더라고요. 정말 안됐어요. 음, 아마 그는 못 올 테죠. 하지만 에인절이 그러는데 딸들은 올 수 있을 거고, 하나 더 있는 아들은……"

와락 터지는 분노에 제인은 정신이 혼미할 지경이다. 온갖 난제를 다 알면서 에인절은 왜 그런 식으로 얘기한 걸까? 그게 그렇게 간단한 일이라면, 에인절은 왜 그토록 오랜 세월 동안 자기 자식들을 보지 못했을까?

아니, 아테를 보호하려고 했던 걸까? 의식이 없는 상태일망정 아테가 이 간호사의 동정을 받지 않게 해주려고?

제인은 아테의 손을 잡는다. 새의 뼈처럼 쉽게 부러져버릴 것만 같다.

아테는 동정받는 것을 몹시 싫어했다. 그 점에서는 에인절이 옳다.

"어쨌든 에인절한테 들은 얘기로 미루어보면, 장애가 있는 아들은 어차피 자기 엄마한테 무슨 일이 생겼는지도 모를 거예요." 간호사가 말한다.

"그 아들 이름은 로이예요." 제인은 그렇게 말하지만, 너무 조용한 목소리라 간호사에게는 들리지 않은 것 같다. 로이라고. '장애가 있는 아들'이 아니라.

"나도 아들이 하나 있어요." 간호사가 멍하니 중얼거린다.

제인은 아테의 손을 쓰다듬는다.

"당신은 아직 젊지만, 그래도 아이를 낳으면 알게 될 거예요." 간호사는 제인의 배를 힐끗 쳐다보며 말을 잇는다. "어머니에게 자기 아이를 지켜주지 못하는 것보다 더 큰 악몽은 없어요. 의식을 잃기 전에, 에벌린은 계속 그의 이름을 되뇌었어요. 로이, 어쩌고. 로이, 저쩌고."

간호사가 코웃음을 친다. "처음에는 에벌린이 계속 부르는 게 남편 이름인 줄 알았어요. 하지만 에인절이 그 아무짝에도 쓸모없는 인간에 대해 말해주더라고요."

아테가 추락하는 중이고, 그녀를 붙잡아줄 수 있는 사람
은 자기밖에 없다는 듯, 제인은 아테의 손을 더욱 세게 움
켜쥔다. 뼈만 앙상한 손가락들이 너무 가늘어 조금만 더
힘을 주면 부러질 것 같다.

당연히 로이 걱정뿐이겠지. 아테가 한 모든 일은 그를
위한 것이었다.

수치심이 차오른다. 너무 부끄러워서 속이 메슥거릴 지
경이다.

"이봐요, 괜찮아요?" 간호사가 걱정스레 묻는다.

제인에겐 그녀의 말이 거의 들리지 않는다. 자기 저금으
로 비행기표를 몇장이나 살 수 있을지 계산하는 중이다. 그
리고 미즈 유가 자신에게 선지급을 해줄지도 생각해본다.

거대한 무언가가 제인의 가슴을 짓누른다. 그녀의 큰 슬
픔과 떨쳐내기 힘든 수치심의 무게다. 제인은 침대 위에
두 팔을 대고 고개를 수그려 아테의 몸에 기댄다. 어쩌면
이마에 아테의 손길을 느낄 수 있지 않을까 희망을 품는
다. 아말리아를 임신하고 밤마다 찾아오던 입덧 때문에 합
숙소 변기에 매달려 있을 때면 늘 그랬듯이, 그녀의 머리
카락을 옆으로 젖히고 포니테일로 묶지 않았다고 호되게
꾸짖으며 이마를 짚어주는 손길 말이다.

손 하나가 어깨를 건드리자, 그녀는 잠시 그것이 아테의
손이라고 상상한다. 그러다가 이내 간호사를 올려다본다.

"잠시 사촌과 함께 있게 해줄게요, 알았죠? 내가 필요하

면 버튼을 눌러요."

제인은 아테의 손을 자기 얼굴에 바짝 대고 누른다. 그녀는 자신을 도와 함께 아말리아를 키운 아테에게 감사의 뜻을 표한 적이 한번도 없다. 셀 수도 없을 만큼 많은 일에 대해 아테에게 충분히 감사를 표하지 않았다.

"죄송해요." 제인이 속삭인다. 그러곤 어떻게든 아테가 들을지도 모르니 더 크게 말을 잇는다. "그리고 다 이해해요. 왜냐하면 저도 말리를 위해서라면 무슨 짓이든 할 테니까요."

아테

아테는 이런 것들을 떠올리고 있다. 비뚤어진 집 창문에 보이던 어머니의 얼굴. 아버지가 콜록콜록 기침하던 소리. 그리고 이런 일도.

"지미 티토[1]를 따라가."

아테는 아들들과 함께 있다. 사람들로 바글거리는, 몹시 더운 공간이다. 몇백명의 사람들이──적어도 아테에게 보이는 이들은 모두 남자다──높은 연단을 겹겹이 둘러싸고 앉아 있다. 화요일 오후인데, 그들은 일을 하지 않아도 되는 걸까?

---

1 필리핀에서 아버지와 어머니의 남자 형제를 가리키는 말로, 우리말의 '삼촌' '외삼촌' 등에 해당한다. 부모님의 남자 친구들을 이렇게 부르기도 한다.

아테는 자기 생각을 입 밖에 내지 않는다. 그녀는 지미에게 도움을 청하러 왔다. 혼자 네 아이를 키우는 건 쉬운 일이 아니다. 그리고 그는 잘나간다. 다들 하는 말로 바꿔 말하면, 이런 남자들로부터 떼돈을 벌어들이고 있다.

게다가 그는 항상 그녀에게 친절했다. 그녀의 다른 시댁 식구들이 친절하지 않을 때조차 말이다.

로이가 느닷없이 멈춰 서는 바람에 아테는 로이에게 부딪친다.

"왜 멈추는 거니, 로이? 계속 가!" 아테는 지미를 놓치고 싶지 않다. 군중이 빼곡 들어차 있고, 이 홀은 어린 소년들을 위한 곳이 아니다. 여자들을 위한 곳도 아니다.

로이는 여전히 움직이지 않는다. 그는 마치 자기 어머니 속으로 사라져버리기라도 하려는 양 몸을 움츠리며 뒷걸음친다. 아테는 아이의 엉덩이를 찰싹 때리며 살짝 떠민다. "로무엘로, 엄마 좀 도와줘. 로이의 손을 잡고 티토를 따라가!"

로무엘로가 로이의 팔을 잡아당기고 아테가 그의 등을 밀면서, 그들은 조금씩 앞으로 나아간다. 아테는 몇 미터 앞에서 지미의 머리가 까딱거리는 모습을 언뜻 본다. 사방에서 남자들의 냄새, 그러니까 한참 전에 말라붙은 땀의 쉰내, 따가운 담배 냄새, 심지어 아직 오전인데 술 냄새까지 풍겨 온다. 그리고 사방에 그녀를 주시하는 눈이 있다. 우쭐한 기분은 들지 않는다. 자신이 볼품없다는 것을 잘 알기 때문이다. 그녀를 버리고 떠나기 전, 남편은 그녀의 못생긴 얼굴에 대해 자주 언급하곤 했다. 하지만 여기 이 홀에서 유일하게 중요한 것은, 그녀에게 셔츠 가득 들어찬 젖가슴과 가랑이의 빈 공간이 있다는 점이다. 그녀가 앞으로 밀치고 나아가는 내내 수많은 눈이 그녀의 몸을 평가하듯 스치고 지나간다. 그녀는 로이의 셔츠 등판을 꽉 움켜잡는다.

지미는 연단 근처 두번째 줄에 서 있다. 아테와 아이들이 다가올 때까지 기다리다가 이미 그 줄에 앉아 있던 남자들에게 자리를 옮기라고 명령한다. "당신, 당신, 당신, 당신." 그는 아테와 그녀의 아들들에게 자신이 보이는지 확인하면서, 각각의 남자를 차례로 가리키고 고함을 친다. "숙녀분 안 보여? 저 아이들이 안 보여? 당장 비키라고!"

남자들은 느릿느릿 아테를 지나치면서 그녀에게 성난 눈길을 던지기는 하지만 어쨌든 시키는 대로 한다. 지미는 이 홀을 관리한다. 그가 거느린 어깨들이 말썽을 일으키는 사람은 누구든 밖으로 끌고 나가 혼쭐을 낼 태세로 홀 곳곳에 흩어져 있고, 사람들 모두 이 사실을 알고 있다. 아테는 지미에게 자리를 마련해주어 고맙다며 연신 인사를 하고, 아들들에게도 **티토**에게 감사 인사를 하라고 시킨다.

"대단한 일도 아닌데요 뭐! 조카들이 찾아오는 게 날마다 있는 일도 아니고." 지미는 껄껄 웃더니 호주머니에서 두툼한 돈뭉치를 꺼내 로무엘로와 로이에게 각각 500페소

씩 건넨다.

"너희들 판돈이야." 그가 아테에게 윙크를 하자 그녀가 얼굴을 붉힌다. 아들들이 도박을 하는 것은 싫다. 이 악덕은 이들 집안 내력이다. 하지만 그녀는 꾹 참고 아무 말도 하지 않는다.

줄곧 존경의 눈초리로 삼촌을 응시하고 있던 로무엘로가 이 갑작스러운 거금에 압도된 듯 지미에게 몸을 던져 그의 불룩 튀어나온 배에 머리를 파묻는다. 예전에 아테의 남편이 무아지경에 빠져 그랬던 것처럼, 지미가 고개를 뒤로 젖히고 눈을 감으며 거침없이 웃음을 터뜨린다. 자신과 아이들이라는 짐에서 벗어난 남편이 이제 그 여자와 함께 이런 식으로 웃음을 터뜨릴까 하는 생각이 순간적으로 아테의 머릿속을 지나간다.

지미가 로무엘로의 머리를 헝클어뜨리며 아이에게 앉으라고 말한다. 곧 싸움이 시작될 것이다.

그들은 자리에 앉는다. 지미는 자신에게 다가와 말을 거는 많은 남자들과 편히 이야기할 수 있도록 통로에서 가장 가까운 자리에 앉는다. 아테 옆자리에 앉은 로무엘로는 신이 나서 들썩거린다. 로이는 조용히 앉아 휘둥그레진 눈으로 조심스럽게 주위를 살핀다. 로무엘로가 아테에게 쉴 새 없이, 너무 많은 질문을 퍼붓는다. 이 녀석들이 지미 티토 집 앞에 묶여 있던 그 수탉들이에요? 티토가 내기에서 이기면 돈을 딸 수 있는 거예요? 하지만 아테는 아이의 말을 못 들은 체한다. 그녀는 지미에게 말을 걸 적당한 때를 기다리는 중이다. 그러면 틀림없이 도와줄 것이다. 어쨌든 그는 그녀에게 항상 친절했으니까.

"자." 지미가 손가락 사이에 끼운 담배를 한모금 빨아들이며 마침내 입을 연다. 아테는 그가 손톱을 깎아야 할 것 같다고 생각한다. 손톱이 길고 노랗다. "그래, 우리 형이 형수님을 떠났다면서요."

얼굴이 화끈거린다. 보나 마나 미겔이 지미에게 털어놓았을 것이다. 둘은 한때 가까운 사이였고, 위기는 사람들을 다시 한번 가깝게 만드는 법이니까. 어쩌면 그가 이미 지미에게 도움을 요청했는지도 모른다. 그에게는 굴욕이었으리라. 자신이 그렇게 오랫동안 냉대했던 동생 앞에서 고개를 숙인다는 것은 말이다. 어쩌면 미겔은 이미 술에 취한 채, 지미가 빌려준 돈이 얼마든 모두 날려버릴 태세로, 여기, 이 큰 홀 어딘가에 앉아 있을지도 모른다.

"이미 다 알고 있어요, 에벌린. 형이 몇달 전에 돈을 빌려달라고 전화를 했거든요. 형수님한테서 빼앗은 돈은 이미 다 써버렸더라고요." 지미가 아테에게 연기가 가지 않도록 입꼬리 쪽으로 길게 연기를 내뿜는다.

"그이가 여기 와 있나요?" 아테가 내뱉듯이 묻는다. 그런 질문을 하는 것만으로도 스스로가 경멸스럽다. 하지만 어쩌겠는가. 그녀는 거의 반년 동안이나 남편을 보지 못했다.

"형은 나한테 말도 걸지 않아요. 내가 안 도와준다고 했거든요. 형에게 돈을 주는 건 돈을 버리는 셈이나 마찬가지잖아요." 지미가 담배를 바닥에 떨어뜨리며 어깨를 으쓱한다. "뭐, 형수님이 더 잘 알겠지만요."

아테는 고개를 떨군다. 지미의 목소리에 배어 있는 뜻밖의 다정함이 그녀의 마음을 아프게 한다.

"하나 더 알려드리죠." 지미가 주머니에서 화려한 무늬가 새겨진 라이터를 꺼내 새 담배에 불을 붙이며 말을 이어간다. "형은 이제 내가 거물인 줄 알아요. 하지만 수익을 내려면 얼마나 많은 돈을 쏟아부어야 하는지는 모르죠. 우리 보스가 얼마나 깐깐한지도 모르고요."

아테의 가슴이 철렁 내려앉는다. 지미가 미리 핑곗거리를 준비하는 것이 영 꺼림칙하다.

"그이 없이 너무 힘들어요. 내가 일을 하긴 하지만, 아이를 넷이나 키우기가 쉽지 않네요." 아테가 입을 연다.

지미는 마치 멀리 있는 누군가를 확인하기라도 하는 것처럼 눈을 가늘게 뜨고 있다. 아테는 무작정 말을 이어간다. "내가…… 내가 물어보고 싶은 건, 삼촌이 조금만 도와줄 수 있겠냐는 거예요. 나도 이러기 싫어요. 오로지 아이들을 위해서 부탁하는 거라고요. 삼촌 조카딸들, 조카 녀석들 때문에—"

"아, 그렇지만 형님, 내가 약혼했고, 곧 결혼도 할 거라는 거 모르셨어요? 아내는 아이를 많이 낳고 싶어해요!"

지미는 씩 웃음을 짓고, 그러자 날카로운 이 때문에 그의
모습이 마치 늑대처럼 보인다.

"몰랐어요. 두분 다 축하해요." 아테가 풀이 죽어서 중
얼거린다.

"일단 돈을 약간 드릴게요. 당연히, 당연히 그래야죠. 우
리는 가족이잖아요! 하지만 이제 나도 내 가족을 위해 저
축을 해야 하는 마당이니 더 드리겠다는 약속은 못하겠네
요." 그가 주머니에서 두툼한 현금 뭉치를 꺼내 지폐를 한
장씩 세기 시작하고, 그러면서 공모라도 하는 양 아테 쪽
으로 몸을 기울인다. "사실 이 사업은 빛 좋은 개살구예요.
입장객 규모가 늘 내 수익으로 직결되는 건 아니거든요."

아테의 가슴에 수치심이 차오른다. 하지만 실망한 기색
을 보이는 배은망덕한 짓을 할 수는 없기에, 애써 어설픈
미소를 짓는다. 지미가 그녀의 손안으로 밀어 넣는 약간의
지폐를 받으며 그 늑대 같은 얼굴에 던져버릴까 생각해보
지만, 그러는 대신 딸깍하고 핸드백을 열어 옆주머니에 돈
을 넣는다. "고마워요, 지미."

사람들 사이에서 갑작스럽게 함성이 터져 나온다. 지미
가 벌떡 일어서고, 로무엘로도 그와 함께 일어선다. 로이
는 자기 손을 아테의 손에 슬쩍 밀어 넣는다. 연단 양쪽에
서 각각 한마리씩, 첫번째 수탉들이 끌려 나오는 중이다.

"그래, 어느 쪽이 승자가 될 것 같니, 응?" 지미가 아이
들에게 묻는다.

아테는 어린 시절 집에서 기르던 수탉을 떠올린다. 그 녀석이 가슴을 부풀린 채 흙바닥을 거들먹거리며 활보하던 모습을 말이다. 심술궂은 노란색 눈과 지저분한 갈색 깃털을 가진 녀석, 특별할 것 없는 제 땅뙈기에서만은 모두가 인정하는 왕이었다.

"우리는 녀석들 발톱에 면도날을 달아." 눈앞에서 펼쳐지는 광경에 대해 신나게 캐묻는 로무엘로의 질문에 대한 대답으로 지미가 말한다.

로이는 벌린 손가락 틈새로 상황을 지켜보며 앉은 자리에서 눈에 띄게 몸을 움츠린다.

"그저 피 조금 흘리는 것뿐이야." 지미가 무시하듯 로이를 쳐다보며 말한다. "싸움의 일부일 뿐이라고."

수탉 한마리가 꼬꼬댁거리며──머리 위쪽에 달려 있는 거슬릴 정도로 강한 조명 아래 불가사의하리만치 근사한 회색과 검은색 깃털들이 달린──양 날개를 펼치더니 공중으로 푸드덕 날아오른다. 잠시 아테는 그 수탉이 미친 듯이 흥분한 사람들의 손이 닿지 않고 그들의 시끄러운 소리도 들리지 않는 곳으로 계속 올라가는 것 아닐까 생각한다. 바로 그 순간, 민소매 셔츠 차림에 야구 모자를 쓴 남자 조련사가 녀석을 땅바닥 쪽으로 다시 홱 잡아당긴다. 싸움은 아직 시작되지도 않았던 것이다.

"아말리아!" 저 멀리, 계곡 건너편에서 한 여자가 말한다.

아테는 이 아말리아라는 사람이 누구인지 보기 위해 눈을 뜨려 해보지만, 눈꺼풀이 너무 무겁다. 그녀의 몸도 마치 모래로 가득 차 있는 것처럼 무겁다.

지미가 도와줄까?

"아테." 그 목소리가 이제는 그렇게 말하고, 아테는 무언가 부드럽고 축축한 것이 그녀의 손에 닿는 것을, 코를 비벼대는 것을 느낀다. 개의 축축한 코다.

그런데 누가 블랑카를 침대 위에 올라오게 해준 걸까? 엄마가 좋아하지 않을 텐데! 엄마는 심지어 블랑카가 집 안에 있는 것도 좋아하지 않는다. 블랑카는 사람이 아니라 집 지키는 개니까. 엄마가 화를 낼 것이다.

"계속 그를 찾았어요." 또다른 목소리가 그렇게 말하지만, 아기 울음소리 때문에 잘 들리지 않는다. 엘렌은 보통 그렇게 조용히 울지 않는데. 아마 배가 고픈 게 틀림없다.

하지만 아테는 피곤하다. 다리가 움직이지를 않는다. 그녀는 좀더 있다가 요리를 할 것이다.

누군가가 쉿 소리를 내며 엘렌을 조용히 시킨다. 누군가가 그애를 달래고 있다. "괜찮아. 괜찮을 거야." 그 목소리가 말한다. 이사벨인가? 이사벨은 위로하는 법을 안다. 그래서 그애가 훌륭한 간호사인 것이다.

흰 수탉은 피투성이가 되어서도 싸움을 멈추지 않았다. 두 마리 수탉이 모두, 날개를 활짝 펼치고 머리 위 볏을 따라 난 깃털을 삐죽삐죽 곤두세운 채로, 마치 줄에 매달리기라도 한 양 허공을 맴돌고 있었다. 증오에 찬 그 노란 눈들. 흰 수탉이 번개처럼 빠르게 덮쳤다. 검은 수탉의 깃털에 진홍색이 쏟아지자 로이가 비명을 지르기 시작했다. 아이는 비명을 그치려 하지 않았다. 그저 두 손으로 귀를 막은 채 비명을 지르고 또 지를 뿐이었다.

그 녀석 좀 내보내요. 방해가 되잖아요! 홀 전체가 이미 떠나갈 듯 울리고 있었는데도, 지미는 그녀에게 그렇게 소리쳤다.

그녀는 거칠게 떠밀고 또 떠밀리며, 로이를 재촉해 통로를 따라갔다. 로이가 지미에게서 받은 돈을 떨어뜨리자 그녀는 주우려고 무릎을 꿇고서 급히 서두르다가 무언가에 머리를 부딪친다. 지미와 함께 홀에 남은 로무엘로는 입을 헤벌린 채 닭싸움에 넋이 나가 있었다. 로이 역시 말문이 막힌 상태였다. 밖에 나가서도, 양지바르고 상대적으로 조용한 곳에서도, 로이는 몸을 웅크리고 눈물만 흘릴 뿐 말이 없었다.

그 닭들은 원래 서로 미워하는 거예요? 아니면 그러라고 배운 거예요? 나중에 집에서, 제 형이 내기에서 딴 돈뭉치를 꼭 쥔 채 옆에서 자고 있을 때, 로이는 그렇게 물었다.

아테는 그의 목소리를 제대로 기억할 수가 없다.

야야가 음악 치료를 해주고 있을까? 만약 야야가 시키는 대로 하지 않을 거라면, 나는 왜 그녀에게 돈을 지불하고 있는 거지?

아테는 카터 부인에게 도움을 요청할 생각이다. 한동안 연락하지 못했지만, 부인은 친절한 사람이다. 아테는 동그 랗게 모은 두 손에 자존심을 마치 공물처럼 받쳐 들고 무 릎걸음으로 카터 부인에게 다가가 제발 부탁한다고 애원 할 것이다. 제발 제 아들을 위해 의사를 찾아주세요.

"죄송해요. 죄송해요, 아테."

아테의 뺨에 온기가 닿는다. 블랑카가 다시 침대 위에 올라왔다. 아마도 벼룩을 달고 왔을 것이다. 아테는 엄마 가 규칙 위반을 눈치채기 전에 블랑카를 밀어내려 한다. 하지만 손을 들어 올릴 힘조차 없다.

메이

메이는 아말리아의 물건들—몇주 만에 망가져서 결국 향후 몇천년 동안 쓰레기 매립지에 썩지 않고 파묻혀 있을 싸구려 중국산 플라스틱 장난감과 퍼즐과 인형 들—이 여기저기 널려 있는 소파 한가운데에 태블릿을 내려놓고, 편치 않은 마음을 무시하려 애쓴다. 단지 위안을 얻고 싶다는 이유만으로 이선에게 전화를 걸까 생각해보지만, 그러는 대신 호흡 운동을 하기로 결정한다. 머리를 맑게 할 필요가 있다. 그녀는 태블릿을 다시 집어 들어 선호하는 명상 앱 '10분 선禪'에 로그인한 다음, '집중과 정화(10분 코스)'를 선택한다.

그녀는 겨드랑이에 맺힌 땀을 애써 무시한 채 눈을 감는다. 제인의 아파트는 불편할 정도로 덥다. 에어컨은 침실에만 있다. 메이는 숨을 들이쉬고 내쉬고, 다시 한번 들이쉬고 내쉰다. 세번째로 정화 호흡을 하는 도중에 그녀의 태블릿이 삑삑거린다.

미확인 발신자가 보낸 이메일이다. 제목에는 이렇게 적혀 있다.

재미있는 일이 생길 거예요, 미즈 메이!

보통 때 같으면 그런 메일은 삭제해버렸을 것이다. 그녀의 지난번 노트북은, 친구가 보낸 출산 소식으로 위장된 이메일을 클릭하자마자 컴퓨터 바이러스에 장악되어버렸다. 하지만 이 메시지가 제인에게서 온 거라면 어쩌지? 아니면, 누구든 그녀의 도망을 부추긴 사람이 보낸 거라면?

메이의 손가락이 태블릿 위를 맴돈다. 이메일을 선택한다. 이메일 본문에는 아무것도 적혀 있지 않고 동영상 파일만 하나 첨부되어 있다. 그녀는 파일을 연다.

처음에는 오직 빛, 테두리가 마치 수면처럼 물결치는 빛무리 뿐이다. 이윽고 무자비하리만치 파란 하늘과 길게 줄지어 선, 현란할 정도로 푸르른 나무들이 등장한다.

풀이 깎여 있는 들판, 수영장 너머로 보이는 나무 울타리. 어떻게 보더라도 목가적인 그 장면이 왜 평화로운 느낌보다는 불길한 예감을 자아내는지 메이는 알지 못한다. 어쩌면 카메라의 눈속임일 수도 있다. 아니, 어쩌면 메이가 암묵적 경고라는 그 동영상의 목적을 알기 때문에, 그저 끼워 맞추기식으로 생각하는 것일 수도 있다.

풀로 뒤덮인 들판이 수면을 근접 촬영한 장면으로 자연스럽게 바뀐다. 햇빛이 그 수면에서, 마치 깨진 유리에 빛이 반사되듯이 사방으로 반짝반짝 반사된다. 그 눈부신 빛 속에 서 있는 사람들. 역광을 받은 사람들의 실루엣. 그들은 팔을 치켜들고 있다. 일종의 태양숭배 자세다. 카메라가 움직이면서 그들의 건장한 윤곽이 투실투실한 살집과 육체로─불룩 튀어나온 배, 파란색 라이크라 운동복에 짓눌린 공처럼 둥근 젖가슴으로─바뀐다. 가무잡잡하고 촉촉하게 번들거리는 치켜든 팔에서 덜렁거리는 지방질. 그 순간 화면이 빠르게 전환되며 근접 촬영 장면들이 줄줄이 이어진다. 표정이 싹 지워진 호스트들의 얼굴. 꼭두각시 인형처럼 일제히 움직이는 육체들. 메이는 그것이 바로 요점임을 깨닫는다. 곧이어, 메이의 예상대로, 강사가 등장한다. 보나 마나 제니일 것이다. 모든 산전 운동 강사 가운데서도 그녀야말로 가장 아리아인[1]다운 사람이기 때문이다. 거의 어처구니없을 정도로 그렇다. 기이할 정도로 키가 크고, 유연하고, 햇빛에 분홍빛으로 그을렸을 때조차도 창백하고, 머리카락은 말도 안되게 색이 연하고, 믿기힘들 정도로 건강하다. 햇빛이 만들어낸 섬세한 존재. 메이로 하여금 민족적 배경을 절감하게 했던, 대학 시절 여

---

1 인도·유럽 어족에 속하는 인종을 통틀어 이르는 말로 그리스인, 로마인, 게르만인, 슬라브인, 켈트인 등의 후손을 가리키나, 여기서는 금발에 흰 피부를 가진 전형적인 백인이라는 뜻으로 쓰였다.

학생 클럽 회원 같은 부류의 사람이다.

메이는 그다음 장면이, 비록 머리를 망치로 내려치는 듯 교활할지언정 아름답다는 사실을 인정하지 않을 수 없다. 수영장에 들어가 있는 호스트들이 강사를 편하게 보며 동작을 따라 할 수 있도록 마련된 높은 연단 위에 제니가 서 있다. 석양의 황금빛에 물든 채 두 팔을 쭉 뻗고 있다. 그녀는 반짝반짝 빛이 나고, 너무나 매끄러운 피부는 부드러운 천으로 문질러 더 윤을 내고 싶을 정도다. 그녀의 아래쪽에 있는 호스트들은—보나 마나 모두 검은 피부 혹은 갈색 피부를 가진 호스트들만 참석한 수업이리라—잔잔한 수면에서 조금씩 오르락내리락하는 하찮고 검은 부유물들처럼 보인다.

영상은 이제 수영장 옆 별채에 있는 탈의실을 흑백으로 촬영한 실내 장면으로 바뀐다. 조명이 형편없다. 아니, 아마 누구든 이 영상을 만든 사람이 호스트들의 얼굴을 거의 알아볼 수 없을 만큼 그 방을 어슴푸레하게 조작했을 가능성이 더 높다. 호스트들은 각기 옷을 벗는 중이다. 암소 젖통 같은 젖가슴, 두툼한 엉덩이, 임신선이 쭉 뻗어 있는 불룩한 배들. 이 영상에는 폐소공포증의 느낌이 있다—임시 우리에 갇힌 소들, 전시戰時에 임신한 피억류자들. 그야말로 엄청난 거짓말이고, 엄청나게 악의적인 현실 왜곡이다. 실제 탈의실은 근사하다. 벽은 모두 하얗게 회반죽 칠이 되어 있고, 스테인리스 기구들이 반짝거리며, 천장에는

542

커다란 채광창들도 나 있다. 메이의 태블릿에서 펼쳐지는, 날림으로 만든 그 가짜 키아로스쿠로[2]를 보며 사람들은 그런 사실을 짐작할 수 없겠지만 말이다.

흑백 스틸 사진들(골든 오크스의 캐시미어를 맞춰 입고 테이블에 둘러앉은 임신부들, 유터로사운즈 기기가 커다란 육식성 민달팽이들처럼 붙어 있는 불룩한 배 위로 말려 올라간 셔츠를 입고 있는 일련의 호스트들—그들의 노골적인 모습 때문에 감정적으로 적잖이 강력한 영향을 미치는 노골적인 사진들)을 짜깁기한 화면 위로 별안간 '골든 오크스'라는 글자가 소용돌이꼴의 연초록색 글꼴로 떠오른다. '골든 오크스'는 검은색으로 바뀌며 점점 희미해지고, 갖가지 웹사이트와 블로그, 소셜 미디어, 저명한 언론사 들의 이름이 화면 아래로 줄줄이 내려간다.

이 동영상은 장전된 총이다. 생각할 겨를도 없이 순식간에 퍼져나갈 것이다.

그리고 그녀는, 멀리 날아가버리기 시작한 맥도날드 프로젝트와 꼭 마찬가지로, 이 이야기 역시 제어할 수 없을 것이다.

레이건의 짓일까? 그녀는 이미지의 힘을 잘 안다. 누가 그녀를 도왔을까? 누군가가 도운 것은 사실이니까. 휴대전화, 카메라, 아이패드 등 모든 기기는 호스트들이 골든

---

2 빛과 어둠을 배합하는 명암 대비 효과를 극대화한 기법, 혹은 그런 기법을 사용해 주로 단색으로 그린 그림을 가리킨다.

오크스에 도착하자마자 압수된다.

그들은 뭘 원하는 걸까?

메이는 그 짧은 영상을 제리와 피오나에게 전달한다. 그런 다음 이브에게 인터넷 필터[3]를 설치하라고 지시한다. 메이는 인터넷, 블로그 공간, 소셜 미디어, 유튜브 그 어디에, 골든 오크스에 대한 그 어떤 언급이 뜨든, 최대한 신속하게 경보 메시지를 받고 싶다. 그 어디에 있든 모조리.

왜냐하면 만약 리언에게 보고를 하기도 전에, 덩 여사의 요구를 처리하기도 전에, 무언가가 새어 나가버리면, 메이는 끝장일 테니까.

메이의 태블릿이 또 삑삑거린다. 가슴이 철렁 내려앉지만, 퀸스의 합숙소에 배치한 보안 팀이 보낸 메시지일 뿐이다. 제인은 거기 없다. 그들이 그곳 거주자들을 심문하는 중이지만 다들 겁이 많다. 그곳 사람들은 연방 이민국이 불법 체류를 근절하기 위해 그 보안 팀을 보냈다고 생각하는 것 같다. 더 많은 협조를 이끌어내기 위해—물론 실제로 거짓말을 하지는 않고—이런 두려움을 이용해야 할까요?

불허. 메이는 그렇게 답장을 보내고, 그들에게서 물러나 있다가 제인이 나타날 경우에만 자신에게 문자를 보내라고 지시한다.

---

3 인터넷 사용자가 접근할 수 있는 콘텐츠를 제한하거나 반대로 원하는 콘텐츠를 선별하는 소프트웨어.

메이는 '10분 선'을 다시 시작한다. 귓구멍으로 흘러드는 듣기 좋은 목소리에 귀를 기울이면서, 시키는 대로 목 근육을, 그다음에는 혀의 긴장을 푼다. 하지만 온갖 상념이 끼어든다.

제인이 사라진 지 이제 세시간이 넘었다. 골든 오크스에서 뉴욕시까지는 도로 사정이 안 좋은 날에도 차로 두시간 삼십분이면 온다. 이브의 보고에 따르면, 터코닉은 길이 전혀 막히지 않고 FDR 드라이브도 흐름이 원활하다. 그러므로 제인이 늦어지는 건 교통 정체 때문이 아니다.

그렇다면 그녀는 어디에 있을까?

어떤 이미지가 메이의 뇌리를 스친다. 제인이 터코닉의 급격한 곡선 구간 중 하나를 너무 빨리 돌다가 차를 통제하지 못한다. 그 차, 조잡한 렌터카가 미끄러져 돌담에 부딪치고, 수많은 유리 조각이 아스팔트 곳곳에 쏟아진다. 제인의 몸이 핸들에 부딪친다.

메이는 숨을 내쉬며 억지로 미소를 짓는다. 그녀가 읽은 글에 따르면, 미소를 짓는 행위 자체가 엔도르핀을 방출한다고 했다.

다시 한번 삑삑거리는 소리가 난다. 최신 정보를 요구하는 리언의 메시지다. 그는 오늘 하루 서핑을 취소하고 마닐라의 한 호텔에서 소식을 기다리며 마음을 졸이고 있다.

"당신이 이 불을 끌 거라 믿어, 메이." 아까 통화했을 때 그는 이렇게 말했다. 그 목소리가 너무 차분해서 그녀는 겁이 났다.

이제 메이는 제인이 딸을 찾기 위해 골든 오크스에서 도망쳤으리라 확신한다. 메이가 처음 아파트에 도착했을 때, 에벌린의 친구인 에인절이 모든 것을 쏟아내듯 설명했다. 그러니까 에벌린은 줄곧 몸이 좋지 않아 침대에 누워 있었고 그동안 에인절이 아말리아 돌보는 일을 도왔는데, 닷새 전 급기야 그녀가 쓰러지는 바람에 급히 응급수술을 받게 되었다는 것이다. 그들은 줄곧 제인의 전화와 이메일을 피했다. 제인이 걱정을 하다가 무언가 경솔한 짓을 저질러 자기 일자리를 위태롭게 하기를 원치 않았기 때문이다.

하지만 어쨌든 제인은 결국 그런 짓을 저지르고 말았다.

말하자면, 끔찍한 오해 때문에 모든 것을 위태롭게 만들어버린 셈이다.

메이는 속이 메슥거리는 것을 무시한 채 문자를 입력하기 시작한다. 그녀가 이 일에 관련된 모두를 위해 할 수 있는 최선은 자신이 제인과 이야기를 나눌 때까지 리언이 무언가 어리석은 짓을 하는 것을, 즉 덩 여사에게 연락하고 경찰을 개입시키는 것을 제지하는 일이다.

메이는 84번이 잘못된 판단에 따라 위급한 집안일을 돕겠다는 의도로 골든 오크스를 떠났으며, 덩 여사의 아기에게는 아무런 위협도 되지 않는다고 리언에게 알린다. 제리의 도움 덕분에 자신은 완력을 사용하는 일 없이 84번을 골든 오크스로 돌려보내려면 어떤 약점을 찔러야 하는지 잘 알고 있다고 설명한다. 그런 다음, 리언이 요구하기 전에 나서서, 최악의 경우를 가정한 시나리오를 간략하게 서술한다. 먼저 덩 여사의 생존율 높은 배아 여덟이 각기 다른 호스트 여덟명, 즉 70, 72, 74, 76, 78, 80, 82, 84번에게 착상되었고, 아울러 생존율이 떨어지는 제2등급 중 최상위 배아가 96번에게 착상되었음을 상기시킨다. 세명(70, 72, 76)은 착상 3주 내에 자연유산 되었다. 74번과 78번 호스트는 각각 4주차와 5주차에 유산되었다. 80번은 세염색체증 때문에 임신중절수술을 받았다. 비록 지금까지의 성공률은 실망스럽지만, 수정 당시 덩 여사의 난자와 그녀의 남편의 정자가 고령이었음을 감안하면 태아들을 분만일까지 지키려는 과정에서 직면하는 몹시 험난한 온갖 시험대를 보여주고자 한 골든 오크스의 목적에는 기여했다고 믿는다.

만약 84번의 상황이 엉망이 되고, 최악의 경우를 가정한 시나리오가 실현되더라도——하지만 메이는 최신 정보 보고에 자신은 그런 상황을 예상하지 않는다는 점을 신중하게 강조한다——덩 여사에게는 여전히 82번이 품고 있는 가장 중요한 태아가 남아 있다. 96번의 배 속에 있는, 생존 잠재성을 지닌 태아는 물론이고 말이다. 게다가 82번은 프리미엄 호스트고, 임신한 태아가 남자아이이기 때문에, 그 수익 성과는 골든 오크스에 여전히 매우 매력적일 것이다.

메이는 속이 뒤틀리는 것을 느끼며, 만에 하나 예상 밖의 일이 벌어질 경우 가장 중요한 것은 계약서에 명시된 '중과실'[4] 수익 환급 절차를 피하는 것이라고 입력한다. 이렇게 하려면 반드시 이야기를 적절히 매만져 제시할 필요가 있다. 덩 여사의 태아들이 허약하다는 점을 강조하고, 태아의 생존력 부족을 초래했을 수 있는 84번의 모든 문제점은 법적 허용 한도 내에서 최대한 대수롭지 않게 취급하는 것이다. 그 이야기를 얼마나 그럴듯하게 꾸밀 수 있을지 알아보기 위해 법무 팀이 계약서를 검토 중이다.

메이는 84번에게 무슨 일이 생길 경우 그들이 잃을 수 있는 수익 추산액은 물론, 레이건이 입원해 있는 병원에서 보낸 82번의 태아에 관한 최근 건강검진 결과까지 첨부해 최신 정보 보고를 마무리한다.

순식간에 리언의 답장이 도착한다. 82번으로는 충분하지 않아. 우리한테는 84번이 필요하고, 덩 여사도 84번을 기대하고 있어.

속이 다시 울렁거린다. 그녀는 자신의 손이 덜덜 떨리고 있음을 알아차린다. '10분 선'을 다시 시작하려는데 무슨 까닭인지 앱이 열리지 않는다. 그녀는 억지로 심호흡을 한다.

태블릿이 헬이 보낸 긴급 문자로 삑삑거린다.

84번이 건물 앞에 와 있어요.

심장이 목구멍으로 튀어나올 것만 같다. 메이는 리언과

---

4 충분히 주의를 기울이지 않아 피해를 야기하는 일. 형의 가중 사유가 된다.

제리에게 그 메시지를 전달한 뒤, 일어나 화장실을 찾는다. 화장실은 몇더미나 되는 기저귀며 포장이 뜯긴 두루마리 휴지, 포장을 뜯지도 않은 속 깊은 튀김 냄비 등등 잡동사니들 때문에 문을 열기도 힘들다.

메이는 걸리적거리는 상자들을 밀어내 세면대 앞에 자리를 마련하면서 한숨을 쉰다. 사람들이 이러고 산다는 것을 믿을 수가 없다. 스카우터 자리를 두고 면접을 보았을 땐 에벌린이 이렇게까지 지저분해 보이지는 않았는데 말이다.

메이는 손을 씻는다. 지금껏 잘 유지된 눈 화장이 번지지 않도록 조심조심 얼굴에 물을 뿌린다. 거울 쪽으로 몸을 내밀어 파우더를 발라 이마에 번들거리는 기름기를 줄이고 입술도 다시 칠한다.

새로 나온 색상이다. 선라이즈. 샤넬 판매대의 여성 직원이 그녀에게 잘 어울릴 거라고 했었다.

그녀는 그것을 결혼식 날 사용할 생각이다.

제인

아파트 건물 정문으로 다가가면서, 제인은 자신을 지켜보는 트로이의 시선을 느낀다. 그는 엔진을 끄고 차창을 내린 채 소화전 앞에 차를 대고 서 있다. 조금 전 그는 자신이 그녀를 기다릴 거라고, 그들이 그녀를 농장으로 돌려보내는 건 그다음이 될 거라고 말했다.

"서두를 것 없어요. 당신은 딸과 즐거운 시간을 보낼 자격이 있으니까." 거의 다정하기까지 한 말투였다. 당연히 제인의 눈에는 눈물이 고였다. 트로이는 말하는 내내 휴대전화 카메라를 들이대고 있었지만, 제인은 신경 쓰지 않았다.

제인에게는 열쇠가 없다. 농장 측이 첫날 그녀의 휴대전화와 지갑과 함께 열쇠도 가져갔다. "안전하게 보관하기 위해서"라는 설명이었다. 제인은 아파트 초인종을 누르고 익숙한 벨 소리에 귀를 기울인다. 한참 동안 아무 응답이 없자 가슴이 철렁 내려앉아 차를 돌아보며 고개를 가로젓는다. 하지만 트로이는 아마도 휴대전화로 동영상을 편집하는 듯, 자기 무릎만 내려다보고 있다.

제인이 다시 초인종을 누른다. 스피커 쪽으로 몸을 숙여 말한다. "에인절, 집에 있어요? 제인이에요!"

지지직 소리가 나더니 이어 낮게 으르렁거리는 듯한 버저음이 길게 울린다. 정문이 딸칵하고 열린다. 그녀는 안도감에 휩싸이며 건물 안으로 들어서고, 곰팡내와 포장 음식 냄새가 뒤섞인 익숙한 공기를 들이마신다.

집이다.

제인이 서 있는 곳에서 고작 세층 위에 아말리아가 있다. 그애는 지금쯤 잠자리에 들었어야 하지만—만약 아테가 맡아서 돌보고 있다면 그럴 텐데—에인절의 규칙이 어떤지는 알 수 없다. 어쩌면 에인절은 아말리아가 안 자고 텔레비전을 보게 내버려두었을지도 모른다. 몹시 늦은 시각이지만, 만약 아말리아가 깨어 있다 해도 제인은 화내지 않을 생각이다. 아말리아는 무슨 일을 하고 있든 고개를 들어 문간에 있는 엄마를 보면 제인의 품으로 정신없이 아장아장 걸어올 것이다.

아니면 수줍어할지도 모른다. 제 엄마를 보고도 에인절의 다리 뒤에 숨어버릴지 모른다. 제인은 이럴 경우 상처

받지 않겠다고 다짐한다. 아말리아가 그녀를 경계한다 해도 이해 못할 일이 아니다. 제인이 아이를 두고 농장으로 떠났을 때, 그애는 고작 갓난아기에 불과했으니까.

목이 멘다. 미처 예상치 못했던 초조한 기분이다.

아말리아에게 선물을 가져왔어야 했는데. 어째서 더 일찍 그 생각을 하지 못한 걸까? 아마 트로이가 돈을 약간 빌려주었을 것이다. 큰 선물일 필요도 없다. 그저 무엇이든 줄 것만 있으면 됐을 텐데.

제인은 절망감에 터져 나올 듯한 눈물을 참으려 눈을 깜박거린다. 어깨를 쫙 편다. 나중에 선물을 줄 시간이 있을 것이다.

그녀는 한 손으로 배를 움켜잡고, 다른 한 손으로는 난간을 잡아당기며 긴 계단을 오르기 시작한다. 벽이 누리끼리하고 얼마나 더러운지 알아차린다. 전에는 그 건물이 얼마나 지저분한지 몰랐다.

문 앞에서, 제인은 잠시 꾸물거린다. 아테가 집들이 선물로 사준 매트 위에 선 채 신발을 문질러 닦는다. 사촌을 생각하면 속이 뒤집힐 듯 울렁거린다. 아말리아는 아테의 병에 대해 얼마나 이해하고 있을까? 아테가 없어서, 제인이 없어서 외로웠을까?

그녀는 얼굴에 미소를 머금고 현관문을 두드린다.

"안녕, 제인."

미즈 유다. 막 미즈 유가 제인의 아파트 문을 열었다.

눈을 감았다가 다시 떠보지만, 미즈 유는 여전히 그 자리에 있다. 한 손을 문손잡이에 얹고 분홍빛 입술에 미소를 머금은 채로 말이다.

"어서 들어와요, 제인." 미즈 유가 문을 더 활짝 열고는 옆으로 비켜서서 제인에게 길을 내준다.

제인은 주저한다. 내가 착각했나? 함정일까?

하지만 여기 초록색 카펫이, 제대로 균형을 잡아 재킷을 걸지 않으면 쓰러져버리는 이동식 옷걸이가 있다. 밤이면 더 크게 윙윙거리는 것 같은 냉장고도 있다.

"에인절에게 아말리아를 데리고 잠깐 나가달라고 부탁했어요." 미즈 유가 말한다. "우리 생각에는 이렇게 하는 게 나을 것 같아서요. 당신과 내가 좀더 자유롭게 이야기를 나눌 수 있도록요."

우리.

에인절도 미즈 유를 위해 일하고 있는 걸까?

미즈 유가 순간적으로 향수 냄새를 훅 풍기며 제인을 지나치더니 현관문을 닫는다. 찬장에서 컵을 꺼내 수도꼭지를 돌려 물을 받은 뒤 조리대 위에 내려놓고 스툴에 앉는다. 스툴은 세개가 있는데, 하나는 제인, 하나는 아테, 나머지 하나는 궁극적으로는 아말리아를 위한 것이다. 그것이 계획이었다. 그 스툴은 이 아파트로 이사를 오며 제인이 제일 처음 구입한 물건들 중 하나였다.

"와서 물 좀 마셔요. 그렇게 긴 밤을 보냈으니 틀림없이 목이 마르겠죠."

미즈 유에게 다가갈수록 심장이 쿵쾅거린다. 제인은 내리깐 눈꺼풀 밑으로 그녀를 훔쳐본다.

"아말리아는 언제 돌아올까요?" 제인이 강한 목소리로 묻는다.

미즈 유가 옆에 있는 빈 스툴을 가리킨다. "앉아요, 제인. 제발요."

제인은 계속 서 있는다. "둘이 합숙소로 갔나요?"

미즈 유가 전에도 제인에게 무척 여러번 써먹었던 그 차분한 미소를 지어 보이며 말한다. "에인절과 아말리아는 곧 돌아올 거예요. 내가 우리 코디네이터 한명에게 두 사람과 함께 레스토랑에 가서 같이 간식을 좀 먹으라고 부탁했어요. 아말리아는 특별 간식에 몹시 신이 났죠. 내가 그 애한테 바닐라 아이스크림이 나올 거라고 약속했거든요."

아말리아의 이름이, 마치 수천번도 더 그래왔던 양, 미즈 유의 입에서 술술 흘러나온다. 무언가 음울하고 가시 돋친 것이 제인의 온몸에 찌르르 퍼진다. 그녀는 미즈 유가 자기 딸의 이름을 명확히 발음하면서 일종의 권리를 주장하고 있음을 감지한다.

이번에도 아말리아를 못 보게 하면 어쩌지? 그러면 어떻게 해야 할까? 어떻게든 트로이한테 전화를 해서—

"그래, 여기까진 어떻게 왔어요, 제인? 언젠가 당신이 운전을 아주 싫어한다고 했던 걸 기억하는데요." 미즈 유가 일상적인 대화를 하는 투로 묻는다. 제인이 대답하지 않자 그녀는 말을 이어간다. "저기 바깥, 차 안에서 기다리느라 그 사람도 참 지루하겠어요."

제인이 재빨리 올려다본다. 그녀가 트로이에 대해 어떻게 아는 걸까?

제인은 방도를 모색하며, 평소라면 메우려고 안간힘을 쓰곤 하는 대화의 공백을 하릴없이 감내한다.

"그가 당신 남자친구라고 생각하지는 않아요. 당신은 골든 오크스에 온 이후로 사촌을 제외하고는 아무와도 연락하지 않았죠." 미즈 유가 생각에 잠겨 말한다. "그러니 레이건의 친구 중 하나라고 짐작할 수밖에 없겠죠. 말이 나와 말인데, 그녀는 기적적으로 완쾌됐어요. 물론 조심하는 차원에서 병원에 입원시켜둔 상태긴 하지만요."

제인은 내면에서 고조되는 분노를 무시하려 안간힘을 쓰며 치맛자락을 틀어쥔다. 아말리아가 안전하다는 것을 알게 될 때까지는 자제력을 발휘해야 한다.

"말 안해도 상관없어요." 미즈 유가 말한다. "보안 팀이 지금 당신 친구와 이야기를 하는 중이니까요. 그는 소화전 앞에 주차를 했는데, 그건 당연히 불법이죠. 그의 운전면허증을 좀 보자고 하지 않을 수 없을 거예요."

미즈 유는 고개를 절레절레 흔든다. "제인, 제인. 대체 무슨 생각이었던 거예요?" 그녀의 목소리가 연민으로 떨리지만, 제인은 말려들기를 거부한다. 다시는 안된다.

이번엔 또 뭐야? 이제 어쩌겠다는 거지?

"당국을 이 상황에 개입시키지 않으려고 내 모든 노력을 다했어요." 미즈 유가 말을 시작한다.

제인의 목구멍이 갈증으로 타들어간다. 그녀는 미즈 유가 조리대에 올려놓은 물컵을 흘끔거리지만, 마실 생각은 없다. 힘겹게 침을 삼키며, 이것이 자신의 아파트라는 사실을 다시 한번 생각한다. 그녀 자신의 돈으로 집세를 낸 아파트라고. 그녀는 미즈 유에게 등을 돌리고 찬장에서 다른 잔을 꺼낸다. 물을 한잔 마신 다음, 다시 잔을 채워 한잔 더 마신다.

뒤에서 미즈 유의 차분한 목소리가 들려온다. "문제는 납치가 연방 범죄라는 거예요."

제인은 휙 돌아서서 미즈 유를 마주 본다. "하지만 난─ 나는 안─"

"당신 배 속의 아기는 당신 아이가 아니에요. 당신은 이 사실을 증명하는 계약서에 서명했고, 계약서에 의하면 당신에게는 최선을 다해 그 아기를 돌볼 의무가 있죠. 어디로 갈지 누구에게도 알리지 않고, 알려지지 않은 운전자에게 그 아기를 맡기고, 필수적인 도움 요청 수단도 없이 당신 자신을 자동차 사고의 위험에 노출시킨 채, 한밤중에 도망친 건─"

"하지만 난 항상─"

"무모한 짓이었어요. 위험한 짓이었다고요." 미즈 유가 날카롭게 말한다. 꿰뚫어 보는 듯한 눈길로 제인을 빤히 응시하며 잠시 기다리다가, 한숨을 쉬며 다시 입을 연다. "우리 동료 중 몇몇은 이 일이 당신이 자기 아이를 돌보기에 부적합한 사람이라는 사실을 증명한다고 생각해요. 하물며 다른 사람의 아이는 말할 것도 없고요."

다리가 갑자기 후들거려 서 있기가 힘들 지경이라, 제인은 싱크대에 등을 기댄다. 미즈 유는 분홍색 입술을 움직이고 하얀 손을 허공에서 흔들며 계속 말을 이어간다.

"……나는 당신한테 분명히 그럴 만한 이유가 있었을 거라고 주장했어요. 이건 정말로 당신답지 않은 행동이라고요. 하지만 당신의 도주는 내 판단력까지 형편없어 보이게 만들어버리죠. 설사 당신에게 다른 선택의 여지가 없었을 거라 확신한다고 해도, 난 당신을 도울 수 있을 만큼 강력한 위치에 있는 사람이 아니에요."

미즈 유는 그저 겁을 주고 있을 뿐이다.

레이건과 리사가 그랬다. 이것이 그들이 상대를 통제하는 방식이라고. 두려워하게 만드는 것 말이다.

"……그리고 만약 의뢰인이 당신의 도주를 납치로 간주해서 그런 방향으로 밀고 나가기로 결정한다면, 음, 그때는……"

하지만 레이건과 리사가 모든 걸 알 수는 없다. 그들은 이 계획이 아말리아를 위험에 빠뜨릴 수도 있다는 가능성은 생각조차 해보지 않았다. 몹시 급하게, 그러니까 미즈 유가 제인을 연극에 초대한 지 몇시간 만에 떠올린 계획 아닌가. 레이건은 이것이 제인의 기회라고, 아마도 그녀가 아말리아를 찾을 수 있는 유일한 기회일 거라고 했다. 그들은 너무 서두르는 바람에 모든 것을 다 생각해볼 수 없었고, 또 그들이 확신하기에는 그 동영상이——

"하지만 동영상이 있어요." 그녀 자신이 으스스할 만큼 침착한 목소리로 불쑥 끼어들며 하는 말이 들린다.

미즈 유의 눈이 순간적으로 휘둥그레진다. "그 동영상 말이죠. 아, 그래요. 받았어요. 사실 꽤 아름답더군요. 그걸 보낸 사람이 누군지 몰라서 그런 예술적 재능을 축하해주지 못한다니 참 애석한 일이에요."

제인은 미즈 유의 얼굴을 똑바로 쳐다볼 엄두가 나지 않는다.

"그 동영상으로 뭘 얻을 수 있다고 생각해요, 제인?" 미즈 유는 미소를 띤 채 말하고 있고 목소리도 겉으로는 여전히 호의적이지만, 그 속에는 무언가 다른 것, 무언가 냉혹하고 차가운 것이 있다.

제인은 두 손을 치마에 문질러 닦는다.

"그 동영상에서 웹사이트, 소셜 미디어, 유튜브가 언급되더군요. 그게 계획인가요? 골든 오크스를 담은 자료 화면을 도처에 배포하는 거? 말하자면, 우리를 '폭로'하는 거요?"

미즈 유는 더이상 미소를 짓지 않는다. 제인은 그녀의

얼굴에 겁을 먹는다. 동영상을 언급하지 말아야 했어. 레이건과 리사의 말에 귀 기울이지 말아야 했어.

"아니면 의뢰인들의 이름을 공개할 계획인가요? 그들을 협박할 계획이에요?"

"아니에요!" 제인은 미즈 유가 그런 생각까지 한다는 데 충격을 받아 외친다. "아니에요, 그들은 그런 얘기는 한마디도 하지 않았ㅡ"

"그들이 누구죠?" 미즈 유가 불쑥 끼어든다.

제인은 격렬하게 고개를 젓는다. 눈가가 젖어드는 것을 느끼며 두 눈을 감는다.

"당신에게 이런 일을 부추긴 사람이 누구예요, 제인? 이건 당신답지 않아요. 레이건의 소행 같지도 않지만, 그녀에게 책임이 있는 건 분명해 보이네요. 아니면 혹시 밖에 있는 저 남자였나요? 그가 이 모든 일을 생각해냈어요?"

제인은 여전히 도리질을 치고 있다. 눈을 뜨기를 거부하면서.

내가 무슨 짓을 한 거지?

"다시 한번 당신이 다 뒤집어쓸 건가요, 제인? 너무나도 분명하게 리사의 잘못이었던 그 진드기 사건 때처럼요? 온갖 지출이며 딸 문제 같은 타격을 감당하며 남편과 이혼할 때 그랬던 것처럼요?"

제인은 이제 굳이 눈물을 닦을 생각이 없다.

"당신은 그런 일을 당해야 할 사람이 아니에요, 제인. 늘

주고 또 주고, 퍼주기만 해야 하는 사람이 아니라고요. 언제나 받아야 할 걸 못 받는 사람이 되어서는 안돼요. 그건 너무 불공평하잖아요."

미즈 유가 제인에게 화장지를 건넨다.

"당신 배 속 아기의 어머니를 생각해봐요." 미즈 유가 조용히 말한다. "이 계획을 생각해낸 사람이 누구인가보다는 지금껏 벌어진 일이 왜 그토록 위험한지를 당신이 깨닫는 게 지금은 더 중요한 문제니까요."

제인은 자신을 유심히 살피는 미즈 유의 시선을 느끼며 코를 푼다.

"당신 아이가 어디 있는지 모른다는 거, 그게 어떤 기분일지 상상할 수 있겠어요?" 미즈 유가 묻는다. "왜냐하면 바로 그게 당신이 오늘밤 그 어머니에게 겪게 한 일이기 때문이에요. 몇시간 동안, 그 어머니는 자기 아이가 배려심 있고 세심한 사람에게 맡겨져 있는지, 아니면 이기적인 데다가 어쩌면 위험할지도 모르는 사람에게 맡겨져 있는지 전혀 몰랐다고요."

미즈 유가 잠시 말을 멈춘다. 제인은 덜덜 떨리기 시작하는 두 손을 동그랗게 말아 쥔다.

그들이 그녀에게서 아말리아를 빼앗아 갈 수도 있을까?

"상상해봐요." 미즈 유가 계속 말한다. "당신 아이가 다쳤는지, 아픈지, 아주 심각한 위험에 처했는지 아무것도 알 수 없다면 어떨지 말이에요. 당신을 믿었던 그 어머니에게 그게 얼마나 고통스러운 일인지 알기나 해요? **모른다**는 게 얼마나 고통스러운 일인지?"

제인의 목구멍에서 흐느낌이 솟구친다. 그녀는 그것을 억누른다. 아니, 그러려고 안간힘을 쓴다. 이렇게 말하는 자신의 목소리가 들린다. "잘 알고말고요."

"그래요?" 미즈 유가 냉정하게 그녀를 지켜본다. 그녀는 제인을 믿지 않는다.

"아니면 내가 왜 여기 있겠어요?" 제인이 소리친다. 그녀의 내면에서 무언가가 폭발한다.

미즈 유는 주름 하나 없이 빳빳한 아이보리색 재킷에 감싸인 조붓한 어깨를 살짝 으쓱인다. "그건 말이 안돼요, 제인. 난 이미 당신한테 딸의 방문을 한번 더 추진해보겠다고 약속했어요. 당신은 사촌이 그애를 잘 돌보고 있다는 걸 알고 있었고요."

"내 사촌은 죽어가고 있어요." 제인은 다 포기하고, 자신의 부어오르고 눈물에 젖고 볼품없는 얼굴을 바라보는 미즈 유의 시선조차 개의치 않은 채 그 말을 내뱉는다. 그녀는 냉장고를 빤히 쳐다본다. 냉장고용 자석에 고정된 아말리아의 사진들, 아테가 적어놓은 진찰 예약이며 다른 약속들로 빼곡한 동네 빨래방 달력, **심장마비 경고 증상**이라는 제목의 노란색 전단이 붙어 있다.

"에인절 말로는 당신 사촌이 회복 중이라던데요?"

제인은, 미즈 유가 알아듣는다는 것이 놀라울 만큼 꽉

잠긴 목소리로 모든 사실을 말한다. 세군디나부터, 아테가 미즈 유를 위해 일한다는 사실을 알게 된 것, 아말리아의 중이염과 그애의 안부를 확인해줄 어느 누구와도——아테도, 에인절도, 퀸스에 있는 합숙소의 누구와도——연락이 닿지 않았던 기나긴 몇주까지.

그런 다음, 병원과 아테와 로이에 대해서도 말한다.

도주에 대해서는 언급하지 않는다. 레이건이나 리사나 극장이나 차로 이동한 일에 대해서는 언급하지 않고, 미즈 유도 묻지 않는다.

미즈 유가 입을 연다. "제인, 미안해요. 상황이 그렇게 심각한 줄은 몰랐어요. 에벌린은 아말리아의 하룻밤 방문을 취소하면서 나한텐 그저 몸이 조금 '좋지 않고' 당신을 걱정시키고 싶지 않다고만 말했거든요."

그녀는 마치 무언가를 골똘히 생각하듯 잠시 말을 멈췄다가 다시 이어간다. "그리고 당신이 알았으면 하는 게 있어요. 에벌린이 당신을 내게 데려온 건, 골든 오크스가 당신과 아말리아의 삶이 나아지는 데 도움이 될 것이라고 진심으로 믿었기 때문이었어요."

"아테는 내게 거짓말을 할 필요가 없었어요." 제인이 화장지 뭉치로 얼굴을 누르며 말한다.

미즈 유가 한숨을 내쉰다. "돌이켜 생각해보면, 아마 거짓말이 최선은 아니었겠죠. 하지만 당시 에벌린은 그게 최선이라고 여겼어요. 사촌이 당신의 이익을 최우선으로 생각했다는 걸 반드시 믿어야 해요, 제인."

제인은 회의적인 표정으로 미즈 유를 쳐다본다. "내가 어떻게 다른 사람을 믿을 수 있겠어요?"

미즈 유가 다시 한숨을 내쉰다. 슬퍼 보이는 얼굴로 고개를 가로젓는다. "당신이 어려운 입장이었다는 건 알겠어요. 아말리아에 대한 걱정에 사로잡혀 있었다는 것도요. 의지할 사람이 아무도 없다고 느꼈다는 것도······ 아, 하지만 제인, 당신은 얼마 안 남았었는데. 그런데 이젠—"

제인이 마른침을 삼킨다. "이젠, 뭐요?"

미즈 유는 재차 고개를 가로젓는다. "나도 정말로 모르겠네요."

메이

메이는 웨이터의 머리가 벗어지기 시작했음을 알아차린다. 그가 오토만 위에 쟁반을 놓으려고 허리를 굽히는 순간, 정수리 부분에서 두피의 일부가 오스트레일리아 모양으로 반짝 빛난다. 보기보다 나이가 많은 사람이다.

"여기서 오래 일했나요?" 메이가 그에게 묻는다. 클럽을 운영하던 시절에는 그를 본 기억이 없다.

남자가 티스푼을 쟁반과 직각이 되도록 똑바로 놓는다. "아니요, 전무님. 이번 달이 첫달입니다."

"축하해요."

그의 말투는 동유럽에서 온 듯한 억양이 몹시 강하다. 메이는 그렇게 억양이 강한 직원들에게 온라인으로 억양 교정 수업을 받으라고 조언을 하곤 했다. 직원의 말을 알아듣기 힘들면 고객들이 몹시 싫어하니까. 왜 해결할 수 있는 문제가 자신의 경력을 방해하도록 내버려두는 걸까?

"감사합니다, 전무님."

이 웨이터에게 수업을 추천할까 생각해보지만, 그는 이미 돌아서 있다. 게다가 메이는 자신이 방금 마친 리언과의 통화를 잊고 정신을 딴 데 쏟으려 애쓰고 있을 뿐이라는 걸 잘 알고 있다.

그녀는 직접 차를 한잔 따라 꿀꺽 마시고는, 다시 한잔 더 따른다. 제인과 아말리아가 코디네이터와 함께 어느 호텔에 안전하게 자리 잡았음을 확인하고도 어젯밤 잠을 거의 자지 못했고, 오늘 아침엔 동틀 무렵 일어나 이선이 뒤척이기도 전에 집을 나섰다.

리언과 함께 일한 세월 동안 그가 화를 내는 모습은 여러번 보았다. 워낙 성미가 불같은 그에게 소리를 지르는 것쯤은 일종의 푸닥거리인 셈이다. 하지만 어젯밤처럼 격분해 소리치는 것은 한번도 들어본 적이 없다. 그렇다고 그를 비난할 수 있는 건 아니다. 리언으로서는 화를 내고도 남는다. 메이의 실수가, 그러니까 철저한 관리의 부족과 안일한 태도가 덩 여사의 아기뿐 아니라 골든 오크스 확장을 위한 그들의 원대한 계획까지 위험에 빠뜨리지 않았는가.

다행스럽게도 리언은 사태를 그런 식으로 보지 않았다. 아니, 적어도 그렇게 보지 않는다고 공언했다. 무슨 까닭인지(그녀에 대한 호의 때문일까? 자신의 분노 앞에서 보여준 그녀의 겸허한 태도 때문일까?) 그는 대부분의 책임을 코디네이터들과 제인 본인의 탓으로 돌렸다. 메이로서는 가까스로 최악의 상황을 모면한 셈이다. 명성에 큰 흠집은 났어도 완전히 끝장난 것은 아니다. 그녀가 가장 좋아하던 하버드 경영 대학원 교수는 실패에서 무언가를 배운다면 그 어떤 실패도 진짜 실패가 아니라고 늘 이야기했고, 메이는 다시는 그런 일이 일어나지 않게끔 이 엄청난 대혼란으로부터 배움을 얻고자 최선을 다하고 있다. 그녀는 골든 오크스의 방문 정책을 재고하는 중이다. 아마 그 정책을, 특히 집에 어린 자녀를 둔 호스트들을 위해 다소 완화해야 할 것 같다. 아니면 아예 반대로 더 강화해야 하거나. 어쩌면 자녀를 둔 호스트들은 고용하지 말아야 할지도 모른다. 필연적으로 그들은 이미 다른 누군가에게 헌신할 수밖에 없으니까 말이다.

메이의 휴대전화가 삑삑거린다. 리언은 어젯밤에 벌어진 일들에 대해 논의하기 위해 오늘 아침(아시아 시간으로는 오늘 저녁) 덩 여사와 이야기를 나누기로 했다. 그들이 각색하고 법무 팀이 검토까지 마친 이야기를 들려줄 예정이다. 즉 84번은 화급한 집안일 때문에 골든 오크스를 떠났고, 그 과정에서 코디네이터들이 서두르느라 덩 여사의 허락을 미리 구하지 못했다고 말이다. 그것도 규정 위반이기는 하지만, 실제 전모에 비하면 사소하다. 그렇지만 덩 여사가 어떻게 반응할지 누가 알겠는가? 부유한 사람들은 자신들의 세계를 지배하는 데 익숙하다. 골든 오크스가 완벽하게 통제되지 않는다는 약간의 조짐조차 대단히 심각한 일일 수도 있다.

메이는 두근거리는 마음으로 휴대전화를 확인한다. 하지만 이브다. 그녀의 보고에 따르면, 제인은 보안 팀의 경호를 받고 있으며 오분 안에 클럽에 도착한다. 문자메시지에 새로운 계약서가 첨부되어 있어서, 메이는 그것을 대강 훑어본다.

휴대전화에서 다시 알림음이 울린다. 이번에는 웨딩 플래너다. 플로리스트에 따르면, 메이가 테이블에 장식하고 싶어하는 진분홍 모란을 파는 업체를 찾아내기는 했지만 온실에서 재배한 꽃이라─모란은 가을에는 자라지 않는다─10월에 구매하려면 비용이 많이 들 것이다. 이 점에 신경이 쓰이는지?

아니요! 메이는 그렇게 소리를 지르고 싶다. 하지만 사실은 몹시 신경이 쓰인다. 그녀는 결혼식의 모든 세부 사항을, 아이보리색 생사生絲의 정확한 색조며 지름 3미터가 넘는 원형 리넨 테이블보에 이르기까지 아주 세세하게 챙겼다. 하지만 그렇게 한 것은 그녀가 자신의 결혼식이 여러 차원에서, 다시 말해 이선과의 결합은 물론, 결혼식 며칠 전으로 출산 예정일이 잡혀 있는 덩 여사의 아이들, 덩 여사의 투자, 그리고 골든 오크스의 야심찬 확장과 그 주

역인 자신의 역할에 대해서도 영광스러운 축하 의식이 되리라 생각했을 때였다.

메이는 웨딩 플래너에게 주문을 미루라는 문자메시지를 보낸다. 덩 여사의 투자 건이 진척된다는 확신이 들 때까지는 지출을 억제할 필요가 있다.

요란한 노크 소리가 나더니 핼의 팀원 중 하나인 제프가 방으로 머리를 쑥 들이민다. "준비되셨나요, 미즈 유?"

"안녕, 제프. 네, 그래요. 들여보내줘요."

제인이 들어온다. 얼굴이 핼쑥하고 두 눈은 퀭하다. 잠을 잤다 하더라도 틀림없이 그리 많이 자지는 못한 것 같다. 다행스럽게도 화상으로라도 이 대화에 참여하겠다는 뜻을 비쳤던 리언은 지금 덩 여사에게 묶여 있다.

"안녕, 제인. 앉아요. 차 좀 줄까요? 허브티도 있고……"

제인이 고개를 가로저으며 메이의 맞은편에 놓인, 장식용 단추들이 박힌 등받이 의자 하나에 경직된 자세로 앉는다. "저 남자들이 사촌을 못 보게 해요."

제인이 그렇게 단도직입적으로 나오리라고는 예상하지 못했다. 그 소식을 최대한 부드럽게 전하고 싶었는데. "미안해요, 제인. 당신 의뢰인이 더이상 당신이 병원에서 시간을 보내는 걸 원치 않아서요."

제인이 뭔가 말을 하려고 입을 열다가, 이내 고개를 떨구고 꼭 마주 잡은 자기 손을 빤히 쳐다본다. 사촌의 상태가 그렇게 심각한데도 그녀를 만날 수 없다니, 메이는 제인이 지금 얼마나 끔찍한 기분일지 상상해본다. 하지만 의뢰인의 생각도 일리가 있다. 의뢰인 또한 제인이 그렇듯 자기 아이의 안전을 확보하기 위해서라면 무슨 일이든 할 것이다.

"문제는 당신 사촌이 얼마나 오래 병원에 머무르게 될지 알 수 없다는 거예요." 메이가 말한다. "의사들 말로는 며칠이 될 수도, 아니면 몇주가 될 수도 있다더군요. 병원에서는 감염 위험이 너무 커요. 바로 며칠 전에도 에벌린과 같은 층에 포도상구균에 감염된 환자가 있었고……"

"난 호텔에서 지내면 돼요." 제인이 말을 가로챈다. "호텔비는 내 보너스로 지불하면 되고요."

메이는 마음을 단단히 먹는다. "당신은 아기를 낳아도 보너스를 못 받을 거예요, 제인."

제인이 메이의 눈을 마주 본다. 너무 조용해서 제인이 마른침을 꼴깍 삼키는 소리까지 들린다.

"당신이 받았던 압박감은 이해해요." 보너스가 없으면 제인은 처음 출발했던 곳, 즉 막다른 골목으로 돌아가야 한다. 그것을 아는 메이는 손을 내밀어 제인의 손을 잡으려는 충동과 싸운다. "상사에게도 상황을 설명했어요. 하지만 그분은 말 그대로 한치도 양보하지 않을 거예요. 그분이 생각하기에는, 계약서에 이렇게 중대한 위반이 초래할 결과가 분명히 명시되어 있는데도 당신에게 보너스를 지불하는 건—"

제인이 허겁지겁 말을 늘어놓는다. "에인절에게 아말리아를 퀸스의 합숙소에서 봐달라고 부탁할게요. 호텔비는 집세를 내려고 모아둔 돈으로 지불하고요. 저금이 조금 있어요."

"의뢰인은 당신이 병원에 있는 걸 원치 않아요. 여기 이 도시에 있는 것도 원치 않고요." 제인이 더이상 희망을 갖기 전에 메이가 말을 끊는다. "이곳 맨해튼의 오염된 공기나 취약한 안전성 때문만은 아니에요. 그녀는 당신이 사촌을…… 사촌이 아픈 모습을 지켜보면서 받을 스트레스를, 심적 타격을 걱정해요."

제인이 침묵에 빠진다. 그녀가 다시 한번 자기 손을 빤히 본다.

"제인, 당신이 에벌린을 혼자 두고 싶어하지 않는다는 거 잘 알아요."

"사촌을 혼자 내버려두지 않을 거예요."

"그건 나도 원하지 않아요." 메이는 제인의 목소리에 담긴 단호함에 약간 놀라면서 맞장구를 친다. "그래서 이런 제안을 하는 거고요. 우리가 에벌린의 딸들을 뉴욕으로 데려올 거예요. 에인절이 이미 그들에게 연락을 취했어요. 그들의 비자는 우리 법무 팀이 신속하게 처리할 방도를 알아보고 있고요."

"내 의뢰인이 그렇게 해주는 거예요?" 제인이 깜짝 놀라 묻는다.

"음, 아니에요…… 지금이 그러기에 적당한 때는 아니라……" 메이는 잠시 허둥댄다. "내가 돕고 싶어요. 비행기표값을 기쁜 마음으로 지불하겠어요."

"하지만 왜요?"

메이가 예상했던 반응이 아니다. 그녀는 무수한 감사의 말을, 어쩌면 눈물까지도 각오하고 있었다.

"당신을 위해서 그렇게 하고 싶어요. 그리고 에벌린을 위해서도요." 메이는 거북한 마음으로 설명한다. "당신들 둘 다 열심히, 내가 아는 대부분의 사람들보다 더 열심히 일하잖아요."

"만약 사촌이 죽으면요?"

메이는 가슴이 내려앉는 기분을 무시한 채 어쩔 수 없이 밀어붙인다. 개인적인 감정과는 무관하게, 아무리 어렵더라도 해야 할 일이 있는 법이다. "만약 당신 사촌이…… 당신이 아직 임신 중일 때 돌아가시면…… 의뢰인은 당신이 장례식을 치르러 뉴욕으로 돌아오는 걸 허락할 거예요. 당신 자궁문이 3센티미터 이상 열리지 않는 한……" 메이가 제인에게 태블릿 화면에 떠 있는 계약서의 관련 조항을 보여준다. "만약 자궁문이 3센티미터 열려 있고 아기가 적어도 38주 차인 경우에도, 의뢰인은 당신의 요구를 수용할 거고요……"

제인은 계약서를 응시하지만 살펴보고 있는 것 같지는 않다.

"월급은 전과 마찬가지로 받게 될 거예요." 이것이 작은 보상이 되리라 생각하며 메이가 말을 잇는다. "당신 행동에서 파생되는 다른 결과는 전혀 없을 거예요. 출산 보너스를 잃는 걸 제외하고는요."

제인이 다시 한번 침묵에 잠기며 두 손을 꼭 맞잡는다. 메이는 그녀가 아테를 위해, 아니 어쩌면 신의 인도를 바라며 기도하고 있으리라 생각하며 기다린다. 메이는 태양만큼이나 커다란 슬픔에 휩싸인다. 제인 때문에, 에벌린 때문에. 설령 뉴욕에 오게 되더라도, 몇십년 만에 어머니를 처음 만나 결국은 작별 인사를 하게 될 에벌린의 딸들 때문에. 그녀의 아들들 때문에. 불운에 불운이 겹친다. 그런 이야기들은 언제나 거기서 거기다.

"아말리아와 함께 있고 싶어요." 메이가 화들짝 놀랄 정도로 갑작스러운 선언이 제인에게서 튀어나온다. "아말리아가 곁에 있으면, 사촌이 아프다고 해도 나는 더 침착해질 거예요. 의뢰인에게 이 말을 전해줘요. 내 스트레스와 이 아기를 걱정하고 있으니, 의뢰인도 동의할 거예요."

메이는 제인을 가만히 바라본다. 갑자기 그녀가 달라 보인다. 어쩌면 햇빛 때문에 그렇게 보이는 것일 수도 있지만—지금 창문으로 햇살이 한가득 쏟아져 들어오고 있으니 말이다—메이는 그렇게 생각하지 않는다.

"확실히, 의뢰인에게 그 안에 대해 얘기해볼 수는 있을 것 같아요." 그녀가 조심스럽게 말한다.

"그리고 레이건요." 제인이 말한다. "그녀가 곤경에 처하면 안돼요. 그녀는 아무 잘못도 없어요. 나는 그녀가 아팠던 게 골든 오크스에서 먹었던 음식 때문이었다고 믿어요."

메이는 시간을 벌기 위해 태블릿에 메모를 하는 척한다. 제인이 아말리아와 함께 머물게 하도록 리언을 설득하기란 힘들 것이다. 하지만 이 두번째 요청은 쉬운 문제다. 그들은 덩 여사에게 그녀의 남은 호스트들이 둘 다 멋대로 굴었다는 사실을 절대로 알리지 않을 작정이니까. 그렇다고 제인이 이 사실을 알 필요가 있는 것은 아니지만. "그게 다예요?"

제인이 고개를 살짝 끄덕이며 테이블 위에 놓인 찻주전자를 향해 손을 뻗는다. 주전자가 그녀의 손 안에서 흔들린다. 그녀는 자신의 잔을 채운 뒤 메이의 잔도 다시 채워준다. 메이는 그녀가 계약서에 서명하는 모습을 지켜본다. 그녀는 아주 젊고, 앞으로 긴 인생이 남아 있다. 하지만 어떤 종류의 삶일까?

메이는 이런 결정을 내린다. 그녀는 제인이 새 일자리를 찾을 때까지 곤경에 처하지 않게끔 그녀에게 약간의 돈을 줄 작정이다. 새 일자리를 찾기가 쉽지는 않을 것이다. 제인은 기술도, 고등학교 졸업장도 없고, 골든 오크스에서 환영받는 인물도 아니다. 하지만 메이가 아는 사람들 가운데 육아나 어쩌면 청소 같은 이런저런 집안일을 도와줄 일

손이 필요한 사람이 반드시 있을 것이다. 분명 보수는 대단치 않으리라. 제인과 아말리아는 아마도 퀸스의 합숙소로 다시 돌아가야 할 것이다. 아이를 키울 만한 환경은 아니지만, 제인에게 달리 어떤 선택권이 있겠는가?

메이는 마음속으로 재빨리 몇몇 가능한 일을 죽 생각해본다. 이윽고 어떤 아이디어가, 그러니까 제인의 급격한 추락을 막을 방법이 별안간 떠오른다. 어쩌면 너무 극단적인 조치일지도 모른다. 제인이 어떻게 반응할지도 확신이 서지 않는다. "다음에 뭘 할 건지는 생각해봤어요?"

제인은 주저하지 않는다. "내가 해야 할 일이라면 그게 뭐든 다 할 거예요."

에필로그
2년 6개월 후

"이제 그만 차요, 우리 행복한 도련님." 제인이 빅터에게 말한다. 빅터는 다리를 들어 기저귀 교환용 깔개를 걸어차는 중이다. 그애 위쪽에서는 비행기들이 달린 모빌이 빙빙 돌고 있다.

마치 그 비행기 중 하나가 자기를 위해 특별 곡예를 펼치고 있기라도 한 양, 빅터가 갑자기 신이 나서 웃는다. 그애는 명랑하다. 언제나 무척 명랑하다. 지금도 제인을 보며 입을 크게 벌리고 활짝 웃고 있어서, 그녀도 같이 웃음을 터뜨린다. "우리 철없고 행복한 꼬마 도련님."

아말리아가 쿵쿵거리며 방으로 들어온다. 오늘 아침 혼자서 옷을 입겠다고 고집을 부리더니, 형광 분홍빛 튀튀에 개구리들이 그려진 파마자 윗도리를 입고 있다. "밖에 나갈래!"

"엄마 아직 준비 안됐어, 말리." 제인이 물티슈 통에서 좋은 냄새가 나는 티슈를 뽑아 빅터의 엉덩이를 닦으며 대답한다.

아말리아가 혐오스럽다는 듯 똥 기저귀를 응시한다. "웩." 아이는 그러더니 행진하듯 걸어 나간다.

제인은 아말리아의 빛나는 실루엣이 모퉁이를 돌아 사라지는 모습을 지켜본다. 그애가 아기를 질투하고 있다는 걸 제인은 잘 안다. 그애는 아기를 사랑하는 동시에 미워한다. 이것 또한, 그러니까 어떻게 동시에 두가지 감정을 똑같이 격렬하게 가슴속에 품고 있을 수 있는지도 제인은 잘 안다.

제인은 방 한쪽 구석, 그녀가 가장 좋아하는 노란 의자로 빅터를 데려간다. 빅터가 울게 내버려둬야 한다는 건 알지만, 이 자리에 앉아 그애를 안고 얼러 재우고 있었던 게 그리 여러시간 전 일도 아니다. 그녀는 그런 순간들을 즐긴다. 집이 고요하고 귀뚜라미들조차 입을 다무는 순간, 세상에 오로지 제인과, 빅터와, 램프 불빛이 물웅덩이처럼 고여 있는 노란 의자뿐인 순간을 말이다.

아말리아가 어렸을 땐 그애와 그런 즐거운 시간을 갖지 못했다. 그들은 퀸스의 합숙소에 살았고, 제인은 빌리를 떠나 여전히 어쩔 줄 모르고 있었다. 아말리아가 밤에 깨면 제인은 룸메이트들을 방해할까봐 걱정부터 들었다. 그리고 그 걱정은 어둠이 희부옇게 밝아지며 아침이 올 때까지 꼬리에 꼬리를 물고 다른 걱정들—어떻게 일자리를 찾을 것인가, 누가 아말리아 돌보는 걸 도와줄 것인가, 이혼을 하면 지옥에 떨어질 거라는 빌리의 말이 정말 옳은 것일까 따위—로 이어지곤 했다.

"지금은? 지금은 밖에 나가도 돼?" 아말리아가 돌아왔다. 아까의 옷차림에 작년 핼러윈에 "사탕 안 주면 장난칠 거야"라고 외치며 돌아다닐 때 썼던 반짝거리는 카우보이 모자를 추가한 모습이다.

"몇분만 더 있으면 돼, 말리."

아말리아는 엉덩이에 손을 얹은 채 고개를 갸웃거리며 어머니를 노려본다. 그애가 이런 자세로 서 있을 때마다 제인은 아테가 사무치게 떠올라 가슴이 아프다.

"좀 참아."

아말리아가 홱 돌아서서 가버린다. 그애가 계단을 쿵쾅거리며 내려가는 소리가 들린다. 방충문이 쾅 하고 닫힌다. 그녀는 창문을 통해 아말리아가 신발도 신지 않고 곳곳의 잔디를 마구 잡아 뜯으며 돌아다니는 모습을 본다. 제인의 가슴 한구석에서 화가 치민다. 아말리아가 맨발로 벌을 밟는 바람에 벌침에 쏘인 게 겨우 지난달이었다. 그애는 제인이 자기를 안고 다녀야 한다고 고집을 부리면서 반나절 동안 절뚝거리며 걸어다녔다.

하지만 동시에 다른 한구석에서는 기쁨도 느껴진다. 지

난번 유아원 학부모 면담 시간에 아말리아의 선생님은 그 애가 규칙에 완강하게 저항하는 갖가지 방식들을 죽 읊어주었다(그림을 그릴 때 덧옷을 입지 않으려 하고, 교대로 그네를 타는 것을 "힘들어"한다고). "아말리아는 착한 아이지만, 의지가 너무 강해요."

선생님은 마치 그것이 부끄러운 일이라는 듯, 고개를 절레절레 흔들며 이야기했다. 착한 아이라는 사실과 의지가 강하다는 사실이 서로 모순되는 양 말이다.

지금껏 아무도 제인을 가리켜 의지가 강하다고 묘사한 적은 없다.

제인은 빅터의 바지를 잡아당겨 입히고 아이를 품에 안아 든다. 빅터는 정말로 순하고, 좀처럼 칭얼거리지도 않는다. 아테가 했던 이야기에 따르면, 이 나이 때 아말리아는 다루기 힘들었다. 어떻게인지는 몰라도, 빅터는 자신이 좀더 수월한 인생의 조건을 타고났다는 걸 아는 걸까? 아니면 남자아이들이 여자아이들보다 세상 살기가 더 편해서일까?

제인은 다시 창밖을 힐끗 내다본다. 아말리아는 이제 이웃집 개를 끌어안은 채 잔디밭에 웅크리고 앉아 있다. 이 집 마당도 자기 마당인 줄 아는 커다란 검정개다. 제인은 아말리아가 그 개와 이런 식으로—녀석을 끌어안고 함께 뒤엉켜 잔디밭을 뒹굴며—노는 것이 못마땅하다.

아말리아는 녀석을 편든다. 하지만 얘는 훈련을 받았어,

엄마! 재주도 부린다고!

　그건 사실이다. 이웃집 사람이 녀석의 재주를 보여주기도 했다. 앉아. 악수. 빵.

　하지만 제인은 그 재주가 겉모습에 지나지 않는다는 것을 안다. 만약 위협을 받으면, 개는 본모습을 드러낼 것이다. 언젠가 나나이의 개가 제인이 자기 뼈다귀를 훔치려 한다고 생각하고 그녀를 물었듯이 말이다. 물론 아말리아는 제인의 경고를 귀담아듣지 않는다. 그렇다고 제인이 뭘 어떻게 해야 할까? 이를테면, 아말리아를 주말 내내 집 안에 가둬두기라도 해야 한단 말인가?

　"넌 다른 사람 말을 귀담아듣는 사람이 될 거야." 제인이 빅터의 짧고 통통한 목에 입을 맞추며 말한다. 그애를 안고 계단을 내려가는데, 아말리아의 비명이 들린다.

　"엄마!"

　그 개다. 아말리아는 녀석을 너무 거칠게 대한다.

　제인이 다급하게 달려 나가자 빅터는 그녀의 어깨 위에서 통통 튀어 오르며 마치 장난이라도 치고 있는 듯 까르륵 웃는다. 하지만 제인은 장난을 치고 있는 게 아니다. 그녀는 해야 할 일을 할 준비가 되어 있다. 그 개를 걷어차고, 비어 있는 팔로 딸을 낚아채, 두 아이를 데리고 집으로 뛰어 들어갈 것이다.

　"밀어줘, 엄마!" 아말리아가 소리친다. 그애는 뒷마당 한가운데 있는 커다란 나무의 가지에 매달린 그네에 올라가 있고, 개는 어디에도 보이지 않는다.

"말리!" 제인이 꾸짖는다. "너 때문에 놀랐잖아!"

아말리아는 고개를 살짝 뒤로 젖히며 노래하듯 말한다. "준비 됐어-요오!"

아테라면 아말리아가 이런 식으로 행동할 때 벌로 아이의 엉덩이를 때렸을 것이다. 아이가 마치 여왕처럼 이래라저래라 요구하면 말이다. 그녀는 부모가 자식에게 저지르는 최악의 일은 아이를 오냐오냐 키우는 것이라고 항상 말했었다. 세상은 각박하니까. 하지만 제인은 잘 모르겠다. 세상이 자기들 소유인 양 살아나가는 사람들이 있고, 또 세상도 그들의 요구에 따르는 것처럼 보이지 않는가.

"'해주세요' 해야지, 말리."

아말리아가 다리를 차올리는 순간에 맞춰 그네를 밀어주려고 해보지만, 비어 있는 한쪽 팔만으로는 그렇게 하기가 어렵다. 다른 한쪽 팔에 안겨 있는 빅터는 꾸르륵 소리를 내며 줄줄 흐르는 침으로 그녀의 셔츠를 적시고 꿈틀거리기는 하지만 울지는 않는다. 그녀는 곧 안으로 들어가 빅터의 점심을 만들어야 한다. 호박 퓌레를 할 생각이다. 아말리아가 고형식[1]을 먹기 시작했을 때 가장 좋아한 음식이다. 아니, 아테에게 듣기로는 그렇다. 그리고 미스터 이선의 셔츠도 다림질해야 한다. 그와 미즈 유는 내일이나

---

[1] 일정한 형태나 덩어리로 이루어진 음식. 보통 유아가 젖을 떼고 난 이후 섭취한다.

되어야 세인트바츠²의 결혼식에서 돌아오지만, 제인은 잡역부가 빅터의 욕실 수도꼭지를 고치러 오기 전에 다림질을 끝내고 싶다.

제인은 집안일로 걱정하는 자신을 보며 눈알을 굴리는 레이건의 모습이 눈에 선하다.

"자기들을 미스터 이선과 미즈 유라고 부르게 하는 거야?" 지난번 방문, 그러니까 한달 전 이곳에 왔을 때 레이건은 비웃듯 말했다. "제발 좀, 넌 그들과 함께 살고 있잖아!"

제인과 아말리아가 차고 위 아파트에서 지내는 것은 사실이지만, 그것이 그들의 집은 아니다. 레이건은 이 점을 이해하지 못한다. 아테는 제인에게 의뢰인들과 함께 살 때, '예의 바른 거리'가 중요하다고 가르쳐주었다. 피고용인이 너무 자주 걸리적거리거나 자기들을 너무 가까이에서 관찰하고 있다고 느끼면, 의뢰인들은 새로운 사람을 구하려고 할지도 모른다고 했다.

지난 주말에만 해도, 제인이 아침을 준비하고 있는데 아말리아의 고무공이 복도로 빠져나갔다. 아말리아는 언제나처럼 몹시 요란하게 공을 따라갔다. 제인이 그애를 쫓아갔어야 했다. 하지만 스크램블드에그가 거의 완성 단계였고, 미즈 유는 너무 익힌 것을 좋아하지 않는다. 음식을 접

---

2 카리브해의 리워드제도에 있는 프랑스령 섬. 프랑스식 정식 명칭은 생바르텔레미(Saint-Barthélemy)다.

시에 옮겨 담을 때쯤, 미스터 이선이 아말리아를 부엌으로
다시 데려다주었다. 그는 미소를 짓고 있긴 했지만—미
스터 이선은 항상 친절하다—제인에게 자신이 전화 회의
를 마저 끝낼 동안만 "잠시 혼자 있을" 수 있겠냐고 했다.

제인은 너무 창피해서 아말리아를 호되게 꾸짖은 다음
그들의 아파트로 올려 보냈고, 그애는 그날 남은 시간 내
내 그곳에서 나올 수 없었다.

"더 세게 밀어줘!" 아말리아가 소리친다.

자신이 때때로 딸에게 조금 엄하다는 것을 알지만, 그들
이 지금의 처지를 당연하게 여겨서는 안된다. 제인은 미즈
유가 골든 오크스로부터 큰 보너스를 받을 수 없을 거라고
전했을 때 느꼈던 두려움을 아직도 기억한다. 곧바로 머리
를 바삐 굴려 몇몇 대안과 그 실현 가능성을 따져봤지만,
어느 것도 마땅한 것이 없었다. 빌리와 화해하는 것도, 양
로원의 옛 상사에게 다시 일자리를 달라고 애걸하는 것도,
혹은 에인절에게 부잣집 일자리를—유모 일이든 청소 일
이든 상관없으니—구해달라고 부탁하는 것도 말이다.

"엄마, 왜 나는 엄마를 설득해서 더 세게 밀게 만들 수가
없는 걸까?"

제인은 깜짝 놀라 딸을 빤히 쳐다본다. "설득해서? 그런
단어를 어떻게 알았어, 말리?"

"메이한테서!"

"미즈 메이라니까." 제인은 아말리아가 자신의 목소리

582

에 담긴 경외감을 감지하지 못하도록 신경 쓰며 그렇게 바로잡아준다. 아말리아는 길고 어려운 단어도 딱 한번만 들으면 어떻게 사용하는지를 깨닫는다. 미즈 유의 말에 따르면, 그것은 아말리아에게 타고난 재능이 있기 때문이다. 겨우 세살 반인 아말리아가 이미 책을 조금씩 읽고 있다는 사실을 알았을 때 미즈 유는 그애에게 닥터 수스[3]의 전집 한질을 사주었고, 그것은 이제 아말리아가 가장 좋아하는 책들이다.

이처럼 관대한 행동은 미즈 유가 레이건이 주장하는 것처럼 나쁜 사람이 아님을 증명한다. 레이건은 미즈 유가 골든 오크스에서 그들에게 거짓말을 했고, 제인의 보너스를 빼앗았으며, 사람을 조종하는 데 능하다는 이유로 그녀를 경멸한다. 하지만 미즈 유가 직장을 잃지 않는 선에서 다른 어떤 행동을 할 수 있었겠는가?

제인은 사람들이 레이건이 생각하는 만큼 자유롭다고 믿지 않는다. 때때로 사람은 힘든 결정을 내리는 것 말고는 별다른 선택지가 없는 처지에 놓인다. 제인이 타인들 사이에서 진정한 사생활 없이 지내며 여기 머물기로 한 것처럼 말이다. 물론 퀸스의 아파트와 합숙소 사이의 그 가까운 거리가 그리운 날도 있다. 이 마을에서는 거의 모든 사람이 금발의 백인이고, 심지어 성당에서도 그렇다. 하지

---

3 Theodor Seuss "Ted" Geisel(1904~91). 어린이의 흥미와 인지적 능력, 언어 습득 이론에 맞춰 작품을 쓴 것으로 유명한 미국의 동화 작가.

만 그녀는 아말리아를 위해 올바른 선택을 했다.

그리고 미즈 유는 반드시 그럴 필요가 없는데도 그녀에게 친절하다. 제인이 덩 여사의 딸을 출산한 후——제인이 얼굴도 보기 전에 사람들은 아이를 데려가버렸다——미즈 유가 병원으로 그녀를 만나러 왔다. 메이는 제인에게 계획이 무엇인지 물었고, 제인이 모르겠다고 대답하자 자신에게 좋은 생각이 있다고 말했다.

"이선과 나는 가정을 이룰 준비가 돼 있어요. 우리에게는 그저 시간이 없을 뿐이죠!" 그러면서 미즈 유는 큰 소리로 웃었다. 그러더니 제인에게 자신의 대리모가 되어달라고 부탁했다. 임신 기간 동안 제인과 아말리아는 그들 소유의 저택에 딸린 아파트에 집세 없이 살 수 있고, 일이 다 잘 풀리면 아마 그후에도 계속 거기서 살 수 있으리라는 것이었다.

제인은 미즈 유의 너그러움에 어안이 벙벙해졌고, 지금도 여전히 그런 기분이다. 거의 매일 그렇다. 레이건이 틈만 나면 일깨워주듯이, 그녀가 급여를 지급받기로 한 주당 마흔시간보다 훨씬 오래 일하는 경우가 부지기수인 건 사실이다. 하지만 미즈 유가 없었다면 아말리아가 좋은 유아원에 다니지 못했으리라는 점 또한 사실이다. 미즈 유가 성당 측과 이야기를 해서 학비 지원을 주선했다. 그리고 이 무료 아파트가 없었다면 제인은 저금을 모두 써버렸을 것이다. 아주 오래전에 카터 부인을 위해 일하고 받아서 쓰다가 남은 돈과 골든 오크스에서 받은 월급은 지금 은행에 들어 있다. 더 편하게 살 수 있을 만큼 충분한 액수는 아니지만, 그 돈이 거기에 있고 복리로 꾸준히 불어나고 있다는 사실을 아는 것만으로도 제인에게는 위안이 된다.

"메이가 너를 여기 살게 해주는 건, 그게 그녀에게 **정말 좋은** 거래이기 때문이야. 너그러운 행동이 아니라고." 지난번에 방문했을 때 레이건은 심술궂은 목소리로 말했다.

"둘 다야." 제인은 대답했다. "나는 고맙게 생각해."

리무진에서 트렁크를 꺼내 집 쪽으로 끌고 가면서, 메이는 계획보다 하루 일찍 빅터를 볼 생각에 기운이 솟는다. 그녀가 타야 할 로스앤젤레스행 비행기 편은 오늘 저녁 늦게나 있으니, 거의 하루 종일 아이와 함께 있게 될 것이다. 날씨만 계속 좋으면 아이를 컨트리클럽으로 데려가 함께 수영장 가장자리에 앉아 인디언 서머[4]를 즐길 수도 있으리라.

리언은 전화로 그녀의 긴 주말 휴가를 단축시킬 수밖에 없겠다고 말하며 몹시 미안해했지만, 솔직히 메이는 떠날 구실이 생겨서 기뻤다. 이선의 친구인 신랑은 너무나 좋은 사람인 반면 그의 신부는 지나칠 만큼 따분하고, 그 들러리들은 훨씬 더 심각했다. 최고이자 최신식 전문 심장 강

---

4 북아메리카에서 늦가을 무렵 며칠 동안 마치 여름이 되돌아온 듯 더운 날씨가 계속되는 현상을 일컫는 말이다.

화 운동 수업이며 새로 나온 셀룰라이트 제거 주사 따위에 대한 토론을 메이로서는 더이상 감당할 수 없었을 것이다.

게다가 리언이 그녀를 위해 세인트바스로 자기 전용기를 보낸 것도 기분 나쁜 일은 아니었다.

어쨌든 메이는 무슨 일이 있어도 이 기회를 놓치려 하지 않았을 것이다. 물론 투자 홍보 팀 팀장 개비가 안됐다는 생각은 든다. 응급 맹장수술이 나들이는 아니니까. 하지만 그 수술은 곧 월요일에 있을 덩 여사 및 '레드 시더스'[5]에 자금을 댄 다른 투자자들과의 회의를 주관하는 사람이 메이가 되리라는 걸 의미한다. 인맥을 만드는 것은 언제나 좋은 일이다. 그들이 그녀를 어디로 인도할지 누가 알겠는가.

리언에게 맥도날드 프로젝트를 처음 제안한 것이 3년도 채 되지 않았다는 사실이 믿기지 않는다. 그 이후 골든 오크스의 규모는 거의 두배가 되었고, 레드 시더스는 몇달 후면 문을 연다! 새 지점의 의뢰인 명단에는 실리콘밸리의 유명 인사 몇명, 인도네시아 채광업계의 거물 한명, 1년 중 절반쯤은 밴쿠버에서 지내는 중국인 억만장자 몇명, 그리고 일본 어느 은행의 3대 후손 한명이 포함되어 있다.

마음으로 상상하고 믿으면 무엇이든 다 이룰 수 있다.[6]

메이는 집으로 들어가—문이 잠겨 있지 않아, 그녀는

---

5 미국삼나무로 불리는 측백나뭇과의 상록교목. 미국 캘리포니아주와 오리건주의 해안 근처에서 주로 서식한다.

제인에게 한소리 해야겠다고 마음먹는다 ─ 신발을 슬며시 벗는다. 제인이 부엌에서 누군가에게 말을 하는 소리가 들리자 불쑥 짜증이 치민다. 친구들을 집으로 부르는 것이야 괜찮지만, 친구들을 안채에서 접대하면 안된다는 것 정도는 알아야 한다. 설령 메이와 이선이 부재중일 때라고 해도 말이다.

"짜잔!"

"미즈 유!" 제인이 한 손에 휴대전화를 들고 죄지은 듯한 표정을 지으며 의자에서 벌떡 일어난다. 메이는 제인에게 빅터와 함께 있을 때는 전화를 사용하지 말아달라고 요청한 적이 있다. "죄송해요. 잠깐만 통화한다는 게……"

메이가 아들을 안으려고 손을 뻗는다. "안녕, 우리 미남!" 빅터가 어머니를 보자마자 활짝 웃고, 메이의 가슴에는 행복이 넘쳐흐른다.

"전화를 사용하고 있었던 건 죄송해요." 제인이 메이의 어깨에 아기 트림용 수건을 걸쳐주며 말한다.

"캘리포니아에 갔다가 수요일이나 돼야 돌아올 테니까, 앞으로 며칠은 좀 늦게까지 일해줬으면 해요." 메이는 제인의 사과를 차갑게 무시한다. 이어 조리대 위에 놓인 사진이 그녀의 눈에 들어온다. "이건 뭐예요?"

"레이건이 준 거예요."

---

6 성공 철학으로 유명한 미국 작가 나폴리언 힐의 명언.

메이는 그 이미지를 흥미롭게 살펴본다. 레이건의 어머니 사진이다. 가족 간의 유사성이 뚜렷하다. 사진 속 그녀의 어머니는 쏟아지는 햇살에 얼굴을 빛내며 카메라에서 반쯤 몸을 돌린 채 기쁜 듯 미소 짓고 있다.

메이는 깊은 인상을 받는다. 레이건이 사진에 관심이 많다는 것은 알지만, 그녀에게 실제로 재능이 있는지에 대해서는 전혀 모르고 있었다. 최근 메이는 호의로, 그리고 정말 솔직히 말하자면 아직도 남아 있는 죄책감 때문에, 레이건이 어느 그룹 전시회에 참여하도록 다리를 놔주었다. 몇년 전 덩 여사의 아기를 출산한 후, 레이건은 트레이시가 캘리를 연기한 일로 메이와 정면으로 부딪치면서 예상대로 화도 냈지만 동시에 굉장히 상처를 받은 터였다. '캘리'가 레이건에게는 일종의 이상적인 어머니상이었음을 메이는 그때서야 깨달았다.

어쨌든 레이건을 그 전시회에 참여시키는 일은 식은 죽 먹기였다. 메이의 고객 중 한명이 몇년 전 화가인 그의 아들을 위해 브루클린의 거와너스에 있는 건물 하나를 스튜디오 겸 공연장 겸 화랑으로 쓰려고 매입했는데, 그 아들은 다방면에 걸친 자유분방하고 부자 티를 내지 않는 부유한 친구들을 위해 두달에 한번씩 새로운 전시회를 여는 모양이었다.

"이 사진은 전시회에 내놔야 하는 거 아닐까요?" 메이가 묻는다. "아름다운 사진이잖아요."

제인이 믹서기의 윙윙대는 소음보다 더 큰 목소리로, 레이건은 자기 어머니 사진들이 지나치게 예쁘다고 생각한다고 설명한다. "레이건은 '사람들을 생각하게 만드는' 사진을 찍고 싶대요. 사람들을 화나게 만드는 사진을요. 언젠가 저한테 보여준 것 같은…… 유명한 사진인데, 아프리카를 탈출하려다가 바닷가에서 숨진 채 발견된 난민 소년이랬나? 그런 거 말이에요." 제인이 기계의 플러그를 뽑는다. "왜 화를 내는 게 더 좋은 일인지 사실 전 이해가 잘 안되지만요."

메이가 빅터의 목에 입을 맞춘다. 그 모든 행운에도 불구하고 레이건은 지금껏 전혀 변하지 않은 모양이다. 그녀가 출산을 하자, 리언은 '훌륭한 호스트'였던 그녀에게 보상으로 이미 막대했던 보너스를 50퍼센트 인상해야 한다고 주장했다. 그 돈 덕분에 레이건은 자기 아버지의 명령 말고도 훨씬 더 많은 것으로부터 자유로워졌다. 메이가 최근 듣기로는, 윌리엄즈버그에 아파트를 사고 미술 석사 학위 취득에 필요한 비용을 모두 자비로 부담했다고 한다. 그런데도 레이건에겐 여전히 근본적인 불만이 있다. 그러한 사실이 바로 삶에서 가장 중요한 것은 사고방식이라는 점을 증명한다. 레이건은 자신이 직접 만든 새장에 갇혀 있는 것이다.

"어떤 사람들은 자기들이 가진 것에 감사할 줄 모르죠." 메이가 사진을 조리대에 다시 올려놓으며 말한다. "그래도 참 애석한 일이네요. 그녀의 사진들은 잘 팔릴 텐데."

방충문이 쾅 하고 열린다. 아말리아가 메이의 다리로 달려든다. "메이!"

"미즈 메이라니까." 제인이 싱크대 뒤에서 꾸짖는다.

"괜찮아요, 제인." 아말리아가 그날 아침 읽은 책에 대해 늘어놓는 사이, 메이는 그 어린 소녀의 머리카락을 헝클어뜨린다.

"말리, 미즈 메이는 비행기를 타고 와서 피곤해. 쉬게 해 드려!"

메이는 제인을 향해 손사래를 치고, 아말리아에게는 계속하라고 격려한다. 아이의 책과 학습에 대한 흥미를 돋워주는 게 중요하건만, 제인은 충분히 해주질 않는다. 예의범절이나 말하는 방식에 대해 끊임없이 잔소리를 하면서 딸에게 너무 엄하게 군다. 그애를 '착하고 순종적인 아시아 여자'라는 전형적인 틀에 억지로 밀어 넣으려는 것 같아 보일 정도다. 하지만 '착하고 순종적인 아무나' 중 이 세상에서 성공하는 이들이 대체 몇명이나 되겠는가? 생색내기를 좋아하지 않는 메이로서는 결코 이런 말을 입 밖에 낼 생각이 없지만, 솔직히 말해서 메이와 이선과 함께 사는 것은 아말리아에게 일어날 수 있는 최고의 일이다. 그애는 판이한 존재 방식을 접하게 될 것이다. 강한 여성과 건강한 결혼 생활이 어떤 모습인지 날마다 보게 될 것이다.

그것은 메이가 제인을 위해 해줄 수 있는 최소한의 일이다. 게다가 그녀는 아말리아를 좋아하게 되었다. 그애는 몹시 영특하다. 제대로 된 지도를 받으면 성공할 수 있을 것이다.

"말리, 이제 그만. 가서 손 씻어. 그러면 엄마가 점심 만들어줄게." 아말리아가 머드룸에 있는 화장실로 걸어가기 시작하자, 제인은 아이를 꾸짖는다. "여기서 말고. 아파트에서."

"제인." 메이가 나무란다. "여기서 먹으라고 해요." 물론 주말에는 자기들끼리만 있고 싶다고 제인에게 말한 적이 있긴 하다. 하지만 이선은 아직 세인트바츠에 있고, 지금 메이는 기분이 좋다.

"고마워요, 미즈 유."

메이가 빅터의 배에 입을 맞추자, 아이는 신이 나 까르륵 웃는다. "참, 제인. 계속 생각하고 있었는데 미처 말을 못했네요. 목요일에 우리 어머니가 오실 거예요. 손님방을 좀 준비해줄 수 있겠어요?"

"그럼요." 제인이 말한다. "어머니가 방문하신다니 잘됐어요. 정말 오랜만이네요."

메이는 최근 개설된 골든 오크스의 웹사이트에서 판매하는 비스페놀 A 비검출 플라스틱 그릇에 호박 퓌레를 퍼담는 제인의 모습을 지켜본다. 메이의 어머니는 지난번 방문 기간 내내 제인에게 끔찍하게 굴었다. 제인이 빅터에게 트림이며 목욕을 시키고 옷을 입히는 방식을 혹평하는가 하면 아말리아를 마구 헐뜯어 어머니가 머무는 동안 그 어린 소녀는 안채에 발도 들이지 않았다. 나중에 메이는 변명으로, 어머니가 웨스트체스터로 이사해 빅터를 돌보고 싶어서 그러는 거라고 설명했다. 그래서 제인에게 골을 내는 것일 뿐 개인적인 감정이 있어서는 아니라고.

그런데도 이 순간 제인은 메이에게 어머니의 방문이 잘된 일이라고 말한다. 역경을 전화위복의 기회로 삼는 요령을 터득한 친구를 보면서 레이건도 세상 물정을 좀 배울 수 있을 텐데.

메이는 갑작스럽게 극심한 죄책감을 느낀다. 아버지가 돌아가신 후 그녀의 어머니는 줄곧 불안정한 상태다. 그리고 이선과 메이가 늙어가는 부모님들을 염두에 두고 차고 위에 아파트를 지은 것도 사실이다. 하지만 메이의 어머니는 아직 그다지 늙지 않았고, 솔직히 말하자면, 청하지도 않은 충고와 쉴 새 없는 불평으로 메이를 미쳐버리게 만들 것이다. 적어도 레드 시더스가 정상적으로 돌아갈 때까지는 제인을 곁에 둘 필요가 있다.

"반가워요, 그럼 안녕!"[7] 아말리아가 소리친다. 머드룸의 문이 쾅 닫히고, 제인은 딸이 이웃집 개를 소리 높여 부르며 잔디밭을 가로질러 뛰어가는 모습을 지켜본다.

[7] 'Hi bye'라는 인사말은 보통 누군가를 처음으로 만났지만 즉시 자리를 떠나야 할 때 사용한다.

"쟤는 너무 괄괄해요." 제인이 고개를 절레절레 흔든다.

"활발한 거죠." 미즈 유가 대꾸한다. "빅터는 내가 먹일 게요. 가서 말리나 데려와요."

제인은 밖으로 걸어 나간다. 검정개가 아말리아의 소리를 들었는지 그애 주위를 맴돌며 껑충거리고 있다. 아말리아는 녀석의 꼬리를 붙잡으려고 애를 쓴다.

"개를 함부로 대하면 녀석도 널 함부로 대할 거야." 제인이 주의를 준다.

막 깎은 잔디 냄새와 길 어딘가에서 풍겨온 숯불고기 냄새가 공기 중에 떠돈다. 10월치고는 더운 날씨다. 제인은 아말리아를 지켜보며, 자기 딸이 어떻게 이 커다란 개나, 선생님들이나, 미즈 유를 두려워하지 않는지 모르겠다고 생각한다. 어떻게 이렇게 용감하고 똑똑해진 걸까?

미즈 유의 말에 따르면 이 길 아래쪽에 있는 학교는 이주에서 상위 10위 안에 든다. 내년 가을에는 아말리아가 겨우 네살이라고 해도, 유치원에 다니기 시작해야 한다는 게 미즈 유의 생각이다.

"시험은 봐야 할 거예요." 미즈 유는 그렇게 말했다. "하지만 그애가 아주 똑똑한 건 분명해요."

그 학교에 다니려면 아말리아는 해당 학군에 살아야 한다. 그래서 제인은 줄곧 대안을 마련해왔다. 아테에게는 언제나 대안이 있었는데, 제인도 이제 그 이유를 잘 알고 있다. 보장된 것은 전혀 없고, 대체할 수 없는 사람도 전혀 없기 때문이다. 제인은 성당 게시판에서 출퇴근 유모와 입주 유모를 찾는 광고를 본 적이 있다. 만약 미즈 유가 제인에게 싫증이 나거나 그녀의 어머니가 이사해 온다면, 제인은 이 동네에서 일자리를 찾아볼 생각이다. 난관은 아말리아까지 함께 사는 것을 허락할 고용주를 찾아내는 일일 것이다. 아마 주말 동안 무보수로 아이를 돌봐주거나, 요리를 해주거나, 아니면 둘 다 해주는 특별 근무로 그들을 꼬드겨야 하리라. 운전하는 법도 배워야 한다. 그 아이들을 온갖 교습이며 운동에 데려다주려면 말이다. 레이건은 이제 차를 가지고 있고, 전부터 제인에게 운전을 가르쳐주겠다고 했다.

"엄마!" 아말리아가 비명을 지른다. 개가 그애의 모자를 가져가버렸다.

메이는 빅터에게 모유를 먹이며 창가에서 지켜본다. 제인이 엉덩이에 손을 얹고 아말리아에게 뭐라고 말을 한다. 아마 그애를 꾸짖는 모양이다. 하지만 아니다. 이제 그녀는 아말리아를 단단히 붙들고 앞치마 귀퉁이로 아이의 얼굴을 닦아주고 있다. 딸에게 엄격하긴 하지만, 제인은 좋은 어머니다. 게다가 빅터에게도 한결같이 아주 잘해주고 있다.

메이는 이선의 말이 맞을지도 모르겠다고 생각한다. 둘째 아이를 생각해봐야 하지 않을까? 그녀도 이제 막 마흔

살이 되었고, 이선은 훨씬 더 나이가 많다. 노쇠한 부모가 되고 싶지는 않다. 그들에게는 여전히 골든 오크스에 보관된 생존율 높은 난자들이 있다. 게다가 자녀의 터울이 짧은 편이 좋을지도 모른다. 이선과 그의 형은 연년생이고, 가장 친한 친구 사이다.

"우리한테 어린 여자아이, 어린 메이가 있으면 좋겠어." 지난 주말 둘이서 세인트바츠의 해변에 누워 있을 때, 이선이 여전히 메이의 가슴을 두근거리게 하는 미소를 지으며 말했다.

그러곤 그녀에게 이번에는 아기를 직접 낳을 생각이 있는지 물었다. 메이는 화들짝 놀랐고, 이내 길길이 뛰었다. 그들의 첫 임신에 대해 무언가 암시하려는 생각이었을까? 게다가 그의 삶은 임신으로 인해 전혀 변하지 않을 텐데, 그런 그가 '진짜' 임신을 제안하다니 얼마나 이기적인가!

이선은 사과하며 특유의 부드러운 말투로 해명했다. "임신으로 가장 큰 부담을 질 당사자는 당신이라는 거 잘 알지만, 나 역시 매 순간 당신과 함께할 거야."

메이는 확신이 서지 않는다. 하지만 집으로 오는 비행기에서, 그녀는 빅터의 첫 태동을 느끼던 순간 이선의 얼굴에 나타났던 경이에 찬 표정을 떠올렸다. 저녁식사 직후 부엌에서였다. 이선과 메이는 제인의 옆에 바짝 붙어 서서, 그녀의 배에 손을 얹은 채 아들의 발길질을 느꼈다. 메이는 무언가에 찔린 듯한 기분이었다. 어쩌면 질투, 혹은 갈망이었을지도 모른다.

어쩌면 함께 임신 기간을 겪어내는 것도 가치 있는 경험이 될 것이다. 처음 공유하는 경험들이 부부의 결속을 유지해준다고 모든 결혼 관련 서적에도 적혀 있지 않은가. 그들은 임신 수업을 듣게 될 테고, 이선은 밤이면 그녀의 불룩한 배에 손을 딱 붙인 채 잠을 잘 것이며, 그녀가 분만을 할 땐 곁에 붙어서 그녀에게 얼음을 먹여주고 호흡 운동을 이끌어줄 것이다.

하지만 이선보다 수입이 더 많은 메이가 임신으로 인해 경력의 속도를 늦추게 될지도 모른다. 너무나 상반된 목표들을 한꺼번에 추구하는 듯한 기분도 든다. 게다가, 그녀의 자궁은 제인의 자궁보다 훨씬 늙었으니 수반되는 위험도 더 크다.

문득 그녀가 대리모를 쓸 예정이라고 말했을 때, 그리고 제인이 빅터를 돌보며 그들과 함께 살 것이라고 얘기했을 때, 그녀를 비난하던 어머니의 목소리가 머릿속에 울린다. "너는 놓치고 있어. 너 자신을 네 삶의 구경꾼으로 만들고 있는 거야."

매일 오후 가정부에게 메이를 맡기고 자신은 클럽에 나가 골프를 치던 사람한테서 그런 말을 듣다니!

그럼에도 불구하고, 2주 전 제인과 아말리아가 윌리엄즈버그에서 레이건과 하룻밤을 보내는 동안 그녀는 즐거웠다. 진이 다 빠지기는 했지만 그래도 좋았다. 메이와 이선과 빅터뿐이었다. 그녀와 이선은 집에서 빈둥거렸고―빅터가 아직도 하루에 세번씩 낮잠을 자는 시기라 다른 계획을 세울 수 없었다―함께 요리를 했다. 밤에 세 사람은 함께 침대에 누워 영화를 보았다. 이선은 겨우 3분의 1쯤 보았을 때 잠들어버렸다. 빅터는 그의 가슴에 벌러덩 엎어져 있었다. 메이는 그들을 지켜보는 것만으로도 흡족했다.

비명은 그쳤지만 아말리아는 여전히 울고 있다.

"엄마가 모자 찾아다 줄게." 제인이 딸에게 약속한다.

검정개가 카우보이모자를 입에 꽉 문 채 마당을 이리저리 가로지르며 질주한다. 제인은 큰 소리로 개를 부르지만, 막상 녀석이 다가오자 겁이 난다. 녀석은 크고 힘이 세다. 개들은 상대의 두려움을 감지할 수 있고, 그러면 대담해진다고 레이건에게 들은 적이 있다.

"이리 와." 제인이 짐짓 매서운 목소리로 명령한다.

개가 다가온다. 가까스로 모자를 붙잡았지만, 개가 놓으려 하지 않는데다 힘도 너무 세다. 결국 녀석은 그녀를 떨쳐버리고는 신이 나서 잔디밭을 지그재그로 가로지르기 시작한다.

"나쁜 개!" 아말리아가 소리친다.

제인은 이웃 사람이 물건을 던지고 그 개에게 물어 오게 하며 노는 모습을 본 적이 있다. 그녀가 땅바닥에서 막대기를 발견하고 두근거리는 가슴으로 그것을 허공에 흔들기 시작하자, 마침내 개가 알아차리고 다가온다. 제인은 여전히 겁을 먹은 채 마당 건너편으로 있는 힘껏 막대기를 던진다. 녀석은 아말리아의 모자를 잔디 위에 떨어뜨리고 쏜살같이 달려가버린다.

아말리아가 모자를 주우러 달려와서는 제인에게 활짝 웃어 보인다. "고마워, 엄마!"

그애는 엉덩이에 손을 얹고 맨발을 쿵쿵 구르며 의기양양하게 지그 춤을 추기 시작한다. 내리쬐는 햇빛이 모자의 스팽글에 반사돼 번쩍이는 바람에 제인은 순간적으로 앞이 보이지 않는다.

아말리아는 그네 쪽으로 뛰어가다가 떨어진 나뭇가지에 정신이 팔리더니, 그것을 두 손으로 잡고는 말 타는 시늉을 하기 시작한다.

"내가 구해주러 갈게, 엄마!"

제인은 큰 소리로 웃고, 아이가 손가락으로 상상 속의 악당들을 쏘다가 마침내 싫증이 났는지 나뭇가지를 떨어뜨리는 모습을 지켜본다. 아이는 이제 한 손에 모자를 쥔 채 다른 손으로 검정개를 손짓해 부르면서 폴짝폴짝 잔디밭을 가로지른다.

"조심해, 말리." 제인이 주의를 준다. 그녀의 가슴이 따끔거리기 시작한 참이다. 곧 빅터를 위해 젖을 짜야 한다는 뜻이다. 미즈 유가 최고급 유축기를 산 터라 시간이 오래 걸리지는 않는다. 그리고 젖을 짜면서 빨래를 개키면 시간을 절약할 수 있다.

"엄마, 나 좀 봐!" 아말리아가 외친다. 갑자기 불어온 세찬 바람에 아말리아의 치마가 부풀어 오르고, 아이가 빙빙 돌자 밝은 분홍색이 그애를 에워싸며 마치 한송이 꽃처럼 활짝 피어난다.

"정말 예쁘구나, 말리." 이렇게 말하는 그녀의 가슴 한 구석이 찌르르 저린다. 아테, 제인이 아팠을 때 그녀의 머리에 닿던 아테의 거칠지만 살가운 손길, 이것저것 설명하는 그녀의 코끝에 반듯이 걸쳐 있던 돋보기, 제인에게 그만 울라고, 빌리 없이도 살길을 찾을 수 있을 테고 자기도 도와줄 거라고 말하던 무뚝뚝한 아테의 말투가 떠오른다.

제인은 아테가 여기 있으면 좋겠다고 생각한다. 햇살을 받으며, 이 크고 하얀 집 뒤편 잔디밭에서 아말리아를 지켜보고 있으면 좋겠다고. 그러면 그녀도 많은 것이 달라지리라 생각할 수 있을 텐데.

"엄마!"

"응, 말리?" 제인은 내달리기 시작하는 딸의 모습을 지켜보며 아픔과 기쁨을 동시에 느낀다.

"엄마, 밀어줘!" 아말리아가 그네 위로 기어 올라가 모자를 내팽개치며 소리친다.

제인은 고개를 절레절레 흔들며, 개가 또 물어 가버리기 전에 모자를 주우려고 걸어간다. 아말리아는 자기 물건을 더 잘 간수해야 한다. 막 그렇게 얘기하려는데, 딸이 다시 소리치기 시작한다. "빨리, 엄마. 빨리!"

제인은 딸 뒤쪽에 자리를 잡는다. 이제 그녀의 팔에는 빅터가 안겨 있지 않고, 그러니 자유로운 두 팔로 더 세게 밀어줄 수 있다. "말리, 세게, 아니면 살살?"

"제일 세게!" 아말리아가 외친다. "제일 높게!"

『베이비 팜』(*The Farm*)은 허구의 산물이다. 하지만 많은 면에서 사실이기도 하다. 지금껏 내가 알고 지낸 사람들과 그들이 나에게 들려준 이야기들로부터 영감을 받았기 때문이다.

나는 필리핀에서 태어났다. 여섯살 때, 부모님과 우리 남매들은 위스콘신주 남동부로 이주했다. 많은 점에서, 미국의 중심부는 우리가 떠나온 세계와는 완전히 달랐다. 그렇지만 우리 친가가 먼저 위스콘신으로 이민을 와 있었기 때문에, 그리고 이미 그 지역에 정착해 긴밀한 유대를 맺고 있던 필리핀인 공동체 덕분에, 나는 두 세계, 다시 말해 필리핀인 친구들과 가족들, 너무 많은 음식들로 가득한 떠들썩한 주말 모임에 보존되어 있던 우리의 옛 세계와, 초등학교 전체에 아시아인이라곤 나와 내 여동생을 포함해 네명뿐이었던 새로운 세계 모두를 아우르며 자랐다.

고등학교를 마치고 프린스턴 대학에 입학하며 나는 동부로 갔다. 그곳에서 내 세계는 느닷없이 활짝 열렸다. 단지 지적인 측면에서만은 아니었다. 프린스턴은 내가 정말로 커다란 격차를——부, 계급, 경험과 기회라는 측면에서——처음으로 맞닥뜨린 곳이었다.

몇년 뒤, 그러니까 일정 기간 금융계에 종사한 다음 언론계로 전업한 이후, 나는 어린 자녀들과 더 많은 시간을 보내기 위해 직장을 잠시 쉬기로 결정했다. 그리고 어느 날, 가족과 함께 살고 있던 맨해튼에서 내가 아는 필리핀 사람들은 내 친구들을 위해 일하는 신생아 보모나 유모, 가정부, 청소부 들뿐이라는 사실을 알아차렸다. 남편과 나 또한 결국 한동안 훌륭한 필리핀인 유모를 고용하게 되었다.

아마 필리핀 출신인데다 천성적으로 말하기를 좋아하며 사람들에 대한 호기심이 많았기 때문에, 나는 내 생활권에 속한 필리핀 돌봄 노동 여성들 중 많은 사람들과 친해졌다. 물론 남미, 카리브해 그리고 다른 아시아 국가 출신의 사람들과도 마찬가지였다. 나는 그들의 망나니 남편이나 까다로운 고용주, 한나절 단위로 침대를 빌릴 수 있는 퀸스의 합숙소며 아껴 모은 돈을 자식이나 부모나 조카들을 위해 지구 반바퀴 너머의 고향으로 보내는 방식에 대한 이야기에 귀를 기울였다. 나는 이 여성들이—그들 자신을 위해서가 아니더라도 자식들을 위해—무언가 나은 것을 바라면서 매일 희생하는 모습을, 그런 그들의 앞길을 가로막고 있는 거대한 장애물들을 보았다.

그들의 삶과 장래성, 그리고 나의 삶과 장래성 간의 격차는 현격하다. 그 격차를 메운다는 게 과연 오늘날 우리 사회에서 가능한 일인지 나는 자주 생각해보곤 한다. 그리고 평생 수없이 들었던, 내가 '아메리칸드림'의 전형이라는 말에도 불구하고, 모든 공적이 그렇듯 이 간극 역시 행운과 우연에 크게 기대어 있음을 깨닫게 된다.

많은 면에서, 『베이비 팜』은 지난 25년 동안 내가 나 자신과 나눠온 오랜 대화, 즉 인과응보와 행운, 동화(同化)와 타자성, 계급과 가족과 희생에 관한 대화의 정점이라 할 수 있다. 나는 해답을 제시하기 위해 이 소설을 쓰지 않았다. 그 답을 가지고 있지 않기 때문이다. 그보다는 나 자신을 위해, 또한 바라건대 이 책의 독자들을 위해, 우리가 누구이고 무엇을 소중히 여기는지, 우리와 다른 사람들을 어떤 식으로 바라보는지에 대한 질문들을 살펴보고자 이 책을 썼다. 독자들이 어느 곳에서 이런 경계에 다가가든, 『베이비 팜』이 그 경계의 '반대편'으로 가는 창구 역할을 할 수 있으면 좋겠다.

조앤 라모스

『베이비 팜』(*The Farm*)은 뉴욕시와 골든 오크스 혹은 '농장'이라고도 불리는 가상의 시설을 배경으로 네 주요 여성 인물—제인, 아테, 메이, 레이건—의 관점에 따라 번갈아 진행되는 이야기를 통해 중요한 이슈인 계층, 성별, 인종 문제를 풍성하고 생생하게 그려낸 작가 조앤 라모스(Joanne Ramos)의 성공적인 데뷔작이다. 작가는 어느날 우연히 한 잡지에서 인도의 대리모 서비스 광고를 접하고 이 소설을 구상하기 시작했다고 한다. 그리고 마닐라에서 태어나 여섯살에 미국으로 이민 온 필리핀계 미국인이자 뉴욕 시민으로서 그때껏 자신이 만난 많은 필리핀인 여성 가사 노동자들의 삶에서 영감을 받아 이 소설을 썼다고 밝혔다.

604

골든 오크스 농장은 대리모로 선발된 젊은 여성들이 부유층의 수정란을 착상하는 시술을 받은 후 임신부로서 온갖 편의를 제공받으며(사실은 주 7일 24시간 내내 외부와 격리되어 관리와 감시를 받으며) 머무는 호화 리조트이자, 9개월간 규칙을 따르고 무사히 아이를 출산할 경우 거액의 보너스를 지급해주는 가상의 대리모 업체이다. 골든 오크스를 중심으로 얽히게 되는 등장인물들 중 가장 중심적인 인물인 제인은 고등학교를 중퇴하고 변변한 일자리를 찾기 힘든 처지의 젊은 필리핀 이민 여성이다. 그녀는 남편과 이혼한 후 최저시급을 받으며 양로원 청소 일을 하는 등 힘겹게 살다가 딸인 아말리아를 제대로 키우고 싶다는 일념으로 사촌인 아테 에벌린이 소개한 대리모 일을 선택한다.

　골든 오크스에서 제인의 룸메이트가 되는 또다른 대리모인 레이건은 명문 듀크 대학을 우등으로 졸업했으며 물질적으로도 아무 부족함이 없는 백인 여성이지만, 아이를 직접 임신하고 출산할 수 없는 여성을 도와줌으로써 자기 삶에 의미를 부여하고 싶다는 이상주의적 욕구와 속물적이고 강압적인 아버지의 도움 없이 대학원에 진학해 사진을 공부하고 싶다는 현실적인 욕구로 대리모 일을 받아들인다.

　골든 오크스를 총괄 운영하는 메이는 중국인 이민자인 아버지와 미국인 어머니 사이에 태어난 혼혈로 야심만만

한 30대 여성이다. 약혼자인 이선과 결혼을 앞두고 있는 그녀는 일명 '맥도날드 프로젝트'를 통해 중국인 거부 덩 여사의 투자를 이끌어내 골든 오크스의 대리모 사업을 확장할 야망에 부풀어 있다.

마지막 주요 인물인 제인의 사촌 아테는 남편이 그녀를 버리고 떠난 후 필리핀에서 2남 2녀를 힘들게 키우다가 막내아들 로이가 사고로 뇌에 장애를 입자 돈을 벌기 위해 늦은 나이에 미국으로 건너왔다. 약삭빠르고 부지런한 그녀는 그간 신생아 보모로서 나름대로 명성을 쌓고 돈도 얼마간 벌었지만, 이제는 건강 때문에 신생아 보모 일을 하기가 힘들어져 제인이 골든 오크스에 머무는 동안 그녀의 아파트에서 아말리아를 돌봐주기로 한다.

이 네 여성의 삶이 상위 1퍼센트 부자들의 집과 오갈 데 없는 필리핀 이민 여성들이 바글거리는 퀸스의 합숙소와 부자들의 대리모들이 머무는 골든 오크스를 배경으로 서로 얽히며 각각의 경험과 심리가 마치 우리 현실 세계의 축소판처럼 생생하고 상세하게 묘사된다(개인적으로 그 중에서도 백미는 소설 초반 아테가 자신을 대신해 카터 부인의 갓난 아들을 돌보러 가는 제인에게 해주는 고용주들에 관한 충고가 아닐까 한다).

대리모들을 격리하고 일거수일투족을 감시하는 골든 오크스라는 주요 배경을 접하고, 이 작품을 읽기 전부터 마거릿 애트우드(Margaret Atwood)의 『시녀 이야기』(*The*

Handmaid's Tale)나 가즈오 이시구로(Kazuo Ishiguro)의 『나를 보내지 마』(*Never Let Me Go*)를 떠올리는 이들도 있을 것이다. 작가의 의도와 별개로 이런 소재 자체가 트럼프 시대 이후 출판시장의 틈새에서 전면으로 부상한 일련의 '페미니스트 디스토피아' 소설 트렌드와 닿아 있기 때문이다. 하지만 이 소설은 그러한 출판계의 흐름을 이어가면서도 살짝 결을 달리한다는 점에서 새롭다. 각기 다른 배경의 네 여성 인물을 각 장의 내러티브의 중심축으로 번갈아 제시하면서 대리모에 관한 논쟁을 넘어 계층과 인종이 거미줄처럼 얽히고설킨 자본주의 미국의 복잡한 현실을 드러냄으로써, 독자들로 하여금 가까운 미래가 아닌 바로 지금 이 순간 우리가 마주한 자본주의의 무자비한 속성에 대해 생각해보게끔 한다는 점에서 그렇다. 작가가 이 소설을 구상하게 된 계기인 인도를 비롯한 저개발국가의 대리모 산업 문제만 봐도 소설 속 상황이 가깝거나 먼 미래의 일이라기보다는 바로 지금 어딘가에서 벌어지고 있을 법한 일임을 짐작할 수 있다. 그런 맥락에서 『베이비 팜』은 더없이 시의적절하고 현실적인 작품이다.

이 소설의 신선한 면은 무엇보다도 여성의 자기 몸에 대한 결정권 문제 및 대리모의 정당성을 다루는 방식과 주제의 확장성에 있다. 기존의 페미니스트 디스토피아 작품들은 대부분 남성성과 여성성의 대립, 가부장제와 전체주의적 억압을 기반으로 여성의 문제를 다뤘다. 하지만 이 작품은 갈등의 전면에 여성 인물들을 내세우고, 심지어 역학 관계의 최상위 포식자인 소위 '의뢰인'이라는 인물들 또한 여성으로 제시함으로써, 소설이 다루는 문제의 판을 이민자와 근본적인 경제 시스템으로까지 확장한다. 제인이라는 젊은 필리핀 이민 여성과 아테, 그리고 이민 2세대인 메이를 통해 이민자의 관점에서 여성의 이야기를 그리고 있을 뿐 아니라, 골든 오크스를 이용하는 고객들이 전세계 최상위 부유층이라는 설정을 통해 부의 불평등이라는 자본주의의 본질적인 문제를 좀더 집중적으로 파고드는 것이다. 나아가 그 과정에서 어머니로서의 여성과 어머니가 아닌 (다른) 존재로서의 여성의 문제에도 신선한 시각과 의문을 제시한다.

결국 이 소설의 가장 큰 매력이자 문학적 장점은 현대 세계의 도덕적 복잡성과 불확실성에 대한 온갖 의문을 골든 오크스, 일명 '농장'이라고 불리는 확대경을 통해 다양한 여성 인물들의 다양한 관점에서 매우 현실적으로 다루고 있다는 것이다. 여기에 마치 추리소설이나 첩보소설에서처럼 주인공들이 숨겨져 있던 진실을 하나씩 추적하고 발견해가는 과정이 무척 긴박하고 흥미진진하게 그려지며 점점 더 뒷이야기를 궁금하게 만든다는 점은 독자들에겐 이 책의 또다른 커다란 장점이 될 수 있다. 소설의 결말이나 주제의식에 대한 찬반이나 호불호를 떠나, 도발적인 소재의 이야기가 밀도 있게 진행되는 이 책의 페이지 터너

적인 면모만으로도 독자들 모두 즐거운 독서 경험을 할 수
있으리라 믿는다.

김희용

베이비 팜

초판 1쇄 발행 / 2020년 12월 10일

지은이 / 조앤 라모스
옮긴이 / 김희용
펴낸이 / 강일우
책임편집 / 양재화 홍상희
조판 / 전은옥
펴낸곳 / (주)창비
등록 / 1986년 8월 5일 제85호
주소 / 10881 경기도 파주시 회동길 184
전화 / 031-955-3333
팩시밀리 / 영업 031-955-3399 편집 031-955-3400
홈페이지 / www.changbi.com
전자우편 / lit@changbi.com

한국어판 ⓒ (주)창비 2020
ISBN 978-89-364-7843-8 03840